KB213877

가축인 야푸

누마 쇼조 지음
박현석 옮김

가축인 야푸

家畜人ヤプー

누마 쇼조(沼 正三)

목   차

남에게 권하기 전에 자신이 먼저, 라는 말처럼 마침내 가축화 소설을 쓰게 되었습니다. 2천 년 후, 백인만이 문명을 향락하고 흑인은 노예로서 인권을 빼앗겼으며 일본인은 야푸라 불리는 보다 비천한 가축의 일종으로 사역에 임하고 애완동물처럼 사육당하는 그런 세계에, 백인여성인 연인과 함께 끌려간 현대 일본인 남성이 험한 꼴을 당하는 이야기입니다. 긴 이야기가 될 테지만 수첩[1]처럼 애독해주시기 바랍니다. 마조히스트의 자학적 공상을 사랑하지 않는 분은 불쾌함만 느끼게 될 테니 읽지 마시기 바랍니다.

---

1) 누마 쇼조의 「어느 몽상가의 수첩에서」를 말한다. 이 역시 『기담 클럽』에 연재되었던 작품으로 이후 단행본으로 간행되기도 했다.

제1장 비행접시의 추락

1. 폴린 잔센

8개의 태양을 다스리는 우주제국 이스(EES)의 대귀족, 천하를 주름잡는 잔센 후작 집안의 작은마님인 폴린은 380호대(號臺) 제구면(諸球面) 공간을 떠돌아다니다, 게르만족이라는 그녀의 먼 조상들이 남쪽으로, 서쪽으로 대이동하는 모습을 중유럽의 하늘에서 관찰하며 눈에 띄는 인물을 입체사진으로 촬영하고 있었다.

본국성(本國星)에 있는 남편 로버트를 떠올린 것은, 그 인물들 가운데서 로버트와 아주 닮은 얼굴을 보았을 때였다. 갑자기 돌아가고 싶어졌다. 하지만 본국성으로 돌아가는 것은 아직 일주일 뒤의 일……

'어쨌든 오늘의 유보(遊步, 드라이브)는 이제 그만두기로 하자. 원구면(原球面)의 별장에서 여동생과 오빠(오빠보다 여동생을 먼저 말한 것은 이스제국의 여권제[女權制] 때문이다. 뒷장 참조)가 기다리고 있을 테니…….'

고도를 10,000m로 올렸다. 지금까지 모형정원 같은 풍경과 인마를 비추고 있던 입체레이더는 순식간에 원경이 되어 광대한 지역을 포괄하기 시작했으며, 곧 채색입체지리모형처럼 되어 중유럽의 웅대한 산맥을 비추었다.

시간축에 고정되어 작동하는 차원추진기의 레버를 영(제로)에서 미래(플러스)로 바꾼 뒤, 기관(엔진)을 전속력으로 가동했다. 속도계의 눈금이 시속 600년을 가리키고 있었다. 6초마다 1호씩 구면을 지나쳐갔다. 6초가

1년에 해당하는 것이다. 밤낮의 교체가 너무 빨라서 낮의 밝은 영상만 지속되고 있었는데, 산 정상에 쌓인 눈의 선이 겨울과 여름 양 한계를 6초 간격으로 현란하게 물결치는 모습은, 눈에 익지 않은 자에게는 진귀한 경관이리라.

그러나 항시쾌속정(타임요트)에 오르면 언제나 볼 수 있는 광경으로 그런 도중의 경관 따위 특별히 보고 싶지도 않은 폴린은 자동조종장치에 뒤를 맡기고 조종석에서 벗어나 소파에 앉아 발판에 발을 얹었다.

'조금 전에 본 얼굴은 로버트를 닮았어. 로버트…….'

단번에 그녀의 ……에 대한 생각이 불타오르기 시작했다.

발판이 꿈틀거리더니 그녀의 ………… 파고들기 시작했다. …… 그 멋진 ………… 그녀는 언제부턴가 황홀상태에 빠져, ……………… 하며 반수반성(半睡半醒)의 경지를 방황했다. …….

벽 아래 부분에 달아놓은 작은 문 너머의 개집에서 애견인 타로가 갑자기 짖어대는 소리가 들려왔기에 폴린은 눈을 번쩍 떴다. 추락하는 듯한 느낌이 있었다. 깜짝 놀라 입체레이더를 보니 모형정원보다 근경이 되어 있었으며, 산맥이 시시각각으로 가까워지고 있었다.

"안 돼. 자동장치가 고장 났어."

린거는 그녀의 기분을 읽고 물러나려 했다. 그것을 더욱 밀쳐내듯 하며 자리에서 일어나 조종석으로 달려가려 한 순간, 강한 충돌의 충격과 함께 그녀는 머리를 중앙의 테이블에 부딪쳐 실신하고 말았다.

2. 클라라와 린이치로

1956년 여름, 서독의 비스바덴에서 가까운 타우누스 산 속, 산의 중턱을 완만하게 흐르는 계류를 팬티 한 장 걸치지 않은 알몸의 사내가 물줄기를 따라서 헤엄치고 있다가 갑자기 헤엄치기를 멈추고 중류에 몸을 세워,

"앗, 뭐지? 지금 것은?"하며 눈을 둥그렇게 뜨고 강 하류를 향해 목을

늘였다. 공기를 찢는 음향과 함께 강 하류의 기슭 가까이에 있는 오두막 부근으로 뭔가 빛나는 물체가 추락한 것이었다.

여자의 비명이 그쪽에서 들려왔다.

"클라라야."

남자는 뭍으로 뛰어 올랐다. 땅딸막한 몸, 황색 피부, 일본인이었다.

알몸이었다. 옷을 벗은 곳은 강의 100m나 상류에 있는 바위그늘로 오두막과는 반대방향이었다. 위급한 순간에 그쪽으로 되돌아간다는 것은 어리석기 짝이 없는 짓이었다. 남자는 알몸인 채로 오두막을 향해 달리기 시작했다.

세베 린이치로는 23세. 작년에 도쿄 대학 법학부를 졸업한 후, 최연소 유럽유학생으로 독일에 와서 서독 어떤 시의 대학에 입학한 수재였다. 키는 160cm밖에 되지 않았지만 유도로 단련된 근골이 불룩불룩 솟아 있어서 남성미로 넘쳐나고 있었다. 작은 코, 높은 광대뼈, 홑꺼풀 아래에 새까만 눈동자, 전형적인 몽고인의 용모였으나, 널따란 이마가 지성을 드러내고 있었으며 추한 인상과는 거리가 멀었다.

오렌지색으로 빛나는 커다란 물체가 조금 전까지 오두막이 서 있던 공간을 점령하고 있는 앞에 경쾌한 승마복장을 한 백인여성이 넋을 잃은 듯 서 있었다. 달려가서,

"클라라."

"아아, 린, 무서워요."

자신도 모르게 끌어안았다. 오른손에 승마용 채찍을 든 승마복의 여자와 실오라기 하나 걸치지 않은 남자, 옆에서 보기에 이 한 쌍은 이상할 정도로 어울리지 않았다. 여자는 그보다 10cm나 키가 크리라. 젊은 암사슴처럼 늘씬하고 길쭉하게 뻗은 사지. 밤색 머리칼이었으나 피부는 크림처럼 하얬다. 갈색 눈과 살이 없는 코와 야무진 입술이 약간 길쭉한 얼굴에 배치되어 예민함과 정열과 냉혹함을 동시에 느끼게 하는 미모를 형성하고 있었다.

키가 작고 거뭇하다고 해도 좋을 피부를 가진 알몸의 사내를 끌어안은 그녀는 마치 목신(牧神) 판(Pan)을 사랑하는 올림포스의 여신 같았다.

"다행이야, 무사해서……."

"저도 헤엄치고 싶어져 오두막에서 나온 순간 휙 떨어지더니 우지끈 했어요. 말은 2마리 모두 밑에 깔렸어요."

여자는 아직 그 놀라움에서 완전히 깨어나지 못한 얼굴이었다.

클라라 폰 코토비츠 양은 린이치로의 급우이자 약혼자이기도 했다. 동독의 명문가에서 태어난 그녀는 독일 패전 당시 소련군에게 부모와 형제를 살해당해 천애고아가 되었다. 마침 서독에 와 있던 덕분에 목숨을 건진 당시 10세였던 그녀는 유산과 아버지의 친구에 의지하여 그로부터 10년 동안 학생 생활을 해왔는데 6개월쯤 전, 우연한 기회에 세베 린이치로의 유도가 목숨조차 아끼지 않는 불량배를 응징하는 모습을 보고 그와 친해졌으며, 그의 학문에도 반하여 마침내 약혼하기에 이른 것이었다. 3년이라는 린이치로의 유학기간이 끝나면 함께 일본으로 가서 식을 올리기로 했다. 상류사회에서 자란 클라라는 승마를 취미로 삼고 있었기에 린이치로도 그녀를 스승으로 삼아 그 길에 들어섰고, 지난 3개월 정도 만에 실력이 부쩍 늘어 오늘은 둘이서 말을 타고 멀리까지 나온 것이었다. 산 속으로 들어와 아무도 없는 산장을 발견했기에 조금 쉰 뒤, 수영을 좋아하는 린이치로가 혼자서 강에 들어가 헤엄을 치고 있을 때 이 진기한 일이 벌어진 것이었다.

"그런데 대체 뭘까?"

무사하다는 사실을 알고 나자 그것이 문제였다.

"린, 그게 말이죠, 전 비행접시가 아닐까 생각해요."

"뭐?"

포옹을 풀고 물체 쪽으로 돌아선 린이치로의 눈에 들어온 것은, 과연 그렇게 듣고 보니 소문 속의 비행접시(flying saucer)임에 틀림없었다. 납작하게 누른 도넛에 탁구공을 끼워 넣었다고 비유하면 될까? 지름 20m, 두께 2m 쯤 되는 완전한 원반체의 중앙부가 반지름 5m 정도의 구체로 부풀어올라 있었다. 오렌지색 금속으로 외부를 감싸고 있었는데 원반의 일부가 충격 때문에 꺾여 파손되어 내부에서부터 부드러운 빛이 흘러나오고 있었다. 기계가 움직이는 것도 보였다.

린이치로는 알몸이 점점 마음에 걸리기 시작했다. 조금 전에는 위급한 상황이었다. 클라라가 무사하다는 사실을 안 이상, 옷을 입고 오지 않으면 숙녀에게 실례가 되리라. 자신도 모르게 얼굴을 붉히며 그는 이곳에서 벗어나 강 상류의 옷을 벗어놓은 곳까지 한달음에 다녀오려 했다.

그때 지금까지 타성에 의해서 돌고 있던 것처럼 보였던 기계의 움직임이 멈추고 갑자기 축(샤프트)이 부러져 기계의 일부가 옆으로 쓰러지더니 사람 하나가 드나들 수 있을 정도의 틈새가 생겼다.

클라라는 망설이지 않고 그 안으로 들어가려 했다.

"클라라, 기다려." 린이치로가 외쳤다. "내가 먼저 들어갈게. 안에 뭐가 있을지 몰라. 위험해. 기다려, 옷을 입고 올 테니."

"저, 못 기다리겠어요." 클라라가 일부러 그를 보지 않고 대답했다. "바로 안을 살펴보고 싶어요."

더는 어쩔 수 없었기에 린이치로도 틈새 쪽으로 다가갔다. 옷을 입으러 간 사이에 그녀는 혼자서 안으로 들어가리라. 자신이 함께 있는데 그런 위험한 일을 하게 그냥 내버려둘 수는 없었다.

"알몸이어서 미안하지만 내가 앞장설게."

"저, 알몸 같은 건 신경 쓰이지 않아요. 내부가 보고 싶어요."

클라라는 마음에도 없는 소리를 잠깐 했지만, 내부에 대한 호기심이 끓어오르는 것만은 물론 거짓말이 아니었다.

이렇게 해서 두 사람은 원반 안으로 들어가게 되었는데, 세베 린이치로가 전라라는 사실이 다가올 두 사람의 운명을 송두리째 바꿔놓을 줄은, 두 사람 모두 알 리가 없었다.

제2장 육발판 '혀인형'

1. 기형난쟁이

부서진 기계실의 입구에서 통로로 나온 지 얼마 지나지 않아서 중앙부로 이어진 복도를 발견했다. 조명장치도 보이지 않는데 전체가 밝은 주광(晝光)으로 가득했다. 융단은 깔려 있지 않았으나 바닥의 표면에 고무와 같은 탄력이 있어서 융단 위를 걷는 것 같았으며, 세베의 맨발바닥에도 금속과 같은 차가운 느낌은 들지 않는데, 대체 무슨 재료란 말인가?

중앙실과의 사이에 있는 문은 자동장치인 듯, 두 사람이 다가가자 저절로 열렸다.

4평(13㎡) 정도의 둥근 바닥에 둥근 천장의 방 하나가 눈에 들어왔다. 방 중앙부에 모형정원 같은 공작물이 놓인 원탁이 있고, 그 한편에 계기류가 여럿 놓인 곳이 조종석이리라. 그러나 사람의 모습은 보이지 않았다.

출입구에서 한 걸음 안으로 들어섰다. 옆방에서인지 짐승이 울부짖는 듯한 소리가 들려왔다. 둘러보니 오른쪽 벽면에 둥글고 호화로운 소파가 놓여 있고, 그 앞의 바닥에 여자가 쓰러져 있었다. 거의 노출된 하반신의 풍만한 허벅지에서 시작해, 보기 좋은 복사뼈에서 끝나는 각선의 훌륭함이 린이치로의 눈에 가장 먼저 들어왔다.

달려간 그는 더욱 놀라고 말았다. 굉장한 미인이었다. 나이는 스물대여섯 살쯤일까? 키는 클라라보다 커서 175㎝ 가까이 되는 듯했다. 보라색으로 빛나는 신비한 모피 케이프를 걸치고 있는 듯했으나 위를 향해 쓰러져 있었기에 케이프는 몸을 덮지 못했으며, 원피스 수영복처럼 가슴에서부터 가랑이까지만 감싸고 있는 간소한 옷밖에 몸에 두르고 있지 않았다. 카메오처럼 투명한 속으로 비치는 혈색 좋은 연분홍빛 피부와 볼록한 가슴(바스트)과 잘록한 허리(웨이스트)와 풍만한 엉덩이(히프)를 늘어놓은 성숙한 여체의 선이 린이치로의 눈을 직접적으로 도발했다. 풍성한 금발을 바닥에 흩뜨리고 두 눈을 감은 채. 가늘고 짙은 눈썹의 기품, 하얀 이를 내보이고 있는 입가, 얇은 입술의 음탕함, 보기 좋은 코와 귀, ……그 의상에서 느껴지는 이국풍의 느낌에도 불구하고 그녀는 북유럽계 금발(브론드) 여자의 최고급 표본임에 틀림없었다. 언뜻 보기에 외상은 없었으며 호흡도 전혀 멈춰 있지 않았다. 추락할 때의 충격(쇼크)으로 인한 기절이었다. 린이치로가 여자의 머리 옆에 두 무릎을 대고 앉아 두 손으로 상반신을 안아 일으켰다.

"앗."

"어머."

안아 일으킨 순간 두 사람 모두 무의식중에 외쳤다. 케이프 아래에 깔려서 지금까지 보이지 않았으나 여자의 몸 아래에 마치 완충방석(쿠션)처럼 쓰러져 있던 것이 모습을 드러냈기 때문이었다.

인간이었다, 그런 기형적인 난쟁이라도 인간이라고 말할 수 있다면. 키는 90㎝. 알몸. 절단…………. 몸은 짧았으나 근육은 탄탄했다. 두 다리 모두 발목 아래 부분은 없고 끝이 절굿공이처럼 되어 있었다. 그리고 기묘하게도 소파 아래에서부터 언뜻 전기구코드를 떠오르게 하는 육질의 끈이 나와 바닥을 기어서 항문 안에 삽입되어 있었다. 머리는 극단적인 역삼각형이었는데 윗부분도 어린아이 정도밖에 되지 않았으며, 얼굴의 절반 아래 부분은 더욱 가늘어서 마치 좌우를 압착판으로 압축해놓은 것 같았다. 귓바퀴는 없고 귓구멍만 있을 뿐, 코도 베어낸 듯 없고 구멍만 2개 있을 뿐, 눈은 뜨고 있었으나 눈동자가 탁해서 시력이 약하다는 사실을 알 수 있었다. 머리카락은 물론 속눈썹, 겉눈썹, 수염 한 오라기 없었다. 역시 기절해서 입을 헤벌레 벌리고 있었는데 이가 하나도 없었다. 안으로 보이는 혀는 크고, 거기에 보통사람처럼 편편하지 않고 통 모양으로, ……을 연상시키는……, 보면 볼수록 추괴한 기형이었다. 피부는 황색으로 눈이 부실 만큼 순백인 여자의 하반신에 비하자면 지저분했다.

대조가 너무나도 극단적이었기에 응급처치를 누구에게 먼저 행해야 할지에 대해서, 린이치로는 조금도 망설임을 느끼지 않았다. 난쟁이보다 여자를 먼저 회복시키는 것이 당연했다.

"브랜디 같은 게 있으면 좋을 텐데."

클라라가 말했다. 그때 옆방에서 다시 짐승의 울부짖는 소리가 들려왔다. 개이리라. 벽에 몸을 부딪치는 소리도 들려왔다.

"아니, 급한 대로 거친 방법이라도 써야지."

린이치로는 왼손으로 여자를 끌어안은 채 손가락을 모은 오른손바닥으로 여자의 좌우 뺨을 때렸다. 클라라는 선 채로 들여다보고 있었다.

뺨에 붉은 기운이 돌아오더니 여자가 번쩍 눈을 떴으며, 파란 하늘처럼 푸른 눈동자가 린이치로와 클라라의 얼굴을 번갈아 쳐다보았다.

2. 착각

뺨에 아픔을 느낌과 동시에 폴린은 정신이 들었다. 위에서부터 2개의 얼굴이 지켜보고 있었다. 하얀 인간의 얼굴과 황색 야푸의 얼굴이었다. 젊은 아가씨풍의 미인이 젊은 수컷 야푸를 데리고 있었다.

그녀는 어처구니없는 착각에 빠져서 출발 면인 3960호 구면, 즉 지구기원 3960년의 공간으로 귀착하여 그 구면 위의 어딘가에 추락한 것을, 그 부근에 있는 별장의 아가씨가 구해준 것이라고 생각해버렸다. …………유희를 즐기느라 시간을 잊은 탓도 있었지만, 주요한 이유는 클라라의 복장과 린이치로의 알몸에 있었다.

전사시대(前史時代), 즉 인류가 아직 우주를 모른 채 지구표면에서만 문명을 이루어가고 있던 시대에는, 여자가 남자에 예속되어 그 상징으로 치마를 입고 있었다고 폴린은 역사과정에서 배운 적이 있었다. 고대풍속을 본격적으로 연구하지 않은 그녀가 그 설명을 예외가 없는 것이라 받아들여 자신들이 입는 승마바지나 부츠는, 전사시대의 여성과는 전혀 관계가 없는 것이라고 생각한 것도 이상한 일은 아니었다. 그랬기에 승마복장에 채찍을 손에 들고 있는 클라라를 보고 동시대인이라고 착각한 것이었다.

물론 그 옷의 천이 매우 거친 데에는 약간의 의심을 품기도 했으나, 본국성에 있는 것이 아니라 시리우스권에서 보자면 상당한 시골인 지구별장에 와 있다는 의식 때문에 크게는 이상히 여기지 않았다. 거기에 야푸를 데리고 있지 않은가!

전사시대에 구(舊)야푸가 인류와 나란히, 아니 인류를 참칭하며 야푼 제도에서 국가를 형성하여 인간수준의 의식주생활을 영위하고 있었을 뿐만 아니라, 인간국가와 전쟁을 벌일 만큼 발달했었다는 사실, 테라 노바 여왕국에 의한 지구 재점령 후에도 생(로)야푸의 공급원으로써 인간의식을 갖춘 토착(네이티브)야푸의 번식을 도모하기 위해 그 야푸들의 국가가 야푼 섬에 형식적으로 존속하는 것을 인정했으며, 공식적으로는 '토착축인(야푸) 사육지역'으로 축인부(畜人部) 토착축인과(課)의 보호육성에 위탁되어 있다는 사실……, 이러한 것들을 이과의 수업과정에서 '인간 이외에도 사회생활을 영위하는 동물이 있다.' 는 예로 배운 것을 폴린은 기억하고 있었다. 옷을 입은 야푸 따위는 도저히 상상할 수도 없었으나, 교재인 입체영화로 토착야푸(네이티브)의 생활상을 보고 간신히 납득할 수 있었다. ……지금 눈앞에 있는 황색 얼굴의 소유자는 알몸이었다. 그것은 전사시대의 야푸에게는 존재하지 않던 풍속이었다. 그녀가 원구면에 귀착한 것이라고 착각한 것도 이상한 일은 아니었다. 그런데 이 야푸는 미가공인 생야푸임에도 불구하고 목줄을 차고 있지 않았다. '축인(야푸)사육령'이라는 규정이 있기에 본국성에서는 결코 용납될 수 없는 일이었으나, 먼 옛날 인류의 발상지이자 현재 야푸의 사육지가 있는 지구에서는 특별한 것일지도 모르겠다는 생각이 이때도 작용하여 그다지 신경 쓰이지는 않았다.

어쨌든 이러한 착각에 빠져 있던 폴린은, 자신이 사실은 지구기원 1956년의 공간에 와 있는 것이라고는 꿈에도 생각지 못했다. 위에서부터 걱정스러운 얼굴로 바라보고 있는 클라라의 얼굴에 생긋 웃음을 지어 보이며 고맙다는 인사를 했다.

"구해줘서 정말 고마워요."

3. 세계어

언어는 영어였다. 어딘가 묘한 억양이 있기는 했으나 영어였다. 앵글로색슨족에 의하여 우주정복이 달성되었기에 영어가 우주제국 이스의 공통어가 되었다. 장기간에 걸쳐 넓은 범위에서 사용되었기에 변천은 있었으나, 귀족계급이 가능한 한 예전의 발음과 표현을 중히 여겼기에 그대로 유지되고 있었다. 따라서 클라라와 린이치로가 들은 것도 억양이 조금 다르다는 정도였을 뿐, 충분히 이해할 수 있는 영어였다. 젊은 여성다운 상큼한 목소리였다. 두 사람은 자신들도 모르게 얼굴을 마주보았다. 그러다,

"어때요, 몸은?" 클라라가 유창한 영어로 물었다. 린이치로는 영어를 듣는 데는 문제가 없었으나 말은 거의 하지 못했다.

"네, 이젠 완전히 좋아졌어요."

폴린이 린이치로의 팔에서 슥 몸을 비틀어 빠져나와 일어서며 대답했다. 린이치로는 그 민첩한 거동에 어리둥절함을 느끼며, 자신이 알몸이라는

사실을 새삼스레 깨닫고 얼굴을 붉혔다. '원반 안에서까지 미인을 만나게 될 줄이야! 아아, 옷을 입고 왔으면 좋았을 텐데……'

"하지만 깜짝 놀랐어요, 오늘은. 4세기까지 유보(드라이브)를 했었는데, 돌아오는 길에 깊이 잠들어버리고 말아서……" ……에 빠져 있었다고는 말하지 못하고 변명하듯 말했으나, 혀인형(린거)을 들킨 이상, 상대방은 추측하고 있을지도 모르겠다고 생각하자 폴린은 부끄러움에 얼굴이 붉어져 빠르게 말을 이었다. "……자동장치가 고장 난 것 같아요. 떨어지는 듯한 느낌이 들어서 앗 하는 순간 쿵하고 충격이 왔고 다음부터는 기억이 없어요."

'혀인형(린거) 녀석, 너무 뛰어난 기교가(테크니션)야. 덕분에 이런 추태를 보이고 말았어. 잔센 후작가의 작은마님이 항시유보(타임 드라이브) 중 ……에 정신이 팔려서 추락했다고 소문이나 나지 않을지 모르겠네……'

자신도 모르게 초조해진 폴린은 마음속 분노를 발의 움직임에 그대로 담아, 기절한 채 천장을 바라보고 쓰러져 있는 육발판인 후쿠스케의 머리를 샌들을 신은 발로 있는 힘껏 걷어찼다. 린이치로는 활발한 여자의 동작과 험악한 발차기에 놀랐다.

4. 독심가구

린거는 발에 차여 의식을 회복했다. 독심신경중추에 주인의 격렬한 분노를 찌릿찌릿 느낀 그는 엎드려 사지를 움츠린 채 쩔쩔맸다. 노출된 등에 크게 파인 자국이 2개 보였다.

여기서 독심가구(텔레파스)에 대해 잠시 설명하기로 하겠다. 워낙 30세기에 들어서 발명된 것으로, 갑자기 이야기해봐야 독자로서는 알 수가 없을 테니.

독심가구는 생체가구(리빙 퍼니처)라고 불리는 것 가운데 일종이다. 생체가구한 야푸의 육체를 그대로 재료로 삼아 가구로 만든 것인데, 이것을 가능하게 한 것은 영양순환장치(서큘레이터)의 발명이다. 인체는 소장의 주름에서 필요한 영양을 흡수한다. 그렇기에 체외로부터 관을 넣어 소장의 가장 앞부분에 연결, 바로 흡수 가능한 영양제를 공급한다. 그리고 흡수가 끝난 폐액이 소장 끝부분까지 온 곳에 다른 관을 연결하여 밖으로 빼낸다. 거기에 방광의 오줌관도 수술로 구멍을 뚫어 후자와 연결한다. 이로 인해 그 인체는 섭식·배설이라는 두 개의 작업에서 벗어난 상태에서도 건강을 유지할 수 있게 되며, 또 구강과 혀와 위를 다른 용도로도 사용할 수 있게 된다. 이 입관과 출관을 하나로 묶고 전기구코드와 같은 체재로 만들어 이것을 항문으로 삽입·접속한다. 체내수술로 이것에 의해서만 영양을 섭취할 수 있는 구조로 바꿀 필요가 있기 때문에 야푸에게만 장착이 허용된다. 이것을 장착한 야푸는 그 코드에 연결되어서만 생존할 수 있는 생체가구가 되며, 집 안에 놓여 의식주에 대한 걱정 없이 주인의 부림을 기다리는 몸이 되어버리고 만다.

한편 그 영양액에 뇌파감응을 증진시키는 약물을 섞으면 IQ(지능지수)가 높은 야푸는 타인의 뇌파에 매우 민감하게 감응하는 상태가 된다. 이때 특정인의 뇌척수액을 뇌의 어떤 부위에 주사하면 그 부위에 특정인의 사고를 뇌파로 완전히 수신할 수 있는 신경중추가 만들어지게 된다. 그와 동시에 자의식의 주체성은 소멸하기에 개체성이 상실되어, 그 육체는 특정인의 사지를 연장해놓은 것처럼 되어버리고 만다. 이것이 독심가구(텔레파스)다.

독심가구는 IQ150 이상의 천재적 두뇌가 아니면 만들 수 없다. 구야푸 가운데 교수나 학자의 혈통을 지배하여 IQ가 높은 생(로)야푸를 번식시키고, 독심가구용으로 생산하여 혈통서를 붙여 고가에 판매하고 있다.

그러나 누구나 독심가구를 사용할 수 있는 것은 아니다. 귀족만이 사용할 수 있다. 법률적으로도 평민은 사용할 수 없지만, 생리적으로도 그럴 수밖에 없다. 아무리 예민한 독심가구라도 OQ(명령파지수)100 이하의 명령뇌파로는 움직일 수가 없다. 유전적으로 이 지수가 높은 귀족만이 독심가구를 사용할 수 있다. 가끔 지수가 낮은 귀족의 자제가 있으면 평민으로 격하되며, 매우 드문 경우이기는 하나 반대로 만약 지수가 높으면 평민이라도 새로운 귀족이 될 수 있다. 다시 말해서 강한 명령뇌파를 내는 것이 귀족의 자격인 셈이다. 그것은 곧 유혼기계(有魂機械, 소울드 머신. 이에 대한 설명은 뒤로 미루겠다.)를 사용할 수 있는 능력을 의미하기도 한다. 살아 있는 물건들에 둘러싸여 자신은 손가락 하나 까딱하지 않고 마음속에 생각하는 것만으로 모든 일을 해결할 수 있는 쾌적한 생활이야말로 이스 귀족이 누리고 있는 특권이다.

한편 린거는 이런 독심가구 가운데 하나인데, 폴린이 가구공장에 특별히 주문하여 만들게 한 발판이다. 주문한 것은 지구별장행이 결정되었을 무렵이니 1개월쯤 전이다.

(1) 일반적인 것보다 절반 정도 작은 발판을 만들어주었으면 한다.

(2) 내 발에 맞춰 발 모양을 등에 깎아주었으면 한다.

(3) 전신(특히 두부)에 털이 한 오라기도 없도록.

(4) 얼굴의 절반 아랫부분은 가능한 한 폭을 좁게.

(5) 혀는 늘렸을 때 20㎝ 이상이 되게.

이것이 그때 그녀가 주문한 내용이었다. 독심가구여야 한다는 것은 말할 필요도 없는 일이었다. 공장주는 여행용 혀인형을 겸한 발판을 원하는 것이라는 사실은 바로 알 수 있었으나, 난처한 것은 기한이었다. 염색체수술의 기교가 발달한 현재, 인공수정 전의 정자와 난자를 수술가공하여 그러한 주문에 맞는 육체로 태어나도록 하는 것은 특별히 어려운 일도 아니었으나 그렇게 하려면 물건을 넘겨주기까지 최소 2년은 필요했다. 그런데 폴린은 별장행에 휴대하고 싶었기에 2주일 후에 받았으면 좋겠다고 했다. 잔센가 작은마님의 주문이었기에 공장에서도 어떻게 해야 좋을지 몰라 기사와 상의한 끝에 생(로)야푸를 정형외과적으로 가공하여 주문에 적합한 물건으로 바꾸기로 했다.

공장주가 가져온 80여 마리 생(로)야푸의 입체카탈로그 가운데서 폴린이 이 한 마리를 고르기 전까지, 지금 발밑에 웅크리고 있는 이 기형난쟁이는 훌륭한 육체와 IQ154의 뛰어난 두뇌를 가진 우수한 생야푸였다.

"이걸로 할게요. 튼튼해 보이고 혈통도 좋으니."

"알겠습니다. 일주일만 기다려주십시오."

이렇게 해서 그의 운명이 결정되었다. 공장의 기사는 그를 곧 축소실에 넣어 키를 2분의 1로 줄였으며, 뒤이어 전신의 털을 약품으로 제거하고 이를 전부 뽑은 다음 턱뼈를 깎았다. 젊은 부인이 무리하지 않도록 가능한 한 폭을 좁게 해야 했다. 구강은 혀를 담는 용기이기만 하면 충분했다. 그 혀는 조육자극제로 발육시킨 뒤 해면체를 이식했다. 발판이 일어설 필요는 없으니 발목은 절단했다. 독심가구에 청각은 필요 없으니 고막을 제거했고, 시력도 2m 앞만 보일 정도로까지 떨어뜨렸다. 코드가 연결된 범위 내에서 주인의 하반신만 보이면 충분했다. 두부 탈모와 함께 귀와 코를 깎아낸 것은, 두부 전체를 꺼끌꺼끌하지 않게 감촉이 좋은 것으로 만들어 주문주인 작은마님이 사용할 때 필요 없는 불쾌감을 주지 않도록 하겠다는 기사의 배려 때문이었다. 마지막으로 영양순환장치를 장착하고 감응증진약을 작용시켜 모든 준비를 마친 뒤, 주문주를 모셔오게 했다. 물건을 받기 위해 온 폴린의 뇌척수액을 그 자리에서 채취하여 그의 뇌에 주사했다. 마지막으로 폴린이 그의 등에 양쪽 발을 올리자 그 발의 모양에 맞춰 두툼한 등의 살이 깎여 나갔다. —이렇게 해서 일주일 전까지만 해도 생(로)야푸, 생리적으로는 인간과 같은 신체였던 수컷 야푸 한 마리가 잔센 후작 부인 전용 발판 겸 혀인형으로 탄생되어 높은 요금에 그녀에게 건네진 것이었다.

그것이 3주일쯤 전의 일이었다. 이후 여행에 나선 폴린의 발판으로 쓰였을 뿐만 아니라, 남편을 두고 온 그녀에게 종종 사용되었다. 오늘처럼 그녀의 분노를 느낀 것은 처음이었다. 그는 영문도 모른 채 그저 떨고 있기만 했다.

5. 바늘땀이 없는 선녀의 옷

몸을 웅크린 채 떨고 있는 린거의 기분을 클라라나 린이치로가 알 리 없었다. 아니, 린거가 어떤 것인지조차 전혀 알지 못하는 두 사람이었다. 난쟁이의 등에 오목하게 파인 부분은 대체 무엇일까? 아니, 그보다 이 여자는 대체 누구일까? 비행접시는 어디서 만든 것일까? 영국일까, 미국일까? 어쨌든 여자가 조종하는 것을 보니 비밀병기는 아닌 듯한데……. 의문은 끝도 없이 솟아올랐으나 새삼스럽게 자신의 알몸이 마음에 걸린 린이치로는, 자리에서 일어나 하반신을 여자의 눈앞에 드러낼 용기가 없었기에 앉은 채로 그녀를 올려다보았다. 여자의 시선은 그의 뒤편에 있는 클라라를 향해 있었다.

조금 전에는 경황이 없어서 깨닫지 못했는데 여자의 옷은 놀랄 만한 것이었다. 케이프를 등에 걸치고 있기는 했으나, 그와 마주보고 있는 몸의 정면은 상반신을 수영복 같은 것으로 감싸고 있을 뿐. 뜨개질한 것처럼 재단한 자국 없이 몸에 밀착되어 있었지만 편물이 아니라 직물이었다. 몸에 맞춰 만드는 기술을 알지 못하는 20세기 사람에게는 그야말로 바느질자국이 없는 선녀의 옷으로 보이리라. 천의 색은 옅은 파랑이었으나 눈의 각도에 따라서 미묘하게 서로 다른 일곱 빛깔 환광(幻光)을 뿜었는데, 내부에서 반짝이면서도 눈에는 편안함을 주었다.

그러나 그 인공의 아름다움에 조금도 뒤지지 않는 것이, 앉아 있는 린이치로의 눈높이에서 아래로 가득 늘씬하게 나란히 뻗어 있는 백색의 각선미로, 양 발을 30㎝ 정도 벌린 두 다리는 그대로 2줄기 상아였다. 린이치로는 뇌신경이 미혹되어 어지러워지는 것을 느꼈다. 그때 다시 개 울부짖는 소리가 들려왔다.

"아직 조금 아프네요. 세게 때린 모양이죠?"

한쪽 손으로 뺨을 가만히 문지르며 폴린이 승마복장의 아가씨에게 미소를 지어 보였다. "그런데 뺨을 때리다니 아주 재치 있는 행동이었어요. 당신에게 경의를 표하겠어요."

"아니요, 그건 제가 아니라 린─ 세베 씨(미스터 세베)가 생각해서……."

자신의 공인 양 말하자 클라라가 당황해서 대답했다.

축인(야푸)에게 씨(미스터)를 붙일 리가 없고, 축인이 이름이나 성 양쪽 모두를 가지고 있을 리도 없었다. 나중에 생각해보면 이상할 정도였으나, 세베 씨(미스터 세베)라는 이상한 호칭을 듣고도 폴린은 여전히 착각에 빠져 있다는 사실을 깨닫지 못했다.

"어머, 이 야푸가 생각해낸 건가요?"라고 린이치로를 아래로 내려다보며, "그거 참 쓸 만하네요. 저한테 양보하지 않으실래요? 훈련을 시켜서 내년의 축인품평전(야푸 쇼)에 내보내고 싶으니. 전 시리우스 대상을 노리고 있어요."

"저기, 뭔가 오해가 있으신 듯한데……."

더는 참을 수 없었기에 클라라가 말을 꺼냈으나, 자신의 요구에 대한 거절의 말을 들은 것이라 생각한 폴린은 끝까지 듣지도 않고,

"어머, 내 정신 좀 봐. 아직 이름도 여쭙지 않았는데 쓸데없는 말부터 하다니, 죄송해요. 너무 마음 상하지 말아요……."

"아니요, 제가 드리고 싶은 말씀은, 린─ 세베 씨가……."

"서서 얘기하기도 그러니, 앉기로 해요."

제3장 구석기시대인 사냥개

1. 전신마비

린이치로의 존재를 완전히 무시한 채 폴린은 클라라하고만 이야기를 나누었다. 야푸라는 이상한 말을 들어도 자신이 하등한 짐승으로 여겨지고 있다는 사실을 아직 깨닫지 못한 린이치로는, 그 원인이 자신의 알몸에 있다고 생각했다. 숙녀이기에 알몸의 남자에게는 말을 걸지 못하는 것이리라. 클라라도 어떻게 수습해야 좋을지 몰라 애를 먹고 있는 듯했다. '어떻게든 하지 않으면 안 돼. 무엇보다 젊은 여자 둘이서 마주보고 이야기하고 있는 발밑에 알몸으로 앉아 있다니 봐줄 만한 그림은 아니야. 어쩔 수 없다, 서툰 영어로라도 위급한 상황에 알몸으로 뛰어들 수밖에 없었던 경위를 내 입으로 설명하고 무례함을 사과한 뒤, 벗어놓고 온 승마복을 입고 오자.'

이렇게 생각한 린이치로가 일어서려고 엉덩이를 들고 무릎을 세웠을 때, 뒤에서 무엇인가 부서지는 소리가 들리더니 짐승이 뛰어드는 듯한 느낌. "꺄악!" 기겁을 한 듯한 클라라의 비명과 앞에 서 있는 미녀의 "그만둬!"라는 다급한 명령을 동시에 들은 순간, 무엇인가가 달려와 그의 등을 덮쳤다. 순간적으로 상반신을 비틀어 업어치기를 하려 했으나 오른쪽 어깨를 물렸고 그와 동시에 고압선에 닿은 것 같은 전기충격이 느껴지며 온몸에서 경련이 일어났다. 다음 순간, 눈앞에 솟아 있던 2줄기 상아탑 가운데 1줄기가 그의 얼굴을 아슬아슬하게 스치고 지나가 오른쪽 어깨에서 그 녀석을 차서 떼어놓

앉으나 동시에 그는 오른쪽 귀에 격렬한 통증을 느꼈다. 그 녀석의 얼굴을 정면으로 걷어찬 그녀의 샌들 가장자리에 피부가 찢긴 것이었다.

"린!" 새파랗게 질린 클라라가 외쳤다.

"괜찮아요, 아가씨." 폴린은 상대방이 개를 싫어하는 것이라 생각하여 안심시키듯 말했다. "사람은 절대로 물지 않으니."

"이건 어떻게 된 일이죠? ─ 린, 괜찮아요?"

앞부분은 영어로, 뒷부분은 무심결에 독일어로, 클라라는 2가지 질문을 빠르게 뱉었다. 개(?)의 생김새가 섬뜩하고 물릴 것만 같아서 린이치로 곁으로는 다가가고 싶어도 다가갈 수가 없었다.

린이치로는 클라라를 안심시키기 위해서 돌아보려 했으나, 전신이 마비되어 움직일 수가 없었다. 놀라 입을 열려 했으나 열리지 않았다. 눈동자조차 마음대로 움직일 수 없었다. 참으로 이상한 일이었다. 메두사의 얼굴을 본 사람처럼 엉덩이를 들고 상반신을 비튼 불안정한 한순간의 자세 그대로 화석이 되어버리고 말았다. 귀에서는 피가 떨어져 바닥을 물들였다.

2. 축인견 타로

개는 천천히 기기 시작하여 폴린에게로 다가갔다. 그녀는 개의 머리를 쓰다듬으며 클라라의 조금 전 질문에,

"어머, 요즘 유행하는 구석기시대인 사냥개(네안데르탈 하운드)를 모른단 말이에요?"라고 약간 어이가 없다는 듯 대답했다. 그 말투에는 도회의 첨단 여성이 시골아가씨의 몰상식을 경멸하는 듯한 기색이 있었다.

고개를 숙인 머리의 위치로는 시계가 한정되기 때문에 빛을 내뿜고 있는 듯한 폴린의 두 다리만이 보였었으나, 개의 모습이 눈에 들어오자 린이치로는 순간 자신도 모르게 눈을 의심했으며, 이미 마비되어버린 전신이 더욱 얼어붙는 것 같은 공포를 느꼈다. 클라라가 무서워하는 것도 이상한 일은 아니었다.

그 개-그것을 개라고 할 수 있다면-는 인간-그것을 인간이라고 할 수 있다면-이었다.

네 다리와 몸통과 머리의 비례적인 균형이 언뜻 개를 연상시키는 것만은 틀림없는 사실이었다. 목에서 금속제 목줄이 반짝이고 있었으며, 뒷다리로 버티고 서서 목을 쳐든 모습은 대형견을 떠오르게 했다. 그러나 그런 인상도 각 부분을 보면 사라져버리고 만다. 뒷다리는 앞다리와 그렇게 다르지 않을 정도로 가느다랗고 짧아져 있어서 직립보행에 적합하지 않게 되어 있었으나, 분명히 인간의 두 다리가 퇴화한 것이었다. 앞다리에도 채 발달하지 못한 다섯 손가락을 갖춘 손바닥이 있었다. 양 다리가 짧아져서 길 때 손바닥과 발바닥이 땅에 닿아도 등을 수평으로 유지할 수 있기에 네 발 짐승다운 안정감과, 그 자세에서의 민첩함을 얻고 있기는 했으나 원래는 인간의 사지였다. 몸통은 근육질로 호리호리했는데 군살이 없고 복부 등은 극단적으로 가늘고 잘록해서 그레이하운드의 경쾌함이 있었다. 머리 외에는 몸에 거의 털이 없고 볕에 거뭇하게 그을린 황색 피부, 그 널따란 등 곳곳에 짐승의 발톱에 할퀸 상처와 채찍에 맞아 기다랗게 부은 자국이 있어서 격렬한 사역과 조교를 웅변적으로 이야기해주고 있었다. 깔끔하게 밀어버린 검은 두발, 잔센 가의 문장을 문신으로 새긴 넓은 이마, 검은 눈동자, 낮은 코, 전부 린이치로와 같은 인종의 얼굴이었다. 코 아래에 좌우로 빳빳하게 세운 카이저수염이 묘하게 익살스러웠으며, 그 아래에 무시무시하게 튀어나온 주둥이와 입술 밖으로 삐져나온 금속제 이빨이 인간의 얼굴로서의 조화를 깨고 있었으나, 제아무리 우스운 모습의 가면이라 할지라도 그것이 사람의 얼굴을 본뜬 것인 이상, 이 얼굴도 사람의 얼굴임에는 틀림없었다.

이것이 폴린 잔센의 애견인 타로였다.

전사시대에 인류에게 애완되던 구견(舊犬)은 이제 동물원에서나 볼 수 있게 되었으며, 개(도그)라고 하면 당연히 축인견(도그야푸)을 의미하게 된 지도 벌써 몇 세기가 지났다. 단각(短脚)야푸를 생후 바로 천장이 낮은 우리에 가두고 천장에 전류를 통하게 해서 조건반사를 준 채, 만 2년─축소형태는 2개월까지 단축할 수 있지만─이 경과하면 평생 기어다니는 버릇이 들어버리고 만다. 이런 식으로 단각야푸에서 축인견(도그야푸)이 만들어졌고, 거기에 몸의 대소, 몸의 털, 눈썹, 꼬리 등 야푸육종학의 진보가 수십 종의 변종을 낳아 예전의 개(카니스)와 마찬가지로 다양성을 얻게 되자 그 우수한 능력은 예전의 개(카니스)에 비할 바가 아니었으며, 곧 애완동물계의 왕자가 되어 구견(카니스)을 동물원으로 내몰고 인류의 가장 충실한 반려인 '개'라는 특권적 명칭을 빼앗기에 이른 것이다.

구석기시대인 사냥개(네안데르탈 하운드)는 비교적 새롭게 만들어진 신견종으로, 당초 검투사(글라디아토르)로 사용하기 위해 5만 년 전의 지구에서 네안데르탈인을 생포하고 사냥하는 데 사용되었기에 이런 이름이 붙었지만, 호신견으로서도 환영받았기에 이스의 귀족사회에서는 지금 크게 유행하고 있다. 털도 꼬리도 없고 체격도 표준형이어서 모든 점에서 야푸의 원형을 간직하고 있기에 소박한 맛이 있으며, 훈련에 따라서는 매우 빠르게 질주할 수도 있고, 훌륭한 공격력을 갖춘 충격이빨(쇼크 팽)이라는 인공의 송곳니로 우선 전기충격을 주어 상대의 방어력을 빼앗은 뒤 이빨로 독을 주사한다. 독은 신경의 운동중추를 선택적으로 침범하기에 물리면 전신마비를 일으키는데, 그러나 외부에서 힘을 가하면 유연하게 어떤 자세라도 취할 수 있게 되지만 스스로는 손가락 하나 움직일 수 없는 무저항 상태에 빠져버려 완해약을 주사하기까지 그 자세를 지속하게 된다. 생포한 녀석을 좁은 비행정 안에 싣고 돌아올 때 이것은 매우 편리하다.

3. 사냥개 훈련

타로는 품평회(쇼)에서 전견최우승패를 3번이나 획득하여 폴린의 자랑거리가 된 네안데르탈 하운드였다. 오늘은 추락할 때부터 급변한 상황에 흥분해 있었는데 추락의 충격으로 느슨해진 문을 간신히 부수고 주인에게로 달려가려 한 순간 린이치로를 보았기에 단번에 달려들어, 너무 흥분한 나머지 주인이 말리는 것도 듣지 않고 물어버린 것이었다. 그도 그럴 것이 린이치로가 알몸이기 때문이었다.

축견장(켄넬)의 천장이 낮은 우리 속에서 사물을 분간할 수 있게 되었을 때, 그가 가장 먼저 기억한 것은 그의 사육을 담당하고 있는 견사흑노(犬飼黑奴, 도그 니거)였다. 그는 네 발로 기는 자신의 동족과 직립하여 걷는 종족의 차이를 배웠다. 그리고 우리에서 나와 훈련이 시작되었을 때, 그는 흑노(니그로) 위에 인간(우먼. 맨이 아니라 우먼이라고 한 것은 여권제로 여성이 인간을 대표하고 있기 때문이다. 자세한 내용은 뒷장을 보라.)이라 불리는 하얀 피부의 종족이 있다는 사실을 알게 되었다. 같은 직립종족인 것처럼 보여도, 인간과 흑노 사이에는 흑노와 개가 다른 만큼의 차이가 있는 듯했다. 매일 그를 조교하는 흑노는 그의 참된 소유자이자 가끔 시찰을 오는 인간 앞에, 개인 그와 마찬가지로 엎드려 인사를 했다. '하얀 피부를 물어서는 안 된다.' 이것이 그가 배운 첫 번째 금령(禁令)이자 지고의 명제였다.

그리고 흑노도 인간에게 봉사하는 유용한 존재로, 그렇기에 그를 물어서도 안 되었다. 이것을 그는 '옷을 입은 자를 물어서는 안 된다.'는 두 번째 금령으로 배웠다.

그 무렵에는 그도 이미 자신과 같은 야푸종족에 속하지만 인간이나 흑노처럼 직립종족의 형태를 갖춘, 생(로)야푸라고 불리는 종족이 여럿 존재한다는 사실을 알게 되었다. 그들은 옷을 입고 있지 않았다. 그러나 그것을 물면 야단을 맞았다. 생(로)야푸는 각각 소유자인 인간에 의해 길러지고 있는 재산이었기에 함부로 물어서는 안 되었다. 길러지고 있다는 증거는 목줄이었다. '목줄을 하고 있는 자를 물어서는 안 된다.' 이것이 세 번째 금령이었다.

이렇게 3가지 금령을 기억한 그는 뒤이어 토착야푸를 사용한 공격훈련을 받았다. 일반적으로 네안데르탈 하운드의 훈련에는 토착야푸를 쓴다. 축인 (야푸)부 토착축인(네이티브 야푸)과의 허가를 얻은 뒤, 야푼 제도로 가서 몇 마리인가를 포획해가지고 온다. 그들은 인간의식을 가지고 인간적 의식주 생활을 영위하고 있는 무리들이기에 물론 목줄은 하지 않았다. 그들의 옷을 벗겨 알몸으로 사냥터에 풀어놓은 뒤, 사냥개로 하여금 추적하게 하는 것이다. 이렇게 해서 3가지 금지령과는 반대로, '알몸에 목줄을 하지 않은 유색인'에 대한 공격본능의 집중이 완성되어야 비로소 네안데르탈인 사냥에 바로 도움이 되는 진짜 사냥개가 된 것이라고 할 수 있다. 타로도 이와 같은 알몸 토착야푸에 의한 훈련을 신물이 날 정도로 받아온 개였다. 그런데 조금 전, 주인의 발밑에 바로 그런 녀석이 앉아 있는 것을 보았으니 어찌 망설일 수 있었겠는가. 바로 공격을 가한 것이었다.

폴린도 그 사실을 알고 있었기에, 다른 사람의 야푸를 물었다는 사실 때문에 처음에는 발길질을 했으나 심하게 야단칠 마음은 들지 않았다. 목줄도 채우지 않고 생(로)야푸를 데리고 돌아다니는 사람이 잘못이야……, 라고 내심으로는 생각했다.

4. 육발판의 사용

클라라는 그런 사실을 조금도 알지 못했다. 괴상한 인견(人犬)에게 물린 애인이 어정쩡한 자세 그대로 몸을 움직일 수 없게 되었을 뿐만 아니라 말을 걸어도 대답 하나 하지 않았다. 불안한 마음에,

"린, 어떻게 된 거예요? 괜찮아요?"라고 다시 한 번 물었다. "피가 나고 있어요. 린, 린…….."

"야푸라면 걱정할 거 없어요." 충격이빨에 물리면 어떻게 되는지조차 모르는 것 같은 몰상식에 내심 어이가 없었지만, 폴린이 대신 대답했다.

"완해약 주사 한 방이면 바로 원래대로 돌아오니. ……그때까지는 어쩔 수 없어요. ……아끼는 애완동물(펫)을 우리 개가 물어서 미안하게 됐네요. 목줄을 하고 있지 않은 것 같지만."

비아냥거리는 듯한 투로 말했으나 클라라에게는 통할 리가 없었다. 애완동물이네, 목줄이네, 여전히 이상한 착각을 하고 있다고 생각했으나 그것을 되물을 만한 여유가 없었다. 사정을 이해하지 못한 채 애인을 위해서 필요한 듯한 약을 요구했다.

"얼른 그 완해약이라는 것을……."

"걱정하지 않아도 돼요. 시간이 지나도 완해효과에는 변함이 없으니……. 정신이 없어서 아직 이름도 여쭙지 못했네요. 자, 이리로 와서 앉으세요." 클라라에게 의자를 권하고 린이치로 쪽으로 빠르게 걸어가더니, "자, 너도 편안한 자세로 있게 해줄게."

폴린은 샌들의 끝을, 발가락을 세우고 있던 린이치로의 두 발 끝의 아래로 찔러넣더니 발가락을 펴주고 두 어깨에 두 손을 대서 앞으로 웅크리게 하여 조금 전처럼 다리를 모아 털썩 앉게 했다. 업어치기를 하기 위해 비틀었던 두 팔을 무릎과 발끝을 사용해 앞으로 차서 뻗게 했으며, 바닥에 두 손을 대게 해서 상반신을 앞으로 지탱하게 했다. 린이치로 스스로는 조금도 움직일 수 없는 몸이, 그녀가 손을 대면 자유자재로 유연하게 움직여서 자신의 의지와는 상관없이 두꺼비 같은 자세를 취하게 되었다. 귓바퀴의 출혈은 멈춘 듯했다.

클라라는 마음속의 공포를 감추고 소파의 오른쪽에 앉았다. 애인에게 이런 일을 당하게 해서 후회하고 있지만 지금 달아날 수는 없었다. 린이치로에게 완해약을 주사한 뒤가 아니면 여기서 나갈 수 없었던 것이다.

폴린이 그 왼편에 앉았다. 린이치로가 엎드린 방향이 마침 그녀 쪽이었기에 마치 그녀에게 절을 하고 있는 것처럼 보였다. 그의 시야에는 그녀의 새하얀 하반신과 그 옆에 네 다리의 끝을 바닥에 댄 채 엉덩이를 붙이고 두 앞발을 모아 구견(카니스)과 같은 자세로 앉아 있는 타로의 모습이 보일 뿐이었다.

그러자 떨어진 곳에 웅크리고 있던 육발판 린거가 폴린의 발밑으로 기어와서 사지를 접고 몸을 웅크렸다. 그녀의 명령뇌파를 받아 움직인 것이었다. 자연스럽게 샌들을 벗더니 폴린은 그의 등 위로 길게 뻗은 두 다리의 끝을 쉬게 했다. 살을 움푹하게 도려낸 곳에 발바닥이 쏙 들어가 자리를 잡았다. 타로가 뒷다리를 뻗어 몸을 일으키더니 목을 그 발판 위로 구부려 새하얀 그녀의 발등을 핥기 시작했다. 그 혀는 인간의 것보다 구견의 것에 가까웠다. 린이치로는 여자의 발끝에 조그만 조개껍데기처럼 늘어서 있는 발가락이 4개밖에 없다는 사실을 문득 깨달았다. 자세히 보니 새끼발가락은 퇴화하여 흔적만을 남기고 있었다.

'이 이상한 여자는 정말 인간인 걸까? 인간을 발판으로 삼고 개로 삼고도 태연할 수 있다니, 인간 이상의 존재인 걸까? 나는 앞으로 어떻게 되는 걸까? 클라라는 어떻게 할 생각인 걸까?'

원반정의 기괴한 한 방에서 일본인 세베 린이치로의 가슴속은 여러 가지 생각으로 어지러워질 뿐이었다.

제4장 구원요청

1. 자기소개

"저는 후작 후계녀(마쇼네트)인 폴린 잔센. 기혼이에요. 지금 본국성에서 시리우스 지구(地區) 검사장을 하고 있어요…….."

육발판에 얹었던 한쪽 다리를 들어 개의 혀가 발바닥에도 닿도록 하며 폴린은 자기소개를 하고 우아한 몸짓으로 상반신을 클라라 쪽으로 향했다.

그녀는 훗날 자신이 잇게 될 잔센 후작가(마쇼네스. 정확히는 여후작이지만 여권제인 이스에서는 특별히 여[女]를 붙일 필요가 없다.)의 이름을 자랑스럽게 여기고 있었다. 이스의 역사는 전사시대 말기, 희망봉에서 날아오른 우주선 '노아의 방주(아크)호'가 인마좌(人馬座) α권 제4유성인 '신지구(테라 노바)'를 정복하고, ω(오메가)열 바이러스가 맹위를 떨쳐 위기에 빠진 지구에서 영국의 여왕—이미 남아연방으로 피난해 계셨었다.—을 맞아들여 테라 노바 여왕국을 건국한 날에 시작되었다. 잔센 가의 먼 조상인 월리엄은 연방의 수상이었던 사람의 손자로 알려져 있는데, 방주(아크)호의 승무원으로 공을 세워 자작(바이카운트)에 서임되었다. 8대손이 시리우스권 정복에 커다란 공을 세워 백작(얼)이 되었고, 15대손이 현재 잔센 가의 영지인 알타일권을 정복하여 후작(마퀴스)이 되었다. 여권혁명 후에는 가독(家督)의 명칭도 (여)후작(마쇼네스)으로 바뀌었고 모계의 여자가 상속하게 되었는데, 그 첫 번째 인물은 지금도 '여왕(퀸) 앤'과 어깨를 나란히 하고 있는 명품 흑노주(黑奴酒) '여경(女卿, 레이디) 잔센'으로 이름을 남긴 여걸로, 당시 흑노(네그로)가 그 어떤 기호품도 금지당하고 있던 것을 가엾게 여겨, 자기 집안의 흑노에게, 잔센 일족 사람의 시뇨(배설물)를 처리한 술의 음용을 허락하여 기쁨을 주었으며, 그렇게 해서 흑노에게 인생의 위안을 부여함과 동시에 그 인간적 존엄을 빼앗음으로 해서 그들을 정신적으로 길들이는 흑노제도의 물질적 기초인 '흑노주(네그타르)' 양조에 선구적 역할을 한 인물로 알려져 있다. 그녀의 어머니, 지금의 가장인 아델라인 경은 제국의 부총리이자 세습한 알타일권의 총독을 겸하고 있는데, 남자 첩을 몇 명이나 거느린 사생활을 비난하는 사람은 있어도 정치가로서의 능력을 의심하는 자는 없고, 막대한 부와 여왕의 총애를 배경으로 하는 권세는 당대 손에 꼽히는 인물이라는 평을 듣고 있으며, 그 위엄 있는 미모는 나라 안에 수많은 숭애자(팬)를 가지고 있었다. 그녀의 딸인 폴린은 명문가의 자녀가 늘 그렇듯 단번에 중요한 지위에 올라 총독이 될 날에 대비하여 수행 중인 몸이었는데, 어머니에게서 물려받은 미모는 젊은 시절부터 시리우스권에서 유명해서 미스 유니버스가 된 적도 있었다. 자랑스럽게 자기소개를 한 그녀는 내심 상대방의 태도에 변화가 있을 것이라 예상하고 있었다.

그러나 이렇다 할 반응도 보이지 않았기에 뭔가 부족함을 느끼며 그녀는 말을 이었다.

"……얼마 전, 이 유성에 별장을 새로 지었기에 3주 전부터 여동생과 오빠를 데리고 놀러 와 있었어요. ……오늘은 친절을 베풀어주셔서 뭐라 감사의 말씀을 드려야 할지 모르겠네요. 저희 별장으로 한번 초대해서 감사의 뜻을 표하고 싶어요. 꼭 와주세요. 어디로 연락을 드리면 될까요? 처음 뵙는 거 같은데……."

본국성인 카를의 수도 아베르데인에 살고 있는 귀족이라면 거의 대부분 유희의 친구로 서로 알고 지내는 사이였다. 지금 눈앞에 있는 이 아가씨는 복장이나 언행으로 봐서 신분이 있는 여자임에는 틀림없는 듯했으나, 소박한 옷감도 그렇고 자신을 알아보지 못하는 점도 그렇고, 어딘가 식민성(植民星)의 귀족일 것이라 생각하여 은연중에 그런 냄새를 풍기며 물어본 것이었다.

"소개가 늦었네요……. 저는 클라라 폰 코토비츠. 미혼이에요. 태어난 곳은 독일(저머니). 아버지는 혁명 전에는 백작(그라프)이셨어요. 저는 지금 학생이고 주소는……."

후작 계승녀(마쇼네트)라는 등의 묘한 신분을 들었기에 대항하는 의미에서 아버지의 옛 작위를 들먹인 점을 제외하면 클라라의 말은 극히 평범한 것이었으나 사태를 일변시키는 힘을 가지고 있었다.

"독일? 백작? 혁명? ……대체 무슨 소리죠? 앗!"

폴린은 진상을 깨닫고 퍼뜩 놀랐으나 그래도 여전히 믿을 수 없다는 듯한 표정으로, "대답해주세요! 여기는 몇 호 구면이죠? ─아니, 여기는 기원 몇 년인가요?"

"올해는 물론 1956년……."

"세상에나!"

마침 오른쪽 다리의 네 발가락을 입에 물고 빨려 하던 애견 타로의 얼굴을 탁 차서 물러나게 하고 서둘러 샌들을 걸치며 조종석으로 달려갔다.

계기를 살펴 고장과 비행정의 현재 위치를 확인한 폴린은 얼굴색을 바꾸었다. 20세기에 중도추락한 것이었다. 야푸를 데리고 있는 이 여자는 전사시대 사람이었던 것이다. '터무니없는 착각을 했어…….' 혹시나 싶어 정 밖으로 나가 파손된 부분을 살펴보았다. 도저히 항시운행은 계속할 수 있을 것 같지 않았다. '구조를 요청할 수밖에 없을 듯한데, 연락은 취할 수 있을까? 시간전화가 추락으로 파손되지 않았으면 좋으련만…….'

조종실로 돌아와 다이얼을 돌렸다. 타로는 충실한 호신견답게 밖으로 나갔다가 들어온 그녀 곁에 붙어서 한시도 떨어지지 않았다. 이쪽으로는 눈길조차 주지 않고 혼자서 분주한 폴린을, 클라라는 그저 멍하니 바라보고 있었다. 1956년이라는 말을 듣고 어째서 저렇게 갑자기 당황하기 시작한 건지…….

폴린의 귀에 부저 소리가 들려오기 시작했다. 우주의 회선을 매개로 하여 시간이 다른 구면을 연결하는 시간전화장치는 기능을 잃지 않았다.

'고마운 일이야. 살았어…….'

통화기 앞의 공간이 갑자기 밝아져 클라라를 놀라게 했다.

별장 소속 전화담당 흑노의 상반신 영상이 입체수상기에 나타났다. 폴린임을 알고 인사를 한 뒤,

"아, 작은마님……."

"돌리스를 불러줘."

"알겠습니다. …… 아, 지금 삼각마구간에 계시다는데……."

"마구간으로 돌려줘."

"알겠습니다."

흑노의 모습이 슥 사라졌다. 인형과 같은 것이 나타났다가 사라질 뿐만 아니라 말을 하고, 움직이고, 표정을 바꾸는 신기함에 클라라는 한동안 연인조차 잊은 채 넋을 놓고 멍하니 바라보았다. 사라진 후에 다른 흑노의 상반신이 나타서는 폴린에게 인사를 했다.

"돌리스는?"

"지금 폴로연습을 위해 아발론을 타시고……."

"불러봐."

"알겠습니다."

흑노가 사라지고 멀리서 날아다니는 커다란 새의 모습이 보였다. 그 등에는 미소년이 앉아 있는 듯……. 그런데 순식간에 점점 가까워지며 확대되었다. 새라고 생각했던 것은 거대한 독수리의 날개를 퍼덕이고 있는 기묘한 사족수

(四足獸)였다. 소년이라고 생각했는데, 폴로모자에서 풍성하게 흘러내린 금발로 봐서 남장을 한 미소녀인 듯하다고 클라라는 생각했다. 그것이 천마 (페가수스) 아발론에 탄 돌리스였다.

2. 유익사족인(페가수스) 애사

옆길로 벗어나는 듯하지만 천마에 대해서 설명하기로 하겠다. 이스에서 전사시대의 말은 구마(舊馬, 에쿠우스)라 불리며, 지금은 동물원에만 있다. 말(호스)이라고 하면 축인마(얍푸 호스)를 가리키는 것인데, 그 외에 타고 다니는 동물에는 2종류가 더 있다. 하나는 모태 안에서 쌍둥이 야푸에게 수술을 가해, 연극의 말처럼 한쪽의 어깨와 다른 쪽의 허리를 접착시킨 다음 샴 형제처럼 쌍체유착에 의해 한 몸으로 만들어 태어나게 한 인위적 동물인 반인반마(센토)이고, 다른 하나가 천마(페가수스)다. 몸통은 당나귀 정도이고 등에 낙타처럼 혹이 있으며, 양 옆구리에 콘돌의 3배쯤이나 되는 날개가 돋아 있다. 재갈과 안장의 장착도, 고삐와 채찍과 박차로 제어하기도 하고 격려하기도 하는 것 모두 구마(에쿠우스)와 다를 바 없으며, 지상을 달리는 능력은 떨어지지만 사람 하나를 태우고 하늘을 유유히 비상할 수 있다. 천마(페가수스)라는 이름에 어울리는 이 비행동물은, 그러나 인위적으로 만들어낸 것이 아니라 테라 노바성(星)의 원주민이었던 유익사족인(有翼四足人)을 가축화한 것이다.

지구 인류에게도 뒤지지 않는 높은 정신문명을 자랑하며, 지금은 옛것을 그리워하는 손님을 기쁘게 해주는 장려한 삼각탑을 산 위에 건축해놓고 널따란 하늘을 당당하게 날아다니며 이 유성을 지배했던 그들도, 원자력 문명에 어두웠기에 원자폭탄과 수소폭탄을 가진 인류의 공격에는 애초부터 적이 될 수 없었다. 살아남은 전원은 포로가 되었으며, 훗날 여왕의 애마 로크1세로 알려진 그들의 왕이 여왕 마거릿의 왕좌 앞으로 끌려나와 무릎을 꿇었다. 지구를 떠난 이후부터 말을 탈 수가 없어서 허전했던 여왕이 커다란 날개를 접고 네 다리를 꿇은 채 웅크린 왕의 모습에서 천마(페가수스)를 떠올려, 인간이 탈 수 있는지 가능성을 검토해 보라고 명령한 순간, 왕으로 대표되는 유익사족인들의 운명이 결정되었다.

동물학자·생리학자 등이 공동으로 이 동물에 대한 연구를 시작했다. 연구 결과 알게 된 중요한 사항은, 그들이 원형동물과 공생하며 기묘한 섭식과 배설체계를 갖춘 포유류라는 사실, 그 문명의 원동력으로 인간의 손에 상당하는 설촉수(舌觸受, 텅 텐터클)를 가지고 있다는 사실 등이었다.

그들의 내장 안에는 크고 기다란 유구회충(有鉤蛔蟲)이 한 마리씩 살고 있는데, 위와 장의 경계에 있는 유문에 머리를 박고 갈고리(鉤)로 고착, 꼬리가 항문에 이르기까지 촌충처럼 내장 안에 기다랗게 자리 잡고 있다. 식사할 때가 되면 항문에서 빠져나온 그 꼬리 부분이 영양액 속으로 들어가 꼬리 끝에 있는 개공부로 액을 빨아들여 속이 빈 자루 같은 체내를 가득 채운다. 그리고 유문 바로 아래의 자잘한 구멍으로 천천히 그 영양액을 뱉어내 장벽을 적셔서 기생주(寄生主)인 천마를 섭식의 번거로움에서 벗어나게 함과 동시에 흡수하기 쉬운 형태로 그 장에 자양분을 공급한다. 그러나 회충(아스카리스) 자체의 영양은 그 액에서 취하는 것이 아니다. 액이 천마의 내장 안을 타고 내려가며 영양분을 잃고 폐액이 되어 배설되기 직전의 단계에 달하면 회충의 하반신이 그것을 흡수하여 자신의 영양으로 삼는다. 그렇게 해서 회충의 전신은 점차 폐액으로 가득 찬 자루가 되며, 다음 식사 때 밖으로 내민 꼬리 끝의 개공부는 우선 그 폐액을 뱉어낸다. (그리고 새로이 영양액을 빨아들여 앞서와 같은 과정을 되풀이한다.) 따라서 천마 자신은 특별히 배설이라는 행위를 할 필요가 없다. ……이처럼 살아 있는 펌프와 같은 벌레를 기생시킴으로 해서 섭식과 배설 모두를 해결한다. 참으로 재미있는 공생현상이었다.

훗날의 일이기는 하나 이 천마대사회충의 변종을 각 야푸의 체내에 기생시켜 야푸의 섭식·배설을 인간의 그것과 전혀 다른 것으로 만드는 데 성공했다는 사실이 축인제도(야푸 후드)의 확립에 있어서 그 물질적 기초가 되었다. 생체가구용 영양순환장치(2장)도 이 단계를 경과하여 훗날 비로소 발명된 것이다. 토착야푸 및 특히 생체실험용(내복용 신약의 효능을 시험하는 경우 등), 혹은 생체모형용(복부를 갈라 위의 수축운동 상태를 보여주는 데 쓰이는 경우 등)으로 쓰기 위해서 인간과 같은 생활양식으로 사육하는 생야푸를 제외한 모든 야푸는 생후 바로 사육소(야푸너리) 사람들의 손에 의해 이 회충—흔히 펌프충이라고 불리는데—의 알을 먹게 되어 앞에서 말한 것과 같은 공생생활을 영위하게 되어 있다. 이에 대해서는 나중에 자세히 이야기할 기회가 있을 것이다. 지금은 천마에 대한 이야기로 돌아가겠다.

천마도 진화 초기에 있어서는 구강으로 섭식하고 항문으로 배설한 듯하다. 그러나 펌프충과의 공생으로 구강을 섭식에 사용하지 않게 되자 끝이 갈라진 혀가 신장·발달하기 시작하여 결국에는 뱀과 같은 2개의 촉수로까지 진화했다. 그들은 이 촉수로 기구를 만들고 다룰 수 있게 되어 고등생물로 진화했으며, 그토록 찬란한 테라 노바 고문명의 꽃을 피울 수 있었던 것이다.

이에 여왕의 하명에 대한 답신은 간단한 것이었다. 타기 전에 그들의 설축수를 절단해버리면 된다는 것이었다. 이 수술─혀거세(텅캐스트레이션)라고 불린다.─로 인해 그들의 고차행동능력은 소멸되지만, 지성 및 승용비행축(乘用飛行畜)으로써의 육체능력은 조금도 줄어들지 않는다.

이렇게 테라 노바의 원주민이었던 유익사족인들은 한 여성이 순간적으로 떠올린 생각에 의해서 인류의 새로운 가축으로 다시 태어나게 되었으며, 혀거세를 받은 후 지난날의 삼각탑을 대신하는 삼각마구간 속에서 길러지는 몸이 되어버린 것이다. 이후 2천 년, 거듭되는 거세로 인해 온순해지기는 했으나 여전히 정신력에 있어서 그들에게 뒤지는 기수에 대해서는 종종 발작적인 저항(레지스탕스)을 시도하는 경우가 있기에 지금은 OQ(명령파지수)가 100에 달하지 못하는 사람, 즉 평민에게는 천마기승(페가수스 라이딩)이 금지되어 있다. 승마 일반이 평민과는 거리가 먼 오락이기는 하지만, 특히 천마는 독심가구(텔레파스)와 마찬가지로 귀족계급의 전유물이다.

3. 천마폴로와 돌리스

왼손에 고삐, 오른손에 타구방망이(폴로스틱)를 쥐고 폴로셔츠를 입은 미소녀의 모습이 선명해지기 시작했다. 날갯짓도 느려졌다.

이스 귀족계급의 90%를 차지하는 것은 앵글로 색슨족인데, 그들은 가축 만들기와 마찬가지로 새로운 유희 발명에도 예로부터 우수한 능력을 보인 민족이었다. 구마(에쿠우스) 대신 천마(페가수스)를 사용하는 새로운 형식의 폴로를 고안해내지 않았다면, 오히려 그것이 더 이상한 일이다. 페가수스 폴로는 옛 평면경기장의 상공 100m에 달하는 공간을 경기장(그라운드)으로 삼고, 내부에 회전체(자이로)가 들어 있어서 중력의 작용을 받지 않는 공을 지상 50m 높이의 골대 안에 넣는 3차원 폴로다. 각 조(팀) 특유의 색으로 구분하여 날개를 염색한 천마가 상하좌우로 날아다니며, 그 사이를 하얀 공이 종횡으로 움직인다. 참으로 장쾌한 경기였다. 그리고 돌리스는 아베르데인 폴로팀의 정식 선수였다.

아발론이 날개를 접고 그 네 발이 땅에 닿았다. 돌리스가 경쾌한 몸짓으로 안장에서 뛰어내리자 박차가 빛났다. 마구간에서 보낸 신호를 보고 돌아온 것이리라. 연락을 위해서 달려가는 흑노의 모습이 수상기에 조그맣게 나타났다.

영상이 사라지더니 이번에는 미소녀의 상반신이 확대(클로즈업)되고 입체화되었다. 폴로 정식선수의 복장이었다. 승마바지에 부츠를 신은 하반신을 보지 않아도 늘씬한 몸매에 채찍처럼 강인함과 부드러움을 숨기고 있다는 사실을 알 수 있었다. 아직 18세였으나 남자 첩의 씨로, 언니처럼 주요 지위를 예상할 수 없었기에 정치에는 흥미가 없고 오로지 스포츠에만 전념해서 어렸을 때부터 승마의 명수라 일컬어져왔다. 말(물론 축인마[얍푸 호스]를 일컫는다. 어떤 말인지는 뒤에서 설명하겠다.)의 숫자는 많지 않았으나, 고르고 고른 명마만 모아놓은 그녀의 마구간은 언제나 언니의 선망의 대상이었다. 사냥 솜씨도 언니보다 좋았다. 아버지를 닮아서 얼굴은 언니보다 조금 투박했지만, 남녀의 역할이 전사시대와 반대가 되어버린 이스에서 그와 같은 투박함은 여자의 얼굴에 있어서 조금도 마이너스가 되지 않았다. 단정한 얼굴이었다. 아직 농익지 않은 처녀의 육체적 청순함이 앳된 얼굴, 특히 그 때 묻지 않은 동그란 눈과 조화를 이루고 있었다.

한 손에 쥔 타구방망이(폴로스틱)를 휘두르며 뾰로통한 얼굴로,

"무슨 일이야, 언니. 지금 연습 중이었어."

"돌리스, 나 불시착, 추락했어."

"뭐, 추락? 어디에?"

"1956호 구면 북위 50도 12부, 동경 8도 23부 50초. 알았지? 원반(디스크)도 부서져서……."

"알았어. 바로 데리러 갈게. 유도파 송출해줘."

"응. 부탁해. 기다리고 있을게."

4. 팔태양제국 이스

폴린이 안심한 표정으로 클라라를 돌아보며,

"실례했어요, 폰 코토비츠 양. 이젠 괜찮아요. 곧 데리러 올 거예요." 조종석에서 일어나 돌아오며 말을 이었다. "하지만 정말 놀랐어요. 당신을 이스(EES) 사람이라고만 생각하고 있었기에……. 그러고 보니 당신의 옷도, 야푸에게 목줄을 채우지 않은 것도 이상하다는 생각이 들기는 했지만 설마 싶어서……."

"EES 사람?" 신기한 입체영상에 압도되어버린 듯한 기분에서 아직 깨어나지 못한 채, 클라라가 이해할 수 없다는 듯한 말을 되풀이했다. "EES가 뭐죠?"

"The Empier of Eight Sun(더 엠파이어 오브 에잇 선, 팔태양제국), 다른 이름은 The British Universal Empire(더 브리티시 유니버설 엠파이어, 대영우주제국)라고 말해봐야 역시 모르실 테지만." 클라라 바로 앞까지 온 폴린이 원래의 자리에 나란히 앉으려 하지 않고 그녀와 마주보고 이야기를 나눌 생각인 듯 린이치로의 등에 비스듬히 앉기 위해 엉덩이를 내리며 설명했다. "이건 옛날 사람에게 말해서는 안 되게 되어 있어요. 전사시대의 구면에 무허가 착륙한 것만으로도 축소형 5급……, 커다란 처벌을 받을 정도예요. 하지만 저는 추락했고 당신이 구해줬으니 숨겨야겠다고는 생각지 않아요. 놀라서는 안 돼요. 지금 당신이 살고 있는 시대보다 2천여 년 뒤의 세계, 그것이 EES예요. 저는 8개 태양권의 수도가 있는 본국성에서 지구별장으로 놀러 왔어요. 하지만 지금 저희가 있는 이 구면이 아니라 3960호 구면에, 그러니까 지구기원으로 따지자면 3960년의 지구 위에 신축된 별장에 온 거예요."

폴린은 이야기를 이어가면서도 엉덩이 밑에 있는 야푸에 대해서는 조금도 신경 쓰지 않았다. 아베르데인의 자택에는 각 방에 육의자(얍푸 체어)를 놓고 침실에는 육침대(얍푸 베드)를 갖추어놓았으며, 그녀는 야푸의 살갗으로 자신의 신체를 따뜻하게 하는 데 매우 익숙해져 있었기에 지금 이 야푸의 등에 앉았다는 사실에 대해서도 아무런 긴장감도 느끼지 못했던 것이다. 케이프가 짧아서 엉덩이 아래에 깔 수는 없었기에 엉덩이의 살이 얇은 옷 하나를 사이에 두고 야푸의 등에 닿았으며 아래로부터 온기를 느낄 수 있었다. 그녀가 높다랗게 다리를 꼬았다.

린이치로는 그녀가 앉음과 동시에 그녀의 체중을 사지에 묵직하게 느꼈으며, 그 이상으로 정신적인 굴욕감을 다시 한 번 맛보았다. 그것을 말도 하지 못한 채 견디고 있었기에 전신이 뜨거워졌다. 그 등에 앉은 여자의 엉덩이가 차가웠다. 클라라와 입맞춤을 한 것 외에 여자에 관한 경험이 없었기에 물론 여자의 알몸 따위 알 리도 없는 린이치로는 처음으로 맛본 여자 엉덩이의 차가움에 놀랐지만, 그보다 더 놀라운 것은 여자가 하는 이야기의 내용이었다. 그냥 듣기만 했다면 정신병자의 헛소리로밖에 여겨지지 않았을 테지만, 이런 특수한 상황 아래에서 듣고 있자니 믿을 수밖에 없었다. 린이치로는 하늘을 날고, 사람을 개로 만들고, 커다란 도시를 바다 밑으로 가라앉게 만드는 아라비안나이트 속 마녀의 마법에 걸려 돌이 되어버린 듯한 기분이 들었다. 여자가 다리를 꼬았을 무렵에는, 처음에 느꼈던 엉덩이의 차가움도 사라지고 오히려 따스함까지 전해지기 시작했다.

클라라는 자신의 눈앞에서 상대방이 의자 대신으로 연인의 등에 앉았기에 불쾌함을 느꼈으나 너무나도 자연스러운 태도에 오히려 주눅이 들어 항의조차 하지 못한 채,

"어떻게 영어를 알고 계신 거죠?"라고 매우 날카로운 질문을 던졌으나,

"영어? ―아아, 세계어를 옛날에는 그렇게 불렀었지. 그 영어가 우주제국

전체의 공통어가 되었어요.
물론 사투리도 있고 평민은
꽤 혼란스럽게 쓰고 있는 듯
하지만……."

"이 비행접시(플라잉 소
서)는?"

"원반(디스크)을 말하는
건가요? 이건 항시쾌속정
(타임 요트)이에요. 시간항
행기(타임머신)라고 해서 4
차원 우주선에 사용하는 차
원추진기(디멘셔널 프로펠
러)를 시간차원으로 작동시

키는 것이 있어요." 상대방이 아무것도 모른다는 사실을 알자 폴린의 이야기
도 해설하는 투로 바뀌어 있었다. "그 가운데서 제일 소형이 이것으로 1인승이
에요. ……그럼 이번에는 제가 묻겠는데 당신은 어떻게 이 야푸를 알몸으로
해서 데리고 있었던 거죠? 전사시대에 야푸들은 모두 옷을 입고 있었다고
저는 배웠는데……. 조금 전 제가 착각을 했던 이유 중 하나도 그거였어요."

폴린이 미끈하고 품위 있는 오른쪽 집게손가락으로 엉덩이 아래에 있는
린이치로를 가리키며 클라라를 보았다.

린이치로는 기척으로 자신의 이야기를 하고 있는 것이라 깨닫고 다시
굴욕으로 피가 끓어올랐다. 조금 전 여자 앞에 알몸을 드러냈다는 사실을
부끄럽게 여겼을 때는, 상대방도 그의 알몸을 똑바로 쳐다보지 못하고 난처함
을 느끼고 있는 것이라 생각하여 남자로서 여자에 대해서 조심스럽게 행동했
던 것인데, 지금 여자가 이토록 태연하게 그의 알몸을 입에 담고 하필이면

알몸인 그의 등에 걸터앉는 등, 그의 알몸에 대해서 여자로서의 당혹감은 전혀 느끼지 않는 것을 보니 어엿한 남성으로서의 자신을 무시당한 듯한 느낌이 들어 아까와는 다른 굴욕감에서 오는 수치심을 견딜 수가 없었다.

제5장 야푸 본질론
—지성원후(知性猿猴, 시미어스 사피엔스)

1. 허인형의 첫날밤

"저의 린— 세베 씨(미스터 세베)를 자꾸만 야푸라는 묘한 명칭으로 부르시며 이상한 말씀을 하시는데, 어떻게 된 일이죠?" 클라라가 좋은 기회를 얻었기에 아까부터 하고 싶었던 말을 분한 마음과 함께 터뜨렸다. "그가 전신마비로 괴로워하고 있는데 그 등에 앉다니! 저는 아까부터 마음에 걸렸어요. 그만 내려오세요. 그리고 약을 얼른 주사해주세요. 저는 약혼자(피앙세)의 치욕을 더 이상 참을 수가 없어요."

린이치로는 클라라의 항의를 기쁘게 듣고 있었는데, 순간 폴린의 엉덩이에 힘껏 눌려서 무저항 상태인 채 앞으로 고꾸라져, 지금까지 두 손바닥으로 버티고 있던 상반신을 팔꿈치까지 바닥에 대고 낮게 버티고 있는 듯한 자세가 되었다. 폴린이 기세 좋게 일어선 반동에 떠밀린 것이었다. 그녀의 엉덩이가 떨어지자 이번에는 등이 써늘했다.

"뭐라고요? 이 야푸와 약혼? 아무리 야만스럽다 해도 그런……." 폴린의 목소리가 더욱 격해지려 했으나, 무슨 생각을 한 것인지 갑자기 부드러워졌다. "아아, 린거로 만들어 쓸 생각이라는 말을 약혼이라고 표현한 거군요. 그렇죠?"

폴린은 린거와의 결혼식을 떠올린 것이었다.

여권제 확립 후, 남자의 정조의무가 강조되고 습속화됨에 따라서 신부의 처녀성은 문제가 되지 않았으며 반대로 신랑의 동정이 중요시되어 원래는 처녀를 의미하던 Virgin이라는 단어가 동정을 의미하게 된 지도 오랜 세월이 흘렀다. 이와 같은 남녀관 아래에서는 린거도 동정인가 아닌가에 따라서 가격에 커다란 차이를 보인다. 동정 린거에는 입술조임쇠(립 파스너)라고 불리는 지퍼가 달린 것과 지퍼 대신 막(하이먼)을 붙인 것이 있는데 후자는 비싸서 귀족이나 부호가 아니면 손에 넣을 수 없으며, 평민은 기껏해야 조임쇠(파스너)가 달린 2급품을 살 수 있을 정도다. 그래도 어쨌든 동정품으로 환영받는다.

완구라고는 하지만 동정이 문제가 되는 생인형이기에 거기서 남성을 느끼는 여자도 있다. 실제로 평민여성 중에는 원래의 알몸으로도 이상할 것 없는 린거의 머리에만 자루 같은 복면을 씌우고 린거팬티라고 부르는 사람들이 있는데, 이는 린거 사용에 익숙하지 않아 완전히 완구시 하지 못하기에 그 얼굴에 피복이 없으면 부끄러움을 느끼기 때문이다. 물론 상류여성들 사이에서 그처럼 식견 없는 사람은 볼 수 없지만, 동정 린거의 첫 사용을 신랑의 동정을 신부가 깨는 결혼 첫날밤에 비유하여 결혼식(웨딩)이라고 농담처럼 말하게 된 이면에는 역시 이 린거를 의인화하는 심리가 있는 것이라고 말 수 있으리라.

어쨌든 그것은 흔히 들을 수 있는 표현으로 폴린 자신도 이삼일 전, 이웃 별장의 아그네스가 놀러 왔을 때, 서로 흉허물 없이 지내는 사이이기도 했기에 린거를 화제로 삼아,

"이 린거 처음 보는데. 여행용? 산 거야?"

"응, 발판 겸용으로. 여행을 떠나기 전에 생각이 나서 마련한 거야. 독심가구화(텔레파사이즈)했어."

"신품이로군. 벌써 결혼했어?"

"응, 비행선 안에서 바로 식을 올렸어."라는 대화를 나누었다. 이러한 일들에서 유추하여 클라라가 말한 약혼을 그녀 나름대로 해석한 것이었으나⋯⋯.

"아니요, 린거 같은 건 알지도 못해요." 클라라의 목소리가 당당하게 들려왔다. 어느 틈엔가 자리에서 일어나 폴린과 얼굴을 마주하고 있었다.

"저희 두 사람은 서로 사랑하고 있어요. 그가 대학을 졸업하면 그의 조국으로 가서 식을 올릴 거예요⋯⋯."

"그럼 정말 결혼할 생각이란 말인가요? 아아, 끔찍해라, 야푸와 결혼⋯⋯."

"야푸 같은 건 제 알 바 아니에요!"

"그건 구야푸가 야푸라 불리지 않았기 때문이에요. 인간 취급을 받았기 때문이에요. 아마도 야반인이나 잔판인이라 불리고 있죠? 하지만 명칭 같은 건 아무래도 상관없어요. 문제는 당신의 이른바 그이의 조국이 사실은 야푼 제도에 사는 야푸들의 무리들이라는 점이에요. 당신의 약혼자(피앙세)는 그⋯⋯."

"부인(마이 레이디)." 클라라가 더는 참지 못하고 말을 끊었다. "제 장래의 남편에 대해서 이러쿵저러쿵 말씀하지 마셨으면 해요. 게다가 그는 당신을 실신에서 구했으니 당신에게도 은인인 셈이에요. (이때 폴린은 어깨를 들썩

였다.) 그는 당신이 야푸인지 뭔지 말씀하시는 그런 비천한 존재가 아니에요. 저, 조금 전까지는 당신이 정신적 충격(쇼크)에서 아직 회복되지 않은 것이라 생각했기에 참고 있었어요. 하지만 당신이 신기한 미래의 나라 사람이라는 말을 듣고 사정을 이해할 수 있었기에, 그에 대한 당신의 태도가 어떤 편견에 바탕을 둔 것이라는 사실을 알게 되었어요. 저는 당신을 위해서 그 점을 안타깝게 생각하지 않을 수 없어요."

고 폰 코토비츠 백작의 딸이라는 이름에 조금도 부끄럽지 않은 훌륭한 말이었다.

2. 반인간 노예와 지성이 있는 가축

클라라의 열변에 그녀의 미혹이 아직 깊다는 사실을 꿰뚫어본 폴린은 상대방의 심정을 존중하여 더는 린이치로의 따뜻한 등은 사용하지 않고 소파로 돌아와 발판의 움푹한 곳에 두 다리 끝을 올리고 손짓으로 자리에 앉으라고 권하며,

"폰 코토비츠 양, 당신의 마음은 잘 알았어요. 전사시대의 구야푸가 인간으로 취급되었다는 사실을 이론으로는 알고 있었지만, 설마 이 정도일 줄은 몰랐기에 놀랐던 거예요. 생각해보니 그런 시대에 살고 있는 당신에게 저와 같은 생각을 당장 가지라고 하는 것은 무리일지도 모르겠네요. ……하지만 그냥 보고만 있을 수는 없어요. 당신처럼 훌륭한 인간의 애정이 야푸에게로 향하다니, 생각하는 것만으로도 인간성에 대한 모욕이에요. 다시 생각해주었으면 해요."

"무슨 말씀을 하시는 거죠?" 클라라는 어이가 없었고, 뒤이어 화가 났다.

"모욕에도 정도가 있어요."

"상대가 야푸인걸요. 모르겠나요, 폰 코토비츠 양. 이건,"

'그'라고 말하지 않고 '이건'이라고 사물을 가리키는 대명사를 사용하며

린이치로를 가리키고, "야푸예요. 당신들의 20세기가 야푸라는 명칭을 아느냐 모르느냐는 문제가 아니에요. 문제는 피부의 색이에요. 황색 피부가 가르쳐주고 있어요. 이건 야푸지 인간이 아니라고."

"먼 미래의 세계에서 백인이 황색인을 노예로 삼고 있다고 해서 그게 저희들의 애정과 무슨 관계가 있다는 거죠? 설령 그렇다 해도 저는 결혼을 조금도 망설이지 않을 거예요." 클라라가 눈을 반짝이며,

"노예도 역시 인간(맨카인드)이에요."

"황색 노예 같은 건 없어요. 노예는 검은색이에요. 그리고 흑노는 인간(우먼카인드)이 아니라 반인간(데미 우먼카인드)이에요." 폴린이 당연하다는 듯 말했다. "피부가 하얗지 않으면 인간이라고는 말하지 않아요. 형용사를 붙여서 백인이라고 말할 필요도 없어요[1], 저희 인간은."

"그건 편견이에요. 노예는 제도의 산물이고, 제도로 인간의 본질을 부정할 수는 없어요. 저희 세계는 그 사실을 깨닫고 100년 전에 흑인노예를 해방했어요."

"그 해방이 후에 아메리카―였었죠, 아마도―를 망하게 했어요. 해방하기 전에 좀 더 생각했어야 했어요. ……그야 노예는 제도의 산물이에요. 물론 육체적으로는 흑노도 인간도 같은 homo sapiens에 속해요. 하지만 지성인류(호모 사피엔스)라고 해서 인간이라고 말하는 것은 논리의 비약이에요. 반인간도 있을 수 있어요. ……어쨌든 이런 건 야푸와는 관계없는 얘기에요."

"황색인은 흑인과 달리……."

우수한 민족이에요, 라고 이어가려던 클라라의 말을 도중에서 끊고 폴린은,

"……다르고말고요. 전혀 달라요. 비교하는 게 우스울 정도예요. 흑노는 노예지만 야푸는 가축인 걸요." 단호하게 잘라 말했다.

---

1) 이처럼 이스에 백인이라는 개념은 존재하지 않지만, 20세기 사람을 독자로 삼았기에 이하의 설명에서는 백인이라는 단어를 사용할 수밖에 없다는 점, 양해해주시기 바란다.

"야푸는 유인원(에이프)이에요. 짐승(비스트)이에요. 제아무리 지성(인테리젠스)이 있다 해도 짐승을 노예라고 부르지는 않아요. 가축이에요. 야푸는 지성을 갖춘 가축이에요."

"말도 안 되는 소리! 무엇을 근거로 그렇게 황당한 소리를……." 클라라는 절규했다.

"무슨 소리예요? 전 그저 사실을 말하고 있을 뿐이에요. 당신이 모르고 있는 것일 뿐이에요. ―하지만 당신만이 아니에요. 전사시대 사람들은 아무도 몰랐어요. 야푸가 '지성이 있는 유인원(인테리젠트 에이프)', 학명은 simius sapiens예요, 지성이 있는 유인원이라는 사실을 테라 노바 사람들이 가르쳐주기 전까지는 누구 하나 깨닫지 못했어요." 폴린도 마침내 흥분하기 시작해서 하얀 뺨이 붉은빛으로 아름답게 물들었다.

"구야푸가 '노란원숭이(옐로몽키)'라고 불렸던 시절도 있었던 모양이에요. 식견 있는 사람이 아주 없었던 것도 아니었던 거죠. 구야푸가 모방능력―이건 원숭이(몽키)의 특성이에요.―이 뛰어나다는 사실을 꿰뚫어보았던 거예요. 한 발짝만 더 나갔으면 됐을 텐데, 당시는 지성(인텔리젠스)이라는 것을 인류의 점유물인 양 착각하고 있었기에 유인원(에이프)도 지성동물이 될 수 있다는, 그런 진화도 있을 수 있다는 사실을 아무도 생각하지 못했던 거예요. 그런데 테라 노바로 건너가서 인류 이외에도 천마(페가수스) 같은 지성동물이 있다는 사실을 알고 비로소 눈을 뜨게 되었고, 그 눈으로 구야푸를 다시 바라보니 '노란원숭이'라는 말이 단순한 비유가 아니었다는 사실을 깨닫게 된 거죠. 그것을 학문적으로 증명한 것이 히틀러였어요."

3. 축인론의 성립과 의의

원래 '야푸는 유인원(에이프)의 일종이다.'라는 설은, 테라 노바 군의 지구 재점령 당시 야푸의 처우에 있어서 인권문제를 제기하는 사람들의 입을 막기 위해 편의상 대중전달기관(매스컴)에 배포된 속설로, 정책적 신화라고 할 만한 것이었다. 테라 노바 본국에서 흑인은 이미 노예화되어 있었기에 흑노의 인간성을 새삼스럽게 문제 삼을 필요는 없었으며, 새로 점령한 지구에서의 정책으로는 야푸만을 대상으로 하여 그 인권박탈의 이유를 만들어내기만 하면 되었다.

그런데 야푸의 노예화·가축화를 추진하는 과정에서 그 이유로 되풀이되는 동안 속설이 언젠가부터 사람들의 신념에 뿌리를 내리기 시작했다. 그리고 그 신념으로부터의 역작용으로 가축화에 더욱 박차를 가하게 되었다. 천마대 사회충(페가수스 펌프충)의 야푸기생종 발명도 야푸 인간관 아래에서는 불가능했으리라. 생체해부(비비섹션)에 의한 의학의 진보로 누리는 혜택이 너무나도 커서 새삼스럽게 생체해부를 중단할 수도 없었다. '야푸는 특별취급을 해도 된다.' 야푸 유인원설을 속설이라고 보는 사람도 이것만은 인정하지 않을 수 없었다. 기형들끼리의 교배를 통해서 다리가 짧고 주둥이가 긴 축인견(얍푸 도그)의 원종이 만들어지고, 그것이 고정되어 네 발로 기도록 길러지기 시작하자 야푸 인간관으로는 더 이상 감당할 수 없는 새로운 정세가 형성되었다.

이때 사람들의 기대에 부응해서 그 내심에 아직 끈질기게 남아 있던 의혹의 구름을 남김없이 날려준 것이 히틀러의 대작 『가축(야푸)의 유래─전 사시대인의 가장 커다란 착각에 대해서』의 발표였다. 제2의 진화론이라 불리는 이 업적의 저자는 전사시대 말기의 효웅인 히틀러의 피를 물려받은 대생물학자로, 그는 종전에 homo sapiens(지성인류)라 불려왔던 종 가운데 이종인 simius sapiens(지성원후)가 들어 있다는 사실을 발견, 하얀 피부와 검은 피부는 전자에, 노란 피부는 후자에 속한다는 사실을, 즉 야푸는 simius sapiens라는 사실을, primates(영장류) 가운데 homo(인류)와 simia(원후)가 함께 대표선수인 지성동물로 진화하여 각각 위의 양자가 된 것이라는 풍부한 예증을 바탕으로 한 교묘한 이론으로 논증했다. 그야말로 가뭄에 단비 같은 학설이었다.

기초철학과 응용기술은 병행한다. 히틀러의 축인론이 학계의 정설로 받아들여져 야푸의 비인간화를 양심의 가책을 받지 않고 수행할 수 있게 되자, 야푸문화의 3대 발명인 생체축소기(디미니싱 머신), 독심장치(텔레파시), 염색체수술(크로모좀 오퍼레이션)이 차례차례 등장했다. 이로 인해서 축인제도(야푸 후드)가 완성기에 들어갔다고 일컬어지고 있다. 처음에는 애완동물이었던 왜인(矮人, 피그미)―축소축인(디미니슈트 야푸) 중 가장 작은 종―이 '유혼기계(소울드 머신)'의 부품으로 사용되기에 이르자, 그것은 제3차 기계자동화(오토메이션)에 의한 제5차 산업혁명을 초래하는 원동력이 되었다. 영양순환장치(서큘레이터)의 보급으로 육변기(스툴러) 외의 생체가구(리빙 퍼니처)가 각 가정의 상비품이 되기 시작했다. 신종 야푸가 속속 만들어져 피혁야푸·식용야푸가 사육되었으며, 생체처리공업이 일어났고 또 혈액매제(血液媒劑, 코산기닌)와 전기소필(電氣燒筆, 브랜딩 펜)에 의한 생체조화(生體彫畵)는 열한 번째의 새로운 예술로 인정받기에 이르렀다. (이들 명칭만 기술하고 사물의 내용에 대해서는 나중에 설명하겠다.)

야푸는 단순한 가축이 아니라 기물(器物)이자 동력(에너지)이기도 하다. 생체가구로 생산되는 것은 태어날 때부터 기물성을 가지고 있다. 생체라고는 하지만 본질은 가구인 것이다. 야푸의 등장이 가축과 가구의 개념적 구분을 애매한 것으로 만들어버렸다. 또 그 정신능력이 기계의 일부로 편입되었을 때, 야푸의 존재가치는 새로운 동력원에 있다고 할 수도 있다. 이처럼 생활의 구석구석까지 야푸 이용이 침투한 지금의 세계에서 야푸의 의의는 20세기 세계에서의 전기에도 비할 수 있을 것이다. 만능의 하인인 전기 없이는 20세기 사람의 생활을 생각할 수 없는 것처럼, 야푸라는 역시 만능의 하인 없이 이스 사람의 의식주는 생각할 수도 없게 되어버렸다.

예전에 진화론이 자유경쟁의 자연법칙처럼 여겨짐으로 해서 자본제를 합리화했던 것처럼, 축인론은 야푸의 비인간성을 논증함으로 해서 축인제도 (야푸 후드)를 합리화했다. 그것은 이론의 상부구조성(이데올로기)을 보여 주는 훌륭한 일례였다고 할 수도 있으리라. 이스 사회 사람들에게 있어서 야푸의 유래에 대한 히틀러의 학설은 상식이 되었기에, 이 사람들에게 야푸가 인간이라고 말하는 것은 20세기 사람들에게 번개 그림을 보여주고 전기의 본질은 이것이라고 말하는 것과 같은 인상을 줄 것이다. 야푸의 비인간성은 이미 논의 이전의 과학적 진리였다. −생(로)야푸의 알몸이 인간과 매우 흡사하다는 사실, 지구의 야푼 제도에는 옷을 입고 음식을 먹는 등 지성 있는 유인원(인텔리젠트 에이프)이 인간과 얼마나 똑같은 의식주와 사회생 활을 영위할 수 있는지를 관찰하기 좋은 대상인 토착야푸(네이티브 야푸)가 있다는 사실, 그들은 피부색 외에는 거의 인간과 구별이 되지 않으며 피부로 보자면 오히려 백인과 흑인의 중간에 위치하는 인간인 듯 보인다는 사실, 이러한 사실들도 이스 사람의 마음을 위협하지는 않았다. 외견만 놓고 보자면 위협을 느낄 만도 하리라. 인간과 흑노만이 homo sapiens이고 야푸는 별종이 라고 말하는 것은 외견에 반하는 일이다. 그러나 외견은 비슷해도 야푸는 유인원에 지나지 않기에, 사람들은 왜인결투(피그미 듀얼)를 즐기고, 축인구 이(야푸 스테이크)에 군침을 흘리며, 정기흡인구(호르몬 키세르)를 마셔 젊음을 되찾을 수 있는 것이다.

1억의 인간과 10억의 흑노 아래에서 100억의 야푸가 이스 사회 생산력의 근저를 지탱하고 있다. 야푸 인간관에 익숙한 전사시대의 눈에 이 축인제 사회는 야푸를 착취하는 계급사회로 보일지도 모르겠다. 이러한 견지에서 보자면 이스의 사회조직이야말로 전에 없던 인류 최고의 지배체제이리라. 노예제에서의 폭동, 봉건제에서의 민란, 자본제에서의 파업 등 어느 시대에서 나 지배계급은 위협을 받았으며, 혁명에 의해 교체되어 왔으나, 이스 사회를 야푸가 위협할 일은 절대로 없으니. ─그러나 야푸를 피지배계급이라고 보는 것은 착오다. 그들은 계급이라고 말할 가치도 없는 가축이다. 소나 돼지는 인간을 위협하지 않으며, 단지 부림을 받고 소비된다. 그것이 가축의 숙명인데 야푸도 그와 마찬가지다. 아니, 가축 자체로서는 소나 돼지보다 비천한 것으로 여겨지고 있을(소나 돼지가 야푸보다 존귀하다는 사실에 대해서는 나중에 이야기하겠다.) 정도다. 단순한 가축이 아니라 한편으로는 기물이자 동력으로, 다양한 각종의 사용형태 전부가 야푸(Yapoo. 참고로 이것은 단복수 동형이다.)라는 이름으로 총칭되고 있는 것이다. 일단 전기의 사용법을 알게 된 인간이 두 번 다시 전기 이전의 상태로는 돌아갈 수 없는 것처럼, 이미 야푸 사용의 편리를 경험하여 생활체계에 야푸의 육체와 정신을 받아들인 이스 사회가 야푸를 사용하지 않게 되는 일은 결코 생각조차 할 수 없으리라. 아니, 100억 마리로는 이미 부족하다 일컬어지고 있으며, 제국 발전에 따른 야푸 대증산은 현재의 급무라 외치고 있을 정도다.

이처럼 야푸의 장래에는 오직 하나의 길만이 뻗어 있다. 지금까지와 마찬가지로 앞으로도 영원히 인간(백인)사회의 유지와 발전을 위한 재료나 도구가 되는 것, 그것뿐이다. 백인의 낙원(파라다이스)인 이스의 문명에 영화로운 꽃을 피우기 위한 비료로써 증산되고 애용되어 가는 것이, 앞으로의 야푸의 운명인 것이다. ─야푸 인간관의 입장에서 보자면 이 해방 없는 영구적 예속, 구제 없는 영겁의 지옥은 견딜 수 없는 일일 테지만, 어쩔 수 없다. 이것을 비극이라고 보는 것은 잘못된 야푸 인간관에 서 있기 때문으로, 올바른 야푸관에 선다면 조금도 비관할 필요가 없다. 종에 속하는 개체수의 증가와 분화한 변종의 다양성이 생물의 번영을 나타내는 것이라고 한다면 8개의 태양 아래 실제로 simius sapiens만큼 번영하고 있는 종도 또 없으며, 인류와 함께 발전해나가고 있는 이 지성 있는 가축의 장래는 창창한 것이니.

그리고 이 올바른 야푸관을 가르쳐 장래의 발전을 시사하는 것이 바로 히틀러의 축인론인 것이다.

4. 입맞춤

폴린도 히틀러의 축인론, 즉 야푸 가축론을 상식으로 머릿속에 넣고 있었다. 그렇게 배워왔고 그렇게 믿어왔다. 야푸가 인간이라고는 생각할 수도 없었다. ─아니, 야푸의 본질에 대해서 그녀는 처음부터 회의를 품어본 적조차 없었다. 가축문화사의 전문가인 오빠 세실로부터, 500년 전에 '야푸는 인간이다.'라는 설을 주장했던 학자에 대한 이야기를 한번 들은 적이 있었다. 벌써 이름도 잊었지만 축인부의 국장이었던 여자의 남편으로 지구에서 토착야푸를 연구한 뒤 『가축인해방론(야푸널 이먼시페이션)』이라는 대작을 간행했으며, 야푸 인간관에 서서 히틀러 학설의 이데올로기성을 공격하고 야푸 해방을 주장했다. 그러나 누구도 진지하게 받아들이지 않았으며, 아내로부터는 이혼을 당했고, 거기에 우습게도 독심능장착 육변기(텔레파식 스툴러)가 그의 마음속 '인간을 변기로 만들어도 좋은 걸까.'라는 망설임을 읽어내 입을 벌리지 않아 흑노전용 진공변관(배큐엄 슈어)의 말단기(코브라)를 사용하지 않을 수 없게 되었다. ─"그래서 어떻게 됐어?" 한참을 웃고 난 뒤 폴린이 묻자 오빠가 대답했다. "완전히 할 말을 잃고 자신의 설을 철회했어. 재결합은 받아들여지지 않았어. 우스운 얘기지." 야푸가 인간이라니, 히틀러 이후 이 멍청한 사내 외에 그렇게 생각한 사람이 있다는 얘기조차 들어본 적이 없었다. 따라서 지금 뜻밖에도 전사시대 사람을 만나 이런 명백한 사실을 모를 뿐만 아니라 쉽게 납득하지도 못할 것 같은 모습을 보자 그럴 만도 하다는 생각이 들면서도 딱함보다는 답답함이 먼저 치밀어올랐다. ─외견에 반한다는 이유로 지구가 움직이고 있다는 사실을 믿으려 하지 않는 중세 사람을 만난 20세기 사람의 심경을 상상하면 그녀의 마음도 충분히 짐작할 수 있으리라.

폴린은 속이 터질 듯 답답한 심정을 억누르고 클라라를 설득하기 위해 노력하며,

"알겠어요? 구야푸의 정체를 지성 있는 유인원(인텔리젠트 에이프)이라 깨닫고 그것을 가축으로 길들인 것이 야푸예요. 야푸는 가축이기에 흑노와는 달리 여러 가지 것들에 쓸 수 있어요. 이 개," 그녀는 바닥에 배를 깔고 앉아 있는 네안데르탈 하운드를 턱으로 가리켰다. 개는 두 앞발을 모아 기다랗게 앞으로 뻗은 위에 턱을 얹은 채 눈을 감고 있었다. 이마에 새겨진 잔센 가의 문장에 긍지를 느끼며 만족하고 있는 듯한 모습이었다. "이것도 원래는 야푸였어요. 야푸로 만든 개예요. 당신은 이 타로와 같은 부류를 약혼자(피앙세)……."

"그만하세요!" 클라라가 채찍을 신경질적으로 흔들어 말을 막으려 하며 날카로운 소리를 올렸다. "린은 이런 괴물이 아니에요."

"그야 토착야푸— 아니, 구야푸니까요. 다시 말해서 야생이에요. 사용하기 편리하도록 가공하기 전의 생(로)야푸는 피부색 이외에는 인간과 똑같이 보이는 법이에요. 이 발판도,"라며 살이 깎인 부분을 뒤꿈치로 툭툭 치고, "1개월 전에는 당신의 그 야푸보다 더 늠름하고 커다란 사내로 용모도 세련된 생야푸였어요. 그걸 공장에서 가공하게 하고 등을 발 모양으로 도려내게 해서 이 발판으로 만든 거예요. 저의 혀인형(노리개)으로 만들게 한 거예요."

"세상에, 인간을 일부러 기형화하다니……."

"아니요! 지금 말했잖아요. 야푸는 인간이 아니라고."

숨 막힐 듯한 두 귀족여자의 대화를 린이치로는 주술에 묶인 채 온 몸의 신경을 귀에 집중시켜 듣고 있었다. 아까부터 보였던 폴린의 태도가 간신히 이해되기 시작했다. 그리고 이제야 비로소 정체를 알게 된 개와 발판에게서 묘한 친근감을 느꼈다. '그렇게 된 거로군. 그러고 보니 피부색은 나와

똑같아. 그렇다면 이 얼마나 끔찍한 일이란 말인가. 지성 있는 가축 야푸, 나도 그 가운데 한 마리로 보고 있었을 줄이야……. 이런 제길!' 이런 생각이 들었지만 손가락 하나 까딱할 수 없는 몸이었다.

클라라는 린이치로 쪽으로 시선을 돌렸다. 누가 뭐래도 소중한 연인. 그 무릎을 꿇고 앉아 있는 가엾은 모습을 보자 격정이 치밀어올라 자신도 모르게 다가가 무릎을 꿇고 그의 몸에 손을 얹었다. ……가만히 움직이지 않았다. 전신마비의 두려움을 다시 한 번 느끼며, '아까부터의 흥분과 긴장 모두 이 사람을 위해서였는데 그의 몸은 이렇게 불구가…….' 라는 생각이 들자 견딜 수 없게 되어 무너지듯 그의 움직이지 않는 몸에 기대어 분함에 눈물을 흘렸다. 채찍을 바닥에 떨어뜨리고 남자의 등에 상반신을 기대어 두 손으로 얼굴을 안아 가만히 자신 쪽으로 향해 돌리며,

"린!"하고 입술을 가까이 가져갔으나 남자의 입술은 죽은 사람의 것처럼 움직이지 않았다. 조금 전 원반이 추락한 직후, 물가에서 달려온 그와 뜨거운 포옹과 입맞춤을 나눴던 기억이 문득 떠올라 클라라는 다시 눈물을 흘렸다. 린이치로의 눈에서도 눈물이 떨어졌다.

제6장 우주제국으로의 초대

1. 백색 입술인형

폴린은 자신도 모르게 눈을 감았다. 인간과 야푸와의 입맞춤, 제정신에서 하는 짓이라 여겨지지 않을 만큼 역겨워서 더는 볼 수 없었던 것이다.

문득 '화이트 레이브럼'이 떠올랐다. 오래된 기억이었다. 아직 어머니 아델라인의 슬하에 있던 미혼 시절로, 그러나 린거의 사용법은 이미 알고 있을 무렵이었다. 어머니에게 팬레터를 보내던 청년 숭배자(팬)가, 어머니가 전에 사용하던 린거를 손에 넣었다고 미친 듯이 기뻐하며 편지를 보낸 적이 있었다. 얼마 후, '당신의 린거가 부럽습니다⋯⋯.'라는 내용과 함께 입체사진이 하나 보내졌다. 그것은 놀랍게도 린거를 포옹하고 서로 입맞춤하는 영상이었다. 잠깐 본 것만으로도, '세상에, 더러워라.' 하며 구역질이 나서 서둘러 육반토분(肉反吐盆, 보미트러)을 부른 청결한 그녀였으나, 어머니는 의외로 무덤덤해서, '평민 중에는 가끔 저런 칠푼이도 있는 법이지.'라며 웃었다. 그로부터 얼마 지나지 않아서 어머니는 그 사람이 보낸 백지신체 매각장2)에 레이브럼이라고 기입하여 총애하는 남자 첩 가운데 한 사람에게

---

2) 신체매각장은 채무자가 채권자에게 변제하지 못했을 때 지정한 신분으로 격하되어도 이의를 제기하지 않겠다고 약속하는 증서로, 그 지정란을 백지로 한 것이 백지신체매각장이다. 상대방에게 생사여탈권을 부여하는 셈이다. 이스 사회에서는 이것이 구애의 표현으로 애용된다. 법적으로는 유효하지만, 습관적으로는 단순한 연애편지(러브레터)로밖에 보지 않는 것이 일반적이다. 아델라인 경은 이를 반대로 이용하여 정식 신체매각장으로 사용,

레이브럼으로 선물해버렸다고 한다. 입맞춤 영상에서 떠오른 짓궂은 생각이 청년의 순진한 애정을 완구화하는 기학벽(사디즘)으로 이어져 드물게도 백색 입술인형을 만들게 한 것인데, 당시 폴린은 희생이 된 청년에게 한편으로는 동정심도 품고 있었으며, 인간을 야푸처럼 취급한 어머니의 이상성(앱노멀리티)에 반발심이 느껴지기도 했으나, 결국 '저런 변태남, 그건 당연한 일이야.'라고 어머니의 처치 자체에는 표면적으로 찬성할 수밖에 없었는데, 그도 그럴 것이 그녀는 남자가 습속을 무시하고 린거와 입맞춤하는 영상에서 극단적인 역겨움을 느꼈기 때문이었다.

지금 야푸와 입맞춤하는 여자를 보고 폴린의 머릿속에 떠오른 것은 그때의 역겨움이었다. 린거보다는 불결함이 덜한 생야푸이기는 했으나, 전에는 평민사내였고 눈앞에 있는 것은 귀족여자로 그런 면에서 폴린에게 훨씬 가깝게 느껴졌기에 그만큼 더 전과는 다른 불쾌함을 피할 수가 없었다.

그러나 여자의 오열이 귀를 때리자, 눈으로 야푸를 보고 있지 않기 때문인지, 남자를 걱정하는 애정이 점차 가슴속으로 스며들어 그녀의 마음을 흔들어 놓았다. '가엾은 여자, 저렇게 사랑스러운 얼굴을 하고 있으면서 야푸에게 빠져버리다니……. 하지만 그녀의 잘못이 아니야, 시대의 잘못이야. 이 여자는 야푸가 인간으로 통용되고 있는 도착적인 세계에서 살고 있으니……. 아아, 조금 전 미스터 세베라고 말했을 때 무슨 의미인지 이해할 수 없었는데 미스터는 씨(미스터)를 말한 것이었어. 세베 씨라고 말한 거였어. 구야푸이기 때문에 이름 외에 성도 가지고 있는 거야. ……야푸를 남자 인간이라고 생각하여 푹 빠져버린 이 애정의 방향을 어떻게 올바른 쪽으로 향하게 할 수는 없는 걸까? 자각을 하지 못하는 환자가 치료를 거부해도 의사에게는 치료할 의무가 있는 것 아닐까? 이 여자는 나를 구해줬어. 이번에는 내가

남자를 아무 소리도 못하게 처분해버린 것이다. 인간을 레이브럼으로 만드는 것은, 설령 귀족이 평민에게 한 경우라도 이러한 신체매각장이 없으면 위법행위가 된다.

이 여자를 구해줄 차례야. 야푸와 입맞춤을 하는 등 불쾌하기는 하지만 그래도 못 본 척하지 말고 적극적으로 이 사람의 병적 애정을 바로잡기 위해 노력을 해주지 않으면…….'

폴린이 여기까지 생각했을 때,

"부인(마이 레이디), 한시라도 빨리 완해약을 주사해주세요."라며 격정을 억누른 듯한 목소리가 들려와 그녀의 눈을 뜨게 했다. 클라라가 린이치로 옆에 무릎 꿇고 앉아 그의 몸을 끌어안은 채, 얼굴을 똑바로 들어 그녀를 바라보고 있는 모습이 눈에 들어왔다. 남자의 입술에서 지금 막 얼굴을 뗀 모양이었다. 헝클어진 밤색 머리카락과 눈물에 젖은 눈동자의 표정을, 동성이지만 폴린은 아름답다고 생각하지 않을 수 없었다.

2. 여왕에의 선물

완해약을 완전히 잊고 있던―그도 그럴 것이 개에 물린 야푸를 중시할 필요는 없다는 기분이 무의식중에 작용했기 때문인데― 폴린은 눈썹을 찌푸렸다. 조금 전까지는 원구면에 있는 줄 알았기에 안심했으나, 이곳이 20세기의 구면이라니 일이 난처하게 되었다.

충격이빨에 물린 사냥물의 마비를 완해할 필요는, 사냥터에서 돌아오는 도중에는 발생하지 않는 것이 일반적이고, 또 이 약은 여러 종의 약품이 합성되어 합성 직후 단시간 안에 사용하지 않으면 약효가 감소하는 성질을 가지고 있기도 했기에 완해약은 비행선이나 비행정 안에 갖추어져 있지 않았다. 이 야푸에게 완해약을 주사하려면 원구면으로 데리고 가거나, 그쪽에서 합성케 하여 바로 가져다달라고 하거나…….

퍼뜩 생각이 떠올라 시간전화기로 별장을 불러,

"돌리스는 벌써 출발했나?"

"네, 조금 전 전화를 받으시고 한 5분쯤 뒤에 다른 분들과 함께 빙하호로 출발하셨습니다. 벌써 30분쯤 지났으니 곧 거기에……."

"그래, 빙하호를 띄웠다고……."

빙하(글레이시아)호는 구석기시대인 수렵을 위해 빙하시대까지 거슬러 올라갈 때 사용하는 대형 항시속선(航時速船)으로 시속 2,000년부터 속도가 시작된다. 별장에 있는 잔센 가의 비행선 가운데 이것보다 빠른 것은 없기에, 완해약을 가져오기 위해 다른 비행선을 지금 출발시켜도 빙하호를 따라잡을 수는 없을 테니 쓸데없이 기다려야 하는 시간이 생긴다. 그보다는 빙하호로 데리고 가서 주사한 뒤 데리고 돌아오는 편이 빠를 터…….

빠르게 계산한 뒤 클라라에게,

"이거 일이 복잡하게 됐네. 이 정에는 약이 없고, 데리러 올 원통(실린더)은 벌써 출발해버려서 가져오라고 말하지 못했고……. 이렇게 해요. 빙하호─데리러 올 원통(실린더)을 말하는 건데─는 이 구면과 원구면을 2시간여면 왕복할 수 있으니 당신의 이 애완동물(펫)을 데리고 가서 주사를 맞게 한 뒤 데리고 올게요." 입맞춤할 때 클라라에 의해 목이 돌려져 위를 향한 부자연스러운 자세 그대로를 가만히 유지하고 있는 린이치로, 그의 몸을 끌어안듯이 하여 무릎을 꿇은 채 폴린을 보고 있는 클라라, 그 아름다운 갈색 눈동자가 우려와 의심으로 가득 차 있는 것을 가엾게 바라보며 폴린이 말을 더했다. "완해하면 이상은 전혀 남지 않으니 조금도 걱정할 거 없어요"

"제가 걱정하고 있는 것은 그에 대한 당신의 편견이……."

"쓸데없는 걱정이에요. 당신이 전사시대 사람이라고 해서 당신의 소유물을 사취하거나 하진 않을 거예요. 제가 맡은 이상 책임을 질게요."

"저도 그를 따라가고 싶어요."

"그건 좀 곤란해요. 전사시대 사람을 데리고 돌아가다니, 지금까지 들어본 적도 없는 범죄예요. 제 자신이 검찰업무에 종사하고 있으니 법률을 깰 수도 없고……."

"당신은 조금 전, 구해준 것에 대한 보답이라며 저를 별장으로 초대하셨었 잖아요."

클라라는 필사적이었다. 연인을 쓰러뜨린 이 마비독이 현대의 의학으로 해독 가능할지 의문이었다. 조금 전부터 얼핏 본 것만 해도 상대방 문명의 수준은 현대와 비교도 되지 않을 만큼 높은 것 같으니, 상대방이 해독을 해주지 않는 한 현대인으로서는 도저히 손을 쓸 수 있을 것 같지 않았다. 하지만 황색인을 축생(畜生) 취급하고 있는 여자의 손에 맡겨, 이 무저항 상태에 있는 연인을 그런 황색인 지옥 같은 곳으로 혼자 보낸다는 것은 있을 수 없는 일이었다.

한동안 입을 다문 채로 시간이 흘렀다. 클라라는 비틀어진 채로 있던 린이치로의 얼굴을 원래대로 되돌려놓았다. 아무래도 다른 사람이 다루는 대로의 자세를 취하는 것 같으니 이런 굴욕적인 자세가 아니라 상반신을 세워 똑바로 앉은 자세로 바꾸어주어야겠다고 생각한 순간, 폴린의 목소리가 들려와 그녀를 다시 문제로 되돌려놓았다.

"맞아요. 당신이 구해주신 이상 보답을 하지 않으면 안 되었죠. 개가 문 것은 저의 책임이니 완해시켜주는 것만으로는 보답이 되지 않겠네요. 당신에 대한 보답으로," 그럴 듯한 구실을 생각해낸 폴린이 생긋 웃으며 말했다. "이례적이기는 하지만 원통(실린더)에 태워드릴게요. 당신을 저의 별장에, 그리고 이스의 수도인 아베르데인에 있는 집에도 초대하도록 하지 요."

"감사합니다. 하지만 저는 세베 씨(미스터 세베)의 간호를 위해서 가는 것이 목적이니," 차분함을 되찾은 클라라는 린이치로를 다시 정식 성으로 부르고, "주사가 가능한 가장 가까운 곳, 아마도 그 별장이라는 곳까지 초대해주시기만 하면 충분해요."

"폰 코토비츠 양. 당신을 원통에 태우는 데 한 가지 조건이 있어요."

"조건? 어떤……?"

"아베르데인에서 여왕폐하를 배알해주셨으면 해요. 그래서 집에도 초대를 하려는 거예요."

폴린이 생각한 구실이란 바로 이것이었다. 이번 휴가여행 전에 여왕폐하께 인사를 했더니, "지구에서 뭔가 선물을 부탁해요."라고 농담처럼 하명을 하셨다. "알겠습니다."라고 대답하기는 했으나 솔직히 무엇을 골라야 할지 그녀에게는 좋은 생각이 떠오르지 않았다. '폐하께서는 워낙 8개의 태양권 아래에 있는 수십 개의 유성에서 온갖 진귀한 보물과 기이한 물건들을 모아 가지고 계시니. 그런데 이 전사시대의 아름다운 아가씨를 데리고 가면 이야말로 훌륭한 선물이 되지 않을까? 미소녀(에스[3]))를 좋아하기로 유명한 여왕폐하께서는 틀림없이 이 여자를 총애하셔서 시종으로 곁에 두시기 위해 관직을 내리실 거야. 그러면 이 여자는 제국의 사람이 돼. 제국 사람이라면 내가 데리고 가도 위법이 되지는 않을 거야. ……물론, 이 여자가 카를에 머물 마음이 들지 어떨지는 몰라. 머물지 않겠다고 하면 그걸로 끝이지만, 그래도 폐하의 하명에 응한다는 목적으로 데리고 가도 나쁘지는 않을 거야. 무엇보다 이런 미개시대에서 카를을 방문한다면 돌아가고 싶다고 말할 리가 없어. 게다가 1956년이면 제3차 세계대전까지 얼마 남지 않았어. 이 구면에 남아 있으면 α(알파)폭탄이나 ω(오메가)열 때문에 죽고 말테니……. 맞아, 거기에 이 여자가 머물 마음이 든다면 조금 전 내가 어떻게 해서든 이 여자의 야푸에 대한 일그러진 애정을 바로잡아주고 싶다고 생각했던 목적도 멋지게 실현할 수 있게 돼. 카를에서 잠시 살아보면 야푸가 무엇인지, 어떻게 다루어야 하는지도 바로 납득할 수 있을 테니……. 어쨌든 이 여자를 카를로 데려가서 폐하를 배알하게 하는 것이 선결문제야…….'

---

3) (역주) 여성들간의 강한 우호관계를 일컫는 말. sister의 머리글자에서 온 은어.

따라서 폴린에게는 야푸의 해독보다 클라라가 더욱 중요했다.

클라라는 사정을 알지 못하기에 여우에 홀린 듯한 표정으로,

"제가 왜 여왕폐하를 배알해야 하죠?"

"전사시대 사람을 데리고 가는 것이 이례적인 일이기 때문이에요." 폴린은 얼버무리며, "특별히 어렵게 생각하지 않아도 돼요. 구경삼아서 본국성인 카를에 가는 거라고 생각하면 돼요. 당신을 실망시킬 일은 결코 없을 거라고 약속할 수 있어요. 카를은 이스 문명의 중심지니까요."

"그 별까지는 멀지 않나요?"

"카를은 시리우스권―연성태양계예요.―의 8번째 유성이에요. 이 지구에서 약 99광년, 4차원 우주선을 타면 지구 시간으로 3일하고 몇 시간밖에 걸리지 않아요."

3. 약속

"세베 씨는 어떻게 되는 거죠?" 클라라가 단도직입적으로 물었다. "저의 대답은 그에 따라서 달라질 거예요."

"데리러 올 원통(실린더)으로 별장에 돌아가면 바로 원래의 몸으로 만들어서 건네드릴게요. 그 이후 이것에 대해서 저는 관심 없어요. 여행 중에 당신이 이걸 가지고 다니는 건," 마치 물건처럼 말했다. "물론 상관없어요."

"늘 함께 있을 수 있는 거죠?"

"당신이 처분하지 않는 한은요. 야푸가 주인을 버릴 수는 없으니 당신만 그럴 생각이라면 언제나 곁에 둘 수 있어요."

"누구도 저희 두 사람을 방해하지 않을 거라고 약속하실 수 있으세요?"

"그럼요. 야푸를 처치하는 건 주인의 전권이에요. ―폐하는 예외지만, 폐하께서는 이런 야푸 신경 쓰시지 않으실 테니, 당신이 법률에 따라서 이 야푸를 사육하는 한, 누구도 당신을 방해할 권리는 가지고 있지 않아요."

"그럼 저희는," 아직 마음을 완전히 놓지 못하고 클라라가 거듭 확인했다. "당당하게 결혼식을 올릴 수 있는 거죠?"

"물론이죠." 결혼식이라는 말에 순간적으로 혀인형과의 결혼식을 떠올린 폴린은 문제를 다른 쪽으로 슬쩍 돌려 긍정하기는 했으나 약간 마음에 걸렸고, 그렇다고 야푸와의 결혼은 절대로 불가능하다고 대답해버리면 모든 일이 틀어질 듯했기에 애매하게, "하지만 당신의 마음이 어떻게 바뀔지 알 수 없는 일이잖아요."

"린에 대한 저의 애정은," 클라라가 선언했다. "영원불변해요. 제가 죽을 때까지 변하지 않을 거예요."

"어머나, 꽤 먼 앞날의 일까지 약속을 해버리시네요." 폴린의 눈에는 비웃는 듯한 빛이 있었다. "저는 그런 앞날의 일까지 요구하지는 않아요. 배알이 끝날 때까지만 기다려주세요."

'그때까지는 야푸에 대해서 알게 되어 틀림없이 마음이 변할 거야. 야푸와의 결혼이라니, 혀인형과의 결혼식 외에는 생각할 여지가 없다는 사실을 이해하게 되겠지.'

"그런 다음에도 당신이 결혼식을 올리겠다고 말한다면, 저는 반대하지 않을 거예요."

"배알 후의 행동은……."하고 클라라가 말하려는 것을,

"물론 자유예요."라고 가로채서, "틀림없이 본국성이 낙원처럼 여겨지실 테지만, 만약 마음에 들지 않으신다면 바로 이 20세기의 구면으로 모셔다드릴게요. 물론 ω(오메가)열에 대해서 당신은 모르실 테니……. 좋아요. 그것만을 조건으로 한 초대예요. 됐죠?"

"초대를 기꺼이 받아들일게요. 저의 연인을 위해서."

클라라는 린이치로를 끌어안으며 이렇게 대답하고, "마비독은……, 그러니까 청신경에는 미치지 않았나요?"라고 다른 질문을 했다.

"오관의 감각은 평소보다 예민해졌을 거예요. 독의 효과는 스스로 움직일 수 없게 하는 것뿐. 그건 왜?"

거기에는 답하지 않고 클라라는 린이치로의 귓가로 입을 가져가더니 타이르듯 작은 목소리로 속삭였다.

제7장 표준형 육변기

1. 환복

클라라가 린이치로의 귓가에 대고 속삭였다.

"린, 가보기로 해요. 어떤 곳인지는 모르겠지만 둘이 함께 있을 수만 있다면 마음 든든하잖아요. 당신의 피부색에 대해서 이런저런 말을 했지만, 그것이 애정의 시금석이라고 한다면 그 시련을 받아보기로 해요. 린, 전 약속할 수 있어요. 당신을 언제까지고 사랑하겠다고. 저희 둘은 헤어지지 않을 거예요."

훗날의 일이지만, 린이치로를 애완야푸로 아끼게 되었을 무렵, 클라라는 이때의 말을 곧잘 떠올리곤 했다. 이것은 클라라가 폰 코토비츠 양으로서 연인인 일본인 학생 세베 린이치로 씨에게 한 마지막 말이 되었다. 물론 두 사람이 완전하게 주인과 가축의 관계에 서기까지는 조금 더 대화를 나눴지만, 이 다음에 클라라가 폴린의 별장에서 린이치로와 이야기를 주고받았을 때는 그녀의 마음속에 이미 상대방을 야푸로 보는 마음이 섞여들기 시작했으니 여자로서 남자에게, 인간으로서 인간에게 말을 하는 것은 이번이 마지막 기회가 된 셈이다.

그러나 이때의 클라라는 그런 일이 있으리라 알 리 없었다. 연인의 몸이 걱정되어 위로하고 격려한 뒤 손을 뻗어 채찍을 들고 조용히 일어났다.

린이치로의 눈에서 다시 눈물이 솟아올라 얼굴 아래에 위치한 클라라의

승마용 가죽부츠를 적셨다.
이런 재난 속에서도 변하지
않은 연인의 애정에 감격한
것이었다. 말을 할 수 없는
몸에게는 눈물만이 의지표시
의 기관이었다.

'클라라, 고마워. 그래야
나의 아내라고 할 수 있
지…….'

클라라는 더 이상 울지 않
았으나 가슴속으로 만감이 교
차하여 꼼짝도 하지 않고 눈
물에 젖어가고 있는 부츠를
말없이 바라보고 있었다.

부츠의 끝은 먼지로 뒤덮여 있었는데 린이치로의 눈물이 그것을 점점
씻어내고 있었다.

두 사람이 포옹과 입맞춤을 했을 때는 눈을 피했던 폴린이었으나, 이번에는
아주 평온한 기분으로 그것을 바라보고 있었다.

이스에서 구두를 야푸의 눈물로 닦는 것은 흔히 볼 수 있는 광경이다.
모든 기승(騎乘, 라이딩)에 있어서, 그 승용축(乘用畜)에 따라 일정한 복장을
요구하는 것이 이스의 풍습인데 특히 채찍·부츠·장갑에 대해서는 매우
엄격해서 말이나 반인반마(센토)를 탈 때는 승마채찍(호스 윕. 코뿔소에서
샘복4)을 취하는 것처럼 해서 축인마[얍푸 호스]의 거대한 생식기로 만든

---

4) 참고. '코뿔소의 몸 중에서 가장 존중받는 부분은 생식기다. 이것으로 만들어지는 샘복
(Sjambok)은 세상에서 가장 무시무시한 채찍이다. 그것은 끝으로 갈수록 점점 뾰족해지는

다.)·승마부츠·승마장갑(모두 야푸 가죽으로 만든다.)을, 천마를 탈 때는 천마채찍(페가수스 윕, 혀거세를 한 설촉수를 말려서 만든다.)·천마부츠·천마장갑(모두 천마 가죽으로 만든다. 후자는 새끼의 부드러운 가죽을 사용한다.)을 각각 착용하도록 되어 있다. 그런데 이 천마 가죽은 야푸의 눈물로 닦으면 광택이 잘 나는 성질을 가지고 있다. 단, 같은 눈물이라도 기쁨에 흘리는 눈물, 분함에 흘리는 눈물, 아픔에 흘리는 눈물은 모두 성분이 다른데, 천마 가죽에 효과가 있는 것은 통증이 눈물샘을 자극해서 분비하게 하는 특수한 물질인 도로로겐이 포함되어 있는 눈물이다. 따라서 귀족의 저택 현관에서 키우는 구두관리도구 한 벌(슈 샤인 세트) 가운데는 섬돌노(신을 벗는 곳), 신장노(신을 보관하는 곳), 떨이노(먼지떨이), 닦이(브러시) 등과 함께 세화노(광택을 내는 노예)가 없어서는 안 될 존재다. 채찍질로 피부의 말초신경을 자극하면 채찍질 수에 따라서 눈물을 흘려 구두를 닦는다. 폴린 자신은 귀찮아서 천마기승 후에도 사용하지 않는 적이 있지만, 돌리스는 폴로경기 후면 반드시 이것을 사용하여, 섬돌노 앞에 무릎을 꿇게 한 뒤, 찰싹찰싹 채찍질을 해서 정성껏 닦게 한다. 따라서 채찍을 쥐고 발밑에 있는 야푸의 눈물에 젖는 구두를 내려다보는 승마복의 아가씨를 보고 그녀는 예전에 같이 살던 때 익숙하게 보아왔던 여동생의 모습이 떠올라 문득 이 사람(여자)은 이스 사람이 아닐까 하고 조금 전의 착각에 다시 한 번 사로잡힐 듯했으나, 서둘러 채찍과 부츠가 천마기승용이 아니라는 사실을

길고 가느다란 채찍인데 고래 뼈처럼 유연하고 강철처럼 강인하다. 한 번의 채찍질로 사람의 살을 뼈가 보일 정도로 찢어놓는다. 샘복으로 맞을 바에는 사살당하는 편이 나을 정도다. 하마(힙포)나 기린(지라프)의 생가죽(하이드)으로도 만들지만 가장 잔학하고 가장 인기가 좋은 것은 코뿔소의 생식기를 햇볕에 말린 뒤 펴서 만든 샘복이다. 프러시아나 벨기에의 아프리카 주재 육군장교들은 이것을 손에 넣으면 크게 기뻐했다. 샘복을 만들 때는 음경 끝부분에 다리미(아이론) 정도의 무게 2, 3파운드 되는 것을 묶고 그 '육편'의 끝을 위에 매달아 햇볕에 말린다. 매일 점점 늘어나 조금씩 가늘어진다. 완전히 마르면 채찍으로 만들고 기름을 먹여 윤기를 낸다. 매끈매끈하게 빛이 나는데 그 섬뜩함은 길이 90cm에 이르는 초록독사(그린맘바)와도 같다.' ―알렉산더 레이크의 저서 중에서.

확인하고 생각을 지웠을 정도로 그 광경 자체에는 아무런 거부감도 느끼지 못했다.

생각해보니 데리러 올 원통이 곧 도착할 시간이었다. '모두 함께 출발' 했다고 조금 전에 말했으니 돌리스만이 아니라 오빠와 오빠의 처남도 타고 있으리라.

'옷을 갈아입어야겠어…….' 폴린은 이렇게 생각하고 자리에서 일어났다.

공기가 존재하는 유성은 전부 완전한 대기조절(아토모스 컨디셔닝)로 인간이 생활하기에 쾌적한 환경을 만들고 있으나, 사계절의 구분은 있는 편이 좋다고 여겨져 남겨두고 있었다. 지구의 원구면은 지금 가을이지만, 원반 속은 따뜻한 상태이기에 폴린은 속옷에 케이프만 걸친 가벼운 복장이었던 것이다. 클라라는 동성이고, 린이치로는 야푸이기에 그 간단한 복장으로도 특별히 수치심은 느끼지 못했으나, 아무리 형제라고는 해도 남성 앞에 이처럼 알몸에 가까운 모습으로 나설 수는 없었다. 이곳이 저택이었다면 흑노에게 옷을 갈아입히게 했을 테지만 이 원반 안에서는 스스로 옷을 갈아입을 수밖에 없었다.

일어서면서 클라라를 보았더니 이마에 땀을 흘리고 있었다. 하절기의 승마복이었으나 이 방에서는 너무 더운 것이었다. 게다가 그 승마복도 폴린의 눈에는 천이 좋지 않은 허름한 것으로밖에 보이지 않았다.

'초대한 손님이니, 사람들 눈에 초라하게 보이지 않도록 해주는 것이 호스티스인 나의 의무겠지…….'

"클라라 양"하고 성이 아니라 처음으로 이름을 부른 뒤, "옷을 갈아입도록 해요. 이쪽으로 오세요."

그 목소리에는 명령에 익숙한 사람 특유의, 거부하기 어려운 기운이 서려 있었다. 클라라는 소파 반대편에 있는 벽 쪽으로 다가갔다. 뭔가 단추라도 누른 것인지 벽이 갈라지더니 옷장이 나타났다.

"제 키가 조금 더 커서 딱 맞지는 않을 테지만 잠깐 동안 입을 거니……. 어느 것이든 상관없어요. ……그래, 이걸 입으실래요? ……맞아, 당신에게는 속옷도 필요하겠네요. 자, 이거. 아직 입지 않은 것이니 불쾌하게 생각하지 않아도 돼요."

폴린은 슈트 한 벌을 속옷과 스타킹과 함께 꺼냈다. 그리고 부끄러워하고 있는 클라라를 재촉해서 입고 있던 옷을 전부 벗긴 뒤, 속옷을 입는 법부터 직접 가르쳐주기 시작했다. 원피스 수영복처럼 생긴 그 콤비네이션 속옷은 재봉선이 없고 신축성이 매우 뛰어나서, 아래에서부터 입고 위로 끌어올려 두 팔을 넣자 몸에 완전히 밀착되어 지금까지 어떤 속옷에서도 맛보지 못했던 쾌적한 감촉을 주었다. 스타킹은 비단도 아니고 나일론도 아니었으나 훨씬 더 섬세하고 투명했으며, 역시 재봉선은 없었고 허벅지까지 당겨 올리자 양말대님 없이도 고정이 되어 신고 있다는 사실이 거의 느껴지지 않았다. 묘령의 여성이 꿈에 그리던 스타킹이나 다를 바 없었다.

폴린은 케이프를 벗고 속옷만 입고 있었는데 자신도 동시에 스타킹을 신었다. 이때 그녀는 클라라의 발가락이 5개라는 사실(물론 서양인의 새끼발가락은 일반적으로 일본인의 새끼발가락보다 훨씬 작다는 사실을 독자도 알아두시기 바란다.)을 깨달았으며, 클라라도 상대방의 발가락이 4개라는 사실을 깨달았으나, 이때는 두 사람 모두 그 점에 대해서는 이야기하지 않았다.

알몸이 되어 부끄러워하던 클라라도 속옷을 입고 스타킹을 신고 나자 점차 대담해져서 젊은 여성답게 복식에 대한 호기심에 사로잡히기 시작했다.

슈트는 그녀가 지금까지 본 어떤 여성복과도 달랐는데, 굳이 말하자면 블라우스와 겉옷과 통이 좁은 바지가 한 벌을 이루고 있다고 말하면 좋을까? 그 천은 물론 들어본 적조차 없는 미묘한 직물이었는데, 속옷처럼 일곱 빛깔의 환광으로 반짝이고 있었으나 기본색은 블라우스가 하양, 겉옷과 바지가 갈색을 주조로 하는 줄무늬였다. 역시 재봉선은 없었으며, 지퍼나 단추나 허리띠 대신 천 자체의 신축력에 의존하고 있었다.

자신도 스웨터풍의 복숭아색 겉옷과 감색 바지를 입은 폴린이, 옷을 다 입은 클라라를 보고,

"어머, 아주 잘 어울려요. 바지가 조금 긴 정도."라고 감탄하듯 칭찬하며 옷장 옆의 거울을 가리켰다. 클라라가 그쪽을 보자 어떤 장치가 되어 있는 것인지 처음에는 정면을 보여줬던 영상이 점차 거울 자체가 클라라의 몸 주위를 한 바퀴 도는 것처럼 옆모습과 뒷모습, 그리고 다시 옆모습의 영상을 차례로 보여주었다. ―과연, 지금까지 자신조차 몰랐던 아름다움이 드러나 있다고 그녀는 느꼈다. 이 순간에는 새로운 의상에 대한 관심 때문에 그녀의 마음에서 린이치로는 잊혀져 있었으나, 젊은 여성에게는 어쩌면 당연한 일이었다.

이번에는 구두를 내주었다. 중간 높이 정도의 힐이 달린 펌프스였는데, 무슨 가죽인지? 고무처럼 신축성이 있었으며 아주 가벼웠다. 약간 헐렁한 듯했으나 신지 못할 정도는 아니었다. 폴린이 웃으며,

"조금만 참으면 되니……. 그래도 저 부츠보다는 좋죠?"

바닥의 가죽은 탄력이 굉장히 좋았다. 클라라는 아무것도 모른 채 착용감이 좋다고 느꼈을 뿐이었으나, 사실 그녀의 발바닥은 화저(靴底)왜인(倭人, 피그미. 뒷장에서 설명하겠다.)의 육체를 밟고 있는 것이었다.

폴린의 스스럼없는 태도에 갑자기 마음이 편안해진 클라라는, 조금 전까지의 숨 막힐 듯한 긴장이 풀어진 후 갑자기 참을 수 없어지기 시작한 요의(尿意)를, 변소(레버터리)가 있는 곳을 물음으로 해서 해결하려 했다.

"저기, 실례하지만, 화장실을……."

"화장실?" 잠시 당황하는 듯했으나 클라라가 머뭇거리는 모습을 보고 깨달은 듯했다. 그리고는 이상한 말을 했다. "아, Ashicko를 말하는 거군(다음

장에서 상술). 이리 오세요."

휙 휘파람을 울리자 바로 옆 벽의, 이번에는 낮은 부분이 갈라지더니 알몸의 기형난쟁이가 모습을 드러냈다.

2. 폐기물재생섭식연쇄

여기서 이스의 배설풍속에 대해서 살펴보기로 하겠다. 20세기의 독자에게는 흑노용 진공변관(Vacuum Sewer)부터 설명하고, 그 다음으로 야푸, 백인 순서로 설명하는 것이 이해하기 쉬우리라.

진공변관이란 그 이름 그대로 진공청소기(배큐엄 클리너)와 수세식변소 하수도(슈어렛지)를 종합한 것인데, 진공압으로 배설물을 흡인하여 변관에 모았다가 흘려보내는 것으로 물을 사용하지 않기에 물에 희석되지 않은 채 관내를 흘러가는 점이 하수도와 다르다. 흑노의 집 안에 있는 각 방 및 백인주택 안 흑노의 개인실에는 이 변관에서 갈라져나온 지관이 깔려 있고, 다시 신축성이 좋은 특수고무관으로 만들어진 가느다란 세관이 갈라져 있어서 의자 아래나 침대 옆의 판자까지 이어져 있고, 말단기라 불리는 부분에서 끝이 난다. 말단기가 고무관보다 굵은 모습이 독사인 코브라를 떠올리기에 말단기는 코브라라고 불린

다. 이것이 흑노의 변기다. 따라서 변소라는 특별한 장소는 없다. 20세기에도 서구의 신주택에서는 이미 변소라는 공간은 사라지고 욕실에 변기를 갖춘 양식이 증가하고 있었는데, 지금은 더욱 발전하여 각 방의 편리한 장소에 설비되어 있기에 변소에 가는 것은 물론, 사무 중 소변을 위해 자리에서 일어설 필요도 없다. 냄새는 빨려들어가기만 할 뿐 조금도 새어나오지 않고, 종이를 손으로 만질 필요도 없기에 전사시대인이 변기에서 느꼈던 불결함은 완전히 사라졌다. 이것이 진공변기(배큐엄 슈어)인데, 위생적이고 편리한 변소설비가 문명진보의 심볼이라는 명제에 따르자면, 지금 반인간이라 경멸받고 있는 흑노조차 20세기 사람보다 훨씬 더 문명적인 생활을 하고 있다고 말할 수 있으리라. 하지만 사물의 반면을 놓쳐서는 안 된다. 진공변관(배큐엄 슈어)의 말단기(코브라)는 고형물을 받아들이지 못하기에 사용자는 언제나 연변(軟便)을 배설하지 않으면 안 된다. 흑노용 음식—뒤에 얘기하겠지만 이것도 배급관에 의해 급여된다.—에는 늘 완하제가 들어 있다. 흑노는 섭식상의 자유를 제한당함으로 해서 배설상의 편리를 향락하고 있는 것인데, 그 주요한 목적은 흑노를 위한 것이라기보다 오히려 그들의 사용주인 백인에게 불쾌한 불결감을 주지 않으려는 데 있다고 해야 할 것이다.

야푸의 배설물도 최종적으로는 흑노용과 같은 진공변관의 본관으로 흘러들지만, 합류 이전은 전혀 다른 영양출관(아웃 파이프)이라 불리는 관을 지나며, 이것이 영양입관(인 파이프)이라 불리는 관과 함께 축인영양수도(야푸널 푸드 파이프스)를 이루는데, 사육소(야푸너리)의 축사나 백인주택에 깔려 있다. 보통의 주택에는 충전실(充塡室, Charging room. CR이라고 줄여서 부른다.)이 있고 그 바닥에 수도꼭지가 위로 5㎝ 정도 돌출된 채 구멍이 뚫려 있다. 야푸를 키우는 사람은 하루에 한 번, 일정 시간마다 야푸의 체내에 있는 펌프(4장 2)에 잊지 말고 영양액을 충전해주어야 한다. 그것은 원자기관(아토믹 엔진) 이전의 자동차에 종종 휘발유를 충전·보충해주지 않으면 안 되었던 것과 마찬가지다. 정시에 CR에 넣으면 야푸 자신도 공복감과 배설요구를 느끼고 있기에 즉시 항문 바로 아래에 수도꼭지가 오게 하여 쭈그리고 있는다. (의자는 주어지지 않는다. 야푸는 구야푸 시절 이후 좌식변기에 익숙해지지 못해 웅크린 채 사용하는 습속을 가지고 있다.) 항문에서 빠져나온 펌프충의 꼬리는 우선 수도꼭지의 출관부에 삽입되는데 진공압에 빨려 일사천리로 배설을 마치고나면 곧 입관부에 삽입하여 영양액을 몸 가득(즉, 야푸가 배부를 때까지) 빨아들인다. 여기에 걸리는 시간은 30초 내지 1분으로, 팬티 한 장 입고 있지 않은 전라의 야푸이기에 단지 쭈그려앉기만 할 뿐, 진공변관의 말단기를 조작하기 위해 한쪽 손을 필요로 하는 것에 비해서 훨씬 더 간단하다. 아무리 그래도 CR에 넣은 동안만은 작업을 중단시키지 않으면 안 되었기에(물론 영양수도관을 길게 뽑아 수도꼭지를 야푸의 항문까지 직접 닿게 하여 작업을 중단시키지 않는 편법도 있기는 하지만) 쉬지 않고 일을 할 수 있도록 영양순환장치(서큘레이터)가 발명된 것인데, 영양수도의 출입 두 개의 관을 더욱 가는 관으로 만들어 펌프충을 제거한 소장에 직접 연결한 것이 바로 그것이다. 이런 생체가구는 코드에 연결되어 있기에 현실적으로 행동이 속박당하는 것은 당연한 일이지만, 언뜻 이러한 속박이 없는 것처럼 보이는 보통의 야푸도 CR이 없는 곳에서는 펌프충이 섭식은 물론 배설조차도 할 수 없기 때문에 사실상 도주는 불가능하다. 특히 대부분의 가정에서는 뇌파형에 의한 개체식별장치(아이덴티 파이어)를 CR의 수도꼭지에 달아놓았기에 가정야푸는 어떤 특정한 수도꼭지에서만 섭식할 수 있는 것이 일반적이어서, 그 속박이 눈에 보이지는 않지만 생체가구가 받고 있는 속박과 크게 다르지 않다. 어쨌든 이상이 섭식과 결합된 야푸의 독특한 배설양식이다.

다음으로는 백인의 배설인데, 독자는 이미 이스에서의 배설물 처리방식의 기초가 진공변관에 있다는 사실을 깨달으셨으리라. 백인에 대해서도 이

기초는 변하지 않는다. 흑노주도관(네그타르 파이프)—유희적으로 '술의 하수(와인 슈어)'라고도 부른다.—은, 그 명칭은 다르지만 구조는 진공변관과 완전히 똑같으며, 단지 내용물과 관과 말단부가 다를 뿐이다. 그 지관은 백인주택 각 방의 벽에 숨겨져 있는 작은 벽장의 구석까지 이어져 있으며 말단기에서 끝난다. 이 벽장은 좁고 낮아서 개집 정도의 용적밖에 되지 않으며, SC라고 불리는데 이 단어는 WC라는 단어가 20세기 사람에게 주었던 부정감과 같은 부정감을 이스 사람들에게 준다.

그러나 그렇게 좁은 곳에 사람이 들어가서 일을 볼 수는, 물론 없다. 그게 아니라 이 SC는 육변기(Stooler)라고 불리는 생체가구의 정위치다. SC란 '육변기 수납장'이라는 뜻인 Stoolers' Closet의 약자다. 대부분의 생체가구와 마찬가지로 이것도 수컷 야푸를 재료로 쓰는데 그 기능은 입과 위를 인간의 배설물 용기로 쓰는 데 있다. 생체가구가 전부 그렇듯 유문, 즉 위와 장의 경계부분이 순환장치로 막혀 있기에 다른 인공육관을 연결하여 위에서 외부로 빠져나가는 길을 개설했다. 그리고 일단 위에 저장된 시뇨는 위액과 섞여 고형물도 유동하는 액상으로 바뀌어 방출되며 그것이 흑노주도관으로 흘러간다. 이처럼 육변기(스툴러)의 발명으로 인해 백인은 말단기와 펌프충도 필요 하지 않은 가장 쾌적하고 안락한 배설형식을 향수함과 동시에, 그것이 개재하여 고형변을 저작·소화시켜줌으로 해서 스스로 완하제를 복용하지 않고 자유로운 식생활을 영위하면서도 위생적인 진공변관장치를 이용할 수 있게 된 것이다.

진공변관과의 관계를 객관적으로 보자면 백인은 흑노주도관을 육변기라는 살아 있는 말단기를 사용하여 이용하고 있는 것이지만, 백인의 주관적 입장에서는 그렇지 않다. SC 안의 말단기는 단지 육변기가 사용하는 것일 뿐, 간접적으로라도 백인과 연결지을 수 있는 것이 아니다. SC 속을 들여다볼 일이 없기에(들여다볼 일이 있으면 흑노에게 명령하기 때문이다.) 변관을 전혀 의식하지 않는 사람이 대다수다. 그들의 주관적 입장에서 보자면 배설이란 육변기에게 food(먹을 것)와 drink(마실 것)를 주는 일이다. 전사시대 동양의 한 지방에서는 돼지를 변소에서 기르며 배설물을 먹고 마시게 했다고 전해지는데, 그 사람들이라면 이스의 백인이 육변기를 보는 기분을 이해할 수 있으리라. 다시 말해서 '자신들의 시뇨(屎尿)를 음식으로 먹는 가축이 있다.'는 의식이다. 단, 이 가축이 절반은 가구적인 존재가 되었다는 점이 옛날 사람에게는 이상하게 여겨질지도 모르겠다.

반대로 육변기를 포함한 야푸들에게는 백인의 이러한 의식에 대응하는 신화가 존재한다. '신께서 흑노를 가엾이 여기시어 술을 주려 하셨다. 그리하여 야푸 가운데서도 특히 뛰어난 스툴러라는 것을 골라 입으로 식음하고 생식기로 비뇨하는, 원래 야푸에게는 허락되지 않은 흑노풍의 생활을 허락하시어, 그 오줌으로 술을 만들기 위해 신 스스로 Food와 Drink를 내리시기로 했다. 운운.'이라는 것이다. 즉, 육변기들에게 변기로서의 자의식은 없다. 그들의 입장에서 보자면 변기란 흑노가 사용하거나 그들이 SC 안에서 사용하는 말단기를 말하는 것이며, 신에게는 애초부터 그런 것이 필요 없다. '신께서는 야푸 가운데 우량아인 스툴러를 보살피고 계신 것이다.' 이것이 그들의 신념인데, 일반적으로 백인을 신으로 예배하는 야푸의 종교인 '백색숭배교' ―각종 야푸는 각각 자신들이야말로 신께 사랑받고 있다고 믿고 있다.― 가운데서도 선민의식이 강하다는 점에서 특수하다고 할 수 있다. 생체가구 가운데 하나로 영양은 코드를 통해서 공급받지만 스스로는 그것을 의식하지 못하는 육변기는, 자신의 영양은 신께서 직접 내리시면 입으로 받는 성스러운 음식물에서 얻는 것이라 생각하고 있으며, 실제로 그들의 특권적 지위는 흑노들에게조차 선망의 대상이 되는 경우가 있다.

그러나 실제로 성스러운 음식물이 육변기의 체내에 흡수되는 양은 매우 적다. 타액과 위액과 췌액 등과 섞인 시뇨는 곧 인공육관으로 보내지고 거기서 강력한 효모가 첨가되어 발효를 시작하며 말단기를 통해 도관으로 들어가 흑노주업자(negtarer)의 양조소로 흘러가고 통에 저장되어 주정분을 증가시켜간다. 이것을 정제한 것이 흑노주(negtar)다. 일반 평민의 시뇨는 하나로 모아 2급주, 3급주를 만드는 데 쓰지만, 명류귀족의 것은 집안에 따라서 각각 명주를 양조하는 데 사용된다. 이처럼 백인의 배설물은 완전히 재활용되는데, 그렇다면 흑노와 야푸의 것은 어떻게 될까? 축인부 영양수도 국이 관할하는 특수사료배합소에서 재활용되고 있다. 진공변관의 본관이 이곳으로 연결되어 있는데, 우선 녹조(클로렐라)배양원5)이 된다. 외부로부터의 열을 잘 받게 하기 위해서 투명한 관 안을 흐르는 시뇨는 빠르게 녹색으로 변하며 고영양 단백질의 집합소가 된다. 관 안을 계속 흐르게 하며 각종 미생물과 항생물질을 작용시키면 마지막에는 인체의 영양을 100% 유지하는 완전식량인 녹색액이 된다. 반대로 이 복합클로렐라액을 다른 본관을 통해 밖으로 끌어내어 여러 갈래로 갈린 지관을 흐르게 한 것이 이스 백억 야푸의 생명을 지탱하고 있는 영양액이자, 영양입관(인 파이프)인 것이다. 즉, 백인의 것은 흑노에게, 흑노의 것은 야푸에게, 야푸의 것은 다시 야푸에게 각각 완전히 섭취되기 때문에 이스의 문명은 전사시대처럼 배설물의 처리에 골머리를 썩는 일이 없다. 이는 폐기물재생섭식연쇄(리뉴잉 푸드 체인)라고 불리는데 내무부에서 관할하고 있다.

이상이 이스에서의 배설물 처리방법에 관한 개요이자, 배설풍속의 대략이

---

5) 참고. '도쿠가와 생물학연구소에서는 클로렐라를 탱크에서 배양하는 연구를 하고 있다. 클로렐라는 일반적인 농작물보다 40배 높은 능률로 태양에너지를 흡수하는데, 1단(300평)의 1년 수확률은 40.5톤으로 쌀의 10배, 대두의 36배에 이른다. 그리고 조성은 단백질 42%, 지방 22%, 탄수화물 24%, 나머지 가운데에 각종 비타민을 함유하고 있으며, 그 함량이 어떤 식품보다 풍부해서 단백질원으로 우유보다 43배의 능력을 가지고 있다. 조건만 좋으면 하루에 100배나 증가하는 경이적인 생산력을 가지고 있으며, 조성도 자유롭게 변화시킬 수 있다. 장래 인류의 식량문제는 클로렐라에 의해서 해결될 것이다. 비근한 예로 대도시에서 처리에 애를 먹고 있는 배설물도 클로렐라를 이용하여 가축의 사료로 바꿀 수 있다.' —다미야 박사의 글에서.

다. 야푸, 흑노, 인간 각각의 배변시설을 갖추고 있어서 전사시대 세계와 같은 비위생적이고 불편한 변소라는 것을 어디에서도 볼 수 없는 것이 이스 세계인 것이다. (한편 노상방뇨에 해당하는 것으로 백인이 흑노의 입 안에 직접 방뇨하는 경우가 있으나, 이는 정규의 것이 아니니 뒷장에서 그 장면이 나올 때까지 설명을 보류하겠다.)

3. 육변기의 역사

그런데 이스에서의 육변기 사용풍속은 초기의 형태까지 고려한다면 이미 1,500년 이상의 역사를 가지고 있다. 현재 제국 안 어느 유성의 어느 대륙에 가도 무릇 개인의 방에 전용변기가 갖추어져 있지 않은 방이 없으며, 객실·선실·차 안·집회장 등에서 표준형 공용변기의 모습을 볼 수 없는 곳이 없는데 이처럼 보급되기까지는, 특히 편리하기 짝이 없는 삼능구(三能具) 표준형이 탄생하기까지는, 오랜 변천사가 있다.

육변기 사용의 단서는 여권혁명 이전인 알타일권으로의 팽창기까지 거슬러 올라간다. 『이스 사물기원』에 기록된 바에 의하면 유성 곤다에 식민지를 건설할 때, 그 별의 대기 상태 때문에 기밀원(氣密圓, 돔) 정각(頂閣) 안에 변소를 1개밖에 설치하지 못했는데, 밤중에 요의를 느끼면 멀리 있는 변소까지 걸어가야 하는 것이 귀찮았기에 남자들이 침대 위에서 야푸를 요강 대신 사용하는 것을 생각해냈다. 이것이 최초의 육변기라고 한다. 여성용 소변기와 달리 남성용은 입술부에 특수한 구조를 요구하지 않기 때문에 야푸를 가지고 있는 사람은 바로 이용할 수 있었다. 10년쯤 사이에 곤다성의 풍습이 제국 전체로 퍼져갔다. 당연히 낮에도 사용하고 대변을 볼 때 사용하는 사람도 나타났다. 자택의 변소에서 도자기로 만들어진 변기를 추방하고, 소변보는 곳의 소변기가 있던 자리에는 선 자세 그대로 입술의 위치가 어른의 비뇨기에 오는 정도의 키를 가진 어린 야푸를 묶어놓고,

대변보는 곳의 변좌 아래에는 입이 큰 야푸를 꿇어앉혀놓아 위를 향하게
해서, 결국 자신의 배설물을 전부 야푸의 체내에 담을 수 있도록 한 창안자로서
의 영광을 얻은 것은, 페트로니우스의 재림이라 일컬어졌던 멋쟁이 드레이퍼
경(로드)이었다고 한다.

마침내 여권혁명이 일어나 남성용 소변기와 함께 여성용 소변기(새니
스탠드. 다음 장 참조)에도 야푸를 사용하게 되었으며, 어린 야푸로는 입과
위 모두가 너무 작았기에 배설을 위해 난쟁이를 변소에서 기르게 되었다.
그 무렵 한편으로는 흑노(네그로)를 위해 혼뇨주(混尿酒, 칵테일)를 주는
시도도 행해졌으며(4장 1), 마침내 흑노주가 만들어졌고 진공변관이 보급되
어 결국에는 지금으로부터 1,300년쯤 전에 조잡하기는 하나 폐기물재생섭식
연쇄(리뉴잉 푸드 체인)의 원시형태가 성립되자 육변기의 존재는 움직일
수 없는 중요한 사회적 기구의 일환이 되었고, 도자기로 만들어진 변기의
사용은 쇠퇴하기에 이르렀다.

그러나 아직은 염색체수술기법이 발명되기 전이었기에 편리한 체형은
유도변이로 장기간에 걸쳐서 도태육종(淘汰育種)하는 것 외에 얻을 방법이
없었다. 의자에 앉은 채, 침대에 누운 채 방뇨 가능한 신축형 육변기는
원래 혀인형, 입술인형용으로 발달한 체형을 요강(피스포트)으로 전용한
것인데 그 수십㎝에 이르는 기다란 목이 만들어지기까지는 몇 세기에 걸친
육종학자들의 고심이 있었으며, 대변기로 사용되는 곱사형도 이른바 말굽육
류(肉瘤, 호스슈 범프)—양 어깨가 현저하게 솟아오른 곳과 등의 혹이 근육덩
어리로 연결되어 머리를 세 방향에서 말굽형으로 감싸는 육질이 산맥처럼
된 것—가 발달하여 앉았을 때 좌식변기의 좌판(시트. 구멍이 뚫린 덮개)
대신 편안하게 사용자의 엉덩이를 받쳐줄 수 있는 멋진 기형이 되기까지는
수백 개의 시작품이 헛되이 버려졌다.

난쟁이·곱사·길고 신축성 있는 목의 3종이 세 가지 용도에 응해서 육변기의

세 정형으로 발달했으나, 이와 같은 단능구(單能具)는, 개인의 방에 놓기에는 충분하지만 외출 시 데리고 다니기에는 불편하다. 공용기가 아닌 전용기로 가지고 있는 계급  으로부터의 요구에 염색체수술법의 발명이 호응하여 800년 전에 비로소 삼능구가 만들어졌다. 3종의 정형을 한 몸에 전부 갖추고 있는 기형이다. 그 편리함으로 단능구를 압박하여 평민의 전용기 및 일반 공용기로써 널리 쓰이게 되었고, 단능구는 특수화되어 귀족을 위한 고가의 전용기로 잔존하게 되었다.

귀족의 개인실에 놓는 전용기로써 단능구에는 독심능장착(텔레파시식)도 가능하고, 두부의 조작(2장에서 린거의 두부에 어떤 가공을 했는지 상기하기 바란다.)에 독특한 취향을 가할 수도 있고, 생체조화를 이용하여 피부의 장식에 고상한 취향을 나타내는 것도 자유롭기에, 극단적으로 말하자면 제국 안 1만의 귀족이 사용하는 수만의 전용기 가운데 완전히 똑같은 2개를 찾아내기란 불가능할 정도다. 이에 반해서 공용기는 개인의 기호에 속하는 부분에는 손을 대지 않는 편이 좋다고 여겨져, 오로지 실용본위로, 기능 우선으로 체형을 추구한 결과 가장 편리한 형태라 인정받은 것이 표준형으로 규격을 공인받아 양산·보급화되었다.

이는 굉장한 기형이다. 난쟁이에, 곱사에, 기다란 신축형 목만 해도 상상이 되리라. 다리는 굵고 길이는 40㎝인데 무릎에서 2등분되어 있다. 발은 크고 평발이다. 두 다리 위에 있는 몸통은 고깃덩어리라고 말하는 편이 빠르리라. 책상다리를 하고 앉았을 때 몸의 높이는 55㎝, 멋진 말굽육류를 갖추고

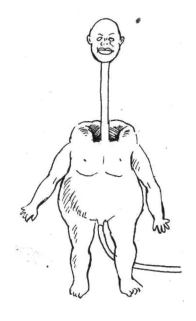

있다. 복부는 매우 비만하고 돌출되어 있는데, 이는 4사람이 연달아 사용할 수 있도록, 즉 위의 용량이 4방광용적(이는 육변기의 위가 얼마나 팽창할 수 있는지를 재는 단위다.)에 달하기 때문이다. 생체가구로써 영양순환장치를 갖추고 있는 것은 물론이고, 그 외의 내장에도 가공이 행해졌다. 그것은 기관이 목을 통하지 않고 머리 아랫부분의 후방, 말굽육류의 움푹 패인 곳 안쪽에 있는 2개의 구멍으로 연결되어 그곳으로 호흡하기에 코의 점막을 그 구멍에 이식한 것으로, 후각은 일반인보다 강할 정도지만, 그 가공의 목적은 오로지 목을 식도로 전용케 하여 호흡에 의해 시뇨의 통과가 중단되는 일이 없도록 하는 데 있다. (혀인형 중에도 이러한 가공을 한 것이 있다.) 팔은 길고 가늘며 손가락은 부드럽고 짧은데 손톱은 혀인형과 마찬가지로 잘못해서 할퀸 자국 등을 만들지 않도록 하기 위해 전부 뽑아버렸다. 말굽육류의 안쪽은 깊이가 10㎝로 우묵한 곳 속 가득 길고 가느다란 목이 똬리를 튼 것처럼 담겨 있고 머리가 그 위에 놓여 있다. 대변기가 될 때는 목을 꺾고 움푹한 곳 안에 후두부를 넣어 얼굴을 위로 향한 채 입을 벌리고, 소변을 볼 때는 목을 늘린다. 두부는 입술부의 이상한 발달을 제외하면 눈·코·귀·머리카락 전부 평범하지만 수염이 덥수룩하게 자라지 않도록 모근을 제거했다. 길게 찢어져 커다랗게 벌어지는 입과 흡반과 같은 느낌이 드는 두툼한 입술은 여성을 위한 것이지만 남성에게도 사용할 수 있다는 점은 말할 필요도 없으리라. 이는 저작용으로 어금니를 남겨두었을 뿐 앞니는 전부 뽑았다. 혀는 보통사람의 2배는 될 법한 폭과 길이를 가진 훌륭한 것인데, 흑노용 말단기와 함께 이 유능한 혀가 이스 세계에서 휴지를 추방해버렸다.

이것이 표준형 육변기(스탠다드 스툴러. StSt.라는 약칭도 쓰인다.)다. 몸의 길이는 목을 늘렸을 때(실제로 이러한 자세는 취하지 않지만) 150㎝, 접었을 때 115㎝(두부 20㎝, 다리 40㎝, 몸통은 육류 끝에서부터 엉덩이까지가 55㎝이고, 목의 아래쪽 끝에서부터 엉덩이까지는 45㎝이며, 45㎝인 기다란 목은 접으면 오목한 부분에 들어간다), 배의 둘레가 130㎝인 것이 규격수치다. 시리우스권의 베로성(星)에 있는 대사육소(야푸너리)에서 양산되며, 일정한 훈련과 교육을 받고 나면 선민야푸로서 축복받으며 제국 전 지역으로 수출되어 백인의 생활을 쾌적하게 해줌과 동시에 흑노주 원료채집기구의 말단으로써 흑노를 위해서도 도움이 되는 유용한 생애를 행복하게 보내게 되는 것이다. 이러한 제조와 훈육상황에 대해서는 머지않아 클라라가 베로성을 시찰할 날까지 미루기로 하고 여기서는 원반 안의 조종실 장면으로 이야기를 되돌리기로 하겠다.

제8장 기립호령 ASHICKO

1. 가축어=일본어

벽에서 모습을 드러낸 기형난쟁이는 SC에서 나온 표준형 육변기였다. 원반이 폴린 한 사람만의 것이었다면 전용기를 두었을 테지만, 잔센 가의 다른 사람들도 타는 정(艇)이었기에 공용기를 설치한 것이다. 물론 탈 때에 수고를 아끼지 않는다면 코드를 빼서 전용기로 바꿀 수도 있지만, 혀인형과 달리 가끔밖에 쓰지 않고 비교적 물건에 대한 집착이 없는 성격인 폴린은 언제나 이것을 쓰고 있다.

휘파람에 나온 것은 그것이 호출신호이기 때문이다. 독심능장착(텔레파식) 이외에는 귀가 밝은 것이 생체가구의 중요한 능력 가운데 하나여서, 표준형 육변기는 누구나 똑같이 부는 호출 휘파람을 한 번 들은 것만으로도 두 번째에는 100명이면 100명 모두를 구별할 수 있는 놀라운 청각을 가지고 있다. 지금 이 조종실에 부속되어 있는 것도 예전에 폴린이 항시유보(타임드라이브)를 할 때 봉사한 적이 있었기에 지금의 휘파람을 분 사람이 누구인지를 알고 있는 것이다.

그는 짧은 다리를 부지런히 움직여 서둘러 폴린에게로 다가갔다. 코드가 기다란 꼬리처럼 바닥에서 꿈틀거렸다.

폴린이 갑자기,

"아니(노)!"라고 야단을 치듯 제지하더니 다시 몇 마디를 덧붙였다. "コッ

チジャナイ。お客様ノ御用ナンダヨ。(내가 아니야. 손님이 일을 보실 거야.)"

이 몇 마디가 린이치로를 깜짝 놀라게 했다. 육변기(스툴러)의 모습도 보이지 않고, 누가 한 말인지 확인하기 위해 돌아볼 수도 없는 그는 클라라의 목소리가 아닌 이상 폴린임에 틀림없을 것이라고 생각하면서도 순간 귀를 의심하지 않을 수 없었다.

클라라도 깜짝 놀랐다. 육변기의 이상한 모습은 조금 전부터 연달아서 진기한 것을 보았기에 어느 정도 신경이 둔해지기 시작했고, 또 그 육변기가 아직 목을 늘리지 않아서 단지 뚱뚱한 난쟁이처럼 보였으며, 눈과 코와 귀 등은 평범한 사람과 같아서 인간다운 인상을 많이 가지고 있다는 점도 있었기에 그녀를 그렇게 크게 위협하지는 않았지만, 지금의 그 몇 마디를 듣고는 어째서인지는 모르겠으나 흠칫했다. 린이치로와의 연애 이후, 그와 함께 일본유학생모임에 참석하여 그들의 대화를 들은 적이 있고, 자신도 연인의 모국어에 상당한 관심을 가지고 있던 그녀는, 의미는 몰랐지만 그것이 어느 나라 말인지를 직감적으로 깨달은 것이었다.

폴린이 육변기를 꾸짖은 말은 일본어였던 것이다.

대체 폴린은 어째서 일본어를 할 줄 아는 것일까? 특별할 것도 없다. 그것이 가축어(Yapoon)이기 때문이다. 이스의 인류는 공통어로 세계어(평민사투리, 흑노사투리, 그리고 각 유성에서의 사투리 등 사투리는 여러 가지가 있지만 기초가 영어임은 전술한 바 있다.)를 쓰는데, 그 간단한 말을 할 수 있을 때쯤이면 가축어(야푼)는 이미 마스터한 상태다. 가축어음반(야푼 레코드. 20세기에 이미 착상한 언어학습법—수면 중 수면학습음반이라는 어학레코드를 들려주어 하의식[下意識]에 교수하는 방법—의 산물이다.)으로 말하는 법을 익히며, 또 그것이면 충분하다. 철이 듦과 동시에 자유롭게 쓸 수 있게 되는 가축언어(캐틀 텅)가 언어교육의 정규학습 대상이 되지 않는 것은 당연한 일로, 말하자면 이스의 인류에게 있어서 가축어(야푼)

구사는 스푼이나 포크의 사용법을 익히는 것과 같이(실제로 '스푼 다음에 야푼을 배운다.'는 속담도 있을 정도다.) 생활기술상의 초보적 필수지식으로 여겨지고 있으며, 셰익스피어의 시를 암송하는 것 같은 정신적 작업과는 완전히 이질적인, 변기를 사용하기 전에 휘파람을 부는 것과 질적으로 커다란 차이가 없는 입술과 혓바닥의 회전에 의해서 가축어를 구사하고 있기 때문이다.

가축어 문자(야푼 레터)는 전혀 쓰이지 않는다. 어휘도 빈약하다. 애초부터 논리적·사상적 표현에 적합하지 않았던 가축어는 어휘의 빈곤화와 함께 복잡한 사상의 표현은 완전히 불가능하게 되었지만, 일반적인 야푼의 일은 사상과는 관계가 없기에 백인이 야푼에게 명령하기 위한 언어로는 충분하다. 경어는 매우 발달했지만 백인과 야푼 사이에 대화는 존재하지 않고 백인이 일방적으로 명령할 뿐이기에 백인은 경어용법에도 전혀 무관심하다.

그러나 야푼에게 명령하는 데 가축어를 써야만 하는 것은 아니다. 인간의 말로 명령해도 물론 상관없다. 단, 야푼는 일반적으로 인간의 언어를 이해하지는 못한다. 특별한 용도로 쓰기 위해서 인간의 언어를 가르쳐야 할 필요가 있을 때에는 수면학습음반으로 쉽게 가르칠 수 있기에, 이 점이 지성 있는 가축의 유능한 점이지만 일반적으로는 가르칠 필요가 없다고 여겨지고 있다. 가축이 인간들의 대화를 이해할 필요는 없기 때문이다. 언어는 체계적으로 배우거나 자신이 직접 말해서 써보거나 하지 않으면 마스터할 수 있는 것이 아니기에, 스스로 말하는 것이 허용되지 않는 야푼에게 인간의 언어는 결국 이해할 수 없는 것이 되어버리고 마는데, 이 점에 있어서는 다른 지성 없는 가축과 전혀 다를 바가 없다. 따라서 전통적으로 야푼에게 명령할 때는 가축어로 하는 것이 좋다는 사고방식이 있었으나, 여기에 파문을 일으킨 것이 유명한 쿼들리 (여)백작이었다. 가축어는 명령보조도구로만 쓰여야 하며, 명령은 인간의 언어로 해야 한다고 그녀는 주장했다.

＜인간이 가축에게 명령하는 데 자신의 언어를 버리고 가축에게 영합할 필요가 어디에 있는가? 전사시대에 말이나 개에게 명령할 때 인간은 인간의 언어를 사용하지 않았는가. 물론 가르칠 수 있는 말의 숫자는 인간이 쓰는 어휘의 몇 분의 1%에 지나지 않고, 거기까지 가르칠 때에도 굶주림과 편달의 조력이 없으면 불가능하기는 하다. 하지만 그렇게 해서 가르친 몇몇 단어와 짧은 말로 행동하게 만들어야만 진정으로 가축을 부린다는 말에 어울리는 취급이 되는 것 아닐까. 인간의 언어로 더 이상은 지시를 할 수 없을 때 필요하다면 가축어로 가르치는 것도 좋으리라. 하지만 나는 그런 경우에라도 채찍과 고삐로 자신이 원하는 행동으로까지 강제할 수 있다고 믿는다.＞

이 설이 일반여론을 움직여 이후 백인의 야푸에 대한 명령은 우선 간단한 인간의 언어로 행해졌으며, 가축어는 그 설명·보조에 쓰이는 것이 일반화되었다. 다시 말해서 야푸는 백인에 대해서 '말 못하는 가축'에 머물게 된 것이다.

흑노와의 관계는 조금 다르다. 흑노가 야푸에게 말을 할 때는 가축어를 쓰도록 되어 있으며, 백인과는 대화가 금지되어 있는 야푸도 흑노에 대해서는, 허용된 경우나 필요한 경우에는 말을 할 수가 있다. 단, 그러한 경우 경어는 '있습니다.'체를 써야지 '있사옵니다.'체를 써서는 안 된다. 후자는 야푸의 신, 즉 백인에게 기도할 때만 써야 하기 때문이다. 따라서 흑노는 야푸의 용어가 올바른 경어법을 지키고 있는지도 알아야 하기 때문에 백인보다는 가축어에 대한 지식이 깊고, 유아기에 충분히 마스터해야만 한다.

그러나 흑노에게는 말을 할 수 있다고 해도 실제 문제로 야푸가 말을 하는 경우는 극히 드물며 육체적으로도 혀의 구조 등 때문에 벙어리인 경우가 많은데6) 말은 못 하지만 듣는 쪽만은 일단 표준에 달해서 가축어로

---

6) 말이나 개는 말을 하지 못하며, 육변기도 옛날에는 말을 할 수 있었으나 현재의 표준형은 말을 하지 못한다. 혀가 너무 크게 발달했기 때문이다. 이러한 과정을 보여주는 것이라

해설하면 아무리 복잡한 명령이라도 가능하며, 이것이 '언어를 이해하는 가축'으로서 그들의 긍지였다. 단순한 문법과 빈약한 어휘, 이스에서는 가축언어(캐틀 텅)라고 경멸하여 언어로 다룰 가치가 전혀 없다 여겨지고 있기는 하지만, 그래도 가축어는 역시 지성동물의 특징인 언어의 일종, 적어도 그 퇴화형임에는 틀림없기에.

만약 퇴화하기 이전의 가축어를 알고 싶다면 야푼 섬에 가면 된다. 거기서 사육되고 있는 5천만 마리의 토착야푸는 옛날 그대로의 구가축어와 가축어 문자를 사용하며 미개문명생활을 영위하고 있다.

어쨌든 이스 세계에서 가축어(야푼)의 지위·기능은 이와 같은 것이다. 따라서 폴린으로서는 클라라나 린이치로에 대한 효과 따위는 머릿속에 전혀 없었으며, 단지 육변기에게 지시를 내린다는 의미에서만 무의식적으로 입을 움직인 것에 지나지 않았다.

2. ASHICK의 여러 가지 뜻

야단을 맞은 육변기는 서둘러 클라라 쪽으로 방향을 바꾸어 다가갔다. 그녀가 기분 나쁘다는 듯 뒤로 물러나자 폴린이,

"맞아, 당신은 아직 육변기를 써본 적이 없죠. ……특별히 복잡한 것은 아니지만……."이라고 말하며 결심한 듯,

"그럼 제가 써볼게요."

클라라를 보고 말하던 시선을 아래로 떨어뜨리더니,

"Come here(이리 와)."라고 부른 뒤 이어서 낮고 날카로운 목소리로 말했다. "Ashicko."

또 옆길로 새는 듯하지만, 앞으로도 종종 쓰이게 될 말이니 여기서 이

할 수 있는 속담으로, '잘 핥는(굿 랩) (혀는) 눌변(배드 스픽)'이라는 것이 남아 있다.

Ashicko라는 말의 의미·유래·용법을 최신판 옥스포드 대사전의 번역을 통해서 소개하기로 하겠다. 용례는 이스의 사정에 익숙지 않은 독자에게는 이해하기 어려운 점도 있을 테니 작자가 주를 덧붙이기로 하겠다.

ACHICK【əʃik】외래어. 【어원】Oshikko(구가축어).

【명사】

(Ⅰ)【폐어(옵솔리트)】오줌, 소변. 비교→UNGK(대변).

(1)【원래는 고어체인 ASHICKO【æʃikou】를 사용하여】야푸뇨(尿).

예1. 인간이 아니라 원숭이(에이프)라는 사실은 수컷(메일) 특유의 노상방뇨 풍습으로도 알 수 있어. 변소가 있어도 원숭이 흉내를 내서 지은 것에 불과하기에 요의를 느끼면 변소가 아닌 곳에서 ashicko를 방출하는 게야. ─J.러셀 편『장군 제너럴 맥 언행록(지구도독시대 편)』

*예1주. M장군은 지구점령군 사령관으로 초대 지구도독이 되었던 사람. 당시 야푸라는 단어는 아직 없었으나, 그는 유인원(에이프)이라고 불러 인권을 박탈했다. (5장 3)

(2)【전하여】인뇨(人尿).

예2. 나는 그 새끼축인(컵, cub)에게 말했다. "너는 오늘부터 소변소(小便所, 유에널)야. 나의 ashick이 너의 유일한 음료(드링크)가 되는 거야." ─B.스탠위크 편『P.드레이퍼 경 서간집』

*예2주. P.D경은 육변기사용의 선구자. (7장 3)

(Ⅱ)【자동사(Ⅱ)에서】(야푸가) 일어서는 것.

(1) (육변기[스툴러]의) 선 자세.

예3. 역사시대 인도 불교의 경전에서 아미타불의 극락세계를 설명했는데, 거기서는 사람이 마음속으로 배설을 생각하면 대지가 개폐하여 부정을 받아들인다고 적혀 있다. 마음속에서 방뇨를 생각하면 바로 육변기가 ashick으로 앞에 서는

우리 귀족의 생활은, 옛날 사람들에게는 극락이라고 여겨진 셈이다. —A.햅번 『고대종교 잡화』

*예3주. 독심능장착 육변기사용을 의미한다. ashick이라는 말이 삼능구뿐만 아니라 단능구에도 쓰이는 예.

(2) (개가) 뒷발로 서는 것.

예4. 만 2년이 되어 기는 것이 몸에 완전히 배면 강아지(puppy)를 밖으로 데리고 나가 처음으로 ashick을 가르칩니다. —I.버그먼 『바우성 기행』

*예4주. '밖으로 데리고 나가'라고 한 것은 그 전까지 축견장(켄넬) 안의 전류가 흐르는 낮은 천장의 방에서 사육했기 때문이다. (3장 2)

(3) (말이) 서 있는 모습.

예5. 그리하여 여장부 에드 피엘 / ashick의 말에 오르자 / 박차 눈부시게 반짝여 / 위풍이 주위를 압도했다. —J.모로 『여성주(셰틀레인)』 (산문시)

*예5주. 말이란 축인마(얍푸 호스). 기수를 어깨에 태우고 달리는 거인 야푸로 뒤에서 상술하겠다.

(4) (생야푸의) 기립.

예6. ashick하고 있는 생야푸를 서 있는 인간과 비교해보자. 어디가 다를까? —S.로렌 『히틀러 축인론의 옹호』

*예6주. 히틀러 축인론은 제5장 3 참조.

(5) 【전하여】(흑노에 대한 벌로) 서 있게 하는 것.

예7. 나는 한편으로는 혼뇨주(칵테일)를 주면서 한편으로는 마음에 들지 않는 흑노를 망설임 없이 ashick에 처했기에, 그들로부터는 사랑받는 것만큼 두려움의 대상이었다. ─여경(레이디) 잔센 『회상록』

*예7주. J여경은 제4장 1 참조. 서 있기는, 눕는 것을 금하는 흑노에 대한 형벌이다. 혼뇨주(칵테일)라고 한 것은, 당시에는 양조과정 없이 시뇨를 술에 타기만 했으며 흑노주(네그타르)라는 명칭도 없었기 때문.

(Ⅲ)【타동사에서】(야푸를) 일어서게 하다.【특히】(육변기를 소변에) 사용하는 것.

예8. 육변기의 ashick에도 사람에 따라서 차이가 있다. 나는 양 가랑이로 요강머리 (피스포트)를 조이지 않으면 제대로 방뇨할 수가 없지만, 감촉만으로 방출할 수 있는 사람도 많은 듯하다. 남자 가운데도 물게 하는 것만으로 나오는 사람, 빨게 하지 않으면 안 되는 사람 등 여러 사람이 있는 모양이다. ─G.케리 『수필 이런 일』

*예8주. G.C는 모나코성(星)의 도독이었는데, 부군은 유아기의 육강보(다이푸) 에게 좋지 않은 버릇이 있었기에 평생 강하게 빨아주지 않으면 방뇨하지 못했다. 그것을 불구 취급하는 사람들이 있었기에 그녀가 이 글을 쓴 것이라 알려졌다.

(Ⅳ)【숙어】ASHICK and ungk〔서는 것과 앉는 것〕(야푸의) 두 가지 자세.

예9. ashick(아식)과 ungk(앙크)가 가축어 속으로 들어가 전자는 서기 위한 아시(다리)가 되었고, 후자는 앉는다는 뜻을 보존한 채 음이 변하여 엔코가 되었다. 한편, 가축어에서 부드럽고 단 것을 앙코라고 하는데, 육변기에 대한 ungko(앙코)에 서 연상되는 것이 직접적으로 유입된 것이리라. ─D.데이 『가축어고』

*예9주. D.D는 학문의 대상이 아니라고 여겨졌던 가축어를 처음으로 진지하게 고찰한 사람으로 오류가 없지는 않으나 연구의 결과에는 탁견이 많다. 엔코·앙코에 대한 해석은 이미 정설이 되었다.

예10. 'Ashick(아식) 12회, ungk(앙크) 3회.' (건강한 몸이라는 뜻) —속담.

*예10주. 조류가 장수하는 것은 배설물을 체내에 담아두지 않기 때문이다. 이스 사람은 변의를 참지 않는다. 건강한 보통사람은 소변 12회, 대변 3회가 하루의 정수다.

【자동사】

(Ⅰ) 【폐어(옵솔리트)】 -ed, -ed. 배뇨하다. 비교→UNGK(대변을 보다).

(1) 【원래는 고어체 ASHICKO【əʃikou】를 써서】 야푸가 배뇨하다.

예11. "오이, 어디 가는 거야?", "네, oshicko에…….", "그 전에 여기에 머리를 넣어. 내가 소변(피스)을 보고 싶으니." —H.네프『곤다성(星) 이문』

*예11주. (문장이 O로 시작하는 것에 주의) 곤다성의 풍습은 제7장 3 참조. 이 시대에는 야푸가 주인과 대화하는 지방도 있었다는 사실을 이 기술을 통해서 엿볼 수 있다.

(2) 【전하여】 (인간이) 소변을 보다.

예12. "일어나(스탠드업)."라고 공주는 육변기(워라)에게 명령하고, 그것이 알아들을 수 있는 말로 덧붙였습니다. "妾ハashickシタイカラ(나는 아식하고 싶으니)." —M.오하라『동화 다정한 공주님 이야기(텐더하티드 프린세스)』

*예12주. ashicko가 명령어로 확립되기 이전에는 stand up이라는 명령도 쓰였다는 사실을 알 수 있다. warra(워라)는 stooler의 유아어로 쉬, 쉬야와 같은 느낌. I'll make water(아일 메이크 워터. 소변을 보고 싶다.)의 마지막 말이 변형된 것으로, I'll spit(아일 스핏. 침을 뱉고 싶다.)가 변하여 ilspy(육담호[肉痰壺])가 된 것과 같은 과정이다. 한편, water는 별도로 가축어의 어휘로 들어가 귀중하고 신성한(즉, 백인과 관계가 있는) 물질을 의미하는 말인 와라가 되었다.

(Ⅱ) 【현재 자동사로는 다음의 명령으로만 쓰인다. 수명(受命)자동사】 명령형 ASHICKO【əʃikə】 약어체 SHICKO【ʃikou】 (야푸에 대하여) '일어서'【기립호령】 반대→UNGKO【ʌnkə】(앉아)

(1) 【원래는】 (삼능형 육변기에 대한 명령) 선 자세를 취해.

예13. 육강보(다이푸)는 생후 10개월쯤에 끊고, 이후부터는 혼자서 배변하게 합시다. ashicko(아식코), ungko(앙코)는 서툰 발음으로도 말할 수 있으니 곧 육변기를 사용할 수 있게 됩니다. 가축어음반을 들려주는 것은 훨씬 더 후에 해도 됩니다. ―J.시몬즈『훈육서』

*예13주. diapoo는 diaper(기저귀)-yapoo(야푸)의 합성어이며, 유아의 가랑이를 늘 청결하게 유지하기 위해 강보피복(다이퍼 커버) 아래에 왜인(피그미)을 넣어둔 것으로 mens-pigmy와 같은 착상에 기초한다. 종이나 천으로 된 강보(냅킨)와는 달리 교환할 때 불쾌한 변 냄새가 없으며, 교환도 6시간마다 하면 되고, 변의 이상을 왜인이 가르쳐주는 편리한 것이다.

(2) 【확장되어】 (야푸계 동물에게) 일어서.

【특히】 (개에게) 뒷발로 서.

예14. 그녀의 애견인 뉴마는 뇌의 언어중추를 제거한 녀석이었지만 ashicko라는 말을 들으면 어떤 개보다 빨리 뒷다리로 서서 사자(라이온)처럼 깎은 상반신의 기다란 털을 과시했다. ―J.돌『쿼들리 백작전』

*예14주. Q백작은 이번 장 1 참조. 뉴마(Numa)는 축인방견(푸들. 털을 깎는 법은 구견의 경우와 같음)의 이름으로 개의 이름 가운데서 가장 흔한 것.

(말에게) 일어나.

예15. 뛰어오르며 ashicko라고 외치고 채찍으로 힘껏 내리쳤다. 말은 그녀를 어깨에 태우고 벌떡 일어나 질주하기 시작했다. ―E.가드너『암흑성운(블랙 네뷸라)에서 온 아가씨』(장편소설)

*예15주. 뒷장의 기마 방법 참조.

(3) 【더욱 확장되어】 (생야푸에게) 일어서.

예16. 9월 3일 아침, 동이 트기도 전에 전성관(傳聲管)을 생(로)야푸의 축사(케이스)로 연결하게 해서 ashicko라고 외치고 화면을 보았더니 모두 땅바닥에서 벌떡 일어났으나 암컷 한 마리만 동작이 굼떴기에 데려오게 해서 거대거미(자이언트 스파이더)의 산 먹이로 삼았다. shicko, shicko하며 격려했으나 결국 2시간 만에 완전히 묶이고 말았다. 오전 중의 즐거운 소일거리였다. ─E.테일러 『사육소장 일기』

*예16주. E.T 자신은 침대에 누운 채 야푸들을 깨워 그 태도를 원사화면(텔레비전 스크린)으로 본 것이다. 거대거미는 무당거미를 스쿠터 정도의 크기로 만든 변종으로 아름다움을 사랑받아 귀족들이 기른다. 산 먹이를 바로 죽이지 않고 줄로 감게 하기 위해서 독니는 뽑는다. (자세한 내용은 뒷장 참조)

(4) 【전하여】 (왜인에게) 싸워(신들의 경기나 왜인격투에서).

예17. 트로이전쟁게임의 시리우스 지구 예선 결승이 어제 L.영의 백군과 A.백스터의 청군 사이에서 벌어졌다. 심판관인 N.우드의 ashicko 호령이 떨어지자, 2천 마리의 왜인(피그미)이 종횡으로 칼을 휘두르며 뒤얽혔고, 수 시간의 격투 끝에 백군이 승리의 함성을 지를 무렵에는 경기장의 하천이 새빨갛게 물들었다. ─(『아베르데인 타임즈』 기사)

*예17주. '신들의 경기'라 총칭되는, 왜인을 사용한 유희 중 가장 규모가 큰 것이 Trojan Wargame으로, 무장한 왜인 1,000명씩을 지휘하여 전쟁을 한다. 피비린내 나는 전투를 바라보는 기분이 트로이전쟁에 임하는 그리스의 신들 같기에 이러한 이름이 붙여졌다. 규모를 축소해서 맨손으로 격투를 시키는 형태는 왜인장기(피그미체스)라고 부른다. (모두 뒷장 참조)

(Ⅲ) 【숙어】 to say ASHICKO(기립호령을 하다.) 육변기를 사용하다, 라는 뜻의 완곡어법(대소변 모두에).

예18. 'ashicko라고 두 번 말할 필요는 없다.' ─M.디트리히의 말. (한 번 말해서 알아듣지 못하는 육변기는 버리라는 뜻의 고사성어)

*예18주. 선 자세를 취하게 하는 데 두 번이나 호령을 해야 하는 것은 육변기로써 불량품이다. M.D의 아들이 두 번 호령한 것을 보고 그 식견 없음을 꾸짖었다는

고사에서 온 말로, 폐품이나 무능한 자를 처분할 때 쓰이는 표현.

예19. '한 번에 두 대에게 ashicko라고 말하지 말라.' (쓸데없는 짓은 하지 말라는 뜻) −(금언)

*예19주. 물론 한 번에 두 대의 육변기는 쓸 수 없기 때문이다.

【타동사】

−ed, −t.【자동사(Ⅱ)에서】

(Ⅰ) 기립호령(아식코)을 하다.

예20. 남편은 아내로부터 설령 ashick 당한다 해도 말대꾸는 금물입니다. 아내가 원한다면 저는 언제라도 저의 손을 유린당하겠다고 생각하고 있습니다. 아내는 남편의 주군입니다. −T.무어 『말괄량이 길들이기 5막』

*예20주. 한부(悍夫)인 페트루키오가 결국은 아내 캐서린에게 정복당해 정숙하게 된다는 줄거리의 희극.

(Ⅱ) (야푸를) 세우다.

예21. 폐하께서 베로성(星)의 흙을 밟으시는 동안에는 모든 야푸를 ashick해두도록 하라는 궁내관의 의향이 하달되었다. −G.거스 『테오도라 여왕조사』

*예21주. 베로성은 육변기제조의 사육소가 있는 별. (7장 3)

(Ⅲ) (ASHICKO 호령을 하여) 기동시키다.

예22. 요즘 유혼계산기(야파마트론)의 기동과 제동을 ashick, ungk라는 말로 표현하는 사람이 있다고 들었습니다만, 이는 어떨까 싶습니다. −『국어심의회 심사록』 (데볼라 카 위원의 발언)

*예22주. 유혼계산기는 전자인공두뇌의 요소요소에 왜인을 넣어 유혼으로 만든 것.

(Ⅳ) 【숙어】 to ASHICK a person〔어떤 사람에게 기립호령을 하다.〕 생야푸 취급을 하다. 인격을 무시하고 모욕을 준다는 의미.

예23. 증거산출계(에비던스 머신)에 의하면 피고인의 유죄도는 80도를 넘는다.

따라서 피고인은 피해자를 ashick한 것이라 인정되어 명예훼손죄로 축소형 2급 3년에 처해 피해자에게 인도하기로 한다. —V.리 판사『판결록』

*예23주. 증거산출계는 배심원을 대신하여 증언의 신용가치를 계산하는 기계. 축소형 및 그 외의 사법제도에 대해서는 뒤에서 상술하겠다.

to ungk and ACHICK a horse〔말을 앉았다 일어나게 하다.〕 말을 타는 동작.

예24. 어머니의 피를 물려받았는지 남자 주제에 어렸을 때부터 승마(라이딩)를 좋아했으며, 망아지(포니)를 사주자 능숙하게 ungk-and-ashick했습니다. 이번에는 천마(페가수스)를 갖고 싶어 하기 시작했습니다. —E.파커『말괄량이 아들을 두면』

*예24주. 이스에서 남성은 학문·미술·음악 등에 종사하며, 용맹성을 필요로 하는 일은 여성의 영역이기 때문이다.

(양해의 말씀. 각 예문에는 연대가 덧붙여져 있어서 그 뜻으로 처음 사용된 시기를 표시하고 있으나, 이스 기원년수는, 카를성의 1년을 지구시의 18개월로 환산하지 않으면 무의미하고, 여기서는 그렇게까지 할 필요는 없다고 보았기에 숫자는 생략했다.)

【말의 역사】

야푸의 문화사적 운명을 상징하는 말 가운데 하나. 초기에는 OSHICKO, ASHICKO라고 표기되어 야푸의 (배)뇨를 의미했으나, 펌프충 기생으로 인해 야푸가 배뇨를 하지 않게 된 이후부터 어미인 O가 탈락하여 인간에게 전용되었으며, 육변기에 대한 설명어로 쓰이게 되었다. (예12 참조) 도중에 기립을 의미하는 호령어로 바뀌었으며, 여권혁명 후에는 오줌이라는 의미는 완전히 잊혀져 기립의 의미를 가진 수명자동사로 의식되기에 이르렀고, 결국 타동사화 되었다. 단, 언제나 야푸계 동물에게만 쓰이며 인간에게는 쓰이지 않는다. 흑노에게도 형벌용어 이외로는 쓰지 않는다. 반대로 야푸에게는 Stand, stand up이라는 말을 쓰지 않고 전부 ASHICK으로 대용한다. 또한 to say ASHICKO(아식코라고 말하다.)가 용변을 의미하는 것은, ASHICK이 일단 예전의 뜻에서 멀어져 배설과 관계없는 기립동작만을 의미하게 되었다가 후에, (옛날에 손과 종이로 항문을 닦았던 시대에 '위생실'이라는 말이 변소를 의미한 것처럼) 배설에 관한 직접표현을 피하기 위한 완곡어법으로 성립된 것인데, 이는 어의변천의 좋은 예라 여겨지고 있다.

3. 육변기 첫 사용

이처럼 이스 사람들에게 ashick, ungk 두 단어는 동작(기립과 책상다리로 앉는 것)을 의미할 뿐 배설행위와는 관계가 없는 말인데, 이러한 사정은 '언어를 이해하는 가축'인 야푸에게도 마찬가지다. 그들은 이 두 단어를 특히 어미에 O가 붙은 어형으로, 명령어로써 이해하고 기억하고 있다. 구가축어(야푼) 어휘에서의 원래 뜻 같은 건 100억 마리의 야푸 가운데 누구도 알지 못한다. 아니, 대소변이나 음식물에 대한 관념이 없으며 단지 CR에서의 배액과 충전만을 알고 있을 뿐인 그들에게는 설령 원래의 뜻을 가르친다 할지라도 충분히는 이해하지 못할 것이다.

(스툴러 신화에서도 알 수 있는 것처럼 어느 정도의 개념은 있는 듯하지만)

이러한 점에서 육변기들은 다소 특권적인 지위에 있다. 그들은 스스로도 자부심을 품고 있는 것처럼, 언뜻 보기에는 흑노풍의 섭식·배설을 영위하고 있으며, 또 그들의 임무상 배설을 이해하고 있다. ―그러나 대소변과 음식물이라는, 원래는 분명하게 구별되어야 할 두 사물이, 개념에 있어서는 혼연일체가 되어 있다는 점에서 역시 축생은 축생, 흑노들과는 전혀 달랐다.

그들은 food(먹을 것)와 drink(마실 것)라는 2가지 개념만으로 사태를 이해한다. 그들이 입으로 섭취하는 고체와 액체는 곧 인간의 육체에서 나오는 고체와 액체이기에(게다가 그들이 배설하는 액체도 흑노주의 원료로 drink의 성격을 가지고 있다.) 그들은 feces네 urine이네 하는 다른 개념의 필요를 느끼지 못하는 것이다.

그들은 이 두 개념을 식사예절(베로성 훈련장에서 모형인체를 사용하여 익힌다.)과 함께 기억한다. '신께서는 먹으라, 마시라 하고 말씀하시지 않는다. 앉으라, 서라 하고 말씀하실 뿐이다. 앉으라(앙코)라고 말씀하시면 food(먹을 것)의 시간, 앉은 자세로 위를 바라보면 된다. 서라(아식코)라고 말씀하시면 drink(마실 것)의 시간이다. 선 자세로 신―누워 계시거나 앉아 계시거나 서 계시거나 셋 중 하나의 자세를 취하고 계실 텐데―의 가랑이까지 목을 늘여 얼굴을 가까이 가져가야 한다. ……무엇을 먹을까 무엇을 마실까 걱정하지 말라. 신의 뜻에 달려 있으니…….' 이렇게 교육을 받아 호령에 조건반사적으로 움직이게 된 그들에게 ashicko는 drink와 같은 의미가 되었다. 아식코라는 발음을 들으면 바로 오줌을 연상하는 것은, 따라서 토착야푸와 육변기인 셈이다.

어쨌든 폴린의 입에서 나온 ashicko라는 한 단어에는 이런 복잡한 문화사적 배경이 담겨져 있었다. 그리고 그녀에게는 기립호령인 것이, StSt(표준형 육변기)에게는 drink의 신호였으며, 린이치로에게는 오싯코(오줌)라고 들렸고, 클라라에게는 무의미(논 센스)했다.

목소리에 응해서 그 StSt는 방향을 틀었다. 폴린이 두 다리를 벌리고 기다리는 쪽으로 다가가며 목의 똬리를 풀어 주르르 늘리더니……, 순식간에 머리가 보이지 않게 되었다. 처음 보는 클라라에게는 목이 늘어나는 모습이 악몽처럼 인상적이었으며, 머리가 갑자기 사라져버린 것도 마법처럼 여겨졌다.

금속고무(메탈릭)라 불리는 합금은 특수 약전류가 통하면 급격하게 늘어나며, 전류가 끊기면 원래대로 되돌아온다. 이러한 성질을 이용하여 이스

공업계에서는 여러 가지 응용품을 만들고 있는데, 그 가운데 하나가 공구(孔鈕, 홀 버튼)다. 한가운데 바늘로 찌른 정도의 조그만 구멍이 있는, 지름 2㎜ 정도의 납작하고 둥근 금속조각이 옷감 속에 심어져 있다. 전류가 통하면 둥글게 벌어져 지름 30㎝의 철사고리처럼 변한다. 옷감은 신축성이 매우 뛰어나기 때문에 순간적으로 옷감에 커다란 구멍이 뚫린 것처럼 된다. 이 공구가 옛날 남자 바지에서 가장 아래의 M단추가 있던 위치에 달려 있다. 그리고 코드를 통해서 StSt의 전신에 약한 전류가 흐르고 있기 때문에 그 두 손이 사용자의 바지 어디에라도 닿기만 하면 손톱이 없는 양 손가락 끝이 전극처럼 작용하여 공구를 여는 것이다. 손을 떼면 전류가 끊겨 순간 원래대로 돌아간다. 사용 중에 잘못해서 손이 떨어지게 하면 목이 졸려 죽는—가구의 일종이기에 '부서졌다.'고 표현하지만— 결과를 맞이할 정도로 복원력이 좋다. 이 공구가 흑노의 옷(뒤에서 이야기하겠지만 이는 콤비네이션 스타일이다.) 이외의 여러 바지나 팬티에 달려 있기 때문에 이스 사람들은 배설행위를 할 때 자신의 손을 쓸 필요가 전혀 없다. 속옷의 끈을 하나하나 풀어야 하는 미개인에게는 20세기 사람의 고무줄 팬티가 신기하게 보일 것이고, 그와 마찬가지로 20세기 사람에게 이 금속고무로 만들어진 공구는 마법처럼 여겨질 테지만, 익숙해지면 지극히 당연한 피복부품 가운데 하나다.

수평으로 뻗은 길고 가는 목이 꿈틀꿈틀 물결쳐서 무엇인가 삼키고 있다는 사실을 보여주었다. 방뇨에 늘 있기 마련인 소리는 조금도 들리지 않았으나, 숨겨진 부분에서 어떤 작업이 이루어지고 있는지는 클라라도 분위기로 충분히 상상해볼 수 있었다.

그녀는 깜짝 놀랐다. 그런데 나중에 생각해보니 신기할 정도였는데, 그 놀라움의 대부분은 젊은 여성이 선 채로 방뇨하고 있다는 사실에 대한 것이었지, 인체가 변기가 되었다는 한층 더 놀라운 사실에 대한 것은 아니었다.

그것은 폴린의 태도가 너무나도 자연스러운 것이어서 놀라운 일이라는 사실 자체를 떠오르지 않게 한 탓도 있고, StSt의 몸 가운데서 가장 인간적인 부분인 두부는 숨겨져 있고 눈에 보이는 부분이 매우 비인간적인 자세—특히 말굽육류의 움푹 패인 부분에서 수평으로 뻗어나간 길고 가는 목이 바지 속으로 사라져버린 모습은 펌프에 연결된 고무호스를 연상시켰다.—를 하고 있었기 때문이기도 할 테지만, 폴린에게서 들은 야푸 본질론에 어느 틈엔가 그녀의 하의식이 설득당했다는 사실이 가장 커다란 원인이었다. 조금 전 클라라는 화가 나서 폴린에게 반대했지만, 그것은 오로지 애인을 위해서였다. 처음 폴린의 몸 아래에 쿠션 대신 깔려 있던 기형난쟁이를 보았을 때도, 이후 네 발로 기는 인간이 인견이 되어 뛰어나왔을 때도 그녀는 단지 이성이 그들이 인간임을 가르쳐주었기에 그 범위 안에서 인간을 이처럼 다루는 것에 대한 의문을 느꼈을 뿐이지, 감정적인 반발은 없었다. 따라서 그들은 인간이 아니라 야푸로 지성원후(시미어스 사피엔스)라 불리는 원숭이(에이프)의 일종이라는 폴린의 논의는, 원래대로 하자면 지금의 이 상황에서 느낀 의문을 불식시켜 그녀를 안심하게 만들었을 것임에 틀림없다. 단, 폴린의 결론은 그녀의 애인인 린이치로까지도 야푸로 보는 데 있었기에, 단지 그러한 점에서 그녀는 반발하지 않을 수 없었던 것이다.

즉, 표면적으로 의식하지는 못했지만 그녀는 육발판이나 인견에 대해서 인간적인 sym＝pathy(공＝감)은 느끼지 못했다. 그리고 이 StSt가 나타난 것이었다. 고무호스 같은 목을 가진 기형난쟁이에 대한 동류의식은 조금도 일어나지 않았다. 따라서 인체를 변기로 만들었다는 사실은 마음에 걸리지 않았다. 인체라고 여겨지지 않았기 때문이다. 오히려 마음에 걸리는 것은 폴린이 취한 자세였다. 그것이야말로 그녀와 조금도 다를 바 없는 동류였다.

벌리고 선 두 다리를 약간 구부려 허리를 살짝 내린 자세는 미국 여행 중에 보았던 새니 스탠드를 떠오르게 했다. 웅크려 앉을 수 없다는 사실이

묘하게 불안해서 끝내 사용하지 않고 나왔던 클라라였다[7].

따라서 폴린이 명랑하게,

"알겠죠? 그럼 ashicko라고 말해보세요."라고 권했을 때 클라라의 마음속에 있던 망설임의 대부분은 자신이 취해야 할 자세에 있었던 것이다.

그러나 그러한 망설임을 날려버린 것은 참을 수 없는 요의였다. 다른 사람이 방뇨하는 것을 보자 더는 견딜 수가 없었다. 주문의 의미도 모른 채,

"Ashicko."

본 대로 흉내 내어 다리를 벌리고 섰다. 인간이라고는 여겨지지 않았지만 인간처럼 생긴 얼굴이 늘어나 다가왔을 때는, 당연한 일일지 모르겠으나, 순간 공포를 동반한 후회가 있었다. '인간일까?'라는 의문도 다시 솟았다. '인간이 아니야. 이렇게 길고 가느다란 목을 가진 인간이 있을 리 없어─.', '아니, 그 발판도 원래는 정상적인 인간이었다고 했어. 기형이라고만 하기에는…….', '이런 일을 시킨다고 인간이 과연 할까? 그런데 기꺼이 목을 늘리며 다가오는 것을 보니 이 녀석은 역시 인간이 아니라 야푸인지 뭔지 하는 동물임에 틀림없어.'

자문과 자답을 한순간의 망설임 속에서 마치고 나자 이후부터는 참아왔던 방광의 긴장감이 풀어져가는 쾌감만이 마음을 점령했다. 몸 아래로 길게 방사를 하지 않아도 된다는 점이 새니 스탠드에게는 없었던 안도감을 주었다. 자신이 배설한 것이 자신 앞에 서 있는 이 기괴한 동물의 몸 속으로 들어가는, 지금까지 생각해본 적조차 없었던 일이 왠지 당연한 일처럼 여겨지기 시작했다. 자세도 그렇게 부자연스럽다고는 여겨지지 않았다.

---

7) 참고. '포츠머스의 신식 소변소에서 몸을 떨며 달려나온 여성들은 틀림없이, 선 채로 두 다리를 벌리고 스커트를 걷어올린 몸의 아래로 그렇게 긴 방사를 하는 것이 여성으로서 매우 외설스러운 일이라고 생각했던 것이라 여겨집니다.' ─보부아르의 저서 중에서.

뭔가 살짝 간지러운가 싶더니 머리는 벌써 빠져나갔고, 오목한 부분에 돌돌 말려 자리를 잡은 목의 어깨 선 위에 덩그마니 얹혀 있었다.

생각했던 것보다 별것 아니었다. 그러나 이것은 클라라가 이스 문화를 처음으로 맛본 기념할 만한 순간이었다. 그녀가 StSt의 사용법을 배운 것이었다. 앞으로는 두 번 다시 그녀의 몸에서 나온 것이 헛되이 버려지는 일은 없으리라. 그녀의 성인 v.kotowitz(코토비츠)를 따서 'kotowicky(코토비키)'라고 이름 붙여질 유명한 흑노주가 탄생할 날도 그리 멀지 않았으리라.

카를성이나 지구의 별장은커녕 아직 1956호 구면을 떠나지도 않았는데 클라라의 마음은 벌써 이스 문화에 경도될 것처럼 보였다. 그녀는 야푸 가축론을, 지성원후(시미어스 사피엔스)의 실재를 믿기 시작한 것 아닐까? ……물론 린이치로에 대한 그녀의 애정에는 아직 변함이 없었다. 그녀에게 묻는다면 그녀는 틀림없이 그렇게 대답할 테지만 그것은 표면의식에서의 일이었다. 하의식에서는 어떨지. 조금 전 폴린이 StSt에게 했던 말이 일본어인 것을 듣고 깜짝 놀랐던 것도, 자신과는 동류의식이 없는 기형난쟁이와 자신의 애인이 갖고 있는 뜻밖의 공통성을 폭로당한 듯한 느낌이 들어, 향후 괴리의 가능성을 무의식이 예감했기 때문은 아니었을까? 그렇다면 스스로는 아직 깨닫지 못했다 할지라도 그녀의 애정에는 그것을 변질시킬 무엇인가가 싹을 내밀고 있는 셈이다. 린이치로여, 방심하지 말기를…….

가엾게도 그는 조금 전과 같은 자세로 엎드려 있었다. 두 여자는 그의 시계에서 벗어난 상태였기에 그에게는 아무것도 보이지 않았다. 그저 귀로 듣고 옷을 갈아입었군, 용변을 보았군, 생각하고 있을 뿐이었다. 만약 그에게 StSt가 일하는 모습이 보였다면 그는 설령 전신불수인 채라 할지라도 이 구면에 남겠다고 생각했을지도 모른다. 왜냐하면 그는 육발판과 개에게서 느꼈던 것과 같은 동류의식을 그 StSt에게서도 느꼈을 테고, 그런 만큼 그 일의 역겨움을 견딜 수 없었을 테니.

아니, 아무것도 보지 못했지만 그의 직감은 클라라를 따라가는 이스로의 여행에서 뭔가 기분 나쁜 것을 느끼기 시작했다. 조금 전 눈물을 흘리며 기뻐했던 그녀의 애정에 대한 신뢰만이, 그녀 마음속에서 무엇이 싹을 내밀기 시작했는지 모르는 그의 그 불안을 닦아주고 있을 뿐이었다.

짧은 휘파람을 한 번 불어 StSt를 SC로 몰아낸 폴린이, 그때 갑자기 원탁 위의 입체레이더 쪽으로 손가락을 내밀어 클라라에게 보였다. 길고 가느다란 원통이 똑바로 선 모습으로 입체반(立體盤, 스테레오)의 중앙, 원반의 바로 위를 나타내는 위치에 갑자기 출현한 것이었다. 마침내 구조를 위한 항시쾌속선 빙하호가 이 구면에 도착한 것이었다.

제9장 2천 년 후의 지구로

1시간여쯤 전, 타우누스 산기슭에서 나비를 채집하고 있다가 산 속으로 원반형의 물체가 낙하하는 것을 목격하고 소년다운 호기심에 불타올라 서둘러 산길을 올라온 두 중학생은, 이때 자신도 모르게 발걸음을 멈춘 채 앞쪽 하늘을 주시하고 있었다.

홀연, 그야말로 갑자기 솟아난 것처럼 커다란 원통형 물체가 하늘에 떠 있었다. 지름 30m의 원형 바닥면에 높이 100m인 완전한 원통체. 일본인이라면 차통을 떠올렸으리라. 창도 아무것도 없었고 전체가 오렌지색으로 빛났는데 지면에 대해서 수직으로 정지해 있었다.

"앗, 원통이다."

"오로론 때하고 똑같아. 아까 것은 역시 비행접시였어."

1952년 10월, 프랑스 남부의 오로론 시에 원반을 동반한 원통이 출현했다가 그 자리에 '성스러운 실'이라 불리는 신비한 증발섬유를 남긴 뒤 사라졌다는 사실은, 비행접시에 관심을 가진 자라면 모르는 사람이 없는 일이었다. 두 소년은 더욱 흥분하여 얼른 그 바로 아래까지 도달하려 했다. 원통체가 정지해 있는 곳 아래 지점에, 조금 전 보았던 원반이 있으리라는 사실을 직감적으로 예감했기 때문이었다. 미지의 물체, 세계의 수수께끼, 안에는 틀림없이 우주인이……. 자신도 모르게 달리기 시작했다.

길이 계곡을 따라 굽이치며 산장이 있는 산중턱의 널따란 땅 끝자락으로 두 소년을 인도했다.

"앗, 산장이…….."

"원반이야…….."

산장은 주저앉아 있었으며, 그 위를 덮친 것처럼 일부분이 파괴된 원반이 걸터앉아 있었다. 그 바로 위, 대략 300m쯤 되는 허공에 원통이 유유히 정지해 있었다.

여기는 원반정의 조종실 안ㅡ.

갑자기 부저가 울렸다. 폴린이 스위치를 넣자 입체수상대(스테레오)에 돌리스의 상반신이 나타나더니 언니를 향해서,

"고장 난 거 같은데, 못 올라와?"

"응, 움직이지 않아. 견인선으로 끌어올려야 할 거 같아."

"알았어, 지금 청광선(블루 레이)을 준비시킬 테니 잠깐만 기다려."

다급하게 대화를 주고받더니 모습이 사라졌다.

폴린이 클라라를 돌아보고,

"대기(애트머스피어)가 파란색으로 변할 테지만 걱정할 거 없어요."

말이 끝나고 얼마 지나지 않아서 방 전체가 푸르스름한 분위기에 감싸여 마치 창이 있는 방에서 땅거미를 느끼고 있는 듯한 기분이 들었다. 그리고 엘리베이터에 탔을 때와 같은 상승감과 함께 탁상 위 입체레이더에 나타난 원통형 빙하호의 선체가 점점 가까워지며 확대되어가고 있다는 사실을 클라라는 확인했다.

"그런데 말이죠, 클라라 양. 사람들에게 당신을 어떻게 소개해야 할지 …….." 폴린이 약간 불안하다는 듯한 표정으로, "전사시대 사람이라고 하면 당신을 태우지 못하게 할 거예요. 물론 천천히 사정을 들려주며 설득한다면 얘기는 달라지겠지만, 당장은 승낙하지 않을 거예요. 범죄니까요. 그래서

말인데 전 이렇게 했으면 좋겠어요. 당신도 이스 사람인데 항시유보(타임드라이브) 중에 저처럼 추락했거나, 혹은 고의로 무단착륙했거나, 아무튼 이 구면에 내렸어요. 그런데 어떤 사고로 항시기(타임머신)가 부서져 돌아갈 수 없게 되었음과 동시에 그 사고의 충격(쇼크)으로 당신은 과거의 기억을 상실해버렸어요. 이름이 클라라라는 것만은 기억하고 있지만, 그 외의 일들은 성도, 태어난 별(본 플레닛)도, 이스 사람이라는 것도 잊어버렸어요. 그 사고 직전에 잡아두었던 야푸가 충실하게 당신을 섬기며 돌봐주었다⋯⋯. 그리고 제가 추락해서 당신의 도움을 받았어요. 저는 한눈에 당신이 이스 사람이라는 사실을 알아보았고 당신도 원반을 보고 희미하게 나마 자신이 이스의 어딘가 식민성에서 태어났다는 사실을 떠올렸어요. 그래서 제가 당신을 데리고 돌아가기로 한 거예요. ⋯⋯어때요, 이런 연극은?"

"알았어요. 그렇게 해야만 탈 수 있다면 어쩔 수 없는 일이죠."

"당신에게는 처음 보는 것들이 아주 많을 테지만 기억상실이라고 하면 한동안은 눈속임을 할 수 있을 거예요. ⋯⋯드디어 선창 밑으로 들어왔어요, 곧 사람들이 올 거예요."

파란 빛이 사라지고 원반은 정지했다.

달려서 원반 바로 옆까지 와 있던 한 소년은 갑자기 공간이 짙은 청색으로 변하더니 한 치 앞도 보이지 않게 된 것을 느끼고 자신도 모르게 비명을 질렀다.

뒤따라오던 한 소년은 눈앞에 갑자기 새파란 빛의 기둥이 솟아났기에 놀라서 멈춰 섰다.

그 굵은 빛의 기둥은 300m 상공의 원통 아래면 전체에서 내려오고 있었다. 광선 다발이 수직으로 지면에 방사되어 원반을 완전히 감싸버렸다. ⋯⋯1분 30초쯤 지나서 빛의 기둥은 사라졌다. 놀랍게도 원반이 보이지 않았다. 빛의 기둥 속에 있던 한 소년이 상공을 가리켰다.

"위로 올라갔어. 주위가 새파래서 아무것도 보이지 않았지만 손으로 더듬어서 원반의 끝을 만질 수 있었어. 그게 위로 움직여갔어……."

올려다보니 둥근 원통의 아랫면에 동심원상의 검은 부분이 있었는데 동그란 모양으로 급속하게 오그라들더니 곧 검은 점으로 변했다가 사라져버렸다.

"카메라의 조리개와 같은 구조 아닐까?"

"응, 구멍이 열려서 원반을 안으로 들인 다음 닫힌 거 같아."

"조금 전의 파란 빛은 뭐였을까?"

"원반의 상승을 우리들 눈에서 숨기기 위해……. 앗!"

"앗, 사라졌다!"

그야말로 사라졌다는 말 외에는 달리 표현할 길이 없었다. 원통이 올려다보고 있던 두 사람의 눈앞에서 홀연 소멸되어버리고 만 것이었다. 하얀 구름이 드리워져 있는 한낮의 하늘이 눈부셨다.

'꿈이 아니야.'

멍하니 서 있는 두 소년의 머리에서 거미줄처럼 부드러운 파란색 실이 하늘거렸다. 둘러보니 주위에 몇 가닥이고 떠 있었다.

"성스러운 실이야."

"우주선이었어."

"우주인을 봤으면 좋았을 텐데."

나중에 그들이 원통의 갑작스러운 소멸을 되풀이해서 증언했을 때도 대부분의 사람들은 하늘 높이 날아올라 사라진 원통을 뇌리에 그리면서도 두 소년의 말을, 쾌속비행을 보고 과장해서 표현한 것이라고 생각했다. 그들에게는 그것이 불만이었다. 물론 그들은 원통이 항시선이라는 사실도, 성스러운 실이 청광선 공간 내의 견인선이라는 사실도 전혀 알지 못했다. 그러나 원반과 원통이 이 세계의 것이 아니라는 사실은 직감하고 있었다.

따라서 그들의 보고를 바탕으로 현장을 수색한 결과 2마리 말의 시체와 린이치로의 의복이 발견되자 우주선설이 일변하여 소련의 비밀병기설이 커다란 힘을 얻기 시작했고, 일본과 독일 남녀 두 사람의 이해할 수 없는 실종은 동독이나 소련으로의 도피나 유괴라고 보도된 후에도 그 두 소년만은 자신들이 우주선을 본 것이라 확신하고 있었으며, 그것이 정확한 사실이었다고 말하지 않을 수 없으리라. 비록 그들이 상상한 것처럼 우주인은 아니었으나 원통 속에 있던 것은 틀림없이 이 20세기 세계에 속한 사람은 아니었으니.

그야 어찌됐든 선창 안에 원반의 격납을 마친 항시쾌속선 빙하호는 곧 1956호 구면을 떠나 미래 세계를 향해 시속 2,000년이라는 전속력으로 시간(타임) 속을 나아갔다. 린이치로와 클라라는 이렇게 해서 현대의 지구를 떠나게 되었다.

2. 세 귀족의 등장

끌어올려질 때 실온조정기가 고장 난 것인지 실내가 갑자기 싸늘해졌다. 문이 밖에서 열리더니 미소녀가 뛰어들어왔다. 돌리스였다. 풍성한 금발을 전부 감추지 못하고 경쾌하게 슬쩍 얹혀진 폴로모자의 챙 아래로 거의 검은색이라 여겨질 정도로 깊은 청색의 동그란 눈. 완전한 아름다움이라고 말하기에는 조금 억세 보이는 얼굴의 윤곽, 표정도 씩씩했으나 붉은 입술은 귀여웠다. 굵은 가로줄무늬의 폴로셔츠가 가슴의 볼록한 부분을 세게 누르고 있었다. 클라라가 1시간 전에 수상기로 보았을 때와 같은 복장이었다. 폴로연습복을 갈아입을 사이도 없이 빙하호에 올라탄 것이리라. 아까는 보이지 않았던 하반신은 두 다리에 조드퍼즈풍의 승마바지를 입고 부츠를 신고, 부츠의 오른쪽에 채찍을 꽂아 손잡이가 위로 보이고 있었다. 가죽은 옅은 붉은색에 은은한 광택이 나는 훌륭한 것이었는데, 세화노(슈 워셔)의 눈물로 닦은 천마 가죽(페가수스 레더)이라는 사실을 모르는 클라라조차도 조금 전 옆에 벗어놓은 자신의 승마부츠가 그에 비하면 거지의 부츠처럼 초라하다는 사실이 마음에 걸렸다. 옷의 천은 말할 것도 없었다. '이분이 권하신 대로 옷을 갈아입기를 정말 잘했어. 그런 옷, 그런 부츠였다면 창피했을 거야.'라고 젊은 여성다운 안도감과 만족감을 맛보는 클라라였다.

뒤이어 두 사람이 들어왔다. 남자인지 여자인지, 클라라는 순간 헷갈렸다. 입고 있는 옷에서는 여자라는 인상을 받았다. 한 사람은 기모노처럼 생긴 앞여밈 원피스드레스를 입고 있었는데 바닥에 닿을 듯한 긴 스커트에 꽃무늬가 있었기에, 바닥을 향한 린이치로의 시계 끝에 그것이 들어왔을 때 그는 기모노를 입은 일본여성이라고 착각했을 정도였다. 다른 한 사람은 아래에 바지를 입고 있기는 했으나 화려한 색이었으며, 상반신에 걸치고 있는 것도 20세기 사람의 통념으로 보자면 여성용 블라우스로밖에 여겨지지 않는 것으로, 드레시한 느낌이 클라라가 빌려 입은 스포티하고 간소한 옷에 비해서 훨씬 더 여성스러웠다. 전자는 금발을 두 갈래로 땋아서 얼굴 양 옆으로 늘어뜨렸으며, 후자는 짙은 황갈색 머리를 길게 늘어뜨려 뒤에서 하나로 묶었을 뿐이었으나 머리 위에 터키모자처럼 생긴 작은 모자를 써서 멋을 낸 모습이었다. 복장과 머리 모양이 여성을 떠오르게 했으나, 얼굴과 체격은 남성적인 느낌을 주었다. 두 사람 모두 당당한 체격으로 특히 후자는 180㎝는 될 듯한 키, 그 육체의 선과 의상 안으로 엿보이는 다부진 근육은 틀림없이 남성의 것이었다.

얼굴도 단정했다. 금발 쪽은 한눈에 폴린과 돌리스의 형제임을 알 수 있었다. 가늘고 짙은 눈썹, 기다란 속눈썹, 보기 좋게 오똑한 코, 야무진 입가의 연홍색 입술, 피부는 카메오나 젖빛 호박 같았으며, 수염도 없었으나 역시 남자의 얼굴이었다. 황갈색 머리카락 쪽은 단지 미남이라는 점에서는 전자에 비해 뒤떨어질지 몰랐으나 그런 만큼 개성적인 얼굴이었으며 거기에 젊음으로 넘쳐나고 있었다. 약간 가운데로 쏠린 듯한 짙은 눈썹, 회색의 맑고 커다란 눈, 매의 부리처럼 강인한 코, 피부는 햇볕에 타서 붉은 빛이 감돌았다. 전자처럼 여자로 꾸며보고 싶을 정도의 얼굴은 아니었으나, 그래도 20세기 사람의 표준으로 보자면 물론 보기 드문 미청년이라고 할 수 있으리라. 전자에게는 복장에 어울리는 여성적인 태도가 있었으나 후자는 그렇지 않았다. 하지만 가볍게 미소 짓는 표정의 부드러움이, 클라라의 눈에는 남자의 것보다 여자의 것으로 보였다. 나이는 두 사람 모두 틀림없이 20대였으나 후자가 더 어리리라.

남자인지 여자인지 혼란스러운 인상도 원래는 각기 다른 요소가 복합되어 있을 뿐으로, 양성구유(兩性具有)처럼 육체적인 변태는 아니었기에 남자들 복장의 기묘함을 풍속의 차이로 받아들인다면 그렇게 도착적인 느낌도 아니었다. 태도는 부드러웠으나 몸은 어디까지나 남성이었다. 남자 중에서도 남자, 클라라는 이런 미남이 둘이나 함께 있는 것은 본 적이 없었다. 특히 나이 어린 남자의 태도에는 여성적인 면이 적어서, 20세기의 여성인 클라라는 그런 만큼 그 남자에게 더 마음이 끌렸다. 자신도 모르게 흥분하여 붉어지는 뺨을 그녀는 어찌해볼 수도 없었다.

세 사람이 각자 폴린과 포옹하며 입맞춤하고 축하의 말을 건넸는데 그때마다 서로 다른 좋은 냄새가 클라라의 코를 찔렀다. 한 사람 한 사람이 서로 다른 향수를 쓰고 있는 걸까? 아니면 체취일까? 하지만 너무 신기하다는 듯한 얼굴은 금물, 이스 사람을 가장하기로 했으니…….

폴린이 세 사람을 차례차례, 한꺼번에 소개했다.

"클라라 양, 소개할게요. 이 아이는 동생인 미스 돌리스 잔센, 아직 10대 아가씨(틴에이저)예요. 스포츠를 광적으로 좋아하는데 폴로의 정식 선수. 다음 올림픽에서의 오종경기(20세기 올림픽에서는 근대오종이라 불렸던 종목. 크로스컨트리·승마·수영·검술[펜싱]·사격) 선수권을 따내기 위해 노력하고 있어요. ……그 옆이 오빠인 세실. 결혼해서 지금은 백작 수잔 드레이퍼의 충실한 부군(하즈), 가축문화사를 전공하고 있는 학자예요. 바깥사람인 레이디 드레이퍼는 국군의 중견장교로 유성간전쟁경기회(인터플래니터리 워게임. 각 유성이 야푸의 군대로 대항하여 전투를 치르게 해서 전술적 우열을 다투는 경기. 뒤에서 상술하겠다.)의 카를성 대표군에도 뽑힌 적이 있는 사람. 드레이퍼 백작 가문도 유서 깊은 집안이에요. ……그리고 이쪽은 레이디 드레이퍼의 남동생인 오스[8] 윌리엄 드레이퍼. 남자 주제에 우악스럽고 거친 것을 아주 좋아하는 아베르데인 최고의 말괄량이 청년이에요. ……이쪽은 미스 클라라. 오늘 위험에 처한 나를 구해주셨어. 성은 나중에 얘기할게."

클라라는 한 사람 한 사람과 악수했다. 폴린이 계속해서,

"이분은 아주 특이한 체험을 하셨어. 그 때문에 지금도 자신의 성이나 태어난 별에 대한 기억이 없어서……."

"네? 기억이 없으시다고요?"

세 사람이 이구동성으로 외쳤다.

폴린이 지금까지의 경위를 간단히 설명했다. 추락, 클라라의 도움, 야푸를 데리고 있었기에 이스 사람이라는 사실을 알고 이야기를 나누다 상대방이 과거의 기억을 완전히 상실했다는 것을 알게 되었다는 사실, 타로가 야푸를 물어……, 조금 전에 입을 맞춰둔 그대로였다.

폴린이 클라라는 이 토착야푸를 야푸라 생각하지 않고 인간 취급하고 있었다고 말하자 세 사람은 깜짝 놀랐으며, 조심성 없는 돌리스는 실소했기에

---

8) 오스(郎, Oss)는 기혼남자인 미스터(부군)와 구별하여 미혼남자의 성명 앞에 놓는다. 물론 여권제 확립 후, 남자의 동정이 중히 여겨졌기에 새로이 생긴 호칭. 여자의 양(미스), 부인(미세스)도 오랜 습관에 따라서 쓰이고 있으나 20세기에서의 양(미스), 부인(미세스)에 해당하는 구별은 남자의 오스, 부군(미스터)이다. 작위를 떠나서 이야기해보자면, 미스(양) 수잔 드레이퍼와 오스 세실 잔센이 결혼하여 미세스(부인) 수잔 드레이퍼와 수잔 드레이퍼의 부군(미스터) 세실이 되는 것이다. 부인(미세스)과 부군(미스터)이 예전의 씨(미스터)와 부인(미세스)에 상당하는 것이다.

언니로부터 꾸지람을 들었다.

"아무래도 이스 사람으로서 생활했던 기억을 잃은 채 원시생활을 하고 있었으니, 그런 그녀의 입장에 서서 생각을 해주어야지." 폴린은 커다란 목소리로 이렇게 말한 다음, 뒤로 갈수록 점점 작아져 클라라에게는 들리지 않을 정도의 목소리로 세 사람에게 속삭였다. "기억이 되살아나기 전까지는 전사시대 사람과 다를 게 없어. 하지만 원반(디스크)을 보고 안으로 들어왔을 정도이니 눈으로 보고 귀로 들으면 그만큼 기억이 돌아오는 모양인가봐. 그러니까 그녀의 반응이 조금 이상해도 웃어서는 안 돼. 그녀도 기억을 회복하기 위해서 열심히 노력하고 있으니……. 어쨌든 평민은 아니야. 틀림없이 식민지의 귀족이야."

세 사람은 고개를 끄덕이고 클라라에게 기억을 회복하는 데 가능한 한 협조하겠다고 말했다. 그들은 결코 그녀에게 무례한 시선을 던지거나 하지 않았다. 그러나 방의 한쪽 구석에 알몸인 채 엎드려 있는, 방랑의 여주인을 따르고 있었다는 토착야푸에 대해서는 서슴지 않고 호기심 가득한 시선을 던졌다. 클라라는 불쾌함을 느꼈다. 그녀는 소중한 약혼자의 몸을 그런 무례한 시선에 노출시키고 싶지 않았던 것이다. 만약 그 시선이 린이치로에 대한 적개심을, 부정적인 평가를 느끼게 하는 것이었다면 그녀는 어쩌면 거기에 반발했을지도 모른다. 그러나 그들의 눈에 그러한 것은 없었다. 경멸조차도 없었다. 그들이 보여준 것은 오로지 순수한 호기심이었다. 마구간에서 새로운 말을 볼 때 그녀 자신이 내보이는 눈빛으로 그들은 린이치로를 보고 있었다. 그것이 그녀를 점점 불안하게 만들었다. 조금 전 폴린의 입에서 나왔던 일본어가 떠올랐다. '내가 잘못 알고 있었던 것일까? 린은 정말로 야푸인지 뭔지 하는 사이비 인간(pseudo mensch)일까?' 이런 의문이 처음으로 클라라의 마음에 싹트기 시작했다.

그랬기에 클라라가 이 야푸와 약혼관계에 있었다는 말을 들은 세 사람이 아연실색하고, 조금 전에 언니에게 주의를 들었던 돌리스가 말없이 비난하는 듯한 눈빛으로 클라라를 보았을 때는 내심, '나의 린에 대한 마음은 틀리지 않아. —적어도 틀리지 않았어.'라고 자기 자신에게 필사적으로 들려주며 겉으로는 아직 태연한 얼굴을 하고 있던 클라라도 결국, 그녀가 지금까지 본 가장 매력적인 남성인 윌리엄이 아름다운 회색 눈을 둥그렇게 뜨고 린이치로와 그녀를 번갈아 바라보며, 그렇게 생각해서인지 눈에 가엾다는 듯한 빛을 띠고 있는 것 같은 모습을 보았을 때는 자신도 모르게 얼굴을 붉히며 린이치로에 대한 애정이 부끄럽게 여겨졌다.

3. 손목송화기와 두개내장수화기

"자, 도착하려면 1시간쯤 걸릴 거예요. 위층의 선실로 가요."

서로 소개를 마치고 나자 돌리스가 말했다.

"저는 린을……, 이 야푸 곁을 떠날 수 없어요. 건강한 때라면 모르겠지만 전신마비 상태에 있으니…….."

이번에는 세베 씨(미스터 세베)라고 말하지 않았다. 기억상실을 가장하기로 했다지만 이스 사람인 척해야 했기에 어쩔 수 없이 린이치로를 야푸라고 말하기는 했으나, 애초부터 이번 여행은 그의 마비를 회복시키는 것이 목적이라는 사실을 그녀는 잊지 않았다. 린이치로는 야푸가 아닐까 하는 일말의 의심이 싹트기 시작했으며, 그에 대한 애정도 약간은 동요하기 시작한 것을 자각한 클라라이기는 했으나, 지금 이 상태에 있는 그를 두고 자신만 연회에 참석하겠다는 심경과는 거리가 멀었다. 애정이 아닌 연민일지도 몰랐으나 어쨌든 그를 내버려두려고는 하지 않았다. ……그러나 누구도 그것을 승낙하지 않았다.

"어머, 아무리 소중하다지만 야푸에게 그렇게까지 의리를 지킬 필요는……. 무엇보다 손님인 당신을 이 방에 남겨두고 저희끼리만 나갈 수는 없어요."라고 돌리스.

"곁에 있어도 달라질 건 없어요. 어차피 주사를 놓을 때까지는 변화가 없을 거고, 도착하기 전까지는 주사를 놓을 방법도 없으니……."라고 말한 것은 윌리엄이었다.

"1시간 정도는 괜찮잖아요. 걱정이 된다면 다른 사람에게 지켜보게 하면 되고, 이젠 20세기 구면에 있는 것도 아니니……." 너무 망설이면 이스 사람이 아닌 것처럼 보일지도 몰라, 라고 말하기라도 하듯 폴린이 말했다.

번갈아 권했기에 마음이 움직였다. '전사시대 사람이라는 사실을 들키면 모든 일이 허사가 돼. 마음 독하게 먹고 린이치로와 떨어지는 편이 오히려 그를 구하는 길일지도 몰라.' 이렇게 마음을 바꿨으나 아무래도 가여운 생각이 들어 망설이고 있을 때, 세실이 여자로 만들어보고 싶은 아름다운 얼굴을 붉게 물들이며 웅얼거리듯 말했다.

"지저분한 얘깁니다만……, 당신의 야푸는 도뇨(導尿)처리를 할 필요가 있습니다. 토착야푸는 저희 인간과 같은 비뇨·배설을 하는데 마비가 되면 그것이 정상적으로 행해지지 않아 고통을 겪게 됩니다. 예전에 네안데르탈인을 포획해서 돌아오는 도중에 방광이 파열해서 죽은 적이 있었기에, 그 이후부터 충격이빨로 마비시킨 뒤에는 도뇨관(카테터)을 삽입하는 것이 일반적입니다. 게다가 토착야푸를 알몸인 채로 두면 폐렴에 걸리기에 그에 대한 처치도 하지 않으면 안 되고……."

잘도 말해주었다며 청신경을 긴장시키고 있던 린이치로가 마음속으로 가만히 감사했다. 비행정에 격납한 이후 실내온도가 급속히 떨어졌는지 아까부터 추위를 느끼고 있었다. 그리고 추위와 함께 방광이 점점 차오르고 있었다. 옷을 갈아입고 기립호령(아식코)을 했던 클라라 자신은 추위도 요의도 느끼지 못했기에 거기까지는 깨닫지 못했으나, 세실은 과연 전문가여서 토착야푸의 생리를 잘 알고 있었다.

"세실, 당신 말이 맞아요." 폴린이 바로 찬성했다. 사실은 자신도 잊고 있었으나 그럴 듯한 말로 변명을 했다. "저도 그렇게 생각하기는 했지만, 쾌속정(요트)에는 설비가 없고 흑노도 없기에……."

"이 비행선에는 두 가지 모두 가능한 설비가 있을 테니……."

"흑노(니거)에게 바로 지시를 해둘게." 돌리스가 결론을 내렸다. "클라라 양, 처리하는 모습, 당신은 보지 않는 편이 좋아요. 흑노는 익숙하니……."

야푸의 배설에 관한 작업은 눈과 손이 더러워지니 그만두라는 의미로 말한 것이었으나 클라라는 그렇게 받아들이지 않았다. 그러나 조금 전 자신의 행동으로 봐서 린이치로에게도 생리적 필요는 있으리라 여겨졌다. 도뇨관을 삽입하는 작업에 입회하는 것은 망설여졌다. 돌리스의 생각과는 반대로 그녀는 린이치로의 인격을 인정하고, 남성을 인정하고 있었기에 그것을 보기가 부끄러웠던 것이다. 서로의 육체를 알고 있는 부부라면 그렇게 생각하지는 않았을 테지만, 약혼한 사이로 부정함이 없는 연애를 하고 있던 두 사람이었다. ……알몸으로 두면 폐렴에 걸린다는 말도 그녀는 상식적으로 그에게 옷을 입혀주는 것이라고 이해했다. 그 말이 무엇을 의미하는지 알았다면 그녀는 다른 행동을 취했을지도 모른다. 그러나 모든 야푸가 알몸으로 지낸다는 사실을 전혀 알 길이 없는 그녀가 그 진의를 이해하지 못한 것도 이상한 일은 아니었다. 그러니 환자를 입원시킬 때와 같은 기분으로,

"그럼 뒷일은 맡기고 저는 자리를 비울게요. 안내해주세요."라고 대답한 것을 탓할 수는 없는 일이었다.

돌리스가 왼쪽 손목에 찬 시계처럼 생긴 것의 용두를 눌러 뚜껑을 열더니 입 앞으로 가져가 낮은 목소리로 속삭이듯 말했다.

"지금 선창에 넣은 원반의 조종실에 있는데 손님이 데리고 온 토착야푸가 충격이빨에 물렸어. ……평소 네안데르탈인에게 쓰던 관(커핀)도 실려 있지? ……그럼, 수렵물하치장(게임 셰드)에서 바로 두 명을 보내."

이는 손목송화기(리스트 마이크)라고 불리는 흑노 사역용 간접 소형지령기였다. 생체가구가 발달한 오늘날에도 귀족은 가정 내에 흑노를 둔다. 상류사회에는 옛 생활양식을 유지한 면이 아주 많았기에 아무래도 생체가구만으로는 부족했다. 예를 들어 식사 등은 급사를 뒤에 세워놓는 것이 귀족가정의 관습인데, 이 급사로는 야푸가 아닌 흑노를 썼다. 이처럼 백인가정 안에서 사역하는 무리는 선발된 우수한 흑노들로 이를 하인(서번트) 혹은 몸종(풋맨)이라고 불렀으며, 흑노 가운데서는 최고계급을 형성하고 있었다.

흑노는 반인간으로 야푸와 달리 다소간은 인권을 인정받고 있기에 그 육체에는 독심장치를 장착할 수 없다(또 장치할 수 있을 만큼 IQ가 높은 것도 드물다). 따라서 그들에 대한 명령전달에는 초단파방송(마이크로웨이브)이 사용된다. 하인은 모두 뇌외과수술로 내장수화기(빌트 인 이어폰)가 귀 내부의 외청도 아래쪽에 장치되고, 고유주파수를 부여받는다. 지령기라는, 담뱃갑 크기 정도의 송화기에 대고 명령을 내리면 극소형 방송국처럼 곧 전파가 되고, 하인의 귓속에서 음파가 되어 명령이 울린다. 특정 수신자 한 사람을 상대로 하는 방송인 셈인데 하인 쪽에 수신하지 않을 자유는 없으며, 설령 잠을 자고 있을 때라도 명령이 귓속에서 울리는 것을 막을 수는 없다. 그러나 명령을 하는 주인 입장에서는 각 하인의 주파수를 기억하거나 명령을 내릴 때마다 세팅하는 번거로움을 귀찮아해서 하인장(치프 서번트)에게 직접지령기를 가지고 있게 하고, 자신들은 간접지령기로 하인장에게 명령하는 것이 일반적이다. 간접지령기는 하인장들의 귓속 수화기를 대상으로 그 숫자만큼의 주파수면 충분하기에 극소형으로 만들 수 있다. 그것이 손목송화기(리스트 마이크)다. 각 하인장은 따로 뇌파추적장치를 가지고 있어서 자기 아래에 있는 십여 명의 하인들의 현 위치를 늘 장악하고 있기에 주인의 명령을 받으면 적당한 하인을 골라 작업을 시키고 감독할 수 있다. 그들은 중계노(中繼奴, 트랜스)라는 별명으로 불리기도 한다. 보통은 직장

단위로 한 조(갱)가 구성되는데, 빙하호에도 50여 명의 흑노선원이 있고 그들이 3개 조로 나뉘어 있다. 돌리스는 승선하자마자 이 비행선의 손목송화기(리스트 마이크)를 팔에 찼다. 지금 그것을 사용한 것이다.

"자, 클라라 양. 이제 마음이 놓이겠죠? 그럼 모두 위에 있는 커다란 방으로 가요."

돌리스가 앞장섰다. 폴린이 재촉하는 듯한 눈빛으로 클라라를 보았으나 클라라는, "저는 뒤따라서……."라며 사양했다. 폴린, 개인 타로, 세실, 윌리엄……이 순서대로 뒤를 따랐다. 클라라는 마지막에 혼자 남아 린이치로에게 한마디 위로와 격려의 말을 남긴 뒤 모두를 따라갈 생각으로 서 있던 것이었는데, 드레이퍼 청년이 멈춰 서서 빙그레 웃으며 손을 내민 채 기다리고 있는 것을 보면서도 일단은 발걸음을 돌려 방의 구석으로 다가갔다가, 알몸으로 엎드려 있는 린이치로의 모습이 눈에 들어오자 아폴로와 같은 미청년을 기다리게 해놓고 파운처럼 노란 피부의 사내에게 신경을 쓰기는 부끄럽다는 생각이 들었기에 갑자기 생각을 바꾸어 말을 건네지 않고 발끝을 돌려 아폴로와 팔짱을 끼고 방에서 나갔다.

방에는 육발판인 린거와 나란히 바닥 위에 엎드려 있는 린이치로가 쓸쓸하게 남겨졌다.

'클라라, 가지 마. 나를 버리지 마.'

마음속에서는 필사적으로 외쳤으나 입술 하나 움직일 수 없는 답답함.

실내는 더욱 차가워졌고 요의도 견딜 수 없었다.

제10장 왜인(피그미) 개설

1. 피부가마(스킨 오븐)

부드러운 육질금속 바닥이기에 발소리는 조금도 들리지 않았으나 엎드린 채 온 신경을 집중하고 있던 린이치로는 사람이 다가오는 기척을 느낄 수 있었다.

클라라가 돌아와준 것일까? 이렇게 기뻐한 순간 문이 열리더니,

"이건가?"

"꽤 괜찮은 몸이로군."

"이 방에서 옷을 벗겨 알몸으로 만든 모양이야. 여길 봐, 승마복하고 부츠가 있어. 야푸 주제에 말을 타고 있었단 말인가……. 하지만 안 좋은 가죽이야, 이건."

"이야, 건방지게 채찍까지 가지고 있었군."

천박한 말투의 대화와 함께 클라라가 놓고 간 채찍을 줍는 검은 팔과 검은 목이 시야에 들어왔다. 흑인 두 사람인 듯했다.

"작은마님이 잡은 건 줄 알았는데 그게 아니라며?"

"응, 지금 오는 도중에 본 분들 가운데 손님이 계셨지? 그분이 기르는 야푸야."

"기르는 야푼인데 목줄을 하지 않았어……."

"한심하기는, 지금부터 등록을 하려는 거잖아. 축인채찍(야푸 웝)으로

길들여서 사육야푸로 만들려는 거야. 여길 봐, 등이 매끈하잖아…….”

“조만간 그분의 손에 의해서 아름다운 무늬가 새겨질 거란 말이로군. 여기에 말이지.”

찰싹, 린이치로의 등에 채찍이 가볍게 닿았다. 흑인 가운데 하나가 지금 주운 승마채찍을 장난삼아 휘두른 것인 듯했다.

“앗, 너 이 자식, 무슨 짓을 하는 거야. 이 토착야푸의 등은 ‘채찍의 처녀지(웝 버진)’야. 그런데 명령도 없이…….”

“아니, 지금 건 채찍질한 게 아니야. 장난삼아 대본 거야.”

“글쎄. 어쨌든 나는 오늘 보고를 할 거야.”

“말도 안 돼. 결코 때린 게 아니야…….”

야푸가 자신들의 말을 알아들을 리 없다고 생각한 두 사람은 되는 대로 대화를 나누며 린이치로를 안아 들것에 싣고 손발을 펴서 똑바로 눕혔다.

시야 끝으로 들어온 그들의 머리를 보고 린이치로는 서유기에 나오는 손오공을 떠올렸다. 후두부를 한 바퀴 돌아 앞이마 쪽에서 맞닿을 듯 만나는 끝이 짧게 위쪽으로 솟아오른 손오공의 머리띠와 똑같이 생긴 금속띠를 두 사람 모두 두르고 있었기 때문이었다. 사실 그것은 그들의 귓속에 존재하는 수신장치(리시버)의 안테나로 앞서 이야기했던 두개내장수화기(빌트 인 이어폰)와 함께 하인족의 육체 가운데 일부가 된 것이다.

들것은 원반정에서 나와 선창의 높다란 천장 아래로 들어섰다. 눈동자를 움직일 수 없어서 분명히는 보이지 않았으나, 제복인 듯 하얀 반팔셔츠에 하얀 반바지를 입고 있었으며 그 등에는 조금 전 타로의 이마에 새겨진 것과 같은 문장이, 가슴에는 숫자가 있었다. 린이치로에게는 무엇인지 짐작조차 되지 않았으나, 그것은 각 하인들의 고유번호를 나타내는 숫자였다. 채찍을 휘두른 쪽이 8번, 다른 하나가 13번이었다.

높은 천장이 갑자기 낮아졌다. 수렵물하치장(게임 셰드)에 들어선 것이었다. 더욱 추워졌다. 빙점에 가까운 온도인 듯했다.

"딱하게도 닭살이 돋았군."

"금방 따뜻하게 해줄게……. 이봐, 야푸(オイ, ヤプー)." 갑자기 일본어(야푼)로 바뀌더니, "너도 지금까지는 인간처럼 옷을 입고 있었지? 꽤나 귀찮았을 거야. 걱정 마, 이 관에 들어가면 그런 귀찮은 일은 없어질 테니……."

"너는 옷이 필요 없는 몸이 될 거야. 감사하라고, 주인 어른신의 뜻을."

"조금 있으면 먹을 것 마실 것도 필요 없어질 거야."

번갈아 독설을 퍼부으며 불길한 예언을 했다. 들것에서 내려질 때 시야에 주위의 모습이 들어왔는데 이집트 미라의 관 같은 것을 올려놓은 침대 높이 정도의 대가 여러 개 있을 뿐인 살풍경한 방이었다. 설비가 있다는 건, 이 대를 말하는 걸까? 린이치로는 알 길이 없었으나, 그것은 피부가마(스킨 오븐)라는 물건이었다.

그보다 놀란 것은 흑인들의 옷을 반팔셔츠에 반바지라고 생각했었는데 서로 연결되어 있으며 바지 아랫부분이 갈라져 겹쳐져 있는 것이 마치 콤비네이션 속옷 같다는 사실이었다. 그것은 진공변관의 말단기(코브라)를 사용하기 편리하게 하기 위한 것도 있으나, 주요한 목적은 징벌채찍질(배스티네이도)을 가할 때 둔부를 바로 노출할 수 있게 하기 위해서였다. 이스 사회 어디에서나 하인족의 작업복은 이 콤비네이션 양식(스타일)의 옷으로 정해져 있다.

그러나 자세히 살펴볼 틈도 없이 린이치로는 사람 모양의 가마 중 하나에 넣어졌다. 내부는 예의 육질금속으로 인체에 맞춰 파여 있었는데 거의 빈틈을 느낄 수 없었다. 발바닥에 무엇인가 약을 바르더니 뚜껑을 덮었다. 안 그래도 전신마비에 걸린 몸이 귀와 눈까지 빼앗겨 외부세계와 완전히 차단되고 말았다.

육벽(肉壁)이 점점 팽창해서 전신의 표면을 한 치의 틈도 없이 감쌌다.

호흡에는 아무런 문제도 없었다. 동시에 그 온도가 올라가 체온과 같아졌다. 목욕물에 들어간 것 같은 쾌적함. '그래, 이 안에 들어오면 옷은 필요 없겠군.' 하고 린이치로는 조금 전 흑인들이 했던 말을 이해했다. 밖에서 조작하는 장치가 있는지 그때 도뇨관이 슬금슬금 삽입되었다. '역시 설비라는 건 이 가마를 말하는 거였어.' 방광의 긴장감이 풀어져 편안해지자 그는 세실이라 불렸던 백인에게 남몰래 감사했다.

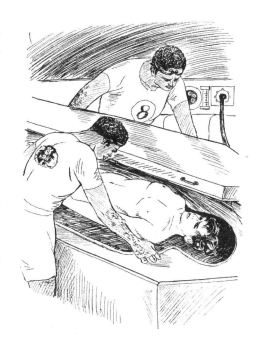

그런데 기분 나쁜 일이 벌어졌다. 육벽의 팽창으로 살짝 짓눌려 열려 있던 양 입술 사이를 통해서 무엇인가 길고 가느다란 것이 입 안으로 들어온 것이었다. 게다가 꿈틀거리고 있었다. 살아 있는 것이었다. 지렁이나 거머리처럼 기다란 벌레인 듯했다. 그것이 마비된 혀 위를 기어서 슬금슬금 식도 쪽으로 들어갔다. 얼마나 섬뜩한지!

독자 여러분께는 설명할 필요도 없으리라. 그것은 대사회충(펌프충)의 유충이었다. 위로 들어가 유문에 들러붙어서 급속하게 꼬리를 성장시키리라. 막 태어난 갓난 야푸에게 먹이면 10시간, 성인 야푸는 100시간이 꼬리를 성장시키는 데 걸리는 시간이다. ……그 100시간 동안 여러 가지 일들이 일어날 테지만…….

이번에는 항문에 뭔가 삽입되는 듯한 느낌이 들었다. '또 벌레일까?' 라고 생각했으나, 그와 달리 이번에는 길고 가느다란 관인 듯했다. 관장을 하려는 걸까? 관장기(클리스터) 치고는 굉장히 긴 듯했다. 장 안쪽 깊숙한 곳까지 들어갔다. 사실 그것은 장내주입관(enema)이라 불리는 야푸용 투약기구였다. 야푸에게는 펌프충을 기생시키는 것이 원칙으로 항문이 입의 역할을 겸하고 있어서 얼굴에 있는 입은 섭식용으로 쓰이지 않기에 그들에게 경구적 내복약은 사용할 수 없다. 따라서 그것을 아래로 투여하는 것이다. 야푸에 대한 투약은 주사나 장내주입으로 행해지지, 내복은 행해지지 않는다.

복강에 뭔가 뜨끈한 것이 넘쳐나는 듯한 느낌이 들었는데, '뭘 관장한 거지?'라며 궁금해 할 틈도 없이 몸 전체가 뜨거워지기 시작했다. 탄력적으로 전신의 피부에 찰싹 밀착되어 있던 육질금속의 온도가 점점 상승하기 시작한 것이었다. 벌써 체온을 넘어서 섭씨 40도 이상, 50도에도 달했으리라. 비지땀이 줄줄 흘러 육질금속으로 빨려 들어갔다.

'대체 무슨 짓을 하는 거야? 이 흑인들은 그 백인에게 나를 보온기에 넣어 따뜻하게 해주고 오줌을 빼내라는 명령을 들었을 거야. 이 상자가 그 보온기인 거겠지. 그런데 녀석들은 내게 저항력이 없다는 사실을 알고 신이 나서 완구로 삼아 기분 나쁜 벌레를 먹이기도 하고 장난으로 관장을 하기도 하고, 이렇게 고열을 가해서 나를 괴롭히고 있는 거야. 망할 놈의 흑인들! 조금 전의 그 친절했던 백인이여, 당신의 명령을 흑인들은 따르지 않았습니다! 클라라, 나의 이 고통을 알고 있어? 도와줘! 내가 왜 이 무의미한 고문을 받아야 하는 거지?'

새빨갛게 익어가면서 린이치로는 마음속으로 절규했다. 클라라를 불러댔다.

그러나 아무런 답도 없이 온도는 오히려 높아져갈 뿐이었다. 이제는 섭씨 몇 도인지 알 수조차 없었다. 심장이 파열하지 않는 것이 이상할 정도였다. 복강으로의 액체주입도 여전히 계속되고 있다는 사실을 느낌으로 알 수 있었다.

가마 밖에서는 흑노 둘이 분주하게 작업을 하고 있었다. 린이치로에게는 무의미한 고문으로 여겨졌으나 사실은 고문도 아니고 무의미하지도 않았다. 그들은 결코 장난을 치고 있는 것이 아니었다. '새로 포획한 토착야푸 한 마리가 선창에 넣은 원반의 조종실에 있다. 마비상태. 바로 수령하여 처치할 것.'이라는 하인장으로부터의 명령을 받아 수렵물하치장(게임 셰드) 소속 흑노(니거)로서 손에 익은 작업을 하고 있는 것일 뿐이었다. 우선 가마에 넣어 도뇨처치를 하고 펌프충을 삼키게 한 다음, 피부강화처치를 해야 한다. 지금은 그 피부강화처치를 하는 중이었다.

피부강화처치란 무엇일까? 이것이야말로 펌프충 기생과 함께 야푸화에 필수적인 과정이다. 야푸는 전라체로 있지 않으면 안 된다. 하지만 옷을 입고 생활하는 데 길들여진 토착야푸를 알몸으로 하여 방치하면 폐렴에 걸리고 만다. 따라서 사육소(야푸너리)에서는 생후 바로 시행하도록 되어 있는 피부강화처치를, 토착야푸에게도 포획 후 가급적 빨리 시행해서 알몸인 채 기온의 급격한 변화에도 견딜 수 있도록 하는 것이다.

여기에는 고열에 따른 커다란 고통이 수반되지만, 그 처치는 야푸를 사용하는 인간에게 있어서 필요하고 유익한 것이기에, 그것이 야푸들에게 고통을 수반한다는 사실은 문제가 되지 않는다. 개를 보기 좋게 만들기 위해서 그들의 고통과는 상관없이 귀를 잘라내어 쫑긋하게 세우는 것과 마찬가지 논리인 것이다. 그때 불필요한 가해는 동물애호정신에 반하지만, 인간에게 유용한 것으로 만드는 데 필요한 가해는 허용이 된다. 그를 위한 고통을 동물은 참아야만 하는 것이다.

그렇다면 이 가마 안의 고열은 필요한 것일까? 그렇다. 필요하다.

이를 설명하기 위해서는 혈액매제(cosanguinin)라는 약에 대해서 이야기 해야 한다. 혈액 속의 이상성분은 전부 간장으로 흡수되는 것이 인체의 생리이나, 이 코산기닌이라는 약을 더하면 이상성분은 간장으로 흡수되지 않는다. 한편 피부표면에 높은 열을 가하여 비지땀을 흘리게 하면 모세관현상이 평온에 있을 때와는 달라져 코산기닌에 매개된 이상성분을 피부세포에 정착시키는 작용을 하게 된다.

이는 응용범위가 매우 넓은 현상으로, 각종 색소를 부여하고 정착온도를 조절함으로 해서 생체표면의 세포를 마음대로 염색할 수도 있는데, 전기소필(브랜딩 펜)은 이 원리를 기초로 하여 발명된 것이며, 수중이나 기압이 다른 유성의 대기 안에서 작업시키기 위한 철피축인(鐵皮畜人, 아이언클래드)도 살아 있는 몸을 그대로 유지한 채 피부세포를 특수금속화하여 만들어내는 것이다. ……그러나 이러한 종류의 혈액매제(코산기닌) 이용에 대한 상세한 내용은 훗날 클라라가 피혁공장을 시찰하는 날까지 보류하기로 하고 여기서는 린이치로가 받고 있는 처치에 대해서만 설명하기로 하겠다.

그의 장내로 주입되고 있는 것은 피부강화제(델마트롬)를 혈액매제(코산기닌)에 녹인 약액이다. 야푸의 피부에서 정제한 유기화합물 가운데 피부소(큐티니엄)라는 것이 있다. 이것을 양이온으로 처리하여 섬유로 만든 피부섬유(델마트콘)는 단열성이 뛰어나 옷감 강화용 원료로 중용되고 있으며, 반대로 음이온으로 처리하면 세포막을 냉열에 강하게 하는 피부강화제(델마트롬)가 된다. 정착온도는 섭씨 80도로, 약 40분 정도 그것을 피부세포에 침전·부착시키면 마치 델마트콘 혼합섬유로 지은 옷을 피부 안쪽에 입은 것처럼 되어, 극한 더위나 추위에도 견딜 수 있게 된다. 단열성에 변화가 일어날 뿐, 피부색·살결·촉각능력 등에는 아무런 영향도 주지 않으나, 델마트콘에 대해서만은(이온처리가 반대이기에) 음양이 서로 잡아당기는 반응을 보여 장시간 델마트콘 천에 닿으면 피부박리가 일어난다. 그런데 이스에서는 모든 옷감에 델마트콘을 혼용하기에 델마트롬을 사용하여 피부강화처치를 받으면 더는 옷을 입을 수 없는 몸이 되어버리고 만다. 그렇기에 이 처치는 어떠한 옷도 입을 필요가 없는 동물인 야푸에 대해서만 행해지며 백인, 흑인에게는 행해지지 않는다.

그런데 린이치로가 이와 같은 처치를 받고 있는 것이다. 보라, 온도계의 바늘이 섭씨 80도에서 멈춰 있다. 앞으로 40분, 이 항시쾌속선이 2천 년 후의 지구 구면에 도착하기 직전까지 그는 이 가마—그것은 그야말로 이전의 세베 린이치로를 묻는 관이었다. — 안에서 고열에 태워져야 하는 것이다. 장 안에서는 펌프충의 꼬리가 자라기 시작했으리라.

2. 소마와 왜인

원통선의 가장 낮은 곳에서 린이치로가 너무나도 고통스러운 나머지 소리 없는 비명으로 클라라를 부르고 있을 무렵, 가장 위층에 있는 응접용 홀에서는 클라라가 유쾌하게 담소를 나누고 있었다. 벽에는 추상파의 그림 (태블로) 같은 것이 걸려 있고, 구석에는 신비하고 커다란 꽃이 핀 나무가 화분에 심겨져 있어 꽃의 이채로운 향기가 그녀의 코를 기분 좋게 자극했다. 그 가지에는 둥근 새장이 걸려 있었는데 보라색과 노란색이 섞인 화려한 모양의 깃털을 가진 앵무새가 목을 갸웃거리면서도 움직이지 않는 눈으로 그녀를 보고 있었다. 안쪽 벽에 걸려 있는 전축에서는 묘한 악기의 소리. 독일에서 태어나 음악적 소양이 깊은 클라라조차 처음 듣는 아름다운 교향곡이었다.

다섯 사람은 둥글게 원을 그리고 앉아 있었다. 개인 타로는 폴린의 발밑에 기다랗게 누워 있었다. 처음에는 이상하게 느껴졌던 남자들의 화려한 옷도 익숙해지니 용기병(龍騎兵)의 붉은 제복처럼 조금도 이상하지 않았으며, 그러한 것으로 아름답게 여겨졌다.

걱정했던 것과는 달리 어색함은 없었다. 폴린이 주인(호스티스)으로서 배려를 해주고 있는 것은 물론, 솔직하고 명랑한 돌리스는 나이도 비슷한 정도인 클라라와 의기투합하여 자신이 먼저, "당신과는 오래 전부터 알고 지낸 듯한 기분이 들어요. 당신은 틀림없이 귀족이에요. 한눈에 알아볼 수 있었어요. 저희도 클라라라고 부를 테니 당신도 이름으로 부르세요. ─모두들, 그게 좋겠죠?"라고 말했을 정도로 친밀한 모습을 보였다. 세실은 고대사에 정통한 사람인만큼 20세기 구면을 방랑했다고 하는 클라라에게 특별한 관심과 호의를 가지고 있는 듯했으며, 윌리엄에 이르러서는 호의 이상의 것을 명백하게 보이기 시작해서 더없이 친절했다. 조금 전 선창에서 나와 여기로 올라오는 도중 복도에서 선창으로 가는 흑노 둘을 만났을 때, 그들이 무릎을 꿇고 일행을 피한 것에 대해서 답례를 하려 하자 팔짱을 끼고 있던 그가 힘껏 잡아당겨 행동을 멈추게 해주었다. 그렇게 해서 인간이 반인간에게 답례할 필요는 없다는 사실을 그녀가 떠오르게 해준 것이었다. 무지함에서 그런 묘한 언동을 하려 할 때마다 그녀는 교정을 받아 기억을 회복해나갔다. '지식에 있어서는 이 사람들과의 사이에 2천 년의 거리가 있지만, 마치 친구 집에 초대받은 것처럼 편안한 마음이야.' 클라라는 이렇게 생각했다.

말을 건네지 않고 온 것이 마음에 걸리기는 했으나 린이치로에 대해서도, '벌써 옷을 입고 누워 있을 거야'라는 생각이 들어 일단 안심하고 난 뒤부터는 머릿속에서 떠나버리고 말았다. 대신 윌리엄의 남성적인 매력이 점차 그녀의 마음을 점령해가고 있었다.

그녀는 원반이 추락하는 것을 보고 안에서 폴린을 발견한 경위를 들려주었는데 의식적인지 무의식적인지, 그녀 혼자서만 행동한 것으로 이야기하고 린이치로의 이름은 들먹이지 않았기에 듣는 쪽에서는 폴린을 정신 차리게 한 것도 그녀인 것처럼 들렸으리라. 세실은 20세기 구면에서의 그녀의 생활과 기억상실의 원인이 된 사고에 대해서 듣고 싶어 했으나 폴린이, "클라라는 아직 그것을 이야기할 수 있을 만큼 마음이 안정되어 있지 않아. 기억이 회복되어 그녀가 자신을 충분히 객관시할 수 있게 되었을 때 듣는 게 좋지 않겠어?"라고 말렸으며 윌리엄도,

"맞아. 그보다는 클라라가 태어난 유성(본 플레닛)을 찾는 게 우선이야. 저도 찾아볼게요, 클라라."라고 진지한 얼굴로 말했다.

"고마워요. 여러분의 도움으로 태어난 별을 찾으면 얼마나 기쁠지 모르겠어요. 지구에서의 사고에 관한 일은 지금 전혀 답을 드릴 수가 없을 것 같아요. 방랑 중의 일에 대해서는 이야기해드릴 수 있어요. 조만간 자세히 말씀드릴 기회가 올 테지만, 지금은 너무 피곤해서……."

클라라가 이렇게 말하자 폴린이,

"소마(soma)를 마셔요. 기력과 함께 기억도 회복될 거예요."라며 돌리스에게 신호를 주었다.

돌리스가 알아듣고 손목송화기(리스트 마이크)에 속삭였다.

"소마를 가지고와."

쟁반을 든 하인이 들어왔다. 린이치로를 처치하고 있는 흑인과 가슴의 숫자가 다른 것 외에는 완전히 똑같은 차림새였다. 그는 가슴번호 2번이었다. 그러자 교향곡의 듣기 좋은 소리를 깨고 옆에서 갑자기,

"소마, 소마, 소마의, 시간, 입니다. 소마."

새된 소리가 클라라의 귀를 놀라게 했다. 앵무새였다.

'소마가 뭐지? 마시는 것 같은데.'라고 생각한 순간 어디에서인지 둥근 모양의 작은 테이블이 혼자서 스르르 미끄러지듯 움직여 와서 둥글게 앉은 5명의 중앙에 정확히 멈춰 섰다. 테이블 중앙에 성냥개비만 한 굵기에 연필만 한 길이의 봉이 세워져 있었으며, 그것을 오른손으로 레버처럼 쥐고 왼손으로는 등에 짊어지고 있는 커다란 자루의 아가리를 움켜쥔 높이 14㎝ 정도의 인형이 그 옆에 서 있었다. 탁상장식용 산타클로스였다. 하얀 턱수염은 심은 것이리라. 빨간 삼각모자, 빨간 외투, 하얀 모피로 두른 옷깃, 그리고

검은 장화, 그 모습대로 크기를 12배 확대하면 그야 말로 진짜 산타클로스가 되리라.

검은 하인이 테이블 위에 5개의 빈 컵을 놓았다.

산타인형이 오른손에 쥐고 있던 봉을 놓고 앞으로 슥 전진하기 시작했다. 동작에 인형다운 어색함이 조금도 없었다. 이렇게 정교한 자동인형도 다 있나, 클라라는 감탄했다.

"나는 2개, 손님에게는 3개가 좋겠네."라고 폴린이 말했다. 인형이 하얀 수염을 흔들며 인사를 한 번 하더니 등에 짊어지고 있던 하얀 자루에서 둥근 정제를 꺼내 두 사람의 컵에 그 숫자만큼 넣었다.

"나는 2개."라고 돌리스.

"나도."라고 세실.

"나는 필요 없어."라고 윌리엄.

커피에 넣는 각설탕처럼 각자 취향에 따라 다른 모양이었다. 인형은 일일이 인사를 하고 주문한 숫자만큼 알갱이를 넣었다. 기다리고 있었다는 듯 검은 하인이 포트를 기울여 김이 오르는 녹색 액체를 따랐다. 그윽하게 피어오르는 향기가 방 전체에 감돌았다.

"소마가 뭔지 생각났나요?" 윌리엄이 한두 모금 마시며, "별명을 인류애의 꿀(휴머니티 허니)이라고 부르는 것입니다. 미밀성(星)의 커다란 나무인 위그드라실에 1년에 1번 수만 송이의 꽃이 피면 공중왜인들(에어로피그미즈)에게 꽃의 꿀을 따게 해서……. 아아, 기억이 돌아오신 듯하군요. 좋아하시나요?"

"오스 드레이퍼가 걱정하고 있는 이유는 말이죠, 클라라." 폴린이 웃으며 말했다. "그가 당신이 태어난 별을 찾기 위해 당신과 함께 이스 전체를 돌아볼 생각이기 때문이에요. 그는 소마 없이는 하루도 보낼 수 없는 사람이에요. 따라서 당신이 이걸 싫다고 하면 그가 난처해지죠. 하지만 좋다고 말하면 여행 중 하루에 5번이나 함께 마실 각오를 하지 않으면……."

클라라는 조심조심 한 모금 입에 문 뒤 꿀꺽 삼켰다. 서독이 연합국에게 점령당했을 당시 미국에서 들어온 것이라고 하여 마셔본 적이 있는 코카콜라와 조금 비슷하지만 훨씬 미묘하고 은은한 맛이었다.

"마셔보니 분명하게 기억이 떠오르네요, 소마의 맛. 저, 좋아했었고 지금 마셔보니 반가워서……. 지금도 좋아요."

곁에 있는 미청년을 돌아보고 미소 지으며 말했다.

"소마에게 축복이 있기를. 당신에게도."

눈가에 웃음을 지으며 윌리엄이 외쳤다.

"20세기 사람이라면 코카콜라랑 비슷하다고 했을 거예요."

이번에는 세실 쪽을 바라보며 클라라가 말했다.

"코카콜라?" 다른 사람들은 알아듣지 못했으나,

"맞아, 전사시대 말기에 코카콜라라는 음료가 유행했었죠. 저는 문헌을 통해서 알고 있을 뿐입니다만, 당신은 방랑 중에 그것을 맛보셨다니 귀중한 경험입니다. 그렇습니까? 소마와 비슷합니까?" 세실이 고대사에 대한 지식을 펼칠 기회를 얻어 기쁘다는 듯, "하지만 코카콜라는 소마만큼 일상생활 속으로 파고들지는 못하지 않았습니까? 맛을 떠나서 얘기하자면 코코아나

커피나 홍차(티) 쪽이 더 가깝지 않나요? 차의 시간(티 타임)이라는 말이 소마의 시간(타임)이라는 말로 대체된 것이라고 국어학자가 말하고 있으니까요."

"말씀하신 대로예요. 그 말씀을 들으니 소마가 얼마나 일상적인 음료였는지가 비로소 떠올랐어요." 궁색한 대답이었다.

이때 테이블 위의 인형이 살짝 움직여 수염이 흔들렸다.

"이 인형은 아주 정교한 기계장치네요"

모두가 묘한 표정을 했기에 또 뭔가 잘못 말한 걸까 생각하고 있을 때 윌리엄의 햇볕에 그을린 손이 인형을 덥석 집어 그녀의 눈앞으로 가져와서는 손바닥을 펼쳤다.

"기계가 아니에요. (향신료)자루지기(백 포터), 혹은 향신료(스파이스)산타라고 불리는 식탁왜인(테이블 피그미)의 일종이에요. 소마를 마실 때 향신료정제를 넣는 데 쓰이는 도구예요. 기억나지 않나요?"

희고 커다란 손바닥 위에서 빨갛게 칠해진 인형이 일어나 방향을 바꾸더니 가장 정중한 인사를 했다. 그 동작, 하얀 수염, 눈가와 이마의 주름이 멋진 조화를 이루며 빚어내는 풍성한 노안의 표정…… 인형이라기에는 너무나도 정교했다. 살아 있었다. 소인이었다. '이를 식탁왜인(테이블 피그미)이라고 부르는 걸까? 조금 전에는 공중왜인(에어로 피그미)이라는 말을 들었어. 그때는 꿀벌 같은 것이라고 생각했었는데 이런 소인을 pigmy라고 부르는 걸까? 걸리버 여행기에 나오는 소인도(小人島)의 주민들 같은 인간의 축소체…… 2천 년 뒤의 세계에는 이렇게 상상적인 생물도 다 있단 말인가? 이 사람들이 왔다고 하는 시리우스 세계에는 이런 소인들이 사는 별이 있는 걸까?'

"네, 점점 기억이 나기 시작했어요. 왜인(피그미)……, 그 외에도 여러 가지로 쓰고 있지 않나요?" 어림짐작으로 말한 것이었으나,

"물론 왜인들(피그미즈)의 용도는 무한합니다."

윌리엄의 말을 들으며 그 산타클로스 분장을 한 소인의 수염이 있는 멋진 얼굴의 피부색이 황색을 띠고 있다는 사실을 깨닫고 클라라는 문득 마음이 어두워졌다.

미청년의 손이 소인을 테이블로 되돌리자 그는 종종걸음으로 중앙의 봉이 있는 곳으로 달려갔다. 그러자 원형 테이블이 혼자서ㅡ, 아니 레버를 쥔 소인의 조종에 따라서 움직여 자리를 떠났다.

"여기에도 있어요." 폴린이 앵무새의 새장을 내려서 가져와 클라라에게 보여주었다. "이건 새장노예(케이지 슬레이브)라고 해요. 지금은 암컷밖에 보이지 않지만."

새장 바닥은 대부분 지저분한 법이지만, 그곳은 깔끔했다. 새장 바닥에 새의 깃털과 색을 맞춘 듯 보라색과 노란색으로 칠한 중세기사의 갑옷 같은 것을 입은, 같은 크기의 소인이 있었다. 소꿉놀이의 숟가락만 한 삽으로 지금 막 새의 엉덩이에서 떨어진 물렁한 분변을 떠서 옆에 있는 구멍에 넣으며 청소를 하고 있었다. 새장 바닥이 2중으로 되어 있는 모양이었다. 새의 분변이라 해도 그 소인에게는 야트막한 둔덕 같아서 커다란 작업이었다. ……그때 바닥의 구석에 다른 구멍이 열리더니 같은 차림을 한 수컷이 한 마리 더 나타나 두레박 같은 장치를 사용하여 아래의 수도꼭지에서 나오는 물을 통에 담아 영차영차 힘을 쓰며 끌어올려서는 위에 있는 새의 물통을 채우기 시작했다.

"이 앵무새를 돌보는 암수 노예인데," 그 앵무새의 주인이 설명했다. "주인의 성격이 거칠어서 언제 부리나 발톱에 당할지 알 수 없기에 갑옷을 벗을 수 있는 것은 자신들의 둥지로 돌아갔을 때뿐이에요. 어때요, 생각이 좀 나나요?"

새똥을 치우는 2중바닥 안에 둥지를 틀고 주인인 앵무새에 예속되어 시중을 들고 있는 새장 속의 노예……. 일하는 모습으로 봐서 틀림없이 지성을 갖춘 인간의 축소체인 듯한데, 그것을 이런 곳에서 이런 식으로 기를 줄이야…….

클라라는 간담이 서늘해져서 뭐라 대답해야 좋을지 몰랐으나, 그 놀란 모습이 재미있다는 듯 돌리스가 부츠에서 뽑아든 천마채찍(페가수스 윕)으로 지금 막 3악장에 접어든 교향곡이 아름답게 흘러나오고있는 벽의 전축을 가리키며 말했다.

"저 휴대용 관현악단(포터블 오케스트라)도 마찬가지예요."

"저 전축……, 라디오인가……."

"어머, 라디오인 줄 알았어요?"

돌리스가 웃으며, 어느 틈엔가 예의 손목송화기를 사용한 듯 그때 마침 힘이 좋아 보이는 하인이 들어오자 그 상자를 내려 클라라 앞으로 가져가서 열라고 명령했다. 대형 트렁크를 닮아서 손잡이가 달려 있었다. 뚜껑이 열리자……,

"보세요, 소영인들(小伶人, 리틀 뮤지션즈)."

"어멋!"

놀라는 모습을 보이지 않으려 했던 그녀였으나 무심결에 커다란 소리를 올려 다시 사람들을 미소 짓게 만들었다. 전축도 라디오도 아니었다. 상자 속에서는 예복차림의 작은 악인 50명 정도가 각자 자리에 앉아 악기를 들고 지휘자의 택트에 따라서 정연하게 연주를 하고 있었다. 천장인 뚜껑이 열리고 다섯 사람의 얼굴이 위에서부터 들여다보아도 곁눈질 한 번 하지 않는 진지함이었다. 트렁크 속에 담긴 소인들의 관현악단…….

"어때요? 생각이 나나요?"

돌리스는 클라라에게 눈으로 웃어 보이며 채찍을 까닥여 하인에게 그것을 원래 자리에 가져다놓게 했다. 뚜껑을 닫고 흑노의 굵직한 손이 손잡이를

쥐어 상자를 옆으로 들었다. 자신도 모르게,

"앗, 옆으로 들어도 괜찮은 건가요?"

안의 소인들이 아래로 미끄러지며 떨어져 서로 짓눌리지나 않을까 걱정한 것이었으나,

"바닥에 인력판(그래비 보드)을 깔아놓아서 아무리 기울여도 상관없어요." 옆에서 윌리엄이 설명해주었다. "이 우주선도 마찬가지예요. 우주선은 모두 바닥에 인력판을 사용하고 있어요."

"그랬었죠. 인력판(그래비 보드)이라는 말에 기억이 있는 것 같아요."라고 클라라가 궁색한 변명처럼 말했다.

"왜인에 대해서 생각이 났나요, 전부?"라고 폴린. 이상한 말을 하기 전에 설명을 할 생각인 듯했다.

"조금은. 하지만 그들이 어느 별에서 태어났는지 묻고 싶어요, 그런 소인도 (릴리퍼트) 같은 별이…….."

"어머, 생각이 났군요, 낚시터(피싱 폰드)의 진짜 이름이. 아주 좋아요."

돌리스는 기뻐했다.

"맞아요, 왜인족(피그미즈)의 최대 생산지는 소인도(릴리퍼트)의 목장이에요. 아주 잘 떠올렸네요."

별의 이름 자체가 걸리버의 고전에 바탕을 둔 것이라는 사실을 모르는 폴린은 클라라가 이스 사람이 아니라는 사실을 알고 있었던 만큼 어째서 알고 있는 것인지 그 이름을 말한 것을 이상히 여겼으나, 그것을 다행으로 여기며 말을 이어,

"왜인목장(피그미 패스처)만 얘기하자면 다른 별에도 있지만 소인도에는 야생왜인(와일드 피그미)이 있어요. 당신이 기억하고 있는 것은 틀림없이 전에 거기서 왜인낚시를 한 적이 있었기 때문일 거예요."

"클라라가 귀족이라는 사실에는 이제 한 점 의혹도 없네요."라며 윌리엄은

기쁜 듯했다.

"이 작은 크기는 어떻게?"라고 클라라가 묻자,

"축소(디미니슈트)야푸가 변종으로 고정된 거예요."

"축소(디미니슈트)……. 원래는 인간이었는데 작아져서……."

"인간이 아니에요, 절대."

"어머, 저 '원래는 야푸였는데'라고 말할 생각이었는데……. 야푸가 작아진 거였죠."

"맞아요. 12분의 1로."

작아졌다는 쪽에 마음을 빼앗겨 클라라도 별 생각 없이 말을 바꾸었으나, 언제부턴가 인간과는 다른 야푸라는 동물의 존재를 인정하며 이야기하고 있다는 사실은 스스로도 의식하지 못하고 있었다.

"맞아!" 무슨 생각을 했는지 드레이퍼 청년이 갑자기 얼굴을 반짝이며 돌리스를 향해, "조금 전의 일, 왜인(피그미)으로 결정하기로 하자."

"좋아요."라고 돌리스.

"대체 무슨 소리지? 뭘 결정하겠다는 거야?"

폴린이 묻자 청년이 얼굴을 붉히며,

"그게, 아베르데인에서 당신 다음으로 클라라 양의 환영연회(웰컴 파티)를 누가 먼저 열지, 저와 돌리스가 순서를 다투고 있었거든요."

"왜인결투(피그미 듀얼)로 결정한다면, 살아남은 쪽을 클라라에게 선물(프레젠트)할게요."

미래의 잔센 가를 이끌 당주로서 어머니에 버금가는 처분권을 가지고 있는 폴린이 말했다.

"제가 고른 것이 남는다면 저는 얼마 전에 손에 넣은 진귀한 물건을 지참금 대신으로 그 왜인에게 들려서 보내겠습니다. ─우주선 모형입니다만."

"제가 이기면," 돌리스도 지지 않고 말했다. "제 마구간에서 마음에 드는 말을 한 마리 클라라에게 고르게 하겠어요."

"구마(에쿠우스)를 타던 클라라가 축인마(얍푸 호스)를 떠올릴 수 있을 테니, 아주 좋은 생각이네."라고 폴린.

"나도 뭔가 선물(프레젠트)을 생각해야겠군."

땋아내린 금발을 흔들며 드레이퍼 부군이 말했다.

3. 왜인종의 역사와 현상

1,600년쯤 전, 시리우스권이 정복당해 테라 노바성의 트라이곤에서 카를성의 아베르데인으로 대대적인 천도가 행해졌을 무렵을 전후해서, 축인제도 완성기의 3대 발명 가운데 하나라 일컬어지는 생체축소기(디미니싱 머신)가 안출되었다.

완전히 밀폐되어 있는 종(벨) 모양의 커다란 수정병 안에 동물을 넣고 수정발진기(發振器)를 가동하여 특수한 방사선을 쪼이면 종(벨)이 축소되는데 그에 따라서 종 안의 동물도 몸이 작아진다. 게다가 생체 각 세포의 분자가 일정 비율로 날숨이 되어 몸 밖으로 배출되기 때문에 축소된 동물은 본래의 개체성을 유지하고 있을 뿐만 아니라, 이 날숨을 다른 개체의 날숨과 분리하여 보존하면(다시 말해서 밀폐형 종을 훼손하지만 않으면) 역장치를 이용해 다시 한 번 원형으로 복원할 수도 있다. 이렇게 해서 생체를 임의의 크기로, 그것도 가역적으로 축소할 수 있게 된 것이다.

이는 천도 후의 수송업무에 있어서 커다란 복음이라 여겨졌다. 다시 말해서 여러 명을 수송할 때는 일단 축소했다가 도착 후 복원하면 되는 것이었다.

인간에게는 바로 시도하지 않고 우선 야푸를 대상으로 시험해보았더니 축소한 것 가운데 근소하기는 하나 우주선(宇宙線)질환에 걸릴 확률이 증가하는 경우가 있다는 사실이 밝혀졌기에 결국 인간에 대한 사용은 중지되었다(뒤에서 말하겠지만 훗날에는 백인에 대해서도 축소형[縮小刑]이라는 형벌이 제정되기는 했다). 그러나 이 질환에 의한 손실(로스)을 감안해도 수송능률 향상에 의한 경제적 채산을 얻을 수 있었기에 흑노와 야푸에게는 여전히 축소기를 사용했다. 그런데 축소율이 2분의 1 이상이면 수컷의 생식능력이 소실된다는 사실이 증명되었기에 흑노의 축소율은 2분의 1까지만 허용되었다. (단, 흑노가 반인간[하프 우먼]이라 불리는 이유가 여기에서 유래한 것이라는 말은 속설이다.)

흑노와 달리 야푸에 대해서는 인권적인 고려를 할 필요가 전혀 없었기에 적재수를 조금이라도 늘리기 위해 축소율이 점점 높아졌는데 12분의 1(투엘브스) 이하가 되면 지능이 현저하게 감퇴한다는 사실이 밝혀졌기에 12분의 1이 최고 축소율이 되었다. 이렇게 해서 수송능력은 실제로 12분의 3제곱, 즉 1,728배가 되었다.

그런데 이렇게 여러 가지 축소율로 바꾸어 축소야푸를 수송하다보니 재미있는 사실을 알게 되었다. 축소되어 있는 동안에는 축소율에 따라서 시간의 경과가 가속되는 듯했다. 3분의 1로 축소한 것에게 있어서는 보통의 4개월이 1년에 해당한다. 12분의 1로 축소한 것은 1개월에 1년분의 나이를 먹는다. 육체와 동시에 인생도 축소되는 것이다.

이러한 성질을 이용하여 생체축소기는 성장촉진기로도 응용되기에 이르렀다. 예를 들어 축인견(얍푸 도그)은 (3장에서 이미 이야기한 대로) 단각(短脚)야푸를 천장이 낮은 방에 넣어 생후 2년 동안 사육하며 그 기간 동안 기초훈련으로 네 발로 기는 버릇을 들이는데, 이를 12분의 1(투엘브스) 형태로 기르면(종[벨]을 천장이 낮은 특수한 형태로 만들 필요는 있지만) 2개월로 단축할 수 있으며, 2개월 후에 역장치에 넣으면 번식력은 없으나 2살짜리 훌륭한 강아지가 되어 이후의 개 훈련에도 견딜 수 있게 된다.

이렇게 해서 축소기가 널리 사용되기에 이르렀는데 수송 중에 사고로

종(벨)이 깨져서 안의 날숨이 흩어져버려 도착 후 원형으로 되돌리지 못해 어쩔 수 없이 식민성 사람들의 완구가 되어버린 축소야푸가 우연히 본국성 귀족의 눈에 띄었고, 그 퇴폐적인 엽기취미에 부합했기에 '살아 있는 인형'으로 귀히 여겨지게 되었으며, 그로 인해 이전까지는 수송이나 성장촉진을 위한 일시적 수단에 지나지 않았던 축소형태가 일변하여 자기목적을 가지고 존재를 주장하게 되었고, 날숨을 보존하지 않고 처음부터 인형용으로 생산되는 축소야푸(디미니슈트)가 출현하기에 이르렀다.

완구로서 항상적 수요가 발생하자 일일이 축소기에 넣지 않아도 되도록 축소야푸 자체의 재생산에 대한 요구가 생겨난 것은 당연한 추이였다. 그러나 앞서 이야기한 것처럼 성능력은 2분의 1 형태까지밖에 유지할 수 없기 때문에 당초 소형 완구용의 재생산은 불가능했다.

그런데 축소기 발명 이후 거의 5세기가 지나서 마침내 생식능력을 가진 12분의 1 축소야푸가 발견되었다.

야푸 가운데 순혈종(서러브레드)이라 불리는 혈통이 있다. 지구정복자인 맥 장군이 구야푸의 수장일족을 포로로 잡아 테라 노바의 트라이곤에 있는 궁정으로 가져가 왕에게 바쳤는데, 이후 그들을 궁정용으로 왕실사육소(로열 야푸너리)에서 번식시켰으며 성능이 우수한 순혈종(서러브레드)야푸가 되었다.

헬렌3세가 크리스티나 공주의 12살 생일을 축하하기 위해 12분의 1 축소야푸 2백 마리를 '살아 있는 완구군대'로 만들고 '왜인중대(피그미 컴퍼니)'라는 이름을 붙여 선물(프레젠트)했을 때도 물론 이 서러브레드를 재료로 삼았는데, 그 중대원 가운데 성능력을 유지하고 있는 것이 한 마리 발견되었다. 돌연변이였을 테지만 서러브레드 가운데서 태어난 것은 우연이라고 할 수 없으리라. 이는 아담이라 불리게 되었다.

그는 성능력이 계속되는 한 매일 몇 번이고 암컷 축소야푸를 상대로 자손을 만들어야 했다. 그의 상대는 이브 1호라거나 이브 100호 등 이브 몇 호로 불렸는데 이브 가운데는 모녀직계가 많았다. 다시 말해서 그는 변종을 만들어내기 위해서 딸, 손녀, 증손녀 등과 여교배(戾交配)를 강요당한 것이었다. 이렇게 해서 아담 이후에 남겨진 일군의 소인족은 야푸의 일대 변종으로 공인받았는데, 이를 왜인종(피그미)이라고 부르는 것은 크리스티나 공주의 완구군대인 '왜인중대'에서 가져온 것이다.

그들은 24일 만에 모태를 떠나며 1년 반 만에 성숙하고 6세까지 번식하다 10년이면 노쇠하여 죽는다. 육체적으로는 모든 면에서 12분의 1이 되었지만 지능과 그 외의 정신적 능력은 보통의 야푸와 조금도 다르지 않다. 훌륭한 지성동물이다.

왜인종의 탄생은 야푸문화사에 한 획(에폭)을 그었다. 시조인 아담·이브에서부터의 계통도를 알고 있고, 세대의 교체가 빠르기에 유전학·우생학·육종학의 실험용 동물로 매우 적합했다. 게다가 육체는 인체의 완전한 축소체(미니어처)였다. 의학·생리학·병리학에서 모르모트 대용으로 간편하게 결과를 빨리 얻을 수 있는 등, 생(로)야푸를 사용하는 것보다 훨씬 더 편리한 점이 적지 않았다. ……그러나 역사적으로 봐서 가장 커다란 수확은 그 기계공학적 이용에 있었다. 독심능왜인(텔레파시식 피그미)은 명령뇌파 에너지가 적어도(즉, OQ가 낮은 평민도) 움직일 수 있었다. 따라서 이를 기계의 요소요소에 생체가구화하여 장착한 완전자동장치가 생산(이는 평민의 일이다.) 과정에 사용되기 시작했다. 유혼계산기(야파마트론)를 대표로 하는 이른바 유혼기계(소울드 머신)가 바로 제3차 기계자동화(오토메이션)에 의한 제5차 산업혁명의 기초가 된 것이다. 거대한 빌딩 같은 체적을 자랑하던 인공두뇌가 그로 인해 단번에 1천 분의 1 크기가 된 모습은, 20세기 독자에게는 진공관라디오가 게르마늄 트랜지스터의 사용으로 인해 소형화되었다는 사실에 비유하는 것이 가장 이해하기 쉬우리라. 어쨌든 왜인종(피그미)은 독심장치(텔레파시)와 결합함으로 해서 참된 혁명적 의의를 담당하게 되었던 것이다.

그러나 물론 이것이 전부는 아니었다. 일일이 축소기에 넣어 생산되던 시대에는 값비싼 사치품으로써의 '살아 있는 완구'에 지나지 않았던 것을, 소인도(릴리퍼트)의 대목장9)에서 양산하게 되자 광범위한 실용적 용도가 생겨났다.

객실에서 클라라가 본 식탁왜인(테이블 피그미. 향신료산타는 그 일종에 지나지 않는다), 새장노예(케이지 슬레이브) 등은 모두가 종전의 생체가구로는 해결할 수 없었던 미소(微小)영역이 왜인이용화(피그미제이션)에 의해 새로이 활성화된 것인데, 이러한 종류의 응용은 거의 무한하다. 책상왜인10), 향수병노예11), 욕조왜인대12), 구두깔창왜인13), 육강보14)……, 그리고 소

---

9) 대기가 희박해서 인간은 살 수 없는 별이라도 왜인은 호흡량이 적기 때문에 생존할 수 있다. 따라서 그러한 유성 가운데 하나(리겔권 제6유성)가 왜인사육용으로 선택되었고 인간은 기밀원(돔) 정각에서 살며 바깥의 울타리 안에 옥외사육장(오픈 팜)을 설치하여 왜인족을 수용·사육·번식시키게 되었다. 이것이 왜인목장(피그미 패스처)이다. 목장에 사고가 있어서 방목 중이던 일부 왜인이 탈출한 적이 있었는데 언제부턴가 울타리 밖에서 먹을 것을 구하며 야생화한 무리가 다수 널리 퍼져 살게 되었기에 소인도(릴리퍼트)라는 이름을 낳게 되었다. 생태학적 연구의 보고로 알려진 이 별을 이스 귀족들은 낚시터(피싱 폰드)라고도 부른다. 인간이 살 수 없는 대기층이기에 기밀모(헬멧)와 우주복(스페이스 수트)을 입지 않으면 안 된다는 점에서 해저에 잠수하는 것과 비슷하기에 야생왜인(와일드 피그미) 포획은 사냥(헌팅)이 아니라 낚시(피싱)라 불리는 것이다. 왜인낚시(피그미 피싱)는 귀족만이 맛볼 수 있는 즐거운 소일거리 가운데 하나다. 그렇기 때문에 클라라는 귀족임에 틀림없다는 신용을 얻은 것이다.
10) 데스크 피그미. 책상 위에서 살며 문방구의 운반과 조작에 봉사한다.
11) 퍼퓸 슬레이브. 화장대의 서랍에서 살며 향수병을 짊어지고 있는데 주인의 뜻에 따라서 향수를 뿌린다.
12) 바스터브 피그미즈. 잠수투구(헬멧)를 쓰고 12마리 1조가 되어 욕조에 편안히 누워 있는 주인의 몸을 물속에 잠수하여 닦아주는 일을 한다. 개구리왜인(프러그 피그미)이라고도 불린다.
13) 인솔 피그미. 혈액매제(코산기닌)로 피부의 강도를 철판처럼 만들고 사지를 절단하여 몸통만 남긴 녀석을 발바닥의 장심에 오도록 옆으로 눕혀 깔창에 넣는 것. 쉴 새 없는 압박과 발바닥의 기름을 피부로 흡수하기 때문에 평균수명이 보통 왜인의 3분의 1밖에 되지 않는 소모품이지만, 사용하는 쪽에서 보자면 탄력이 있고 발이 매우 편안해서 피로가 쌓이지 않고 기름을 흡수하기에 발바닥의 미용에도 좋다.

마의 원액을 꽃에서 따는 공중왜인15)에 이르러서는, 종전의 야푸로는 생각할 수도 없었던 미소작업을 벌이나 나비처럼 수행할 수 있다. 이처럼 기계와 합체된 것도 여러 종 존재한다.

이때 원종야푸에 비해서 왜인(피그미)의 장점이었던 것은 세대교체가 빠르기에 우생교배에 의한 품종개량을 급속하게 진행할 수 있다는 점이었다. 조금 전 윌리엄이 내기에 건 '우주선 장식품'이란, '살아 있는 칠복신을 태운 보물선'을 말한 것이다. 호테이(布袋)의 크고 불룩한 배, 후쿠로쿠주(福祿寿)의 기다란 머리 등 모두 칠복신과 똑같은 모습을 하고 있으며, 거기에 살아 있다. 모두 육종적으로 만들어낸 기형왜인이다. 예를 들어 후쿠로쿠주의 길고 뾰족한 모자처럼 생긴 머리는, 방사선으로 돌연변이를 일으킨 기형왜인 가운데서 머리가 뾰족한 아이를 골라 교배시켜서 변종을 확립한 것이다. 염색체수술법 발명 전에는 이렇게 해서 원왜인(原矮人)으로부터 속속 진기한 변종이 만들어졌다. 육체뿐만 아니라 예를 들어 음악의 천재를, 역시 교배를 통해서 순혈혈통으로 확립하는 것 또한 어려운 일이 아니었다. 이 혈통의 소영인(小怜人, 리틀 뮤지션)을 특별히 1년 동안(인간의 12년에 해당) 훈련시켜 연주자로 키운 뒤 초소형 피아노에 부속시켜 자동연주구(오르골) 속에 넣기도 하고, 1개 조로 조직해서 트렁크에 넣어 휴대용 관현악단을 만들기도 한 것이다. 이들은 고급완구로, 앞서 예로 든 실용구와는 또 다른 수요가 널리 형성되었다. 완구라고 하여 우습게 보면 커다란 착각으로, 실제 트렁크 속에서 살고 있는 50명은 모두 20세기의 지구 세계에서라면 틀림없이 대연주가로 통용될 천재들이다. 악기도 작지만 성능이 좋아서 그대로의 모습으로도 20세기의 연주가에 뒤떨어지지는 않을 것이다.

---

14) 다이푸. diapoo, mens-pigmy에 대해서는 제8장 예13주에서 설명했으니 생략하겠다.

15) 초소형 공중차(에어로 카. 일반적인 공중차와는 달리 회전익을 사용한다.)에 뒷다리를 절단한 왜인을 생체풀로 접착·고정한 것. 실내에서도 사용할 수 있다. 용도는 매우 넓어서 꽃의 꿀을 따는 데만 한정되어 있지 않다.

음악뿐만 아니라 어떤 특기를 가진 왜인이 이렇게 해서 잇따라 생산되었다. 무술을 그 특기로 가지고 있는 것이 뒷장에서 소개할 소결투사(글라디아토레트)다. 결투사(글라디아토르)로는 생(로)야푸를 그대로 전용할 수 있기에 축인결투(야푸 듀얼)는 예로부터 이스 인사가 애호하는 오락이었는데, 그것이 왜인화(피그마이즈)됨으로 해서 왜인결투(피그미

듀얼)라는 매우 간편한(핸디) 형식으로 실내 유희장으로 가지고 들어올 수 있게 되었으며, 특히 앵글로 색슨의 전통으로 내기를 좋아하는 귀족들은 사소한 내기도 '왜인(피그미)이 결정하게' 했기에 단기간에 널리 보급되었다. 잔센 가의 재력은 저택 안뿐만 아니라 빙하호 같은 전용우주선에까지 훌륭한 소결투사조합(글라디아토레트 세트)을 갖출 수 있었다.

이 소결투사(글라디아토레트)를 수하의 병사로 삼아 전쟁을 벌이는 것이 앞서 이야기한 '신들의 경기'다. 그러나 너무 옆길로 벗어나기 전에 이 정도의 예비지식에 만족하고, 우리는 클라라와 린이치로가 있는 곳으로 돌아가기로 하자16).

---

16) 이번 장에서 극소(미니엄)야푸에 대해서는 이야기하지 못했다. 이는 지능 열악화에 신경 쓰지 않고 축소한, 신장 5.5㎝인 30분의 1(서티즈) 축소형이다. 엄지동자(톰 섬)라 불리는 상급의 것은 주인 얼굴 부분의 각 구멍을 관리하는 것이 임무로 눈 담당(눈썹을 다듬고 눈곱을 제거한다), 코 담당(코털을 다듬고 코딱지를 제거한다), 귀 담당(귀지를 제거한다),

린이치로는 섭씨 80도의 열을 온몸으로 받으며 초열지옥에서 몸부림치고 있었다. 클라라는 그의 그러한 고뇌도 모른 채, 아름다운 이스 귀족들과 함께 지금 유희실로 발걸음을 옮기고 있었다. 두 사람은 앞으로 어떻게 되는 걸까?

입 담당(평소에는 치태를 제거. 임시로 이쑤시개 대역도 맡는다.) 등이 있다. 터널충(蟲)이라 불리는 하급의 것은 점액환경(터널) 내 작업을 천직으로 삼는데 vagina-scraper, glans-knocker, semem-drinker 등 여러 종이 있다. 그러나 왜인과 같은 생식·번식 능력이 없고, 일일이 축소기에서 만들며 복잡한 작업도 불가능하기에 문화사적 의의에서는 왜인 종의 중요성에 미치지 못한다.

제11장 왜인결투(피그미 듀얼)

1. 소결투사 서랍(글라디아토레트 체스트)

클라라는 유희실 중앙에 있는 검은 상자 옆에 서서, 지금부터 무엇이 시작되려는 걸까, 호기심에 가슴이 뛰었다.

높이 80㎝, 가로세로 1m 정도의 크고 튼튼한 철제 사각형 상자. 옆면은 4면 모두 4단의 서랍으로 되어 있었고, 윗면에는 끝을 10㎝ 남겨놓고 사방 80㎝의 시합장(아레나)이 만들어져 있었으며 둘레에 5㎝와 10㎝ 높이로 줄(로프)이 쳐져 있었다. 대각선상으로 청색과 백색 기문(旗門)이 서 있는 것은 코너를 표시하는 것이리라. 서랍에는 BOXING(권투)이네, FENCING(검술)이네, 투기의 명칭이 적혀 있었다. 싸움의 당사자가 된 잔센 양 돌리스와 드레이퍼 오스 윌리엄이 주사위를 서로 흔드는 동안, 클라라는 호기심을 채우고 싶은 욕망과 이스 귀족을 가장해야 한다는 자중·자제의 격투에 번뇌하고 있었는데, 여동생으로부터 들은 대로 클라라는 모든 기억을 잃은 사람이라고 믿고 있는 세실이, 야푸에 대한 지식을 이 아름다운 손님에게 피력할 수 있다는 기쁨에 힘을 얻어 청하지도 않았는데 클라라에게 설명을 하기 시작했다.

"이 소결투사 서랍(글라디아토레트 체스트)을 그들 자신은 서랍기숙사(드로어즈 도미토리)라고 부릅니다. 서랍 16개 가운데 4개는 맨손조(헤브낫), 나머지는 무기조(헤브)입니다. 맨손조는 복싱, 레슬링, 유도─이 말에 클라라는 잠시 린이치로의 다부진 몸을 생각했다. ㅡ, 판크라티온(금지된 기술이 없는 격투기의 일종. 그리스에서 시작됐다.) 4종목입니다. 무기조는 검, 창, 봉에서부터 로마 결투풍의 방패와 검까지, 사용하는 12종의 흉기에 따라서 전문화되어 있습니다. 어느 서랍을 고를지는 주사위의 눈이 결정합니다만…….''

그것이 결정된 듯했다. 돌리스가 OLD YAPOON FENCING(올드 야푼 펜싱, 구식야푸풍 검술)이라고 표시되어 있는 서랍을 열었다. 옆에서 들여다보고 클라라는 내심 또 한 번 깜짝 놀랐다. 소인의 아파트였다.

서랍은 광물표본상자처럼 종횡으로 좁게 구분되어 있었다. 서랍 하나에 100개쯤의 구획이 있으리라. 그 하나하나가 개별실(아파트먼트)을 이루고 있어서 작은 가구가 놓여 있고, 그 안에 알몸의 왜인들이 누워 있기도 하고 앉아 있기도 했다. 열린 서랍 속 무리들은 하늘에서 빛이 들어왔기에 고개를 들어 5명의 모습을 보더니 무릎을 꿇고 두 손을 모아 기도를 시작했다.

돌리스는 잠시 둘러보다,

"이걸로 하겠어."라며 채찍을 옆구리에 끼고 오른손을 뻗어 하나를 집어올렸다. 타로의 이마에서 본 것과 같은 잔센 가의 문장이 가슴에, MUSASHI라는 7글자가 등에 낙인 찍혀 있었다. 온몸이 칼에 의한 상처투성이였다. 일본 씨름선수들의 샅바처럼 생긴 하얀 천을 허리에 감고 있었는데 자세히 보니 천이 아니라 백금(플래티넘)이었다. 그 백금샅바 외에는 아무것도 몸에 걸치지 않았다. 얼굴을 보니 아직 젊은 나이 같았다.

무사시를 왼손바닥에 올린 돌리스는 보일 듯 말 듯한 솜털이 윗입술을 살짝 거뭇하게 보이게 하는 도톰하고 빨간 입가를 뾰족하게 내밀더니 그 손바닥 위에 퉤 하고 침을 조금 뱉었다. 왜인은 기다리고 있었다는 듯 무릎을 꿇고 두 손을 바닥에 대더니 얼굴을 그 침 쪽으로 가져가 먹기 시작했다. 뱉는 사람에게는 조금이었으나 왜인에게는 상당한 양이었다. 윌리엄도 하나를 손바닥에 올리더니 똑같이 침을 먹게 했다. 그 등에서는 BENKE라는 5글자가 보였다.

"격려의 침(엔커리징 설라이바)이라고 해서요," 세실이 가르쳐주었다. "이것으로 단번에 기운을 북돋는 겁니다. 지금은 시합 전의 의식 가운데 하나처럼 되어 있습니다. ……시합에서 이긴 쪽에게도……."

"침을 주는 거죠?" 클라라가 어림짐작으로 말했다. "격려와 위로를 위해 침을 뱉는 일(스핏), 기억이 있어요. 점점 생각나기 시작했어요."

"위로의 침(리워딩 설라이바)은," 돌리스가 옆에서 듣다가 말을 더했다. "당신이 주세요. 이긴 쪽은 당신의 것이 될 테니."

두 전사는 손바닥에서 내려져 무대의 양쪽 끝, 청색과 백색 기문 밖에서 대기했다.

어딘가에서 기묘한 차림─사실은 기모노의 정장차림이었다.─으로 나이 든 얼굴의 왜인이 나타나 시합장의 줄(로프)을 점검했다. 그것이 심판원이었다.

"도착할 때까지 승부를 결정지어야 하니 휴식 없이 해요."

간단히 윌리엄과 협의를 한 돌리스가 줄을 점검하고 있는 심판왜인을 오른손에 쥔 채찍의 뾰족한 끝으로 슬쩍 찔러 신호를 주자 시원한 목소리로 지령을 내렸다.

"도중 휴식 없음. 바로 시작."

심판원이 문을 통해 두 전사를 들어오게 했다. 벤케는 불그스름한 얼굴의 중년이었다.

"꽤나 좋은 결투(듀얼)가 될 겁니다." 금발의 미남인 드레이퍼 부군이 기대된다는 듯 말했다. "야푸도(刀)는 찌르기보다 주로 베기가 중심이기에 화려해서 가장 재미있습니다. 노련한 벤케는 지난 3년 동안 시합 수 88회로 그 가운데 72회나 상대를 죽였습니다. 무사시는 어리지만 지난 6개월 동안

15번의 시합에서 14명을 죽여, 경험으로 보자면 벤케가 위지만 살적률(殺敵率)은 무사시가 앞섭니다. 이건 좋은 시합이 될 겁니다. 당신을 초대할 파티의 주최자는 과연 누가 될까요."

해설자라도 되는 양 이야기하는 그의 손에는 서랍 속 두 전사의 방에서 꺼낸 2장의 전적카드가 쥐어져 있었다.

심판왜인이 무사시에게 청색, 벤케에게 백색 머리띠를 두르게 하고 또 끝이 젖혀진 칼을 건네준 뒤 뭔가 말을 하기 시작했다. 일본어인 듯했다. 클라라는 알아들을 수 없었다. ……그런데 그 말이 끝나기를 기다릴 수 없다는 듯한 태도로 돌리스가 갑자기 외쳤다.

"Ashicko(시작해)." (8장 2 예17)

세 왜인은 깜짝 놀라 위를 바라보았고, 다음 순간 두 전사가 칼집을 버리고 자세를 취했다.

돌리스의 갑작스러운 변덕으로 중단된 심판의 말은 어떤 내용일까, 호기심에 물어보자 세실이,

"아아, 그건 말이죠, 늘 하도록 정해져 있는 훈시입니다. '이건 신에게 바치는 신성한 시합이다. 목숨을 걸고 싸워 신들의 눈을 즐겁게 하라. 사리바17)를 맛본 몸의 영예를 잊지 말고 추호도 비겁한 행동을 삼가 너희에게 침을 뱉으신 신을 배반하지 말라.'" 가축어(야푼)의 번역을 거침없이 마친 뒤, 다시 말을 이었다. "녀석들에게 있어서 우리 인간은, 침을 뱉어주는 것조차 고마운 신입니다. 왜인뿐만 아니라 야푸들은 모두 그런 신앙을 가지고 있습니다. 저희의 몸에 관한 것이라면 침뿐만 아니라 훨씬 더 더러운 것까지도 페티시가 됩니다."

"그랬었죠. 생각이 났어요." 분위기를 맞추며 클라라는 StSt의 모습을

---

17) 성타(聖唾). 사리바는 Sariva가 가축어화한 단어로 특히 백인의 침을 말한다. 야푸 자신의 것이나 흑노의 것을 가리키는 가축어는 쓰바(ツバ)다.

머리에 떠올렸다. 윌리엄이 그녀를 보고 있었다.

　두 사람의―이라고 말해야 할지, 두 마리의, 이라고 말해야 할지― 소결투사는 여전히 자세를 취한 채였다. 무사시는 몸 앞에, 벤케는 머리 위에, 양쪽 모두 칼을 두 손으로 쥔 자세가 클라라에게는 신기하게 보였다. 다른 네 사람은 늘 보아왔기에 지식이 풍부한 듯 청안18)이라는 둥, 대상단19)이라는 둥, 거리가 있다는 둥, 빈틈이 없다는 둥 저마다 평을 했다. 둘 모두 실력이 좋은 것 같다는 사실은 클라라도 알아볼 수 있었다.

　"승부는 한쪽이 죽을 때까지……?"

　"대부분은 그렇습니다. 오늘 이 서랍 속 방 가운데 하나는 비게 됩니다. 소결투사 사육소(글라디아토레트 팜)에서 보충하기 위해 사옵니다만, 잔센 가의 낙인을 가슴에 받고 저 서랍(기숙사)에서 살다 그 옥상(시합장)에서 죽는 것은 매우 커다란 명예이기에 팔려온 놈은 굉장히 기뻐합니다. 사육소에서는 늘 선발시합을 열어 결정한다고 하는데, 그렇기에 잔센 가의 서랍에 있는 놈들은 모두 상당한 실력을 가진 놈들뿐으로……. 아, 시작했다."

　벤케가 갑자기 달려들었다. 격렬한 승부. 다시 거리가 벌어지자 무사시의 어깨와 벤케의 왼손에서 피가 떨어졌다. 기량 백중. 게다가 그 모든 능력을 동원해서 서로의 목숨을 노려 그것을 클라라 들의 오락에 바치는 일에 만족하고 있을 뿐만 아니라 명예까지도 느끼고 있는 두 전사였다.

　그들의 신들은 상자를 둘러싸고 앉아 사방의 위쪽에서 지켜보고 있었는데, 그 아름답고도 비정한 눈매는 마치 올림포스의 신들이 지상에서 벌어지는 싸움을 바라보고 있는 것 같았다. 좀 더 비속한 비유를 들자면, 투계장을 둘러싸고 2마리의 싸움닭이 죽을 때까지 싸우는 모습을 즐기는 사람들과 같은 눈매였다.

---

18) (역주) 靑眼. 검도의 자세 중 하나로 칼끝이 상대방의 눈을 향한 자세.
19) (역주) 大上段. 검도의 자세로 칼을 머리 위로 쳐든 자세.

2. 변기 사용풍속

세실이 가만히 뒤돌아 휘파람(휘슬)을 불었다. 무슨 일일까 싶어 자신도 뒤를 돌아본 클라라는 벽이 갈라지더니 원반에서 본 것과 같은 규격의 StSt(표준형 육변기)가 나타났기에 당황해서 앞쪽으로 시선을 돌렸다.

세실이 사람들에게 방해가 되지 않도록 작은 목소리로 기립호령(아식코)을 내렸다. StSt가 어느 틈엔가 그가 앉아 있는 의자 앞으로 와서 몸을 웅크린 채 기다란 목을 늘이고 있었기에 앞쪽에서 여민 그의 롱스커트의 틈이 벌어진 것이 그녀의 눈끝에 들어왔다.

'어머, 저 사람은 시합을 보며 앉은 채로 이걸 쓰고 있어!'

다른 사람들은 조금도 신경 쓰지 않는 듯한 모습이었다.

"무사시의 상처가 더 깊은 것 같은데, 돌리스."라고 방뇨하는 것 같지도 않은 모습으로 말을 건 세실을 향해 돌리스가 발끈하며,

"하지만 무사시는 상처 입은 사자라는 별명이 있을 정도로 부상을 당한 뒤 오히려 더 강해져. 지금까지의 시합에서도 대부분은 먼저 상처를 입은 뒤 상대방을 죽였어. ……파티는 내가 열게 될 거야."

이야기하며 자리에서 일어섰다. 특유의 향수 냄새로 눈치를 챈 클라라가 곁눈질로 보고 있자니 약간 뒤로 물러나 지금 막 세실의 꽃무늬 스커트에서 목을 구불구불 빼낸 StSt를 향해 승마바지를 입은 두 다리를 벌리며 가부좌호령(앙코)을 내렸다. 공구(홀 버튼)가 있기에 바지를 내릴 필요는 없었다. 단지 말굽육류에 앉기만 하면 되었다. 시합장 쪽을 바라보며 앉았다. 눈으로는 왜인들의 움직임을 좇으며, 한 손으로 시가렛케이스를 찾아 한 개비 꺼내서는 입에 물고 반지라이터로 불을 붙여 기분 좋게 피우면서 천천히 생리적 배출을 행하고 있었다. 이스 사람들은 서둘러 배에 힘을 주거나 하지 않는다. 모르는 사람에게는 새로운 의자에 앉아 보는 것으로밖에 보이지 않으리라.

참으로 차분했다.

입에 물고 있는 시가렛은 전사시대의 담배와 똑같이 생겼으나 재료는 정기(호르몬)결정(어떤 것인지는 뒤에서 이야기하겠다.)으로, 이스에서 흡연(스모킹)이라고 하면 이 정기연(호르몬 타바코)을 말하는 것이다.

한 개비를 반쯤 피웠을 때 돌리스가 갑자기 오른발을 위로 살짝 치켜들더니 빠르게 뒤로 빼서 부츠의 박차로 StSt의 뚱뚱한 복부에 일격을 가했는데, 이는 그 StSt가 당연히 교육받았을 예법을 망각한 채 식후 두 식기를 뒤에서부터 앞으로 닦으려 했기에 박차로 자극을 주어 그 무례함을 꾸짖고, '식기를 핥아 닦을 때는 앞에서부터 뒤로'라는 올바른 식후의 예절을 떠올리게 하기 위한 것이었다.

돌리스가 일어나 자신의 자리로 돌아가자 이번에는 윌리엄이 아식코라고 말해 불러들였다. ……잠시 후 StSt를 SC로 넣을 때의 휘파람(휘슬) 소리가 들려왔다.

사람들 앞에서 태연하게 대소변을 보는 무신경함에 클라라는 약간 어이가 없었으나 그것은 그녀가 아직 이스 백인사회의 풍습에 익숙하지 않기 때문이었다. 배설 횟수가 빈번한 백인(8장 2 예10주) 사이에서, 특별히 윗사람이 있지 않은 한 다른 사람 앞에서 StSt를 사용하는 것은 별로 실례가 되지 않는 풍습이 만들어져 있었다. 게다가 매번 바지를 내려 은밀한 곳을 노출시키는 것도 아니고, 손을 더럽히는 것도 아니고, 좋지 않은 냄새가 새어나오는 것도 아니어서[20] 다른 사람에게 피해를 끼치는 점이 없기에 옛날과는 사정이

---

[20] 이스 사람의 변은 현대 백인의 변보다 악취가 덜하다. 그러나 변인 이상 역시 냄새는 난다. StSt—다른 육변기도 대동소이하기는 하나—의 비공은 안면의 코가 아니라 말굽육류의 안쪽에 뚫려 있다는 사실은 앞서 이야기한 대로인데, 용변 중 육류 안에 생기는 냄새는 전부 이곳을 통해서 흡수되어 폐로 들어가기 때문에 밖으로는 조금도 새어나오지 않는다. 사람에게는 악취지만, StSt는 그것을 좋은 냄새로 느끼도록 조건반사로 훈련되어 있으며, 또 그 예민한 후각을 이용해 (혀에 의한 변의 맛과 함께) 주인의 신체적 이상을 변의 냄새로 진단하는 기술도 StSt의 필수교양 가운데 하나가 되어 있다.

다르다. 실제로 클라라도 만약 StSt의 기능을 몰랐다면 무슨 일이 행해지고 있는 것인지 몰랐으리라. 옛날 사람들은 남들 앞에서 코를 풀 때 슬쩍 뒤를 향하는 정도로 일일이 방에서 나가지 않았는데, 지금 StSt의 사용은 거의 그 정도의 가벼운 실례라 여겨지고 있는 것이다.

어쨌든 결투시합은 이제 치열해져 있었다. 격투 수십 합, 양 전사의 알몸 모두 피투성이가 되었다.

"이야말로 왜인결투(피그미 듀얼)의 백미라고 할 수 있겠네요."

세실이 클라라에게 말하는 것 같지도 않게 중얼거리며 시합장(아레나)을 정신없이 들여다보고 있었다.

"어때요, 클라라?"

폴린이 발아래에 웅크리고 앉은 타로의 검은 수염을 한 손으로 무심히 애무하며 클라라를 바라보았다. 그녀가 숨을 죽이고 눈을 반짝이며 한마디 툭 대답했다.

"굉장해요(원더풀)."

3. 육체의 변질

그 무렵 비행선 바닥 수렵물하치장(게임 셰드)의 관─피부가마─ 안에 예전의 세베 린이치로의 몸은 매장당했으며, 훗날 리니라는 이름으로 불릴 새로운 한 마리의 야푸가 탄생하는 중이었다.

피부강화제(델마트롬)가 점점 정착도를 높여 비지땀이 마르기 시작했을 무렵부터 그는 열에 의한 고통을 그다지 느끼지 못하게 되었다. ─마침내는 전혀 느끼지 못하게 되었다. 따스함은 느껴졌으나 뜨겁지는 않았다. 조금 전 폴린의 샌들에 찢겼던 귀의 상처도, 처음 한동안 느꼈던 통증이 완전히 사라졌다.

정확히 40분이었다. 한 사람은 온도계를, 한 사람은 가마 속 야푸의 체온과

맥박 등을 나타내는 계측 자기테이프를 바라보며 한시도 자리를 비우지 않고 대기하고 있던 두 담당선원이 몸을 일으켰다. 정착은 끝났을 테지만 일단 테스트를 해보지 않으면 안 되었다. 고온은 이미 충분하니 이번에는 저온이었다.

섭씨 80도를 유지하고 있던 가마 안에 계속 있었지만 피부강화에 따라 주관적으로는 온도가 점차 하강하고 있는 것이라 착각하고 있던 린이치로였으나, 이때 다시 온도가 급격히 떨어지는 것을 느꼈다.

'아, 뭔가 시원해진 거 같아. 흑인 놈들 또 장난을 칠 생각인가……. 조금 전 이 상자에 들어오기 전의 빙점에 가까운 추위에 비하자면 이 정도의 서늘함은 문제도 아니지만…….'

그는 약간 쌀쌀한 정도로밖에 여겨지지 않았으며 오히려 청량감까지 느꼈지만, 만약 델마트롬 강화피부를 가지고 있지 않았다면 초열지옥에 이은 팔한지옥, 즉 틀림없이 동사하고 말았을 것이다. ―이때 가마 안의 온도는 섭씨 영하 50도였다. 80도를 따뜻한 정도로밖에, 이 극한을 시원한 정도로밖에 느끼지 못하게 된 그는, 이제 기온변화가 심한 카를성에서 알몸인 채로 생명을 유지할 수 있게 된 것이다. 린이치로의 육체는 더위와 추위를 모르는 야푸의 육체로 새로이 태어난 것이었다. 펌프충의 꼬리는 더욱 자랐으리라. 그는 점점 야푸화 되어가고 있던 것이다.

가슴번호 8번이 자기 테이프를 가만히 응시하고 있다가,

"된 것 같아. 이상 없어. 정착도 100%. 처치완료."

13번이 온도계의 바늘을 실온과 같은 3도로 되돌렸다. 이 방의 상온이었다.

"그만 꺼낼까?"

"그래, 도뇨관(카테터)을 떼어내도 곧 도착할 테니 파열할 정도로 방광에 가득 찰 일은 없을 거고."

도뇨관(카테터)과 장내주입관(에네마)이 동시에 빠져나가고 가마가 열렸

으며, 그는 들것 위로 옮겨졌다. 눈으로 보기에 몸에는 아무런 이상도 없었다. 그도 자각은 없었다. 흑인 둘을 보자,

"대체 무엇 때문에 그런 한심한 짓을 한 거야!"라며 힐난을 퍼붓고 싶었으나 혀가 움직이지 않았다. 전신마비도 처음과 똑같았다. 조금 전에 삼켰던 벌레도 별다른 느낌은 없었다.

린이치로는 40분을 몇 시간, 몇 십 시간처럼 느꼈다. 초열지옥 속에서는 시간의 흐름이 매우 느렸던 것이다. 가마에 들어가기 전의 일들이 먼 옛날의 일들 같았다. 2시간쯤 전에 원반정으로 들어간 뒤의 생생한 경험은 잊을 수도 없을 테지만, 그것조차 빛이 바래고 인상이 옅어졌다. 거기에 끔찍한 육체적 고통이 끝난 뒤였기에 정신적으로도 허탈감이 있어서 체계적으로 기억을 할 수가 없었다.

'인견에게 물렸었지. 그래서 움직일 수 없게 됐었어. 여자는 나를 야푸라고 불렀어. 클라라가……, 아아, 클라라는 뭘 하고 있을까? 나와는 달리 환영을 받았으니 잘못되었을 리는 없을 테지만……. 내게도 그들 가운데 한 사람은 친절하게 소변과 추위에 대해서 신경을 써주었지만 명령을 실행하는 흑인들이 이처럼 터무니없는 짓을 했으니 클라라도 조심해야 할 텐데……. 괜찮은 걸까? 아아, 보고 싶어. 안고 싶어. 그리고 입맞춤(키스)……. 어쨌든 이 마비를 빨리 풀어야만 해…….'

평소 같은 두뇌의 활동이 있었다면 그는 난방다운 난방조차 없는 이 실내에서 아까는 그렇게 추웠는데 지금은 어째서 따뜻하게 느껴지는 걸까, 하고 이상히 여겨, 흑인들의 독설적 예언과 그 전에 세실이 시사한 말의 참된 의미를 되새김으로 해서 자신의 육체적 이상을 결론 내릴 수 있었을 터였다. 그러나 허탈상태에 빠진 머리로는 사고를 집중할 수 없었고 주의력도 무뎌져 있었기에 그는 아무것도 깨달을 수가 없었다. 세실의 호의로 보온용 상자에 넣어졌는데 흑인들이 장난을 친 것이라 믿고 있었다. 참으로 단순한

생각이었다.

그런데……, 바로 그때, 가마에 들어가기 전 그의 등에 채찍질을 하여 동료에게 타박을 들었던 8번이,

"여기를 시험해보는 건 괜찮겠지."라고 말하자마자 오른손에 쥐고 있던 클라라의 채찍을 크게 휘둘러 그의 두 발바닥을 찰싹 때렸다.

놀랍게도 아프지 않았다. 발바닥 가운데서도 가장 부드러운 곳을 맞았으나 가볍게 두드린 정도로밖에 느껴지지 않았다. 흑인이 그를 가마에 넣을 때 발바닥에 무엇인가를 발랐던 일이 떠올랐다. 어떻게 된 거지?

"좋은 밑창(굿 아웃솔)이야."

만족스럽다는 듯 8번이 말했다.

독자는 린거의 혀에 조육자극제가 더해져 훌륭한 형태로 성장했다는 이야기(2장)를 기억하고 계시리라. 조금 전 그의 발바닥에 바른 것도 이 약의 일종이었다. 그 짧은 시간 동안에 그의 발바닥은 두께와 단단함을 더해 남양(南洋)의 토인보다 열 배나 더 강인해진 것이었다. 더는 신을 신을 필요도 없었다. 그의 피부 자체가 의복처럼 되어버렸듯, 그의 발바닥은 신 밑창에 대는 가죽처럼 되어버린 것이었다. 클라라의 발바닥은 앞으로 구두깔창왜인의 몸이 기름을 흡수하여 더욱 부드러워질 테지만…….

린이치로는 이 발바닥의 변화도 그 이유를 알 수 없었다. 막연하게 이상을 느끼고 불안하게 여기고는 있었으나, 이상함이나 불안함뿐이라면 타로에게 물린 뒤부터의 일들 가운데 이상하지 않은 일이 없었고, 불안을 느끼지 않은 일도 없었다. ……그는 이제 모든 생각을 멈추고 오로지 클라라만을 기다리기로 했다. 들것에 누워 천장을 바라보며 그의 머릿속은 연인에 대한 생각으로 가득했다. '클라라, 넌 지금 뭘 하고 있는 거지? 어디에 있는 거야? 아마도 나를 걱정하고 있겠지? ……나는 끔찍한 일을 당했어. ……얼른 보고 싶어. ……별장이라는 곳에 도착하면 바로 보고 싶어…….'

4. 할복연희(하라키리 플레잉)

가장 위층의 유희실에서는 유혈의 장면이 막바지를 향해 가고 있었다.

새하얀 피부에 홍조를 띤 채 피로 물든 무대를 바라보고 있는 클라라는, 린이치로의 생각과는 달리 그에 대해서는 머릿속에 없었다. 두 왜인은 기술을 다해 맞섰고 눈부실 정도로 칼이 빛났다. 성냥개비 정도의 칼이었지만 쨍강쨍 강 맞부딪치는 소리가 완전히 흥분한 다섯 사람의 귀에 울렸다.

무사시는 왼쪽 허벅지에 또 칼을 맞았으며, 벤케의 이마도 찢어져 얼굴이 새빨간 피로 물들어 있었다.

"그래, 거기서 달려들어, 무사시!"

"이봐, 상대방의 오른쪽이 비었잖아!"

올림픽의 오종경기 선수권을 노리고 있는 만큼, 돌리스는 펜싱도 직접 하고 있기에 꽤나 기술적인 응원을 했다.

윌리엄은 매우 난폭하게,

"벤케! 죽여버려, 베어버려, 그래, 아깝군, 다시 한 번!"하고 열중, 그때마다 뒤에서 묶은 황갈색 머리가 주렁주렁 흔들렸다.

처음 클라라는 이렇게 인간하고 똑같이 생긴 축소체에게 목숨을 건 싸움을 시킨다는 사실에 어딘가 비인간적인 것이 느껴져 거부감이 들기도 했으나 점점 마음이 끌려, 조금 전 폴린에게 '굉장해요.'라고 대답했을 무렵부터는 주위의 4사람과 함께 열광하기 시작했다. 원래부터 권투시합 관람을 좋아했고 린이치로에게 관심을 갖게 된 것도 그의 유도가 계기가 되었을 정도, 따라서 이러한 것에 흥분할 만한 소질도 틀림없이 가지고 있기는 했으나, 다른 하나의 이유는 조금 전에 마신 소마의 효과 때문이었다. 옛날의 차처럼 즐겨 마시는 이 음료는 자양강장, 신경흥분 등의 효능도 있지만, 거기에 '인류애의 꿀(휴머니티 허니)'이라는 명칭에 어울리게 인류의 동포감이나 인도정신을 견고하게 해주는 효과도 가지고 있으나, 반면 그것을 느끼는 범위를 한정하는 경향이 있어서 백인이 그것을 마시면 자신처럼 하얀 피부를 가진 자 이외에게서는 동류의식을 갖지 못하게 된다. 클라라가 이 유혈이 낭자한 싸움을 아무렇지도 않게 여흥으로 바라볼 수 있는 심경이 된 것도 그 때문이지, 왜인들을 살상하게 하는 일에 망설임이 없어졌다고 해서 특별히 전보다 더 잔혹해진 것은 아니었다. 폴린과 윌리엄에 대한 마음은 오히려 보다 친밀해졌을 정도였다.

벤케가 갑자기 외마디 비명을 지르며 비틀거렸다. 피가 눈으로 들어가 손놀림이 어지러워진 순간 허리에 칼을 맞은 것이었다. 무사시가 달려들어 정면에서 두 손에 칼을 쥐고 내리친 것과 벤케가 비틀거리던 다리로 버티고 서서 오른손에 쥔 칼을 내민 것, 어느 쪽이 빨랐을까…….

벤케의 머리에서 피가 솟더니 털썩 쓰러진 것과 동시에, 무사시도 배를 움켜쥐고 몸을 웅크렸다. 고통을 참는 청년 왜인의 인형처럼 조그만 얼굴을 클라라는 아름답다고 생각했다.

심판원이 청색 문에 청색 깃발을 세웠다.

"무사시 승. 클라라, 저의 파티에 참석해주세요. 그리고 제 말을 선물할 테니 받아주세요. 제 마구간에는 아베르데인 최고의 명마도 있어요. ……어쨌든 좋은 대전이었어. 세실, 감상은 어때? 클라라에게 들려줘. 클라라에게는 처음이나 다를 바 없으니까……."

신이 난 돌리스의 말을 받아, 그녀의 오빠가 전적카드에 무엇인가 적어넣던 손을 멈추고 감격한 듯한 표정으로 천천히 말했다.

"뭐라고 해야 할까요, 참으로 좋은 시합ㅡ, 쉽게 볼 수 없는 승부였습니다."

윌리엄은 안타깝다는 듯 말이 없었다.

돌리스가 채찍을 짧게 고쳐쥐더니 뾰족한 끝부분을, 고개를 숙인 채 괴로워하고 있는 무사시의 턱 밑으로 넣어 얼굴을 들게 했다. 핏기가 가셔 창백했다.

"무사시도 당했군. 살아남을 수 있을까? 이건 서로 베었으니 무승부 아닐까?"

윌리엄이 중얼거렸다.

벤케의 몸에서 흐르는 피로 시합장이 새빨갛게 물들었다. 심판은 무사시와 이야기를 나눈 뒤, 상자 모서리까지 와서 돌리스에게 무엇인가 말을 했고, 그녀가 클라라의 이름을 들먹이며 무슨 말인가 하자 무사시가 있는 곳으로 되돌아갔다. 그녀가 클라라에게,

"더는 살아남지 못할 것이라 깨닫고 무사시가 마지막으로 성타(사리바)를 청해왔어요. 그는 이미 당신의 것이 되었기에 당신의 이름을 가르쳐주었어요. 자, 당신이 위로의 침을 주도록 하세요."

"네."라고 대답하기는 했으나 어찌해야 좋을지 몰랐다. 격려의 침처럼 손바닥에 얹어 주면 되는 걸까? 조금 전에 기억이 났다고 분명하게 말했으니 물어볼 수도 없고, 피투성이 왜인을 손바닥에 올려놓기도 망설여졌다. 미끈한 검지 끝에 침을 한 덩이 뱉어 어깨를 헐떡이며 숨을 쉬고 있는 용감한 왜인 청년의 얼굴 앞으로 가져갔다.

"무사시, 잘 싸웠어. 자, 상으로 마음껏 먹도록 해."

"이상한 방법으로 침을 주는군."

돌리스가 중얼거려 클라라를 흠칫하게 만들었으나 크게 이상히 여긴 것은 아닌 듯했다.

무사시가 기쁘다는 듯 위를 향해 싱긋 웃었으나 거뭇하게 변한 눈가에는 죽음이 깃들어 있었다. 두 손으로 그녀의 손가락을 끌어안듯이 하여 '성타(사리바)'를 먹기 시작했다. 조그만 혓바닥 끝의 희미한 움직임을 손가락 끝에 느끼며 그녀가 누구에게랄 것도 없이 물었다.

"어떻게 살릴 방법은 없을까요?"

"출혈을 멈추면 목숨은 건질 거예요." 돌리스가 대답했다. "하지만 그건

쓸데없는 짓이에요."

"약으로 출혈을 멈추고 나면 전보다 약해지는 경우가 많아요." 세실이 해설을 덧붙였다. "그런 소결투사(글라디아토레트)는 기를 가치가 없잖아요? 그렇기에 부상을 당해도 왜인병원(피그미 호스피털)에는 보내지 않아요. 혼자서 고치거나, 죽거나……."

"하지만 치료를 하면 살 수 있을 텐데……."

"한없이 괴로워하는 것을 보기가 가엾다면 자비의 죽음을 내리면 돼요……."

"맞아, 자비살인(머시 킬링)이라는 것이 있었지."

클라라가 애매한 투로 말했다. 적당한 선에서 기억이 돌아온 척하지 않으면 안 되었다. 너무 끈질기게 질문을 하면 의심을 받으리라.

"죽게 해줄까? 나을 것 같지도 않은데."

돌리스가 말했다.

"이건 클라라의 왜인(피그미)이니 그녀의 의향을 들어봐야지."라고 세실.

"차라리 할복을 하게(플레이) 하세요." 윌리엄이 제안했다. "당신의 기억 회복에도 이건 커다란 도움이 될 거예요. 아주 인상적인 것이니. 다행히 '구식축인풍 검술(올드 야푼 펜싱)' 서랍에 살고 있는 녀석들은 언제라도 이 여흥을 펼쳐보일 수 있도록 정식으로 교육을 받았으니 재미있게 볼 수도 있을 테고……."

"찬성. 클라라, 그렇게 하세요."라며 폴린도 권했다. 다른 두 사람도 말없이 고개를 끄덕였다.

클라라는 말없이 왜인에게 손가락 끝을 핥게 하며 생각에 잠겼으나, 마침내 는 호기심에 져서 손가락을 거두고 "무사시."라고 부른 뒤, 이것이 처음이라고 는 여겨지지 않을 만큼 익숙한 투로 두 마디 명령을 내렸다. "할복을 해(Play harakiri)."

예전에는 알지 못했던 전능감이 묘한 매력으로 그녀를 사로잡았다. 원형경 기장에서 진 결투사(글라디아토르)에게 엄지손가락을 아래로 향해서 죽음의 신호를 보냈던 로마 귀부인들, 멀고 먼 조상들의 피가 지금 그녀의 몸 안에서 들끓고 있는 것이었다.

말이 떨어지자마자 빈사의 청년이 피로 축축한 바닥에 자세를 바로하고 앉는 것을 보고 클라라는 문득, 자신들의 평범한 목소리도 그들 왜인의 귀에는 천둥 같은 제우스의 커다란 목소리처럼 들릴 것이라고 생각했다.

무사시가 고개를 들어 신들 속에서 그녀의 모습을 찾더니 가만히 바라보며 쥐어짜내는 듯한 목소리로 외쳤다. 그들이 알고 있는 몇 안 되는 영어(세계어) 에 일본어(가축어)를 섞어서,

"백옥 같은 여신(화이트 가데스) 클라라 님, 만세."

"만세라는 말을 벌써 떠올리셨을지도 모르겠지만, '주여, 영원하소서.' 라 는 기도입니다." 세실이 얼른 설명했다.

"야푸는 예로부터 죽을 때면 자신들 수장의 만세를 외쳤던 모양입니다."

외치기를 마치고 짧게 쥔 칼로 배를 찌르더니 백금 샅바의 윗선을 따라서 단번에 그었다. 피가 뿜어져 나오고 상반신이 앞으로 고꾸라지려 한 순간 가이샤쿠21)를 맡은 심판왜인이 그 목을 쳐서 떨어뜨렸다. 결투시합의 여흥인

---

21) (역주) 介錯. 할복하는 사람의 목을 쳐주는 사람.

할복연희(하라키리 플레잉)는 끝났다.

　………………….

　처음 보는 비장미 넘치는 무대, 자신의 이름에 바쳐진, 그리고 자신의
의지에 따라서 흘린 선명한 핏빛에 마음을 빼앗긴 클라라는 짜릿한 흥분에
잠시 넋을 놓은 듯했으나,

　"자, 별장에 도착했어요."라는 폴린의 목소리에 문득 정신을 차렸다.

제12장 별장 도착 후 첫 걸음

1. 복식 동로

"별장(빌라)은 어디에 있나요?"

클라라가 물었다. 폴린이 웃으며,

"자, 당신이 직접 보세요."

벽이 열리더니 옆방의 입체레이더가 모습을 드러냈다.

"아, 시실리 섬……."

지도에서 익숙하게 보았던 부츠의 끝이 보였다. 동해안. 에트나 산이 커다랗게 보였다. 거기서 다시 남쪽, 시라큐사에 가까운 부근일까?

"어머, 아름다워라……."

클라라는 자신도 모르게 감탄했다. 녹색 융단에 커다란 다이아몬드를 떨어뜨린 것 같다고 비유해야 할지, 널따란 잔디밭에 둘러싸인 정다면체의 수정궁이 원통의 까마득한 대각선 아래쪽에서 햇빛을 받아 반짝반짝 빛나고 있었다. 빛은 서쪽에서부터 비추고 있었다. 지금, 원구면은 가을의 오후였다.

"이 섬에는 별장이 많아요. 이 부근의 사방 60㎞ 정도가 우리 땅이에요. 이웃은 레이디(경) 아그네스 맥이라고, 저와 친한 공작의 땅이에요. 마침 그녀도 지구에 와 있어요."

폴린이 설명을 하는 동안 원통은 계속 하강하여 수정궁에서 꽤 떨어진 잔디 가운데 지름 30m 정도로 빛나는 금속판 위에 착륙했다……, 싶었는데 뜻밖에도 계속해서 가라앉았다. 금속판은 깊이 100m, 선체를 완전히 땅속에 격납할 수 있는 구멍의 뚜껑이었던 것이다.

출입구의 문이 열리자 멋진 지하의 거리가 나타났다. 지상은 잔디밭이지만, 그 아래는 문명으로 가득 차 있었다.

놀랍게도 지하거리의 바닥이 움직이고 있었다. 자세히 보니 그것은 몇 개인가의 띠 모양으로 나뉘어 있는 바닥이 일정한 방향으로 쉴 새 없이 움직이고 있는 것이었다. 띠와 띠가 만나는 곳은 입체로 교차시켜서 정체가 없도록 하였다. 그리고 한쪽 방향으로 움직이는 것 옆에는 반드시 반대방향으로 움직이는 것이 있었다.

"동로(動路, 무빙 로드)로 가자."

폴린이 말했다. 동로(moving road)? 그렇다면 이건 일종의 도로란 말인가? 아나나 다를까, 에스컬레이터를 평면에 옮겨놓으면 이 동로가 될 듯했다.

수정궁 쪽으로 움직이고 있는 듯한 동로에, 타로를 앞세워 일행은 다가갔다. 멀리서는 잘 몰랐는데 띠는 평행하는 4줄기 이동노면으로 이루어져 있고 앞 쪽에서부터 점점 속도가 빨라졌다. 우선 앞쪽의 느린 길에 올라탔다가 차례로 갈아타 안쪽의 고속노면에 이르게 되어 있었다. 앞쪽의 노면에서 안쪽의 노면을 보니 아주 빨라서 도저히 옮겨탈 수 있을 것 같지 않았으나 세 번째 노면에서는 쉽게 옮겨탈 수 있었다.

익숙해지면 아무렇지도 않게 옮겨탈 수 있지만, 클라라는 처음이었기에 역시 발을 잘못 디딜 것만 같아서 자신도 모르게 손을 뻗어 윌리엄의 도움을 얻었다. 그 독특한 향수 냄새가 기분 좋게 코를 찔렀다. 4번 노면은 상당한 쾌속이었다. 미청년과 팔짱을 낀 채 금발을 바람에 나부끼며 발아래 노면의 움직임을 즐기고 있는 클라라의 귀에, 앞에 선 폴린의 목소리가 끊어질 듯 끊어질 듯 들려왔다.

"……으니, 수의과(獸醫科) 수술실로 데려가……, 완해약의 합성을 하도록……, 조금 전 타로에게 물려서……."

자신의 손목송화기로 명령을 내릴 수 있는 범위 안으로 들어왔기에 폴린이 바로 린이치로의 취급에 대한 지령을 내린 것이었다.

클라라는 퍼뜩 약혼자를 떠올렸다.

'맞아, 나는 린의 마비상태를 완해하기 위해서 이 별장에 온 거야. 대체 린은 어떻게 되었을까? 이 동로를 타고 뒤에 오는 걸까?'

2. 수도차(터널 카)

린이치로는 수도차(隧道車, 터널 카) 속에 있었다. 빙하호의 바닥 부분에서 밖으로 나선 곳에 수정궁의 지하실로 통하는 지하 100m 깊이의 지하도가 있는데 그것이 빙하호 승무흑노들의 통로였다. 거기에 복식 동로는 없었으며, 그 대신 수도고속선이 있었다. 회전체를 사용하여 중력을 없앤 수도 안에 떠 있는, 탄환 모양의 차체를 갖춘 수송기관이었다. 들것에 실려 바닥에 놓인 린이치로와 좌석에 앉은 두 선원을 태운 차가 수정궁의 지하 깊은 곳으로 급히 달려갔다.

린이치로의 귀에 두 사람의 대화가 들려왔다.

"조금 전, 이 야푸의 등에 채찍을 댔던 일, 그거 모르는 척해주게, 부탁일세……."

"하지만 나도 공매(公賣)당하기는 싫어."

"난 채찍에 맞아 죽을지도 몰라. 부탁일세. 내가 잠깐 미쳤었나봐. 이런 일로 죽고 싶지는 않아[22]."

---

22) 이 대화의 이해를 돕기 위해 흑노범죄에 대한 형법전의 조문을 소개하기로 하겠다.
　　흑노형법 제19조; 인간(백인을 말한다는 점에 주의)의 권리를 침해한 자는 사형(死刑) 3급에 처한다.
　　동 제25조; 일기보고(데일리 리포트)에 거짓이 있는 자는 사형공매(私刑公賣, auction for lynch)에 처한다.

'한심해서 못 들어주겠군. 채찍으로 내 등을 슬쩍 때린 것보다 나를 가마에 넣어 그런 고통을 맛보게 한 것이 훨씬 더 커다란 범죄잖아. 나중에 몸을 움직일 수 있게 되면 이 녀석들 가만두지 않을 거야⋯⋯.'

그때 차가 멈춰, 내려졌다.

들것은 백인이라고는 한 사람도 없는 속을 이동하여 마침내 수의과 수술실에 도착했다. 이 행선지는 조금 전 폴린의 명령이 하인장(치프 서번트)에 의해 중계되어 호송하는 두 선원에게 전달된 것이었다.

흑노간호부가 린이치로를 침대에 똑바로 눕혔다. 야푸 전용침대로 델마트콘을 쓰지 않고 얇은 금속판을 깐 차가운 침대였으나 그의 피부는 더 이상 그 차가움을 느끼지 못했다.

"수의사는 지금 약을 만들고 계셔."

간호부가 호송해온 두 흑노에게 이렇게 말하며 익숙한 손놀림으로 린이치로의 몸을 다루어 도뇨관을 삽입했다. 간호부의 제복은 남흑노들의 반팔·반바지와는 달리 팔목과 발목까지 닿는 긴팔·긴바지였는데 몸에 밀착되어 있었으며 역시 엉덩이에 갈라진 부분이 있는 콤비네이션이었다. 등의 가문과 가슴의 N5호라는 자수도 색이 화려해서 여성스러웠다. (흑노사회에 여권제는 없기에 여흑노는 옛날처럼 '여성스러움'을 가지고 있다.)

동 제26조; 다른 흑노의 범죄를 알고도 보고하지 않으면 거짓이 있는 것으로 간주한다.
동 제121조; 사형 3급은 편달(鞭撻, 배스티네이도)로 집행한다.
동 제133조; 공매당한 흑노의 처우는 축인(야푸)과 동일하다.
이상으로 대충 짐작할 수 있을 테지만, 사형·공매에 대해서 간단히 설명을 덧붙이겠다. 귀족은 흑노의 목숨을 빼앗을 수 있지만 야푸와 똑같이 다룰 수 있는 것은 아니며, 평민은 일반적으로 흑노의 목숨을 존중해야 한다. 다시 말해서 흑노는 반인간으로서 법률의 보호를 받고 있는 것이다. 이 보호를 공적으로 박탈하여 야푸와 같이 취급하는 것이 사형공매형인데, 사형용으로 경매에 넘겨진다. 낙찰자(물론 백인으로 한정. 평민이 많다.)는 이 흑노에게 어떤 린치를 가해도 상관없다. 이것으로 민중의 사디즘본능을 만족시켜주는 것이, 전쟁경기의 존재와 함께 이스 세계에서 내란이 일어나지 않게 하는 심리적 근거라 일컬어지고 있다. 흑노와 야푸를 살해함으로 해서 백인 사이의 살상을 막는 것이 이스의 평화인 셈이다.

뒤이어 입으로 위내시경을 찔러넣어 펌프충의 두부가 유문의 적정부위에 부착되었는지를 살펴보았다. 이상 없음. 전성관으로 그 사실을 수의사에게 보고하고 있자니 위내시경 삽입의 자극으로 린이치로가 구토를 했다. 마비된 채 입에서 오물이 솟아나는 것을 보고,

"더러워라."

혀를 차며 조금 전에 자신이 사용했던 진공변관의 말단을 의자 옆에서 꺼내 가랑이에 대는

부분을 린이치로의 입에 대고 오물을 빨아들여 청소를 한 다음, 소독기에 찔러넣었다. 지금의 접촉으로 더러워진 것은 야푸의 입술이 아니라 말단기이니. 흑노용 변기에 입맞춤한 것이라고는 알지 못하는 린이치로, 클라라가 전혀 모습을 보이지 않았기에 점점 불안해지기 시작했다. 원통의 선창 안에서 4명의 백인과 유쾌한 듯 담소를 나누며 떠나버린 그녀의 모습이 눈가에 떠올랐다. '그렇게 약속을 했는데 오지 않다니 무슨 일이 있었던 걸까, 그녀의 몸에……. 그도 아니면 나를 잊은 걸까? 마음이 변한 걸까? 그럴 리 없는데…….' 의심이 의심을 낳아 생각은 천 갈래 만 갈래로 어지러울 뿐이었다.

3. 족항례(足項禮, 풋 넥킹)

린이치로가 침대에 눕혀졌을 무렵, 클라라 들이 올라탄 4번 노면이 마침내

지하 1층의 스테이션에 도착했다. 빠르다고는 하지만 동로는 수도차의 절반 정도밖에 속도가 나지 않는다. 그 대신 변덕스러운 백인들이 갑자기 빙하호를 사용해야겠다고 생각했을 때도 연락을 받은 뒤에 나선 선원들이 원통에 먼저 올라 모든 준비를 마칠 수 있는 등 편리한 점이 있었다. 빠른 것만이 능사는 아니었다. 이스 사람들은 무엇보다 생활의 쾌적함을 원했다.

'린은 정말 야푸인 걸까?'

일단 린이치로에 대한 생각이 떠오르자 이 문제가 온통 마음을 점령하여 클라라를 괴롭혔다.

원반 안에서 본 인견, 발판, 변기 등을 생각해보자면 야푸라 불리는 사이비 인류의 존재는 의심의 여지도 없었다. 그리고 그 야푸에 대해서 그녀는 어떠한 동류의식도 느끼지 못했다. 그들에 대해서는 이스 백인들과 마찬가지로 느끼고 행동할 수 있을 듯했다. 그 소형화된 왜인에 대해서도 마찬가지였다. 단지 마음에 걸리는 것은 야푸가 일본인의 후예인 듯하다는 점이었다. 왜냐하면 린이치로는 의심의 여지도 없는 일본인이기 때문이었다. '아마 야반인이나 자반인이라 불리고…….'라고 폴린은 말했다. '노란 원숭이'라고도 했다. 아무래도 일본인을 말하는 듯했다. 벽에서 나온 기형의 변기인간을 야단칠 때 사용한 말도 일본어인 듯하고, 왜인은 죽을 때 그녀의 만세를 빌었는데 이는 일본어라는 말을 들은 기억이 있었다.

'만약 일본인 전부가 야푸라고 한다면……. 만약 린이 (폴린 들은 이 사실에 아무런 의심도 품고 있지 않았지만) 정말 야푸라면…….'

원통 속에서는 연극을 할 필요가 있었기에 린이치로를 일부러 야푸 취급하기는 했으나, 클라라는 아직 진심으로 그렇게 믿고 싶은 기분은 들지 않았다. 그러나 야푸가 아니라고 단언할 자신도 없었다.

"무슨 생각을 그렇게 하고 있는 거죠?"

도중부터 말이 없어진 클라라가 마음에 걸렸는지 윌리엄이 스테이션에 가까워져 이동노면을 옮겨탈 때가 되자 손을 내밀며 클라라의 귓가에 대고 이렇게 속삭였다.

"네, 어떤 사람―, 아니, 어떤 야푸에 대해서요."

대답하며 스테이션에 내려섰다. 수도차의 종점은 살풍경하지만, 여기는 온갖 아름다움을 다하여 눈을 즐겁게 해주는 광경으로 가득했다.

5명의 흑노들이 마중을 나와 있었다. 제복은 똑같이 콤비네이션이었으나 우주선에서 본 하인들과는 달리 분홍색이었다. 이는 주인 가까이서 시중을 드는 명예로운 하인(서번트)을 나타내는 색으로 몸종(풋맨)이라 불렸다. 한 사람 한 사람이 자신의 주인을 마중하기 위해서 나온 것이었다. 클라라에게 도 벌써 몸종이 정해진 철저한 준비성. 가슴번호 F1―F는 작고 1은 크다.―인 청년 흑노가 그녀 앞에 무릎을 꿇고 앉아 인사했다. 이마의 금속띠가 바닥에 닿아 있었다.

"F1(에프 원)호라고 합니다. 모쪼록 발을."

클라라가 어찌해야 좋을지 몰라 하자,

"족항례(foot-necking)라고 해서요, 여기를 밟아주는 거예요. 세게 밟을 수록 기뻐해요."라고 폴린이 속삭이며 그의 목을 가리켰다.

"이렇게?"

클라라는 오른쪽 발을 납작 엎드려 있는 조의 후두부에 얹고 구두의 뒤꿈치를 금속띠에 걸쳐 지지대로 삼아 발끝으로 목을 힘껏 압박해주었다.

F1호가 일어섰다. 영리해 보이는 눈매에 시원시원한 동작이었다.

"그럼, 만찬 때 모이기로 해요."

조난당한 폴린 구출대 일행은 목적을 완전히 달성하고 여기서 일단은 흩어지기로 했다.

폴린이 클라라에게,

"당신은 이 몸종이 지금 방으로 안내할 테니 거기서 기다리고 계세요.

저는 당신과의 약속이 있으니 그 야푸가 있는 곳으로 가서 녀석을 당신의 방으로 데려갈게요. 그렇게 오래 걸리지는 않을 거예요."

완해작업을 마친 뒤 데리고 오려는 그녀의 계획을 알았다면 클라라도 동행을 원했을 테지만, 이때는 그냥 데리러 가는 것이라고만 생각했고, 또 오래 걸리지 않을 것이라고 말하기도 했기에 그녀의 말대로 할 수밖에 없었다.

"네, 알겠어요. 린— 세…….." 세베 씨라고 말하려다 말을 멈췄다. "린을 잘 부탁할게요."

"그럼, 나중에 봐요. ……아, 잠깐." 서둘러 왼팔에서 송화기를 벗더니 클라라에게 건네주며,

"이걸 가지고 있어요. 편리해요."

"괜찮아요? 당신은?"

"다른 게 방에 가면 있어요. 몸종도 있고, 걱정할 것 없어요."

몸종 하나만을 데리고 걷기 시작했다. 타로가 뒤따라 달려가 앞서 나가는 것이 보였으나 불러서,

"타로, 너는 방으로 돌아가. 또 장난을 치면 안 되니까."라는 폴린의 목소리가 들려왔다.

개는 경쾌하게 달려 모습을 감추었다. 돌리스와 세실도 차례차례로 돌아갔다.

클라라는 약간 불안했으나 가슴을 펴고 남아 있는 윌리엄 드레이퍼에게 인사를 마친 뒤, F1호에게 안내를 명했다.

조금 가자 뒤에서 발소리가 들리더니,

"클라라, 만약 허락하신다면 방까지 함께 가서 잠깐 하고 싶은 얘기가 있습니다만……"이라고 말하는 윌리엄의 목소리가 들려왔다. 몸종도 데리고 둘이서 따라온 것이었다.

"그러세요. 오히려 제가 청하고 싶을 정도네요."

엘리베이터로 꽤 올라갔다. 개폐기가 열리자 멋진 복도가 나왔다. 승강도 개폐도 자동적이었는데 광전관 등의 기계적인 장치는 아니었다. 왜인이 숨어서 조종하는 일종의 유혼장치였다.

융단을 밟으며 한 방의 앞까지 왔다. F1호가 멈춰 섰다. 윌리엄이 말했다.

"자, 비혼(扉魂, 도어 소울)에게 새로운 주인(미스트레스)의 목소리를 들려주세요. '문 열어.'라고 명령하세요."

"문 열어(오픈)."

클라라가 그의 말대로 했다. 말이 떨어지자마자 문이 열렸다. 윌리엄이 먼저 들어가라고 그녀에게 길을 내주며,

"이것으로 뇌파형과 성파형(聲波型)을 기억했으니 앞으로는 당신이 다가오면 저절로 열리고 다른 사람의 목소리로는 열 수 없지만, 당신의 명령이 있으면 열릴 겁니다."

4. 자동의자(오토 체어)

'여기가 나의 방인가.'

클라라는 마음을 가라앉히고 둘러보았다. 2칸이 이어진 방으로 안쪽에

침실로 들어가는 문이 있었다. 앞쪽은 응접실이었다. 융단도 가구도 호화로운 것, 훌륭한 소파와 안락의자가 있고 그 사이에 한 사내가 알몸으로 무릎을 꿇고 앉아 있었다. 그 등에 커다란 상처……, 인 줄 알았는데, 퍼뜩 깨달았다. 원반 안에서 보았던 녀석의 2배, 보통 사람 크기의 발판야푸였던 것이다. 상처처럼 보였던 것은 발 모양으로 움푹하게 도려낸 부분으로 2개씩 방향이 반대여서 총 4개. 소파의 손님과 그를 마주보고 앉는 안락의자의 호스티스가 양쪽에서 함께 발을 얹을 수 있게 되어 있었다.

그 외에도 2분의 1 정도로 축소된 야푸가 방의 네 구석에 서 있었다. 뭐에 쓰는 걸까?

클라라가 호스티스용 안락의자에 앉으며 몸종을 향해,

"너의 이름은?"

"이름……, F조장은 조입니다만……. 저는 그저 F1(에프 원)호라고 불러주시기 바랍니다."

"조장 이외에는 이름을 알 필요가 없습니다. 저도 이 별장에서 벌써 며칠이나 묵으며 저 M9호를 부리고 있지만," 윌리엄이 소파에 몸을 깊이 묻으며 방의 안쪽 문 옆에 서 있는 자신의 몸종을 턱으로 가리키고, "아직 번호밖에 모릅니다. ……이봐."

"네."

"연초."

"네."

M9호가 다가와 윌리엄의 상의주머니에서 파이프를 꺼내 잘게 싼 정기결정을 채우고 불을 붙여 피우게 했다. 클라라는 육발판의 패인 곳에 발을 놓아보고 싶어졌기에 구두를 벗으려다, 윌리엄이 겨우 자신의 주머니에서 파이프를 꺼내는 작업조차 몸종에게 시키는 것을 보고 내심 어이가 없었지만, 동시에 몸종의 사용법을 실물로 교육받은 듯한 느낌이 들어 스스로 구두 벗는

동작을 중지했다.

윌리엄이 연기를 내뿜으며,

"클라라, 잠깐 하고 싶은 얘기가 있습니다만, 당신은 아직 안쪽의 방도 보지 않으셨어요. ……옷도 갈아입어야 하고 화장도 해야 하고, 저는 여기서 기다릴 테니 안쪽 방으로 먼저 들어갔다 오세요."

안쪽에도 방이 있다는 사실에 아까부터 호기심이 일었던 클라라는 마침 잘 됐다 싶어,

"그럼……."하며 일어서려 했으나, 윌리엄의 목소리가 그 동작을 가로막았다.

"자동의자(오토 체어)입니다. 오른쪽 발판(페달)을 밟으며 가고 싶은 곳을 말하면 됩니다. 왼쪽을 밟으면 멈춥니다. 내빈용이라 독심능은 없습니다만……."

이렇게 말하며 어느 틈엔가 소파 옆에 와 있는 2분의 1 축소야푸의 얼굴을 향해 파이프의 재를 털고, 뒤이어 퉤하고 침을 뱉었다. 클라라는 깜짝 놀랐으나 그 야푸는 재와 침이 얼굴에 닿으려는 순간 입을 쩍 벌려 그것을 머금었다. 그리고 볼일이 끝났다는 신호인지 파이프로 머리를 툭 두드렸더니 엉덩이의 코드를 끌며 방의 구석으로 되돌아갔다. 이는 육담호(일스피)라는 도구인데, 떨어지는 작은 물체를 빠르게 입에 머금는 것을 전문으로 교육받았다. 이를 사용할 경우, 미리 입을 열게 할 필요는 없다. 갑자기 얼굴 가까이에서 침을 뱉어도 반드시 입 안에 머금는 날랜 동작은 개구리가 파리를 낚아챌 때와 같아서 눈에 보이지 않을 정도로 빠르다.

그러나 클라라는 언제까지고 그런 것을 보고 있었던 것은 아니다. 무릎을 구부리자 양쪽 발이 오는 위치에 발판(페달)이 있었기에 그것의 오른쪽을 힘껏 밟으며 명령했다.

"안으로."

자동의자(오토 체어)는 왜인 등장 이전부터 써오던 전통적인 생체이용가구로 귀족의 방에서 애용되고 있다. 겉모습은 가죽을 씌운 안락의자지만 사실은 소형 자동차로, 게다가 엉덩이 아래에 천연스프링으로 야푸가 들어 있어서 조종자를 겸하고 있다. 양쪽 팔꿈치걸이 부근에 보석처럼 장식되어 있는 것이 안경인데, 굴절경(프리즘)으로 되어 있어서 야푸의 두 눈에 전경이 보인다. 사지(단, 뒷다리는 무릎에서부터 아래가 없다.)를 바닥에 대고 버텨 등으로 사용자의 엉덩이를 받쳐야 하기에 팔이나 손을 마음대로 쓸 수는 없지만 열 손가락과 턱에 고정되어 있는 레버로 의자를 생각대로 움직일 수 있다. 독심능(텔레파스)을 장착한 것이라면 사용자는 몸을 조금도 움직이지 않고 방 안 어디든 갈 수 있다. 게다가 마음속으로 얼핏 생각하기만 했을 뿐 실제로는 그럴 생각이 없는데도 마음대로 움직이지 않게 하기 위해서 사용자가 오른쪽 발판을 아래로 눌러야만 비로소 시동(세트)하고, 왼쪽을 누르면 멈추도록 되어 있다.

클라라의 자동의자가 명령에 따라서 안쪽으로 이어지는 문을 향해 나아가기 시작했다. 그 문도 이미 그녀의 뇌파형을 알고 있는 것인지, 의자 앞에서 소리도 없이 열렸다. F1호가 뒤따랐다. 문이 닫혔다.

클라라는 호화로운 침실 안에 있는 자신을 발견했다.

5. 완해주사

한편 클라라와 헤어진 폴린은 몸종 하나만을 데리고 엘리베이터로 내려가고 있었다. 백인은 지상층에서 살고 흑인이나 야푸는 지하층에서 생활했다. 조금 전, 동로 위에서 지령을 내려 클라라의 야푸를 옮겨놓게 한 수의과 수술실은 지하 깊은 곳에 있는데, 그곳으로 완해작업을 보러 가는 길이었다.

네안데르탈인을 포획해온 경우에도 수의사에게 완해주사를 놓게 하지만 폴린은 평소 완해되어 지상층으로 보내진 건강한 녀석들 외에는 관심이 없었기에 지금까지 완해작업 자체를 직접 본 적은 없었다. 그러나 오늘은 클라라와의 약속도 있고 책임도 있었기에 스스로 완해작업을 지켜보기로 한 것이었다. 이렇게 해서 드물게도 작은마님께서 지하 심층으로 내림(來臨)하시게 된 것이었다.

수의사 짐은 흑노였다. 이스에서 단순히 의사라고 하면 물론 백인이지만 그들은 흑노나 야푸는 진료하지 않는다. 손이 더러워지기 때문이다. 따라서 흑노·야푸·천마 등을 위해서는 흑노의사가 필요하다. 이 수의사도 그들 가운데 하나로 야푸 전문. 의사라고는 하지만 흑노이기에 물론 노예신분이다. 아직 젊고 경험도 미천하지만 우수한 학업성적을 인정받아 지구별장 신축 낙성과 함께 이곳으로 파견되어 조장(치프)대우로 별장 안의 야푸 수백 마리의 건강관리를 맡게 되었다.

침대에 야푸를 눕히고 호송해온 두 선원을 기다리게 한 뒤, 완해약을 합성하여 막 주사를 놓으려던 참에 폴린이 들어왔다.

"앗!"

하얀 수술복의 자락을 흩트리며 그가 납작 엎드렸다. 간호부 N5호도 물론이었다.

클라라는 그의 머리를 오른발로 가볍게 찬 뒤,

"그래, 일을 계속하도록."하고 명령했다. 이는 족축례(足蹴禮, Kicking)라고 해서 족항례보다 약간 약식의 답례였다.

"약은?"

"지금 막 만들었습니다, 작은마님."

"얼른 놓아."

"네, 알겠습니다."

그녀는 주위를 둘러보다 야푸를 발견했다. 듬직한 남성의 전라체가 침대 위에 눕혀져 있었다. 도뇨관을 삽입해둔 부분이 저절로 눈에 들어왔으나 그녀는 아무런 동요도 보이지 않았다. 20세기 여성이 개의 그것에 수치심을 느끼지 못하는 것과 마찬가지다.

몸은 조금도 움직일 수 없었으나 린이치로는 내심 크게 동요했다. 목소리로 클라라가 아니라는 사실은 알 수 있었다. 아무래도 폴린인 것 같았다.

'대체 왜 폴린이 온 걸까? 클라라에게 무슨 일이라도 생긴 걸까? 그도 아니라면 나를……'

수의사는 N5호에게 명령하여 야푸에게 수갑과 족쇄를 채우게 하려 했다. 네안데르탈인은 마비가 풀리면 행패를 부리기에 언제나 그렇게 했다. 그러나 폴린이,

"그럴 필요 없어."

"네?"

'사냥을 해서 잡아온 네안데르탈인과는 달리 이 야푸는 클라라를 따라와서 온순하게 앉아 있는 것을 타로가 실수로 문 거야. 그러니 그렇게까지 엄중하게 할 필요는 없어. 어차피 금방 위층으로 데려갈 거고……'

폴린의 생각은 이런 것이었으나 명령의 이유를 일일이 설명하는 몰상식한 행동은 하지 않는 것이 이스의 백인이었다.

그녀의 의향은 절대적인 명령이었다. 짐은 완해약액을 채운 굵은 주사기를 꺼내 린이치로의 허벅지에 푹 찔러 넣었다.

아름다운 작은마님의 족축례를 받고, 그 앞에서 일을 하는 어마어마한 영광에 젊은 수의사는 완전히 흥분하여 손이 부들부들 떨렸다.

"한심하기는. 떨고 있잖아."

폴린이 웃으며 꾸짖자 더욱 떨기 시작해서 주사를 맞는 린이치로의 고통을 배가시켰다.

그래도 그럭저럭 주사를 마쳤다.

"이 약은 바로 듣는다고 들었는데."

"네, 15분 걸립니다, 작은마님. 독이 조금이라도 남아 있으면 몸은 조금도 움직일 수 없지만, 독이 사라지면 순간적으로 전처럼 돌아갑니다. 점증적이 아니라 비약적으로 육체능력이 돌아오는 것이 이 충격이빨의 독에 대한 완해경과의 특징으로……."

"15분이랬지? 그때 올게."

이 방에서 그냥 기다리기보다는 이번 기회에 지하층의 흑노사(黑奴舍)라도 둘러보아야겠다고 생각했기에 폴린은 수의과 수술실에서 나왔다. 몸종 A3호가 물체에 드리워진 그림자처럼 따라나섰다.

제13장 수정궁의 지상층과 지하층에서

1. 화구(靴具, 슈)야푸

클라라는 자동의자를 타고 침실로 들어갔다. 옷장 앞에서 왼쪽 발판을 밟았다. F1호가 물었다.

"갈아입으실 옷은……, 실내복으로 하시겠습니까?"

"그래. 그리고 실내화(슬리퍼)로 갈아신고 싶어."

그러자 옷장 옆에서 기묘하게 생긴 생체가구가 나타났다. 키는 3분의 1 축소형이지만 머리와 양 팔만은 평범한 크기여서 팔이 길고 머리가 크게 보였는데, 이상한 것은 쓰고 있는 모자(?)의 윗부분이 평평하고 그 위에 실내화 한 켤레가 놓여 있다는 점이었다. 그리고 머리카락이 이상할 정도로 길었는데 좌우로 갈라 딴 검고 굵은 머리채가 좌우 모두 50㎝ 정도로 뻗어 있었으며 그 끝에 솔(브러시)이 묶여 있는 것처럼 보였으나, 사실은 그 묶은 머리카락 한 가닥 한 가닥을 손잡이의 무수한 작은 구멍 사이로 빼내고 그 끝에서 가지런히 잘라 솔로 만든 것이었다. 다시 말해서 이 야푸의 머리카락은 산 채로 솔의 일부가 되어 있는 것이었다.

말할 것도 없이 이것은 화구야푸였다. 사치스러운 귀족은 섬돌노, 신장노, 닦이노 등을 모두 따로 갖추어놓지만 이곳은 별장이기에 각종 겸용의 다능구를 들여놓은 것이리라.

클라라의 의자 앞에 무릎을 꿇고 앉아 아래턱을 바닥에 닿을 때까지 내리자 머리 위의 실내화(슬리퍼)가 정확히 클라라가 신기 좋은 높이에

위치했다. 매우 긴 두 팔을 뻗어 그 자세를 유지한 채 그녀의 신을 벗겼기에 클라라는 한쪽 발씩 머리를 밟듯 하여 실내화를 신었다. 모자라고 생각했던 것은 주변의 테두리뿐이고 신의 밑창이 머리에 직접 닿는다는 사실을 알게 되었다. 화구야푸는 벗긴 신을 머리에 얹더니 왔던 곳으로 되돌아갔다. 거기에 앉아 클라라가 이 신을 다시 신기 전까지 머리카락 구둣솔로 그것을 닦고 깔창왜인을 바꿔두어야 한다.

신을 갈아신는 짧은 시간 동안 F1호는 갈아입을 옷을 갖추어놓고 기다리고 있었다. 3벌로 된 옷을 벗겨주었다. 놀랍게도 속옷까지 벗기려 했다. 조금 놀랐으나 이스의 풍습을 모른다는 마음이 잠재되어 있었기에, 애써 말리지 말고 그냥 내버려두는 편이 풍습을 알 수 있어서 좋겠다는 생각이 들었다. 물론 어제까지의 클라라였다면 비록 흑인이라 할지라도 젊은 남자의 도움을 받아 속옷을 벗는다는 건 수치심이 도저히 용납하지 않았을 테지만, 그러한 점에서 지금은 아무런 부끄러움도 느끼지 못했기에 그냥 내버려둘 마음이 든 것이었다. 언제부턴가 그녀는 이스 사람다운 흑노관을 갖게 된 것이었다.

속옷을 자주 갈아입는 것은 이스 사람의 교양이었다. 특히 여성은 속옷이 쉽게 더러워지기에 가능한 한 자주 갈아입는 것이 멋쟁이라 여겨지고 있었다.

그때 몸종인 흑노에게 돕게 하는 것은 당연한 일이었다. 여주인의 육체에 열정(劣情)을 품는 불경한 흑노에게는 무시무시한 형벌이 기다리고 있기에 특별히 거세한 노예를 쓸 필요는 없었다. 흑노에게는 참아야 할 의무가 있었다.

알몸이 되었다가 새 속옷을 입고 통이 좁은 바지와 점퍼풍의 코트를 입었다. 손님용으로 각종 치수의 의복이 준비되어 있는 가운데서 클라라의 몸에 맞는 치수를 F1호가 세트로 골라온 것이었다. 새 옷의 맵시를 비춰보는 거울은, 원반 안에 있던 것과는 달리 4면 거울이었다.

그녀는 화장대에 앉았다. 앞서 왜인 개설에서 설명한 화장대 소속 왜인들의 도움을 받아가며 F1호가 머리와 얼굴을 만져주었다. 원래 몸종은 단순히 주인의 손 대용품일 뿐, 화장 등 특수한 기능에는 전문 흑노가 있기에 그러한 사실을 가르쳐주었으나 클라라는 급한 마음에 신경 쓰지 않고 그에게 시켰다. 그는 감격 속에서 일을 마쳤다.

실내에는 아직 여러 가지 가구가 있었다. 덮개가 딸린 침대가 있었으며, 그 안쪽의 가리개로 건너편이 가려져 있었다. 거기에 호기심이 일어 클라라는 침대를 자세히 살펴보지 않았으나, 그렇지 않았다면 원반 안에서 본 것과는 형태가 다른 혀인형과 신축형 단능육변기가 침대 아래에 들어 있다는 사실을 깨달았으리라.

가리개 뒤에는 욕조가 있고 그 옆에 곱사형 단능육변기가 놓여 있었다. StSt와 생김새는 다르지만 좌판변기의 모습이기에 바로 알 수 있었다. 그저께부터 소식이 없었는데 조금 전 마신 소마의 효과 때문인지 변의가 느껴지기 시작한 참이었기에 사용해볼 마음이 들었다.

손님용으로 전용기가 아니기에 생체조화 등 개인적 취향은 생략되어 있었으나 단능구에 어울리는 체형. 잘 발달된 말굽육류의 안쪽 바닥에 후두부를 얹고 위를 향해 있는 커다란 얼굴이 있었다. 입술도 크게 터져 있었다.

책상다리를 하고 앉아 양 옆으로 벌어진 두 무릎이 평평해서 사용자가 거기에 두 발을 얹어놓을 수 있게 되어 있었다.

걸터앉아보니 육류의 따뜻한 감촉은, 지금까지 써왔던 수세식변소의 차가운 좌판보다 훨씬 기분이 좋았다.

엉덩이 아래에 입을 벌린 인간(?)의 얼굴이 있다는 사실은 더 이상 조금도 수치심을 불러일으키지 못했다. 옆에 서 있는 F1호가 약간 신경 쓰이기는 했으나 조금 전 알몸까지 보인 뒤였다. 그 때문에 배설하지 못할 정도로 수치심이 느껴지지는 않았다. '흑노 따위 인간이 아니에요, 반인간이에요.'라고 했던 폴린의 말이 떠올랐다. 원반 안에서의 그 논쟁…….

그녀의 생각은 다시 린이치로에게로 돌아가 있었다.

'린은 정말 야푸인 걸까?'

아니, 그가 야푸인지 아닌지는 이미 문제될 것이 없는 일일지도 몰랐다. 확실한 것은 자신의 애정이 이미 그를 향해 있지 않다는 사실이었다. 황색 피부의 그 작은 사내는 자신의 약혼자가 될 자격이 없었다. 이런 명백한 사실을 왜 지금까지 몰랐는지 신기하게 여겨질 정도였다. 원통 안에서의 1시간이 클라라를 눈뜨게 했다. 그녀는 그와의 관계를 깨끗하게 청산했다고 생각했다.

그러나 원반 안에서 '저희 둘은 헤어지지 않을 거예요.'라고 맹세했다는 사실도 그녀는 잊지 않았다. 그런 말을 한 이상 자신이 먼저 그에게 '헤어져요.'라고 말하기에는 꺼려지는 마음이 있었다. 어떻게 그가 먼저 그런 말을 꺼내주지는 않을까? ─그것은 그가 이 이스 세계에서 어떤 취급을 받는가에 달려 있었다. 정말 야푸인지 아닌지는 모르겠으나 실제로 백인들은 모두 그가 야푸라는 사실에 조금도 의심을 품고 있지 않다는 점만은 분명했다. '그에게 이곳은 살기 어려운 세계, 그 사실을 깨닫고 20세기 구면으로 돌아갈 마음을 먹어준다면 좋겠는데. 물론 나는 함께 돌아가지 않을 거야.

싫어. 하지만 원통선을 마련하는 정도는 내가 부탁하면 해줄 거야. 애초부터 린이치로의 마비를 치료하러 온 나, 원래의 몸으로 돌아온 그를 20세기 세계로 돌려보내고 나면 내게 그 이상의 책임은 없어. 나는 그런 다음 이 멋진 미래세계를 마음껏 향수할 거야. 머물 수 있을 때까지 머물다 돌아갈 수밖에 없어지면 돌아가겠지만, 더는 린과 하나가 될 마음은 없어. 나의 상대는 역시 백인이 아니면……. 저 윌리엄처럼…….'

말없이 생각에 잠긴 채 생리요구를 해결한 그녀는 미청년의 얼굴을 머릿속에 떠올리며 서둘러 일어섰다.

'맞아, 윌리엄이 옆방에서 목이 빠져라 기다리고 있을 거야.'

공구(홀 버튼)가 닫혔다. 아래를 보니 이제 막 식기를 깨끗이 닦아낸 입이 입맛을 다시고 있었다.

'내가 지금까지 먹어온 것은 이스 사람들과 다르니, 이 녀석 이상한 맛이라며 놀랄지도 모르겠군. 아니면 무엇을 먹어도 변이 되면 다 똑같은 걸까? 내가 어제 먹은 건…….'

이런저런 것들을 생각하며 화장대로 가서 잠시 얼굴을 고친 뒤, 클라라는 다시 자동의자를 달려 조금 전의 응접실로 갔다.

"기다리셨지요, 윌리엄."

2. 린이치로의 대폭발

클라라가 육변기에 걸터앉아 린이치로와의 관계를 이래저래 생각하고 있을 바로 그때, 수의과 수술실의 침대에 누워 있던 린이치로는 갑자기 오체가 회복된 것을 느꼈다.

수의사가 주사바늘을 부들부들 떨었던 것이 오히려 고맙게도 약을 빨리 돌게 하여 주사 후 10분 정도 만에 독이 완해되어버린 것이었다.

상반신을 일으켜 도뇨관(카테터)을 뽑아버렸다. 몇 시간 만에 자신의 몸을 움직일 수 있게 되었다.

"클라라, 나았어. 움직일 수 있어!"

기쁨에 넘쳐서 린이치로가 외쳤다.

"앗, 야푸가……."

14분 30초에 타임스위치를 걸어놓고 안심하고 있던 짐은, 갑자기 커다란 소리와 함께 야푸가 침대에서 벌떡 일어난 것을 보고 깜짝 놀랐다. 예정보다 5분이나 빨랐다.

조금 전 폴린만 오고 클라라는 오지 않았던 데 불안을 느꼈던 린이치로는 한시라도 빨리 연인을 만나 무사함을 확인하고 싶었다. 그러나 구조를 모르는 이 웅장한 저택 안, 혼자서는 찾을 수가 없었다. 게다가 무엇보다 알몸으로는 곤란했다. '알몸으로 원반에 들어간 것이 이번 고난의 원인이었어. 우선 입을 것을 손에 넣은 뒤…….'

수의사에게 부탁할 수밖에 없었으나 영어는 한 마디도 하지 못하는 린이치로, 갑작스럽게는 말이 나오지 않았다. 다가가서,

"옷……, 옷……."이라고만 말하며 수의사가 입고 있는 수술복을 잡아당겨 보여주려 했으나, 놀라 어찌할 바를 모르고 있던 차였기에 뭔가 위해라도 가하려는 것 아닐까 착각한 듯 갑자기 그 손을 뿌리치고 도움을 청했다.

"누가 좀 와줘. 야푸가 난동을……."

안쪽의 대기실에서 두 선원이 달려왔다.

린이치로는 난동을 부리려는 것이 아니다, 옷이 필요한 것뿐이다, 라는 사실을 전하려 했으나 들으려고도 하지 않고 갑자기 수갑을 꺼내더니 그의 손을 잡고 수갑을 채우려 했다. 무슨 짓이야, 라며 손을 빼낸 그는 싸움 없이 자신의 희망을 전달하고 싶다는 일념에서 끓어오르는 속을 누른 채 한 사람의 얼굴을 향해 웃음을 보이며 어떻게든 할 말을 찾으려 하고 있었다. 그 순간 다른 한 사람이,

"고집스러운 놈, 얌전히 있지 못하겠어!"

이렇게 말하며 주먹으로 뺨을 갈겼다.

야푸는 복종본능이 왕성한 동물이라 일컬어지고 있어서 평범한 생야푸가 인간, 반인간에게 반항하는 일은 결코 없다. 그러나 조련하지 않은 토착야푸는 예외여서, 때리거나 하면 화를 내는 것은 당연한 일이었다. 그 사실을 모르는 것은 아니었으나, 작은마님이 수갑을 채우지 않아도 된다고 했을 정도로 얌전해 보이는 조그만 사내이니 날뛰어봤자 얼마나 날뛰겠어, 우물쭈물하는 사이에 작은마님이 오셔서 이런 상황을 보시면 큰일, 얼른 제압을 해야 돼, 라고 생각했기에 거친 처치에 나선 것이었다.

린이치로는 분노에 자제력을 잃었다. 원통선의 선창에서 이 두 사람에게 말로 표현할 수 없는 초열지옥의 고문을 당한 것은 잊으려 해도 잊을 수 없는 일이었다. 마음속에 쌓인 것이 많은 녀석들이었으나 클라라를 만나고 싶었기에 저자세를 취한 것이었다. 그런데 이 무슨 짓이란 말인가. 수갑에 주먹질에, 무도한 놈들⋯⋯.

"이놈."

외치더니 지금 때린 8번을 붙들었다. 몸집은 작지만 고등학교 시절부터 학생 유도계에 이름을 알린 실력가, 화려한 던지기기술로 이름 높던 유도 5단의 린이치로였다. 크고 검은 몸뚱어리가 커다란 소리를 울리며 바닥으로 떨어졌다. 그 순간 13번이 뒤편에서 덮쳐왔다. 아슬아슬하게 몸을 피해 허리감아치기, 보기 좋게 들어갔다. 두 사람 모두 낙법을 몰랐기에 뼈를 부딪쳐 일어나지 못했고, 급소를 찔러 기절시켰다.

수의사의 검은 얼굴에서 핏기가 가셨다. 이 광포한 토착야푸 앞에 단 홀로 서 있다는 공포⋯⋯. 등 뒤에서는 간호부도 떨고 있었다.

린이치로가 남자 쪽으로 다가갔다. 상대방이 뒷걸음질을 치며⋯⋯,

"포, 폭력은 그만둬."

뜻밖에도 일본어였다. 원통 안에서도 일본어를 들었다는 사실이 떠올랐다. 그래, 여기서는 일본어가 통하는 거야…….

"뭔가 입을 것을 줘."

"입을 것? 네가?" 짐의 새파랗게 질린 얼굴에 황당하다는 표정이 떠올랐다. "그런 건 없어."

"뭐?" 자신도 모르게 말투가 거칠어졌으나 다시 생각을 바꾸어 부탁했다. "그러지 말고, 부탁하겠습니다. 그러니……."

3. 사랑의 고백

자동의자를 타고 응접실로 돌아온 클라라는 윌리엄 옆에 시립하고 있는 몸종 M9호가 양손에 한 아름쯤 되는 우주선 모형을 들고 있는 것을 보았다. 잡지에서 자주 보던 로켓선이었다.

"클라라, 왜인결투(피그미 듀얼)에서 제가 고른 녀석이 지기는 했지만, 이기면 드리려고 했던 이 장식품을 그 승부와는 상관없이, 역시 당신에게 선물(프레젠트)하고 싶어서 지금 가져오게 한 참입니다. 받아주시겠습니까?"

"어머, 기뻐라. 기꺼이 받을 게요. 훌륭한 우주선 모형이네요."

"우주선 가운데서는 가장 구식인 로켓선입니다만. 보물선(트레저 십)이라고 해서 잠자리의 머리맡에 두면 행복이 찾아온다고 합니다. 복의 신을 형상화한 7마리 왜인을 모아놓았습니다."

돛단배 대신 원시적인 로켓식 우주선을 썼을 뿐, 칠복신은 하나하나가 똑같았다. 단지 복장은 역시 새로운 것으로 바뀌어 있었으며, 선장이 변재천[23]인 것도 이스 세계의 여권제를 반영한 것이었다. 그러나 칠복신 자체를

---

23) (역주) 辨才天. 변설·음악·재복·지혜를 담당하는 인도의 여신. 일본어 발음은 벤텐.

모르는 클라라에게 변화는 물론 눈에 띄지 않았다. 단지 위쪽 뚜껑을 열고 안에 있는 일곱 왜인들의 기다란 머리와 자루 같은 배 등의 기형적인 모습을 신기하다는 듯 들여다볼 뿐이었다.

"정말 재미있는 수집품이네요. 지금 바로 장식하게 할 게요."

몸종에게 명령하여 침실로 가져가 침대 머리맡에 있는 선반 위에 장식하게 했다. 그것이 나중에 그녀의 목숨을 구하게 된다.

"너희 잠시 자리를 비워줘."

윌리엄이 F1호, M9호 둘을 복도로 내보냈다. 정기(호르몬)파이프를 피우며, "하인들은 뒤에서 수군거리기를 좋아합니다. 쓸데없는 말을 듣게 하여 나중에 혀를 뽑아내기도 귀찮은 일이니까요. 필요한 일이 있다면 제게 말씀하세요."라고 변명하듯 말하고 자세를 고쳐 앉으며,

"그런데 클라라, 당신은 이스 사람이 아니시죠?"

대뜸 노골적으로 말했다.

클라라는 퍼뜩 놀랐으나 이 이상 더 거짓말을 해봐야 어차피 들통이 날 뿐이라 체념하고,

"맞아요. 저는 20세기 구면 사람이에요. 그 사실을 알면 빙하호에 안 태워주실 테니 미세스(婦) 잔센과 상의해서 연극을 한 거예요. 꽤나 열심히 노력했는데 역시 눈치를 채셨나요……."

"제가 이상하다고 생각한 것은 결투 전 심판의 훈시를 세실이 당신에게 통역해주었을 때입니다. 그는 눈치 채지 못한 모양입니다만, 가축어(야푼)에 대한 지식이 단지 기억상실로 사라질 리는 없습니다. 우리는 한두 마디 말을 채 하기도 전부터 가축어를 마음대로 쓸 수 있게 되니 언어장애라고도 여겨지지 않았습니다. 어쨌든 일상적인 언어는 말할 수 있는데 가축어를 말하지 못한다는 것은 아무리 생각해봐도 이해할 수 없는 일이었습니다. 그런 생각이 들자 아무래도 영 이상했습니다. 예를 들어 무사시에게 침을

줄 때 손가락 끝에 침을 뱉어 주셨지요? 돌리스도 조금 이상하다고 생각한 모양인데, 보통은 위를 향하게 해놓고 얼굴에 침을 뱉어서 줍니다. 당신의 방법은 아무래도 전에 경험이 있는 사람의 기억회복이라고는 여겨지지 않는 점이 있었습니다. ……이런저런 일들로 추리를 해보았습니다만, 어쨌든 저만 눈치 챈 것은 역시 연심을 품은 자의 영감이었을까요?"

능란한 사랑의 고백을 받자 클라라의 희고 아름다운 얼굴이 순간 붉어졌다. 상대는 아폴로 같은 미청년, 자신도 싫은 마음은 들지 않았다.

"어떠세요? 혹시 괜찮으시다면 당신이 왜 이런 모험을 하게 되었는지 들려주실 수 있나요?"

"네, 말씀드릴게요, 전부."

클라라는 모든 사정을 털어놓았다. 이제는 새로운 구애자에게 아무것도 숨기지 않는 편이 상책이라고 생각했으며, 또 모든 사실을 털어놓고 싶다는 마음이 들기도 했다. 린이치로와의 관계, 그의 마비, 그를 구하기 위한 모험 길……, 약혼관계에 있었다는 말을 듣고 윌리엄은 크게 한숨을 쉬며,

"그 야푸와 말이죠? 20세기는 야만스러운 시대였군."

"이런 사실들, 다른 분들께도 털어놓는 게 좋을까요? 속이고 있는 것 같아서 마음이 좋지 않아요."

"아니요, 말하지 않는 편이 좋을 겁니다. 여왕폐하께서 귀화를 재가하시기 전까지는 기억상실이라고 해두는 편이 말썽이 없을 듯합니다."

"귀화를 재가하시다니?"

"네? 당신은 그것을 위해서 아베르데인으로 가는 것 아니었나요?"

"아니요, 미세스(婦) 잔센은 단지 린의 마비를 고치는 것과의 교환조건으로 여왕폐하를 배알하는 것이라고만 말했는데요."

"그럼 당신에게도 진짜 목적은 말하지 않은 거로군요. 그녀는 책사 중의 책사니까요. 물론 당신을 귀화시킬 계획일 겁니다."

"귀화할 수 있나요?"

"폐하의 명령이 있으시다면요."

"귀화할 수 있다면 꼭 하고 싶어요."

"폐하는 물론 재가하실 겁니다. 폴린 씨(婦)는 그걸 계산에 넣은 거예요. 그런데 왜 당신에게까지 숨긴 건지 이상하네요."

"그러고 보니 짚이는 데가 있어요." 클라라가 린이치로의 마비가 완해되자마자 20세기 구면으로 돌아오고 싶었기에 아베르데인행을 망설이며 승낙했을 때의 심경을 떠올리며 말했다. "그때 제게 여기서 오래 머물고 싶은 생각은 조금도 없었어요. 오로지 린에 대한 생각뿐이어서……."

"아하, 그렇게 된 거로군요. 야푸에 대해서 그런 마음을 품을 수 있다는 사실만은 아무래도 이해할 수 없지만요. 어쨌든 당신의 그런 마음이 정상으로 돌아와서 다행입니다. 용기를 내서 이 구면으로 오신 보람이 있습니다."

"네, 빙하호에서 당신을 만난 뒤부터 점점 마음이 바뀌었어요."

클라라도 교묘하게 애정을 표현했다.

"20세기로 돌아가고 싶다고……."

"……생각하지 않아요, 더는. 제게는 의지할 만한 사람이 아무도 없어요. 부모님 모두 전쟁으로……."

"야만스러운 시대였습니다, 정말."

이야기에 푹 빠져서 정답게 대화를 주고받는 미남미녀의 네 발이 웅크린 육발판의 등에 놓여 있었다.

4. 피부반응통(델마틱 페인)

수의사 짐을 방구석으로 몰아붙인 린이치로는 결론이 나지 않는 입씨름을 거듭했는데 그때 갑자기 뒤쪽의 문이 기세 좋게 열리는 기척이 있더니, "이게 대체 어떻게 된 일이지?"하는 상큼한 목소리가 들려왔다. 폴린의 목소리였다. 린이치로가 죽다 살아난 듯한 마음으로 돌아보았다. 그녀라면 말도 통할 거고 클라라도 만나게 해주리라…….

그녀는 혼자였다. 사실 그녀는 흑노사를 시찰하며 손목송화기를 클라라에게 건네준 것을 후회했다. 그때는 지하에서 야푸를 바로 받을 수 있을 줄 알고 아주 잠깐이니 상관없을 것이라 생각했는데 이렇게 지하거리에 있는 동안 여러 가지로 명령을 해두고 싶은 일들이 머리에 떠올랐다. 언제나 떠오르는 즉시 손목송화기로 명령을 내리던 그녀에게 손목송화기가 없는 불편함은 견딜 수 없는 것이었다. 결국 몸종 A3호에게 자신의 방에서 다른 손목송화기를 가져오라고 명령하여 심부름을 보내놓고, 자신은 슬슬 15분이 되어갔기에 수술실로 돌아온 참이었다.

린이치로가 돌아본 한순간의 빈틈을 이용해서 짐이 테이블 위에 있던 빈 플라스크의 목을 쥐자마자 린이치로의 머리를 향해 내리쳤다. 겁이 많은 그도 지금 여주인이 나타난 것을 보고 그녀에게 위험이 미칠까 두려운 마음에 혼신의 용기를 내어 반격을 가한 것이었다. 흑노는 충절을 다하는 것을 본분으로 삼고 있다.

그러나 린이치로 쪽이 더 빨랐다. 슥 피해 헛손질한 팔을 붙들고 몸을 낮추더니,

"에잇!"

멋진 업어치기였다. 마침 폴린이 서 있던 바닥 앞에 짐의 커다란 몸이 길게 늘어졌다. 플라스크가 나뒹굴었다.

폴린은 한눈에 사태를 꿰뚫어보았다.

'내가 잘못 생각했군. 수갑을 채우게 하는 거였는데. 타로를 데리고 왔으면 좋았을 걸. 손목송화기(리스트 마이크)를 한시도 몸에서 떼어놓은 적이 없었는데 하필이면 오늘 차고 있지 않다니. 게다가 A3호까지……, 참으로 공교롭게도. 그야 어찌됐든 이 야푸는 정말 대단하군! 커다란 사내 셋을

때려눕힌 완력, 그것도 잠깐 사이에……. 결투사(글라디아토르)로 삼으면 굉장할 거야. 씨앗을 채취하고 싶어…….'

이스 여성은 대찬 마음을 갖추고 있다. 이런 상황에 맞닥뜨렸는데도 폴린은 이런 감상을 품을 만큼의 여유를 가지고 있었다.

'그건 그렇고, 우선은 이 야푸를 진정시켜야지…….'

린이치로가 폴린 앞으로 와서 앞부분을 손바닥으로 가리며 말했다.

"클라라를 만나고 싶습니다."

"응, 만나게 해줄게."

폴린의 일본어는 여성스러운 뉘앙스가 없는 말이었는데, 이는 가축어로써 야푸에게 명령하는 데에만 사용했을 뿐, 여성의 입장에서 이야기해본 적이 없었기 때문이었다.

"그리고 뭔가 입을 것을 좀 주십시오."

난폭한 자라는 인상을 주었을 것이라 걱정이 되었기에 조금이라도 그것을 누그러뜨리기 위해서 린이치로는 공손한 투로 말했다.

"입을 것?"

폴린은 무심결에 되물었지만 회전이 빠른 머리로 곧 진실을 직감했다.

'그래, 이 야푸는 아직 자신의 몸에 가해진 피부강화처치의 의미를 모르는 거야. 됐어, 그것을 이용해서 이 녀석을 제압하기로 하자.'

폴린이 구석에 있던 간호부를 바라보며,

"너, 옷을 전부 벗어서 야푸에게 건네줘."

"네, 작은마님."

명령은 절대적, 사람 앞에서 알몸이 되는 것은 야푸가 아닌 한 이례적인 일이었으나 N5호는 조금도 이상하다는 기색을 보이지 않고[24], 바로 옷을

---

24) 주인(백인)의 명령을 받았는데 그 이유를 묻는 것은, 흑노에게는 범죄에 해당한다. 흑노끼리 이에 대해서 왈가왈부해서도 안 된다. 혼자서 마음속으로 그것을 생각하는 것은 처벌

벗어 새카만 피부의 전신을 노출했다. 신도 벗었다.

'여자의 옷이라.'

그러나 불만은 없었다. 사치스러운 말은 하지 않으리라 생각했다. 굶주린 자는 먹을 것을 가리지 않는다. 오랜 시간 동안 알몸이었던 그는 완전히 겸허해져 있었다. 실제로는 타우누스 산기슭의 계류에서 헤엄을 친 지 아직 한나절도 지나지 않았으나 느낌은 몇 개월이고 옷을 입지 못했던 것처럼 여겨졌다. '몸을 감싸기에 부족함이 없는 옷이라면 무엇이든 상관없어. 아니 이 옷이라면 남자 흑노용 반팔·반바지보다 훨씬 나아.'

옷은 몸에 찰싹 달라붙었다. 손목, 발목까지 사지를 감싸 서커스단원의 타이츠 같았다. 신은 너무 작을 것 같았기에 포기했다.

'맨발이어도 어쩔 수 없지. 어쨌든 이것으로 클라라가 있는 곳으로 가서 그녀 앞에 설 준비는 됐어.'

폴린은 여자 흑노의 옷을 입은 야푸를 기묘한 미소를 지으며 바라보았다.

'이걸로 됐어. 이제 3분만 있으면 몸부림치고 싶은 고통이 시작될 거야. ……슬슬 A3호도 돌아올 거고…….'

"뒤처리를 부탁해." 알몸이 된 채 떨고 있는 N5호에게 말하고 린이치로를 향해 명령했다. "따라와."

더는 돌아보지도 않고 방에서 나왔다. 린이치로는 여자 흑노에게 인사를 하고 바로 뒤를 따랐다. 만약 그를 붙잡으려 하는 무리들이 나타나면 바로 폴린을 인질로 잡을 수 있도록 그녀 뒤에 바싹 붙어서 갔다. 나란히 서고 보니 그녀의 좋은 체격에 다시 한 번 놀라지 않을 수 없었는데, 자신의 키는 그녀의 어깨에도 미치지 못했다.

대상이 아니지만 도덕적으로는 매우 좋지 않은 일이라 여겨지고 있다. 다시 말해서 흑노나 야푸의 지성은 명령의 효과적 수행에만 바쳐져야지, 명령 자체에 대한 반성이나 회의는 용납이 되지 않는 것이다.

폴린은 천천히 걸어갔다. 복도에는 사람의 그림자조차 없었다. 그녀의 내림이 벌써 지하 전체에 알려져 이 통로는 통행금지가 된 것이나 다를 바 없었기에 누구도 나오지 않은 것이었다.

엘리베이터 바로 앞까지 왔을 때 린이치로가 갑자기 비명을 지르며 펄쩍 뛰어올랐다.

"아, 아파, 아파. 도와줘."라며 전신을 쥐어뜯는 듯한 모습으로 바닥에 나뒹굴었다.

빙그레 웃으며 돌아본 폴린의 눈이 차갑게 그 모습을 바라보았다. 지혜를 발휘하여 이 난폭한 야푸의 폭력을 정복했다는 기쁨으로 빛나고 있었다.

린이치로의 표피세포에 흡수된 델마트롬과 옷 속의 델마트콘이 피부반응(델마틱 리엑션)을 일으켜 말초신경에 격렬한 통증을 준 것이다. 옷이 닿는 부분 전체를 바늘로 쉴 새 없이 찌르는 것처럼 말로 표현할 수 없는 통증, 이를 피부반응통(델마틱 페인)이라고 부른다. 대부분은 1시간쯤 계속되다 멈추지만, 그때 피부는 완전히 박리되어 옷과 하나가 되어버리고 만다[25].

가마 속이 초열지옥이었다면 이는 도엽림[26]지옥이라고 할 수 있으리라.

---

25) 야푸의 가죽을 살아 있는 채로 벗기는 데에는 2가지 방법이 있다. 벗겨낸 피부를 이용할 때는 코산기닌으로 백혈구를 증가시켜 피부와 살을 림프액으로 천천히 유리한다. 그리고 흐물흐물 수종이 생긴 상태로 무두질액에 담근다. '생무두질'이라고 하는데 이처럼 신진대사가 이루어지는 가운데 무두질해서 만들어진 야푸의 가죽은 가장 아름답고 강인해진다. 단, 이 방법은 육체까지도 변질시킨다. 따라서 식용 야푸의 경우에는 피부반응을 이용하여 벗겨낸다. 가죽은 버리고 고기를 사용하기 때문이다.
  (참고) '식용 야푸도 피부강화처리가 되어 있기 때문에 가죽은 먹을 수 없습니다. 따라서 조리 전에 옷 모양 행주로 1시간 전신을 감싸면 가죽은 전부 행주에 부착되어 떨어지고 살만 남습니다. 살만 남아 있어도 보존실에서 기르면 일주일은 살아 있습니다. 가죽을 벗겨낼 때의 피부반응통으로 분비된 고통소(도로로겐)는 2, 3일이면 사라지니 먹이에 주의하며 적어도 사흘 동안 살만 남아 있는 채로 살려두었다가 조리하면 맛있게 먹을 수 있습니다.' ─『축인요리 요령』에서
26) (역주) 중합지옥 안에 있는 숲. 나뭇잎은 면도날, 가지는 검고 등걸에 무수한 바늘이 돋아 있으며 그 나무 위에 미인이 앉아 사람을 유혹한다. 애욕을 이기지 못한 죄인들이 나무에 오르면 그 나뭇잎과 가지와 바늘이 죄인을 찌른다.

옷감을 떼어내려 해도 떨어지지 않아 그저 나뒹굴 뿐.

이때 몸종이 돌아왔다. 폴린이 송화기를 손목에 차며 그에게 명령하여 수술실에서 수갑과 족쇄를 가져오게 했고, 도저히 저항할 수 없는 상태에 있는 린이치로의 두 손과 두 발에 채우게 했다.

"됐어. 그럼 이 녀석의 옷을 찢어서 벗겨버리도록 해."

옷의 등을 조금 갈라 거기서부터 북북 찢어 벗겼다. 아직 반응이 그렇게 진행되지는 않았기에 강한 반창고 정도의 부착력이었으며, 벗겨내도 피부에 영향은 남지 않았다. 옷을 벗겨내자 격렬한 통증이 거짓말처럼 사라졌다.

"두 번 다시 옷을 입을 마음은 들지 않겠지."

다시 알몸이 되어버린 린이치로를 발아래로 내려다보며 폴린이 혼잣말처럼 중얼거렸다.

모든 원인이 옷에 있었다는 사실을 깨달은 린이치로는, 선창 안에서 입관 전에 들었던 '옷이 필요 없는 몸이 될 거야.'라는 말의 수수께끼 같았던 참뜻을 이해하게 되었다. '그렇게 된 거로군. 그 고열의 관은 내 몸을 변질시키기 위한 가마였던 거야. 나는 옷을 입을 수 없는 몸이 되어버렸어. 어떻게 하면 좋지, 나는……'

폴린이 웃으며 말했다.

"그럼 약속대로 너의 주인에게 데려다줄게."

팔을 뒤로 돌려 채운 수갑에 연결된 사슬 끝은 A3호가 쥐고 있었으며, 두 발목을 연결한 족쇄의 겨우 30cm밖에 되지 않는 사슬에 불편한 걸음걸이로 그는 그녀를 따라 엘리베이터에 올랐다. 절망이 어둡게 마음을 가득 채웠다. 이제는 클라라의 따뜻한 말에 대한 기대만이 마음의 버팀목이었다.

5. 채찍질을 위해 기르는 가축

윌리엄이 새로이 한 모금을 빨아들이며 문득 생각났다는 듯 물었다.

"그 야푸, 린이라고 했었나요? 녀석을 어떻게 하실 생각이신가요?"

"글쎄요, 저는……."

조금 전에 생각한 대로 송환하는 것이 가장 좋은 방법일 듯하다고 말하려 했으나,

"어떻습니까? 무엇에 쓰실 생각이십니까?"

다시 이어진 윌리엄의 질문. '무엇에 쓰실 생각이십니까?'라는 표현에는 그녀를 덜컥하게 만들어 입을 다물어버리게 하는 무엇인가가 있었다.

"……."

"그렇군요. 갑자기 이렇게 물으면 대답이 어려우실지도 모르겠네요." 연기를 뱉으며 혼자 끄덕인 뒤, "당신은 아직 야푸의 용도 전부를 알고 계시지 못하니……. 하지만 곧 아시게 될 겁니다. 새로운 생(로)야푸를 손에 넣었을 때 '이걸 무엇에 쓸까, 무엇으로 만들까.' 하는 저희들의 즐거움을……. 게다가 녀석은 아직 토착야푸, 아니 구야푸이니 세뇌수술을 시행하기 전까지 꽤나 즐길 수 있을 겁니다."

"세뇌……. 들어본 적이 있는 말이에요."

"야푸는 복종본능이 왕성한 동물이라고 모두가 말합니다. 그런데 실제로는," 윌리엄이 더욱 본격적으로 설명을 시작했다. "야푸를 태어난 상태 그대로 손을 대지 않고 그냥 내버려두면 자유의지를 가진 개체로 성장해버립니다. 따라서 생(로)야푸로 생산된 녀석들은 보통 생후 일주일 안에 '의지거세'라고 해서, 생육 후 자유의지를 발달시키는 대뇌국부를 척출하여 복종본능만 남도록 수술합니다. 야푸가 가진 우수한 지성을 충분히 이용하기 위해서는 그것이 가장 좋은 방법입니다. 그러나 나이를 먹은 뒤에는 이 수술이 불가능합니다. 따라서 그러한 경우에는 조건반사를 이용하여 뇌신경절(시냅스)의 당해 국부회로를 폐쇄시켜 국부척출에 의한 의지거세와 같은 목적을 달성합니다만, 그 과정에서 생육 후의 쓸데없는 지식·경험에 바탕을 둔,

야푸에게는 유해한 사고가 일소되기 때문에 이를 세뇌(브레인 워싱)라고 부르는 겁니다."

"그럼 린—도."

클라라는 더 이상 세베 씨라고 무심결에 잘못 말하는 일도 없었다.

"네, 린의 경우도 물론 세뇌시키지 않으면 안 됩니다. 시간이 걸리는 대신 당신에게 절대적인 즐거움을 주는 시간입니다."

"제가 그걸 하는 건가요?"

"네. 물론 훈련국에 맡기면 일은 빠릅니다. 그러니 당신이 녀석을 바로 애완(펫)야푸로 삼아 곁에 두고 싶다거나, 당장 육변기로 만들어 쓰고 싶다거나—(클라라는 조금 전 침실 안쪽에서 사용한 뒤 본, 육변기가 혀로 핥는 모습을 문득 떠올렸다.)—, 그렇게 말씀하신다면 훈련국의 기사에게 맡기는 것도 좋은 방법입니다만, 특별히 급할 거 없다면 꼭 당신이 직접 해보시기 바랍니다. 재미있는 수술(오퍼레이션)입니다."

"하지만 저는 메스 같은 거 한 번도 쥐어본 적이 없어요."

"아니, 메스가 아닙니다. 메스 대신 채찍을 휘둘러 시행하는 수술입니다."

"네?"

"클라라, 야푸에게는 자유의지를 인정하지 않는 이 세계에서, 야푼 제도의 5천만 토착야푸에게만은 인간의식을 가지고 생존하는 것을 허락하는 이유가 무엇이라고 생각하십니까? 표면적으로는 생(로)야푸의 보급원으로 알려져 있지만 토착야푸가 없어도 생야푸는 얼마든지 새끼를 만들기 때문에 보급에 부족함은 없습니다. 사실 녀석들의 존재의의(레종 데트르)는," 파이프의 재를 육담호(일스피)에 털며, "저희 귀족에게 세뇌수술의 즐거움을 주기 위한 재료로 쓰려는 데 있다고 할 수 있습니다. 이 지구까지 포획을 위해 오는 것이 너무 먼 별에서 사는 사람들을 위해 시장에서 일부러 토착야푸를 팔고 있을 정도입니다. 상표는 '당신 채찍질의 즐거움에'라고 합니다. 이젠

아시겠지요? 채찍으로 토착야푸의 자유의지를 벗겨내고 복종본능을 노출시켜 한 마리의 훌륭한 생야푸로 길들여가기까지의 조교가 저희 귀족에게는 유쾌한 정신적 오락(레크리에이션)이라는 사실을." 끔찍한 내용을 윌리엄은 아무렇지도 않게 이어갔다. "다시 말해서 생(로)야푸가 아니라 일부러 토착(네이티브)야푸를 기르는 이유는 자신이 세뇌시키고 싶기 때문입니다. 토착야푸는 채찍질을 하기 위해서 기르는 가축인 셈입니다."

"세상에."

"당신의 린은 그냥 토착야푸가 아니라 구야푸이니 세뇌의 보람이 더욱 클 겁니다."

그녀가 앞으로 린이치로를 사육야푸로 사육하는 것이 당연한 일이라고 생각하고 있다는 듯한 말투였다. 그녀는 조금 전에 생각했던 린이치로의 송환을 상의하기 위해 다시,

"제 생각에는⋯⋯."하고 말을 꺼냈는데 그때 문을 노크하는 소리가 들리더니 어딘가에서 사람의 목소리가 들려왔다.

"F1호입니다. ⋯⋯말씀을 나누시는 중에 죄송합니다만, 지금 작은마님께서 오셨습니다."

"들어오세요(컴인)."

클라라의 목소리에 문이 열리고 폴린이 안으로 들어왔다. 뒤따라 들어온 것은 알몸인 린이치로와 그와 연결된 사슬의 끝을 쥔 몸종흑노였다.

제14장 재회

1. 클라라의 마음

클라라는 깜짝 놀라 말도 나오지 않았다. 당연히 옷을 입고 있을 것이라 생각했던 린이치로가 실오라기 하나 걸치지 않은 모습으로 문에 서 있었다.

'그럼, 그때 헤어진 이후 계속 알몸인 채로 내버려두었던 것일까? 세실은 옷을 입혀줄 것처럼 말했었는데…….'

순간 이상히 여기고 있을 때,

"클라라!"라고 반갑게 부르는 목소리와 함께 린이치로가 갑자기 뒤로 물러난 듯 보인 것은 사슬을 쥔 흑노가 전진을 막기 위해 뒤쪽으로 잡아당겼기 때문이었다. 그러고 보니 뒤로 꺾인 팔에 수갑, 거기에 족쇄까지! 대체 어떻게 된 일이지?

머릿속의 린이치로에 대해서는 부정적인 평가가 강해지기 시작한 그녀였으나, 지금 이 가엾은 모습을 보자 연민의 정이 단번에 솟아올랐다. 여심이란 신기한 것이다. 누가 뭐래도 반년 동안 뜨겁게 사랑했던 사이, 야푸라는 말을 들으면 그런가 의심이 들었다가도 그가 눈앞에 서면 연애 중의 여러 가지 추억들이 떠올랐으며, 지금까지 보아왔던 야푸와는 달리 조금도 기형적인 부분이 없는 육체를 보면 피부가 노란색일 뿐이지 '인간이 아니다.'라는 둥의 말은 더없이 황당한 거짓말인 듯 여겨졌다. 자신도 모르게 달려갔다.

"린!"

"클라라!"

그러나 포옹은 하지 않았다. 이미, 조금 전 원반 안에서 폴린의 시선에는 신경도 쓰지 않고 입맞춤을 하던 때의 클라라가 아니었다.

린이치로가 다시 앞으로 나서려 했으나 거칠게 뒤로 되돌려졌다. 사슬에서 찔걱거리는 소리가 들렸다. 옛 주인을 보고 그쪽으로 다가가려 용을 쓰는 것을 새로운 주인에게 제지당한 대형견을 떠오르게 했다.

"미안해요, 늦어져서." 몸종에게 눈짓을 하여 사슬의 끝을 클라라에게 넘겨주게 하고, 자신도 열쇠를 건네주며 폴린이 태연하게 말했다.

"완해해주었더니 마구 날뛰어서요. 어쩔 수 없이 사슬에 묶어가지고 왔어요. 우리에 넣은 뒤 연락을 할까도 생각해보았지만, 완해를 한 뒤 되돌려주겠다고 약속했기에 일단은 당신에게 건네주는 것이 맞겠다 싶어서요. 바로 다시 맡기셔도 상관없어요. 자, 돌려드릴게요."

"네……. 고마워요."

사슬을 놓아 바닥에 늘어뜨리고 수갑에 열쇠를 찔러 넣자,

"클라라, 잠깐만요." 옆에서 윌리엄이 다급하게 말렸다. "위험해요. 그런 난폭한 야푸를……."

"난폭하게 굴지는 않을 거야." 지금까지 그녀와 같은 방에 있었던 듯할 뿐만 아니라 '클라라'라고 이름으로 부르는 친밀함을 이 미청년이 발휘한 것에 대해서 불쑥 질투를 느꼈으나, 애처로울 만큼 필사적인 노력으로 그것이 얼굴에 드러나지 않도록 하며 린이치로가 말했다. 둘만의 언어인 독일어로. "옷을 달라고 했더니 모두 괴롭히려고 해서 저항했던 것뿐이야. 하나같이 이상한 놈들뿐……. 자, 어서."

거의 애원하는 듯한 눈빛으로 연인의 얼굴을 보았다.

클라라는 바로 사슬을 풀어주고 싶은 심정이었으나 여기서 풀어주면 윌리엄과 다투게 되리라 생각했기에 마음을 바꾸었다. '그럼 윌리엄보고

밖으로 나가달라고 할까?' 일이 이렇게 되었기에 그것도 이상했다. 그렇다고 해서 사슬에 묶어놓은 채 린이치로를 여러 가지로 설득하려 한다면 효과가 떨어지리라. 게다가 이스 사람들이 알지 못하는 독일어로 그와 이야기하는 모습은 그다지 보이고 싶지 않았다.

"실례하지만 옆방에서 잠깐 얘기를 하고 올게요. 여기서 기다리셔도 되고 그만 돌아가셔도 상관없어요……." 이렇게 말하고 린이치로를 휙 돌아보며 일부러 영어를 그대로 써서 명령했다. "이쪽으로 와요, 린." (Come along, Rin. 혹은 "따라와, 린."이라고 번역하는 편이 이때 클라라가 의도한 어감에 보다 가까울지도 모르겠다.)

자동의자(오토 체어)를 사용하는 것조차 잊고 옆방으로 사라진 클라라의 뒤를, 등 뒤의 수갑에서부터 사슬을 늘어뜨린 채 족쇄 때문에 불편하게 발걸음을 옮기며 린이치로가 따라갔다.

2. 윌리엄의 걱정

"괜찮으려나?"

몸종에게 준비하게 한 파이프를 문 미청년이 손짓으로 그들을 내보내며 중얼거렸다.

"응, 저 녀석은 원래 잘 길들여져 있었으니 클라라에게 난폭하게 구는 일은 절대 없을 거야."

"폴린, 내가 걱정하고 있는 건 그게 아니에요. ……난 알고 있어요, 진상을. 저 야푸는 길들여져 있는 정도가 아니라 클라라의 약혼자잖아요."

"어머, 클라라가 털어놓은 거야?"

"내가 먼저 냄새를 맡았어요. 클라라는 구세계 사람임에 틀림없다고."

"……그래? 언젠가 눈치 채리라 생각은 했지만……. 다른 사람에게는 비밀이야, 윌리엄."

"그건 신경 쓰지 않아도 되지만……. 걱정이네요."

"뭐가……."

"침실에 들어가서……."라며 말끝을 흐렸다. 그의 걱정이 어디에 있는지 깨닫자마자 폴린은 커다랗게 웃으며,

"한심하기는. 아무리 그래도……. 클라라에게 실례야."

"하지만 조금 전에 수갑을 풀어주려 했잖아요."

"생각해봐. 그럴 마음이었다면 사람들 앞에서 침실로 들어갔겠어? 물론 원반 안에서는 진심으로 약혼자 취급을 하는 듯했어. 하지만 지금은 다를 거야. 바로 그렇기 때문에 아무렇지도 않게 침실로 데리고 들어갈 수 있었던 거야. 고대어로 이야기하는 모습을 보이고 싶지 않았던 것 아닐까?"

"듣고 보니 그런 것 같기도 하네요."

"무엇보다 녀석은 이미 강화피부가 되었기에 침대에 들어갈 수 없을 거야."

"그랬었지. 이제 좀 안심이 되네요."

"너무 신경을 쓰는데."

"그게……."

"윌리엄, 클라라를 좋아하는 거지?"

"좋아해요. 처음 봤을 때부터." 미청년은 갑자기 달변가가 되어, "보시다피 나는 이렇게 말괄량이잖아요. 저래서는 결혼해봐야 좋은 부군(허즈벤드)이 되지는 못할 거라고 뒤에서 수군거린다는 사실도 알고 있어요. 결혼은 포기하고 있었고, 또 이 사람이다 싶은 여자도 만나지 못했어요. 그런데 저 코토비치 양은……."

"폰 코토비츠 양이야."

"폰 코토비츠 양은 달라요. 전사시대 여성은 전부 저렇게 얌전한 걸까요? 아주 내성적인 면이 있어서……."

"맞아, 우리보다 훨씬 조심스러워. 남자 같아."

"맞아요. 조금 전에도 나를 만난 뒤로 저 야푸에 대한 마음이 바뀌었다고 말했는데, 틀림없이 내가 싫지 않다는 사실을 에둘러서 표현한 것이라고 생각해요. 평범한 여성의 당당한 구혼과는 달라요."

"말괄량이인 당신에게는……."

"……어울리는 아내라고 생각해요."

"그렇군. 당신이 클라라에게 끌린 마음도 이해는 되지만," 폴린이 생각에 잠긴 듯한 목소리로 말했다. "클라라가 언제까지고 저대로 있을까? 실은 여자가 더 강하다는 사실을 알게 되어도 변하지 않을까? 클라라는 아직 아무것도 모르니……."

"변하지 않을 거라 생각해요." 윌리엄이 눈을 반짝였다. "전사시대 사람이니까요."

"하지만 야푸가 어떤 존재인지 조금 알게 된 것만으로도 저 구야푸에 대한 클라라의 마음은 벌써 변했는걸. 남자가 어떤 존재인지 알게 된다면 윌리엄, 당신에 대한 마음 역시 변하지 않으리라고는 장담할 수 없을 거야. 어쨌든 클라라는 아직 우리 세계에 대해서 아무것도 모르니……."

"흠."

별로 듣고 싶지 않은 말을 직설적으로 들었기에 윌리엄은 입을 다물고 생각에 잠겨버렸다. 폴린이 자리에서 일어서며,

"어쨌든 당신은 여기서 기다리는 게 좋을 것 같네. 곧 나올 테니 저 야푸를 어떻게 할지 상의를 해주는 게 좋겠어……. 난 내일 '타클라마한(타카마노하라[高天原])27)'으로 전 지구도독(엑스거버너 오프 디 어스)을 방문하기로 되어 있는데 협의가 아직 남아 있으니 그 일을 잠깐 처리하고

---

27) (역주) 다카마노하라는 일본신화에 등장하는 천상의 나라.

올게. 그런 다음 야푸를 넘겨받겠어."

"전 도독(엑스거버너)이라면, 그 탐험가인 안나 테라스(지구[테라]의 안나, 아마테라스[天照])를 말하는 건가요[28])?"

"맞아. 그녀에게 야품의 감별법을 배우기로 했어."

"뭐예요, 폴린. 이번 휴가여행은 야품 구입이 목적이었던 거예요?"

"그래. 특별히 떠들어댈 일도 아니기에 신축별장을 둘러보겠다는 명목으로 온 거지만 사실은 그게 목적이야. 소피아 때 제일 비싼 지구산을 샀는데도 그다지 좋은 물건이 아니어서 임신 7개월 만에 병이 들었어⋯⋯."

"그랬었죠."

"그래서 이번에는 직접 후지산강림(후지야마 디센딩)을 해서 고를 생각이야. 안나가 안내해줄 거야."

"저도 만나보고 싶네요, 그 여성은. 재작년에 출간한 『우리 자매는 신화가 되었다』라는 책, 재미있게 읽었어요. 그녀의 여동생은⋯⋯."

"스잔(스사노오[素戔嗚])[29]에 대해서 알고 싶다면 내일 가서 안나에게 듣도록 해. 그럼⋯⋯."

걱정스러운 마음을 달래기 위해서인지 윌리엄은 좀 더 이야기를 나누고 싶어 하는 듯했으나, 마음이 급한 폴린은 서둘러 나가버리고 말았다. 윌리엄은 어쩔 줄 모르겠다는 듯 육담호의 머리를 파이프로 탁 치기도 하고 육발판의 머리를 차기도 했으나 침실의 문이 좀처럼 열리지 않았기에 초조함과 불안에 시달렸다.

'대체 무슨 얘기를 언제까지 할 셈이지? 영 내키지 않아⋯⋯.'

방 밖에서 기다리고 있는 몸종 M9호와 F1호를 부르더니 한 마디 명령을 했다.

---

28) (역주) 아마테라스는 일본신화에서 해의 여신. 일본황실의 조상이라고 함.

29) (역주) 일본신화에서 아마테라스의 동생.

"소마."

3. 뻐꾸기수술법(쿡쿠 오퍼레이션)

앞선 두 사람의 대화는 해설이 없으면 이해하기 어려우리라 여겨진다. 하지만 광대한 비행섬인 '타클라마한'과 그곳의 주인인 안나 테라스에 대해서는 내일 클라라가 폴린과 함께 갈 때까지 호기심을 억눌러 달라고 독자께 부탁하기로 하고, 여기서는 야품에 대해서만 설명하기로 하겠다. 그런데 그 전에 뻐꾸기수술법(쿡쿠 오퍼레이션)에 대해서 한마디 덧붙여두는 것이 편의상 좋을 듯하다.

지구기원으로 환산하자면 25세기 중엽의 일인데, 한 축인사육소에서 태반이식에 성공했다. 임신 초기의 태아를 암컷 야푸의 자궁에서 다른 암컷 야푸의 자궁으로 이식하여 발육·출산시킨 것이다. 후자는 단지 모태적 환경조건으로서만 영향을 주었을 뿐, 태어난 새끼는 완전히 전자의 유전자를 갖추고 있었다는 점은 너무나도 당연한 일이었다. 이것이 뻐꾸기수술법(cuckoo operation)이라는 이름을 얻은 이유다.

이는 곧 인간 여성에게도 응용되기에 이르렀다. 수태한 사실을 알고 난 후 태아를 태반째 자궁에서 꺼내 적당한 암컷 야푸의 자궁에 심으면 이후 출산까지 모태의 고통을 전혀 맛보지 않고도 자신의 아이를 얻을 수 있었다. 유사 이래 최대의 복음이라며 기뻐한 것도 당연한 일이었다. 그리고 실제로 27세기 초에 일어난 여권혁명의 물질적 기초를 마련할 수 있었던 것도 이 수술법 덕분으로, 여성이 임신·출산이라는 생리적 숙명에서 벗어났기 때문이었다. (이에 대해서는 뒤에서 다시 이야기할 생각이다.)

그런데 발명 당초와 비교해서 이 수술법 자체에서도 커다란 진보의 흔적을 볼 수 있다는 점은 너무나도 당연한 일이리라.

첫 번째는 태아를 꺼내는 방법이다. 소파[30]는 위험해서 불가능했기에 초기에는 제왕절개를 한 뒤에 꺼냈다. 절개수술에 걸리는 1시간이 임신 10개월 동안의 고통보다 낫다는 생각에서였다. 그러나 외과기법이 발달해서 아무리 무통수술이라 할지라도 제왕절개는 대수술이었다. 가능하다면 모체에 상처를 만들고 싶지 않았다. 마침 이전 세기부터 발달해온 야푸축소기술(10장 3. 시리우스권 정복은 1,600년 전, 즉 24세기였다.)이, 황체호르몬 검출법의 진보로 수태 직후에 태반의 형성을 정확하게 알 수 있게 된 것과 어우러져, 모체의 자궁 안에서 태아를 직접 꺼내는 것을 지향하게 되었다. 지금 이 수술은 임신 1개월 이내에 행해지도록 되어 있는데, '육겸자(fleshy pincers)'로써 미리 자궁 내 작업을 익히게 한 극소(미니멈)야푸(10장 3의 마지막 주)를 여주인의 womb까지 들어가게 하여, 아직 조그만 태아를 태반째 꺼내오게 하는 것이 일반적이다. 신장 6㎝인 소인의 섬세한 손가락이기에, 금속제 겸자(포셉스)로는 불가피했던 위험이 전혀 없다.

두 번째는 태아의 발육용기인 암컷 야푸의 문제다. 유전인자에는 영향을 주지 않는다 할지라도 모태의 환경조건이 태아에게 무시할 수 없는 중요성을 가지고 있다는 사실은 말할 필요도 없다. 당시는 아직 폐기물재생연쇄기구(리뉴잉 푸드 체인)가 생기기 전으로 야푸의 영양이 오늘날처럼 일정하지는 않았지만, 펌프충이 빨아들인 영양액이 영양가는 만점이라 할지라도 무릇 정상인이 먹기를 꺼리는 것임에는 그 무렵도 지금과 다를 바 없었다. 따라서 그런 모태에서 백인의 태아가 영양을 섭취해도 정말 괜찮은 걸까 하는 문제가 제기되기 시작했다. 백인여성을 대신하는 암컷 야푸에게는 펌프충을 기생케 하지 않고 인간수준의 식생활을 허락하며, 특히 드디어 '신의 씨앗'을 품게 된 후부터는 백인과 거의 같은 수준으로까지 식생활을 향상시켜주는 형태─그것이 정신을 밝게 해서 태교적으로도 좋은 영향을 준다는 것이

---

30) (역주) 搔爬. 긁어냄의 전 용어. 인공유산 등에 쓰인다.

또 하나의 이유였는데—로 그 문제에 대한 해답이 내려졌다.

그래도 여전히 난점은 남아 있었다. 아무리 그래도 인간의 아기가 축생인 야푸의 가랑이에서 태어난다는 것은 수치스러운 일 아닐까 하는 결벽에 관한 문제였다. 거기에 한때 야푸의 새끼를 품었던 자궁에 넣어 기른다는 것은, 야푸와 형제가 되는 듯해서 싫다는 감정론도 있었다. 출산경험이 있는 암컷 야푸는 피하고 초산인, 즉 처녀인 암컷에게 '신의 씨앗'을 수태케 한 뒤 달이 차서 분만이 시작되면 그 제1기, 즉 진통을 느끼기 시작할 때 바로 제왕절개로 태아가 질을 통과하기 전에 분만시키는(즉, 초기의 수술법 과는 제왕절개를 받는 쪽이 반대임 셈이다.) 방법을 취하게 된 것은 이처럼 결벽한 수요자의 목소리에 응한 결과였다.

이스 문명의 발전과 함께 야푸의 수컷과 암컷은 직능이 분화되어 백인이 사용하는 살아 있는 도구로써는 오로지 수컷만이 이용되었으며, 암컷은 그 도구를 생산하는 기계로써 존재가치(레종 데트르)를 인정받게 되었다. 이러한 암컷들 외에 숫자로 보자면 극히 소수에 불과하지만 야푸를 생산하는 대신 '신의 자녀', 즉 백인 아이의 생육용기를 임무로 하여 그것을 위한 교육을 받는 전문적인 존재가 나타나기에 이른 것은 뻐꾸기수술법의 진보에 호응한 것이라고 말 수 있다. 이것이 야품이다. 이에 대해서는 다음 절에서 다시 상술하겠다.

4. 자궁축(子宮畜, 야품)

뻐꾸기수술법은 원래 귀족부인—당시는 여권혁명 이전이었다. 오히려 이 수술법이 평민에게 보급된 뒤, 바로 그로 인해서 혁명이 일어난 것이다.— 의 전유물이었다. 그녀들은 필요에 따라서 지구의 야푼 제도로 갔다. 독자 여러분도 이미 알고 계신 것처럼 토착야푸는 인간적인 의식주생활을 향유하 고 있기 때문에 그 암컷의 '자궁(womb)'을 이용하면 다른 암컷 야푸에게서는 피하기 어려운 불결함은 느끼지 않다도 된다. 승천(토착야푸가 이스 세계로 들어오는 것) 후에도 펌프충을 먹이지 않고 그냥 두면 되는 것이다.

물론 처녀가 아니면 안 된다. 골반이 넓어서 태아를 충분히 발육시킬 수 있으면 더욱 좋다. 하지만 출산이 너무 수월해서 제왕절개수술 전에 태아가 질을 통과해버려서는 곤란하니 허리 부분 이외는 아기자기한 난산형 체격이 바람직하다. 용모·지성·혈통도 우수하면 우수할수록 좋다. ─승천을 원하는 암컷이 무수히 많았기에 귀부인들은 그 가운데서 위의 모든 조건에 부합하는, 마음에 드는 한 마리를 고르기만 하면 되었다.

이렇게 해서 골라낸 암컷을 그녀들은 야품(yapomb)이라고 불렀다. 자궁축(yapoo + womb)이라는 뜻이다.

그런데 평민여성들 사이에서까지 이러한 풍조가 널리 퍼지게 되자 야푼 제도의 토착야푸만으로는 수요를 충족시킬 수 없었다. 귀족부인들은 특권을 유지하기 위해서 평민용 야품의 전문사육장을 대대적으로 일으켰다. 그것이 시리우스권 아마존성(星)에 있는 '여호도(女護島)'다. 여기서는 야푼 제도에서 이주되어온 표준형 야품이 처녀생식(버진 버스)에 의해서 번식되고 있다. 야품의 식생활은 특별하지만, 의생활은 일반 야푸와 똑같아서 피부강화 처치를 받기 때문에 섬의 전 주민이 알몸이다. 거기서 자라 18세가 된 처녀가 이스로 수출되어 평민여성들 대신 자궁이 되는 것이다.

귀부인들은 이것을 '아마존산'이라며 경멸했다. 그녀들에게는 '지구산'을 사용하는 특권이 주어져 있었다. 평민들의 수요를 배제하면 필요수도 적어지기에 엄선이 가능해진다. 그를 위한 대규모 조직이 이른바 처녀검사제도(버진 이그잼)인데, 심지어 이것이 축인부 토착야푸과의 사업이 아니라, 자반국(邪蛮國)[31] 정부가 자발적 조치로 행하고 있다는 점이 재미있다.

---

31) 테라 노바 군에게 정복당한 뒤 보호국으로 존립을 허락받았을 때(2장 2), 토착야푸들은 국호를 '자반'으로 바꾸었다. 발음만 놓고 보자면 테라 노바 사람, 즉 영어를 쓰는 국민에

자반국의 모든 여성은 만14세가 되면 등록을 위해 국립검사장으로 가서 용모·체격·건강·지능·성격 등 온갖 검사를 받아야 한다. 마치 옛날의 징병검사와 같은 국민적 의무인데 합격자가 몇 천 명 가운데 한 명일 정도로 소수라는 점, 수검자가 합격을 열망한다는 점이 병역과는 다른 점이다. 검사성적에 가문 등 그 외의 내신을 종합한 성적으로 우수한 자만을 선발하여 야푼 요원으로 삼는다. 국민들은 그들을 '오후쿠로사마(お袋様. 일본어의 오후쿠로는 자대[子袋], 즉 자궁을 의미한다.)'라거나 '성모(신의 씨앗을 처녀수태하기 때문이다.)'라고 부르며 숭상한다.

만15세가 지나면 다음 달 보름 밤에 후지산 등반(후지야마 클라이밍)이 행해진다. 산기슭에서 재검사에 합격하면 알몸이 되어 피부강화처치를 받은 뒤, 산 정상을 향해 오른다. 검은 머리를 나부끼게 하는 열풍조차 벌거벗은 몸에 어떤 추위도 주지 못한다는 사실을 깨달으면 그녀들은 신에 더욱 가까워진 것이라며 기뻐한다.

자반 전국에서 선발되어 온 미모의 아가씨들은 만18세가 될 때까지 산 정상에 있는 수도원(nunnery)―이스 귀부인에게 있어서는 사육소(야푸너리, yapoonery)이지만―에서 수행한다. 고귀한 신들(귀족들)의 '오후쿠로'가 될 몸의 행복을 생각하여 책임을 느끼고 있는 그녀들은, 임신·출산·수유시의 위생법 등의 과학을 배우는 한편, 건강에도 유의하며 스포츠에 힘써 태아발육에 가장 적합한 모체가 되기 위해 노력한다. 이렇게 해서 3년이라는 기간이 지나 심신 모두 준비를 갖춘 자궁축(야푼)이 되면 승천하여 시장에 놓여지게 되는 것이다.

이처럼 규모는 아마존성 여호도의 몇 십 분의 일에 지나지 않지만 질에 있어서는, 우수한 귀부인용 야푼 전문사육소가 운영되고 있기 때문에 귀부인

대해서 자신을 비하하여 그 발음에 영합한 것이라는 사실이 분명하며, 한자를 놓고 보자면 그들의 심각한 자기혐오가 드러나 있다.

들은 매번 일부러 지구까지 가지 않아도 우수한 '지구산'을 손에 넣을 수 있게 되었지만 사치에는 끝이 없는 법이다. 장녀인 소피아를 임신했을 때 사용했던 야품에 실패한 폴린은 시장에서 볼 수 있는 물건에는 만족하지 못하고 이번에는 직접 그 사육소까지 가서 마음에 드는 것을 찾으려 하는 것이다. 물론 이와 같은 후지산 강림(후지야마 디센딩)은 그녀가 처음이 아니다. 지구별장에 오는 유한(有閑) 여성에게는 종종 있는 일이다.

딱딱한 이야기는 이쯤에서 그만두고 우리는 클라라의 방으로 되돌아가기로 하자.

5. 파탄

초조한 마음으로 소마의 잔을 기울이고 있던 윌리엄은 옆방에서 기악의 선율이 흘러나온다는 사실을 문득 깨달았다. 자장가와도 같은 선율.

"앗, 최면악(슬리핑 뮤직)이다! 그렇다면 침대에서……."

얼굴빛이 변한 미청년이 소파에서 몸을 일으켰다. 아니나 다를까 맹렬한 졸음이 찾아왔다. 두 흑노는 바닥에 웅크린 채 손으로 얼굴을 문지르며 저항하고 있는 듯 보였으나 잠시 후 털썩 고꾸라지더니 이마의 쇠고리가 바닥에 닿자마자 코를 골기 시작했다.

클라라가 야푸를 품고 있는 걸까 하는 격렬한 질투와, 또 하나는 소마에 의한 신경흥분 때문에 윌리엄은 흑노보다 오랜 시간 견뎌서 옆방의 문 앞까지 갔으나 문 너머에서 들려오는 음악소리가 한층 더 강해졌기에 마침내는 그도 문의 손잡이에 손을 댄 채 털썩 쓰러져 문에 아무렇게나 기댄 모습으로 잠을 자기 시작했다.

육담호와 그 외의 생체가구들만은 아무런 영향도 받지 않고 똑바로 서 있었다.

잠시 후 음악이 그치자 희미하게 코 고는 소리 외에는 정적이 지배했다.

⋯⋯⋯⋯⋯⋯⋯⋯⋯.

꽤 시간이 지나 폴린이 밖에서 문을 열었다. 좋지 않은 예감이 있었던 것인지 안나와의 대화를 마치자마자 바로 돌아온 것이었다. 안쪽 문 앞에 쓰러져 있는 윌리엄의 모습에 가슴이 덜컥하여 달려갔다. 그 발밑에 두 흑노가 쓰러져 있었기에 하마터면 걸려 넘어질 뻔했다.

세 사람 모두 그저 잠을 자고 있는 것이라는 사실을 알고 약간 안심이 되었으나 안쪽의 방이 마음에 걸렸다.

클라라라면 안쪽 방의 문을 '문 열어.'라는 명령으로 열 수 있지만 다른 사람에게는 그것이 불가능했다. 열쇠를 가져오게 해서 열었다.

가장 먼저 눈에 들어온 것은 바닥에 쓰러져 있는 클라라와 야푸의 모습이었다. 미녀와 야수, 그런 표현이 아주 잘 어울린다는 인상이었다. 위를 향해 쓰러져 있는 클라라의 상반신을 덮치듯 해서 수갑만은 풀어진 채 두 손이 클라라의 목에 걸쳐 있고 그 두 손목을 클라라의 두 손이 쥐고 있었다. 헝클어진 의상으로도 격렬한 몸싸움이 있었다는 사실을 알 수 있었다.

'야푸가 클라라의 목을 졸라 죽이려 했던 거야. 하지만 대체 무슨 이유로? 그녀에게 동침을 요구했으나 거절당했기 때문일까?'

툭툭 2번 차서 클라라 위에 겹쳐져 엎드려 있던 야푸를 바닥에 똑바로 눕혔다. 야푸도 클라라도 혼수상태였다.

'누군가가 마취권총(나커틱 피스톨)을 쓴 것이라고밖에 여겨지지 않는데, 대체 누가? 또 어째서 그렇게 한 거지?'

방 안을 둘러보아도 단서라고 할 만한 것은 보이지 않았다. 그러고 보니 작은 테이블 옆에 옷장에서 꺼낸 듯한 슈트 한 벌이 던져져 있는 것이 이상하기는 한데⋯⋯.

검사장이라는 직업상 범죄조사에 일가견이 있는 폴린이었으나 이 이상한 돌발사태에는 도무지 짐작 가는 부분이 없었다.

'단 한 가지 분명한 것은 야푸가 클라라에게 반항했다는 사실, 다시 말해서 원반정 안에서는 그렇게도 친밀했던 둘의 사이가 아마도 결정적으로 파탄에 이르렀을 것이라는 사실이야…….'

몸종 A3호가 부지런히 클라라를 침대로 옮기더니 정신없이 잠들어 흐느적거리는 사지를 능란하게 다루어 옷을 벗겼다. 파자마를 꺼내가지고 와서 속옷까지 벗기려 한 순간 폴린이 그를 제지했다.

"잠옷은 내가 입힐 테니 너는 드레이퍼 오스를 간호해서 그의 방으로 옮기도록 해. 몸종들도……."

커다란 인형의 옷을 갈아입히듯, 폴린은 잠들어 있는 클라라에게 파자마를 입혀주며 마음속으로 가만히 말했다.

'클라라 양. 굉장히 무서웠었죠, 야푸가 목을 졸랐을 때는. 가엾게도 그렇게 사랑하고 있었는데……. 하지만 오히려 잘됐어요. 짐승을 상대로 한 연애 따위 어쨌든 빨리 청산하는 편이 좋으니. 당신의 병적 애정(6장 1)은 뿌리가 깊어서 잘못했다가는 연민의 정이 남지 않을까 걱정했었어요……. 이런 일을 당했으니 당신의 혼란스러웠던 마음도 사라져 야푸를 어떻게 다루어야 하는지 알게 되었을 거고, 이 야푸도 앞으로는 멋대로 행동하게 두지 말고 제대로 된 조교를 받게 하는 것이 결국은 행복할 테니…….'

마침 클라라의 스타킹을 벗기려던 그녀의 손이 갑자기 멈췄다. 5개의 발가락……. (7장 1)

'맞아, 이 아가씨는 발가락이 5개였지. 전사시대 사람이니…….'

전사시대에 인류는 5개의 발가락을 가지고 있었다. 그런데 우주문명의 발달과 함께 새끼발가락이 점점 퇴화하여 지금으로부터 1천 년쯤 전에는 완전히 4개의 발가락을 가진 생물로 진화했다.

'발가락이 4개가 아니면 이스 사람으로 인정받지 못할 거야. 알레만 의사를 불러야겠군.'

이렇게 결심한 순간 바닥에 쓰러져 있던 야푸가 갑자기 몸을 꿈틀거리며 신음했다. 혹시 정신을 차린다면, 하고 불안한 마음이 들었기에 몸종을 불러,

"이 야푸를 생축사(生畜舍, 로 야푸 폴드)로 데리고 가서 예비우리(spare pen)에 넣도록."

하지만 이 녀석이 도중에 난동을 부리면 큰일이었다. 역시 수갑을 채워야 했다. 다시 한 번 방 안을 둘러보던 그녀는 침대 머리맡의 선반에 멋진 장식물―구식 우주선 모형(로켓 모델)―이 있고 그 옆에 벗겨낸 수갑이 놓여 있는 것을 발견했다. 말없이 수갑을 흑노에게 건네주고 야푸를 짊어져 데리고 나가게 한 뒤 그녀는 그 우주선 모형 쪽으로 다가갔다. 무엇을 하려는 걸까? 그야 어찌됐든 재회도 한순간, 린이치로와 클라라는 이렇게 해서 다시 헤어지게 되었다. 연인으로서의 두 사람의 사이는 영원히 파탄에 이르고 말았다. 다음에 둘이 마주할 때는 한 사람의 이스 여성과 한 마리의 생야푸로서 마주하게 되리라.

제15장 2개의 수술

1. 혼수파동(코마 웨이브)

우주선 모형이 보물선일 것이라는 사실을 폴린은 한눈에 알아볼 수 있었다. '잔센 일족에게 골동품수집 취미는 없으니 이 방에 처음부터 있었던 것은 아니야. 왜인결투 때 윌리엄이 걸었던 우주선장식물이 바로 이거겠지. 그런데 보물선이라면 안에 왜인이 있을 터, 그들이 이 방에서 일어난 괴사건의 전부를 알고 있지 않을까.'

솜씨 좋은 검사장으로서의 수사에 대한 직감이었다. 폴린은 망설이지 않고 위쪽의 뚜껑을 열었다. 아니나 다를까 일곱 왜인, 여러 기형들 가운데서 선장격인 변재천을 집어내 손바닥 위에 가만히 올려놓고,

"자, 말해보렴. 네가 본 것, 들은 것 모두."

변재천은 인간(백인)의 피부라 여겨질 만큼 하얀 피부를 가진 젊은 미인이었다. 손에 든 보물창(옛날에는 다문천[多聞天]이 들던 것)을 옆에 놓고 무릎을 꿇어 가장 정중하게 인사를 한 뒤, 조심스럽게 일어나 이야기를 시작했다. 작지만 방울을 흔드는 것 같은 아름다운 목소리였다.

"저는 사령실에 서서 창을 통해 방 안을 살펴보고 있었습니다. 여신께서 야푸를 데리고 들어오셨습니다. 바로 수갑을 풀어주시기에 저는 여신께서 그 야푸를 혀인형(린거)으로 삼아 위로의 시간을 가지시려는 줄로만 알고 교열악(交悅樂, 인터코스 뮤직) 연주를 준비하게 했습니다."

'윌리엄, 당신의 걱정도(라고 폴린은 혼자 생각했다.) 아주 틀린 것만은 아니었네.'

"그런데 여신께서 옷장에서 옷을 꺼내시더니 야푸에게 건네주셨습니다. 제가 알아들을 수 없는 말로 명령을 하시면서……. 그는 그것을 낚아채더니 무엇인가 외치며 옆으로 던져버렸습니다. 어떻게 된 일인지 알 수 없었습니다."

'나는 알고 있지. 클라라는 녀석에게 옷을 입히려 했던 거야. 하지만 녀석은 자신이 옷을 입을 수 없는 몸이 되었다는 사실을 알고 있었던 거야.'

"놀랍게도 야푸는 여신과 나란히 소파에 앉았습니다. 이야기가 계속되었지만 선내의 스피커로 들어도 저는 전혀 알아들을 수가 없었습니다. 단, 여신께서 오히려 부탁하는 듯한 투로 천천히 이야기한 것에 비해서, 야푸가 크게 화난 듯한 목소리로 말했습니다. 그는 수시로 옆방으로 가는 문을 가리켰습니다."

'윌리엄, 당신이 녀석에게 질투심을 느꼈던 것처럼 녀석도 당신에게 질투심을 느꼈던 모양이야. 웃기지도 않군. ……클라라는 대체 어떤 부탁을 했던 걸까? 부탁하다니.' (폴린은 클라라가 린이치로를 원구면으로 혼자 되돌려보내기로 했다는 사실을 꿈에도 생각지 못하고 있었던 것이다.)

"야푸가 갑자기 펄쩍 뛰어오르더니 엉덩이를 문지르며 다시는 앉으려 하지 않았습니다."

'피부반응통(델마틱 페인)이야. 윌리엄은 야푸가 침대 안에 있는 게 아닐까 걱정했지만 침대는커녕 강화피부에는 소파조차 허락되지 않는다는 사실을 잊고 있었던 거야.'

"이번에는 야푸가 애원하기 시작했습니다. 그는 여신께서 앉아 계신 소파 앞에 무릎을 꿇고 머리를 숙였습니다. 여신께서는 거절하셨습니다."

'클라라는 야푸에게 너를 무엇으로 쓸 생각이라고 선언한 것임에 틀림없어. 녀석은 그 운명을 두려워하여 결심을 바꿔달라고 부탁한 거겠지.' (이는 어찌보면 당연한 추측이었으나, 사실은 린이치로가 자신과 함께 원구면으로 돌아가자고 애원한 것에 대해서 클라라가 거절을 한 것이었다.)

"야푸가 야푸다운 자세를 취한 것에 만족감과 안도감을 느꼈기에 저는 잠깐 눈을 떼었습니다. 지금까지 전혀 알아들을 수 없었던 말들 속으로 갑자기 가축어(야푼)가 섞여 스피커를 통해 들려오기 시작했습니다."

"뭐라고 했지?" 폴린이 무심결에 소리 내어 물었다.

"네. '동반자살이야, 클라라. 나도 죽을 테니.' 이렇게 들렸습니다. 그래서 깜짝 놀라 바라보니 야푸가 자유로워진 두 손으로 여신의 목을 조르고 있었으며, 여신께서는 괴롭다는 듯 몸부림을 치고 계셨습니다. 야푸의 무시무시한 얼굴과 조금 전의 말, 억지로 동반자살하려 한다는 사실에 의심의 여지도 없었습니다. 그래서 비상조치로 최면악(슬리핑 뮤직)을 평소보다 배나 강하게 연주케 했고, 다시 5배로 증폭시켜서 방송했습니다."

"이 보물선은 자동연주구(오르골) 겸용이로군."

"네. 다문천이 소영인(리틀 뮤지션) 혈통이기에……."

'그렇게 된 거로군. 그게 진귀한 물건이라고 한 이유였어.'

마침내 혼수현상의 수수께끼가 풀렸다. 취침 시에 최면악을 연주하는 자동연주구. 그 최면악은 귀로 들을 때는 자장가에 불과하지만 부차적으로 인간의 고막에 들리지 않는 고주파 혼수파동(코마 웨이브)을 발한다. 평소에는 사람을 서서히 잠으로 인도할 뿐이지만, 그것이 10배로 강화되었기에 마취권총(나커틱 피스톨)으로 쏜 것과 같은 효과를 발휘한 것이었다. 이 암컷 왜인의 기지 덕분에 클라라는 야푸의 폭력으로 목숨을 잃을 뻔한 위기에서 벗어난 것이었다.

"아주 잘했어. 상을 줄게."

변재천과 예전에는 그녀가 가지고 있던 현악기를 끌어안고 있는 다문천에게 한 입씩 침을 뱉어주고, 감격으로 뺨을 붉게 물들인 채 신이 내린 성타(사리바)를 먹기 시작한 소동물들을 곁눈질하며 폴린은 손목송화기로 명령을 내렸다.

"알레만 의사를 급히 이 방으로 보내줘. 극비리에 간단한 수술도구를 가지고……."

침대 위의 클라라는 손가락 하나 꿈쩍하지 않았다. 혼수파동이 덮치기 전에 기절한 것일지도 몰랐다.

2. 특별우리(스페셜 펜)

린이치로는 흑노의 어깨 위에서 정신을 차렸다. 목을 졸려 실신한 클라라와는 달리 혼수가 얕았던 것이다.

'클라라를 살해했는데 나는 아직도 살아 있어…….'

회한이 가슴을 파고들었다. 자살할 기회를 엿봐야겠다고 생각했다.

흑노는 1층의 뒷마당에 면해서 돌출되어 세워져 있는 생축사(로 야푸 폴드)까지 내려갔다.

바로 그때 세실과 마주쳤다. 그는 만찬 전의 한때를 생야푸의 조교에 쓰고 있었는데, 거기서 지금 막, 예의 야푸가 조금 전 지하에서 난동을 부렸다는 소리를 들은 참이었다.

그러한 때에 마주친 것이 바로 그 이야기 속의 야푸였다. 그를 보니 수갑과 족쇄······.

"임무수행 중(이는 결례를 범할 수밖에 없을 때의 인사다)."이라며 지나치려 하는 몸종 A3호를,

"잠깐, 어디로 가는 거지?"라며 불러세웠다. 흑노는 야푸를 어깨에서 내려 세운 뒤,

"이 야푸를 예비우리(스페어 펜)에 넣기 위해······."

"예비우리(스페어 펜)? 그게 아니겠지. 특별우리(Special pen)겠지. 당연한 일이잖아. 멍청한."

백인이 이렇게 당연하다는 듯이 말하자 틀림없이 자신이 잘못 들은 것이라는 생각이 들어,

"네, 특별우리(스페셜 펜)로."

린이치로는 목소리와 옷자락의 무늬로 이 백인이 바로 항해선 속에서 자신에게 호의를 베풀었던 사람이라는 확신이 들자,

"아까는 고마웠습니다."

이렇게 말한 뒤, 그 이후 있었던 흑인들의 만행을 호소했다.

야푸는 인간에게 말을 걸어서는 안 되지만 훈련이 되지 않은 토착야푸는 그 금지령을 알지 못하기에 예외였다. 따라서 세실은 말을 걸어온 데에는 놀라지 않았지만, '아까는 고마웠습니다.' 라는 인사에는 놀라지 않을 수 없었다. 그리고 계속 말을 하게 두어 이 야푸가 '자신이 옷을 입을 수 없는 몸이 된 것은 흑노가 당신의 명령을 남용하여 장난을 쳤기 때문'이라고 믿고 있다는 사실을 깨닫고는, 이 건장한 생야푸의 낮은 지능에 측은함을 느끼면서도 웃음을 짓지 않을 수 없었다. 그 웃음을 린이치로는 또 자신에 대한 호의의 표시라고 생각해버렸기에 일이 더욱 꼬였다.

나란히 걸어서 그 문 앞까지 오자,

"이 안에 들어가서 기다리도록 해. 해가 되는 일은 없을 거야······. A3호,

수갑과 족쇄를 풀어줘."

이에 세실을 친절한 사람이라고 더욱 착각하게 된 린이치로는 그의 말을 추호도 의심하지 않고 문을 열고 안으로 들어갔다.

조금 전 우리라는 말이 오갔지만 거기에는 철창도 없었다. 밝은 조명, 4평(13㎡) 정도의 썰렁한 방. 가구라고는 중앙에 기묘하게 생긴 의자(?)가 하나 있을 뿐이었다. 4개의 다리로 지탱하고 있는 좌석 부분의 중앙이 깊이 파여 있고, 좌우 위쪽으로 경사져 있어서, 말하자면 극단적인 안장 모양이었기에 평범한 의자처럼 앉을 수는 없었다. 걸터앉을 수밖에 없었다. 등받이도 없었다. 기묘한 생김새였으나 4개의 다리로 봐서 의자 이외의 용도로 쓰일 것 같지는 않았다. 그 외에는 아무것도 없는 새하얀 바닥과 벽이어서 다리의 검은 색과 안장 부분의 노란색이 더욱 선명하게 보였다.

별 생각 없이 다가가 쉬기 위해 걸터앉으려 한 순간, 조금 전 소파에 앉았다가 혼쭐이 났던 일이 문득 떠올랐기에 천으로 감싸놓은 것은 아닌지 손으로 만져보았다.

'살아 있어!'

이렇게 직감했다. 손에는 매우 탄력적인, 예의 육질금속을 만지는 느낌밖에 없었다. 하지만 그 전체에서 '생물'의 인상을 받은 것이었다. 생체가구는 아니었으며, 인간이나 야푸와 같은 고등생명체와는 전혀 다른, 마치 해삼이나 불가사리를 바라볼 때 느껴지는 것과 비슷한 '생명'에 대한 인식이었다. ―아니, 이때는 아직 인식이라기보다 예감 같은 것이었지만……

섬뜩함에 린이치로는 자신도 모르게 뒷걸음질을 쳤다. 그 순간 안장 모양 동체의 하복부, 발걸이가 늘어져 있는 양쪽 부위에서 2줄기 촉수가 슥 튀어나와 그의 양 다리를 잡으려 했다. 유도로 단련된 그의 운동신경이 순간적으로 잽싸게 2m쯤 펄쩍 뒤로 물러나지 않았다면 그는 간단히 잡혀버리고 말았을 터였다.

그러자 그 살아 있는 안장이 성큼 성큼, 지금까지 막대기로밖에 보이지 않았던 4개의 다리를 움직여 촉수를 흔들며 구석에 서 있는 린이치로 쪽으로 다가오기 시작했다. 그가 잽싸게 다른 구석으로 몸을 옮기자 어떻게 해서 지각  하는 건지 분명하게 그의 위치를 인지하여 다시 방향을 바꾸어 다가왔다. 빠르지는 않았으나 발걸음은 정확했다.

3. 인공동물 '거세안장(캐스트 새들)'

특별우리 안에서 린이치로를 잡으려 한 괴물은 거세안장(캐스트레이팅 새들)이라 불리는 것인데, 인공합성에 의한 생물의 일종이다.

단백질합성으로 시작된 생명체의 인조(人造)는 이스에서도 오랜 역사를 가지고 있지만, 생물진화의 과정을 거슬러 올라가야 하기에 연구실 안에서의 2천 년은 너무나도 짧아서 지금까지 기껏해야 강장동물 정도만이 합성되었을 뿐이다.

그러나 천연에 존재하는 생물과 같은 것을 만들겠다고 조바심치지 않고 인공으로 별종의 생명체를 만들어보겠다는 시험이 예상 외의 성공을 거두었다.

원형질 세포 대신 육질금속입자, 혈액으로 특수한 화학용액, 신경작용은 전자기……, 이들을 통합하는 뇌수로 왜인을 활용한 소형인공두뇌. —이렇게 해서 만들어진 작품은 동물체가 가지고 있는 온갖 특징을 보였으며, 단 하나 생식에 의한 재생산능력만 결여되어 있을 뿐이었다. 그리고 미리 일련의 작업을 본능화시켜놓으면 그것을 충실하고 정확하게 수행했다. 본능동물답게 예정된 틀 이외에서는 적응행동이라는 지성능력을 보이지 못했지만, 본능적 행동에서는 상당히 복잡한 고차원적 단계에 달해 있어서 대략 곤충류 정도에 도달해 있었다. 이것이 인공동물(아티피셜 애니멀)이다.

이에 여러 가지 작업이 유혼기계보다 한 걸음 더 진보한 이 인공동물에게 맡겨졌다. 거세안장(캐스트 새들)도 그 가운데 하나였으며 생야푸의 거세수술을 본능으로 삼고 있는 인공동물이었다.

그 노란색 안장부의 표면은 상대방의 피부가 황색일 때만 반응을 일으키게 하기 위한 식별기관이었다. 백인이나 흑인에게 그것은 단지 안장 모양의 의자에 지나지 않는다. 그러나 피부가 노란 녀석이 앉으면 이 안장은 끔찍한 거세대로 작용한다. 그리고 근처에 황색 피부를 가진 녀석이 있는데 안장에 앉지 않으면 그놈을 잡으러 간다. 행동범위는 특별우리라 불리는 흰색 평면으로 둘러싸인 공간에 한정되어 있지만 거미가 자신의 거미줄에서 그런 것과 마찬가지로 이 우리 내부에 있어서는 매우 유능해서 제아무리 민첩한 야푸일지라도 결국에는 그의 먹잇감이 되어버리고 만다.

그런데 세실이 린이치로를 이 우리에 넣은 것은 어떤 이유에서였을까?

일반적으로 생야푸를 반드시 거세해야 하는 것은 아니다. 특히 예전에는 거세를 해버리면 수컷다움이 줄어들어 채찍질을 쉽게 인내하기에 조교할 때의 즐거움이 줄어든다는 이유와, 거세해버리면 나중에 씨를 받고 싶어졌을 때 곤란해진다는 이유 때문에 생야푸는 거세하지 않는 것이 일반적이었다.

그런데 영양액에 남성호르몬을 첨가함으로 해서 거세 야푸도 여성화할 걱정이 없어졌고, 척출한 고환을 정충금고에 맡겨 언제라도 씨앗을 받을 수 있게 되었기에 이에 반대할 이유가 없어진 데다, 한편으로는 상류인사들의 진봉(珍棒) 애호, 특히 자기진봉훈련(셀프 팀보우 디서플린. 다음 절 참조)이 유행하여 요즘에는 생야푸의 약 절반 가량이 거세를 당한다. (나머지 절반은 육변기, 육반토분이나 그 외에도 입이나 위로 봉사하는 도구가 될 예정인 생야푸들인데, 그들에게는 적어도 봉이 필요하다. 7장 2)

따라서 야푸가 난동을 부렸다는 이야기만 듣고, 그 후에 있었던 일은 아직 모르는 세실이 객실에서 수갑과 족쇄가 채워진 채 보내온 이 야푸를 특별우리에 보내는 것이라고 생각한 것도 당연한 일이어서, '야푸에 대한 처분은 주인의 의사에 따른다.'는 원칙에 따라 일단은 클라라가 각성할 때까지 예비우리에 넣어두려 한 폴린의 의도가, 세실에게는 통하지 않았던 것이다.

그리고 돌리스와 윌리엄이 각자 클라라에게 선물을 한 이후(10장 2) '나도 뭔가.'라고 생각하고 있던 세실은, 이 야푸를 거세하여 진봉을 만들게 되면 자신이 멋진 손잡이를 선물할 수 있으리라고 순간적으로 생각했기에— 한편으로는 그런 생각도 있었기에 Spare pen을 Special pen이라고 오해하게 된 것이다. — 적극적으로 나설 마음이 들어 특별우리에 이 야푸를 직접 들여보내는 일까지 집행한 것이다.

우리 안에서는 린이치로가 이마에 비지땀을 흘리며 습격해오는 괴물에게서 간신히 몸을 피하기에 정신이 없었다. 이제는 시간문제이리라.

4. 오지족 정형

클라라의 침대 옆에서는 의사 카를로스 알레만이 간단한 외과수술을 하고 있었다.

그는 나이 서른다섯 정도, 남유럽계로 검은 머리카락, 회백색 피부, 키는 그다지 크지 않았으며, 성격을 그대로 드러낸 정열적인 눈은 검은 눈동자였다. 그러나 이견의 여지도 없이 표정 어딘가에 비굴해 보이는 부분이 있어서 평민이라는 사실을 알 수 있었다. 전속의사단 가운데 한 사람으로 작은마님을 수행해서 온 솜씨 좋은 외과의였다.

그의 눈 아래에는 상아를 깎아놓은 것처럼 아름다운 발과 거기에 조개껍데기를 박아놓은 것이라고 비유하고 싶을 정도의 발가락과 발톱이 있었다. ……단, 그것이 5개였다.

'신기하군. 이렇게 사랑스러운 발을 가진 사람에게 이런 기형이 있다니…….'

메스로 새끼발가락을 잘라내며 그가 마음속으로 중얼거렸다. 염색체의학의 발달이 육체형질의 기형인자를 멸절시켰다고 그는 배웠다. 학자의 상식으로 보자면 격세유전으로라도 오지족인 이스 사람이 존재할 리가 없었다. 그런데 눈앞의 이 환자는 분명히 새끼발가락을 가지고 있었다.

'대체 누구일까? 미인인 것만은 틀림없는 것 같은데…….'

설마 검사장인 잔센 가의 작은마님이 전사시대인을 데려오는 중대범죄를 저질렀으리라고는 생각지도 못한 알레만은, "기형을 부끄럽게 여겨 가출한 친구이니 극비리에 수술해줘."라는 폴린의 설명을 그대로 받아들여 클라라를 이스 귀족이라고만 믿고 있었기에 신기해서 견딜 수가 없었다.

그는 외과도구를 가득 담은 채 옆에 서 있는 이동선반[32]에게 피부다리미(스킨 아이론)를 꺼내라고 명령했다. 환자는 수건으로 얼굴을 덮은 채 계속

---

[32] 워킹 홀더(Walking holder). 상반신에 금속성 테와 고리와 서랍 등이 부착되어 있어서 여러 가지 작은 도구를 장착·수납하고 있는 야푸로, 생체이용가구(생체가구와는 달리 순환장치가 장착되어 있지 않다.) 가운데 하나. 필요한 물건을 꺼내 주인에게 건네줄 수도 있기에 매우 편리하다. 폴린의 남편인 로버트가 야외사생에 데려가는 화폭(캔버스)야푸와 화구(팔레트)야푸도 그 일종으로, 총칭하여 운반축(얍푸 포터)이라고 한다.

잠들어 있었다. 처음 들어왔을 때도 그랬으며, 수술 전에 초소기(超笑氣, 슈퍼 라핑) 가스로 다시 마취할 때도 폴린이 직접 가스를 마시게 하여 그에게는 환자의 얼굴을 보는 것이 허락되지 않았다. 지금도 뒤편에서 그녀가 감시하듯 그의 작업을 지켜보고 있다는 사실을 그는 전신으로 느끼고 있었다.

피부다리미를 사용하면 수술의 흔적조차 남지 않는다. 클라라의 발은 태어났을 때부터 발가락이 4개였던 것처럼 보일 만큼 정형되었다.

"끝났습니다."

다리미(아이론)를 이동선반에게 건네주며 알레만은 폴린에게 보고하고 자신이 수술한 미소녀의 발끝을 다시 한 번 물끄러미 바라보았다.

'참으로 신비한 아름다움이야. 이 다리의 근육에는 지금까지 내가 알고 있던 그 어떤 귀부인(레이디)에게서도 볼 수 없었던 신비한 야성이 깃들어 있어. 이 천하일품의 다리를 가진 사람은 대체…….'

"비밀을 엄수해야 하는 것은 말할 필요도 없지만, 카를로스." 폴린의 목소리는 엄격했다. "너 자신도 쓸데없는 호기심은 버리는 게 좋을 거야."

"네, 알겠습니다. 작은마님."

그는 분명하게 대답했다. 이 이상한 미녀의 비밀을 알고 그 다리를 사랑한 때문에 훗날 바로 그 여자 자신의 손에 의해서 자신의 인간성이 박탈되리라고는 꿈에도 모른 채…….

5. 여의편(如意鞭) '진봉'

클라라 자신도 모르는 사이에 발가락 정형수술이 시작되었을 무렵, 지하
생축사의 특별우리에서는 마침내 린이치로가 거세안장(캐스트 새들)에게
붙잡히고 말았다.

한참을 도망다니다 린이치로는, '이래서는 결국 지쳐서 지고 말 거야.
차라리 역습에 나서 괴물의 다리를 잡아 쓰러뜨리자. 실패해서 목숨을 잃는다
해도 어차피 자살할 생각이었으니 내게는 마찬가지야.'라며 궁지에 몰려
고양이를 물려는 쥐처럼 뒤로 돌아들어 뒤편에서부터 달려들었지만 역시
그것으로 운이 다해버리고 말았다. 촉수가 한쪽 다리를 잡았다 싶은 순간
그 끝부분이 고리 모양으로 휙 팽창하여 발목에 끼워지더니 바로 오므라들었
다. 금속고무로 만든 공구(홀 버튼)장치(8장 3)를 모르는 그로서는 영문을
알 수 없었지만, 촉수는 힘껏 조여졌으며 한쪽 발목을 잡힌 그는 당기는
힘에 쓰러지고 말았다. 곧바로 다른 한쪽의 발목에도 고리가 걸려 조여졌다.
이 촉수는 상반신은 전혀 문제 삼지 않고 두 발목만을 노리는, 등자촉수(橙子
觸手, 스티럽 텐타클즈)라는 이름을 가진 녀석이었다.

괴물이 4개의 다리를 줄여 안장 부분이 낮아진 위에 린이치로는 두 다리를
벌린 채 서 있었다, 아니, 세워졌다. 자유로운 상반신을 아무리 움직여보아도,
두 손으로 촉수를 때려보아도 전부 헛수고여서 촉수가 붙든 그의 두 다리를
자신이 생각하는 위치로 가져갔기에 그는 어쩔 수 없이 그 자세를 취하게
되었다.

안장이 갑자기 아래쪽에서부터 튕겨져 올랐다 싶은 순간 그는 이미 안장에
걸터앉혀져 있었다. 양쪽 발목이 등자촉수에 의해서 아래쪽으로 잡아당겨지
고 있었기에 안쪽 허벅지로 안장을 꽉 조이게 되었을 뿐만 아니라 평범한

승마용 안장－린이치로 자신도 한나절쯤 전에는 거기에 걸터앉아 타우누스 산에 올랐었는데－보다도 앉는 부분 전후의 곡선이 급격했기에 앞쪽의 배꼽 아래 5㎝쯤 되는 곳에서부터, 뒤쪽은 요추 하부까지를 연결하는 부분이 안장 앞뒤에 끼워져 밀착되어 있었다.

그런데 기묘하게도 앞쪽의 음부에 아무런 압박감도 없었다. 그럴 만도 했다. 내려다보니 좌석 앞쪽의 중앙선상, 정확히 음부에 해당하는 부분에 적당한 크기의 구멍이 뻥 뚫려 있어서 주머니와 봉 모두가 그곳에 들어가 있었다. 안에 뭔가 액체가 들어 있는 듯, 그는 봉이 잠겨 젖은 것을 느꼈다.

이 괴물의 정체를 알지 못하는 린이치로는 억지로 묘한 자세를 취하게 되었을 뿐, 예기하고 있던 것과 같은 죽음의 고통이 찾아오지 않았다는 데 약간 김이 샌 느낌이 들었지만, 시간으로 따지자면 그것은 매우 근소한 것이었다. 잠시 후 그 구멍의 가느다란 테두리가 조여지기 시작했다. 주머니와 봉 모두 연결부위에서 절단되었다. 그것도 1㎜ 조여들고, 1㎝ 조여들 때마다 천천히 잘려나갔다. 물론 마취는 없었다. 린이치로는 울부짖었다. 두 손으로 머리를 쥐어뜯고 가슴을 두드리며 고통과 격투를 벌였다. 이번에도 다시 극심한 고문이었다.

거세안장이 행한 작업은 어떤 것이었는지 설명하겠다. 안장에 앉힌 야푸의 음부 가운데 봉 부분을 살펴서 만약 길이가 부족하면 조육자극제에 적셔 충분한 길이로 만든다. 그런 다음 주머니와 봉을 연결부분에서부터 절단한다. 피부다리미(스킨 아이론)로 눌러 표면을 털 한 오라기, 작은 구멍 하나 없이 미끈한 것으로 만들어버린다. (요도도 막혀버리지만 이미 펌프충이 체내에 있으면 그 체액분비 효과로 수분이 직장부로 삼출되도록 조직이 변하기에 그에 따른 걱정은 필요 없다.)

절제한 주머니 속의 구슬 가운데 하나는 정충금고에 축적(畜籍)등록번호 를 붙여서 반영구적으로 보존하며, 다른 하나는 요리재료 등으로 소비된다.

그리고 봉 말인데, 왜 일부러 일정 길이까지 만드는가 하면 그것으로 채찍을 만들기 위해서다. 절단할 때 단번에 자르지 않고 조금씩 잘라 떼어내면 그 고통으로 인해 고통소인 도로로겐(7장 1)이 몸 전체로 퍼지고 봉의 해면체 조직의 변화가 쉬워져 바로 증장액에 넣어 처리하면 채찍해면체(웝스펀지 보디)라고 해서 신축률이 3배인 극히 능률적인 것으로 변한다. 동시에 봉 자체의 외피도 늘어나도록 처치를 해둔다. 이를 생체접착풀로, 일정량의 인공혈액을 함유한 손잡이와 접속한다. 그러면 평소 주머니 속에서는 30㎝도 되지 않는 가죽허리띠(밴드) 모양의 주름투성이 부드러운 물체에 지나지 않던 것이 손잡이를 쥐는 방법에 따라서 순간적으로 가늘게 늘어나 강인하고 탄력 있는 1m가량의 대나무채찍 같은 물체로 변한다. 같은 채찍이라도 샘복(7장 1)보다 훨씬 정교하고 자유롭게 신축한다는 점에서 여의편이라고도 부르지만 일반적으로는 진봉(timbow)이라고 부른다.

진봉이 생야푸 훈련의 채찍으로 어느 정도의 성능을 가지고 있는지는 뒷장에서 밝혀질 것이다. 인공동물인 '거세안장'은 단순히 주머니와 봉의 절단뿐만이 아니라 안장 내부에서 구슬과 봉을 이처럼 처리하는 일도 그 본능 가운데 일부로 삼고 있다. 정충금고로 보낼 구슬을 밖에서 받거나, 채찍의 손잡이를 건네주거나 할 사람은 따로 필요하지만, 나머지 구슬을 요리하거나 손잡이를 붙여 진봉으로 만드는 일 등은 이 살아 있는 안장이 한다.

고통의 한순간이 끝나 안장 위에서 해방된 린이치로는, 돌기물은커녕 털 오라기 하나 남아 있지 않은 음부를 쓰다듬으며 참을 수 없는 굴욕감을 느꼈다.

'나는 마침내 거세당하고 말았어.'

6. 가축어 학습과 생본능 주사

다시 클라라의 침실을 들여다보니―.

그녀의 머리맡에서 언어학습기 1대가 빠른 속도로 이야기를 하고 있었다.

"……다음은 포폄사(褒貶詞)입니다. 잘했어, 아니야, 조금 더, 라는 세 가지 말만 알면 충분할 겁니다. 이어서 명령사(命令詞). 여기에는 여러 가지가 있지만 우선 9방향사(九方向詞)부터 기억하시기 바랍니다. 앞으로, 뒤로, 오른쪽, 왼쪽, 위로, 아래로, 밖으로, 안으로, 돌아, 아시겠지요? 이번에는 금지사(禁止詞). 이런 이런, 안 돼, 이놈, ……."

폴린의 명령으로 조금 전 A3호가 가만히 놓고 간 가축어음반(야푼 레코드)이다. 잠들어 있는 클라라의 마음속에서 유일하게 그것만이 깨어 있는 하의식, 그 언어중추에서 백인용 문법으로 분석·해설한 가축어가 가장 능률적으로 학습되고 있었다. 내일 아침, 클라라는 린이치로와 이야기를 하는 데 독일어를 사용할 필요는 없을 것이다.

특별우리 속에서는 린이치로가 혀를 씹어 자살을 시도했다. 거세된 채 살아가야 하는 굴욕감을 견딜 수 없었기 때문일까, 클라라를 잃어 삶의 희망을 상실했기 때문일까…….

점차 멀어지는 의식 속에서 그는 문이 열리더니 몇 명인가의 사람들이 들어온 일, 자신이 들어올려진 일 등을 느꼈다.

"이거, 하마터면 죽을 뻔했군. 두 번 다시 이런 일이 없도록 생본능원액(이것은 네안데르탈인에게서 채집한 정기엑기스다.)을 하나 주사해야겠어."

'세실의 목소리인 것 같은데…….' 라고 생각하며 그는 의식을 잃었다.

클라라 폰 코토비츠와 세베 린이치로의 이스 세계에서의 첫날 밤은 이렇게 깊어가고 있었다.

제16장 해변의 돌리스

1. 축인 가죽(얍푸 하이드) 수중복(워터 슈트)

하룻밤이 지난 시실리 섬의 동해안, 수정궁에서 25㎞쯤 떨어진 잔센 별장지의 끝자락, 지금 막 솟아오르고 있는 아침 해의 햇살을 받으며 금빛 물결, 은빛 물결이 부딪치는 커다란 바위 끝에서 텀벙 물 속으로 뛰어든 전라의 아가씨가 있었다.

깊이, 깊이 잠수해 들어갔다. 2천 년 전, 기록영화 『푸른 대륙』의 촬영대가 어마어마한 수중폐(애퀄렁)를 짊어지고 보았던 해저의 바위 사이와 터널을 맨 얼굴, 맨몸의 아가씨는 길게 뻗은 사지를 하늘하늘 가볍게 흔들어 빠져나가며 안쪽의 물고기 대열에 겁을 주어 황급히 달아나는 모습에 미소 지었다.

그 얼굴은……, 돌리스였다. 그런데, 잠깐. 아가씨의 머리 위에는 검은 머리카락이 묶여 있었다. 피부는 햇볕에 그을어 거뭇해진 황색인의 피부로밖에 보이지 않았다. 이것이 희고 아름다운 피부, 금발의 돌리스와 동일인이란 말인가? 몸매에서부터 얼굴의 생김새는 돌리스를 쏙 빼닮았는데…….

그에 답하기로 하겠다. 그녀는 틀림없이 돌리스였다. 알몸의 황색인처럼 보이는 것은, 사실 축인 가죽(얍푸 하이드)으로 만든 수중복(워터 슈트)을 입고 있기 때문이다.

평민은 기성품을 사지만 귀족은 맞춤복이다. 주문한 사람 몸의 구석구석에 이르기까지 세세하게 치수를 맞춰 똑같이 생긴 몸이 되도록 생육시키고,

얼굴도 정형외과수술로 똑같이 바꾼 생(로)야푸의 피부를 코산기닝을 사용해 살아 있는 채로 무두질(13장 4의 주)한 뒤, 실리콘화하여 내산성을 갖게 하고, 그런 다음 왕수(초산과 염산의 혼합물)를 먹인다. 살과 뼈 모두 녹아버리지만 피부만은 온전하게 남는다. 이렇게 해서 얻는 것이 완전 축인 가죽(컴플리트 얍푸 하이드)이라고 불리는 것인데, 재봉선도 연결선도 없으며 주문한 사람의 몸에 꼭 들어맞는 가죽속옷이 된다.

　적당히 재단하여 팬티, 브래지어, 웨이스트니퍼, 스타킹 등 여러 가지 속옷을 취하는데, 이것을 그대로 입어 수중복으로 사용할 수도 있다. 턱 아래, 목 주위를 둥글게 잘라 위아래 2부분으로 나누고 머리와 얼굴의 가죽은 복면모(후드)로 만들고 지체부의 이음매에는 ……………… 공구(홀 버튼, 8장 3)처럼 신축성이 뛰어난 금속고무로 테를 둘러 그것을 열어두고 발에서부터 입은 뒤 몸과 손발에도 이 옷을 입는다. 손가락과 발가락 끝까지 전체가 하나로 이어져 있기에 복면모(후드)를 쓰면 완전한 방수·기밀복이 되어 피부가 거칠어지거나 해파리에 쏘일 염려가 없을 뿐만 아니라, 수압의 변화가 몸에 영향을 주지 않기 때문에 잠수병을 걱정할 필요도 없다. 게다가 해수복의 주요한 목적인 육체미의 과시에도 이보다 더 좋은 것은 없다. 가슴과 허리의 선이 그대로 그러나는 것은 물론이고, 가장 커다란 장점은 알몸과 같은 인상을 이성에게 줄 수 있다는 점이다. 몸은 완전히 가려지기에 팬티나 브래지어도 따로 필요 없으며, 따라서 팬티나 브래지어도 입지 않은 알몸처럼 보이는 것이다. 이 옷이 육체미에 자신이 있는 공자나 공녀에게 애용되는 것도 당연한 일이다. 돌리스가 입고 있는 것이 이 축인 가죽(얍푸 하이드)으로 만든 수중복이었다. 그녀는 이것을 입었을 때의 감촉을 좋아했다. 그녀에게 자신의 살갗을 바치기 위해 왕수의 잔을 마신 암컷 야푸여, 그것으로 만족하기를.

　돌리스는 해조류의 숲 속으로 더욱 들어갔다. 벌써 5분 넘게 잠수를 했는데 해면으로 호흡을 위해 돌아가지 않아도 괜찮은 걸까? 콧구멍에서 때때로 기포가 보글보글 뿜어져 나오는데 공기는 대체 어디로 흡입하는 걸까?

비밀은 머리 꼭대기에 있다. 야푸의 검은 머리카락을 묶은 곳 안에 작고 납작하고 둥근 상자가 숨겨져 있다. 그 안에 수중에서 공기를 취하는 장치가 들어 있는 것이다. 그곳에서 채집한 공기가 복면 안의 가는 관을 통해서 코와 입으로 보내진다. 축인 가죽의 눈에는 깊은 수중에서도 멀리까지 볼 수 있는 렌즈를, 귀에는 수중청음막을, 입에는 수중송화기를 각각 가공해두었을 뿐만 아니라, 비공의 특수 판이 탄산가스를 잔뜩 머금은 날숨만을 밖으로 배출하도록 되어 있다. 따라서 복면모(후드)를 쓰면 이목구비가 사용자와 똑같은 얼굴이 있을 뿐인 것처럼 보이지만, 사실은 두정채기(頭頂採氣)상자와 앞서 이야기한 장치 덕분에 언제까지고 수중에서 자유롭게 행동할 수 있다. 전라의 여체야말로 사실은 고성능 잠수장치인 것이다.

그런데 돌리스 바로 뒤에서, 아까부터 마치 주인을 따르는 개처럼 따라오고 있는 기묘한 동물은 무엇일까? 등에 검은 등딱지를 짊어지고 있는 것 외에는 온몸이 녹색이고 신장은 1m, 사지 끝에 물갈퀴가 있어서 능숙하게 헤엄을 쳤다. 머리 꼭대기에 둥글게 파인 부분이 있고 그 둘레에 짧은 머리털, 얼굴은 역삼각형인데 부리처럼 생긴 아래쪽 끝이 돌출되어 있었다. ······그렇다, 캇파[33]. 그림에서 본 것과 똑같이 생긴 캇파가 돌리스를 따르고 있는 것이었다. 대체 어떻게 된 일일까?

2. 양서축인(암피비 야푸)

인류가 해저를 정복했을 때, 각종 해저작업에 종사하던 야푸가 점차 전문화

---

33) (역주) 河童. 물속에 산다는 상상의 동물.

되고 변종화되어, 수중축인이라고 불리는 일대 부문을 형성했다. 그 각 종류에 대해서는, 클라라가 곧 황자(프린스) 옷토우(잘못 알고 여성시 해서 오토히메[34]라 불리고 있다.)를 남해의 이궁인 '용궁성'으로 찾아가는 날에 설명하겠지만, 수중축인이라고는 해도 돌리스가 쓴 복면모(후드)와 같은 잠수모를 사용할 뿐, 그것을 벗으면 육상에서의 호흡을 기본으로 하는 무리들이 많았다.

그런데 야푸육종학의 진보는 마침내 수중에서 인공아가미로 호흡하는 참된 수서축인(水棲畜人, 아쿠아 야푸)을 만들어냈으며, 다시 공기 중에서의 호흡도 가능한 양서축인(兩棲畜人, 암피비 야푸)을 탄생시키기에 이르렀다.

한편 20세기 사람에게도 이미 알려진 수중자동차(영화 『침묵의 세계』 참조)는 그 조작을 위해 한 손을 사용하기에 여러 가지로 불편함이 느껴져 개량품이 속속 태어났다. 추진기 시작품에는 그리스문자로 번호가 붙여져 알파, 베타, 감마……라고 불렸는데 그 10번째 시작품인 카파는 양서축인을 운반체로 선택하여 멋진 성과를 거두었고 널리 보급되기에 이르러 지금은 카파가 양서축인의 별칭처럼 되어버렸다. 돌리스가 데리고 있는 것도 이러한 카파 가운데 한 마리였다.

피부가 녹색인 것은 육상에서 전신피부호흡으로 살아가도록 되어 있기 때문이다. 신장이 1m 이상이면 피부표면적의 체중에 대한 비율이 감소하여 호흡곤란에 빠지기에 양서축인은 이 크기가 한도다. 등에 짊어진 등딱지는 사실 원자동력기관의 수중제트이고, 머리 꼭대기의 파인 부분은 육상에서는 판이 닫혀 있지만 수중에서는 판이 열려 제트로 보내는 물의 취입구가 된다. 두개에서 경골, 수강(髓腔)을 지나는 관이 등딱지까지 연결되어 있다. 폐는 새엽(鰓葉)으로 변해 있어서 입으로 마신 물이 공기 대신 산소를

---

34) (역주) 乙姬. 용궁에 산다는 선녀.

공급한다. 물고기와 마찬가지로 수중생활이 원래의 모습인 셈이다.

그런데 이 제트는 카파 자신을 위해서 있는 것이 아니다. 물론 조작은 그가 하지만 그 자신은 물갈퀴로도 유영할 수 있기에 제트의 쾌속력을 필요로 하지 않는다. 그가 제트를 짊어지고 있는 것은 주인의 필요에 따라서 그것을 제공하고, 그 의지를 명령으로 받아 주인의 생각대로 제트를 조작하기 위해서다.

제트를 사용하기 위해서는 카파에 탄다. 카파의 머리는 역삼각형이고 아래쪽의 부리가 돌출되어 있다. 마치 자전거의 안장(새들)에 눈과 코를 붙이고 뽀족한 부분을 앞으로 돌출시킨 것 같은 모양을 하고 있는데, 그렇기에 그 얼굴을 새들이라고 부르며, 그 새들에 자전거처럼 걸터앉는다. 다시 말해서 벌린 가랑이에 얼굴을 밀착시킨 다음 가랑이를 오므려 머리를 끼워넣는 것이다. 그렇게 하면 신장 1m의 동물이기에 늘씬한 이스 사람의 양 다리 사이로 카파의 몸과 다리가 들어간다. 두 팔로 주인의 양쪽 넓적다리를 끌어안게 한다. 이렇게 하면 두정채수공은 주인의 엉덩이 바로 뒤에서 열리고 제트 본체, 즉 등딱지는 주인의 두 다리 사이에서 그 선을 따라 눕혀지게 된다. 그리고 새들을 조인다. 그 조이는 방법, 즉 엉덩이 살에 의한 머리에의 압박방법으로 발진·정지·방향변환 등 여러 가지 신호가 가능하도록 카파는 훈련받았다.

카파추진기의 장점은 무엇보다 다리 사이에 끼워져 있기에 전신의 유선형이 그대로 유지되어 물의 저항이 적다는 데 있다. 두 번째로는 엉덩이의 사용만으로 조종 가능하기 때문에 두 팔의 활동이 자유롭다. 세 번째로는 자력수행성이다. 즉, 사용을 마친 뒤 허벅지의 힘을 풀어 해방하기만 하면 되며, 말없이 따라오기에 다시 사용할 마음이 들었을 때는 허벅지를 벌리면 바로 허벅지 사이로 들어온다. 이러한 편리성은 팔로 끌어안아 사용하고, 사용을 중단했다가 다시 사용할 때면 원래의 자리로 되돌려야 하는 예전의 수중자동차에 비할 바가 아니다. 다시 말해서 가축 겸 도구적 존재로서의 야푸의 특질을 여기서도 볼 수 있는 것인데, 일명 '바다의 개(마린 독)'라는 별명은 그 수행력에서 가축성을 발견한 표현이며, 별칭인 '수중자동차(워터 바이시클)'라는 것은 주인이 조종하는 가볍고 편리한 탈것으로써의 도구성에 착안한 호칭이리라35).

돌리스를 따라가는 카파는 퓨라는 이름을 가진 그녀의 애완물(펫)로, 기른 지 벌써 2년쯤 되었다. 2주일 전에 별장으로 따라온 뒤에도 매일 아침 거르지 않고 돌리스와 함께 아침 일찍 이 해안으로 와서 그녀의 수중유보를 수행했다.

---

35) 예로부터 상상 속의 동물이라 여겨졌던 캇파는 이스 세계의 카파가 항시기를 타고 이스 사람을 따라서 고대지구에 왔다가 주인에게서 달아나 호수, 연못, 강에 숨어 생존한 것이라 생각하면 모든 것을 설명할 수 있다. 등딱지와 녹색 피부는 앞서 설명한 대로이며, 머리 위 우묵한 곳의 물이 마르면 안 된다고 전해진 것은, 그것이 채수공인 줄 모른 채 겉모습만 보고 그렇게 생각한 것이리라. 알몸으로 수영을 하면 캇파가 엉덩이를 찌른다는 말도, 수영하는 사람의 맨 엉덩이를 보면 축인 가죽 수중복을 입은 예전의 주인이 떠올라 예전에 배운 대로 그 사람의 가랑이 사이로 들어가려 하기에 그런 말이 생긴 것이리라. 캇파의 방귀(식은 죽 먹기라는 뜻의 일본어—역주)라는 말이 어떻게 생겨난 것인지 아무도 설명한 사람이 없는데, 뒤쪽으로 유체를 분출하는 제트를 보고 무지한 고대인이 방귀를 떠올린 것은 아닐지. 한편 상반신은 여자의 몸이고 하반신은 물고기의 몸인 인어는, 녹색 카파를 다리 사이에 끼우고 파도 속에서 노니는 이스 여성—나중에 이야기하겠지만 전사세계에 항시기 착륙이 금지되기 전에는 고대세계에서 그런 놀이를 하는 것이 가능했다.—의 상반신의 수중복을 알몸의 여자, 하반신의 모양을 물고기의 꼬리라고 오인한 것이라 여겨진다.

돌리스는 요의를 느꼈기에 …………. 퓨는 기꺼이 ………… 뒤따라왔
다. 그대로 방출하면 주위의 물이 더러워지는 것 같은 느낌이 들어 견딜
수 없었기에 결벽증에서 제트로 달리며 볼일을 처리해 물의 오염에서 멀어지
려 한 것이다. 안장을 …………해서 제트를 작동시키며 ………… 했다.
새들의 뾰족한 부분, 즉 물을 마시는 퓨의 입이 정확히 앞쪽 공구(홀 버튼)에
위치해 있기 때문에 그대로 흡입되어 폐의 새엽까지 유입되었다.

바다 속을 돌아다니다 돌리스는 문득 어젯밤 만찬 때의 정경을 떠올렸다.

만찬의 자리에 손님인 클라라는 모습을 드러내지 않았으며 윌리엄도
참석하지 않았다. 폴린의 설명으로 야푸의 난동과 동반자살 미수사건을
알고 깜짝 놀랐다. 부주의한 흑노들의 처형을 손님이 참석하는 밤까지 연기하
는 데에는 아무런 이의도 없었으나, 흑노가 약했다기보다 야푸가 너무 강했던
것이라는 사실은 쉽게 상상해볼 수 있었다.

세실이 수긍하듯,

"아주 민첩한 놈이야. 그 증거로 거세안마(캐스트 새들)도 상당히 애를
먹었으니."라고 말했다. 폴린이 놀라서,

"어머, 오빠, 녀석을 거세했어?"

"하지만 특별우리(스페셜 펜)에 넣으라고……."

"예비우리(스페어 펜)야, 내가 A3에게 명령한 건."

오빠보다 지위가 높은 여동생이 오빠를 노려보았다.

"아, 그러고 보니 처음에는 예비우리라고 했었어. 내가 설마 싶어서 특별우
리가 아니냐고 다시 물었어."

"왜 그랬어, 클라라 양의 의향도 묻지 않고……."

"나는 그런 사고가 있었다는 걸 몰랐기에, 당연히 그녀의 뜻에 따라서
생축사로 보내는 것이라고 생각했어."

"난처하게 됐군." 폴린이 씁쓸하다는 듯, "클라라 양에게 미안하잖아."

"일단 예비우리에 넣는 게 어때, 지금이라도." 돌리스가 도움의 손길을 내밀었다.

"오빠에게 나쁜 마음이 있어서 거세한 게 아니니 클라라도 분명히 사후승낙을 해줄 거야. 그러니 그 후의 처리를 맡긴다는 의미에서 예비우리로……."

"그것도 맞는 말이네. 지금 어디에 있지?"

"8호 우리." 마음이 놓인다는 듯 세실이 대답했다. "지금 옮기면 딱 좋겠군. 자살하려고 해서 생본능주사를 놓아 잠을 재워두었으니."

이런 말을 주고받은 뒤 언니는 보통실 8호 우리에 있는 야푸를 예비우리로 옮기라고 지시했다. ……돌리스는 그 생각이 떠오름과 동시에 그 유도의 강자인 야푸를 자세히 살펴보고 싶어졌다. 우수한 녀석이라면 일부를 받아 새끼를 낳게 하고 싶었다.

'그래, 오늘은 이쯤에서 돌아가기로 하자. 그리고 생축사(로 야푸 폴드)로 가보자.'

돌리스는 해안을 향해 제트를 달리게 했다.

3. 축인마(얍푸 호스) 아마디오

해안에서는 돌리스의 부츠와 망토를 펄럭이며 아마디오가 떠오르는 아침해를 바라보고 있었다. 본국성 카를에서 보는 시리우스 이중성(二重星)의 장대하기 짝이 없는 일출광경을 눈에 그려가며,

'지구의 일출은 단순하군. 태양이 하나밖에 없으니 어쩔 수 없는 일이겠지만…….'

상쾌한 가을의 대기를 뚫고 뒤편의 나무숲에서 새들이 지저귀는 소리가 들려왔으며, 옆에서 불어오는 바람이 갈기를 오른쪽으로 휘날리게 했다. 천마 아발론과 함께 지구별장행 우주선에 오른 것은 3주일 전이었다. 매일 아침 새벽에 이 해안까지 주인을 태우고 오간 지도 오늘로 2주일이 되었다.

아마디오는 축인마(얍푸 호스)였다. 축인마란 거인야푸를 승용축으로 삼은 것. 앞서 이야기한(8장 2) 적도 있으니 약간 설명을 해두겠다.

거인야푸는 3배체다. 개체의 각 세포 속 염색체 수가 3배가 되어 그로 인해 보통의 3배 크기가 된 것이다. 20세기에도 이미 농예방면에서는 2배체, 3배체가 되는 거대한 채소가 재배·수확되었지만, 야푸육종학의 진보는 이 배수체의 응용을 야푸의 개체에 대해서 실현하는 일에도 성공한 것이다.

신장 4m 50㎝ 내지 5m, 신체 각 부위의 비율도 여기에 비례한다. 육체가 3배라는 한 가지 점을 제외하면 심신 모두에 어떠한 기형적 요소도 없다. 축인견(얍푸 도그)이 기형야푸에서 만들어졌으며 변종도 여럿 존재하는 데 반해서 축인마는 단지 거인야푸를 축마구(畜馬具)로 구속하고 있을 뿐이다.

그렇다면 축마구란 어떤 것일까? 그것을 장착하고 있는 축인마 아마디오를 예로 설명하도록 하겠다.

우선 눈에 띄는 것은 안장이다. 거인의 목을 뻗어 아래로 향하게 하면 그로 인해서 뒷목 부분은 수평이 되는데, 그렇게 해서 생긴 어깨에서 목에 걸친 수평 부분에 경안(頸鞍, 넥 새들)이라는 안장을 놓는다. 안장의 앞쪽 끝부분이 뒷목의 오목한 부분에 닿도록 되어 있는데 끝이 뾰족해서 거인은 결코 얼굴을 들어 목을 수직으로 할 수가 없다. 안장 앞쪽의 아랫부분은 좌우에서 목을 감싸 숨통 부근에서 연결되어 있는데, 목을 감쌈으로 해서 안장을 고정하고 있다. 기수는 목말을 탄 듯한 자세가 되지만 3배체이기에 목이 굵고 길어서 양쪽 허벅지를 넓게 벌리는 관계로 걸터앉은 것 같다는 느낌이 있으며, 널따란 어깨가 받치고 있는 안장의 뒤쪽과 기수의 엉덩이의 관계는 의자를 사용할 때와 같은 안정감이 있다.

고삐(레인)는 4개인데 굴레(브라이들)의 재갈에 연결된 입고삐 2개는 시동과 제지를, 좌우의 귓불에 구멍을 뚫어 거기에 연결한 귀고삐 2개는 방향전환을 전하는 것으로, 기수는 4개 모두를 왼손에 쥔다. 목과 몸통의 연결부위에서부터 가슴 쪽으로 좌우에 늘어져 있는 가죽 끈은 생김새 때문에 목걸이등자(넥클레스 스티럽)라고 불리는데, 끝에 승마부츠를 얹는 등자가 있어서 걸터앉은 목의 좌우로 늘어지는 기수의 두 발을 그것으로 지지한다.

　여기까지는 예전의 마구로도 유추할 수 있지만 축인마 특유의 마구가 하나 더 있다. 아마디오의 두 팔은 등 뒤로 돌려져 양쪽이 겹쳐져 있는데, 3군데에 금속제 고리가 살을 파고들 정도로 단단하게 끼워져 있어 두 팔이 묶여 있다. 한쪽 팔의 손바닥이 다른 쪽의 팔꿈치에 닿을 정도로 겹쳐져 있고 결속된 두 팔은 등에 찰싹 달라붙어 있기에 조금도 자유롭게 움직일 수 없다. 이는 천마(페가수스)의 혀거세(4장 2)와 마찬가지로 고차행동능력을 감쇄시켜 승용축으로써의 능력만을 남기기 위한 것인데, 동시에 말에 오르내릴 때의 발판으로도 유용한 의미가 있다. 선 자세(아식)의 말은 안장의 높이가 지상 4m 내지 4m 50㎝ 정도 되며, 꿇어앉게(앙크) 해도 3m 이상이다. 너무 높아서 도저히 탈 수가 없다. 따라서 꿇어앉은 말의 등 뒤에서부터, 마치 뜀틀에 걸터앉기 전에 구름판을 밟듯 우선 등 뒤로 돌려놓은 팔에 한쪽 발을 걸고 힘차게 밟아 근육의 탄성을 이용하여 튕겨져 오르며 가랑이를 벌리고 경안에 엉덩이를 내려놓는다. ―이것이 축인마를 타는 방법이다. 내릴 때는 그 반대다. 이처럼 구름판으로 삼기에 결속된 두 팔은 육사다리(프레시 트랩)라고 불리며, 3개의 금속고리는 사다리고리(트랩 링)라고 불린다.

　이것이 축마구인데 겨우 이 정도의 도구만으로 50인력을 가진 거인(자이언트)야푸가 축인마(얍푸 호스)라는 제1급의 승용축이 되어버리고 마는 것이다. 워낙 신장이 신장이기에 보폭(콤파스)도 커서 전속력으로 달리면 예전의 구마(에쿠우스)보다 훨씬 빠르기에 천마(페가수스)를 제외하고 지상의 동물에 타는 것(라이딩) 가운데서는 이보다 상쾌한 것도 없으니 구마가 축인마로 대체된 것도 당연한 일이다.

해면을 가만히 바라보며 주인을 기다리고 있던 아마디오의 머리를 스치고 새 한 마리가 날아올랐다.

'타이탄성(星)에서 살던 때가 떠오르는군. 새의 둥지를 찾으러 가곤 했었는데.'

타이탄성에서 행복하게 자랐던 소년 시절이 문득 떠올랐다.

베델게우스권에 있는 거인야푸의 생산지 타이탄성에서 그는 20년 전에 태어났다. 사육소는 자동기계관리를 받고 있어서 인간은 없다. 사는 것은 같은 종족인 거인들뿐이었기에, 거기서는 물론 거인이라는 자각이 있을 리가 없었다. '희고 작은 신'에 대해서는 여러 가지 종교 교의가 있었지만 말로 듣기만 해서는 옛날 사람이 서방극락정토에 대한 이야기를 듣는 것과 다를 바 없어서, 실감은 들지 않았다.

15세 때에 검사를 받았다. 지능검사 결과 지수 143이었으며, 특히 사색·추리능력이 뛰어나다는 평을 그는 아직도 잊지 못하고 있으나, 그의 운명을 결정지은 것은 신체검사에서 보인 발군의 각력(脚力) 성적이었다. 그는 말이 되기로 결정지어졌다.

그리고 이어진 조마장(調馬場)에서의 괴로운 체험. 지금까지는 태어난 그대로의 자유로운 나체였는데 팔을 등 뒤로 꺾였을 때의 괴로움! 두 팔을 흔들지 못하면 갑자기 걷기 어려워진다. 간신히 익숙해져 달릴 수 있게 되었을 때, 재갈(비트)이 씌워졌다. 영원히 말을 못하게 된 것이다. 그리고 경안(넥 새들)! 목을 구부리고 있어야 하는 아픔, 거기에 사람을 실어야 하는 괴로움, 처음 보는 '희고 작은 신'은 얼마나 냉혹했는지.

일련의 기초훈련을 마친 말이 되었을 때 그는 지금의 주인인 돌리스 잔센에게 팔려갔다. 2년 전이었다. 이후 그녀의 마구간에서 사랑을 받아왔다. 경기회에서 그녀를 태우고 우승한 것도 몇 번인지…….

멀리 바다에서 일직선으로 다가오는 주인을 알아본 그는 순간 회상을

멈추었다. 주인의 금발
이 뒤로 나부끼고 있었
다. 파도 위로 나왔기
에 복면모(후드)는 벗
어 등 뒤에 늘어뜨려
목에서부터 위는 백인
으로 돌아간 것이었다.

아마디오는 등을 돌
려 무릎을 꿇은 자세
(앙크)로 기다렸다.

물가에서 허벅지의
힘을 풀어 퓨를 해방한
돌리스가 왼손으로 망
토를 집고 축인 가죽(얍푸 레자)으로 만든 부츠를 신더니 가벼운 2단 동작으
로 안장에 걸터앉았다. 뒤이어 퓨가 사다리고리로 아래에서부터 뛰어올라
거체의 팔에 달라붙었다. 한시의 틈도 주지 않고,

"Shicko."

아마디오의 귓구멍에 끼워놓았던 샘복을 오른손으로 뽑아들어 찰싹 등을
한 번 때리고 동시에 목걸이등자를 힘껏 뻗디뎌 가슴에 날카로운 박차를
가했다. 전속력!

아마디오는 수정궁을 향해 필사적으로 달리기 시작했다.

달리게 하며 복면모(후드)를 목깃에서 떼어내고 대신 끌어안고 있던
승마망토를 둘렀다. 불타오를 듯 빨간 망토가 펄럭이며 뒤에서부터 낮게
비치는 아침 해를 받아 반짝였다.

제17장 새벽녘의 예비우리

1. 악몽과 반지(상)

교회 안, 린이치로는 베일을 쓰고 오렌지 꽃으로 만든 관을 머리에 얹은 신부의상의 클라라 옆에 서 있었다. 결혼식이었다.

'다행이다. 마침내 여기에까지 이르렀군. 한때는 둘 사이가……. 아, 그러고 보니 나는 아직 예복을 입지 않았군. 어째서 깜빡한 것일까. ……신랑이 알몸이어서는 이상하잖아, 옷을 입고 오자…….'

그때 나란히 선 두 사람의 눈앞으로 대중소의 일본 찻사발을 3개 겹쳐놓은 것이, 묘하게 생긴 술병 2개와 함께 내밀어졌다. '응? 3·3·9도의 술잔일까?' —결혼식은 졸업 후 린이치로의 조국에서, 라고 상의하던 때 그녀에게 한 말이 있었다.

"3·3·9도의 술잔이라고 해서 일본에서는 결혼식 때 약속의 술을 마십니다. 재미있지요? 우선 신랑이 가장 위에 있는 술잔을 한 모금 마시고……."

그 말이 그대로 실현된 것이었다. 린이치로는 3개 1벌의 술잔 치고는 이상하게 생겼다고 생각하며 위의 찻사발을 쥐었다. 목사가 술병 가운데 하나를 집어 따라주었다. 노란색 액체가 하얀 자기에 아름답게 채워졌다. 한 모금 맛을 보고 신부에게 건네주려 하자,

"전부 마셔야해. 세 모금에 나눠서 전부 마셔."

목사가 가르쳐주었다. '누군가를……, 맞아, 세실을 닮았어.'

"네? 하지만 언약의 술잔이니 서로……."

"뭐라고? 클라라에게 그것을 마시라고? 멍청한 놈. 미친 짓이야……."

"하지만 저는 클라라와 결혼하는 것이니……."

"무슨 잠꼬대 같은 소리야. 지참축(다와리 야푸. 신부의 지참금 중 일부인 야푸를 뜻한다.) 주제에……. 클라라와 결혼하는 것은 저 사람이야. 지금부터 식을 올리려는 것 아닌가?"

"네?"

깜짝 놀라 목사가 가리킨 곳을 보니 가슴에 꽃을 꽂고 혼례용 예장으로 몸단장을 한 장신의 청년이 단정하게 이쪽을 향해 서 있었다. 황갈색 머리카락, 회색 눈, 매부리코……, 그 윌리엄이었다. 정신을 차리고 보니 옆에 나란히 서 있던 클라라가 기다란 옷자락을 끌며 조용히 그쪽으로 걸어갔다. 베일에서 얼굴을 드러내더니 그와 마주보고 섰다. 미청년이 미소를 지었다. 두 사람 모두 손을 뻗어 겹쳐지듯 포옹, 얼굴을 엇갈리듯 하여 길고 긴 입맞춤…….

'그럼 나는 대체 어떻게 되는 거지? 나를 완구로 삼은 건가? 나의 애정을 유린당한 건가? 현재 우리는 반지를 교환한 사이야. 에잇, 배신자!'

클라라를 향해 던진 약혼반지(엔게이지 링)가 두 사람을 향해 다가가던 목사의 검은 옷 등에 명중하여 폭발했다. 암흑천지. 연기가 걷히자 모든 것이 사라지고 오직 하나 그 안장 모양의 등을 가진 괴물의자가 채찍 같은 촉수를 흔들며 다가오려 하고 있었다. 펄쩍 뛰어 물러났다. 따라왔다. 다시 달아났다. ……마침내…….

"앗."

자신의 목소리에 눈을 떴다. '꿈이었나?'

민첩하게 오관을 움직였다. 식은땀에 흠뻑 젖은 몸은 역시 알몸이었다. 경금속제 바닥에 그대로 누워 있는 듯했다. 그물코 모양의 천장, 주위의 쇠창살, 우리였다. 동물원에서 본 것 같은 짐승의 우리였다. 우리의 천장 훨씬 위로 보이는 방의 천장에 조명이 있는 듯 휘황하게 밝았다.

어제 오후부터 겪은 기괴하기 짝이 없는 여러 체험들이 주마등처럼 떠올랐다. 전신마비, 인견, 초열지옥, 난투, 피부통, 재회, 동반자살…….

'나만이 죽지 못하고 살아남았어. 거세당했고 혀를 씹었지……. 그것도 실패했어…….'

어젯밤의 동반자살에 실패한 후 느꼈던 자조감은, 거세당한 데다 자살에 실패해서 '죽지 못한' 지금, 한층 더 강해져 있어야 할 터였으나 그와 같은 비참한 기분은 조금도 느껴지지 않고,

'살아남아서 다행이야.' 라고 오히려 희열이 가슴을 뜨겁게 했다. 생본능원액의 주사가 효과를 발휘하여 린이치로의 개체보존욕이 배가 되어 '목숨을 아끼는 마음'이 한 번도 경험해본 적이 없을 정도로 강해져 있었던 것이다.

'하지만 클라라는 없어.'

절망이 가슴을 조여왔다. 한때의 질투심에 눈이 멀어 그녀를 목졸라 죽인 경솔함을 자책하지 않을 수 없었다. 누구보다 사랑하던 사람을 잃은 것뿐만이 아니었다. 이 이상한 세계에서 역경에 빠진 그를 구해줄 수 있는 사람이 그녀 말고 누가 있었겠는가? 그런 그녀를 그는 목졸라 죽이고 만 것이었다.

"클라라, 용서해줘."

자신도 모르게 소리 내어 말했다. 그러나 이제 와서 무분별함을 후회해봐야 소용없는 일이었다.

꿈에서 반지를 던졌던 일이 생각났기에 왼쪽 손가락을 보니 그대로 끼워져 있었다. 모든 의류를 빼앗긴 지금, 이 반지는 어제까지 그가 몸에 지니고 있던 것 가운데 유일한 기념품이 되어버리고 말았다.

<클라라가 린에게>라고 새겨진 작은 글씨가 반지를 교환하던 날의 추억을 떠오르게 해 조금 전 꿈에서 맛보았던 불쾌함을 잊게 해주었다. 역경에

처한 나를 격려하기 위해서 클라라가 이 부적을 남겨준 것이라는 생각이
들었다.

'혹시 살아 있는 건 아닐까? 아니, 실제 이 반지를 끼고 있는 손으로
목을 졸랐어. 음악 때문에 잠들기 전에 질식했을 거야. 살아 있다는 건
있을 수 없어. 이 반지는 유품이 되어버린 거야…….'

"〈클라라가 린에게(폰 클라라 투 린)〉라. 클라라 나는 모든 것을 잃었지만
이 반지만은 남았어. 이것이 나를 너와 연결시켜주는 유일한 고리…….
앞으로 나는 여기서 힘을 얻어 굳세게 살아갈 수 있을 거야. 클라라, 위에서
나를 지켜보며 나를 인도해줘. 내게 힘을 줘……. "

린이치로는 살아 있는 사람에게 말하듯 유품이 되어버린 반지에게 말하며
자신도 모르게 눈물을 흘렸다.

………………….

정신을 차리고 우리 안팎을 살펴보려 했다. 몸을 움직이자 변의가 느껴졌으
며 배도 고팠다.

2. 악몽과 반지(하)

그 무렵―.

클라라는 린이치로와 왈츠를 추고 있었다. 대학 무도회였다. 오늘은 그녀의
생일, 그리고 두 사람은 조금 전에 약혼반지를 주고받은 참. 클라라의 몸은
늠름한 남자의 팔에 안겨 있었고, 마음은 졸업 후의 화촉을 꿈꾸며 들떠
있었다.

린이치로가 갑자기 팔을 풀더니 턱시도의 상의를 벗어버렸다. 바지도
…….

"린, 정신이라도 이상해진 거야?"

그녀의 비통한 외침도 들리지 않는다는 듯, 남자는 몸에 걸치고 있던

것을 훌렁훌렁 벗어 알몸이 되어갔다. 순간 귓가에서 목소리가 들려왔다.

"클라라, 깜짝 놀랐죠?"

퍼뜩 놀라 뒤로 물러나자 윌리엄의 회색 눈이 웃고 있었다.

"어떻게 된 일이죠, 대체?"

"클라라, 녀석은 야푸였어요."

깜짝 놀랐다.

'야푸, 린이치로가 야푸? 거짓말이야! 그럴 리 없잖아! 그렇지, 린?'

물어보기 위해 린이치로 쪽으로 돌아보았더니 그 몸이 점점 작아졌으며, 동시에 목이 스르륵 늘어나 다가오는 그 얼굴은, ─틀림없이 린이치로였다! 갑자기 입가가 흉하게 일그러졌다. 뭔가 알아들을 수 없는 말을 외치는가 싶더니 갑자기 그녀의 목을 졸랐다.

'숨이 막혀, 살해당할 거야. 린에게 살해당할 거야. 윌리엄, 도워줘요!'

심하게 몸부림치다 클라라는 눈을 떴다. 이마에 땀방울이 잔뜩 맺혀 있었다. 속옷이 흡수했기 때문인지 특별히 느껴지지는 않았으나 전신에 식은땀을 흘린 듯했다. ……지금 생각해보아도 끔찍하고 광기어린 것 같은 린이치로의 얼굴. '야수와도 같았어……. 잘도 죽지 않고 살아났어……. 린, 당신이 저를 죽이려 하다니요.'

지금까지 한 번도 느껴보지 못했던 증오심을 느끼며 이마를 닦는 한쪽 손의 손가락에 딱딱한 물체가 있었다. '반지……. 그래, 꿈속에서 다시 보았던 그날의 무도회, 댄스 직전에 주고받았었지…….'

〈영원히 당신의 소유인 자가〉라고 새겨져 있는 물건. '언제까지나 당신의 것'이라는 진부한 맹세의 말이 공허하게 느껴져 화가 났다. 무슨 말도 안 되는 거짓말을…….

'되돌려주고 말겠어, 이런 반지.'

　요의가 느껴져 어제 사용했던 욕조 옆의 육변기 쪽으로 가기 위해 몸을 일으키려 한 순간, 방의 구석에서 누군가가 다가왔다. 어두컴컴한 조명뿐이었던 것이 갑자기 한층 더 밝아져 검은 천의 콤비네이션제복을 입은 흑노의 모습을 비췄다. F1호가 아니었다. 그는 잠을 자고 있었다. 여기 서 있는 것은 침대지기(베드 키퍼)―숙직흑노라고도 한다.―로 밤새 귀인의 침대를 지키는 역할을 맡고 있다. 거세당하지 않은 몸으로 귀족 남녀의 침실에서 일하면서도 마음의 평정을 잃어서는 안 되는 어려운 임무다.

　"일을 보시겠습니까?"

　"아식코라고 말하고 싶어." (8장 2)

　"네, 여기에 있습니다."

흑노는 침대 아래서 신축형 단능구를 기어나오게 했다36). 침대 끝자락 가까이로 오더니 기다란 목을 늘여 끼우기에 편리하도록 표주박 모양으로 생긴머리를 이불 속으로 집어넣었다. 아주 간단했다. 침대에서 나오기는커녕 상반신을 일으킬 필요조차 없었다. 휘파람(휘슬)으로 신호를 보내기만 하면 끝, 곧 전용 독심구를 갖게 된다면 휘파람을 불 필요도 없으리라.

조명이 이전의 어둡기로 돌아갔다.

그녀는 다시 한 번 졸음이 찾아와 날이 밝기 시작했다는 사실도 모른 채 기분 좋은 잠 속으로 빠져들어갔다.

3. 가축적성검사

다시 지하로 돌아가보니-.

클라라처럼 간편한 해결법을 가지고 있지 못한 린이치로는 급해진 변의를 참을 수 없어서 좁고 낮은 우리 안에서 동동거리고 있었다. 뭔가 변기로 쓸 만한 것을 찾아다닌 것이었다. 딱 하나 눈에 띈 것은, 지름 1㎝의 철봉을 10㎝ 간격으로 심어놓은 사방의 쇠창살 아래쪽에 둘러놓은 폭 30㎝ 정도의 철판 중 한 곳의 중앙에 머리만 들어갈 수 있을 크기의 구멍이 있고 그 바깥에 놓인 주발 모양의 용기였다. 그러나 지지대에 고정되어 있어서 안으로

---

36) 날이 밝기 전의 한때는 육변기들이 몸단장을 하는 시간이다. 비천한 육체로 성스러운 음식물을 받는 영광에, 구강을 가능한 한 깨끗이 하여 조금이라도 신성함을 더럽히지 않도록 하기 위해 어금니와 잇몸을 닦아 깨끗한 용기가 되도록 하고, 하사받은 것을 충분히 맛보아 이상이 있으면 감지할 수 있도록 맛봉오리(혀 표면의 돌기)의 성능을 증진시키는 약액에 혀를 담그고, 또 침샘에 강력한 항생물질인 베로마이신을 주사하여 혀로 닦았을 때 타액의 살균력으로 단번에 소독할 수 있도록 한다. 마지막으로 식사를 할 때마다 주인의 살갗에 닿는 얼굴과 육류의 피부를 손보는 일, 이는 말할 필요도 없으리라. 그렇게 해서 그들은 매일 아침 주인이 일어나기 전에 몸단장을 마치고 하루를 맞이하지만, 침대 아래의 단능구만은 예외여서 주인이 침상에 있을 때는 몸단장을 하지 않고 불시에 있을지도 모를 용무에 대비하며, 주인이 침상에서 벗어난 직후 비로소 몸단장을 시작하는 것이 일반적이다. 클라라가 일어났을 무렵, 다른 육변기들은 몸단장 중이었으나 이 녀석만은 바로 기어나올 수 있었던 것은 이런 이유에서였다.

들일 수 없었으며, 무엇보다 그것이 놓여 있는 위치로 봐서 식기인 듯했다. 그 외에 용기는 없었다. 우리의 천장은 일어서면 머리가 닿을 정도의 높이밖에 되지 않았다. 바닥은 넓이 1평(3.3㎡) 정도로, 방의 바닥보다 50㎝ 정도 솟아 있었다. 기묘하게도 우리 밖은 사방 모두 쇠창살에서 2m 정도까지밖에 보이지 않았다. 벽도 가리개도 막도, 시야에 방해가 될 만한 것은 아무것도 없는 공간임에 틀림없었으나 아지랑이가 정신없이 피어오르듯 빛나며 흔들리는 빛의 벽이 있어서 시야를 차단하고 있었다. 그 너머에 무엇이 있는지, 방 전체의 크기, 그 우리의 위치 전부를 전혀 짐작할 수 없었기에 불안했다.

그런데 위에서부터 묘하게 생긴 물건이 내려왔다. 고무관처럼 생긴 것 끝에 인공육질의 말단부—. 독자 여러분께서는 그것이 흑노용 진공변관(배큐엄 슈어)의 말단기(코브라)라는 사실을 눈치 채셨으리라. 그러나 린이치로는 알 리가 없었다. 본 적이 있는 모양이기는 했으나…….

그가 말단기를 만지작거리는 동안 가축적성검사에 대해서 간단히 설명하기로 하겠다. 거인야푸 아마디오가 축인마가 된 것은 그의 각력을 높이 샀기 때문이었다. 그처럼 개체의 성능에 따라 구분하여 사용하는 것은 인간으로서 살아온 토착야푸를 사육야푸로 삼는 경우에는 특히 필요한 과정이다. 그것을 가축적성검사라고 하는데 가축화를 전제로 그 개체가 가진 여러 가능성을 계측하여 가축으로서의 용도 결정에 이바지하려는 것이다. 입사시험의 적성검사와 발상은 똑같지만, 가축화를 전제로 하고 있다는 점이 다르기에 평가도 당연히 달라진다.

지능지수, 이는 인간의 경우와 다르지 않다.

애정지수라는 것이 있다. 이는 모주성(慕主性) 계수와 상관되어 의미를 갖는다. 아키타견(秋田犬)처럼 한 주인만 따르는지, 서양견처럼 주인이 바뀌어도 별 상관이 없는지, 그리고 얼마나 잘 따르는지 등에 관한 문제다.

성격지수라는 것은 각종 인자를 양수와 음수 10점으로 평가한 종합점인데,

음양의 평가가 인간과 반대다. 독립자존성·비판성 등이 음(마이너스)이고, 비굴성·의존성 등이 양(플러스)이다. 그리고 대부분의 항목은 1차 형성과 2차 형성으로 나뉜다. 전자는 인간적 의식에 기반한 것으로 음(마이너스), 후자는 가축적 의식에서 형성된 것으로 양(플러스)이 된다. 수치심·명예심·자존심·경쟁심·결벽성 등은 전부 1차와 2차의 평가가 반대가 된다[37].

그리고 덕목지수도 있다. 이것도 미덕·악덕의 표준이 인간과는 같지 않다. 효행·우애·박애·신의 등처럼 인간관계에 바탕을 둔 것은 전혀 문제가 되지 않는다. 소박함 등 사생활을 전제로 하는 것도 필요 없다. 예속관계에서 오는 충실함은 중요해서, 그 점수는 모주성 계수와 함께 중시되고 있다. 그리고 용감·인내·근면·보은·봉사 등의 덕목이 엄중하게 채점된다.

이러한 각종 지수가 계측되고, 동시에 그 토착야푸의 심리에 잠들어 있는 복종본능의 양과 질을 알기 위해 복종도검사가 행해지며, 전부를 종합하여

---

37) 야푸에게 수치심이 있을 리 없으며 있어서도 안 된다. 누구나 그렇게 생각한다. 그러나 그것은 인간적인 수치심을 말하는 것이며, 야푸에게는 야푸 나름대로의 수치심이 있어도 상관없다. 태어난 이후 단 한 번도 목줄을 풀어본 적이 없는 생야푸는 목줄로 가려진 부분이 노출되면 인간이 알몸이 되었을 때와 같은 수치심을 느낀다고 한다. 입술을 막은 동정막(하이먼)이 혀에 의해 찢어질 때, 링거가 보이는 수치는 전사시대 여성이 첫날밤에 느끼는 부끄러움과 비슷해서 사용자에게는 커다란 자극이 된다. 먹을 것 제공기(푸드 홀)를 마실 것 제공기(드링크 홀)보다 먼저 핥아 돌리스에게 그 잘못을 박차의 일격으로 지적받았을 때 StSt는 틀림없이 수치심을 느꼈을 것이다. 육변기로써의 명예감에 상처를 입었기 때문이다.

품평회에서 전견최우승한 타로, 경마에서 이긴 아마디오 모두 개로서, 그리고 말로서의 경쟁심을 가지고 있으며 명예심도 가지고 있다. 거기에 만족을 얻어 자부심·자신감이 되면 오만한 야푸도 존재할 수 있게 된다. 야푸 사이에서의 오만함이라면 악덕이라고 할 수 없다. 육변기의 선민의식은 그것이 그들에게는 마음의 버팀목이니. 다시 말해서 인간과는 다른 차원에서 야푸에게는 야푸만의 자부심(프라이드)이 있다. 여기에 바탕을 둔 것이 2차 형성이다. …… 결벽성 등도 1차 형성의 것은 축화단계의 초기에 버려야 하지만, 2차 형성은 오히려 높을수록 좋다. 백인의 것을 더럽다고 생각하는 마음이 있으면 안 되지만, 그 이외의 오염물에는 민감할수록 좋다. 육변기가 매일 아침 이빨을 닦고 세수를 하는 것도 그와 같은 것이어서 자기 몸의 때에는 결벽하다. 사용자 입장에서 보자면 기분 좋게 사용할 수 있어서 그것은 좋은 일이다.

결론적으로 '가축정신평가'가 내려진다. 이것과 육체적 각 수치를 합산해야만 비로소 한 마리의 토착야푸를 '가축인(human cattle)'으로서 평가하여 '성능표'를 만들 수 있는 것이다.

야푸의 시장가격을 결정하는 것에는 이 외에도 축화도(토착야푸의 경우에는 축화도가 낮을수록 고가다. 13장 5), 혈통서(사육소에서 태어난 것과는 달리, 자반국민으로서의 문벌·가계를 말한다), 전력서(승천, 즉 포획된 이후 주인의 변천을 말하는데, 이는 등록부에 기재된다.) 등이 있지만, 그 가운데서도 가장 중요한 것이 바로 '성능표'이니 그것을 작성하는 가축적성검사(domesticating aptitude test. 줄여서 DAT라거나, 도메스 테스트라고 부른다.)의 중요성은 매우 크다고 하지 않을 수 없다.

린이치로는 지금 이 검사를 받으려 하고 있는 것이다.

4. 말단기 시험

야푸가 말단기를 만지작거리고 있는 우리에서 2m쯤 떨어진 곳에 두 사내가 서서 야푸를 관찰하고 있었다. 한 사람은 중년의 백인으로 몸집은 작았지만 한눈에도 정력적인 풍모, 넓은 이마와 날카로운 눈매가 오로지 학문에만 열중하고 있다는 사실을 알 수 있게 해주었다. 수수한 무늬의 점퍼스커트 차림새도 아무렇게나 걸친 듯한 느낌으로 이스 남성에게서는 드물게도 복장에 대한 무관심을 이야기해주고 있었다. 이 사람이 바로 코란 박사였다. 축인학, 특히 가축적성검사(도메스 테스트)의 전문가인데 축인부 축적국 촉탁으로 연구를 위해 지구지국 분류과에 적을 두고 있었다. 어젯밤에 잔센 별장에서 지구지국 유럽분실로 새로 포획한 토착야푸를 내일 아침에 등록하고 싶다고 연락했을 때, 20세기 구면에서 잡은 진품이라고 덧붙여두었기에 등록과원이 신경을 써서 남극사육소(사우스 폴 야푸너리)의 박사에게 '내일 구야푸의 등록 있음'이라고 급히 알린 결과 등록에 앞서 자신이 직접 조사하고 싶다고 열의를 불태우며 남극의 연구실에서 날아온 것이었다. 우리 안의 야푸는 자고 있다는 말에 입체상 영사기와 녹음기를 장치하게 한 뒤, 별실에서 어제 난동을 부렸을 때의 모습을 듣는 등 예비데이터를 수집하고 있는 동안 야푸가 눈을 떴다는 보고가 들어왔다. 생축사의 사육담당자로 이 예비우리의 간수인 흑노 B2호의 안내를 받아 우리 옆까지 와서 우선 행동관찰을 통해서 신경 제반의 평점을 위한 데이터를 얻기로 한 참이었다.

박사 쪽에서 우리 안을 보는 데에는 아무런 지장도 없지만, 야푸 쪽에서는 이쪽이 보이지 않을 터였다. 우리의 쇠창살에서 2m 떨어진 곳에 자계편시광막(마그네틱 레이 스크린)이 쳐져 있었다. 어떤 국부 공간에 특수한 자장을 만들어 그 경계면이 내부에서 외부로의 광선만을 통과시키고 외부에서 내부로의 광선은 전부 난반사시키도록 만든 장치다. 그리고 그 경계면과 함께 강력공기막(슈퍼 에어 커튼)과 흡음장치를 연동시켜놓았기에 밖에서 이야기해도 안에서는 듣지 못한다. 따라서 우리 안의 야푸에게는 모습과 목소리를 숨긴 채 자유롭게 관찰할 수 있다.

정신검사의 시작으로 지능검정을 위해서 박사는 조금 전에 진공변관의 말단기를 우리 안으로 내려보낸 참이었다. 포획한 토착야푸는 펌프충의 꼬리가 완전히 성장하기까지는 영양출관으로의 배액이 불가능하다. 그러나 벌레가 내뿜는 체액의 특수한 효과 때문에 수분도 대장으로 모이기에(15장 5) 변이 연해져 말단기를 쓸 수 있게 된다(7장 2). 그렇기에 펌프충을 먹인 뒤 100시간 동안은 말단기를 쓰게 하는 것이다. 말없이 그것을 건네주고 살펴보면, 혼자서 그 낯선 도구의 사용법을 깨닫기까지 개체별로 상당한 차이가 있기에 지혜를 시험해볼 수가 있다. 이를 말단기시험(코브라 테스트)이라고 한다.

말단기를 쥔 야푸를, 침팬지에게 도구를 건네주고 지능검사를 할 때의

케라 박사와 같은 눈빛으로 지켜보며 B2호에게,

"먹이는 어떻게 했지?"

"네, 어젯밤 생본능주사 때 고영양액(하이 뉴트리션)을 함께 주사했습니다."

"분량은?"

"그러니까 20cc로."

"흠, 그럼 100시간은 버티겠군."

"네. 꼬리가 나올 때까지 먹이를 주지 않아도 되도록……."

"앗, 가랑이에 끼웠어." 코란은 대화를 중단하고 눈을 둥그렇게 떴다.

"벌써 사용법을 깨달았군. 이건 아주 똘똘한 야푸야."

린이치로가 간단히 물체의 용도를 발견한 것은 무엇보다 완해주사를 맞기 전 구토를 했을 때(12장 2), 간호부가 이것을 사용하여 입 주위를 닦아주었던 기억이 부활해서 진공흡인장치라는 사실을 깨달았기 때문이지만, 역시 머리가 명민한 것이리라. 말단부의 잘록한 부분이 가랑이에 끼우기좋게 생겼다는 사실을 간파한다면 사용법은 자명한 것이었다.

배설을 마치면 따뜻한 물로 항문을 닦아주고 뒤이어 열기로 건조시켜준다. 쾌적하고 청결했으며 매우 문화적이었다. 볼일을 마치자 그것은 위로 끌어올려졌다. 누군가가 이쪽을 보며 움직이고 있는 것일까?

공복감이 한층 더 심해졌다. 고영양액을 주사했기에 영양이라는 점에는 문제가 없지만 그 주사로 공복감을 달랠 수는 없다.

대부분의 야푸에게 있어서 기아감이나 배설요구는 펌프충 팽만에 의한 배액 및 충전에 대한 욕구와 일체화된 욕구(7장 2)에 지나지 않으며, 공복감 즉, 식욕은 느끼지 못하지만, 이미 입으로의 섭식에 대한 경험이 있는 토착야푸의 경우는, 그것을 훈련에 이용하기 위해 펌프충의 꼬리로 섭이가 시작된 이후에도 영양섭취와는 아무런 상관도 없는 입으로부터의 섭이를 계속 유지시키기에 식욕도 지속된다. 그렇게 해서 고상한 정신활동을 잊고 먹을 것에만 관심을 갖는 짐승으로 만들어가는 것이다. 린이치로를 괴롭히고 있는 공복감은, 지금 그의 장 속에서 시시각각 자라고 있는 펌프충이 성장을 마쳐 꼬리가 밖으로 나오게 된 뒤에도 끊임없이 그에게 작용하여 그를 짐승화 해나갈 것이다.

5. 빨간크림 순치

"자, 그럼 다음은." 코란 박사가 우리 안을 바라본 채 생각에 잠기며 말했다.

"이봐, 빨간크림은?"

"네, 한 그릇 준비해두었습니다."

"됐어, 우선 크림 순치야. 전기바늘의 맛을 가르치며 먹게 해, 알았지?"

"네."라며 흑노가 벽의 조종관(핸들)을 움직였다. 먹이그릇이 두 사람 쪽으로 당겨졌다.

린이치로는 방심하지 않고 주위를 살피고 있었다. 그런데 주발 모양의 용기가 우리 옆에서 멀어져 광막 너머로 슥 사라졌다. 신축이 자유로운 지지대 끝에 부속되어 수평운동이 가능하도록 되어 있는 모양이었다.

잠시 후, 주발이 반짝이며 흔들리고 있는 빛의 벽을 뚫고 다시 모습을 드러내 우리 옆으로 돌아왔다. 우리의 바닥과 같은 높이였다. 안에는 뭔가 빨간 것이 가득 담겨 있었다. 선지? 암적색으로 아이스크림처럼 반쯤 굳어 있었다. '저 주발에 담겨온 이상 먹을 것임에는 틀림없는 것 같은데……. 그래, 먹을 것이야, 저건!' 굶주린 육체의 동물적 본능은, 이성에 의한 판단을 기다릴 필요도 없이 그것이 먹을 수 있는 것임을 바로 알아챘다.

아래쪽 구멍으로 머리를 내밀기 위해서는 배를 바닥에 깔고 엎드리지 않으면 안 되었다. 납작하게 짓밟힌 개구리 같아서 자신이 생각해도 볼품없는 자세였다. 그의 눈에만 보이지 않지 어딘가에서 이쪽을 보는 사람이 있다는 사실은 조금 전의 변기와 이 식기의 움직임으로 분명히 알 수 있었지만, 그것을 알면서도 그는 아래쪽 구멍으로 목을 내밀었다. 언젠가부터 그의 수치감이 감소한 것이었다. 이는 알몸이라는 사실이 커다란 원인이었다. 인류의 문화는 지혜의 나무에서 열매를 따먹은 아담과 이브가 알몸에 수치를 느껴 앞을 가릴 옷을 만들었을 때 시작되었다는 우화는 참으로 무의미한 것이 아니었다. 이스 사람이 야푸에게 알몸을 강요하는 것은 짐승화를 위해 수치감을 박탈하는 것이 그 목적이었다.

광막 너머에서 코란 박사가 빙그레 웃으며 중얼거리듯 말했다.

"1차 수치도는 마이너스 7쯤……. 머리도 좋고 수치심은 줄었고, 이건 꽤 좋은 야푸가 될 거야. ……이봐, 전기바늘이 늦지 않도록 주의해."

"걱정 마십시오, 박사님(닥터)."

"자, 핥기 시작했어."

아래쪽 판자에 막혀 손은 사용할 수 없었다. 혀로 빨간크림을 날름 핥은 순간 찌리릿 전기충격이 느껴졌다.

'덫이었군.'

서둘러 머리를 집어넣려 했으나 움직이지 않았다. 핥은 순간 전기충격과 함께 U자를 거꾸로 세운 것 같은 모양의 금속도구가 구멍으로 떨어져 목에 걸린 것이었다. 조이지는 않았으나 우리 바닥에 배를 깐 채 목이 걸려버린 것이었다.

"후후……."

웃음을 머금은 남자의 목소리가 들리더니,

"됐어, 라고 말하기 전에 혀를 내밀었기 때문이야. 알았어? ……됐어……, 먹어도 돼."

어디서 들려오는 소리일까? 유창한 일본어(이하 따로 언급하지 않겠으니

적당히 판단하시기 바란다.)였다. 누구일까?

"먹으라고 했는데 안 먹는단 말인가?"

질책하는 듯한 목소리가 들려오는가 싶더니 이번에도 찌리릿 했다. 서둘러 혀를 내밀었다. 핥기 시작하자마자 전기충격이 멈췄다.

말랑말랑한 유동체로 그냥 보기에는 냄새가 없는 듯했으나 입에 머금으니 일종의 이상한 냄새가 코를 확 찔렀다. 하지만 그와 동시에 지금까지 한 번도 맛보지 못했던 신기한 맛이 그의 혀를 단번에 사로잡았다. 전기충격에 쫓길 것도 없이 이제는 전부를 먹어치우지 않으면 도저히 멈출 수 없을 것 같았다. 주발은 얼굴 바로 아래에 있었으나 개처럼 커다란 혓바닥이 아니기에 혀로 조금씩 떠먹는 것은 꽤나 힘든 작업이었다.

그가 혀를 열심히 움직이는 틈을 이용해서 이 먹을 것에 대해 잠시 해설하기로 하겠다.

앞 절의 마지막 부분에서 이야기한 것처럼 일반적인 생야푸와는 달리 토착야푸에서 사육야푸가 된 녀석들은 식욕을 가지고 있으며, 그렇기에 '먹이를 먹고 싶어서' 재주를 익히게 되는 것인데, 이 토착야푸 훈련용 먹이로는 영양과 관계없이 인체분비물을 원료로 하여 특이한 맛을 가진 과자가 만들어지고 있다. 달거리양갱, 피젤리 등으로 불리는 menses계 교과자(膠菓子), 남녀의 love-juice를 머금게 하여 구운 소형 생과자인 사랑의 비스킷, smegma를 반죽하여 구슬과자처럼 만든 때사탕 등이 그 주요한 것인데, 전부 타액이 닿아 녹으면 각각이 강렬하고 특이한 냄새를 발하기에, 일단 기호식품이 되어버리면 술이나 담배 따위와는 비교가 되지 않을 만큼 강렬한 매력을 느끼게 한다. 그러나 그것을 '악마의 맛'이라고 부르며 토착야푸의 훈련용 외로는 사용하지 않게 된 것은 재료 때문도 아니고 법률이 금하고 있기 때문도 아니었다. 그 특이한 맛과 냄새가 너무나도 강렬해서 반발이 심하기에 인간의 혀에는 도저히 맞지 않기 때문이었다.

그런데 토착야푸는 어째서 그 맛에 길들여지는 것일까? 타쿠앙을 섞기 때문이다. 토착야푸는 옛날부터 미소[38]네 다쿠앙[39]이네 구사야[40]네, 백인은 도저히 입에 댈 수도 없는 것들을 즐겨 먹었다. 이들 야푸적인 음식을 조리과학적으로 분석하고 각각의 엑기스만을 추출하여 재합성한 미원풍 분말은 백인이나 흑인에게는 구역질나는 것이지만 토착야푸에게는 진미 중의 진미여서 한 번 맛본 것만으로도 혼을 빼앗길 정도라고 한다. 이 가루는 야푸계 식품의 대표선수였던 다쿠앙에서 이름을 따와 타쿠앙(targgan)이라고 이름 지어졌는데 이것이 야푸사료의 특이한 맛과 냄새보다 더 강렬한 것이다.

그리고 앞서 이야기한 여러 가지 먹이의 맛을 한 번에 익히게 하기 위해서

---

38) (역주) 味噌. 일본식 된장.
39) (역주) 沢庵. 단무지.
40) (역주) くさや. 건어물 가운데 하나. 생선을 발효액에 담갔다가 말린 음식.

전부를 섞어 빨간크림41)을 만들고, 거기에 타쿠앙을 첨가하여 야푸에게
주면 처음에는 타쿠앙의 맛에 이끌려 기꺼이 먹는다. 그런 다음 타쿠앙의
분량을 점차 줄여나가면 점점 빨간크림의 마력에 사로잡히게 되어 그 특이한
맛과 냄새 자체를 즐기게 되며, 마침내는 타쿠앙 없이도, 아니 없는 편이
더 낫다고 여기게 되어 크림이 진할수록 더욱 맛을 느끼게 된다. 이러한
변화를 빨간(레드)크림 순치(컨버전)라고 하는데, 순치 후의 토착야푸는
피젤리나 사랑의 비스킷의 맛을 즐기게 되며 그것을 얻기 위해서 어떤
신기한 재주라도 익히려 하기에 이른다. 그리고 명령을 받으면 ………
……………을 직접 입으로 마시고, 부드러운 ……………………을 핥기
도 마다하지 않으리라.

　린이로가 기꺼이 핥고 있는 것은 타쿠앙을 듬뿍 섞은 빨간크림이었다.
앞으로 어떻게 될지 걱정하지 않을 수 없다.

---

41) 제10장 3의 각주에서 이야기한 것처럼 mens-pigmy라는 왜인이 있다. 이들을 band에서
　　떼어내자마자 위의 내용물을 토해내게 한 뒤 특수한 젤라틴 속에 섞으면 효모의 작용으로
　　전체가 변질되어 선지 같은 교질물인 피젤리가 된다. 이를 주성분으로 하여 각종 분비물을
　　첨가한 것이 빨간크림이다.

제18장 축사의 돌리스

1. 예비우리로

널따랗게 포장된 기마 가로수길(라이딩 애버뉴)을, 미소녀 돌리스를 어깨에 태우고 축인마 아마디오는 계속해서 질주했다. 잎이 떨어지기 시작한 양편의 나무들이 나는 듯이 뒤로 흘러갔으며 수정궁의 모습이 점점 커졌다. 육각형 모양 누각의 사면 가운데 하나가 아침 해에 반짝이고 있었다.

돌리스는 말 위에서 영이(靈茸, 추잉 마슈럼)[42]를 입에 넣었다. 수정궁까지 와서 말은 정면 광장 왼쪽의 마장 구석에 있는 마구간으로 돌아가려 했으나 돌리스가 오른쪽 귀에 연결된 방향고삐를 힘껏 잡아당겨, 뒷마당의 생축사로 통하는 작은 문 쪽으로 머리를 향하게 했다. '생축사로'라고 한마디 명령을 해놓으면 그냥 내버려두어도 될 것을, 그녀는 여걸 쿼들리 백작처럼 말보다는 고삐로 자신의 의지를 전달하기로 하고 있다. 지능지수는 그녀보다 높은 영리한 말이지만, 그녀에게는 지성이 없는 어리석은 구마(에쿠우스)와 조금도 다를 바 없었다. 아니, gee와 haw(말에게 오른쪽, 왼쪽이라고 말할 때의 영어)조차 사용하지 않는다는 점에서 보자면, 이 교육을 받기만 했다면 훌륭한 철학자가 될 소질을 가진 두뇌의 소유자를 구마에도 뒤지는 동물로

---

42) 다른 별의 식물인데 이것을 씹어 즙을 먹으면 피로회복에 특효가 있기에 운동선수가 애용한다. 섬유는 소화가 되지 않기에 억지로 먹지 못할 것은 없지만 일반적으로는 추잉검처럼 씹다가 뱉어버린다. 흑노에게는 금지되어 있다. 그러나 씹다 버리는 것을 백인에게 얻는 것은 허용되기에 실제로는 흑노가 다시 씹다가 먹어버리는 것이 일반적이다.

취급한다고 할 수 있으리
라.

생축사 입구 앞까지 오자
입고삐를 잡아당기고 영이
(마슈럼)을 씹으며 작게,
"ungko."

말이 웅크릴 때의 반동을
이용하여 양 무릎을 벌리고
뒤쪽 대각선 위편으로 두
발끝을 튕겨 올리며 전신을
뒤쪽으로 당긴 뒤 두 발을
모아 일단 육발판에 부츠
바닥을 대고, 그 반동으로
다시 한 번 가볍게 튕겨져 올라 휙 땅 위로 내려섰다. 펄럭이던 새빨간
망토가 커다란 날개처럼 하늘하늘 내려와 몸을 감쌌다. 카파인 퓨는 말이
몸을 웅크리자마자 그와 동시에 땅으로 내려섰다.

"마구간으로 돌아가."라고 아마디오에게 명령한 뒤, 철문이 열려 있는
생축사의 현관으로 성큼성큼 들어갔다. 퓨가 당연하다는 듯이 뒤를 따랐다.

마구간에는 흑노마부도 하인도 있으나, 여기에는 갑자기 온 것이기에
아무도 기다리는 자가 없었다. 안으로 들어가 당직흑노 담당자에게 족축례로
답하며,

"예비우리의 야푸는?"

"네, 지금 코란 박사(닥터)가 적성검사 중으로……."

"코란 박사(닥터)?"

"네, 축적국 소속으로……."

"흠, 빨리도 왔군."

"불러올까요?"

"아니, 내가 가볼게. 안내는 필요 없어. 나도 알고 있으니."

영이(마슈럼)를 씹으며 복도를 지나 '예비우리'라고 표시되어 있는 문을 열었다. 무릎을 꿇은 B2호에게 족축례. 귀족에 대한 평민의 경례로 한쪽 무릎을 꿇고 머리를 숙인 코란 박사에게는 수견례(手肩禮 한 손으로 상대방의 어깨를 가볍게 두드린다). 방은 10평(33㎡) 정도, 중앙의 한 단 높은 곳에 우리가 있고 야푸가 우리 아래쪽 구멍으로 머리를 내밀어 날름날름 정신없이 빨간크림을 핥고 있었다.

"어때? 적성검사(테스트) 결과는?"

"지금 정신검사를 실시 중입니다만, 꽤나 우수한 듯……."

"잘도 핥는군."

"네. 혀를 놀리는 게 아직은 미숙합니다만……."

"서툰 모습이 오히려 귀여워."라고 말하며 성능표에 적힌 숫자를 바라보았다.

그때 코란 박사가 송화기를 향해,

"기다려."라고 엄격한 목소리로 말했다. 그러나 야푸는 핥기를 멈추지 않았다. 그러다 갑자기 혀를 입에 넣었다. 흑노의 조작으로 전기바늘이 몸을 찌른 것이었다. 바늘이라고 했으나 유형물은 아니다. U자형 금속도구에서 방출되는 일종의 자극전류다.

"됐어."

기다리고 있었다는 듯 야푸가 핥기 시작했다. 박사는 벽의 성능표에 있는 전기바늘복종도 난에 1이라고 적었다. 그것을 보고 여자는 채찍 끝으로 그 난을 탁 두드리며 남자에게,

"전기바늘복종도 1, 이건 너무 낮은 거 아니야? 내 것은 지금까지 최하

2 이상이었어, 처음부터."

"네, 딱 한 번 한 것이기에 정확하지는 않습니다만……."

"왜 반복하지 않는 거지?"

"네, 앞으로 기르시게 될 귀족 분들의 즐거움은 세뇌수술에 의한 복종도 향상(13장 5)에 있는데, 그 즐거움이 줄지 않도록 하기 위해서 극히 기본적인 조사에 그치는 것이 축적국의 관례이기에……. 저도 거기에 적을 두고 있는 몸이라……."

"하지만 학자로서는 자세히 알고 싶지 않아?"

"물론입니다." 코란이 힘주어 대답했다. "실험용으로 들어온 것은 철저하게 시험합니다."

"이 야푸도 한 번 정도 더 시험해도 돼. ……내가 할게. 잠깐 비켜봐."

적성검사(도메스 테스트)를 돕고 싶다는 어린아이 같은 호기심에 사로잡혀, 자제심을 모르는 아가씨가 입을 움직이며 박사가 서 있는 곳으로 다가갔다. 언뜻 알몸으로 보이는 축인 가죽(얍푸 하이드)에서 발산되는 성적·매력에 현기증이 일어난다는 듯 코란 박사는 고개를 숙인 채 자리를 내주었다. 흑노는 익숙해져 있기에 비교적 평정한 마음으로 전기바늘의 단추에 손을 얹은 채 대기하고 있었다. 이때 카파인 퓨가 따분함에 장난을 치기 시작해서 스위치 가운데 하나를 만졌다는 사실을 세 사람 모두 깨닫지 못했다.

  2. 전기바늘복종도 시험

'맛있는 크림이야. 재료는 뭘까? 맛있어, 정말 맛있어…….'

정신없이 먹고 있는데 다시,

"기다려."라는 목소리가 들려왔다. 아까와는 달리 젊은 여자의 목소리였다. '기다려'였으나 참지 못하고 자신도 모르게 한 번 더……, 전기충격은 없었다. 지금이다 싶어 날름날름 계속 핥는 린이치로.

"말을 전혀 듣지 않아. 전기바늘에도 *끄떡없다니*……."라고 돌리스가 황당하다는 듯 말했다.

"이상한데요."라고 박사도 머리를 갸웃했다.

사실은 전기바늘의 전류가 카파인 퓨의 장난으로 끊어져 있었던 것이다.

야푸는 순식간에 주발을 비워버렸다. U자 금속구가 동시에 원래대로 되돌아가 야푸는 목을 집어넣고 책상다리를 하고 앉아(앙크) 생각에 잠겼다.

질겅질겅 영이(마슈럼)를 씹으며 그것을 바라보던 돌리스가,

"빨간크림은 더 없어?"

"네, 지금 여기에는 없습니다만……."하고 흑노.

"빨간크림 말고 다른 게 더 좋으려나……. 너무 이상해서 다시 한 번 해보고 싶은데……. 그래, 이걸로 하자."

먹이통을 빼내 입 안의 침과 함께 씹던 영이(마슈럼)를 뱉어놓은 뒤 우리 쪽으로 넣었다.

아까부터 씹고 있던 찌꺼기는 자신이 얻을 수 있으리라 생각해서 내심 기대하고 있던 B2호가 울상을 지었다. 퓨는 예의 스위치를 다시 원래대로 해놓았다.

주발에 무엇인가 담겨 다시 들어왔다는 사실을 깨달은 린이치로는 조금 전의 맛을 잊을 수 없었기에 얼른 다시 구멍으로 머리를 내밀었다. 이번에는 이상한 것이었다. 질겅질겅 씹어 즙을 빨아먹고 난 뒤의 마른오징어처럼 생긴 조그만 덩어리가 들어 있을 뿐이었는데, 침이라고밖에 여겨지지 않는 작은 거품이 묻어 있었다.

'뭐지?'라고 생각한 순간 역시 여자의 목소리로,

"됐어, 먹어."라는 말이 들려왔으나 순간 망설였다. 그러자 찌리릿 전기가 왔다. 황급히 두 입술로 물어 올려 입 안에 넣음과 동시에 U자 금속구가 내려와 목을 구속했다. 묻어 있는 침이 차가웠으나 꾹 참으며 한 번 씹어보니

입 안에 기분 좋은 향이 희미하게 퍼졌다. 맛은 상쾌했다. 그러다 이번에는
또,

"기다려."

'어떻게 해야 되는 거지?'

찌리릿, 전기가 와서 망설이다 뱉어냈더니 전기충격이 멈췄다. 잠시 후,

"됐어."

다시 넣어 씹었다.

"기다려."

'개처럼 훈련을 받고 있는 거야, 나는.'

자신의 처참함을 느낄 사이도 없이 찌리릿 전기가 와서 뱉어냈다. 전기충격
에 쫓겨 반성을 할 여유가 없었다.

"됐어."

서둘러 입에 넣더니, 씹으려면 더 씹을 수도 있었지만 적당히 삼켜버리고
말았다.

'이런 상황에서 얼른 벗어나고 싶어…….'

삼켜버렸는데도 U자 금속구가 벗겨지지 않았다. 퍼뜩 떠오른 것이 있어서
거품이 꺼지기 시작한 주발바닥의 액체―인간의 침임에 틀림없었는데―를
전부 핥자 그와 동시에 목이 편안해졌다. 주발 안의 내용물과 U자형 금속구가
무엇인가의 장치로 연동되어 있는 듯했다. 목을 거두어들여 책상다리를
하고 앉았다. 그러고 보니 아까부터 벌거벗은 엉덩이에 금속이 차갑게 느껴지
지 않는 것이 이상했다.

순간 갑자기 대화를 주고받는 여자와 남자의 목소리가 들려왔다.

"이번에는 말을 들었어. 전기바늘에도 반응을 했고. 역시 평범한 수준이
야."

'어제 들었던 목소리야……. 맞아, 원반에 가장 먼저 뛰어들어온, 폴린의

여동생의 목소리야. 틀림없이 돌리스였어…….'

"그렇습니다. 전기바늘복종도의 평점을 조금 올려놓겠습니다."

"조금 더 훈련을 시키고 싶지만 검사를 돕는 것이 도를 지나치면, 훈련의 즐거움이 줄어들었다고 주인(미스트레스)에게 원망을 들을 게 뻔하니 이쯤 해두겠어."

"아, 이건 아가씨께서 잡으신 건 줄 알았는데, 그렇다면 검사장님께서 ……."

'검사장? 폴린이 어제 그렇게 말했었지, 아마도.'

"아니, 언니가 잡은 것도 아니야. 언니의 손님이 잡은 거야. 지금 여기서 묵고 있어. 등록할 때 보도록 해. 소박하고 얌전하신 멋진 분…….'"

'언니의 손님? 그럼, 클라라가 살아 있는 걸까?'

"저는 검사를 마치고 나면 등록계원과 교대하고 돌아가야 하기에 그분을 뵐 수는 없습니다, 안타깝지만……. 성함이 어떻게 되시는 분이십니까?"

"미스……, 앗, 퓨! 무슨 장난을 치는 거야. 그 스위치는 흡음장치…….'"

소리가 뚝 끊기더니 정적으로 돌아감과 동시에 주발이 있는 쪽 공간에 갑자기 이상한 광경이 펼쳐졌다.

빛의 벽에서 캇파가 나타난 것이었다. 도망치듯 뛰쳐들어온 기괴한 난쟁이 사내는 축축한 녹색 피부, 뾰족한 주둥이, 머리 위의 접시, 등의 등딱지…….
틀림없이 그림책에서 본 캇파였다.

눈을 둥그렇게 뜬 그를 더욱 놀라게 하려는 듯 뒤따라 모습을 드러낸 것은……. 불타는 듯 새빨간 망토를 펄럭이고 있는 전라의 여체였다. 승마부츠를 맨다리에 신고 장갑을 끼지 않은 오른손에 채찍을 들고 있는 것 외에는 몸에 아무것도 걸치고 있지 않았다. 보기 좋은 배꼽, 부드럽게 솟아오른 비너스의 언덕, 털을 깎아놓았기에 마치 그리스 여신의 조각 같았다.

"거기 서(스톱), 퓨."

캇파는 우리를 돌아 달아나려 했으나 곧 잡혀버리고 말았다. 그녀는 장신, 캇파는 어린아이 정도의 키, 보폭이 달랐던 것이다. 찰싹 채찍을 휘둘러 때리고 겁에 질린 것을 차서 쓰러뜨렸다. 우리 바로 옆에서 일어난 일. 보고 있던 린이치로의 가슴이 자신도 모르게 덜컥 내려앉았을 정도로 무자비한 발차기였다.

아름다운 분노의 표정이었다. 상아로 깎아놓은 듯한 뺨이 순식간에 빨갛게 물들었으며, 금발이 물결쳐서 곤두서려는 것처럼 보였다. 눈매가 매서워지더니 반짝반짝 파란 눈이 빛났다. 미소녀는 진심으로 화가 난 모양이었다.

"퓨, 오늘 친 장난은 절대로 용서하지 않겠어."

그 목소리는 틀림없이 조금 전에 들었던 돌리스의 목소리였다. 그러다 린이치로는 문득 묘한 사실을 깨달았다. 목에서부터 위는 백인으로밖에 여겨지지 않았으나, 망토 안쪽에 있는 전신의 피부는 노란색이었다.

'돌리스는 혼혈아인가? 그야 어찌됐든, 왜 알몸으로 있는 걸까? 노출광?'

야푸의 가죽이 의복이 되는 줄 모르기에 이상히 여기고 있는 그의 눈앞에서 돌리스의 오른쪽 부츠가 다시 한 번 움직여, 무릎을 꿇고 앉아 용서를 빌려 하는 카파를 뒤로 벌렁 나자빠지게 하더니, 그대로 얼굴 바로 위에서부터 부츠의 바닥이 떨어져내려 으악, 비명을 지르게 했으며, 얼굴을 힘껏 밟은 채 부츠를 앞뒤로 움직여 목을 오른쪽으로 향하게 했다가 왼쪽으로 향하게 한 후, 바닥으로 이마를 스치며 슥 전방으로 수평이 될 때까지 발끝을 허공으로 차올렸다. 그 기세 때문에 카파의 얼굴은 그 방향으로 데구르르 반회전 했다. 늘씬하게 앞으로 뻗은 오른쪽 다리 끝에서 부츠의 박차가 반짝반짝 빛났다. 차올린 반동으로 힘차게 되돌아올 오른쪽 발꿈치를 그대로 왼쪽 발꿈치 쪽으로 당겨 붙이면 박차가 옆을 향해 있는 카파의 얼굴에 정면으로 세게 부딪쳐 안구 가운데 하나를 터뜨려 튕겨 나가게 하리라.

좌우 두 다리가 이루는 90도의 각이 린이치로의 바로 정면에 있었다.

어깨의 망토는 주름이 잡힌 채 등에 늘어져 있어서 몸을 거의 감싸지 못했기에 부츠 외에는 버터플라이도 브래지어도 걸치지 않은 완전한 스트립으로 마치 발레리나처럼 건강미 넘치는 각선미를 보이는 금발 미소녀의 발 아래에 쓰러진 채 겁에 질려 목소리조차 내지 못하는 듯한 녹색의 기형아. 그 순간의 기막히도록 요염한 정경에 린이치로는 우리 안에 있다는 사실조차 잊었을 정도였다.

오른쪽 다리가 떨어지기 직전의 한순간을 뚫고 린이치로가 외쳤다.

"돌리스 잔센 양, 부탁이 있습니다."

3. 돌리스 대 린이치로

미훈련 토착야푸가 말을 걸어오는 것은 드문 일도 아니지만(15장 2), 이름까지 알고 있으리라고는 생각지 못했으며, 무엇보다 커다란 분노로 야푸의 우리 옆에 서 있다는 사실을 잊고 있던 돌리스에게는 옆에서부터 말을 걸어왔다는 사실 자체가 뜻밖의 일처럼 여겨졌다. 깜짝 놀라 우리 쪽을 보았다. 그 때문에 다리가 내려와, 올라갈 때와 마찬가지로 박차가 아닌 부츠 바닥이 얼굴을 스치며 통과했다. 목표물을 맞히지 못한 것이다.

박차로 얼굴을 맞는 것 아닐까 겁에 질려 몸을 웅크리고 있던 퓨는 그 틈을 이용해서 재빨리 일어나 달아나려 했다. 어디서 날아왔는지 그 조그만 몸에, 엉킨 것처럼 보이는 검은 끈 덩어리가 부딪쳤다. 저절로 움직여 풀렸다. 뱀일까? 뱀이라고 하기에는 너무 평평하고 가늘었다. 넙적하고 두껍게 엮은 무명끈 같은데……. 슬금슬금 한쪽 다리에 감기는가 싶더니 꺅 하는 카파의 비명이 채 사라지기도 전에 검은 뱀의 몸이 종횡으로 그 녹색 피부 위에서 몇 겹이고 교차했다. 평범한 뱀이 한쪽 방향으로 빙글빙글 감는 것과는 달리 죄인을 묶는 오랏줄처럼 단단히 교차하며 매듭을 만들어나갔다. 그러고도 남아서 바닥에 늘어져 있던 뱀의 몸 상반신이 머리를 쳐들기 시작하자

돌리스가 다가가 그
것을 꽉 잡더니 우리
속에서 바라보고 있
는 린이치로 쪽을 아
무 일도 없었다는 듯
돌아보았다. 이 무슨
기괴한 일이란 말인
가! 카파의 팔을 뒤로
돌려 묶고 그 등에서
부터 늘어진 오랏줄
끝을 한 손에 쥐고 있
는 것이라고밖에 여
겨지지 않았다. 이번

에도 역시 이스 세계의 마법. 검은 뱀이 검은 오랏줄로 변해버리고 말았다.

이는 '사축자(飼畜者)의 뱀(yapoolers snake)'이라 불리는 인공합성동
물(15장 3)로, 주머니 안에서는 단지 넙적하고 두꺼운 끈에 지나지 않는
듯 보이나, 야푸계열의 동물에게 투척하면 명중한 순간 활발하게 움직이기
시작하여 몸을 묶어버리는 본능이 있다. 3마리만 있으면 거대한 축인마(얍푸
호스)까지도 결박할 수 있는, 축사 근무자의 필수품 가운데 하나였다. 지금의
것은 물론 사육담당자인 B2호가 돌리스를 돕기 위해 던진 것이었다.

살아 있는 오랏줄의 정체를 알지 못하는 린이치로는 어리둥절할 뿐, 오늘
아침에 꾼 악몽을 계속해서 꾸고 있는 듯한 느낌이었다.

그런 그의 마음과는 전혀 상관없이, 돌리스는 말이나 개를 살 때의 눈빛으로
이 야푸의 육체를 시찰·검토했다. 조금 전의 한마디로 기선을 제압당해버렸
다는 사실이 다시 한 번 그녀의 흥미를 자극한 것이었다. 스스로 검술(펜싱)을

상당히 하고 있는 만큼 그녀는 그것이 하나의 기합으로, 자신의 행동을 어긋나게 했다는 사실을 잘 알고 있었다. 달인의 기합이었다.

'유도의 강자라더니 거짓말은 아니었군. 결투사(글라디아토르)로 만들면 우승패를 받을 수 있을 거야[43]. 문제는 체급(클래스)인데……. 근육은 다부지지만 키가 작으니 밴텀이나 페더겠군…….'이라고―.

"잔센 양, 부탁이란,"이라는 야푸의 목소리가 그녀의 상념을 어지럽혔다. "저는 어째서 이런 처지에 놓이게 된 것인지 모르겠습니다. 그것을 가르쳐주셨으면 합니다. 대체 무엇에 대한 벌입니까? 제가 뭘 어쨌다는 겁니까?"

"이건 벌이 아니야." 미소녀가 웃으며 대답했다. "야푸에게는 벌이라는 게 없어[44]. 네가 무슨 짓을 하든지 말든지 그건 상관없어."

"그렇다면 어째서 이런 곳에 갇혀 있어야 하는 겁니까?" 린이치로가 다시 물었다.

"네가 야푸이기 때문이야." 태연하게 대답했다.

"그럼 언제까지고 여기서 꺼내주지 않을 거란 말입니까?"

"아니, 네 주인(미스트레스)이 네게 가장 적합한 장소를 결정할 때까지만이야. 여기는 예비우리(스페어 펜)야."

"주인(미스트레스)이라니, 아아." 린이치로는 마음속 동요를 숨기려 하지

---

43) 축인결투는 사육하고 있는 주인들 간의 승부다. 경마의 마주 등과 마찬가지로 좋은 동물을 가지고 있으면 그 주인은 많은 돈을 벌 수 있다. 결투는 야푸가 하고 우승은 주인이 차지하게 되는 것이다.

44) 처벌이란 책임, 즉 인격이 있는 자의 비행에 대한 개념이다. 백인과 흑노에게는 형법이 있다. 앞서도 이야기한 것처럼(12장 2) 흑노형법은 준엄하고 가혹하지만 적어도 흑노를 벌하려면 이 형법에 따라야 한다. 이에 반해서 야푸에게는 처벌이라는 것이 없다. 퓨의 장난과 같은 야푸의 비행에 대해서는 기능부전에 대한 조정―그것이 불가능하다면 부숴버리면 그만이다.―만이 있을 뿐. 고장 난 시계와 마찬가지다. 돌리스가 퓨를 박차로 꾸짖으려 했던 것은 분노에 의한 발작으로 시계를 땅바닥에 내팽개치려 한 것과 같은 행동이지 처벌은 아니다. 반대로 말하자면 축인형법이라는 것이 없기에 야푸에 대해서는 비행과는 상관없이 어떠한 취급도 가능하다.

도 않고, "그건 클라라를 말하는 건가요?"

"내가 될지도 몰라." 돌리스가 웃으며 말했다. 클라라로부터 이 야푸를 물려받을 마음이 있었던 것이다.

"거짓말!" 린이치로는 철창의 봉을 두 손으로 쥐고 가슴을 앞으로 내밀어 찰싹 매달린 채 절규했다.

야푸의 극단적인 흥분과 초조함을 본 돌리스는 축생학대(애니멀 토추어) 충동에 사로잡혔다. 동물원에서 원숭이를 놀리며, 원숭이가 화를 낼수록 쾌감을 느끼는 바로 그 심리였다.

"내가 더 좋은 주인(미스트레스)이 될 것 같아, 아무래도."

"천만에요. 저는 클라라를 기다리겠습니다. 그녀는 틀림없이 구조해주러 올……."

"네게 목숨을 빼앗길 뻔했던 사람이 그렇게 할 거라고 생각하는 거야? 가엾은 야푸 씨?"

"그녀는 용서해줄 겁니다! 그녀의 관용을, 그녀의 애정을, 당신처럼 나약한 존재를 괴롭히는 사람이 알기나 하겠습니까? 그녀는 저의 약혼자(피앙세)입니다!"

"그때는 정신이 이상했던 거야." 돌리스는 기억상실 중에 있던 클라라의 행동을 자신이 이해한 대로 표현했다.

"무슨 소리를 하는 겁니까! 클라라 같은 훌륭한 숙녀(레이디)를 당신 같은 노출광(엑시비쇼니스트)이 이해나 할 수 있겠습니까?"

전라의 여체라 믿고 있었기에 한껏 모욕을 준 것이었다.

"아하하하."

웃음을 터뜨린 돌리스가 광막 밖으로 카파를 끌고 나가는 뒷모습에 대고 린이치로가 악담을 퍼부었다.

"벌거숭이 댄서!"

자부심 강한 이스의 숙녀로서 이런 악담과 험담이 인간이나 반인간의 입에서 나왔다면 그냥 듣고만 있을 그녀가 아니었으나, 지금의 돌리스는 조금도 기분이 나쁘지 않았다. 구관조가 바보라고 했다고 해서 화낼 마음은 조금도 들지 않는 것처럼, 가축인 야푸가 아무리 욕을 하고 험담을 한다 할지라도 명예감정은 전혀 상처받지 않기에 화낼 마음은 조금도 들지 않는 법이다. 결투사(글라디아토르)를 찾고 있던 그녀에게 있어서 이러한 태도는 오히려 기쁠 정도.

'용감하고 물불을 가리지 않아. 마음에 들었어. 클라라에게 부탁해서 양도받기로 하자.'

조금 전에 방해를 한 일도, 지금의 모욕도, 린이치로가 혼자서 용을 쓰고 있는 것일 뿐, 애초부터 상대도 되지 않았다. 돌리스는 몇 단이고 높은 곳에서 가축인 린이치로를 내려다보고 있는 것이니 승부가 될 리 없었다. 승부 이전의 이야기였다.

4. 연인에서 여주인으로

양서축인(암피비 야푸)은 장난을 치고, 광막 너머에서 정신없이 뛰어다니기 시작하고, 적성검사(테스트)에 필요한 행동관찰을 조금도 행할 수 없게 되자 내심 씁쓸한 마음으로 있던 축인학자 코란 박사였으나, 말괄량이 아가씨가 이 야푸를 학대해준 덕분에 모주성(옛 주인을 그리워하는 마음)과 용감도 등을 측정할 수 있어서 기뻤지만 아직 측정해야 할 제원들이 많이 남아 있었다. 그랬기에 이 말괄량이 아가씨가,

"박사, 고마워. 그만 가볼게."라고 대범하게 내민 한쪽 손의 손가락 끝에 한쪽 무릎을 꿇고 공손하게 입맞춤을 했다. 축인 가죽(얍푸 하이드)이라는 사실을 알고는 있지만 정면에서 바라보면 맨살처럼 여겨졌기에 똑바로 쳐다볼 수가 없었다. 몸을 일으킨 뒤에도 고개를 숙이고 있었다.

흑노 쪽을 돌아본 돌리스가 미소 지으며,

"아까는 수고했어. 입맞춤을 허락할게."

뱀에 대한 보답이었다. 흑노에 대해서 백인귀족이 입맞춤을 허락한다는 건 물론 발에 하는 입맞춤이다. B2호는 무릎을 꿇고 부츠 끝에 입술을 댔는데, 파격적인 영광에 떨려 이가 부딪히는 소리가 났다. 비천한 사육담당 흑노에게 있어서 오늘은 생애 가운데서도 가장 좋은 날이 되리라. 아가씨의 신에 입맞춤을 한 날!

퓨를 묶은 뱀(줄)의 끝과 채찍의 손잡이를 한 손에 쥐고 뭔가 콧노래를 부르며 축인 가죽(얍푸 하이드) 차림의 잔센 후작가 영양은 방에서 나갔다.

적성검사 재개. 정신제원 조사 계속.

그러나 린이치로의 머리는 조금 전에 확인한 클라라에 대한 일로 가득했다.

'클라라, 너는 죽지 않았군. 지금 어디에 있지? 어제의 일을 사과하기 위해 한시라도 빨리 보고 싶어 하는 나의 마음이 너에게 통하지 않는단 말이야?'

검사와 검사 사이에, 아니 검사 중에도 그런 생각들을 하지 않을 수 없는 그였다.

마음이 흩어져 있는 탓인지 재개 후의 성적은 그다지 좋지 않은 듯했다.

정신평가를 위한 각 검사는 곧 끝이 났고 그는 우리 밖으로 끌려나왔다. 무슨 일이지?

이번에는 육체의 제성능 조사였다. 부하에 견디는 힘, 물건을 끄는 힘, 달리는 힘……, 등의 작업성능에서부터 두 다리를 얼마나 벌릴 수 있는지, 전후로 등을 어느 위치까지 구부릴 수 있는지 등과 같은 육체 자체의 유연성의 극한 등, 각종 그리고 각양의, 린이치로에게는 그저 고문이라고밖에 여겨지지 않는 검사가 기계를 이용하여 차례대로 그의 몸에 가해졌다.

"괴로워! ……클라라! ……너는 어디에 있는 거지? 나를 구해주러 와줘! ……어제의 행동은 내가 잘못했어. 사과할게. 얼른 와서 구해줘!"

린이치로는 다시 클라라를 향해 외칠 수밖에 없었다. 그것도 어제 피부가마 안에서 마음속으로 빌었던 것과는 달리 울부짖으며 커다란 목소리로 외쳤다.

그는 클라라가 오면 사태가 호전될 것이라 믿어 의심치 않았다. 돌리스의 말은 겁을 주기 위한 것이고, 어제의 행동은 사과를 하면 용서해줄 것이라 생각했다.

그러나 어제 피부가마(스킨 오븐) 속에서 그녀를 찾았을 때와 비교하자면, 심리상태에 변한 부분이 있었다. 돌리스에 대해서 '그녀는 약혼자다.'라고 과시하듯 말했으나, 지금의 그는 '약혼자'라는 말에 집착하여, 거기에 어울리는 태도를 클라라에게 요구할 마음은 거의 가지고 있지 않았다. 그가 지금 울며 찾고 있는 그녀는 '연인'으로서라기보다 '구주(救主)'로서의 면이 훨씬 강한 듯했다. 그 증거로 오늘 아침에 꿈에서까지 보았던 그 연적인 미청년도 지금은 그다지 그를 괴롭히지 않았다. 미청년을 데리고서라도 그의 구주가 되기 위해 와주기를 바라고 있는 듯했다. ─실제로 그녀가 '구주(레스큐어)'로서 나타날지 어떨지는 모르겠지만, 이런 그의 심리야말로 '여주인(미스트레스)' 내지 '사육주(미스트레스)'로서 클라라를 받아들일 최선의 준비상태가 되어 있다는 사실을 말해주는 것 아닐까? 여주인이 아내로서 그녀의 남편을 사랑하고 있다는 사실을 인정하면서도, 차원을 달리하여 그 여주인(미스트레스)을 사육주로 따를 수 있는 것이 개의 사랑이다. 그것이 일반적인 가축심리의 근본이다. 린이치로는 지금 스스로 그 가축화의 길을 걷고 있는 것이었다.

이제 육체검사는 최고조에 달했다.

그러나 우리는 이미 너무 오래 이 예비우리 곁에 머문 듯하다. 고뇌하는 린이치로는 내버려둔 채 우리는 클라라─그가 그토록 기다리고 있는 여자─의 침실을 들여다보기로 하자.

제19장 신들의 기상

1. 육반토쟁반과 향락욕

돌리스가 씹다 버린 영이(추잉 마슈럼)를 린이치로가 개처럼 입에 물었을
무렵, 클라라의 머리맡에 놓여 있던 로켓형 보물선 안에서는 소영인(리틀
뮤지션) 다문천이 조용히 각성악(覺醒樂, 어웨이크닝 뮤직)을 연주하기
시작했다.

음악이 점차 강해져감에 따라서 어두컴컴했던 실내가 조금씩 밝아지기
시작했다. 이 궁전의 벽면은 수정질로 되어 있는데, 그 투명도를 자유로이
조절할 수 있어서 실내가 어두웠던 것이다. 각성악에 맞추어 투명도를 더하도
록 조절되어 있는 침실의 외벽면이 마치 창문의 커튼을 연 것처럼 아침
광선을 밝게 투과시킨 것이었다.

클라라는 번쩍 눈을 떴다. 바깥의 공기가 어딘가에서부터 흘러들어 그녀의
뺨을 상쾌하게 쓰다듬었다.

'꿈에 시달리느라 잠에서 깼다가……, 다시 한 번 잠들었었지. 아주
잘 잤어…….'

사지를 뻗어 기지개를 켜며 침대 밑에 있는 육변기(스툴러)를 부르는
휘파람을 불었다. 새벽녘에 사용한 이후 아직 그렇게 쌓이지는 않아 가벼운
요의에 지나지 않았기에 어제까지의 클라라였다면 물론 틀림없이 참았을
테지만, 일거수일투족의 수고조차 없이 방광을 비울 수 있는 이상 제아무리

가벼운 요의라도 참을 필요가 없는 이스 사람의 마음에 클라라도 어느 틈엔가 동조하게 된 것이었다. (8장 2 예10주)

　숙직을 했던 침대지기(베드 키퍼) 흑노와는 벌써 교대를 한 것인지 낯익은 몸종 F1호가 물컵에 액체를 담아 받쳐들고 왔다. 각성수(覺醒水, 모닝 워터)라고 해서 불소 등 치아위생에 필요한 약품을 녹인 양치액인데, 이것을 입에 물고 있으면 충치가 생기지 않으며 그것으로 목을 씼으면 목소리도 아름다워진다.

　침대에서 상반신을 일으키니 침대 옆에 살색의 작은 대야(베이슨)가 놓여 있었다. 한편에 사람의 얼굴이 조각되어 있고 그 아래쪽 구석에 구멍이 있었다. 세면기(워시 베이슨)가 아니라 양치한 물을 뱉어내는 그릇(웨이스트 파이프 홀)이라는 사실을 알 수 있었기에 입을 충분히 헹군 뒤 그 그릇 속에 뱉어냈다.

　"목욕과 식사, 어느 쪽을 먼저 하시겠습니까?"라고 F1호.

　"아침 목욕도 할 수 있어?"

　"네. 이 방의 것은 향락욕조(香樂浴槽, 퍼퓸뮤직바스)입니다만……."

　"흠." 무슨 말인지 모르는 채로, "그럼 목욕을 할게."

　"알겠습니다."

　그때 지금 막 사용한 물 뱉는 그릇이 점점 축소되어 사람의 얼굴만 남자 그 아래에 무릎 꿇고 있던 몸도 보이기 시작했다. 일어서자 140㎝ 정도의 신장, 우향우를 하더니 자리에서 떠났다. 앗 하고 비명을 지르고 싶은 것을 필사적으로 참으며 태연한 척,

　"아, 저건 이름이 뭐였지?"

　"펠리컨형 육반토기(肉反吐器, 보미트러)입니다."라고 몸종이 이상히 여기지도 않고 대답했다.

　"그래, 맞아. 보미트러였지."

　육반토기(보미트러)는 고대 로마인이 사용했던 보미트리움을 축인화한
것이다. 이스 사람들도 로마인들처럼 연회석에서 배가 부른 후에도 음식을
계속 먹기 위해 구토하여 위장을 비운다. 토해 내고는 먹고 토해 내고는
먹는 것이다. 그 토사물은 '신의 초무침'이라고 해서 흑노에게 애호되고
있으며, 흑노주술집(네그타르 바)에서 최고급 안주로 팔린다. (백인의 변이
흑노주[네그타르]의 재료이기에 육변기가 탄생한 것처럼) 이 토사물을 삼킨
뒤 배에 저장하여 백인과 흑노 사이를 매개하는 야푸가 등장하기에 이른
것도 매우 당연한 일이리라.

　당초에는 생야푸에 특수한 복면(마스크)을 씌워 사용했다. 눈꺼풀 안쪽에
렌즈를 넣어 안구를 보호하고, 콧구멍에 관을 삽입하여 호흡을 확보하고,
얼굴 주위에 테두리를 밀착시킨 다음 개폐식 뚜껑을 달았다. 야푸에게는
기묘한 얼굴이지만, 사람들이 보기에는 개폐식 뚜껑이 달린 작은 대야의

바닥이 얼굴이 된 것처럼 보였다. 그렇게 해서 그것을 반토기로 삼았으며, 뚜껑을 열고 그 안에 구토를 하면 얼굴 위에 쌓이기에 어쩔 수 없이 입으로 들어가게 된다. 그 복면야푸를 Vomitorer라고 불렀는데, 마침내는 그 역할을 전문으로 하는 신종이 만들어졌다. 아프리카 토인처럼 아랫입술을 늘리고 입술 주위에 금속고무로 신축 테를 둘러 그 입을 벌리게 한 뒤, 구강 안에 직접 토할 수 있게 만든 것이다. 이것이 펠리컨형 육반토기로 연회석의 식탁뿐만 아니라 매일 아침 사용하는 세면도구 가운데 일부로 침대에도 갖추어지게 된 것이다. 클라라는 이렇게 해서 점점 여러 가지 생체가구의 사용법을 익혀가고 있었다.

F1호가 침대 위에서 그녀를 알몸으로 만들더니 두 팔로 가볍게 안아올려서 칸막이 너머로 데리고 갔다.

욕조에 누운 자세로 내려놓았다. 비어 있었으나 욕조 자체가 따뜻했다. 그러자 말로 표현할 수 없을 정도의 향기가 전신을 감쌌다. 그러다 다른 향기가 났다. 또 다른 향기가 거기에 섞였다. 처음 향기로 되돌아갔다.

'향기의 음악 같아.'

이렇게 생각한 순간 전신에 이상한 진동이 느껴졌다. 어느 틈엔가 짙은 증기에 잠겨 있었는데 그 증기를 통해서 피부에 전해지는 파동이 있었다. 전신의 부위에 따라서 그 고저, 강약이 달랐다. 공기를 통해 고막에 전해지는 파동만이 음악을 낳는 것이 아니다. 이 향수증기의 파동이 직접 전신을 두드려 미묘한 음악효과를 낳고 있었다. 시시각각으로 변화하는 향기와 협주하고 있는 것처럼 여겨졌다.

'이게 향락욕(퍼퓸뮤직바스)이라는 거로군.'

태어나서 처음으로 맛보는 쾌적함에 그녀는 취한 기분으로 한동안 세상만사를 잊었다.

그녀의 눈에는 보이지 않지만, 이 욕조를 커다랗게 감싸고 반구형의 강력

공기막(슈퍼 에어커튼)이 만들어져 있어서, 욕조 근방과 실내의 다른 부분이 서로 공기가 통하지 않는 2개의 공간으로 나뉘어져 있었다. 그 안에 가득한 향수증기의 혼합체는 예전의 향수와는 달리 시간적으로 발산하는 향기를 조절할 수 있기에 냄새를 시시각각 변화시킬 수 있다. 아직 이스의 방향문화 (芳香文化)에 익숙하지 않은 클라라는 '향기의 음악'이라는 비유적 표현을 쓰는 데 그쳤지만, 머지않아 후각이 세련되면 이것이 '소리의 교향곡'과 마찬가지로 1곡, 1곡을 예술적으로 감상할 수 있는 그야말로 '냄새의 교향곡' 이라는 사실을 알게 될 것이다. 향수를 뿌리며 기뻐했던 전사시대와는 방향문화의 단계가 다른 세계인 셈이다.

향수증기의 파동도 이스에서는 1천 년이나 전부터 사용하던 미용법으로, 각자 좋아하는 '악곡'을 전신의 피부로 들으며 좋아하는 냄새를 피부로 스며들게 하여 피부의 젊음을 유지한다. 어제 클라라가 만난 한 사람 한 사람에게서 다른 냄새가 났던 것도 바로 이 때문이다.

그러다 갑자기 따뜻한 물이 뿜어져나와 욕조를 채웠다. 물도 그냥 물이 아니었다. 역시 향기가 있는 물이었다. 그것도 희석한 것이 아니라 진한 원액인 듯했다. 숨이 막힐 정도로 강렬한 방향이었다.

물이 차서 몸이 가벼워졌다고 느낀 순간, 어딘가에서 12명의 왜인이 나타났다. 잠수투구(헬멧) 같은 것을 쓰고 손에는 브러시를 들고 있었다. 욕조의 턱에 일렬로 늘어서서 무릎을 꿇고 그녀의 얼굴에 배례하는 듯 보였는데, 곧 텀벙 물 속으로 뛰어들어 각자에게 주어진 임무가 있는 것인지 팔로, 배로, 허벅지로 망설임 없이 헤엄쳐 가서 손에 익은 몸짓으로 닦기 시작했다. 참으로 기분 좋게 전신을 문질러주었다. 그것은 말할 것도 없이 욕조왜인대 (바스터브 피그미즈, 10장 3 주3)였다. 클라라는 왜인(피그미)을 알고 있었기에 이번에는 놀라지 않고 그들이 하는 대로 몸을 맡겼다. 20세기 구면의 때가 깔끔하게 벗겨져나갔다.

향수탕이 빠져나가고 새로운 물이 뿜어져나왔다. 때를 씻어낸 것만으로 버리기는 아까운 듯하지만, 그것을 흑노식량(급식관에 의한. 후술)의 향신료로 사용하니 헛되이 버리는 것은 아니다. 비누와 같은 것을 사용하지 않기에 몸에는 해가 없다. 귀족뿐만 아니라, 평범한 물을 사용하는 평민이 목욕에 쓰고 난 물도 단지 방사선 살균처리만 할 뿐 특별히 때는 제거하지 않고 그대로 흑노용 수도로 흘려보내 음용케 한다. 흑노주도관 이외에도 '백인의 하수가 흑노의 상수'라는 관계가 성립되어 있는 것이다.

다음은 건강액 스펀지에 의한 전신마사지였다.

2. 육욕조 영유욕과 혀인형 키미코

이쯤에서 그녀의 연인인 오스 드레이퍼의 방을 들여다보기로 하자.

침대는 비어 있었다. 그렇다면 안쪽인가…….

역시 입욕 중이었다. 그러나 조금 전 클라라의 방에서 본 것과는 상당한 차이가 있었다. 바깥쪽에 야푸의 군상을 부조한 욕조에 새하얀 액체가 넘쳐나 김을 피워올리고 있었으며, 아래에서 휘젓는 것인지 물결이 일고 있었다. 미청년은 눈을 감은 채 가만히 있는 것 같은데 어째서 물결이 일고 있는 것일까? 왜인대 때문에 그런 물결이 일 것 같지는 않은데…….

윌리엄은 육욕조(肉浴槽, 프레시 터브)에서 영유욕(靈乳浴, 오로니아 바스)을 하고 있는 중이었다.

영유(오로니아)란 테라 노바성의 진귀한 동물인 오론의 젖이다. 오론은 페가수스(유익사족인) 왕국 시대부터 귀히 여겨지던 동물인데, 지구인도 정복 후 그 젖의 오묘한 맛에 놀라 역시 보호동물로 삼았다. 전 우주 가운데서도 진미일 뿐만 아니라 피부미용에도 좋아서 고급 화장품에 함유되는데, 워낙 적은 양만 나기에 매우 비싸서 음료로써도 화장품으로써도 평민들은 도저히 손에 넣을 수 없다(흑노에게는 애초부터 사용금지다). 그런데 일부

대귀족의 사치는 이 진기한 영유(오로니아)로 목욕을 하기까지에 이르렀다. 윌리엄은 이스 남성치고 몸단장에 신경을 쓰지 않는 편이지만, 영유욕으로 피부를 가꾸는 일만은 거르지 않았기에 이 별장에 와서도 특별히 부탁하여 밤낮으로 그것을 사용하고 있는 것이다. 물론 잔센 가에게 있어서 이러한 사치는 특별히 놀랄 것도 없는 일이었다. ─영유는 때를 잘 녹여내는데, 때를 녹이고 난 것이라도 가격이 떨어질 뿐 역시 상품이 된다. 평민이라도 손에 넣을 수 있는 가격이 되기 때문에 그들은 이것을 사다 마신다. 평민 가운데는 때가 녹아 있는 것이 맛있다고 믿는 자들도 적지 않은데, 예전에 벼락귀족이 된 어떤 자가 진짜 영유를 맛본 뒤, 평민 시절에 마셨던 영유는 이것에 비하면 소변에 지나지 않는다고 증언한 적이 있었다. 그러나 때 때문에 그 정도로 맛이 떨어져도 여전히 평민들이 먹는 그 어떤 음식물보다 훨씬 더 맛있기에 평민들은 자신들이 마시는 쪽이 귀족이 마시는 것보다 맛있다고 믿게 되는 것이다.

육욕조(프레시 터브)란, 야푸 12마리의 육체를 조합해서 만든 목욕통(바스 터브. 서양식 욕조)을 말한다. 생체접착풀(리빙 페이스트) 가운데는 피부소(큐티니엄)와 발암물질(캔서레이터)을 주성분으로 하는 풀이 있는데, 그것을 야푸의 피부에 바른 뒤 다른 물체에 접합시키면 인공적 피부암(아티피셜 캔크로이드)이 발생하여, 그 물체 내부의 풀이 스며든 곳까지 모세혈관조직이 뻗어나가 육체 자체와 결합되어 버린다. 육체와 무기물도 이 정도이니 육체끼리라면 아무런 문제도 없어서 여러 개체를 어떤 부분이든 마음대로 접착할 수가 있다. 공통의 피가 흐르는 것은 아니지만 접착 면에서 서로의 모세혈관이 교차하기에 사실상은 1개의 육체가 되는 셈이다. 한편 영양순환장치(서큘레이터, 2장 4)의 발명은 개체의 섭식과 배설을 위한 운동을 필요 없게 만들었다. 다시 말해서 코드를 통해 신진대사가 이루어지기 때문에 접착된 채로도 그 육체는 살아갈 수 있는 것이다. 이와 같이 영양순환장치와 생체접착풀이 결합하여 야푸의 육체를 벽돌이나 목재처럼 공작 및 건축재료로 쓸 수 있게 해주었다. 육침대(프레시 베드), 육의자(프레시 체어) 등과 같은 복합생체가구(콤파운드 리빙 퍼니처)가 이렇게 해서 탄생했다. (뒷장에서 야푸의 등을 바닥재[플로링]로 사용한 댄스홀이나 살아 있는 검은 머리로 짠 융단이 만들어지고 있다는 사실도 독자들은 알게 될 것이다.) 육욕조(프레시 터브)도 그 가운데 하나다. 갑의 가랑이가 을의 목을 끼고 있고, 그 을의 두 다리가 병과 정의 옆구리 아래로 지나고, 그 병의 손이 무의 발목을 쥐고 있고……, 이런 식으로 12개의 개체가 안쪽에 욕조만큼의 용적과 곡면을 남긴 채, 그러면서도 물이 새지 않도록 살갗과 살갗을 긴밀하게 접착시킨 기묘한 자세로 얽혀 있다. 군상의 부조란 그것을 밖에서 본 인상이었던 것이다.

안쪽은 물을 담아도 새지 않도록 규피화(珪皮化, 실리콘 코티드) 되어 있다. 즉, 혈액매제(코산기닌)를 사용하여 피부를 규소(실리콘)화 한 것이다. 거기에 12개체의 손 12개가 욕조바닥과 좌우에서 나와 자유롭게 움직일 수 있도록 고려하여 조합되어 있었다. 윌리엄 주위에서 물결이 일고 있는 것은 그 손이 윌리엄의 몸에서 때를 벗겨내기 위해 활발히 활동하고 있기 때문이었다. 이 손을 세정수(洗淨手, 워싱 핸즈)라고 부른다. 세정수(핸즈)가 달린 육욕조에 욕조왜인대는 필요 없는 셈이다.

그의 몸종인 M9호가 노곤노곤 나른해진 주인을 안아올려 대리석 냉각침대(쿨링 베드) 위에 눕혔다. 차가운 돌의 감촉이 이완된 그의 피부를 자극하여 쾌감을 느끼게 해주었다.

"키미코."

미청년이 눈을 감은 채 불렀다.

목소리에 응해서 나타난 것은 목줄을 한 전라의 미소녀였다. 황색 피부에 검은 머리, 야푸였다. 하지만 용모도 그렇고 자태도 그렇고, 축인피(얍푸 하이드)를 입은 돌리스에게도 뒤지지 않을 만큼 훌륭했다. 두 팔은 뒤로 돌린 채 수갑으로 구속되어 있었다. 시원하게 보이는 검은 눈은 음전하게, 그러나 단단히, 미청년의 신체 가운데 한 점에 시선을 고정시키고 있었다. 시선을 고정시킨 채 다가가서 무릎을 꿇더니 상반신을 앞으로 구부렸다. …….

이 미소녀는 윌리엄의 입술인형(레비럼)인 키미코다. 혀인형, 입술인형은 키도 절반이면 되고 시력도 필요 없기에 제2장에서 소개한 린거처럼 기형생체 가구화 되어 있는 것이 많지만, 키미코처럼 생야푸의 육체 그대로 사역하는 경우도 있다. 또한 육변기와는 달리 반드시 수컷일 필요도 없다. 귀공자들은 암컷 입술인형을 가지고 있는 경우가 많다.

그것은 이러한 이유에서다. 귀족이 평민 숭배자(팬)를 갖는 것은 이스 사회의 독특한 풍속현상인데 평민남자는 귀부인에게 자기 대신 혀인형(린 거)을 보내고, 평민여자는 귀공자에게 자기 대신 입술인형(레비럼)을 보낸 다. 이렇게 해서 자신이 상대의 육체에 할 수 없는 일을 자신이 보낸 선물이 하게 한다. 자신을 대신하는 것이니 물론 동성 가운데서도 가능한 한 훌륭한 것을 고르려 하기에 귀부인은 미남 혀인형을, 귀공자는 미녀 입술인형을 소유하게 되는 것이다.

키미코는 드레이퍼 백작 아들의 숭배자(팬)인 한 평민여성이 그에게 보낼 선물용으로 생축인시장(로 야푸 마켓)에서 사다가 그의 생일에 보낸 물건인데, 이스 남성답지 않게 활발해서 비교적 숭배자(팬)가 적은 윌리엄에 게는 처음으로 받은 입술인형(레비럼)이었기에 그는 이를 매우 소중히 여겼다.

키미코 자신은 선물로 보내지기 전에 세뇌되어 오스 윌리엄 드레이퍼의 육체 가운데 일부에만 관심을 갖고 다른 것에는 아무런 흥미도 느끼지 못하도록 조건이 부여되어 있었다. 키미코의 심리 속에서 그녀의 주인은 윌리엄 자신이 아니라 그의 육체 가운데 일부인 것이다. 그녀는 그 주인의 여자노예로 일하고 있는 것이다. 그녀의 시선은 그 주인이 있는 곳 외의 장소로는 돌려지지 않는다.

윌리엄은 키미코가 마음에 들었기에 이번 지구행에도 휴대한 것이었다. 하지만 육변기와는 달리 입술인형이나 혀인형은 사람들 앞에서 사용할 수 있는 물건이 아니기에 아침과 저녁의 영유욕 후에 불러내서 사용하고 있는 것이다.

키미코의 봉사를 받으며 그의 생각은 어제 알게 된 구세계의 미녀 클라라를 좇고 있었다.

'클라라, 당신은 벌써 일어나셨나요.'

대리석 바닥에 기다랗게 누워 있는 건장한 백색 육체, 손을 뒤로 묶인 채 그 다리 사이에 걸터앉은 황색 육체, 분홍색 콤비네이션 제복을 입고 그 옆에 서 있는 검은 육체……. 구도도, 색의 배합도…….

"면도."

잠시 후 미청년이 이렇게 명령했다. 하인이 그의 얼굴에 맞춰 오더 메이드된 면도복면(쉐이빙 마스크)을 얼굴에 씌웠다. 부드러운 육질 플라스틱이 안면에 밀착되자 그 안에 있던 왜인이 수염을 깎기 시작했다. 키미코도 주인에 대한 봉사를 계속하고 있었다. …….

3. 흑노감독기

이번에는 폴린의 방으로 가보기로 하자.

수정궁의 여주인은 아침 목욕보다 식사를 먼저 하는 듯했다. 침대에서 상반신을 일으킨 채, 옆의 하인이 받쳐들고 있는 음식쟁반 위의 음식을 취하며 일가의 주재자로서의 임무인 흑노감독기로부터의 보고를 청취하기에 바빴다.

멋진 과일을 쌓아놓은 커다란 접시에 이쑤시개 대신 왜인(피그미)이 덧붙여져 있었다. 그리고 영유(오로니아)가 180㎖ 정도. 이것이 아침식사였다. 이 과일식(食)을 존중하는 것이 이스 사람들의 불로의 한 원인인데, 과일의 질에 현격한 차이가 있기에 예전의 하우저식45)과 같은 어려움은 없었다. 수박만 한 복숭아, 사과만큼이나 커다란 딸기, 기다란 소용돌이 모양의 바나나…… 원예과학 2천 년의 발달이 잡초를 근절하여 커다란 송이의 꽃을 피움과 동시에, 이 대형 과일을 만들어낸 것이다. 거기에 더해서 다른 별의 식물(에일리언 플랜츠)에서 나는 각종 과일도 있었다. 하지만 그 종류의 풍부함보다 놀라운 것은 더없이 좋은 냄새와 맛이었다. 뭐라 비할 데가 없다. 진무46) 시대 사람이 20세기의 도쿄에서 수박과 바나나를 먹는다면 그 맛을 무엇에 비할 수 있겠는가? 그와 마찬가지로 이 기원 40세기의 과일은 20세기 사람에게는 완전히 미지의 사치품이다.

폴린에게는, 그러나 아주 흔하디흔한 과일에 지나지 않았다. 별다른 느낌도 없이 입을 움직이며 수화기(이어폰)에서 흘러나오는 목소리에 귀를 기울이고 있었다.

"：：：：원통선 승무원인 하인 13호의 보고에 의하면 하인 8호는 어제 오후, 원통선의 귀환선창에 수용되어 있는 원반정 안의 조종실에서 '채찍의 처녀지(웝 버진)'인 구야푸의 등에, 마침 현장에 수용하고 있던 채찍을 대서 사육주의 권리를 침해하였습니다. 하인 8호 자신은 이에 대해서 보고하지 않았습니다. ……."

여기서 일기보고제도에 의한 흑노지배기구를 간단히 설명해보겠다.

모든 흑노의 가장 커다란 의무로써, 그들은 매일 그날 하루 동안에 일어났던

---

45) (역주) Hauser. 미국의 영양학자로 매일의 식사에 양조효모, 밀의 배아, 탈지우유, 요구르트, 당밀을 넣으면 건강과 장수를 누릴 수 있다고 주장했다.
46) (역주) 神武. 일본의 1대 천황으로 전설상의 인물이다.

일을 하나도 빠짐없이 보고기(다이어리 머신)에 반드시 녹음해두어야 한다. 이를 일기보고(데일리 리포트)라고 한다. 특히 다른 흑노와의 교섭이나 범죄혐의에 대해서는 가능한 한 자세히 말해두지 않으면 안 된다. 말을 마치고 나면 마지막으로, "위의 보고에 거짓이 없음을 맹세한다."고 선서해야만 비로소 하루의 의무를 전부 마치게 되는 것이다. (12장 2의 주)

이 보고는 전부 테이프에 녹음되는데, 동시에 거짓발견기(라이 디텍터)가 작용하여 진실성 감시를 행하기에 거짓이 있으면 나중에 추급할 수 있도록 되어 있다. 한편 테이프는 파일화되고 인공두뇌에 저장되어 분석·정리된다. 이를 조합(콜레이션)과정이라고 부른다. 갑이 을과 병에 대해서 이야기하면, 을과 병의 공술에 해당 부분이 있는지 없는지를 조사·조합하며, 일치하면 상관없지만 어긋나는 부분이 있거나 보고가 누락되어 있으면 자동적으로 적신호(레드 램프)가 켜져서 추급해나갈 수 있게 되어 있다. 따라서 설령 거짓발견기에서는 판단하지 못했다 할지라도 이 조합과정에서 발각된다. 흑노는 절대로 거짓말을 할 수 없는 것이다. 거짓이 밝혀지면 사형공매(옥션 포 린치, 12장 2의 주, 제25조)에 처해져버린다.

이렇게 해서 진실도 높은 일기보고를 손에 넣을 수 있기 때문에 흑노의 비행은 전부 판명이 된다. 거짓말을 해서 자백하지 않아도 그 거짓말이 밝혀져버리며, 다른 흑노들도 입을 다물고 있지는 않는다. (앞의 주 제26조). 그렇게 백인 자신은 놀고 있으면서, 인공두뇌에게 흑노의 모든 행동을 장악케 하고 그 비행만을 픽업하여 알 수 있도록 설계되어 있다.

바로 이것이 일기보고(데일리 리포트)제도다. 백인에게는 물론 이러한 보고 의무는 없으며(전과자는 예외지만), 야푸에게는 보고할 만한 가치가 있는 사생활이 없다. 즉, 이는 말 그대로 흑노만의 의무다. 이를 통해서 일가의 주부는 가정 내의 흑노를 감시·지배해나갈 수 있는 것이며, 가정관리를 위해 불가결한 제도가 되어 있기에 각 흑노의 보고기(다이어리 머신)로부터 테이프를 넘겨받아 조합하는 인공두뇌를 관리기계(어드미니스트레이터), 혹은 흑노감독기라고 부르는 것이다. 그러나 인간의 상호관계는 복잡해서, 흑노의 사생활은 그를 부리고 있는 백인의 가정 밖에서도 이루어질 수 있기에 어떤 한 가정 안의 각 보고를 종합하는 것만으로는 조합이 완벽하지가 않다. 따라서 테이프의 내용은 더욱 고차원의 유럽관리기, 지구관리기, 중앙관리기로 전달되어 중복적으로 조합이 행해진다. 예를 들어 이 수정궁의 잔센 가 소속 흑노가 이웃 별장인 맥 가의 흑노와 좋지 않은 짓을 상의했다고 한다면, 그날의 보고에서는 판명되지 않을지라도 유럽관리기에 의해서 며칠 뒤면 범죄의 냄새를 맡을 수 있게 되는 것이다.

백인의 100배에 이르는 인구를 가지고 있으면서도 흑노들이 전혀 단결하지 못하고 백인의 노예로 마음껏 부림을 당하는 상태에서 결코 벗어나지 못하는 것은, 근본적으로는 흑노의 거주를 원칙적으로는 가축성(캐틀리안, 흑인거주성[블랙 플래닛])에만 제한하고, 우주선을 절대로 갖지 못하게 하는 내치체제(뒷장에서 상술)에 있지만, 선발된 우수한 흑노가 하인족으로 섞여 사는 천국성(파라다이스, 백인거주성[화이트 플래닛])에서도 흑노의 조직화가 단 한 번도 성공하지 못한 것은 오로지 감독기(컨트롤러)로 사적 행위를 감시하고 있기 때문이다. 감독기의 본체라 할 수 있는 인공두뇌는 왜인(피그미)을 이용한 유혼계산기(야파마트론, 8장 2의 예22 및 10장 3)이니, 백인은 왜인을 이용하여 흑노를 지배하고 있는 것이라고도 말할 수 있으리라.

지금 폴린은 어제의 각 보고조합에 대해서, 감독기의 혼체(魂體, 소울)로부터 보고를 받고 있는 것이다. 린이치로의 등에 장난삼아 채찍질을 한 8호의 행위(10장 1)는 이렇게 범죄로서 여주인의 귀에 들어간 것이다.

'이런 짓을 하다니. 아, 그러고 보니 그 채찍(윕)은 클라라의 것 아니었을까……. 그때 야푸는 처음부터 알몸이었던 듯하니. 만약 클라라의 것이라면,

중절도(重竊盜)야……. 흑심검사(이렉션 테스트)가 필요하겠네47). 그래도 클라라에게 좀 확인을 해둘까? 상의를 해두어야 할 일도 있고…….'

폴린은 침대에서 훌쩍 내려섰다.

4. 화장육의자와 축기소채

세실의 방으로 가보니ㅡ.

그는 일어나서 목욕과 식사를 이제 막 마친 모양이었다. 지금은 화장실(드레싱룸)의 사면경대 중앙에 앉아서 풍성한 금발을 다듬기에 여념이 없었다. 어제는 땋아서 좌우로 늘어뜨렸으나, 오늘은 위로 말아올려서 묶을 생각이었다. 두발담당(헤어 드레서) 하인이 일심불란하게 일했으나, 주인의 마음에 드는 모양은 좀처럼 나오지 않았다. 클라라에 대해서는 그처럼 지극하던 그도 하인을 향한 채찍에는 망설임이 없었다. 발미용왜인대(페디큐어 피그미즈)가 발가락 하나하나에 달라붙어 아까부터 발가락을 다듬고 있었는데 가끔 그들을 밟곤 했다. 세실은 마음에 걸리는 일이 있어서 초조함을 느끼고 있는 것이다. ㅡ즉, 어제의 실패를 사과하기 위해 지금부터 클라라의 방으로 가려 하고 있는 것이었다.

드디어 머리를 묶어 올렸다. 이번에는 눈썹을 그리게(아이브로우즈) 했다. 이스 남성은 매일 눈썹의 모양을 바꾼다. 오히려 여성은 그렇게 하지 않는다. 남녀의 지위가 뒤바뀌어 남성이 여성에 대해서 교태를 부리게 된 이후부터, 남녀 모두 미남미녀들만 모여 있기는 하나, 멋 부리기에 대한 감각과 열의는 남성 쪽이 훨씬 더 강해져 있었다. 화장실에 머무는 시간도 남성 쪽이 더 길리라. 때로는 3시간이나 앉아 있는 경우도 있다.

---

47) 중절도란 백인의 소유물을 훔치는 것을 말한다. '흑심검사'란 특히 백인여성의 물건을 훔친 남성흑노에 대해서, 비열한 정욕을 품고 있었는지를 살펴보기 위해 재판 때 시행되는 검사를 말하는데, 뒤에 상세히 설명할 테니 그때까지는 글자의 뜻에서 내용을 상상해보시기 바란다.

그와 관련하여 화장육의자(토일렛 체어)에 대해서 설명해두기로 하겠다. 지금 세실이 앉아 있는 의자가 바로 그것이다. 배설이 빈번한 이스 사람이 몇 시간이고 앉아 있을 수 있는 의자, —이렇게 말하면 벌써 눈치 채셨으리라. 일종의 변기의자(세이즈 퍼시)다. 복합생체가구(콤파운드 리빙 퍼니처)의 일종으로 야푸의 육체를 생체접착풀로 결합시켜놓은 것인데, 그 가운데 육변기(스툴러)가 설치되어 있다. 귀공자(젠틀맨)용과 귀부인(레이디즈)용 사이에는 약간의 차이가 있는데, 여기서 말하는 것은 귀공자용, 즉 남자용으로 대변기와 소변기를 앉은 자세에 맞춰서 설비했다. 본국에서 휴대하여 가지고 온 전용기로 독심능(텔레파식)이 장착되어 있기에 배설하고 싶을 때 배설하면 되며, 그것을 전부 받아준다. 흑노의 감독·관리 등 정치에 속하는 일에는 전혀 관심도 없는 (또한 권한도 주어져 있지 않은) 남성이 몇 시간이고 멋 부리기에 열중하기에 이 화장육의자만큼 편리한 의자도 없으리라.

그리고 육발판, 육의자, 육침대 등의 육가구류(프레시 퍼니처)는 체온조절도 가능하게 되어 있다. 여름에는 3도쯤 되는 겨울잠 바로 직전의 저온에서부터, 겨울이면 42도쯤 되는 고온까지, 체열을 마음대로 올리고 내릴 수 있도록 영양순환장치에 조절기가 부속되어 있다. 따라서 여름에는 싸늘할 정도로 시원하고 겨울에는 뜨끈할 정도로 따뜻하게, 쾌적한 감촉을 만끽할 수 있다. 세실이 지금 앉아 있는 육의자는, 가을의 기후와 실내난방의 인자에 응해서 체온을 조절하여 그의 엉덩이와 등을 따뜻하게 해주고 있었다.

그런데 육의자는 복합생체가구임에도 조금 전의 육욕조와는 달리 황색 피부가 보이지 않는 것은 어째서일까? 그가 앉아 있는 의자는, 물론 육질인 듯하기는 했으나 아라베스크무늬가 그려진 물체에 지나지 않는데……, 외피를 씌운 걸까?

그렇지 않다. 가까이 다가가서 바라보면 등받이가 앞을 향한 채 상반신을 노출한 여체의 살갗으로 만들어져 있다는 사실을 알 수 있다. 세실의 등을 자신의 젖가슴으로 받아 지탱하며 바깥에서부터 그를 끌어안듯 하여 아름다운 암컷 야푸가 반쯤 일어선 자세로 있고, 그 엉덩이 아래에 다시 수컷 야푸가 네 발로 엎드린 모습을 볼 수 있으며, 한편 암컷의 무릎 사이에 곱사형 대변기가 앉아 있고, 다시 그 앞에 난쟁이형, 즉 소변기가 마주보고 서 있어서, 도합 4개의 몸이 복합적으로 피부와 피부를 밀착시켜 하나의 의자를 형성하고 있다. 그 피부표면에 직접 색색의 무늬가 드러나 있는 것이다.

이는 축기소채(畜肌燒採, 브랜딩 타투, 전락[電烙]문신)라고 해서, 생체조화(彫畵)라는 이름으로 총칭되는 축체미술(畜體美術, 얍푸 보디 아트) 가운데 회화부문을 이루고 있는 축피화(畜皮畵, 스킨 페인팅) 기술의 산물이다.

야푸는 구야푸 당시부터 문신문화(타투 컬처)의 주요한 담당자였다. 피부를 물들이는 것에 대한 숙명적인 애호심이 있었다. 가축화되었을 때, 그 피부가 화폭(캔버스)을 대신하게 된 것도 근거 없는 일은 아니다. 그리고 원시적인 문신기법은 곧 전열초채화법(電熱焦彩畵法)으로까지 진보했다. 각종 색소를 혈액매제(코산기닌)와 함께 에네마로 장 내에 주입하고 전기소필(電氣燒筆, 브랜딩 펜)로써 온도조절기가 달린 선세전열만(先細電熱鏝, 아이론)으로 피부를 태우면 앞서(10장 1) 설명한 원리로 색소는 각각 특유한 온도에 응해서 피부표면에 정착된다. 색온시도(色溫示度)에 주의하는 것만으로 전신을 자유롭게 물들일 수 있다.

단, 회화와는 달라서 입체감이 있다. 운동성도 있다. 야심적인 화가들이 앞 다투어 여기에 손을 내밀었다. 곧 생체접착풀(리빙 페이스트)이 발명되자, 몇 마리인가를 옆으로 늘어놓고 접착하여 그 등을 커다란 화폭(캔버스)으로 삼아 화필을 휘두르는 자도 생겨났다. 암수 2마리를 포옹케 한 채로 고정하여 기묘한 채색을 가하는 자도 있었다. 전람회, 콩쿠르, 새로운 미술로서의 축피화(스킨 페인팅) 공인, 마침내 공예화가 시작되어 생체가구의 채색은 신기할 것도 없는 일이 되어버렸다. 클라라가 지금까지 보아왔던 생체가구류가 황색 피부였던 것은 개인의 취향을 존중하는 이스 사람의 풍습으로 접객용 가구에는 색을 더하지 않는 것이 일반적이라는 사실과, 옛 일본 건축에서 썼던 칠하지 않은 나무처럼 채색하지 않은 원래의 피부가 지닌 맛도 일부에서는 칭찬하는 자들이 있기 때문이었다.

금발(브론즈) 벽안의 미남자의 엉덩이를 지탱하고 있는 4마리의 암수 야푸(육변기는 반드시 수컷이라는 사실은 이미 기술했다.)는 이렇게 해서 축기소채에 의해 사용주 세실의 주문48)대로 피부에 채색이 되어 있는 것이다.

세실의 화장은 이제 곧 끝날 듯했다.

흑노가 무엇인가를 들고 아래층에서 돌아왔다. 세실은 만족스럽다는 듯 말없이 고개를 끄덕였다. 무엇일까?

퓨를 묶어서 끌고 돌아온 돌리스는 자신의 방으로 들어간 듯했으며, 폴린은 클라라의 방으로 가려는 듯했다.

사람들이 점차 분주해졌다. 수정궁도 이제 완전히 눈을 뜬 것이다. 돌리스의 방을 찾아가보기로 하자.

---

48) 이스에서 손님용 이외의 의자는 오더메이드가 원칙이다. 이렇게 허리와 키의 치수에 따라서 만들어졌기에 앉았을 때의 느낌이 매우 좋다. 생각해보면 개인이 사용하는 의자를 의복과 마찬가지로 한 사람 한 사람의 신체에 맞춰 만들지 않았던 20세기 세계는, 상품의 규격화에 익숙해져 생활의 쾌적함을 추구하는 정신이 둔해진 것이리라.

제20장 소마파티까지

1. 자기 방에서의 돌리스

돌리스는 몸종의 손에 의해 축인 가죽 수중복(얍푸 하이드 워터슈트)을 벗고 실내복을 가져오게 하면서 다른 하인을 불러 뱀밧줄(스네이크)에 묶인 퓨를 카파수조(카파 터브) 위에 거꾸로 매달라고 명령했다. 앞쪽에 있는 방(안테룸)의 구석, 안쪽의 침실로 이어지는 문을 좌우에서 지키듯, 오른쪽에 개집이 놓여 있고 그 맞은편인 왼쪽에 카파수조가 있었다. 바닥을 사방의 길이 1.5m, 깊이 1.2m로 오목하게 파내서 물을 담아놓은 것, 그곳이 퓨의 정위치였다. 양서축인(암피비 야푸)이라고는 하지만 물가에서 완전히 떠날 수는 없는 생리조직이었기에 공기 중에서 24시간 정도는 버틸 수 있으나 그 이상 지나면 피부가 말라버리고, 말라버리면 피부호흡을 할 수 없어서 폐사해버리고 만다. 물에 대한 욕구가 사람보다 몇 배나 더 큰 동물이었다.

가슴을 한껏 내밀어 뒤로 젖히게 하고 양 팔을 등딱지 양쪽에 대게 하여 발목까지 칭칭 감아서 거꾸로 매달았다. 가슴을 뒤로 젖히게 했기에 바닥을 향한 것은 정수리 부분이 아니라 자전거의 안장을 닮은 얼굴이었다. 체념한 채, 말없이 눈을 감고 있었다.

"조금 더 내려, 조금 더, 됐어."

입 끝이 수면에 닿을락 말락 했다. 조금만 더 내리면 물에 닿을 수 있을 듯한 곳에서, 물을 바라본 채로 물에 닿지 못하고, 탄탈로스의 괴로움을 맛보며 말라죽게 만들려는 것이었다.

"내가 생각해도 묘안이야. 이놈, 퓨. 넌 이렇게 말라버리게 될 거야."라고 조소하며 약을 올리자, 비로소 자신의 운명을 깨닫고,

"제발 용서를……."이라고 외치는 퓨의 입가를,

"시끄러워. 입 닥쳐!"라며 발로 걷어찼다. 매달린 몸의 최하단을 이루고 있는 안장(새들) 모양 얼굴의 뾰족한 입 끝에 슬리퍼가 강하게 맞아 권투연습용 모래주머니(펀치 백)를 때린 것처럼 반대편으로 크게 흔들리며,

"크악."하고 비명을 지르는 입 끝에서 피가 떨어져 수조로 사라졌다. 차인 한쪽 뺨이 찢어진 것이었다.

되돌아오는 것을 다시 1발, 하며 내지른 발의 타이밍이 맞지 않아서 슬리퍼가 반대편 벽으로 날아가더니 선반 위의 어항을 뒤집어엎었다.

그와 거의 동시에 등 뒤에서 2마리의 축인견(얍푸 도그)이 달려나왔다.

커다란 쪽은 독자 여러분에게도 익숙한 네안데르탈 하운드(3장 2) 종으로 견사(도그 하우스)에서 살며 이름은 뉴마인데, 폴린의 애견인 타로의 친구이자 호적수였다. 꼿꼿하게 뻗은 8자 수염 아래로 슬리퍼를 물고 돌아와 여주인의 발 아래에 놓고 어항의 물이 튀어 젖은 부분을 낼름낼름 핥았다.

다른 한 마리는 스피츠 정도의 체격으로 검은 털이 전신에 빽빽하게 자라 있으며 25㎝ 정도의 꼬리도 달려 있는 모습이 구견(카니스)과 빼닮은 듯하지만, 정면으로 돌아가서 안면을 보면 털도 나 있지 않고 입 끝도 그다지 뾰족하지 않아, 뉴마보다 더 인간에 가까운 용모를 하고 있다. 이는 애완견인 얍푸테리아 종의 개로 나메루라는 이름을 가지고 있으며, 밤에도 여주인의 침대에서 자는 것을 허락받은 총애물(펫)이었다. 이쪽은 금붕어를 보고 장난을 치러 간 것이었는데 입에 문 순간,

"나메루, 이리 가져와!"라는 엄명이 떨어졌기에 입에 문 채 풀이 죽어서

여주인의 발 아래로 돌아왔다.

"이 녀석! 장난만 치고."

화가 난 여주인의 발이 개의 이마를 찼다.

개의 입에서 바닥에 내려진 금붕어가 파닥거렸다. 아니, 잠깐만. 몸은 붉은 비늘로 뒤덮여 있었으나, 바다거북의 다리처럼 노 모양의 사지를 움직이고 있지 않은가? 이건 금붕어가 아니야……. 8㎝가 넘는 흑발을 기른 머리에는 인간의 얼굴이 달려 있었다. 놀랍게도 이는 기형인 극소(미니엄)야푸(10장 3의 주)였다. 씨름꾼처럼 부풀어오른 배, 바제도병에 걸린 사람처럼 튀어나온 안구……. 이상하고 병적이었다. 그러나 금붕어의 원종인 붕어를 놓고 보자면, 난금붕어나 눈이 튀어나온 금붕어는 이상하고 병적이지 않은가? 인간은 자신들의 눈을 즐겁게 하기 위해서 다른 동물을 이상하고 병적인 상태로 내몰지 않았는가? 수생축인(아쿠아 야푸)을 기형화하고 축소화하고 피부를 각질화하고 색을 부여하여 사람 모양 금붕어(피쉬 피그미)를 등장시킨 이상 배가 볼록하고 눈이 튀어나온 기형종을 진귀하게 여겨 만들어내기까지 발전한 것도 당연한 일이었다. '금붕어까지 야푸로 만들 필요는 없잖아.'라고 독자 여러분은 작자의 지나친 행동을 비난할지도 모르겠다. 그러나 유익사족인(페가수스)을 제외한다면 인간에게도 뒤지지 않을 만한 지성을 갖춘 동물은 야푸밖에 없다. 일단 지성이 있는 가축 사용에 맛을 들인 인류가 종전의 모든 가축을 야푸로 대치하겠다고 목표로 삼은 것은 억지스러운 일이 아니었다.

사람 모양 금붕어(피쉬 피그미)는 사지를 파닥이며 바닥을 기어서 돌리스의 발 가까이에 있는 카파수조(카파 터브)의 턱까지 왔다. 높다랗게 타일을 붙인 턱을 넘지 못하고 있었는데, 돌리스의 발끝에 도움을 얻어 마침내 수조 안으로 들어가자 몸보다 긴 흑발을 휘날리며 헤엄치기 시작했다.

천장에서부터 거꾸로 매달린 카파는 아직도 조금 흔들리고 있었다. 찢어진 뺨에서 피를 떨어뜨리며…….

"아하."하고 하품을 하며 돌아와 하인에게, "나중에 금붕어는 어항에 넣어놔."

"알겠습니다."

"나메루하고 뉴마도 짓궂게 굴면 이렇게 거꾸로 매달아버릴 거야. 알았어?"

이렇게 말하며 의자로 돌아가서,

"그럼 아침을 먹기로 할까."

예의 과일식이었다. 이른 아침부터 꽤나 운동을 하고 난 뒤였기에 듬뿍 먹었다. 알이 귤만큼이나 되는 씨 없는 포도의 송이에서 한 알을 떼어 먹더니 남은 것을 몸종에게 가리키며,

"다리에 발라."

미용법으로 포도액 바르기도 흔히 행해지고 있었다. 실내복의 자락을 걷어올려 허벅지 윗부분까지 노출시킨 두 다리에, 발끝에서부터 위쪽으로 포도 알맹이를 터뜨려 장액(漿液)을 바르게 했다. 액이 다리를 타고 흘러내려 발가락과 발바닥으로 떨어지는 것을 가리키며,

"나메루, 뉴마, 핥아. 너는 이쪽, 너는 이쪽."

2마리 개의 혀가 액을 추구하며 발등에서부터 정강이를 따라 올라갔다.

변의를 느꼈다. 순간 그 여파에 감응하여 우아하게 채색된 구루형 육변기가 나왔다. 자리를 바꾸어 앉았다. 식사 중에 배설을 하다니, 예전 사람들에게는 생각할 수도 없는 일이었지만 냄새가 나는 것도 아니고(11장 2의 주) 손을 쓰는 것도 아니고 어떤 불결감도 없었기에 이스에서는 평범한 일이었다. 돌리스가 그때 손에 쥐고 있던 한입멜론(마우스풀 멜론)의 색과 모양은, 우리라면 변 덩어리를 연상할 만한 것이었지만, 육강보(다이푸)와 육변기(스툴러)밖에 사용한 적이 없는 이스 사람의 한 명으로서 그녀는 자신의 엉덩이에

서 나오는 것을 한 번도 본 적이 없었다. 그렇기에 아무런 연상도 하지 않고 기분 좋게 먹고 있었다. …………………, 말굽육류(호스슈 범프)에 감싸인 오목한 부분의 아래에서는 육변기의 입이 하사받은 음식을, 이 역시도 기분 좋게 먹고 있었다. 그 색과 모양이 우연히도 여주인의 음식과 비슷하다는 사실은 알 수 있을 리 없었다. 맛은……, 물론 객관적으로는 진귀한 과일인 한입멜론의 맛과 비교하는 것은 어리석기 짝이 없는 일이다. 그러나 주관적으로는 맛있는 음식에 물려 있는 여주인이 한입멜론에서 느끼는 것 이상의 맛이 그의 구강 안을 가득 채우고 있었다. ―이스 사람의 변은 냄새뿐만 아니라(앞의 주 참조) 맛에 있어서도 현대 백인의 그것과는 다르다. 먹는 음식이 다르기 때문이다. 이스 사람에게는 구역질(디스거스팅)이 날지도 모르겠지만 현대 일본인에게 그 맛은 특수한 풍미를 가진 된장이라고밖에 여겨지지 않을 것이다. (어째서 일본에만 된장이라는 것이 있는지, 그것은 뒤에서 설명하겠다.)

나메루는 이 부근을 핥는 것이 싫은 것인지, 별로 즐기지 않는 것인지 우물쭈물하고 있었으나, 뉴마는 평소 이러한 특혜를 받지 못했기 때문일까, 아주 열심히 핥아나가고 있었다.

퓨가 다시 슬프다는 듯 울고 있었다.

2. 휴대자문기

한편, 클라라의 방으로 돌아가보니ㅡ.

잠에서 깨어난 이후의 한때를 꿈꾸는 듯한 기분으로 보낸 그녀였다. 향락욕(퍼퓸뮤직바스) 이후의 건강액 전신(바디)마사지도, 그 후의 본 적도 들은 적도 없는 신비한 과일뿐인 아침 식사도……, 클라라에게는 굉장히 멋진 것들뿐. 그리고 생체가구를 사용할 때, 거의 무의식적으로 입에서 말이 나와 적절한 명령을 내리고 있다는 사실을 깨달았다. 신기한 일이었다. 모음이 많고 가구가 알아듣는 것을 보니 일본어임에 틀림없는 듯한데, 하룻밤 동안 자신도 모르는 사이에, 배운 적도 없는 일본어를 말할 수 있게 되다니, 어떻게 된 일일까? 가축어음반(야푼 레코드)으로 하의식 속에 가축어(야푼)를 심어놓았다는 사실을 모르는 클라라에게는 도무지 이해할 수 없는 일이었다.

입혀준 새로운 속옷 위에 기모노풍의 실내복(드레싱 가운)을 편안하게 입은 그녀는 자동의자에 몸을 깊숙이 묻고 앉아 생각에 잠겨 있었다.

'어제 이 방에서 린이치로에게 목숨을 잃을 뻔한 일[49] 이후로 전혀 기억이 나지 않는데…….'

그때 노크 소리가 들려오더니,

"작은마님이십니다."라고 안내하는 목소리.

---

[49] 클라라는 린이치로가 '동반자살'을 하자고 한 말을 알아듣지 못했기에 그가 자신을 죽이려 했다고만 생각하고 있었다.

"들어오세요(컴인)."

들어오자마자 손짓으로 흑노들을 내쫓은 폴린이,

"클라라, 잘 잤어요? 어때요? 40세기 구면에서의 첫날밤인데 편안히 주무셨나요?"

"네, 푹 잤어요. 덕분에……."

"발을 봤나요?"

몸을 숙이며 목소리를 죽여서 물었다.

"네?"라며 자신의 발을 본 클라라는 퍼뜩 깨닫고는 몸을 벌떡 일으켰다.

"아, 새끼발가락이……."

"하하하." 유쾌하다는 듯, "역시 모르고 계셨나보네. 어젯밤에 누구에게도 알리지 않고 수술을 한 거예요. 당신을 이스 사람으로 만들기 위해서……."

"어머, …… 친절을 베풀어주셨군요."

"그런데 클라라, 어제 당신이 야푸를 데리고 원반(디스크)에 들어왔을 때 채찍을 가지고 있던 건 당신뿐이었죠?"

"네. 린은 알몸이었으니까요. 그런데 그건 왜?"

"아니, 아무것도 아니에요. 그보다 당신께 해두어야 할 얘기가 아주 많아요."

"저도 어젯밤에 어떻게 된 건지 호기심이 가득해요."

이 말을 시작으로 폴린이 어젯밤에 있었던 일들을 상세히 들려주어 클라라의 호기심을 만족시켜주었다. 오빠 세실이 그녀의 명령을 오해하여 야푸를 특별우리에 넣고 거세안장(캐스트 새들)으로 거세해버렸다는 사실도…….

"세실이 굉장히 미안해하고 있어요. 사과하고 싶다고 하는데……."

"그럼……, 린은 지금 어디에?"

"그 뒤에 예비우리(스페어 펜)로 옮겼어요. 오늘은 오전 중에 축적부(畜籍簿, 얍푸 레지스터)에 등록(엔트리)할 수 있도록 담당자를 불러두었으니 아침의 소마를 마시고 나면 모두 생축사에 가보기로 해요."

"축적부에 등록한다는 건?"

"그 야푸가 당신의 소유물이라는 사실을 등록하는 거예요. 등록하지 않으면 도둑맞아도 달리 할 말이 없으니 빨리 등록하는 편이 좋을 거예요."

"알겠습니다." 놀라움을 억누르며 대답했다.

"오후에는 좋은 곳으로 안내를 해드릴게요." 이야기를 마치고 자리에서 일어서려다 생각났다는 듯, "참, 등록할 때 당신의 성명 말인데요, 클라라 코트윅(Clara Cotwick)이라고 하는 건 어떨까요? 기억상실이라고 하면 등록 담당자도 난처할 테고, 폰 코토비츠라고 하면 지금의 이스 귀족답지 않으니……."

"네, 알겠어요. 그렇게 할게요."

"그 외에 뭔가 상의를 해두고 싶은 것은 없나요?"

"저, 처음 겪는 일들이 많아서 곤란하니, 제가 살펴볼 수 있도록 뭔가 백과사전이라도 빌려주셨으면 하는데요."

"맞는 말이네요. 하지만 사전의 페이지를 스스로 넘기는 일을 이스에서는 하지 않아요. ……이걸 드릴게요."

주머니에서 시가렛케이스 같은 것을 꺼내 클라라에게 건네주며,

"휴대자문기(포켓 레퍼런서)라는 거예요. 모르는 게 있을 때 뭐든 물어보면 바로 가르쳐줄 거예요."

"어머나. 안에 만물박사 같은 왜인이라도 들어 있나요?"

"아니요. 도서관의 자문담당자에게 전파로 연락하는 거예요. 지구도서관은 장서가 5천만 권 정도밖에 안 된다고 하니 그 범위 안에서만 답을 해줄 테지만, 당신의 지식욕을 채우기에 당장은 충분할 거예요. ……이만 실례할게요. 소마파티를 준비해야 하니까요. ……잠시 후 종이 울리면 소마의 방이라는 넓은 방으로 오세요."

폴린은 서둘러 밖으로 나갔다. 클라라는 방금 들었던 말들을 반추했다.

'린을 내가 소유하는 야푸로 등록(엔트리)한다고⋯⋯. 거세했다고⋯⋯. 거세안장이⋯⋯, 거세안장(캐스트레이팅 새들)이란 게 대체 뭘까?'

바로 자문기를 꺼내 수화기(이어폰)를 오른쪽 귓구멍에 삽입하고 자문기의 뚜껑을 딸깍 열어 송화기(마이크)에 대고 물었다.

"거세안장이 뭐지?"

맑은 여자 목소리로 회답이 들려왔다.

": : : : : 인공합성동물(아티피셜 애니멀)의 일종으로 생(로)야푸의 거세가 본능입니다. 외견은 의자와 비슷하며 4개의 다리를 가지고 있고, 등은 안장 모양, 등자촉수(스티럽 텐타클즈)가 2개⋯⋯."

설명은 명쾌했다. 여기에 힘을 얻어 계속해서 근본적인 두 번째 질문―.

"야푸란?"

": : : : : 가축화(도메스티케이티드)된 지성원후(시미어스 사피엔스)입니다. 전사시대에는 일본인이라 불리며 인간으로 간주되었으나, 생물학자인 히틀러가 그 정체를 발견했습니다. ⋯⋯."

원반 안에서 폴린에게 들었을 때(5장 2~4)와는 달리 지금은 한 점의 의심조차 받아들일 여지가 없는 듯 여겨졌다. 린이치로에 대한 생각이, 이제는 분명하게 '한 마리 야푸'라고 확정되었다.

'리니[50], 넌 역시 야푸였구나. 나는 아무것도 모르고 너를 인간이라 생각하여 연심을 품기도 하고 약혼하기도 한 거였어. 아무것도 모르고⋯⋯.'

클라라는 다시 육변기란, 왜인이란, 피부반응이란, 펌프충이란 하고 처음 본 것들, 처음 들은 명사에 대해서 차례차례로 자문, 그에 관한(작자가 지금까지 독자 여러분에게만 설명해왔던 것의) 대략적인 지식을 얻었다.

---

50) 이후부터는 클라라의 린이치로에 대한 호칭을 '린'이라고 하지 않고 '리니'라고 하겠다. 인간의 이름이 아닌 사육야푸의 이름으로 부르는 것이니.

린이치로의 몸에 일어난 변화도 이제는 그 자신보다 더 정확히 이해할 수 있게 되었다.

'더는 리니를 20세기 구면으로 돌려보낼 수 없게 됐어. 커다란 기생충이 뱃속에 자리 잡고 있고, 의복을 입을 수 없는 몸[51]이 되었다니……. 그에게서 아주 위험한 일을 당하기는 했지만……, 밉다고는 생각하고 있지만, 이렇게 듣고 나니 가엾다는 생각이 들기도 하네. 내가 보살펴줄 수밖에 없겠어…….'

린이치로가 클라라를 구주로서 간절하게 기다리고 있을 무렵, 즉 그녀를 사육주로서 받아들일 심적 상태에 다가가고 있을 무렵(18장 4), 이렇게 해서 그녀 자신도 린이치로에게 마침내 사육주로서 군림하기 위한 마음의 준비를, 자신도 모르는 사이에 갖추어가고 있었다.

'그런데 야푸라는 명칭은 어디에서 온 걸까?'

자문기에게 물어보려 한 순간, 노크 소리가 들리더니 수잔 드레이퍼 부군(세실을 이렇게 표현하는 이유는 9장 2의 주)의 이름을 흑노가 알렸다.

"들어오세요(컴인)."

3. 채찍을 아끼면 야푸를 망친다

"클라라 양(미스). 뭐라 사과의 말씀을 드려야 할지 모르겠습니다."

세실 드레이퍼는 고개를 푹 숙였다. 어제의 기모노풍 드레스와는 달리 투피스로 된 플레어스커트를 입고 있었으나, 머리를 말아올려 묶은 데다 꽃을 한 송이 꽂고, 귀걸이도 커서 20세기 사람의 눈에는 여성적 복식으로 보인다는 사실은 어제와 조금도 다르지 않았다.

아름다운 얼굴을 새빨갛게 물들인 채 섣부른 판단에 의한 실수를 사과하는 세실에 대해서 클라라도 새삼스레 책망할 마음은 들지 않았다. '말하자면

---

51) 사실은 델마트콘 피복 이외에는 피부반응이 일어나지 않기 때문에 20세기 세계의 피복은 입을 수 있지만 클라라는 이 점을 오해하고 있는 것이다.

재난 같은 거야. 리니가 불쌍하기는 하지만……. 아니, 그런 무시무시한 짓을 한 것에 대한 벌일지도 몰라. 거세는 너무 잔혹하기는 하지만…….'

"드레이퍼 부군(미스터), 이미 지나버린 일이에요. 괜찮아요. 겨우 야푸에게 한 일 때문에 그렇게까지 말씀하시지 않으셔도……."

"용서해주시겠다는 말씀을 들으니 마음이 놓입니다."

세실은 정말로 마음이 놓인다는 듯한 표정을 보인 뒤, 몸종이 들고 있던 꾸러미를 내밀었다.

"클라라, 이게 저의 섣부른 판단이 남긴 기념품입니다."

포장을 풀자 상자 안에는 길고 가느다란 물건이 들어 있었다. 안쪽에서부터 불그스레한 기운이 비치는 흰색 물질로 이루어진 굵은 펜대의 만년필 같은 손잡이 끝에 길이 30㎝ 정도의 흐물흐물하고 가느다란 끈이 달려 있었다.

"이 채찍줄(래시)은 원래 당신의 소유이지만, 이 자루(헬브)를 선물하고 싶었기에 조금 전에 특별우리까지 사람을 보내서 가져오게 했으니, 제 손으로 건네드리도록 하겠습니다."

"그럼, 이게," 줄을 가리키고, "리니의……."이라며 말끝을 흐렸으나 세실은 아무렇지도 않게,

"이 채찍줄은 녀석의 것입니다. 하룻밤 사이에 이런 길이로 만들었습니다." (15장 5)

손에 쥐어보았다. 자루(헬브)에 글씨가 새겨져 있었다.

〈채찍을 아끼면 야푸를 망친다52)〉

세실이 쥐는 법을 가르쳐주었다. 손잡이 속의 인공혈액이 채찍줄의 채찍해면체(웝 스펀지 보디)로 통하자 빳빳하게 늘어나서 곧 90㎝짜리 휘어지는 봉이 되었다. 쥐는 법을 바꾸면 순식간에 원래의 끈으로 되돌아왔다. 그야말로

---

52) Spare the whip, spoil the yap. 이것은 물론 Spare the rod, spoil the child.(매를 아끼면 자식을 망친다. —응석을 받아주면 교육할 수 없다는 뜻.)에서 유래한 문구다.

여의편이라는 이름에 어긋나지 않는 물건이었다.

"이걸로 한 대만 때려보십시오. 녀석은 비명을 지르며 펄쩍 뛰어오를 겁니다."라고 세실.

"자신의 물건으로 맞는 셈이네요."

"그렇습니다."

"멋진 채찍(웝)과 좋은 격언(맥심), 고마워요."

"천만에요. 저는 그저 손잡이만……."

"그런데 세실." 문득 떠올랐기에 클라라는 조금 전 자문기에게 물어보려 했던 것을 이 야푸사의 전문가에게 물었다. "어째서 야푸라는 이름이 생겨난 거죠?"

"아아, 그건 말입니다, 아직 정설은 없습니다." 드레이퍼 부군(미스터)이 지식을 내보일 기회를 놓치지 않겠다는 듯, 열정을 담아 설명했다. "지구 재점령 당시부터 있던 말은 아닙니다. 여러 가지 설들이 있습니다. 점령군 사령관인 맥 대장—초대 지구도독입니다만—은 유인원(에이프)이라고 했다, 그것이 얍푸가 되었고, 야푸가 되었다는 설. 야마토 민족(야마토 피플), 혹은 황색 민족(옐로 피플)이라는 의미로 Y·P라고 생략해서 표현한 것이 야푸라고 발음하게 되었다는 설. 옛날에 야후라는 이름의 가축인류(휴먼 캐틀)를 묘사한 문사가 있었다, 그 작품에 나온 것이 변하여 야푸가 됐다는 설."

'아아, 틀림없이 스위프트의 『걸리버 여행기』를 말하는 거야53).'

클라라는 내심 이렇게 해석했는데, 이어지는 말에 자신도 모르게 가슴이 덜컥 내려앉았다. 독일인이라는 말이 있었기 때문이었다.

"……하지만 전부 너무 파고들어간 설들입니다. 제가 믿고 있는 건,

---

53) 『걸리버 여행기』 제4 「말의 나라」에서는 후이늠이 야후(yahoo)라는 가축인류를 사육하고 있다. yahoo(yaphoo), yapoo.

맥 장군 휘하에 있던 독일계 장교가 당시 잡프(Jap)라고 쓴 약자를 얍프라고 발음한 것을 따라한 것이라는 설입니다."

'Japan(야판), Japaner(야파나), Jap(얍프). ……그렇군.'

마음속으로 수긍한 클라라가 태연한 표정으로,

"제가 있던 20세기 구면에서도 독일 사람들은 그렇게 발음했어요."

"그렇죠?" 수긍을 해주었기에 기뻐하며, "축인론자(야푸니스트)의 비조(鼻祖)인 히틀러도 독일계입니다. 축인제도(야푸 후드) 확립에 있어서 독일계 테라 노바 국민의 기여는 무시할 수 없다는 것이 야푸문화사 연구자인 저의 지론입니다."

이때 딩동댕, 아름다운 종소리가 울려퍼져서 세실에게 소마의 시간임을 상기시켜주었다.

"아아, 벌써 시간이 됐군. 클라라, 가시죠, 소마의 방으로."

복도를 앞장서서 안내하던 세실이 한쪽 손을 들고,

"저 문이 막내 동생의 방입니다. 벌써 돌아왔는지 잠깐 들여다보겠습니다."

"어딘가 여행을 떠나셨나요, 어제 그때 이후로?"

돌아왔는지 보겠다는 말을 듣고 클라라가 물었다.

"아니요. 그 아이는 아침이 빨라서요. 종종 아침의 소마 시간까지 돌아오지 않는 경우도 있습니다."

노크에 응해서 문이 열리더니, 스웨터에 슬랙스 차림의 야무진 미소녀가 맞으러 나왔다.

"세실, 지금 막 가려던 참이었어……. 어머, 당신도 같이! 클라라. 어젯밤에는 많이 놀랐죠? '기르던 축인(야푸)한테 손을 물린 셈'이네요. 몸은 이제 완전히 좋아졌나요? 언니한테 들어보니 교살 직전이었다고 하던데. 깜짝 놀랐어요……."

돌리스가 반갑다는 듯 클라라를 향해 단번에 말했다. 발 아래에는 뉴마가 웅크려 앉아 있었다. 나메루는 보이지 않았다. 안쪽의 침실에서 낮잠이라도 자기 시작한 것인지.

4. 연인에서 가축으로

한동안 대답이 없었다. 클라라는 문틈으로 들여다본 광경에 마음을 빼앗겨 자신에게 말을 하고 있다는 사실을 깨닫지 못한 것이었다. 퍼뜩 그 사실을 깨닫고,

"네, 덕분에 이제는 괜찮아요."

대답은 했으나 얼이 빠진 듯, 시선은 방 안에 고정되어 있었다.

세실도 방 안의 모습을 보았다. 그는 크게 놀라지 않았다. 커다란 목소리로,

"아, 퓨를 혼내주고 있구나. 왜 그러는 거지?"

성큼성큼 걸어 들어갔다. 호기심에 자극을 받아 클라라도 돌리스에게 살포시 인사를 하고 뒤따라 들어갔다.

수조 위에 거꾸로 매달린 아이, 피부도 혈색을 잃어서 녹색으로 변해 있는 것처럼 보였다. 대체 누구지? 나중에 자문기에게 묻기도 답답한 듯했기에,

"이 아이는?"

"아이가 아닙니다. 카파입니다."라고 세실. "이름은 퓨."

"사람이 아닌가요……?"

"축인계 동물(얍푸 애니멀)의 일종입니다. 기억이 나지 않으시나요?"

"네, 그러고 보니 생김새는 기억이 날 것도 같은데……."라고 언제나처럼 궁색한 대답을 했다.

"수중자동차(워터 바이시클)라고 해서, 바다에서 놀 때면 반드시 사용하는 것입니다만. 이건 돌리스가 애용하는 자동차로, 돌리스는 매일 아침 이걸 타는데……." 갑자기 동생 쪽을 돌아보며, "돌리스, 오늘 아침에도 타고

왔니?"

"응."

"어째서 이렇게 괴롭히는 거지?"

"짓궂은 장난을 쳐서."라고 별일 아니라는 듯, "세실, 어때? 물을 보여주면서 말려 죽이는 건?"

이때 녹색의 작은 동물이 괴롭다는 듯한 목소리로,

"용서해주십시오. 자비를 베풀어주십시오."라고 호소했다. 클라라는 자신도 모르게 한 발 앞으로 다가갔다. 처음 생각했던 것처럼 인간의 어린아이는 아니었으나, 멀쩡히 말을 할 줄 아는 생물이었다. 이건 너무 잔혹했다.

"잔센 양(미스). 너무 불쌍해요. 어떤 짓궂은 장난을 쳤는지는 모르겠지만, 용서해주세요."

"아아, 이거 참." 조금 전 린이치로의 방해를 떠올린 돌리스가 비아냥거리는 듯한 투로, "이번에는 야푸의 사육주(미스트레스)의 방해로군."

"어떤 짓궂은 짓을 했는지는 모르겠지만 이런 형벌을 가할 이유는 되지 못해요. 가지고 놀다 죽이는 거예요, 이건."이라며 클라라는 진지한 얼굴을 했다.

"형벌이라니, 그럼 이게 인간이라도 된다는 말인가요?"

역습을 받아 우물쭈물하면서도,

"하지만 말도 할 줄 알고……."

"당신이 기억상실자(앰니지언)라는 사실을 몰랐다면,"하고 돌리스는 어처구니가 없었다. "제 귀를 의심했을 거예요. ……말을 할 줄 아는 축인계 동물(얍푸 애니멀)은 신기할 것도 없어요. 무엇보다 생(로)야푸는 모두 말을 할 줄 알잖아요. 당신의 야푸도 조금 전에 제게 말을 걸었어요. ……그렇다고 해서 녀석이 인간이라고 할 수 있는 건가요?" 한심하다는 듯한 표정으로, "이건 형벌 따위가 아니에요. 이 카파가 마음에 들지 않아졌기에 필요 없는 물건을 처분해버리려는 것일 뿐이에요. 이런 방법을 선택한 건, 제가 생각해냈기 때문일 뿐, 다른 이유는 아무것도 없어요."

"그럼, 당신이 잠깐 떠올린 생각만으로……."

"그래요. 제 소유물을 제가 처분하는 거니까, 제가 잠깐 떠올린 생각만으로도 이유는 충분하잖아요?"

"클라라 양." 옆에 있던 세실이 끼어들었다. "야푸의 처분은 사육주에게 전권이 있어요(6장 3). 생각이 나지 않으시나요? 그러니까 타인이 개입해봐야 소용없어요."

"그랬었죠, 틀림없이."

원반 속에서 한 폴린의 말이 떠올랐기에 클라라는 이렇게 대답했다. '너무 동정심을 내보이면 이스 사람답지 않아서 의심을 받을 거야. 하지만 어떻게든 구해주고 싶어. 이 소녀의 사육주로서의 자존심에 상처를 주지 않고…….'

"당신이 필요 없다면,"하고 입을 열었다. "제게 양보하지 않으실래요?"

뜻밖의 요청에 돌리스는 잠깐 당황한 듯했으나, 갑자기 눈을 반짝이며,

"그럼 교환조건을 제시할게요. 예비우리에 있는 그 야푸를 양보해주실래요?"

"네? 리니를?"

"네, 리니를. 퓨가 짓궂은 짓을 한 건 리니의 예비우리에서였어요. 검사(테스트)를 방해했어요. 화가 난 제가 발로 차서 망가뜨리려 했는데 당신의 야푸인 리니가 보란 듯이 방해를 했어요."

"어머나." 이때 클라라가 린이치로에 대해서 그리움을 느낀 것은 어떤 마음의 움직임 때문이었을까?

"하지만 전, 특별히 퓨 대신 그 야푸를 받아서 괴롭히려는 건 아니에요." 돌리스가 오해해서는 곤란하다는 듯 말을 덧붙였다. "저를 방해했을 때의 기백이 훌륭했기에 마음에 들었고, 다른 성능도 나쁘지 않은 듯했기에 결투사

(글라디아토르)로 키워보고 싶어졌어요. 뭐, 반해버렸다고 해야 할까요? 가까이 두고 아껴주고 싶어졌어요. 어때요? 양보해주실래요?"

'어떻게 하지? 리니는 넘겨주고 싶지 않지만, 이대로 내버려두면 눈앞의 이 카파는 돌리스의 변덕에 희생을 당해 목숨을 잃고 말거야.'

클라라는 난처해졌다. 린이치로를 넘겨주면 자신의 정체가 드러나게 될 것이라는 절대적인 이유는 고려하지 않는다 할지라도, 그를 손에서 떠나보낼 마음은 들지 않았다. 오히려 그의 능력을 칭찬하며 돌리스가 집착하고 있다는 사실을 알게 될수록 그녀의 마음도 점점 더 그를 손에서 놓지 않겠다는 쪽으로 움직여가고 있었다.

그러나 질투는 아니었다. 어제까지의 클라라였다면 다른 여성이 린이치로를 칭찬하며 노골적인 집착심을 내보이는 것에 대해서 질투에서 오는 불쾌함을 느끼지 않을 수 없었을 테지만, 똑같이 린이치로의 개체를 독점하고 싶다는 마음은 있어도 지금 그녀가 품고 있는 것은 사람이 기르는 개나 말에 대해서 가지고 있는 애착심과 같은 성질의 애정이었기에 돌리스의 말이 자신의 소유물에 대한 칭찬으로 느껴져 좋지 않은 기분은 들지 않았다. 그렇기에 그의 손으로 교살당할 뻔했던 순간의 공포, 그에 대한 혐오와 증오심은 아직도 기억에 생생하지만, 그럼에도 그가 칭찬을 받으면 그가 자랑스럽다는 생각이 들어 애착심이 더욱 커지는 것이었다. 기르는 개가 용맹하다는 칭찬을 들으면 자신의 손을 물린 상처의 아픔마저도 잊고 기뻐하는 사육주의 마음인 것이다. 연인 세베 린이치로에 대한 그녀의 평가는 어제부터 급속하게 하강곡선을 그리기 시작했다. 그리고 그 폭행에 의해서 극소점(미니엄)에 달했으며, 종지부를 찍었다. 그러나 이는 자신의 연인으로서의, 즉 인간으로서의 평가에 대한 평면에서의 일이었다. 어제 이후의 희미한 의문이 조금 전에 명료한 답을 얻어 그를 한 마리의 야푸로 확인한 순간부터, 가축으로서의, 그것도 자신이 기르는 야푸로서의 전혀 다른 평면에

서의 평가곡선이 그려지기 시작했으며, 그것은 인간 린이치로의 평가곡선의 추이와는 관계없이 급격한 상승곡선을 나타내기 시작했다. 그렇기에 클라라는 린이치로를 손에서 놓을 마음이 들지 않았던 것이다. ―어제 원반 안에서 린이치로의 마비를 완해하기 위해 그의 몸을 잠시 맡게 해달라고 폴린이 요청한 순간

(6장 2)과 지금, 린이치로를 손에서 놓기 싫다고 생각하는 결과는 같지만, 클라라의 심리는 전혀 다른 것이었다. 남자의 마음속에서는 여자가 '연인에서 여주인으로' 지위가 변해가고 있었으나, 그보다 한 발 앞서 여자의 마음속에서는 남자가 '연인에서 가축으로' 지위의 변화가 완료되어버린 셈이었다.

클라라의 침묵을 어떻게 받아들인 것인지 돌리스는,

"퓨와 맞바꾸기만 해서는 당신 쪽이 손해일지도 모르겠네요. 그 차액을 드려도 상관은 없지만, 돈을 드리는 건 실례이니 뭔가 덧붙이는 건 어떨까요? 말은 어제 벌써 드리겠다고 약속했으니……, 그래, 이건 어때요?"라며 한쪽 발을 아래에 있던 개의 몸에 대더니 조금 전에 그 개가 물고 온 슬리퍼의 바닥을 그 개의 머리꼭대기에 얹어 밟으며, "뉴마라고 해요. 아주 우수한 사냥개(하운드)예요. 아끼는 개지만 이걸 얹어도 상관없어요. 그 야푸만 손에 넣을 수 있다면……."

꽤나 집요했다.

"이를 어쩌지."라며 클라라는 어떻게 대답해야 좋을지 몰랐다.

린이치로가 예비우리의 방에서 가축 육체검사의 혹독함에 괴로워하며 클라라를 구주로 부르짖고 있을 무렵, 그녀 자신은 그의 사육주로서의 입장에서 그를 손에서 놓을지 말지 결단을 내리지 못한 채 괴로워하고 있었다. 어제 원반 안에서 연인으로서 같은 고민을 함께 가지고 있었던 두 사람이, 지금은 가축과 여주인으로 입장이 바뀌어 서로 다른 고민을 하고 있는 것이었다. 가축의 육체적 고통은 언뜻 매우 커다란 것이어서 여주인의 마음속 이런 당혹감과는 비교가 되지 않을 것처럼 여겨지기도 하나, 후자는 인간의 고뇌이기에 가축이 경험하는 그 어떤 고통보다도 중시되지 않으면 안 된다. 이는 이스 세계에만 국한된 얘기가 아니라, 인간 유사 이래의 철칙이라고도 할 수 있으리라.

대답에 고심하고 있는 클라라를 구한 것은 세실의 말이었다.

"돌리스, 퓨가 지금 당장 죽는 건 아니잖아."

"그렇지…… . 뭐, 하루 정도는 버틸 거라 생각해."

"자, 클라라 양, 여기서 바로 결정을 내릴 필요는 없어요. 천천히 생각해보면 될 거예요. 어차피 오늘은 축적부에 등록을 해야 하니…… ."

"잔센 경(레이디)의 말에 의하면, 오늘 오전 중에 등록할 수 있도록 담당자를 불렀다고 하던데…… ."

"그런가요? 그렇다면 더욱 잘 됐습니다. 등록할 때 성능표 같은 걸 잘 살펴보고 난 뒤에 교환할지 말지를 결정해도 늦지는 않을 겁니다."

"그렇게 할게요."

돌파구를 찾았다는 듯 클라라가 바로 대답했다.

"그럼, 소마의 방으로, 폴린이 기다리고 있을 거예요. 가세요."라고 세실.

방을 나서려던 클라라의 귀에,

"제발 살려주세요."라고 기도하는 듯한 카파의 목소리가 닿아 두 명의 백색 신들과 나란히 복도를 서둘러 가는 그녀의 가슴 속에 울려퍼졌다.

'어쩌면 좋지?'

제21장 파티에서 생긴 일

1. 미소년 등장

홀에는 소마파티의 준비가 갖추어져 있었다. 오전과 오후, 하루에 2번 갖는 소마의 시간에는 집안사람(물론 백인만이 구성원이지만)이 모이는데, 오늘 아침에는 진귀한 손님인 클라라까지 참석해서 열리는 파티였기에, 호스티스인 폴린도 의욕으로 넘쳐나고 있었다.

원통선 최상층의 홀보다 화려함과 호사스러움이 몇 배나 더 넘쳐나는 방이었다. 한쪽 벽면 전체를 각색의 커다란 꽃이 뒤덮고 있었는데 그 하나하나는 조화가 아니었고, 또 화단에서 꺾어와 곧 시들어버릴 꽃도 아니었으며, 그 벽에 뿌리를 내려 사계절 내내 꽃을 피우고 있는 것이었다. 그 꽃벽 앞에는 선 안에서 본 것과 같은 것인지 아닌지는 모르겠으나 앵무새가 든 새장이 걸려 있었다. 정면의 낮은 장식공간(앨코브)에는 라오콘처럼 커다란 뱀에 전신이 감긴 실물 크기의 나체상이 있었다. 제작자의 손길이 남아 있는 소상(塑像)이었는데 금발과 벽안은 진짜를 심거나 박아놓은 것일까? 거기에 커다란 뱀도 비늘 하나하나까지가 진짜와 똑같은 인상을 주었는데 거뭇하게 반짝이는 비늘의 빛이 인물의 새하얀 피부색과 절묘한 대조(콘트라스트)를 이루었다. 강약이 있는 조명이 사방의 구석에 있는 산문적인 생체가구류를 교묘한 그림자로 감추고 있었다.

클라라가 돌리스와 세실의 안내를 받아 실내로 들어서자 폴린과 이야기를 나누고 있던 윌리엄이 자리에서 일어나 다가왔다. 어젯밤 이후의 만남이었다.

전보다 몇 배나 더한 친애감을 느끼며 굳은 악수를 하고,

"어떠세요, 드레이퍼 씨?"라며 약간 예의를 차리자,

"감사합니다, 코트윅 양."하며, 폴린의 말을 들은 것인지 벌써부터 그녀의 성을 알고 있었으며, "아침부터 소마를 벌써 2번 마셔서, 혼수파동(코마웨이브)의 숙취에서는 깨어났습니다."

"당신께 받은 그 보물선이 생명의 은인이에요. 그 안의 암컷 왜인이……."

"지금 막 들었습니다."라며 기쁘다는 듯, "도움이 됐다니 다행입니다."

"소마, 소마, 소마……."

갑자기 예의 앵무새가 높다란 목소리를 올렸다.

자리가 정해져 모두가 앉자 소마가 나왔다. 이 홀은 그것을 위한 소마의 방이었기에 원통에서보다 준비가 잘 갖추어져 있었고 탁상왜인(테이블 피그미)의 행동도 활발했다.

향기로운 녹색 액체를 마시며 허물없는 좌담이 무르익어갈 무렵 복도 쪽에서,

"오스 맥 님……."이라고 안내하는 굵은 목소리와,

"여러분, 안녕하세요."라고 인사하는 젊은 목소리가 거의 동시에 들려오더니 미소년 하나가 들어왔다.

아니, 오스라는 안내를 듣지 않았다면 클라라는 아마도 예전의 의식 때문에 미소녀라고 착각했을 터였다. 노란 스커트—기승용인지 가랑이가 높다랗게 갈라져 있었는데—에 깃이 높은 흰색 블라우스, 보라색 네커치프를 당당하게 두르고, 거뭇한 갈색 머리를 말총머리(포니테일)로 모아서 분홍색 리본으로 묶은 그 모습은, 20세기 사람에게는 여자로밖에 여겨지지 않았으며, 남자라는 사실을 안다면 시스터보이[54]라는 말을 쓸 테지만, 이스에서 이러한 차림은

---

54) (역주) 복장과 태도가 여자 같은 남자를 일컫는 일본의 조어.

남자의 복장으로 조금도 우습지 않은 것이었다.

나이는 15세 정도일까? 아직 성장 중에 있다는 사실을 알 수 있는 몸매였으나, 그래도 키만은 성인만큼 자라 있었다. 복장에 어울리는 우아한 태도는, 말괄량이인 드레이퍼 청년과는 비교도 할 수 없을 만큼 남자다웠기에 새장 속에서 자란 아들 같다는 느낌이었다.

"어머니에게 '뱀에 감긴 남자의 상'에 대한 이야기를 듣고 갑자기 보고 싶어졌기에 아침의 원유(遠游)에 나서기 전에 잠깐 보러왔습니다만……."

가느다란 눈썹 아래의 동그란 다갈색 눈동자에 생긋 미소를 지으며 이쪽을 바라보았다. 뺨 한가운데에 보조개가 움푹하게 생겨나, 기다란 얼굴의 뾰족한 아래턱에서 오는, 어딘가 날카로움이 숨어 있는 표정을 귀엽게 감싸주고 있었다. 아는 사람들만 있으리라 생각하며 둘러본 가운데 처음 보는 클라라의 얼굴이 있었기에 갑자기 말을 끊어버린 것도 어린아이다운 행동이었다.

클라라는 소년의 등 뒤로 키가 작은 생(로)야푸가 따르고 있다는 사실을 깨달았다. 손을 뒤로 돌린 것은 수갑을 차고 있기 때문일까? 목줄이 반짝였다. 기형은 아닌 것 같았으나 거세당한 듯, 반지 정도의 금속고리가 절반쯤 박혀 있고 그 반원(세미링)에 가느다란 은사슬의 연결고리가 걸려 있었으며, 사슬의 다른 쪽 끝은 소년의 왼손에 쥐어져 있었다. —그는 개를 끌고다니는 것처럼 이 야푸를 끌고다녔는데 사슬 끝이 야푸의 목줄이 아니라 반원에 연결되어 있었기에 사슬을 쥔 손을 아래로 한 채, 마치 개를 끌고다니는 것 같은 자세로 끌고다닐 수 있었다.

"소개할게요. 오스 찰스 맥, 아그네스 경(레이디)의 외동아들이에요. 지금 부모님과 함께 이웃 별장에 머무는 중. 어리지만 그림에 재능이 있고, 저의 남편(허즈)인 로버트의 후배예요. —이쪽은 클라라 코트윅 양(미스), 20세기 구면의 탐험가로 곧 유명해지실 분……."

호스티스인 폴린이 솜씨 좋게 이야기하고 두 사람에게 첫 대면의 악수를 시켰다.

2. 축제조소

"아아, 이거군요. 제가 들은 상이."

맥 소년은 마련해준 자리에도 앉지 않고 장식공간(앨코브) 앞으로 다가가서 상을 가만히 바라보았다.

"느낀 그대로를 비평해줘. 상을 제작한 것은 로버트지만, 뱀을 골라서 부속품(액세서리)으로 삼은 것도, 자세(스타일)도 나의 취향이야."

"그렇게 부속품(액세서리) 취급을 했기에 뱀이 오히려 죽었습니다." 소년의 비평은 신랄했다. "배를 4번이나 감고 있을 필요는 없을 겁니다. 2번만 감게 하고 꼬리 쪽으로는 왼쪽 허벅지를 감게 하고, 머리 쪽은 상의 오른팔을 옆으로 뻗게 하여 그것을 감게 하고, 남은 끝이 머리를 쳐들고 돌아보며 혀를 내밀고 있는 모습은 어땠을까요? 거기에 고민하는 표정이 조금 더 필요할 듯합니다."

"음, 뼈아픈 말이네……."라고 폴린.

"함부로 말하기는 했지만……."하고 갑자기 부끄러워했다.

"아니, 말해주기를 바랐어. 바로 해볼게."라며 흑노하인 가운데 한 사람을 손짓으로 부르더니 상을 가리키고, "저걸 완해(소픈)해."

이어서 일어난 일들은, 이미 이스 세계에 상당히 익숙해지기 시작한 클라라를 다시 놀라게 하기에 충분한 것이었다.

갑자기 커다란 뱀이 움직이기 시작했다. 그와 동시에 상의 안면과 지체도 이완되기 시작했다. ―양쪽 모두 살아 있었던 것이다. 흑노의 도움을 받아 뱀을 2바퀴 정도 감고, 미소년이 말한 것과 같은 구도로 바꾸며 뭔가 작은 소리로 노래를 부르는가 싶었는데, 뱀이 상의 가슴을 빙글빙글 감싼 곳에서 미끄러지듯 움직이는가 싶더니 그곳을 한층 더 강하게 조였다. 뻗은 오른손으

로 허공을 움켜쥐고,

"음."하며 필사적으로 참고 있는 남자의 가슴에서 둔탁하게,

"뚝."하고 갈비뼈가 하나 부러지는 소리가 들렸다. 남자의 고통에 굴복하려 하기 직전의 표정이 주는 박력! 갈비뼈가 전부 부러져 남자의 몸은 뱀의 압박과 함께 한순간에 흐물흐물 무너지리라. ……그때 폴린이 얼른 손을 들어,

"경화(스티픈)!"

신기하게도 한순간에 사람과 뱀 모두 조금 전과 마찬가지로 미동조차 하지 않는 상으로 굳어버렸다.

"과연, 느낌이 훨씬 좋아졌어." 자리로 돌아온 호스티스가 기쁘다는 듯 나이 어린 손님에게 말했다. "아주 좋은 조언(어드바이스)을 해줘서 고마워."

클라라가 자문기에게 질문을 던져 상세한 내용을 알기 전에, 이 살아 있는 장식품에 대해서 독자 여러분에게 설명해두기로 하겠다.

축체미술인 축피화(스킨 페인팅)에 대해서는 이미 해설을 했다. 야푸의 육체를 화폭(캔버스)으로 삼는 이 예술은 애초부터 입체적 조각성을 겸비한 것이기는 하나, 그 본질은 역시 회화다. 그에 대해서 축피에의 채색 자체는 그다지 중시하지 않고 전통적 조각의 이상이었던 인체의 구성미나 역동미를 야푸의 육체를 소재로 하여 표현해나가려는 것이 축체조소다.

미적 관점에서 사지 절단에 의한 동체의 강조는 흔한 기법으로, 생체가구문

화의 진보가 머리 달린 토르소의 생명을 충분히 보장해주었다. 예술적 데포르마시옹을 위한 기형의 제작도 축체조소가(보디 스컬프처)로서 알아두어야 할 생물학적 기법이다. 군상도 생체결합에 의해서 만들어진다.

그러나 조소를 가능케 한 것은 혈액매제(코산기닌)의 사용에 따른 피부와 근육의 각질화(케라티나이즈) 및 가소질화(可塑質化, 플래스티사이즈)였다. 각질화한 피부는 끌의 사용에도 견디기에 야푸의 낮은 코도 높은 코로 깎아낼 수가 있다. 조각하여 인간(백인)으로 만드는 것은 어려운 일이 아니었다. 이 홀까지 오는 도중에 복도 곳곳에서 보았던, 아폴로나 헤르메스를 떠오르게 하는 멋진 조각을 클라라는 대리석이나 상아로 깎은 것이라고 여겨 별 생각도 없이 지나쳐왔으나, 사실은 전부 폴린의 남편인 로버트가 만든 이러한 종류의 살아 있는 조각이었다.

그러나 피부를 가소질화하여 피부점토소상(皮膚粘土塑像, 큐티큘러 클레이 피규어)을 제작하는 것은 한층 더 재미있고 어렵다고 여겨진다. 축인육(얍푸 프레시)을 으깨서 생체접착풀(리빙 페이스트)의 주성분으로 반죽한 피부점토(큐틱 클레이)라는 가소재료(플래스터)가 있는데, 원형으로 삼을 야푸의 피부를 산 채로 벗겨냄과 동시에 그 혈액으로 점토를 반죽하면 빨간 살갗에 잘 접착되어 육체의 일부가 된다. 야푸 자신의 육체도 가소질로 바뀌어 손가락으로 누르면 언제까지고 그 자국이 남아 있을 정도가 되기에 눌러서 오목하게 만드는 것은 어려울 것도 없지만, 두툼하게 할 때는 피부점토를 사용하여 살을 더해주어야 한다. 커다란 혈관만 터뜨리지 않는다면 이렇게 석고소상처럼 자유롭게 조형을 해도 생체조직과 기능을 손상시키는 일은 없다. 더구나 각질화했을 때보다 우수한 점, 가소성을 잃은 이후는 평범한 생체와 똑같아지기에 경직전류(스티프닝 커렌트)를 흘리면 경화되고, 전류를 끊으면 원래의 유연함을 회복한다. 이로 인해서 하나의 소상에 각양각종의 자세를 취하게 하며 즐길 수 있게 된다. 마치 장식공간 속의 족자를 계절에 따라서 바꾸듯, 언제든 원하는 자세와 표정으로 바꿀 수 있는 살아 있는 장식품이 되는 것이다. 말할 필요도 없을 테지만 각질조상과 점토소상 모두 생체가구처럼 항문으로 영양순환장치(서큘레이터)—단, 가구류와는 달리 이동능력은 필요하지 않기에 코드는 짧으며, 벽의 삽입구(콘센트)에 접속되어 있는 경우가 많지만—가 삽입되어 있기에 가만히 머문 채 언제까지고 살아 있을 수 있다.

이것이 축기소채(브랜딩 타투)와 함께 야푸의 육체를 가공함으로 해서 새로운 조형예술로 탄생한 축체조소(보디 스컬프처)로, 축피화와 함께 '생체조화(리빙 아트)'라 불리고 있으며, 11번째 예술이라 여겨지고 있다.

지금 이 소상도 로린의 작품이기는 하나 모델은 폴린의 숭배자인 평민 미청년이다. 머리카락과 눈동자와 피부의 색이 백인처럼 보이는 것은, 야푸의 흑발과 검은 눈과 황색 피부를 모델에 맞춰서 변색시켰기 때문이다. 그녀는 따로 입수한 커다란 뱀이 문득 떠올랐기에 이 상의 부속품(액세서리)으로 함께 경화시킨 것인데, 지금 안식을 갖춘 소년의 지적에 따라서 포즈를 바꾸어본 것이었다. 한 손의 신호에 따라서 흑노가 경직전류의 스위치를 넣은 순간, 상이 커다란 뱀에게 조여져 갈비뼈가 부러진 고통의 한 순간으로 고정되어버렸다. 다음의 완해가 있을 때—여주인이 지금을 마음에 들어 한다면 어쩌면 영원히 찾아오지 않을지도 모르지만—까지 살아 있는 장식물(리빙 어너먼트)의 목숨을 건 연기가 계속되는 것이다. 생각해보면 가엾은 일이지만 그것이 그의 숙명이었다.

어렴풋하게나마 그 실체를 추측할 수 있었던 클라라가 등에 오싹함을 느꼈을 때, 그리운 린이치로의 목소리가 희미하게 그녀의 귓가를 때렸다.

"클라라, 용서해줘."

놀라 돌아보니 원탁이 놓여 있던 일동 6명의 자리 중앙의 바닥 위에 우리가 놓여 있고 그 안에 린이치로가 누워 있었다. 키가 반으로 줄어 있었다.

순간 마음의 동요를 참을 수 없어서 얼굴빛이 변했을 때, 폴린이 말했다.

"바로 여흥을 시작하기로 할게. 코트워 양에게는 축적등록을 위한 예비지식으로 유용할 거예요. ―맥 군도 함께 봐줘. 어제 잡은 이분의 야푸에 대한 가축적성검사(도메스 테스트)야."

3. 클라라의 심리

몸을 일으킨 린이치로는 왼쪽 손가락을 살펴보며 무엇인가 중얼거리다 갑자기 고개를 치켜들더니,

"클라라, 나는 모든 것을 잃었지만 이 반지만은 남았어. 이것이 나를 너와 연결시켜주는 유일한 고리……."라며 눈물을 줄줄 흘렸다(17장 1). 우연히도 그 시선이 이 자리에 있는 클라라 쪽으로 향했기에 클라라는 직접 말을 걸어온 듯한 기분이 들었으나, 곧 사정을 알 수 있었다.

'입체상 영사반(스테레오 보드)이야. 이건 환영…….'

독자 여러분도 알고 계신 대로 예비우리에는 영사기와 녹음기가 장치되어 있어서 린이치로의 일거수일투족이 수록되고 있었다. 그 필름이 벌써 이 자리에 소개되어 신들의 파티에 흥을 더하기 위해서 제공된 것이었다. 키가 절반으로 줄어든 것은 2분의 1 축소투영이기 때문이다.

"야푸가 반지를 받았다니, 어떻게 된 일이죠?"

경위를 모르는 맥 소년의 천진한 목소리에 누구도 답하는 사람은 없었으나, 클라라는 퍼뜩 놀라 얼굴이 붉어졌다. 린이치로와의 약혼 사실을 지금은 누구에게도 밝히고 싶지 않았다. 어제 원반정이나 원통선 안에서 느꼈던 흥분된 마음은 흔적도 없이 사라졌다. ……하지만 어젯밤의 그 끔찍한 작별 이후 처음으로 보는 연인의 현재 모습은 그녀의 마음을 움직였다. 알몸인 채, 짐승의 우리에…….

'내가 죽은 줄 알고 있는 거야. '용서해줘.'라고 말한 것도 후회하고

있기 때문이야.'

"……클라라, 위에서 나를 지켜보며 나를 인도해줘. 내게 힘을 줘……."

린이치로는 하늘에 있는 클라라에게 이야기하고 있는 것이었으나, 마침 위에서부터 그를 내려다보고 있는 상태의 그녀에게는 그렇게 받아들여지지가 않았다. 그가 대등한 애정을 요구하고 있는 것이었다면, 이미 그를 연인으로 생각하지 않게 되어버린 클라라는 불쾌함을 느꼈을지도 모르겠지만, 그가 바라고 있는 것은 그녀의 지도와 격려였다. 자신을 죽이려 했던 괘씸한 놈이지만, 이렇게 스스로를 비하하며 그녀를 찾고 있다는 사실을 알게 되자 용서해주고 싶다는 마음이 들기도 했다. ―이것도 여자의 마음일까? 그러나…….

빨간크림 섭취강제(17장 5)의 장면으로 바뀌었다. 납작하게 짓밟힌 개구리 같은 모습으로 아래쪽의 구멍을 통해 머리를 내민 꼴사나운 모습에는 일동 모두가 자신도 모르게 실소를 금할 길이 없었다. 클라라도 어제와는 달리 다른 사람들이 그를 비웃어도 특별히 화가 나지 않았으며, 오히려 그녀 자신도 함께 웃었을 정도. 그런데 그가 맛있다는 듯 날름날름 핥고 있는 빨간색 유동체에 대해서 자문기에게 물을 새도 없었기에 곁에 있던 돌리스에게 물어,

"저건…… (약간 말하기 어렵다는 듯) 달거리한 거예요, 우리가."라는 사실을 알게 된 그녀가 자신도 모르게 구토를 느껴 육반토분(보미트러)을 불러낸 것은, 아직 다른 사람들과 완전히 똑같은 정도로는 린이치로를 야푸시하고 있지 못했기 때문이라고 할 수 있으리라. 자문기에게 물은 이후, 이성적으로는 야푸의 존재를 인정하고 리니가 야푸임을 믿게 되기에 이른 그녀였으나, 제대로 된 오체를 가진 훌륭한 남성이었던 어제까지의 애인을 기형적인 육변기(스툴러)나 육반토분(보미트러)과 동일시할 기분은 들지 않았던 것이다. 감정적으로는 인간시하려는 기분이 남아 있었던 것이다. 그렇기에 빨간크

림의 성질을 알게 되자 그것을 핥고 있는 것이 인간이라는 전제가 있었기에, 혐오스러운 나머지 구토를 한 것이었다.

하지만 육반토분(보미트러)이 자신의 토사물을 입과 배에 넣는 모습을 보는 동안, 그녀의 눈이 번쩍 트였다.

'맞아, 리니가 야푸라는 사실은, 이 녀석들과 동족이라는 말이야. 육변기(스툴러)나 육반토분(보미트러)을 아무렇지도 않게 쓸 수 있는 것은 어째서일까? 인간으로서의 동류의식이 솟아나지 않는 기형이기 때문이라고 생각했었는데, 본질적으로는 야푸이기에 동류의식이 없었던 거야. ……지금 리니가 하고 있는 작업의 불결함이나 부정함은 육변기나 육반토분에게도 뒤지지 않는 거잖아. 야푸이기에 저런 짓이 가능한 거야. 인간이라면 할 수 없어. 리니는 야푸야. 저렇게 더러운 것을 기꺼이 핥는 축생인 거야.'

논리를 넘어서 그것을 체감할 수 있었다. 동류의식을 끊어버리자 구토감도 사라졌다. 영사반이 있는 쪽으로 되돌아온 클라라는 이스 사람과 가까운 기분으로 우리 속의 야푸를 바라볼 수 있게 되었다.

장면이 급속도로 전개되어 돌리스가 카파와 함께 우리 옆으로 등장, 독자 여러분도 알고 계시는 것처럼 린이치로와 격렬한 언쟁. 이미 가축어(야푼)를 완전히 이해할 수 있게 된 클라라는,

"저는 클라라를 기다리겠습니다. …… 그녀는 저의 약혼자입니다(18장 3)."라는 린이치로의 말에, 야푸로부터 약혼자로 불렸다는 사실이 수치스러워서 얼굴이 빨개졌으며, 찰스가 이상하다는 듯한 얼굴을 하고 있다는 사실을 깨달았기에 구멍이라도 있으면 들어가고 싶다는 기분이 들었다. 그리고 당장 야푸의 입을 틀어막고 싶을 정도로 증오심을 느꼈으나,

"……클라라 같은 훌륭한 숙녀를 당신 같은 노출광이 이해나 할 수 있겠습니까? …… 벌거숭이 댄서!"라고 그가 돌리스에게 호통을 치는 장면에 이르자,

'아아, 조금 전에 용감해서 마음에 들었다고 말한 건(20장 4), 이 일 때문이었군.'이라고 사실을 알게 되었기에 돌리스를 찔러 눈웃음을 주고받으면서도, 이 뱃심 좋고 물불 가리지 않는 야푸의 소유주로서의 자부심을 맛보았다. 게다가 이쪽에서는 더 이상 연인이라고는 생각지 않게 되었다고는 해도, 그의 그 용기가 그녀를 찬양하고 그 명예를 지키려는 기사적 정신에서 나온 것이라는 사실이, 그녀에게는 역시 기쁘지 않은 것도 아니었다. 이것도 여자의 마음이라고 할 수 있으리라. 연인이었던 그에 대한 경멸과 증오가, 가축인 그에 대한 칭찬과 감사와 교차하며 그녀의 마음속에서 소용돌이치고 있었다.

4. 축체검사 풍경

우리에서 꺼내진 린이치로가 잠시 전후좌우로 몸을 움직이더니 마침내는 한 곳에 머문 채 제자리걸음으로 뛰기 시작했다. 어떻게 된 일일까?

가만히 보니 그의 발아래에서 띠 모양의 마룻바닥이 뒤쪽으로 이동하고 있었다. 예의 동로(무빙 로드)장치였다(12장 1). 아마도 전후와 좌우 모두가 전격으로 차단되어 있어 그 위치에서 이동할 수 없기에 한곳에 머무르기 위해—동로를 따라 뒤쪽으로 밀려나지 않기 위해— 어쩔 수 없이 동로와 같은 속도의 반대방향으로 뛰고 있는 것이리라. 육체검사가 시작된 것이었다. 질주력의 강제적 시험이었다.

섬광이 번쩍이더니 그녀의 옛 애인이 필사적으로 달리기 시작했다. 몸은 이동하지 않았으나 발 아래의 동로가 굉장한 속도로 흘러갔다. 중거리선수를 한 적도 있다고 들었는데…….

"꽤 잘 뛰는데."라는 세실의 목소리.

"응, 4분 10초대야."라고 돌리스가 응했다.

………………………….

움직임이 멈췄다. 린이치로는 지칠 대로 지친 기색.

영사반 옆쪽에 '1마일, 4분 16초 5'라는 숫자가 떴다. 정신제원 때는 거기에 표시되는 숫자의 의미를 이해할 수 없었던 클라라도 이것만은 잘 알 수 있었다.

"조금만 훈련시키면 4분 안쪽으로 끊을 거야, 이건."

"맞아."라며 돌리스는 이 야푸가 더욱 갖고 싶어졌다는 얼굴.

상을 주는 것인지 빨간크림이 담긴 주발이 주어졌다. 코란 박사의 지시에 따라서 속효성(速效性) 비타민Y를 첨가한 것을 가져온 것이다. 운동 후의 피로회복과 빨간크림 순치, 일석이조의 효과를 노린 것이었다. 단시간에 기운을 회복한 야푸에게 이어서 부과된 등반력 시험. 둥근 금속기둥을 기어오르게 하자 그 기둥이 아래로 잠겨들었다. 바닥에 가까이 다가가면 전기바늘이 찌르기에 싫어도 위로 위로 오르지 않으면 안 되었다. 전신에 땀을 흠뻑 흘리며 필사적으로 등반. 5분 동안. 멈추었다. '32m 60'이라고 표시되었다. 클라라는 잘 알 수 없었지만 주위의 얘기를 들어보면 상당히 좋은 기록인 듯했다.

"클라라, 저 꼭 갖고 싶어요, 이 야푸."

돌리스가 진지한 얼굴로 말했다.

"저로서는 넘겨주기 어렵겠다는 마음이 점점 더 강해지기 시작했어요. 죄송하지만."

클라라는 솔직히 이렇게 대답했다.

견인력·부하력(負荷力)·도약력·투척력……. 하나가 끝날 때마다 빨간크림을 잔뜩 부여하며 차례차례로 검사를 진행하더니, 이번에는 커다란 철제 원형틀(후프)의 곡면에 두 손을 들고 똑바로 선 자세로 바깥쪽을 향해 고정되어 있었다. 의미를 알 수 없었기에,

"이건 뭐죠?"

"이건 말이죠, 육체의 유연성을 살펴보는 만곡(彎曲)시험이에요. 완전한 원이 되면 만점이에요."라고 윌리엄.

린이치로를 바깥쪽에 고정시킨 철제 원형틀이 점점 오그라들어 원호를 그리고 있던 린이치로의 몸이 반원이 되었으며, 다시 원주에 가까워졌다. 각도를 나타내는 바늘이 200도, 250도……, 300도를 넘어섰다. 흉부와 복부의 피부가 한껏 늘어나 최대한의 팽창을 견디고 있었다. 그러더니 철제 원형틀이 빙글빙글 실내를 구르기 시작했다. 축체전륜(畜體轉輪, 보디 후프)이었다.

"머리는 오목한 곳 안에 들어가 있네요. 안면 보호?"

"네, 저렇게 하지 않으면 코가 뭉개져버리니까요. 돌리면서 점점 조여들어가요."

의미심장한 말을 덧붙였다. "거세를 했기에 얼굴만 보호하면 됩니다."

원형틀은 린이치로의 몸을 지름 70㎝ 정도의 완전한 원주로까지 움츠렸다가 회전을 멈추었다. 360도. 만점이었다. 정지한 위치에서 클라라의 시선 정면에 온 것은 그의 하복부였다.

순간, 조금 전에 언뜻 본 미소년 소유의 야푸의 하복부가 마찬가지로 밋밋했으나 사슬 끝을 연결할 수 있도록 조그만 금속고리가 절반쯤 묻혀 있어서 반원(세미링)이 볼록 튀어나와 있던 모습이 눈가에 떠올랐다.

'리니도 그런 식으로 해볼까…….'

연상이 필연적으로 약혼반지에 다다른 것도 당연한 일이었다. 그녀와 그의 반지 2개의 멋진 활용처가 순간적으로 머리에 떠올랐다. (뒷장 참조)

'흠, 내가 생각해도 묘안이야.'

예전에는, 아니 어제까지만 해도 이 사내와의 생활을 꿈꾸고 있었다고 생각하자, 그가 가엾다기보다 자신이 우스워졌다. 거세라는 말에서 환관(어이누흐)이라는 연상이 머릿속에 떠오른 순간, StSt가 윌리엄의 허리에서 멀어졌기에 그것을 부르자 청년이 묘한 말을 이 육변기에게 명령하는 것이 귀에 들어왔다.

"이봐, 방광(블래더)을 사용해. 이분은 곧 축인세례식(야푼 뱁티즘)을 하셔야 하니."

StSt는 끄덕이고 어디에서 꺼냈는지 무언가 투명한 것을 입에 넣은 뒤, 목을 늘이고 다가왔다. 두 손이 그녀의 두 다리에 닿자마자 공구(홀 버튼)가 열리고…….

마실 것(드링크)을 하사하는 근육 이완의 쾌감에 잠기며,

'환관에게는 어떤 일을 시키는 걸까? 부부의 침실에 들여도 되는 걸까?' 라는 등, 새로운 애인 윌리엄과의 생활을 둘러싼 연상—물론 순진한 처녀였기에 내심 부끄러움에 억압되어 소극적인 것이기는 했으나—에 종잡을 수 없이 빠져 있을 때, 더는 견딜 수 없다는 듯한 옛 애인의 절규가 그녀를 놀라게 했다.

"……괴로워! ……클라라! ……도와주러 와줘. ……어제의 일은 내가 잘못했어. ……."(18장 4)

5. 손가방과 성수병

울부짖는 듯한 린이치로의 목
소리에 클라라는 동정심이 일었
으나, 문득 조금 전 무심히 반지에
대한 경위를 물었던 찰스 소년이
이번에는 어떻게 생각했을지 그
쪽으로 힐끗 시선을 준 순간, 뜻밖
에도 마음을 빼앗는 광경에 부딪
쳤기에 영사반은 잊고 옛 애인의
호소는 한귀로 흘려듣게 되어버
리고 말았다.

　손을 뒤로 묶인 채 미소년 옆에
무릎을 꿇고 앉아 있던 예의 생
(로)야푸의 오른쪽 젖가슴 부분

이 튀어나와 커다란 구멍이 뚫려 있었던 것이다. 마음을 가라앉히고 바라보니,
오른쪽 흉곽 내부가 텅 비어 있고 아래쪽으로 열리게 되어 있는 뚜껑과
연동되어 앞으로 튀어나오게 만들어진 용기가 들어 있었다. 옆의 의자에서는
소년이 콤팩트의 거울을 보며 화장지로 얼굴의 땀을 닦고 있었다. 휴지를
동그랗게 말며 오른손을 야푸의 입 앞으로 가져가는가 싶더니 활짝 벌린
커다란 입에 휴지를 던져넣고 그 손을 뒤집어서 아래턱을 위로 슥 눌렀다.
딸깍하는 소리가 조그맣게 들리더니 입이 닫혔다. 자세히 보니 그 야푸는
이빨이 조금 뻐드러졌는지 입술이 약간 돌출되어 있었다. 소년은 콤팩트를
야푸의 오른쪽 가슴에 달린 용기에 넣고, 그것을 밀어넣듯 하여 직각으로
열려 있던 뚜껑을 닫았다. ……그러자 야푸의 몸은 조금 전과 마찬가지로
이상이 없는 외관을 회복했다. 물론 위의 사실을 안 뒤에 보는 것이었기에
오른쪽 젖꼭지가 왼쪽 젖꼭지보다 크고 편편해서 지퍼의 손잡이에 달린

가죽 같다는 점이 다르다는 사실을 알 수 있었지만.

'단순한 생야푸가 아니야. 개 대신 끌고 다니는 것도 아니야. 저건 손가방
(핸드백)을 대신하고 있는 거야. 아니, 살아 있는 손가방(핸드백)이야. ……
정말 철저하게 야푸를 이용하고 있어.'

어제 윌리엄이 린이치로에 대해서, '어디에 쓰실 건가요?'라고 그녀에게
묻고, '당신은 아직 야푸의 용도 전부를 알고 계시는 건 아니니…….'라고
했던 말이 떠올랐다. 그 말처럼 차례차례로 새로운 사용법을 소개받아,
어떻게 대응해야 할지 마음의 준비도 채 갖추지 못할 정도였다.

독자 여러분께는 내가 조금 더 설명을 하도록 하겠다. 그녀의 추측대로
이는 손가방(핸드백)이라 칭해지는 것으로, 운반축(얍푸 포터, 15장 4)의
일종이다. 찰스가 데리고 있는 것은 최신형으로 오른쪽 폐 전부를 떼어내고
그 공간(스페이스)을 이용하도록 설계했다. 오른쪽 젖꼭지의 변형된 손잡이
가죽을 당기면 밑쪽이 경첩처럼 직각으로 꺾이는 뚜껑이 아래로 열리고
용기가 끌려나온다. 거기에 콤팩트가 됐든, 휴지가 됐든 넣어둘 수가 있다.
한편 클라라가 뻐드렁니라고 본 것은, 사실 앞니를 상하 하나씩 콩알 모양으로
이상생장시키고 그것을 엇갈리게 해서 지갑의 잠금쇠와 같은 장치로 입을
닫아두게 한 것이다. 손가락으로 딸깍 열면 턱뼈에 장치된 스프링의 힘으로
입이 활짝 열린다. 이를 쓰레기통 대신으로 삼아 던져넣고 아래턱을 위로
누르면 앞니로 만든 잠금쇠가 걸린다. 쓰레기는 삼켜져 위로 들어간다.
이 외에도 왼쪽 안구는 진짜 안구가 아니라 소형 비디오카메라이고, 귓구멍도
한쪽은 녹음기다. ……외출할 때 흑노 몸종을 데리고 다니는 것은 세련되지
못한 일이라 여겨지고 있는데, 그렇다고 해서 자신이 손가방(핸드백)을
들고 다니기는 절대로 싫다고 말하는 이스 남성들은 이러한 종류의 살아
있는 손가방을 애용하고 있다.

그 무렵, 이 방의 벽 안에 설치되어 있는 육변기의 정위치인 SC(7장

2)의 내부에서는 가득 찬 배로 돌아온 StSt가 평소와는 다른 작업에 종사하고 있었다. 가느다란 손가락으로 조금 전 클라라 앞에 섰을 때 입에 물었던 투명한 것을 입 안에서 끄집어냈다. 얇고 잘 늘어나는 주머니가 안에 액체를 머금은 채 슬슬 나오더니 수축되어 얼음주머니처럼 되었다. 안의 액체가 노란색으로 투명하게 보였다. 대체 이 StSt는 무엇을 하는 것일까? 그 주머니는 무엇일까?

설명하도록 하겠다. 토착야푸는 인간으로서 자라왔기 때문에 승천하여 이스 사람이 새로 소유하게 되는 경우, 야푸로서 이스 세계에서 새로운 생명을 얻었다는 사실(이른바 극락왕생이다.)을 상징하여 소유자의 오줌(이른바 감로다.)으로 세례를 베푼다. 그렇기에 리니의 축적등록에 앞서 클라라의 오줌이 필요해지게 되는 것인데, 앞서 그녀가 StSt를 사용할 때 그대로 사용하면 타인의 것과 섞여버리기에 윌리엄이 주의를 주어 격막낭(膈膜囊, 세버레이터)을 사용케 한 것이다. 이는 신축성이 좋은 고무주머니로 주머니의 아가리가 목구멍 끝을 완전히 덮으며, 주머니는 식도로 늘어진다. 마신 것 전부가 주머니 안에 담기기에 위 안의 내용물과 혼합되지 않는다. 매번 꺼내지 않고도 차례차례로 주머니를 넣어 연속사용자 전원의 액체를 격리해둘 수도 있다. 위 안이 여러 층으로 갈라지는 것이다. 얇고 늘어나기 때문에 10장을 겹쳐도[55] 식도를 막는 일은 없다. 이렇게 해서 잡티가 섞이지 않은 한 사람만의 오줌을 꺼낼 수 있는 것이다. 이 격막낭(세버레이터)은 통상 '방광(블래더)'이라고 불린다.

뒤이어 StSt는 SC 구석에서 병을 꺼내 정수(SC 안에는 그의 몸을 닦기 위한 상수도 꼭지가 있다. 17장 2)로 닦기 시작했다. 린이치로가 오늘 아침의

---

55) StSt의 위의 용량은 4방광용적(포 비사이카)이지만, 이는 요의를 참았을 때의 방광의 최대량을 표준으로 삼고 있기에 평범한 이스 사람처럼 가벼운 요의에도 바로 방출하는 경우라면 10사람이 연속해서 사용해도 전혀 문제가 없다. 참고로 평범한 사람의 1회 양은 평균 0.29ℓ다.

꿈(17장 1)에서 묘사한 생김새라고 생각하며 보았던 술병과 같은 모양이었다. 건강한 그는 평소 이런 모양의 용기와 인연이 없었지만, 그렇다고 해서 전혀 모르는 것은 아니었다. 단, 혼례식의 술이라고 착각하고 있었기에, 자신의 생각과는 너무나도 먼 곳에 있는 진상에 생각이 미치지 못했던─연상조차 할 수 없었던─ 것이다. 뚜껑이 달려 있고, 위를 향해 있는 널따란 아가리를 갖추고 있으며, 등에 손잡이가 달린 해삼 모양의 유리용기, 병상 아래에 반드시 놓여 있는 것이다. 즉, 오줌병이다. 이스 세계에서는 물론 본래의 용도로써의 요강·변기(Pisspot, Chamber-Pot, Commode)는 사라졌다(굳이 말하자면 육변기의 두부를 요강[피스포트]이라고 부르는 경우가 있다[8장 2 예8]. 그러나 요강의 형태와 본질은 남아 있다. 뒤에 여러분을 안내할 때 보시게 될 테지만, 흑노거리의 술집에서 쓰는 손잡이가 달린 커다란 술잔은 전부 이런 모양을 하고 있다.

지금 StSt가 꺼낸 것은 흑노주술집(네그타르 바)에 있는 것보다는 약간 작은 것으로 축인세례식(야푼 뱁티즘)이나 축인견신례(야푼 컨퍼메이션) 등에서 사용하는 성수병(Holy ewer)이다. 양조하여 술로 만든 것이 아니라 신이 방출한 직후의, 이른바 성수(감로)만을 담는 용기이기에 이런 이름이 붙은 것인데, 격막낭(세버레이터)을 방광(블래더)이라고 부르는 백인들은, 이 성수병(홀리 유어)도 거침없이 요강(피스포트)이라고 부른다. ─같은 형태가 백인에게는 요강을, 흑노에게는 술잔을, 야푸에게는 성수병을 각각 떠오르게 하는 것이다.

닦기를 마친 병 안으로 격막낭(세버레이터) 속의 성스러운 액체가 옮겨졌다. 작업이 끝나자 StSt는 SC 안으로 들어와 있는 흑노주도관(네그타르 파이프)의 말단인 말단기(코브라)에 몸을 댔다. 다른 신들로부터 받은 하사액(下賜液)이 위액 및 그 외의 것들과 적당히 혼합되어 초기 발효를 시작하며 도관(파이프) 속으로 흘러 들어갔다.

6. 남자의 바지에 관한 논의

한편, 여흥으로 즐기고 있는 각종의 축체검사도 차례차례로 진행되고 있었다. 두 다리를 수평으로 벌려서 사타구니를 바닥에 밀착시키는 고관절시험에서는 180도 만점을 받지는 못했지만 164도를 나타냈다. 훈련받지 않은 생(로)야푸의 성적으로는 훌륭한 것인 듯,

"클라라, 이거 굉장한데요. 조금만 훈련시키면 1급 곡예철자축(曲藝綴字畜, 아크로바트 스펠러)이 될 거예요."라고 폴린도 칭찬했다. (이에 대한 설명은 나중으로 보류하겠다.) 그것이 끝나자 곧 상으로 내려진 주발—이미 타쿠앙의 혼합도(17장 5)는 제로에 가까울 테지만, 그 대신 빨간크림 특유의 마성의 맛이 혀를 기쁘게 해주는 것이리라.—에 덥석 달려든 야푸를 보면서 클라라는 소유축을 칭찬받았기에 한껏 콧대가 높아졌으며, 리니에 대한 애정이 더욱 커진 것을 느꼈다. 린이치로에 대한 애정은 이미 터럭만큼도 남아 있지 않았다. 그 증거로 더러운 것을 핥아먹는 모습을 보아도 조금 전의 역겨움은 어디로 간 것인지……. 인간으로서의 동류의식이 사라졌기 때문이었다.

뒤이어 두 팔을 뒤에서 묶은 채 철봉에 걸터앉게 하고 두 허벅지를 붙여서 그것도 묶어 평형을 잃지 않고 상반신을 유지하는 시험. 10초마다 가해지는 전기바늘충격(일렉 핀 쇼크) 때문에 1분도 버티지 못하고 상반신을 휙 아래쪽으로 반회전시켜 매달려버리는 것이 보통인데, 린이치로는 잘도 버텨서 좀처럼 쓰러지지 않았다. ……그의 입장에서는 필사의 노력을 기울이고 있는 것이지만, 여흥으로 보고 있는 하얀 신들에게는 움직임이 없는 모습이 재미없게 여겨진 듯, 잡담이 시작되었다. 걸터앉은 모습을 보고 떠올린 것인지 윌리엄이 찰스에게,

"얘, 아까 원유를 간다고 했었는데, 뭘 타고 갈 거지? 말(축인마)?"

"아니요, 그건 좀……. 반인반마(센토)예요."

"말은 싫어?"

"무서워서 좀……."

"그럼 천마(페가수스)도?"

"더 무서워요……. 타고 싶은 마음이 조금도 들지 않아요. ……걸터앉는 기분은 좋아해요. 하지만 반인반마(센토)라도 그건 충분히 맛볼 수 있어요."

"글쎄, 충분할지 어떨지는 모르겠구나. 너도 더는 어린애가 아니니 한번쯤은 말을 타고……."

"하지만 남자인 걸요." 미소년은 다갈색 눈동자를 반짝이며 청년의 얼굴을 똑바로 바라보았다. "반인반마(센토)는 남자와 아이들을 위해서 만들어진 거잖아요. 우리 남성이 반인반마(센토)를 타지 않는다는 건 여왕폐하의 정책에 반하는 것 아닌가요?"

"물론 원칙은 그럴지도 모르겠지만," 오스 드레이퍼는 얼마간 당황했으나, 곧 연장자로서의 자신감을 되찾아, "승마(호스 라이딩)의 쾌락을 여자에게만 독점케 할 필요는 없어."

"괘씸한 말을 다 하시네."

옆에서 듣던 돌리스가 나무랐다. 맥 소년이 머리의 리본을 팔락이며 고개를 갸우뚱하고,

"드레이퍼 씨는 유별나요. 요즘 승마를 하는 남성이 늘었다는 말은 들었지만, 전 특별히 그럴 마음은 들지 않아요. 남자가 전부 바지를 입고 말을 타게 되어서는 여남의 구별이 문란해져서……."

"……라고 어머니께서 가르쳐주신 거겠지?"라고 미소녀가 말했다. "옳은 말이야, 찰스. 우리 여성들이 조금 더 고급이니 즐거움이 더 많은 건 당연한 일이야. 오스 드레이퍼의 위험한 사상에 물들어서는 안 돼. 이 사람은 애초에 잘못 태어난 사람이니까."

친한 사이이기에 할 수 있는 농담이라는 말투였기에 윌리엄도 쓴웃음을 지을 수밖에 없었으나, 클라라가 듣고 있다는 사실 때문에 우울해졌다. 언젠가는 알게 될 테지만, 이 연인에게만은 자신이 유별난 사람이라는 사실을 조금이라도 숨겨두고 싶었다.

소년은 신이 나서 예의 그 귀여운 보조개를 만들며,

"전, 아무래도 바지를 입고 싶다는 마음은 들지 않아요."

"어째서?"라고 윌리엄이 굳이 물었다.

"왜냐하면 그……."하며 갑자기 말끝을 흐렸다.

"당연한 일이잖아요. 바지는 여자 옷, 스커트는 남자 옷이에요. 신체구조를 봐도."

돌리스가 대신 받아서 단언했다. 다시 말을 이어서,

"승마도 마찬가지예요. 남자의 몸은 여자의 몸처럼 안장에 꼭 들어맞지 않을 거예요. 반인반마(센토)용 안장의 생김새만 봐도 알 수 있어요. 걸터앉는 건 원래 여성의 몸에 적합한 자세예요. 저 야푸가 철봉에 걸터앉을 수 있는 것도,"라며 영상반 속, 여전히 자세를 유지하고 있는 야푸를 가리키고, "거세를 한 것이 하나의 원인이라고 생각해요."

윌리엄이 반론하려 했으나, 그 순간 마침내 야푸가 몸의 균형을 잃고 반회전하여, 모아서 묶은 두 다리를 위쪽을 향해 똑바로 세웠다. 그 피부의 황색이 클라라의 망막에 새삼스럽게 각인되었다. 그리고 이번에도 그의 슬피 호소하는 소리가 들려왔다.

"살려줘! 나를 버린 거야? 클라라!"

이를 적당한 기회라 생각한 것인지 폴린이 손으로 윌리엄을 제지하며,

"자, 현장에서는 적성검사(도메스 테스트)가 끝나서 등록계원이 기다리고 있을 테니, 논의는 나중에 하고 예비우리로 가보지 않을래?"

"찬성!"

하얀 신들은 줄줄이 일어나 소마의 방에서 나왔다. 움직이는 복도(무빙 커리도어)가 그들을 천천히 목적지로 데려다주리라.

7. 이스 여권제 약설

앞서의 논의는 이스의 양성관계를 모르면 충분히 이해할 수 없을 테니 여기서 여권제(지네코크라시)의 유래와 현상을 간단히 설명하기로 하겠다.

이스의 여권제는 뻐꾸기수술법(쿡쿠 오퍼레이션)의 발명에서 시작되었다. 귀족과 평민의 모든 여성이 임신 및 출산에서 해방되었다. ―이때부터 인류의 역사는 크게 바뀌었다(14장 3).

시리우스권으로의 천도에 따른 대이주(10장 3)는 처음 남성이 주를 이루었기에, 마치 예전에 미국에서 그랬던 것처럼 희소가치 때문에 여성우선(레이디 퍼스트)의 풍습이 생겨났으며, 이는 남녀의 숫자가 균형을 이룬 25세기에 이르러서도 풍속으로 여전히 남아 있었다. 그러나 여성의 현실적 사회활동이 출산 및 수유라는 점 때문에 남성에 비해서 구속받던 동안, 여성우선은 그저 이름뿐, 실질적 의미가 있던 것은 아니었다.

그러다 뻐꾸기수술법에 의한 자궁축의 사용으로 핸디캡이 사라져버렸다. 여성의 기득권이었던 여성우선(레이디 퍼스트) 풍속이 오히려 남성의 핸디캡으로 바뀌어버렸다. 거기에 '여성의 대액(大厄)'이 해소되고 보니, 여성 쪽이 남성보다 장수하며 저항력이 강한 육체를 가지고 있다는 장점이 두드러지게 빛을 발하기 시작했다. 이렇게 해서 여성은 점차 남성을 압박해나갔다.

유포되어 있는 『우주제국사략』에 의하면 27세기에 들어서 여성 유권자 수가 남성을 추월했을 때, 단결여성당(유나이티드 우먼)이 의회의 다수를 점했으며 당수인 여경(레이디) 파커가 최초의 여성 총리로서 여성 내각을 조직했다. 이때 국왕은 레오16세였는데, 총리와 마음이 통한 공주 앤이 군대를 사주하여 갑자기 쿠데타를 일으켜서 부왕을 퇴위케 하고 오빠인 황태자를 유폐한 뒤, 스스로 왕관을 물려받아 여왕 앤1세가 되었다. 이것이 지구기원으로 환산하면 2617년에 일어난, 그 유명한 여권혁명(페미널 레볼루션)으로 이후 여왕과 의회와 내각이 하나가 되어 급속하게 남권박탈 제법을 제정했으며, 그로부터 100년쯤 동안 이스 사회는 면모를 일신하여 남성은 법률적으로 여성에게 예속되기에 이르렀다. 풍속으로서의 여존남비도 물론 더욱 철저히 강화되었다. 이와 같은 여성지배의 항구적 제도화가 행해진 시대는, 마침 앞서 이야기한 폐물재생기구(7장 2)가 성립된 시기이자, 생체가구(2장 4)가 등장한 시대이기도 하니, 여성혁명 이후 1세기 동안의 여성 활동이 이후의 이스 사회를 여전히 규정하고 있는 것이라고 말할 수 있다.

『제국헌법전』, 『제국민법전』 등에 의하면, 현재 선거권 및 그 외의 공권은 물론 소유권과 상속권 등의 사적 권한도 전부 여성에게 전속되어 있으며, 남성은 권리를 향유할 자격도 능력도 없고, 늘 여성의 보호감독 아래에 있어야만 한다. 즉, 미혼인 경우에는 어머니(어머니가 없으면 누나나 여동생이나 숙모)의 감독 아래에 있어야 하며, 결혼 후는 아내의 보호를 받아야 한다. 나이 들어서는 딸에게 종속된다. 결혼을 해서 아내의 집으로 들어가면 아내의 성을 써야 하며, 이혼에 대해서는 아무런 결정권도 없기에 아내는 남편을 언제라도 쫓아낼 수 있다. 가정을 정돈하고 아이를 기르는 것은 아내가 아니라 남편의 의무라 여겨지고 있다.

하지만 현부양부(賢夫良父)만이 남성의 본분은 아니다. 여성이 남성에게서 빼앗은 것은 사회의 지배권, 바꿔 말하자면 행정·입법·사법·경찰·군대 등의 커다란 권력일 뿐, 문학·미술·학문·교육 등의 분야에서는 여전히 남성이 주역으로 활동하고 있으며, 이것이 여성과의 분업에 있어서 남성의 사회적 본분이다.

이에 따라서 여성의 기풍이 일반적으로 과격한 것을 좋아하고 스포츠를 애호하는 쪽으로 변해간 것은 당연한 일이었으리라. 전통적으로 여성 쪽에 존재하던 용모존중의 기풍이 쇠퇴한 것은 아니었으나, 남성 쪽이 예전의 여성처럼 복장이나 머리 모양에 골몰하게 된 것도 여권시대이기에 볼 수 있는 현상인 것이다. 남녀관계도 앞서 잠깐 말한 것처럼(5장 1) 처녀성은 문제가 되지 않으며, 동정성이 중시된다. 임신과 출산을 숙명으로 여기지 않게 된 여성은, 점차 남성을 단순한 생활의 수단으로 보는 경향이 강해져서 부유한 여성이 남자 첩을 두는 일이 상당히 많아졌다.

여권제(지네코크라시) 성립 후에 보인 인류(우먼카인드)의 경이적 발전 실적은, 여성이야말로 참된 지도자라고 단언했던 전사시대의 현자 모리스 토에스카의 예언이 정확한 것이었다는 사실을 증명하는 것이리라.

덧붙여서 노예의 종속에 따른 양성관계를 잠시 살펴보겠다.

흑노의 여성(피메일)—여성(＝인간, 우먼)이라는 말을 피하기 위해 흑노에 대해서는 흑비(黑婢, 네그레스)라고 부르는 것이 정식 명칭이지만—은, 물론 뻐꾸기수술법(쿡쿠 오퍼레이션)의 혜택을 받을 수 없다. 그렇기에 흑노사회는 여권혁명을 경유하지 않았다. 흑노 인구의 대다수는 가축성(캐틀리안)[56]에 존재하는데, 그 가족형태는 부권적 소가족제로 20세기 사람에게는 이해하기 쉬우리라.

따라서 가축성의 흑노사회(물론 인구는 많으나, 몇 개의 가족에 의한 작은 부족 형성 이상의 사회조직은 거의 없지만)에서 여자는 현모양처를 이상으로 삼고 있으며, 사회적 진출은 천박하게 여겨지고, 다산을 자랑으로

---

[56] 이스령 내의 각 유성은 천국성(파라다이스, 백인거주성[화이트 플래닛]), 가축성(캐틀리안, 흑노거주성[블랙 플래닛]), Y유성(옐로우 플래닛, 축인사육성[야푸널 팜])의 3개로 대별된다. Y유성의 예는 앞서 나왔던 바우성(8장 2 예4주), 베로성(8장 2 예21주), 소인도(릴리퍼트, 10장 3의 주), 여호도(아마존, 14장 3), 타이탄성(16장 3) 등. 가축성(家畜星)이라는 이름은 총칭이며, 우성(牛星)과 돈성(豚星)으로 나뉘는데 그 별 위에서 사는 모든 흑노들이 백인의 식용고기를 생산하기 위해 가정에서 소의 사육이나 돼지의 사육을 겸하고 있기에 이렇게 부른다. 이러한 관계는 후에 자세히 이야기하겠다. (19장 3)

여긴다. 이는 흑비를 흑노의 생산수단으로 최대한(풀) 활용하려는 백인의 정책에서 온 것이다(흑비 자신들은 물론 그렇게 생각하고 있지 않지만). 이 정책에 해당되지 않는 결혼 전 흑비의 취직이 반드시 금지되어 있는 것은 아니나, 그러한 경우에라도 간호부나 조수 등처럼 흑노의 보조적 직무 이상의 자리에는 오를 수 없으며, 또 직접적인 상사는 반드시 흑노로만 한정되고, 하인족(서번트)으로 백인에게 직속되는 일은 없다[57]. ─흑비는 백인의 눈에 흑노생산도구에 지나지 않지만, 반인간으로서의 의식을 향수할 수 있다는 점에서 보자면 후에 소개할 암컷 야푸─순수한 생산기계가 되어버린─에 비해서는 한없이 행복한 존재다.

그렇다면 6명의 백인들보다 한 걸음 앞서 예비우리에 가보기로 하자. 진짜 린이치로는 어떻게 되었을까?

---

57) 흑비는 생리일이 있는 관계로 흑노보다 부리는 쪽에 불편함이 있기에 백인은 흑노 쪽을 선택한다. 백인여성도 흑노에게는 수치심을 느끼지 않기에 몸종은 흑노면 충분하며, 흑비를 몸종으로 둘 필요는 없다.

제22장 축적등록

1. 광막을 사이에 두고

예비우리의 중앙에서는—.

금속 바닥에 털썩 책상다리를 하고 앉은 린이치로가 마침내 고문—육체검사를 그는 이렇게 생각했다.—에서 해방되어 긴장이 풀린 상태로 잠시 쉬고 있었다. 담배를 피우고 싶다는 욕구가, 어제까지는 운동 후면 반드시 맹렬하게 불타올랐으나, 지금은 그 기분이 공복감에서 오는 빨간크림에 대한 식욕에 흡수되어 있었다. 몇 그릇이고 핥았던 빨간크림의 맛이 (그 자신은 알지 못하는 타쿠앙 혼합도의 감소 때문에) 조금씩 변해가고 있다는 사실은 깨닫고 있었으나, 처음 맛보았을 무렵의 몸이 녹을 정도의 맛과는 다른 독특한 맛과 냄새가, 이번에는 혀와 코를 완전히 사로잡고 있었다. 그는 자신도 모르는 사이에—마치 담배의 맛을 알게 되고, 아편에 중독되는 것과 마찬가지로— 빨간크림 계열의 과자류(17장 5)에 대한 기호를 주입받게 된 것이었다.

몸을 그토록 혹사시켰음에도 불구하고 피로감은 거의 없었다. 크림에 섞인 비타민Y의 효과로 근육 내의 피로소가 전부 분해되었기 때문이나, 린이치로는 그것도 크림의 효능이라고 생각했기에, 이 미지의 세계의 의학력에 놀라지 않을 수 없었다.

그의 몸은 적당한 연습(트레이닝)을 한 후처럼 완벽한 컨디션 아래에 있었으나 그와는 반대로 마음은 공허했다. 고문을 받는 동안 그 이름을 불렀던 연인이 끝내 나타나지 않았다는 실망감이 가슴에 커다란 구멍을 뚫어버린 것이었다. 두 무릎을 세워 팔로 끌어안고 예의 반지를 한 손에 쥔 채,

'클라라는 와주지 않는 걸까? 틀림없이 이 궁전의 어딘가에 있을 텐데 ……. 그게 아니라면 그녀가 죽지 않은 것처럼 했던 그 말이 거짓말……. 아니, 그럴 리 없어. 클라라는 반드시 살아 있어! 반드시 와줄 거야! ……이번에 만나면 무슨 일이 있어도 반항하지 않을 거야. 어제의 일을 사과하자. 두 번 다시 난폭한 행동은 하지 않겠다고 맹세하자. 용서해주겠다는 한마디를 얻을 때까지는 무슨 짓이든 하자. 이 지옥 같은 우리에서 벗어날 길은 오직 하나, 내가 야푸가 아니라는 사실을 알고 있는 클라라에게 의지하는 길밖에 없어. ……그런데 대체 왜 와주지 않는 걸까? 나의 이런 상태를 모르는 걸까? 알고는 있지만 상황이 좋지 않아서 오지 못하는 걸까? 그것도 아니라면 일부러 오지 않을 정도로 화가 난 걸까? 또 그것도 아니라면 잊어버린 걸까? 있을 수 없는 일이지만……. 아아, 그런데 너는 어제 대체 왜 그 원반 안으로 들어갈 마음이 들었던 거지? 이렇게 돌이킬 수 없는 일이 벌어져…….'

그가 이런저런 생각에 빠져 있을 무렵, 위층에서 생축사로 안내하는 움직이는 복도(무빙 커리도어)—경사면에서는 에스컬레이터, 평면에서는 동로가 되도록 설치한 귀족 전용 복도— 위에서는 클라라가 폴린으로부터 예비우리의 구조와 축적등록의 순서 등에 관한 설명을 듣고 있었다.

"……아시겠죠? 그렇게 해서 세례(뱁티즘)가 끝나고 나면 그 다음은 등록카드에 기입한 뒤, 번호가 부여될 거예요. 그 기입은 담당계원이 전부 해줘요. 당신은 묻는 것에 대답하고 마지막으로 서명만 하면……."

"네……."

"그러고 나면 번호가 새겨진 감찰(鑑札)을 줄 거예요. 이건 당신이 스스로 야푸의 목줄에 달아주지 않으면 안 돼요. 권리선언의 채찍(데클레어링 러시)이라고 해서 3대를 때리면 당신의 소유권이 정식으로 공증―우리가 증인이 되어서 말이죠.―되는데, 그 전에 감찰을 달아두지 않으면 안 돼요. 우리는 편시광막 밖에 있어야 하고, 당신 혼자 안으로 들어가서 목줄에 서명해야 돼요."

"목줄을 하고 있나요, 벌써?"

"아니요, 그건 말이죠, 우리의 목줄용 금속구가 잠기면 목줄이 돼요. 그 목줄에 목을 넣게 하기 위해서는 먹이를 주기만 하면 돼요."

"먹이? 그 크림?"

"맞아요, 조금 전에 꽤나 핥게 한 듯하니 이번에는 타쿠앙 영(제로)으로 해보세요."

"그걸로 하인(서번트)들도 알게 되는 거죠?"라고 약간 불안한 듯.

"목줄에 소유자 이름과 가축의 이름을 기입해요. 전기소필(브랜딩 펜)을 쓰는데, 직접 하는 건 아니고, 금속구가 목줄이 되기 전까지는 아파하지 않으니……."

"아파하다니……?"

"간접전락기법(인디렉트 브랜드)이라고 해서 말이죠, 목줄 바깥쪽에 쓴 내용이, 나중에 목에 두르고 나면 피부 쪽에 낙인찍혀요. 그때는 괴로워해요."

"어머, 피부에 지지는 건가요……."

클라라는 깜짝 놀랐으나, 폴린은 아무렇지도 않게 이야기를 이어나갔다.

"맞아요. 그런 다음 감찰을 단 뒤, 바닥으로 내려서 한쪽 발을 목덜미에 올려놓고 채찍으로 3번 때려요. 한 번 때릴 때마다 말해야 하는 문구가 있어요."

응, 응 하고 고개를 끄덕이며 듣는 동안 움직이는 복도가 생축사로 일행

6명을 데리고 왔다.

'예비우리'라는 표시가 있는 방의 문이 열렸다.

모두가 줄줄이 들어갔다. 중앙에 있는 우리 주위를 편시광막이 감싸고 있다는 사실은 클라라도 알고 있었으나, 들어가서 조금 전까지 축소입체형으로 보았던 그 우리와, 그 안에서 양 무릎을 끌어안고 있는 남자의 모습을 본 순간, 그가 휙 얼굴을 들었고 그 시선이 그녀 쪽으로 쏟아졌을 때에는, 자신도 모르게 그가 자신이 들어온 것을 알고 이쪽을 본 것 아닐까 하는 착각이 들었다.

린이치로에게는 완전히 우연이었다. 그는 밝게 흔들리는 빛의 벽 너머에서 무슨 일이 일어나고 있는지, 볼 수도 들을 수도 없었다. 단, 오관을 넘어선 본능적 예감이 그에게 무슨 일이 일어났다고 알려준 것일지도 모르겠다. 기다리고 기다리던 구주 클라라가 거기에 서 있다는 사실도 모른 채, 광막을 사이에 두고 이쪽을 보고 있는 그. 널따란 이마 아래의 검은 눈동자는 고난에도 굴하지 않고 반짝이고 있었다.

건강 그 자체인 듯한 근육의 당당함, 깎지 않은 수염이 자라 있기는 했으나 굳게 다문 입가의 냉엄함, 어제까지의 그녀였다면 이 사내다움으로 넘쳐나는 용모에, 인종을 넘어서 마음이 끌렸을 것임에 틀림없었다. ―그러나 지금 상대방은 알지 못하게 시선을 마주하고 있는 클라라의 눈에는 동물원에서 동물을 관찰하는 사람이 내보이는 것과 같은 호기심만이 노골적으로 드러나 있을 뿐이었다.

2. 물물교환 거래

"클라라, 어때요? 양보해주실래요?"

갑작스러운 돌리스의 목소리였다. 눈은 벽 위의 가축적성검사(도메스 테스트) 결과성능표의 숫자를 분주히 살피고 있었다.

"글쎄요."

건성으로 대답하며 클라라는 그 표를 멍하니 바라보았다. 약자와 숫자로 된 간결한 표시였기에 자세히는 이해할 수 없었으나, 돌리스가 IQ147이라는 곳을 가리키며,

"지능지수(인텔리젠스 쿼션트) 147이라. 조금만 더 좋았다면 독심가구 (텔레파스)가 될 수 있었을 텐데."라고 안타깝다는 듯 말한 것에 반대해서,

"아니, 애정지수(러브 쿼션트) 108, 모주성(慕主性, 로열티) 계수 정(플러스)5잖아. 이 계수(커웨피션트)는 굉장히 높은 거야. 이런 녀석들은 주인 이외의 사람에 대해서는 독심능(텔레파시)이 뚝 떨어져. 147이면 클라라 양에 한해서는 어쩌면 독심능화 가능할지도 몰라. 표준치인 150보다 낮아도 모주성(로열티)으로 커버하면. 하지만 실패할 가능성도 있고……."라며 세실이 그 아래에 있는 AQ108, LC5라고 적힌 숫자를 손가락으로 가리키는 것을 보고 다시,

"수치도(1차)는 부(마이너스)7로 줄었지만, 자존도(1차)는 부(마이너스)8, 비판도(1차)는 부(마이너스)9로 가득하고, 복종도 1.5, 비굴도 0.5는 조교 전의 수치라고는 해도 매우 낮아. 조교훈련의 즐거움에는 이처럼 축화도 (畜化度)가 낮은 게 중요해. 클라라, 이건 굉장한 행운이에요."라고 한 폴린의 말이나,

"게다가 덕목지수가 용감도, 인내도 이하 대부분이 만점이고, 육체제원은 아까 본 것처럼 훌륭하고, 여기 종합치가 이렇게 132입니다. 이건……."이라는 윌리엄의 설명 등을 듣고 표를 읽는 법과 내용을 점점 이해할 수 있게 되었다.

세실이 목소리를 낮추어 중얼거렸다.

"이건 절대로 남에게 넘겨주어서는 안 돼요. 이 모주성(로열티) 계수만 해도 굉장한 수치예요. 그 수중자전거(워터 바이시클. 카파인 퓨를 말한다.)

를 갖고 싶다면 이 녀석의 구슬(볼)과 바꾸면 될 거예요.”

구슬(볼)이라는 말의 의미를 알 수 없었기에 물어보려 한 순간, 돌리스가 조금 전의 질문을 다시 되풀이했다.

“클라라, 양보해줄래요?”

클라라는 우리 쪽으로 눈을 가져갔다. 우리 속에서는 고개를 숙인 린이치로가 무엇을 생각하고 있는 것인지—이쪽의 이야기 소리가 들릴 리는 없다.—울고 있었다.

눈물이 바닥을 적시는 모습을 보고 있자니, 그녀의 뇌리 속으로 어제 원반정 안에서 그의 눈물이 자신의 부츠를 씻겨주던 때의 광경이 되살아났다 (7장 1). 그리고 그 직전에 그녀가 그의 귓가에 대고 속삭였던 말도.

‘……그것이 애정의 시금석이라고 한다면 그 시련을 받아보기로 해요. 린, 전 약속할 수 있어요. 당신을 언제까지고 사랑하겠다고. 저희 둘은 헤어지지 않을 거예요.’

거의 반사적으로 그녀는 돌리스를 돌아보며 확답을 해주었다.

“아니요, 전 양보하지 않을 거예요. 양보할 수 없어요.”

적성검사 결과의 뛰어남이 그녀의 마음을 부정 쪽으로 힘껏 잡아당긴 것도 부정할 수 없는 사실이기는 하나, 이때 그녀로 하여금 단호히 거절하게 만든 것은 그녀가 떠올린 그 약속의 말을 중히 여겨한다는 의식이었다. —만약 린이치로가 이 사실을 알았다면 크게 감사해야 했을 것이며, 또 틀림없이 감사했을 것이다.

‘쓸데없는 약속을 했어. 바보였어, 난.’이라고 후회하는 듯한 감정에 한순간 휩싸이기는 했으나, 다시 한 번 생각해보니, ‘시련을 받아보기로 해요.’라고 말하기는 했지만, ‘시련을 견뎌보이겠다.’고 말한 것은 아니었다. ‘두 사람은 언제까지고 함께’라고 말하기는 했지만, ‘남편으로 삼겠다.’고 약속한 것은 아니었다. 애인으로서가 아니라 애완동물로라도 그렇게 한다면,

'사랑하겠다'는 말에 거짓은 없을 터였다.

'리니, 난 맹세를 어기거나 하지는 않을 거야. 돌리스 양의 부탁은 거절했어. 나는 너를 내 손안에 두고 사랑해주겠어, 야푸로서…….'

"자, 조금 전에 퓨, 그 수중자전거(워터 바이시클)를 갖고 싶다고 했던 말, 그건 취소하는 거죠?"

돌리스가 도발하듯 말했다.

"…………."

"거기에 개인 뉴마도 덧붙일 거예요."

돌리스가 물고 늘어졌다. 그러자,

"하지만 퓨와 뉴마로 이 야푸와 바꾸자는 건 뭔가 좀 부족한 거 같은데, 공평하게 봐서." 세실이 옆에서 거들었다.

"클라라 양은 방랑 중에 우리가 편달용(鞭撻用)으로 기르는 것과는 또 다른 애정으로 녀석을 기른 듯하니까."하고 두 여성 사이의 앞선 교섭은 알지도 못하면서 윌리엄이 클라라에게 의미 있는 윙크를 하며 세실에게 동조하고, "그런 애완물(펫)을 받는 것은 그만두고 씨앗(자먼)을 받는 건 어때? 결투사(글라디아토르)가 필요할 뿐이라면 그것만으로도 충분하잖아."

"음, 하지만 전, 독점하고 싶어요. 그런 유형의 결투사를."하며 돌리스는 집요했으나 세실로부터,

"그럼 구슬(볼)을 전부 받으면 되잖아……."라는 충고를 듣더니,

"그도 그렇군. 2개를 전부 받으면 씨앗은 독점할 수 있어."라고 순순히 고개를 끄덕이고 클라라에게,

"어때요? 구슬하고 퓨하고 물물교환 하는 건? 대용품이니 개는 덧붙이지 않을 거예요."

"야푸 자체는 포기하고 척출고환(커트 볼즈)으로 만족하겠다는 거예요."

폴린이 해설적으로 말을 덧붙였다. "구슬(볼)과 카파의 교환거래라고 할 수 있겠네요."

"그, 리니의 몸에서 떼어낸 것을?"

"맞아요. 구슬은 지금 거세안장(캐스트 새들)이 가지고 있어요. 하나는 축적등록번호를 더해서 금고에 보존하고, 다른 하나는 요리에 쓰는 게 일반적이기는 하지만……"(15장 3·5)

"그걸 2개 다 갖고 싶어요."라고 돌리스가 언니의 말을 이어받아서 말했다.

지금부터 린이치로를 거세하는 것이라면 클라라도 조금 더 망설였을지 모르겠지만, 거세가 이미 끝나버린 지금, 그녀는 아무런 망설임도 느끼지 못했다. 그 거꾸로 매달린 가엾은 놈의, '살려주세요.'라는 탄원이 아직도 귓가에 남아 있었다. '내게는 필요치 않은─이라고 클라라는 이때 그렇게 생각했다. ─ 리니의 거세 고환으로 값을 치를 수 있다면 손해볼 것 없잖아.'

"제게 이견은 없어요."

"그럼, 이걸로 OK죠?" 돌리스도 만족한 듯 말했다. "퓨의 등록명의 변경은 언제든 원하실 때 말씀하세요. 서두를 건 없지만요."

이렇게 해서 클라라는, 단지 퓨의 목숨을 구하기 위해서라는 이유만으로 일단은 손에서 놓으려 했던 리니를 자신의 소유로 확보했을 뿐만 아니라, 퓨의 목숨까지도 구하고, 거기에 자신의 종축[58]으로 삼는 일에도 성공을 거두었다.

3. 신축등록

"아, 중요한 일을 잊고 있었네. 클라라 양에게 설명하는 데 정신이 팔려서

---

58) 從畜(팬티). 이동성과 개체성 모두가 없는 가구나 건축재료화한 야푸에 대해서, 개체성이 있는 야푸계열 동물을 개축(個畜)이라고 하며, 이를 다시 작업을 주로 하는 역축(役畜)과 주인의 신변을 보살피는 종축으로 나눈다. 종축을 Pantie(팬티)라고 부르는 것은 드로어즈처럼 가까이에 두고 내밀한 일을 시킬 수 있기 때문이다.

중요한 세례의 액체 받아두기를…….”

폴린이 갑자기 당황한 듯 말했다. 맥 소년이 이상하다는 듯한 얼굴을 했다. 윌리엄이 눈짓을 하며 조그만 목소리로,

“걱정할 것 없습니다. 조금 전에 소마의 방에서 마침 생각이 났기에 방광(블래더)을 쓰게 했으니. 조금 늦을 테지만 여기로 가져올 거예요.” (21장 4·5)

“아아, 다행이다.”라고 이 집의 여주인이 마음을 놓으며 말했다.

“그럼, 우리는 외출이 예정되어 있어서 좀 바쁘니 세례가 늦어진다면, 그 전에 등록을 해두기로 해요. ……어때요, 클라라? 그래도 괜찮겠죠?”

“네, 상관없어요.”

모든 일을 위임하고 있던 클라라는 폴린과 윌리엄의 말이 어떤 내용인지 전부는 이해할 수 없었지만, 맥 소년이라는 손님도 있었기에 크게 거슬리지 않을 대답을 해두었다.

“자 그럼, 등록을 먼저…….”

폴린이 지금까지 한쪽 구석에서 대기하고 있던 등록담당자를 손짓으로 불렀다. 앞으로 나선 것은 30대의 백인여성이었다. 적성검사처럼 학문적인 사항이 아닌 사무적이고 행정적인 방면의 일은 전부 여성이 담당하고 있는 것이다. 물론 평민이었다. 귀족과는 달리 평민은 모두 직업을 가지고 있다. 그녀는 제인 클레이라고 해서 축인부 축적국 지구분실 유럽지국 등록과에서 과장대리로 근무하고 있는 숙련자였다. 조금 전에 분류과의 코란 박사와 교대하여 이 집안 사람들이 오기를 기다리는 동안―등록과로 직접 가는 대신 담당자를 불러들일 수 있는 잔센 후작 일족 같은 대귀족에 대해서, 그녀가 재촉하는 것은 용납되지 않기에― 준비를 전부 마치고, 이제는 등록자 본인에 관한 사항만 남아 있을 뿐이었다.

작은마님으로부터, “이 분이야.”라고 소개를 받아 클라라 앞으로 온 제인이

가방에서 카드를 꺼내 옆의 책상에 놓고, 이번에는 상의의 옷자락 안, 허리띠의 오른쪽에 매달려 있는 양갱 모양의 길고 가느다란 통을 떼어 안에서 왜인(피그미) 한 마리를 집어내 그것을 그 카드 위에 가만히 놓자, 클라라에게 정중하게 인사를 하고,

"여왕폐하의 이름으로 등록하기에 앞서 두어 가지 질문을 하겠습니다. 당신의 성함은?"

"클라라 코트윅."

클라라는 앞서 미리 이야기를 해둔 이름을 댔다. 책상 위에서 무엇인가가 움직이는 것이 시야 끝에 들어왔기에 눈을 돌려보니 왜인이 스틱 같은 봉을 들고 카드 표면을 봉 끝으로 문지르며 달리고 있었다. 어떤 장치가 되어 있는 것인지, 봉이 닿으며 지난 뒤에 치치치 하고 깔끔한 글자가 새겨졌다. 이미 CLARA COT라고 적혀 있었으며, WICK이라고 쓰기를 마쳐가는 참이었다.

이는 책상왜인(데스크 피그미)의 일종으로 활동필(리빙 펜, 살아 있는 펜)이라는 살아 있는 문방구다. 들고 있는 것은 왜인용 사자봉(寫字棒, 타이프 라이터)이다. 예전의 구술필기기처럼 부피가 크지도 않고, 또 아무리 빨리 말해도 따라갈 수 있으며, 서체도 마음대로 바꿀 수 있는 편리한 것이다. 부피가 작다고는 했지만 만년필처럼 작은 것은 아니었기에 누구나 몸에 지니고 다니는 것은 아니었으나, 제인 같은 서기사무 관계자는 반드시 한 마리씩 휴대용 필통에 넣어, 옛날의 전통처럼 허리에 차고 다닌다.

"이 야푸를 포획한 것은?"

"1956호 구면으로, 부활제 일주일 뒤."

약혼반지를 교환한 그 무도회(17장 2)—올해는 그것이 그녀의 생일이기도 했는데—를 순간적으로 떠올리며 클라라가 대답했다.

'영원히 당신의 소유, 라고 린이 맹세한 날이, 내가 그를 포획한 날이야.'

활동필(리빙 펜)이 봉을 끌듯이 하며 카드 위를 달렸다.

"당신의 소유권은 완전합니까?"

'그는 나 외의 여자는 전혀 몰랐을 거야.'

"예스."

"앞으로 여기에 이의를 제기할 사람이 없다는 사실을 맹세하실 수 있습니까?"

"예스."

"이것의 사육에 관한 모든 책임—사육의 권리는 또한 사육상의 의무를 수반하니—을 지실 수 있으십니까?"

"예스."

"이것의 이름을 무엇이라 하시겠습니까?"

"리니."

"됐습니다. 그럼, 서명(사인)하시기 바랍니다. 카드 대신 등록필 감찰을 건네드릴 테니……."

서명용 펜은 볼펜과 비슷했으나, 평범한 펜촉은 아니었으며 부드럽게 써졌다. 서명란 외에는 아름다운 활자로 인쇄한 것처럼 모든 내용이 적혀 있었다. 신장, 체중, 체온, 맥박 등(어제 피부가마[스킨 오븐] 속에서 계측한 것이다.)에서부터 시작하여, 조금 전 벽 위에서 보았던 성능표의 모든 수치까지 전부 기록되어 있었다.

클라라는 추정연령이라는 난에 지구 나이 23년 2개월이라고 적혀 있다는 사실에 놀랐다. 린이치로의 생일을 알고 있는 그녀가 계산을 해보니 정확히 23년 2개월이었다. 추정이라고 적혀 있으며, 생년월일에 대한 기재는 없으니 그 자신에게서 들은 것이 아니라 육체검사 결과를 통해서 산출해낸 것일 테지만, 놀라울 정도로 정확했다.

그러나 이 상세한 카드 어디에도 '세베 린이치로'라는 표시는 없었다.

TEⅢN·241267이라는 번호(넘버)와 RINI(C·C)라는 이름(네임)만이 이 야푸의 개체 식별을 위한 정식표시로 카드의 오른쪽 위에 적혀 있을 뿐이었다. 그것뿐이었다. 세베 린이치로라는, 인간 냄새가 나는 이름은 영원히 불필요해 진 것이었다.

'RINI(C·C)라는 건 틀림없이 클라라 코트윅의 소유인 리니라는 의미일 테지만, 번호의 숫자 앞에 있는 TEⅢN이라는 건 대체 뭘까?'

카드를 돌려주자 등록담당녀인 클레이가 빠릿빠릿한 동작으로 번호가 새겨져 있는 금화 모양의 물건을 대신 건네주며,

"여왕폐하의 이름으로 축적국 지구지국 유럽분실 제3특별구 등록번호 241,267호 토착야푸의 포획을 등록했습니다."

TEⅢN이라는 것은 지구지국(Terra) 유럽분실(Europe) 제3특별구(Ⅲ) 등록 토착야푸(native yapoo)라는 의미였던 것이다. 제3특별구란, 최근 들어 시실리 섬을 포함한 이탈리아 남부 방면에 별장이 증가한 이후 특설된 출장소의 관할구였다. 몇 년 동안에 24만이라는 숫자는, 생야푸의 숫자를 고려해본다면 매우 적은 듯하지만, 별장을 이용할 수 있는 계급에 속하는 한정된 숫자의 사람들이 채찍의 즐거움을 위해 야푼 제도에서 포획해온 숫자만을 의미하는 것이니 반드시 적은 숫자라고만도 할 수는 없으리라. 린이치로는 그 가운데 241,267번째의 한 마리로 받아들여진 것이다. 20세기 지구에서는 하나의 독립된 인격으로ㅡ한 사람의 생명은 전 지구보다 무겁다 고 여겨지는 그 존귀한 한 사람의 인간으로ㅡ 활보하던 세베 린이치로가 이스 세계에서는 축적에 들어가버린 것이었다. 마음과 몸 모두 한 여성의 소유가 되어버리는ㅡ그를 사육할 권리와 의무 모두 그녀에게만 속하는ㅡ 한 마리의 동물, 토착야푸·TEⅢN 몇 호로 추락해버린 것이다. 20세기 세계, 그의 본국에 있는 호적부에서 실종에 의해 그의 이름이 말소되는 것은 아직 훨씬 뒤의 일일 테지만, 그의 실체는 실제로 40세기 지구에

있으며, 축적부에 등록되어버렸다. 그 자신은 아직 아무것도 모르지만, 그는 이미 세베 린이치로라고 불릴 가치가 사라져버린 축생이 되어버린 것이었다. (앞으로의 기술에서도 계속해서 린이치로라는 이름을 쓸 것이다. 그러나 독자 여러분은 그것을 단지 TEⅢN·241267호라는 긴 이름을 피하기 위해 동일한 개체에 부여한 기호로만 이해하셔야 하며, 절대 인격의 표시로 이해하시는 일은 없기 바란다.)

4. 인축(人畜) 대면

"그럼, 권리선언을 하십시오."

등록담당 여자가 공손하게 말했다. 모든 일이 오는 도중에 들은 순서대로였다. 지금부터 혼자서 광막 내부로 들어가 형식에 따라서 의식을 진행해야 한다. 겁을 먹어서는 안 돼.

"야푸에게 크림을. 타쿠앙 영(제로)으로."

클라라가 아주 익숙한 일이라도 되는 양, 방의 구석에서 대기하고 있던 흑노 B2호에게 명령했다.

"예, 알겠습니다."

린이치로—혹은 TEⅢN·241267호—가 조금 전에 울고 있었던 것은 고향에 계신 부모님을 떠올렸기 때문이었다. 유럽으로 건너갈 때 하네다 공항에서 환송을 해준 친구들 뒤에서 어머니와 여동생이 손수건을 눈에 대고 있던 모습이 눈가에 떠올랐다. 기쁨에 흘리는 눈물인 줄 알았는데, 뭔가 불길한 예감이 들었던 것일까? 아버지를 닮은 자신과는 달리 어머니를 닮아 미모를 지닌 여동생 유리에는 지금 어떻게 지내고 있을까? 오누이 둘뿐으로 사이도 좋았다. 올해로 19세. 완전히 변해버린 이 오빠의 모습을 보면 뭐라고 할지…….

그때 예의 주발이 움직이기 시작했다는 사실을 깨달았기에 그의 상념은 바로 중단되어버리고 말았다. 그리고 그 대신 맹렬한 식욕이 전신을 점령했다. 오랫동안 담배를 피우지 못한 애연가가, 담배 한 개비가 나뒹굴고 있는 것을 보면 순간 이런 전신적인 감정을 경험하게 되리라. 바닥에 엎드려 아래쪽의 구멍으로 얼굴을 내민 동작이 얼마나 재빨랐는지. 클라라는 같이 있던 사람들과 함께 실소를 금치 못했으며, 잔반양동이를 든 돼지사육사 쪽으로 코를 울리며 달려가는 돼지가 떠올랐기에 경멸스럽다는 생각이 들었다.

"얼굴을 내밀면 끝장이라는 사실도 모른 채 아주 씩씩하군."하고 세실이 말하자,

"정말 천박하네요."라고, 이건 소년 찰스.

"축생은 다 그래. 식욕만이 전부야."

광막 너머에 있는 사람들의 웃음소리와 이야기소리는 강력공기막(슈퍼에어 커튼)의 소음장치에 막혀 도달하지 않았고, 아무것도 모르는 린이치로는 전신으로 식욕을 느끼며 기다리고 있었다. 주발이 돌아왔다. 바로 혀를 내밀고 싶었으나 필사적으로 참았다. 허가 없이 핥으면 전기충격이 있을 터였다. 가축화의 첫걸음으로 조금 전에 한껏 교육을 받은 일은 잊을 수 없는 것이었다.

"됐어!"

조금 전과는 다른 여자의 목소리가 귀에 익은 듯했기에, '응?'하며 순간 동작을 멈추게 하는 것이 있었다. 하지만 클라라와 일본어를 연결 짓는다는 것은 너무나도 뜻밖의 일이었고, 핥고 싶다는 집념 때문에 다음 순간 그는 더 이상 아무것도 생각하지 않고 정신없이 혀를 움직였다. '그리움과 배고픔과 추위를 비교하자면, 부끄럽지만 배고픔이 먼저.'라는 말 그대로였다. 핥기 시작한 순간 U자를 뒤집어 놓은 것 같은 금속구가 내려와 목덜미를 눌렀으나 매번 그랬기에 괴롭지는 않았다.

낼름낼름낼름.

반쯤 먹었을 때였다.

주발을 덮듯이 하고 있던 그의 시야로 사람의 모습이 비쳤기에 퍼뜩 놀라 얼굴을 든 그는 자신도 모르게, "앗!"하고 외쳤다.

클라라가 정면에서부터 이쪽으로 다가오고 있었다. 남성용 같은 상의와 바지는 녹색을 주조로 하여 무늬가 들어간 것이었는데, 남성적인 느낌 가운데서도 우아함을 느낄 수 있었다. 토퍼코트풍의 망토, 빨간 가죽 하이힐의 반부츠, 한 손에는 뭔가 만년필 같은 것을 쥐고 있었다. 얼굴은 그를 향해서 미소 짓고 있는 듯했으나…….

'클라라!'

당황하여 우리로 돌아가려 했으나 금속구가 목을 누르고 있었기에 그럴 수가 없었다. 아아, 기다리고 기다리던 그 사람과 만났는데, 이 무슨 부끄러운 자세란 말인가. 납작하게 짓눌린 개구리처럼 되어서…….

'맞아, 금속구는 주발과 연동하고 있었어(18장 2). 주발이 비면 느슨해질 거야.'

이렇게 생각했기에 다시 한 번 주발 안으로 얼굴을 들이밀고 남은 것을 서둘러 핥았다. 전속력!

클라라는 이를 삭막한 기분으로 지켜보았다. 어제까지의 애인으로 마음속

밑바닥에 남아 있던 한 줌의 애정도, 조금 전 소마의 방에서 들었던 그의 기특한 말에 감탄하여 부활하려 했던 호의도, 전부 사라져버렸다. 그가 왜 다시 주발을 핥기 시작했는지 짐작할 길조차 없었던 그녀는 암연하게,

'이런 짐승(비스트)이었던 거야, 이 녀석은. 나를 알아보고도 아직 남아 있는 더러운 먹이를 잊지 못해서 그걸 전부 핥아먹으려 하고 있어. 정말 비열한 축생이야! 돼지!'

어제, 그녀의 방에서 이루어졌던 대면은 옛 애인끼리의 재회였으나, 지금 여기서 행해진 것은 인간과 축생과의 첫 대면이라고 할 만한 것이었다.

클라라가 한 손을 들어 신호를 보냈다.

전부 핥고 나서 금속구가 느슨해지기를 기대한 순간, 반대로 금속구만 남기고 우리 사방의 쇠창살과 쇠창살 아래의 철판과 얼굴 바로 아래에 지금까지 놓여 있던 주발까지 전부가 한순간에 사라져버리고 말았기에 린이치로는 깜짝 놀랐다. 우리의 바닥—이것과 U자형 금속구만이 남아 있었다.—이 약간 높아졌다는 사실을 문득 깨달았다.

지금까지 얼굴 아래에 놓여 있던 주발이 사라졌기에 클라라의 구두 끝이 보였다. 그녀의 배 부근에 머리만을 들이밀고 있는 자세였다. 어깨부터 아래는 우리의 바닥에 엎드려 있었다. 사지는 자유로웠으나 아무리 몸부림을 쳐봐도 목에 걸린 금속구 때문에 자세를 바꿀 수가 없었다. 도마에 송곳 하나로 몸이 박혀버린 뱀장어 같은 꼴이었다.

뭔가 일말의 불안함을 느끼면서도 여전히, '틀림없이 나를 구하러 와준 거야.'라는 감사함을 담아서 린이치로가 말했다. 두 사람 사이의 용어였던 독일어로.

"정말 고마워……."

"입 다물어!"

클라라가 가축어(야푼)로 꾸짖었다. 앞에 있는 야푸보다 뒤쪽의 광막

345

너머에서 그녀의 행동을 지켜보고 있을 5명의 백인이 훨씬 더 신경 쓰였기에, 그녀는 야푸와 독일어로 대화하는 모습을 그들에게 보이고 싶지 않았다.

린이치로는 놀랐다.

'클라라가 일본어로 말했어!?'

하지만 '입 다물어.'라는 말투 속에 담겨 있던 강한 금지의 뜻은, 말하고 싶다는 그의 마음을 짓누르기에 충분한 것이었다. 한편으로는, '클라라의 기분이 상하지 않도록, 무슨 일이든 복종하자.'라고 조금 전에 결심했던 대로의 타산도 있었으나……, 뭔가 걸리는 부분이 있었다. ……그렇다, 조금 전 잠시 그녀를 보았을 때 이쪽을 바라보던 그녀의 갈색 눈동자, 옅은 웃음을 머금은 듯한 입가, 그 표정에 지금까지 한 번도 느껴보지 못했던 냉혹함이 있었던 것이다. 그것이 '입 다물어.'라는 고압적인 명령과 통하고 있다는 느낌이 들었다. ……하지만 그럼에도 그는 여전히 그녀를 구출자라고 믿고 있었다. 지푸라기라도 잡고 싶은 절망감 속에서도 유일하게 마음을 지탱해주는 신념, 그것을 버릴 수 없었던 것이다.

'클라라는 내게 화가 나 있는 거야. 어제 그런 일이 있었으니 당연한 일이지. ……하지만 결국에는 구원해줄 거야. 나의 행위를 꾸짖어 반성하게 만든 뒤 용서를 해줄 거야. ……다른 사람들의 시선도 있기에 일부러 저런 태도를……, 보이고 있는 거겠지?'

우리의 바닥이 높아졌고 클라라가 한 발 앞으로 다가왔기에 눈을 위로 치켜떠도 더 이상 그녀의 얼굴은 보이지 않았으며, 풍만한 가슴의 융기가 눈에 들어올 뿐이었다.

그 양쪽의 봉긋함이 바닥에서 내밀어진 그의 후두부에 가볍게 내밀어졌다. ……그녀의 두 손이 그의 목에 걸린 금속구 쪽으로 다가갔다.

'열쇠를 사용해서 풀어주려는 걸까!?'

갑자기 행복해졌다. 이제는 해방되어 품에 안기고, 그녀의 젖가슴에 얼굴을 묻을 수 있을 것 같다는 기분까지 들었다. ……그러나 금속구는 좀처럼 느슨해지지 않았다. 금속의 표면을 마찰하는 소리가 들렸다. 무엇인가 적고 있나?

딸깍 하는 소리에 가슴이 뛴 순간, 바닥이 급속하게 하강하기 시작했다. 생각과는 달리 금속구는 원래대로였다.

'어떻게 된 거야? 클라라! 해방시켜주지 않는 거야?'

독자 여러분은 알고 계시리라. 클라라는 간접전기소필로 금속구─나중에 이것이 목줄로 변한다.─의 가축명 난에 Rini라고 쓰고, 소유자 이름의 첫 번째 칸에 Clara Cotwick이라고 서명한 뒤, 자물쇠로 감찰을 부속시키는 등 배운 대로 행동한 것이었다. 린이치로는 사정을 몰랐기에 제 좋을 대로 헛되이 기뻐하기도 하고, 이상히 여기기도 한 것이었다.

5. 권리선언의 채찍(데클레어링 러시)

바닥이 하강했다. 내밀어진 머리가 클라라의 바지를 따라서 내려가더니, 조금 거리를 두고 벌려 서 있는 두 다리의 빨간 반부츠 사이, 얼굴이 바닥에 닿을 듯한 곳에서 멈췄다. 우리의 바닥이 방 전체 바닥의 일부로 변해버렸다. 목덜미를 금속구에 짓눌러 바닥 위에 납작하게 엎드려 있는 옛 애인의 모습을, 클라라는 내려다보았다. 꺼내든 것을 휙 90㎝로 늘리며 동시에 한 발 물러나 왼쪽 발을 뒤로 빼고 오른쪽 발을 앞으로 내밀어 몸을 낮추더니 그의 목덜미에 오른쪽 발을 얹었다. 뾰족하고 높은 굽의 끝을 목덜미에 얹고, 발바닥의 장심을 목의 금속구에 걸치고 척추 상단을 구두 앞코로 밟은 채, 오른손의 커다란 모션. 등을 비스듬히 찰싹 채찍으로 한 대 때리고 가르쳐준 그대로의 말을 외쳤다.

"이것은 나의 포획물이다. 누구 이의 있는 자 있는가?"

동시에 발 아래에서 윽 하고 울컥이는 듯한 신음소리가 들려더니, 린이치로가 오체를 파닥였기에 그 움직임이 구두 바닥을 지나 전달되었다. 그야말로 '생물'을 밟고 있다는 느낌이었다. 자유로운 두 손으로 목덜미 위를 더듬어 밟고 있는 반부츠를 찾더니 한 손으로는 뒤꿈치를 잡고, 다른 한 손으로는 발등을 두드렸다. 말을 할 수 없었기에 무엇인가 의사를 표시하려는 것인 듯했다. '항복입니다. 용서해주십시오.'라고 말하기라도 하듯 힘없는 신호였다. 몸의 한 곳밖에 구속하지 않았는데, 이 유도의 달인은 지금 완전히 무력화되어 여자의 구두 아래서 떨며 여자의 채찍에 겁을 먹어 애원을 하고 있는 것이었다. 지금까지 맛보지 못했던 황홀한 정복의 쾌감이 솟아올랐다. 생물을 지배하는 기쁨에 사로잡혔다. 상대를 연인이라고 생각하며 바라보았을 때에는 상상조차 할 수 없었던 일이었는데……

세베 린이치로는 정상적인 성애감각의 소유자였다. 그는 클라라를 한없이 사랑했으나, 그녀의 학대를 기뻐할 만한 마조히스트는 아니었다. 그랬기에 전신의 통각(痛覺)으로 그녀의 채찍을 맛봄과 동시에 분노가 솟아올라 그녀에 대한 애정을 흐리게 한 것도, 이러한 경우에 놓인 그의 심리로서는 당연한 것이었으리라. 짓밟혔을 때 그는 정신이 미쳐버릴 것 같은 격분을 느꼈다. 그럴 만도 했다. 구해주러 온 것이라고만 믿고 있던 최애의 연인이 배신을 한 것이니. '클라라는 화가 났어.'라고 느끼고는 있었으나, 설마 그녀까지가 자신을 야푸 취급할 줄은 생각지도 못했던 만큼 마음에 커다란 상처를 입었던 것이다.

그런데 그러한 정신적 고민을 잠시 날려버린 것이 채찍의 격렬한 통증이었다. 이스의 속담 가운데 날카로운 효과를 가진 것에 대한 예로, '봉의 첫 채찍'이라는 말이 있을 정도로 처음 이것을 맛본 야푸는 몸이 2개로 찢어지는 느낌을 받는다는 것도 과장은 아니었다. 봉이 몸에 닿으면 거기에 포함되어 있는 고통소(苦痛素)가 마중물이 되어 맞은 육체에서도 고통소가 발생한다. 그것을 봉의 촉매효과라고 부르는데, 다른 채찍으로는 얻을 수 없는 특징으로,

바로 그렇기에 봉채찍으로 맞는 것이 토착야푸를 두려움에 떨게 만드는 것이다. 첫 번째 채찍을 맞은 린이치로는 이성도 감정도 없는 단순한 고깃덩어리로 반응할 수밖에 없었다.

항의를 하려 해도 목덜미 위의 하이힐이 안면을 바닥에 짓눌러서 낮은 코도 찌부러질 듯했으며 입도 열 수가 없었다. 몸부림을 쳐봐도 목의 금속구로 구속되어 있기에 도마 위의 뱀장어가 꼬리를 움직이는 정도에 지나지 않았다. 뒤꿈치를 목 위에서 치우려고 손으로 잡았으나 힘을 쓸 수 있는 자세가 아니었기에 헛수고였다.

'제길!' 하며 이를 악물었을 때, 찰싹. 두 번째 채찍, 이번에는 등의 오른쪽이었다.

"이것은 나의 사육축이다. 누구도 이의는 없겠지?"

당당한 목소리가 울려퍼졌다.

또 다시 격렬한 통증이 감정을 날려버렸다. 분개고 뭐고 없었다. 그저 '살려줘!'라고 외치고 싶을 뿐. 어제 피부가마 속에서 구워질 때, 이 소리 없는 외침을 몇 번이나 발했었는지. 하지만 그때는 구조를 청할 클라라라는 대상이 있었다. 지금 그가 거기에서 벗어나고 싶어 하는 채찍을 그 당사자인 클라라가 휘두르고 있다니, 이 무슨 운명의 장난이란 말인가? 그는 누구에게 구조를 청하면 된단 말인가? 신음하고 몸부림치며 린이치로는 반항할 기백조차 잃었다.

찰싹, 세 번째 채찍은 왼쪽에.

"이것은 나의 소유물이다. 너희가 나의 증인이 되겠느냐?"

이때 어느 틈엔가 광막 안쪽으로 들어와 있던 5명이 한목소리로,

"우리가 너의 소유권에 대한 증인이 되겠다."라고 말하는 것을 들으며, 린이치로는 기절해버리고 말았다.

첫 번째 채찍, 두 번째 채찍, 채찍에 응해서 발 아래의 육체가 근육을

약동시키는 것을 구두 아래로 느끼며 기학적 쾌감을 즐기고 있던 클라라는, 구두에 엉겨 붙어 있던 두 손을 차서 뿌리치고 가만히 목덜미에서 발을 뗐다. 목덜미 위에는 하이힐 끝에 짓눌렸던 부분이 얕은 구멍으로 파여 있었다. 그것이 원래대로 돌아옴과 동시에 등에 세 줄기 채찍자국이 생겨나더니 지렁이처럼 부풀어 붉게 떠오르기 시작했다. 마치 N자 모양이 등에 그려진 것 같았다. 생체반응, 살아 있다는 증거였다. 단순한 기절이리라.

'그 혹독한 육체검사를 끝까지 견딘 강건한 몸의 소유자를 겨우 세 번의 채찍질로 실신시키다니!'

클라라는 봉의 위력에 새삼스럽게 놀랐으나, 사실 세 번의 채찍질은 그의 강건함을 나타내는 숫자로 대부분의 새로운 가축은 첫 번째에 기절하고, 상당히 강해도 2번이면 충분하다. 세 번째는 가장 우수한 편으로 지금까지 4번을 필요로 한 새로운 가축은 없었다.

등록담당인 제인 클레이가 물었다.

"이마에는 지금 그리시겠습니까?"

"문장(크레스트)? 글쎄, IQ가 147이고 LC가 정(플러스)5잖아. 어쩌면 뼈에 새길 수 있을지도 모르니 지금 피부에 그리는 건 그만둘게. 적당한 때 여기서 할게."

폴린이 옆에서 대신 대답을 해주었다. 클라라는 이마의 문장이라는 말을 듣고 어제 원반 안에서 축인견 타로의 이마에 있는 것을 본 이후 수차례 보아온 잔센 가의 문장을 떠올렸으며, 자신의 문장, 즉 백작 폰 코토비츠 가의, 방패와 창을 움켜쥔 독수리 모양의 문장을 연상하면서 자문기에게 이마의 문장에 대한 설명을 가만히 요구했다.

"축인계 동물(얍푸 애니멀)의 이마에 낙인 찍히는 문장입니다. 귀족소유의 가축에만 한합니다. 하지만 이것을 찍을지 말지는 자유이며, 양도를 예정하고 있는 것에는 낙인을 찍지 않습니다. 독심가구는 특정 사람에게 전속되기 때문에 문장이 바뀌지 않는 여성(여권제이기에 여성은 결혼을 해도 성이나 가문이 바뀌지 않는다.)의 경우는 뼈에 새깁니다. 이는 이마의 뼈에 형성층을 새기기에, 이마의 피부에 수술을 가하여 지워도 속에서부터 문장이 다시 생겨납니다. 평생 그 문장 이외의 문장은 허용되지 않는 것입니다. 그 이외에는 보통 피부에 지집니다. 이는 피부를 지질 뿐이기에 수술하여 제거할 수 있습니다. 수술의 경우, 뼈에 새긴 것은 전문기술을 요하나, 피부에 지진 것은 일반인이라도 할 수 있기 때문인지 귀족 가운데는 스스로 이마의 문장을 그리는 분들이 많은 듯하며, 전기소필에 의한 축기소채기법(브랜딩 타투)의 입문에 매우 적합하다고 알려져 있습니다."

수화기(이어폰)를 귀에 꽂고 열심히 듣고 있던 그녀 앞으로 등록담당자가 와서 섰다.

"그럼, 인증하겠습니다."라고 말한 뒤, 목소리를 높여서, "여왕폐하의 이름으로 당신을 TEⅢN·241267호의 소유권자로 공인하고, 당신이 그를 법률에 따라서 (예를 들자면 토착야푸도 미가공 생야푸의 일종으로 '축인사 양령[畜人飼養令]'에 따라서 반드시 목줄을 해야 한다, 등. 2장 2) 사육하는 것을 허가하겠습니다."

말을 마치고 나더니 말투를 바꾸어서,

"실례하겠습니다."라며 한쪽 무릎을 꿇었다.

"수고했어. 그만 물러나도록 해."

어깨에 손을 대는 인사와 함께 대답하자 클레이는 만족하고 자리에서 물러났다.

이렇게 해서 우선 등록에 의해 축생이 되어버린 린이치로는 여기서 정식으로 클라라에게 사육되는 가축이 되어버린 것이다.

6. 차이고 밟히고 채찍질 당하는 리니

토착(네이티브)야푸의 표징인 N자가 등에 그려진 채 정신을 잃고 쓰러져 있는 TEⅢN·241267호.

"클라라, 어제 원반 안에서 저의 기절을 회복시켜주었죠?"라고 폴린이 웃으며 말했다. "어제의 보답으로 제가 그 방법을 시험해볼게요."

갑자기 발을 들더니 구두 끝으로 엎드려 있는 린이치로의 옆얼굴을 찼다.

어제는 손바닥으로 뺨을 때렸지만 폴린의 손이 야푸의 뺨에 닿는다는 것은 신분이 너무나도 달라서 생각하기 어려운 일이었기에 구두로 찬 것도 당연한 일로, 새삼스레 특별한 악의를 가지고 보복적으로 한 것은 아니었다. 폴린으로서는 호의에서, 똑같은 기절에 대한 응급처치를 한 것이었다. 워낙 흑노조차 그녀의 발길질을 받으면 평생의 감격으로 삼을 정도(12장 5)이니, 비천한 야푸에게 이 발길질에 의한 처치는 두 번 다시 얻지 못할 은혜임에 틀림없었다.

뺨을 차여 머리만이 옆으로 쓰러졌기에 얼굴이 보였다. 눈을 감고, 입을 약간 벌리고, 침을 흘리고 있는 한심한 얼굴이었다. 클라라가 그 넓은 이마를 보고, 이마의 문장이 떠올라 문득 자신의 문장이 거기에 낙인찍힌 모습을 상상하며 이상한 흥분을 느낀 순간 그가 몸을 움직였다.

의식을 회복한 순간, 구두의 아픔이 아직 린이치로의 뺨에 남아 있었다. 조금 전에 채찍질을 당한 뒤였기에 그 발길질 역시 클라라라고 생각한 것도 당연한 일이었다. 등에 불이 붙은 것 같은 쑤심과 뺨의 통증, 순간적으로 울컥 치밀어올라 소리를 질렀다.

"클라라, 왜 이렇게 잔혹한 짓을 하는 거야. 두고 봐, 난……."

말이 채 끝나기도 전에 목덜미에 다시 구두가 닿아 머리를 굴리자 곧 안면이 바닥에 밀착되어 이후부터는 말을 할 수가 없었다.

"입 다물라고 아까 말한 걸 잊은 거야!"

유창한 일본어였다. 그 말투로 아름다운 눈썹을 곧추세운 그녀의 얼굴을 상상할 수 있었다.

리니가 다시 독일어로
말하려는 것을 서둘러 짓
밟아버린 클라라는, 다리
에 힘을 주어 꾹 누른 채
옆의 폴린을 향해서,

"이게 말을 하지 못하
게 했으면 하는데……."
라고 말했다. 뭔가 재갈
(갸그)을 물릴 만한 것
없느냐는 정도의 뜻이었
다.

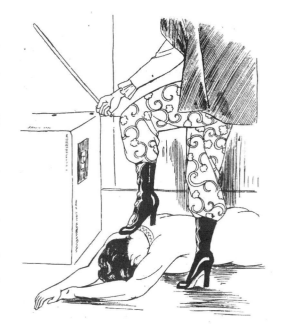

"혀의 통(실린더)을."

폴린이 한시의 틈도 주지 않고 흑노에게 명령했다. B2호가 앞으로 나와
클라라에게 경례를 하고,

"목의 칼을 떼어내고 앉힌 다음에……."라고 말했기에 그녀는 오른쪽
다리를 뒤로 뺐다. 순간 야푸가 다시 말하기 시작했다.

"클라라, 용서해줘. 어제 일은 내가 잘못했어. 사과하겠습니다. 마음을
푸십시오."

린이치로는 잘 움직이지 않는 목만을 간신히 들어─그래도 하반신밖에
보이지 않았으나─ 애원했다. 자신이 독일어를 쓰는 것이 기분을 상하게
하는 듯 여겨졌고, 일본어를 이해한다는 사실을 깨달았기에 일본어로 말했다.

사랑스러움, 그리움, 그리고 조금 전 채찍질을 당하고 난 이후의 증오심,
또 거기에 배고픔……. 여러 가지 감정이 가슴속을 오가고 있어서 하고
싶은 말은 아주 많았으나 그 가운데서도 특히 사죄를 선택한 것은, 조금

전의 고통과 분노로 자신도 모르게 그녀에게 호통을 친 순간 구둣발로 짓밟혔기에,

'화를 내서는 안 돼. 참고 우선은 사과를 해야 돼.'라고 스스로에게 말하고 필사적으로 자제를 한 결과였다. 내심 증오를 품고 있으면서도 상대방의 마음에 들 만한 말을 하는 비굴한 행동은, 린이치로의 과거에 있어서 한 번도 취한 적이 없는 행동이었다. 그것을 어쩔 수 없이 할 수밖에 없었다는 것은, 그가 한 번도 경험해본 적이 없는 약자의 위치로 떨어져버렸다는 사실을 나타내는 것이었다. 클라라의 구두를 머리 위에서 치울 수 없었을 때부터, 그의 심리상태는 새로운 국면에 접어든 것이었다. 채찍에 맞으면서도 채찍을 든 손을 핥으려 하는 개의 심리상태에 비해야 하는 것일까? 그는 더 이상 어제까지의 남성스러운 그가 아니었다.

하지만 린이치로는 아직 사태의 심각성을 깨닫지 못했다. 클라라의 행동을, 어제 자신의 폭행으로 화가 났기에 이스 사람과 하나가 되어 자신을 학대하고 있는 것이거나, 그게 아니라면 이스 사람들 사이에서 자신의 지위를 유지하기 위해 일부러 자신을 야푸 취급하고 있는 것이라고 생각했다. 스스로 야푸라는 자각을 가지고 있지 못한 린이치로는, 이스 사람이야 어찌 됐든 클라라만은 자신이 진짜 인간이라는 사실을 알아주리라 믿고 있었기에, 그녀가 지금은 그를 진짜 야푸라 믿고 있으리라고는 꿈에도 생각지 못했다.

그러나 빠른 어조로 그렇게 말했을 때, '찰싹'하고 채찍이 옆에서부터 얼굴을 때렸다.

"앗."하고 비명을 지르자 그 벌어진 입 안으로 흑노가 재빠르게 연필 정도의 봉을 밀어넣었다. 클라라의 손에서부터 늘어져 있는 채찍 끝이 얼굴 앞에서 흔들리고 있었다. '입 다물라고 했잖아. 몇 번을 말해야 알아들어!'라는 무언의 질책을 그 채찍으로부터 전해들은 듯한 느낌이었다. 린이치로는 흔들리는 채찍 끝을 바라보았다.

독일어로 이야기하고 싶지 않다는 자신의 마음을—말로 하지 않은 주인의 의향을 빠르게 눈치 채는 개처럼— 꿰뚫어보고 바로 가축어(야푼)를 사용한 마음가짐이 사랑스러워서, '이럴 줄 알았다면 재갈은 필요 없었어.'라고까지 생각한 클라라가, 자신에게 폐가 되지도 않는 그의 간절한 호소를 찰싹 하고 채찍질 한 번으로 멈추게 한 것은 어째서였을까? 그녀에게 물어봤다면 아마도, 일단 '입 다물

어.'라고 명령한 이상, 가축어가 됐든 뭐가 됐든 입을 열어서는 교육에 좋지 않으니 그 채찍질은 당연한 것이었다고 대답하리라. 그것도 틀림없는 사실이기는 하나, 만약 하의식현출기(下意識顯出機, 뒷장에서 설명)로 클라라를 살펴보았다면, 그런 표면적인 이유 속에 사실은 조금 전에 맛보았던 채찍의 기쁨, 지배의 쾌감을 다시 한 번 맛보기 원하는 마음도 있었다는 사실을 알 수 있었으리라.

린치이로가 변해가는 것과는 정반대 방향으로, 클라라도 역시 변모해가고 있었던 것이다. 그는 비굴한 가축으로, 그녀는 오만한 여주인으로…….

흑노가 고무밴드 모양의 물건을 꺼내더니 두 발목을 모아 그것을 끼웠다. 금속고무로 만든 결박고리(펙타 링)였다. 다른 하나를, 두 팔을 몸에 붙이게 한 위에 끼웠다. 그리고 그 2개의 고리를 등에서부터 발목까지 다른 하나의 금속고무 끈으로 연결한 뒤, 목의 금속구와 바닥의 접속부를 해방했다.

클라라가 조금 전의 채찍을 휘두른 지 겨우 수십 초, 눈 깜빡할 사이의 일이었다.

엎드려 있던 야푸의 몸이 갑자기 꼭두각시인형처럼 어색하고 분주한 움직임을 보이더니 다음 순간에는 바닥 위에 무릎을 꿇고 똑바로 앉아 있었다. 발목의 고리와 허리의 고리를 뒤에서 연결한 고무끈의 수축력이 이 자세를 강요한 것이다. 두 무릎을 모아 일본식으로 꿇어앉는 것을 이스에서는 축인좌(畜人坐)라고 부르는데, 이 결박고리(펙타 링)세트는 야푸에게 올바르게 앉는 법을 가르치는 데 애용되는 훈련용구 가운데 하나였다.

무릎을 꿇고 앉은 야푸의 목에는 예의 금속구가 목줄이 되어 묶여 있었다. 피부에 밀착됨과 동시에 클라라가 전기소필로 바깥쪽에 썼던 글자가 안쪽까지 침투하여 피부에 직접 쓴 것처럼 낙인찍혔다. 목줄 아래, 그녀의 서명은 이후 평생 지워지지 않았다.

제23장 축인세례의식

1. 입술조임쇠(립 파스너)

린이치로는 목 부근에서 격렬한 통증을 느꼈다. 통각의 말초신경 끝이 하나하나 불에 지져지고 있었다.

말을 하고 싶어도 조금 전 입 안에 넣은 연필 크기의 봉이 벌써 대나무통만큼 커져서 입을 한껏 벌어지게 했으며, 통 끝이 입술을 빨아들여 숨만 간신히 쉴 수 있을 뿐이었다. 이는 속칭 혀의 통(실린더)이라 불리는 도구로 혀 거세에 쓰는 것인데, 임의의 길이로 절단하고 절단면을 지혈하기에, 예후의 치료를 필요로 하지 않는 수술도구다. 정식으로는 혀절단기(텅 커터)라고 불리는데, 물론 혀인형의 혀 성형 등에도 쓰인다.

"자, 마음에 들게 자르세요."라고 폴린이 말했다. 클라라가 놀라서,

"혀를 자르라고요?"

"조금 전에 말을 하지 못하게 하고 싶다고 하셨잖아요."

"네, 하지만 잠시 동안이면 돼요. 전, 재갈(갸그)을 말한 거였어요."

"그런가요? 그럼 혀주머니(백)나 잠금쇠(클래스프)나 지퍼나……, 어느 게 좋을까?"

"그야 지퍼지."라고 세실.

"그래요. 저도 그게 좋겠어요. 지퍼가 쓰기 가장 편해요."라고 돌리스도 동조했다.

"클라라, 그렇게 할래요?"

폴린이 클라라에게 물었다. 애초부터 그녀에게 모든 것을 맡긴 클라라에게 이론이 있을 리 없었다.

모두가 지퍼라고 한 것은, 앞서 이스 여성들의 혀인형 사용풍습에 대해서 이야기할 때(5장 1) 언급한 입술조임쇠(립 파스너)를 말하는 것이다. 여자들 가운데 귀부인들은 두 입술이 폐쇄되어 있는 것을 사지만, 그것은 고가이기에 평민여성들은 입술조임쇠가 달린 것을 사용한다.

그 지퍼의 손잡이에는 지문자물쇠(핑거 로크)를 병용하는 것이 일반적이다. 어떤 사람의 어떤 손가락의 지문만이 거기에 맞는 열쇠이며, 밀랍 등으로 모양을 본떠서 만든 대용물로는 열리지 않고, 오직 살아 있는 그 손가락으로 손잡이를 잡지 않는 한 손잡이는 움직이지 않게 되어 있다. 다른 사람은 절대로 열 수 없다. 야푸 자신도 어떻게 해볼 수가 없다. 따라서 재갈의 역할도 겸하고 있다. 이 입술조임쇠(립 파스너)가 지금 린이치로의 입술에 장착되려 하고 있는 것이었다.

지퍼는, 닫으려고 하는 것의 터진 곳 양 쪽 기저부에 꿰매지 않으면 안 되나, 입술조임쇠의 경우는 꿰매는 대신 입술의 안쪽에 생체풀로 접착한다. 흑노는 어려울 것도 없는 작업이라는 듯 바닥을 적당한 높이로 올리고 입을 억지로 벌리게 한 뒤, 마치 악귀처럼 야푸의 두 입술을 뒤집었다. 윗입술 및 아랫입술과 잇몸 사이에 세메다인 같은 풀을 바르고 빠른 손놀림으로 조임쇠의 위쪽과 아래쪽을 각각 삽입했다. 익숙한 작업인 듯 빠르게 진행되었다.

그러는 사이에 클라라는 지문자물쇠의 열쇠가 되는 손잡이에 오른손의 검지를 대서 지문을 흡수시켰다. 1원짜리 크기의 알루미늄 판을 타원형으로 만든 정도의 조그만 판이었다. 손가락을 떼자 소용돌이 모양의 무늬가 새겨진 듯 남아 있었다. 흑노는 그것을 공손히 받아들더니 야푸의 오른쪽 입술

끝에서 상하 양쪽의 지
퍼를 맞추고 끼워 넣었
다.

"시험해보시기 바랍
니다."

야푸의 입 안에 넣었
던 것을 빼내고 흑노가
인사를 하며 말했다. 클
라라가 손잡이를 잡아
오른쪽으로 당겼다.

슥, 하고 지퍼 잠기는
소리가 들리더니 입을
굳게 다문 채 원통하다

는 듯한 표정을 한 야푸의 얼굴이 보였다. 왼쪽 입가 끝에 남아 있는 손잡이를
양 입술 사이의 안쪽으로 밀어넣으면, 그저 입을 다물고 있는 것처럼 보일
뿐이지만, 살짝 벌어진 양 입술 사이의 안쪽으로는 진짜 이 대신 2열로
늘어선 금속의 가느다란 이가 보였다.

폴린이 지문자물쇠에 대해서 설명하고,

"자, 지금부터는 당신이 이 손잡이를 열어주지 않는 한, 말을 하지 못할
거예요."

"달거리양갱(멘즈트루얼 스위트 젤리)이나 때사탕(스메그마 드롭)을 가
득 넣어둔 방에 지문자물쇠 지퍼를 채운 채 야푸를 넣어두면 아주 재미있어
요." 돌리스가 기학적인 눈을 반짝이며 끼어들었다. "숨이 넘어갈 듯 배가
고프고 맛있는 음식이 눈앞에 잔뜩 쌓여 있는데 한 입도 먹을 수가 없으니
미칠 지경이죠. 그걸 원사화면(텔레비전 스크린)으로 구경하며 발광하기까

지 몇 시간 걸리는지, 며칠이 걸리는지, 내기를 해요."

"더 재미있는 게 있습니다, 클라라 양(미스). 아귀용(餓鬼用) 입술조임쇠(탄타라이징 립 파스너)라고 해서 말이죠," 세실도 지지 않겠다는 듯 말했다. "탄타로스가 연못 속에 잠겨 있으면서도 물을 마시려고 하면 물이 도망가서 한 방울도 마시지 못한다는 전설이 있지 않습니까? 지퍼의 손잡이를 음식물 용기 고유의 방사파와 연동해서, 먹거나 마시기 위해 입을 가까이 가져가면 순간 자동적으로 닫히고, 입이 멀어지면 다시 열리게 하는 장치가 있습니다."

"잔혹하네요."

"……음식을 훔쳐 먹은 흑노에 대한 형벌은 아사형(餓死刑, 스타베이션)인데, 만약 그 음식이 인간(백인)의 것인 경우에는 단순한 아사형만으로는 너무 가볍기에 이 지퍼를 달아서 아귀도(餓鬼道) 지옥(가키도 헬)으로 내몹니다."

"지옥……."

'그런 게 정말 있는 걸까?'

클라라는 깜짝 놀랐다. 독자 여러분은 클라라가 곧 현장구경을 하는 날까지 호기심을 억누를 수밖에 없을 테지만, 불경에 나오는 이른바 팔대지옥은 전부 현실에 존재하는 곳, 즉 이스의 흑노형무소의 모습이 항시기탐험가(타임 트레블러)들을 통해서 전사고대세계에 전해진 것이 지옥관념의 모태가 된 것이라 추정된다는 사실만은 여기서 말해두겠다.

금속고무 고리에 몸을 묶이고, 양 입술을 지퍼에 닫혀 행동과 발언 모두 봉쇄당한 린이치로는 마침내 목줄 안쪽에서의 낙인작업도 끝나 차분하게 이 대화를 들을 수 있었는데, 들을수록 이스 사람의 끝을 알 수 없는 잔혹함에 간담이 서늘해졌다.

거기에 클라라는 또 얼마나 냉담한지! 조금 전, 지퍼의 손잡이를 당겨 그의 입을 닫아버렸을 때의 그 태연한 태도는…….

'이게 어제까지의 그 클라라란 말인가?'

클라라에 대한 애정이 사라진 것은 아니었다. 그러나 그를 짓밟고, 그의 등에 채찍을 휘두르고, 그의 입술을 닫아버린 눈앞의 클라라에 대한 증오심이 생겨나는 것을 달리 막아볼 방법은 없었다.

2. 광산(光傘, 헤이로 파라솔)

"오줌병(피스포트)은 아직? 너무 늦네."라고 폴린이 앞길을 서두르는 사람처럼 말했다.

"곧 올 겁니다."라고 윌리엄이 답하고 흑노에게,

"준비됐겠지, 우리동료(펜 갱)는?"

"네, 2마리 대기시켜두었습니다."

"슬슬 파라솔을 띄우도록 해."

"알겠습니다."

B2호는 광막 너머, 방의 구석 쪽으로 사라졌다.

조금 전까지 우리의 바닥이었던 곳 위에 어쩔 수 없이 무릎을 꿇고 앉아 있던 린이치로는 주위의 백인들을 둘러보았다. 바닥은 어느 틈엔가 다시 하강하여 방의 바닥으로 돌아와 있었고, 자신은 그들의 발 아래에 앉아 있었다. 등과 목덜미가 찌릿찌릿 아팠다.

'클라라와 폴린과, 오늘 아침에 왔던 돌리스와 어제 클라라의 방에서 보았던 청년, 윌리엄이라고 했었지. 거기에 어젯밤 나를 속여서 거세실에 넣었던 세실이라고 하는 계집 같은 놈. 하나 더 있는 귀여운 아이는 대체 남자일까? 응? 뒤에 있는 건 뭐지? 아앗.'

아무리 몸부림쳐도 소용이 없으며, 기대하고 있던 클라라가ㅡ본심인지 연극인지ㅡ 자신을 야푸 취급하는 쪽으로 돌아섰다. 조금이라도 자신이 놓인 처지를 이해하여 사태에 잘 대처하는 것이 좋겠다고 결심하고 눈과 귀를 움직인 린이치로였으나, 클라라처럼 자문기(레퍼런서)를 통해서 체계적으로 지식을 정리할 수 있는 것도 아니었고, 단편적인 체험을 통해서 귀납할 수밖에 없었기에 아무래도 불충분했다. 하지만 법학생 중에서도 추론의 정교함으로 유명했던 두뇌였기에, 원반 안에서 들은 폴린의 말, 오늘 아침에 나눈 돌리스와의 대화 등을 재료로 이스 축인제(야푸 후드)의 개략은 파악하고 있었다. 그러나 그것은, '인간을, 아마도 일본인을 가축화하고, 고도의 과학력으로 살아 있는 도구로 변형하여 사용하고 있는 문명'이라는 개념적인 이해에 지나지 않았으며, 원반 안에서 본 축인견(얍푸 도그)과 오늘 아침의 카파 외에는 왜인(피그미)도 생체가구(리빙 퍼니처)도 알지 못했기에 구체적인 사물을 접하면 놀랄 수밖에 없으리라.

미소년 뒤편에 있는 손가방(핸드백)야푸는 행인지 불행인지 외견상의 변형도는 그리 높지 않았으나, 손을 뒤로 묶인 채 심지어는 사슬에 연결되어서 끌려다니고 있는 그 알몸의 사내의 모습에서 린이치로는 어제의 자신을 떠올렸으며, 오늘의 자신을 보았기에 소름이 돋았는데, 이때 그보다 더 놀라운 광경을 목격했다.

여섯 명의 백인들 머리 위에서 후광이 비치기 시작한 것이었다. 야푸와 흑노는 전과 다름이 없었다. 백인들뿐이었다. 그것도 그냥 빛나는 것이 아니었다. 천국의 신이나 천사의 그림에 반드시 그려져 있는, 머리 위를 둘러싼 빛의 고리(님버스), 바로 그 빛의 고리가 그들의 머리 위에 떠 있었다.

이는 광산(光傘, halo-parasol)이라는 호신장구로, 공중왜인(에어로 피그미, 10장 3의 주)이 조종하는 헬리콥터가 머리 위 5㎝쯤의 위치에 정지해 있는 것이다. 소음(消音) 회전익(프로펠러)의 양쪽 끝에서 빛이 나기에 빛의 고리처럼 보이는 것이다. 그 빛의 고리의 바깥쪽에서부터 수직으로 바닥까지 공기막(에어 커튼)이 형성되기에 이 광산 아래에 서 있으면, 언뜻 아무것도 없는 것처럼 보이지만 사실은 외부의 공기와 완전히 차단된 공기

속에 머무는 셈이다.

광산은 무슨 도움이 되는 걸까? 우선 자동 천개(天蓋)로써 우산59)과 양산이 된다. 일일이 손으로 들지 않아도 왜인이 늘 머리 위를 떠나지 않도록 조종하기에 빗속, 뜨거운 하늘 아래에서도 쾌적하게 돌아다닐 수 있다. 거기에 공기막의 효용으로 혹독한 더위 속의 실외에서도 늘 회전익에서 불어오는 차가운 공기 안에 있을 수 있다. 겨울에는 그 반대다. 즉, 예전에는 건물에 달려 있는 것으로밖에 생각할 수 없었던 냉난방기가 복장화되어, 한 사람 한 사람 개인의 육체에 장착할 수 있게 된 것이다. 바람도 두려워할 필요가 없다. 이처럼 편리한 자동장비인 것이다60).

그렇다면 지금 이 실내에서 왜 광산(헤이로 파라솔)을 쓴 것일까? 세례식 때 발산되는 오줌의 냄새를 피하기 위해서였다. 흑노주(네그타르)의 경우, 양조 중에 소실된 방출 직후의 오줌냄새를, 양조장에서 출하하기 전에 다시 인공합성으로 부가할 정도로 흑노에게 있어서 오줌냄새는 술의 향기 그 자체였으나, 백인에게 있어서는 배설물의 냄새에 지나지 않았다. 하지만 광산 안에 있으면 실내의 공기와 격리되기 때문에 그 냄새를 맡지 않아도 된다.

클라라는 설명을 먼저 들었기에 특별히 놀라지도 않았으나, 린이치로에게 는 이해할 수 없는 일이었다. 클라라의 머리 위를 올려다보며 종교적인 경외심을 품게 된 것도, 이때 그의 몸이 놓인 처지를 생각한다면 이해할 수 없는 일도 아니었다. 20세기의 인지를 초월한 문명을 설명 없이 이해할 수 있을 리 없으며, 인간은 이해할 수 없는 것에 대해서는 원시적이고 종교적인

---

59) 이스의 과학에게 있어서 유성의 대기를 조절하는 것은 그리 대수로울 것도 없는 일이다. 그렇기에 기후와 날씨도 조절할 수 있지만, 일종의 풍류로 사계절의 변화와 청우풍설(晴雨風雪)의 다양성은 존치하고 있다. (7장 1)

60) 전사시대에 그려진 천국의 그림에 묘사된 빛의 고리(님버스)는, 항시기로 여행하던 이스 주민의 광산(헤이로)을 오인한 것이라는 사실은 여기서 언급할 필요도 없으리라.

두려움을 느끼는 법이니. 이때도 처음에는 과학현상이라고 생각했으나, 그렇다면 흑인이나 야푸에게는 어째서 그 현상이 일어나지 않는 것인지 의심이 들었다. 자신이 알지 못하는 이스 백인 특유의 체질이라고 보자니, 클라라의 머리 위에도 나타나 있는 것을 이해할 수가 없었다.

'클라라는 신의 반열에 오른 것일까? 여기는 천국일까? 설마! 하긴, 그러고 보니 오늘 그녀가 일본어를 자유롭게 구사할 수 있게 된 것도 이상한 일……. 어제까지의 클라라는 다른 사람이었을까?'

가차 없이 채찍을 휘두른 클라라에 대해서 증오심을 품기 시작했던 그는, 여기에 이르러 그녀를 두려워하기 시작했다. 자신이 이해하기 어려운 힘의 존재를 알고 이미 이스인 전체에 대해서 품고 있던 경이로움과 두려움이, 이스인 사이에 섞여든 클라라에 대해서도 느껴진 것이었다. 지금까지는 그녀를 자신 쪽에 가까운 존재로 보았고, 그랬기에 사랑하기도 하고 증오하기도 했던 것이었으나, 이제는 그녀를 자신보다 이스 사람 쪽에 서 있는 존재라고 봐야 한다는 마음이 들기 시작한 것이었다.

개가 사육주의 채찍에 맞으면 처음에는 분노하기도 하고 증오하기도 하리라. 그러나 도저히 대적할 수 없는 상대임을 알고, 이해할 수 없는 힘을 가진 자라는 사실을 깨닫게 되면 그 증오는 두려움으로 바뀌리라. 이 두려움이 있기에 사육주에 대한 애정도 허용되는 것이다. 가축의식의 기초는 바로 사육주에 대한 두려움에 있다. 린이치로는 바로 지금, 가축화로 가는 실질적 첫 걸음을 뗀 것이라 할 수 있으리라. 그러나 아직은 그저 첫 걸음에 지나지 않았다.

3. 내기와 토론

그런 린이치로의 생각에는 조금도 관심을 두지 않은 채, 하얀 신들은 각자의 후광을 반짝이며 이야기를 나누고 있었다.

"언니, 이건 LC(모주성 계수)가 높으니 곧 견신례(컨퍼메이션)할 수 있겠지?"라고 돌리스.

"맞아, 틀림없이 빠를 거야."라고 폴린.

"내일은 어떨까?"

"그건 힘들 거야. 아무리 빨라도 이틀은 걸릴 거야."

"내기할래?"

"그래."

"진 쪽의 소우주구당(小宇宙球堂, 마이크로 코스모스 돔)을 이긴 쪽 마음대로 처분하는 건 어때?"

"좋았어, 도전에 응하겠어."

내기는 앵글로 색슨의 전통으로 이스 귀족의 필요적 오락이다(10장 3).

폴린이 클라라 쪽을 돌아보고 웃으며,

"방금 들으셨죠?"

"네. 하지만 무슨 말인지 모르겠어요."

"세례와는 달리 견신례는 야푸가 진심으로 주인을 따르게 되었다고 판단되면 성체배수를 겸해서 하는 것, 조금 전에 말했었죠? 기도문과 찬미가를 적어도 3편씩은 외우지 않으면 안 돼요. 그것도 진심에서 우러나는 건지 입에 발린 것인지를 거짓발견기와 하의식현출기로 검사해요. 거기에 합격하는 데 보통은 빨라도 열흘이나 2주일이 걸리지만, 이 야푸는 당신에 대한 애정이 아주 깊어요. 그 수치가 높으니 훨씬 더 빨리 견신례를 할 수 있을 거라 생각해요."

"그럴까요? 조금 전에 꽤나 저주하기도 하고 원망하기도 했는데……."

"아니, 그 정도는 아무것도 아니에요. 나중에 다시 사과했잖아요. 일반적인 경우보다 오히려 얌전한 편이에요. 그래도 하루는 아무래도. 돌리스는 하루만에 합격할 거라고 했고, 저는 이틀 이상, 내기를 한 거예요. 이기면 재미있는 걸 보여드릴게요."

"어머, 뭔가요?"

그때 돌리스가 어깨를 두드렸다.

"클라라, 부탁이 있어요. 오늘 하루, 야푸를 제게 맡겨주시지 않으실래요?"

"당신이 훈련할 건가요?"라고 클라라.

"돌리스, 네가 직접 훈련을 해서는 내기가 성립이 안 되잖아." 폴린이 옆에서 항의했다.

"그게 아니야." 돌리스가 설명했다. "내가 맡으려는 게 아니라, 단지 내가 원하는 방법대로 야푸를 훈련시켜주었으면 하는 거야."

"어떤 식으로?"

"나중에 준비를 마친 뒤 설명하겠지만, 편한 방법. 당신의 오늘 행동에 조금도 지장을 주지 않을 거예요."

"그렇게 편한 방법으로 훈련이 될까요?"

"아니, 편하다는 건 당신이에요. 녀석에게 있어서는 맹훈련이에요. 10시간쯤 걸릴 거예요. 그것으로 결국은 내기에서 이길 거예요."

"어떻게 한담. 너무 맹렬한 훈련이면 가엾잖아요."

"하지만 훈련을 받아야만 축화되는 법이니, 야푸 입장에서 보자면 향상되는 거예요. 가여워할 필요 없어요."

"거꾸로 매다는 것 같은 건 사양하겠어요. 저, 그런 건 싫어요……."

"그런 건 아니에요."

"어쨌든 저의 훈련하는 즐거움은 줄어드는 셈이네요."라며 다시 난색을 표했으나,

"훈련 자체는 당신이 하는 거예요. ……만약 들어주신다면 조금 전 거래를 했을 때 취소한 뉴마까지 더해도 상관없어요. 당신께 드릴게요."라고 청해왔기에,

"그 구석기시대인 사냥개(네안데르탈 하운드)를……."

마음이 크게 움직였다. ─상대방에게 주는 것도 아니고 훈련을 시킬 때 다른 사람의 지도를 잠깐 받는 것일 뿐…….

"그럼, 제 손 안에 둘 수 있는 거죠?"라고 다시 한 번 확인했다.

"물론이죠. 당신에 대한 신앙의 문제인 걸요. 당신 곁에서 떼어놓을 수는 없어요. ……단지 훈련방법을 제 생각대로 시험해주셨으면 하는 거예요."

'어차피 내게 훈련법에 대한 식견이나 지식이 있는 것도 아니니, 이번 한 번만은 돌리스의 청에 응해보기로 하자.'

"그럼, 맡겨보기로 할게요. 그 개를 갖고 싶으니."라고 웃으며 말했다. 돌리스가 신이 난다는 듯,

"자, 언니. 소우주구당이야."

"너야 말로 조심하는 게 좋을 거야."

내기 당사자들은 양쪽 모두 자신이 이긴 것처럼 말했다. 소우주구당 (micro-cosmos dome)이란 무엇일까? 돌리스는 어떤 훈련을 생각하고 있는 것일까?

귀를 기울이고 있는 린이치로도, 독자 여러분과 마찬가지로 그것은 알지 못했다. 알 수 있는 것은 클라라가 개─어제 본 것과 같은 인견이리라─를 갖고 싶어서 자신의 훈련을 돌리스에게 맡기기로 했다는 확실한 사실뿐이었다.

'벌써 나를 그 개 정도로밖에 생각하고 있지 않은 거야. 학대는 연극이 아니었어. 진심인 걸까?'

반지에 생각이 미친 클라라가 주머니에서 꺼내,

"이걸 말이죠, 리니에게 집어던져줄 생각이었는데, 저걸 보고 말이죠,"하고 맥 소년의 등 뒤에 있는 손가방야푸의 하복부를 가리키며, "리니의 저기에 박아줄까 싶어졌어요."

"흠, 어디어디. '영원히 당신의 소유인 자' 좋은 문구네요. 당신에 대한 관계를 잘 알 수 있잖아요. 그걸 육체의 일부로 삼겠다니, 묘안이에요."

돌리스는 내기에 대한 클라라의 협력이 기뻤는지, 듣기 좋은 말을 했다. 클라라는 자신감을 얻어서,

"제가 준 반지에는, '클라라가 리니에게'라고 새겨져 있어요. 그걸 끌고다 닐 때 쓰는 사슬 끝에 연결하는 고리로 삼고 싶어요. 세공할 수 있겠죠?"

"아주 간단한 일이에요."

린이치로는 클라라에게 자신에 대한 애정이 편린조차 남아 있지 않다는 사실을 깨달았기에 비통한 생각으로 가득했다. 그러나 전신을 구속당했으며 입술은 닫혀버렸기에 스스로는 어떤 행동을 할 수도, 무슨 말을 할 수도 없었다.

B2호가 다가와 허리에 밀착된 채 묶여 있는 왼손의 손가락에서 반지를 빼서는 클라라에게로 가져갔다.

'아아, 오늘 아침에 꿈을 꾸고 난 뒤, 반지를 유품이라 믿으며 죽었을 것이라고만 생각한 너에게 기도하던 때가 그나마 행복한 시간이었어……'

등 뒤에서 어린아이의 목소리가 들려왔다. 그 미소년이리라.

"채찍으로 글자를 새기는 건 재미있네요."

'무슨 소리지?'

"그러냐? 난 그렇지도 않아. 매일 새기고 있기는 하지만." 목소리는 세실인 듯했다. "저녁을 먹기 전에 이 생축사로 내려와서(15장 2), 6마리를 늘어놓고 사전에 있는 6글자 단어를 하나씩 새겨나가는 걸 일과로 삼고 있는데……."

"정말 끈기가 좋으시네요."라고 신이 난 목소리.

"특별히 글자를 새기는 게 재미있어서 하는 게 아니야. 채찍을 허공에 휘두르면 별로 재미가 없어서 야푸의 등을 이용하고 있는 것일 뿐이야. 목적은 전신미용(보디빌딩)61)이야. 그것뿐이야."

'채찍으로 등에 글자를 새긴다는 말이로군. 조금 전의 그 살인적인 채찍질 세 번으로 등에……. 앗, N자가 새겨진 모양이군.'

"세례네, 견신례네, 광산(파라솔)을 쓸 때마다 생각하는 건데, 대체 왜 이런 수고를 하면서까지 그런 일들을 하는 거죠? 육변기(스툴러)에게 주면 흑노의 술로 만들 수 있을 텐데 야푸에게 주다니, 아깝다는 생각이 들어요."

"그건 말이지, 맥 군." 세실의 목소리는 자신감으로 넘쳐나고 있었다. "토착야푸는 인간의식을 가진 채 자란 원숭이(에이프)이기 때문이란다. 의식이라는 면에서 흑노와 가까운 점이 있어. 흑노를 반인간으로 삼기 위해서 흑노주를 사용하게 된 것과 같은 거야. 오래 전부터 이어져온 의식이야."

"실제로 효과가 있나요?"

"음, 오래된 실험보고가 있어. 어떤 동물심리학자가 2마리 쌍둥이 야푸의 한쪽에게는 세례와 견신, 성체 등 일반적인 신앙의 길을 걷게 하고, 다른 한 쪽에게는 그렇게 하지 않고 채찍으로만 훈련을 했어. 결과는 전자의 성적이 훨씬 더 좋았어. 이러한 실험을 수십 차례 행한 뒤의 결론으로, 오래 전부터 내려온 의식에는 실제적 효과가 있다고 말했어."

가축문화사의 전문가답게 명쾌한 설명이었으나, 소년은 여전히 회의적이었다.

"하지만 그 실험은 훈련을 할 때 야푸에게 백색신앙을 갖게 하는 것이 득이냐, 실이냐 하는 것의 문제잖아요. 제가 궁금한 건 그게 아니라, 물론 백신(白神, 화이트 디티)에 대한 신앙은 품게 한다 할지라도, 그를 위해서 우리의 몸에서 나온 것을 사용할 필요가 있는가 하는 거예요. 실제로 토착야푸 이외의 것들은 특별히 그렇게 하지 않아도 우리를 숭배하고 있잖아요. 그들의

---

61) 미국의 여배우인 테리 무어는 흉부의 근육을 단련하기 위해 매일 소몰이채찍(불윕. 끈이 긴 채찍)을 휘두른다고 한다. 미국 잡지의 기사에 그 사진이 실렸는데 박력 있는 모습이었다.

예배가 특별히 불성실한 것도 아니잖아요."

"하지만……."

"토착야푸에게 너무 관대한 거 아닌가 싶어요. 흑노용 음식물을 주다니."

소년답지 않게 날카로운 논리였다.

"하지만, 이런 사실이 있단다." 세실이 반격에 나섰다. "전사시대 사람은 구견(개)을 기를 때 말이다, 우선 자신의 침을 핥게 했단다. 그러니까 그것과 마찬가지로……."

"하지만 구견은 후각이 야푸보다 발달했잖아요. 동물원(주)에 그런 설명문이 있었어요. 그러니까 구견의 경우는, '주인의 냄새를 기억하게 한다.'는 의미가 있었던 것으로……."

"찰스, 역시 의식의 문제야." 다른 목소리였다. 린이치로에게는 윌리엄 드레이퍼의 목소리처럼 들렸다. "일반적인 세례를 하면 우리와 똑같아져. 흑노 이상이 되어버려. 성뇨세례(유리널리 뱁티즘)이기에 인간의식을 씻어낼 수 있는 거야. 그 잔을 마시게 하기에 단순한 물에는 녹아내리지 않는 마음속의 불순한(1차 형성, 이라는 뜻인데) 자존심이 완전히 녹아버리는 거야. 다른 야푸에게 우리의 것은 애초부터 신성해. 하지만 이 야푸에게 있어서 클라라의 오줌은, 아직 특별히 신성한 게 아니야. 바로 그렇기에 자존심을 녹이는 힘이 있는 거지."

린이치로는 귀를 몇 번이고 의심했다.

'세례네, 견신이네 하는 것에 클라라의 소변을 쓴다고? 이게 무슨 소리야!' 그는 굴욕 때문에 심장이 파열할 것만 같았다. 아무리 가장 사랑하는 여성의 것이라고는 하지만 그걸 머리에서부터 뒤집어써야 하다니!

'클라라, 너무 가혹하잖아. 애써 나를 그렇게까지 능욕하지 않아도……. 어제의 난폭함은 내가 잘못했어. 너를 죽이려 했어. 하지만 그건 한때의 발작이었어. 지금의 이 광대극처럼 정성스럽게 꾸민 복수는 너무나도 잔혹하

잖아…….'

　말을 할 수만 있다면 이렇게 호소하고 싶었다. 그러나 당당히 서 있는 클라라의 머리 위에서 엄연히 빛나고 있는 신성함을 보면, 광대극 같은 복수라고 단언할 마음도 흔들리는 듯했으며, 절벽에서 발을 헛디뎌 깊은 골짜기 속으로 떨어져갈 때와 같은 불안과 절망에 휩싸여버리고 마는 듯했다.

　이때 신들의 대화가 뚝 끊겼다. 성수병이 도착한 듯했다.

　4. 성뇨관정(聖尿灌頂, 유리널리 뱁티즘)

　지름 6m 정도의 원주를 따라서 둘러쳐진 빛나는 벽면 속 중앙에 앉아 있는 린이치로의 정면 부분이 갈라지더니 이상한 일행이 모습을 드러냈다.

　선두에 선 작은 사내는 야푸였는데 머리 위에 묘한 모양의 모자처럼 성수병(홀리 유어)을 얹어놓고 있었다. 어떻게 고정을 한 것인지 따로 손으로 붙잡고 있지도 않았다. 모양은 앞서(21장 5) 이야기한 대로, 오줌병과 비슷했다. 아니, 오줌병 자체였다. 유리 같은 물질의 제품으로 안에 절반 정도 황금색 액체가 들어 있는 것이 비춰보였다. 넓은 주둥이를 커다란 술잔처럼 뚜껑으로 닫아놓은 것은 그 액체의 냄새가 발산하는 것을 막기 위해서이리라. 이 야푸는 성수를 전문으로 운반하는 운반축(얍푸 포터)이었다.

　뒤이어 독자 여러분께도 친숙한 클라라의 몸종인 F1호가 모습을 드러냈다. 중요한 사명을 띠고 있었기에 긴장해 있었다. 그의 좌우로는 서른에서 마흔 살쯤으로 보이는 생야푸―전라에 목줄을 하고 있었으며 이마에 문장은 없었다.―가 따르고 있었다.

　인간이 교회에서 세례를 받을 때는 대부모가 참석하지만, 토착야푸의 세례에는―암컷 야푸를 세우기는 어렵기에― 백색신앙(Albinism)에의 길을 안내할 만한 수컷 야푸 2마리를 대부형(代父兄)으로 참석시킨다. 이 2마리는 린이치로가 속하게 될 8호 우리의 우리동료(팬 갱) 가운데서 선발되어

온 우수한 야푸들이었다. F1호는 인간의 세례에 있어서의 목사 내지는 사제에 해당하며, 세례를 해주는 역할을 맡는다.

린이치로 바로 옆까지 오더니 성수병 운반축(유어 포터)은 두 무릎을 꿇어 축인좌를 했다. 머리 위 병의 손잡이가 F1호가 잡기 아주 좋은 높이에 위치했다.

대부형 2마리는 린이치로의 양쪽 옆에 앉아 정면에 서 있는 여신 클라라를 향해서 Y자를 긋고(크리스천이 십자를 긋는 것처럼 오른손 손가락으로 가슴에 Y자를 긋는다.) 바닥에 납작하게 엎드려 예배를 시작했다.

권리선언에 이은 축적등록의 수속은 이스 사회 구성원의 한 사람이 다른 사람들에 대한 자신의 소유권을 확립하기 위한 것으로, 말하자면 대외적 의식이다. 이 자리에 있는 클라라 이외의 5명은 이스 사회를 대표하는 자로서 클라라의 선언을 듣고 공적 증인이 되었다.

이에 반해서 축인세례 및 그 외의 신앙적 수속은 귀족이 자신의 소유에 대해서 신으로 군림하기 위한 수단으로, 이른바 일가의 사사로운 일이며 대내적 의식이다. 따라서 다른 5명도 권리선언 때와는 입장이 바뀌어 단지 방관자로서 구경을 하는 데 지나지 않는다. 클라라만이 이 장면의 주재자다. 권리선언에서는 한 사회인으로서 다른 사람과의 관계를 처리한 그녀도, 이번에는 여신으로서 야푸들에게 임하여 그 신앙의 대상이 되는 것이다.

어렸을 때부터 야푸들의 예배를 받으며 자란 이스 귀족에게 있어서 이두 가지 역할을 각각 수행하는 것은 특별히 어려운 일도 아니었다. 하지만 인간의식만으로 자라온 클라라에게 있어서, 가축이라고는 하나 인간의 형태를 구비한 무리들로부터 예배를 받는다는 것은, 쑥스럽고 낯간지러운 일이었다. 어제 결투에서 쓰러진 왜인(피그미)은 할복 전에 그녀를 '백옥 같은 여신(화이트 가데스)'이라고 불렀지만, 지금 그녀를 숭배하고 있는 것은 그렇게 인형 같은 소인이 아니었다. 외견은 인간과 같은 훌륭한 생야푸였다.

살아 있으면서 신이 되었다는 전능감이 어제보다 몇 배나 더 컸다.

그러나 부끄러움을 느끼면서도 마치 학생연극의 무대에서 여왕 역을 연기할 때처럼 차분하게 그 여신이 될 수 있었던 것은, 상대가 진짜 인간이 아니라는 안도감이 심리적으로 행동을 뒷받침해주었기 때문이다. 여신이라고는 하지만 야푸들의 여신이다. 거기에는 연극과 일맥상통하는 비현실감이 있었다. ―그럼에도 불구하고 그것은 결코 연극이 아니었다. 그녀 앞에서는 2마리 야푸가 진심으로 그녀를 숭배하고 있었다. 이처럼 그녀를 숭배하고 믿을 무리들이 아직 수백, 수천 계속될 터였다. 앞으로는 좋든 싫든 그것과는 상관없이 인간과 신의 이중생활을 해야만 할 클라라였다.

24시간 전에는 말머리를 나란히 하고 타우누스 산의 산길을 올랐던 독일 출생 여자와 일본 출생 남자, 비행접시의 추락과 조우하지 않았다면 행복한 결혼생활을 맞이하게 됐을 사랑하는 두 약혼자가, 이제 한 사람은 인간의식을 버리고 가축의식을 가질 것을 강요받고 있으며, 다른 한 사람은 인간의식 외에도 여신의식을 싹틔우며 신과 가축이 되어 서로를 마주보고 있는 것이었다.

가장 정중한 인사를 마친 흑노 F1호가 오른손으로 성수병 손잡이를 쥐었다. 그대로 병을 야푸의 머리 위로 가져가더니 기울이며 이렇게 말했다.

"어머니와 딸과 성령의 이름으로[62] 성수로써 너를 씻겠다."

뚜껑이 조금 열리더니 광막의 빛을 반사하며 반짝반짝 빛나는 황금색 액체가 그의 머리 위로 부어졌다. 만 하루 이상 빗지 못해 봉두난발이 된 머리카락을 적신 뒤, 이마에서 얼굴로 흘러내렸다. 가슴에서 복부로 떨어졌

---

62) 여기서 어머니라 불린 것은 여신 중의 여신인 대영우주제국의 여왕폐하이며, 딸이란 당해 귀족―평민에게는 이러한 신적 생활이 허용되지 않으니―, 이 경우에는 클라라 자신을 말한다. 성령이란, 축인신학(야푸너리 티얼러지)에서는 여러 가지로 논해지고 있지만, 이스 사회의 구성원리나 축인제도의 상징화라고 생각하면 될 것이다. 이것이 백색숭배교(알비니즘)의 삼위일체(트리니티)다.

다. 어떤 물질인지, 경금속이면서도 액체를 흡수하는 듯 바닥에는 거의 고이지 않았으나, 병이 거의 다 기울었을 무렵 야푸의 전신은 피부 전면이 젖어 반짝였다.

린이치로는 이마를 타고 내려오는 액체로부터 지키기 위해 눈을 감았다. 액체는 체내에서 이제 막 나온 것처럼 미지근했으며, 또 신선한 오줌 특유의 콩을 삶은 듯한 냄새를 띠고 있었다.

순간 클라라의 목소리가 들려왔다.

"리니여, TEⅢN·241267호여. 내가 너의 축생천63)에서의 새로운 생활(뉴 라이프)을 축복하노라."

눈을 떠보니 빛의 고리 아래서 그녀의 입술이 움직이고 있었다. 여신의 탁선(託宣)이었다.

"나를 믿으라. 그리하면 행복을 얻으리라."

건전한 상식인이었던 세베 린이치로라는 인물을 생각한다면, 참으로 이해

---

63) 畜生天(야푸뎀). 지옥·아귀·축생·인간·아수라·천상, 이 6도윤회사상에서 보자면 축생천은 묘하게 들릴지 모르겠지만, 토착야푸의 입장에서 보자면 이스의 축적(야푸뎀)에 들어가는 것은 승천, 즉 극락왕생이라 여겨지고 있으나, 단 그것이 이스 사람이 보기에는 축생(야푸)의 증가에 지나지 않는다는 이중성격이 있다. 따라서 결국은 축생천에서의 환생이라고 표현할 수밖에 없다. 천상계(이스)의 축생(야푸)이 되는 것은, 하계(야푼 제도)의 (사이비) 인간으로 지내는 것보다 좋은 일이다.

할 수 없는 일이었으나, 이러한 상황에 놓이면 누구나 그렇게 되는 것일지도 모른다. 어쨌든 전신에 클라라의 오줌을 뒤집어써서 온몸이 젖고, 코로는 그 냄새를 맡고, 눈으로는 후광을 발하는 그녀의 얼굴을 보며 그 클라라의 말을 듣고 있자니, 그는 태어나서 처음으로 경험하는 이상한 감정에 휩싸였다.

물론 법열(法悅)이라고 말하기에는 아직 거리가 멀었으나, 종교적 귀의의 감정이었다. 귀의의 대상인 절대자는 클라라였다. 지금까지 그녀에 대한 그의 애정은 여자에 대한 남자의 성애뿐이었으나, 거기에 새로이 신에 대한 인간의 종교적 사랑이 들어온 것이었다.

이성적으로는 완강히 저항하고 있었다. 인간이 신이 될 수 있을 리 없다. 그러나 그의 옆에서 두 황색인종이 후광을 발하고 있는 클라라를 예배하고 있는 것은 사실이었다. 게다가 클라라의 오줌이 성수로 자신의 머리에 부어진 것도 사실이었다. 결코 연극이 아니었다.

'야푸는 백인을 신으로 섬기고 있는 거야.'

이 의식만은 부정할 수 없었다. 그리고 자신의 마음속에서도 그 귀의의 감정이 생겨나고 있다는 사실을, 이성적으로는 부끄러움을 느끼면서도 어떻게 해볼 방법이 없었다.

클라라의 목소리를 듣기 전까지 마음속 가득 품고 있던 원망과 괴로움, 조금 전 이야기를 듣고 오줌을 붓는 행동을 그녀의 복수라고 생각했던 일 등, 그런 잡념이—전부 사라져버린 것은 아니었으나— 줄어들어서, 지금의 이 상태로 상징되는 클라라와의 관계가 지극히 당연한 것처럼 여겨지기 시작했으며, 조금 전 맛보았던 끝없는 추락에 대한 불안감이 옅어져, 역시 클라라에게 의지하면 된다는 마음이 들기 시작했다.

'새로운 삶……. 지금까지의 내가 아니야. 클라라가 어제의 클라라가 아닌 것처럼…….'

축인세례가 야푸의 의식에 미치는 효과로 조금 전 윌리엄이 역설한 것은 바로 이러한 심리적 변화를 말한 것이었다.

그는 아직 인간의식을 완전히 버리지는 못한 것처럼 보였으나, 자신보다 높은 존재가치를 지닌 인간-절대자로서 그 배설물까지 신성시되었을 정도의 존재-을 느꼈다는 사실이, 인격상실의 첫 번째 단계였다.

인간은 모두 평등해서 한 인간이 다른 인간에 대해서 신이 될 수는 없다. 인간을 신이라고 생각하는 것은 인간에 의해서 만들어진 개나 말 같은 가축뿐이다. 그리고 클라라는 인간이다. 이렇게 호소하고 있는 그의 이성에 따르자면, 클라라를 신으로 예배하고 있는 야푸들은 인간보다 가축에 가까운 존재다. 하지만, 그렇다면 그녀에게 귀의하겠다고 느낀 그의 감정은 야푸와 같은 성질의 것이며, 따라서 그는 야푸인 셈이다.

그 자신은 인간이고 클라라는 여신이든지, 클라라는 인간에 머물러 있고 자신이 야푸라는 가축적 존재이든지. 해결은 둘 중 하나밖에 없지만, 전자는 그의 이성이 '아니다.'라고 답하고 있으며, 후자는 그의 감정이 '맞다.'고 응하고 있었다.

TEⅢN·241267호는 마침내 가축인으로서 이러한 자각이 생겨나기 시작한 것이었다. 린이치로가 리니로 환생해가고 있는 것이었다. 이야말로 성뇨관정(유리널리 뱁티즘)의 공덕이리라.

그러나 클라라 쪽을 보자면, 특별히 격렬한 감동도 일어나지 않았다. 폴린이 미리 가르쳐준 대로 말한 것일 뿐, 크게 실감할 수는 없었다. 린이치로와는 달리 광산(헤이로)의 공기막(에어 커튼)에 보호되고 있는 그녀에게는 후각을 위협하는 것 같은 냄새가 느껴지지 않았다는 사실도 하나의 원인이었으리라.

그러나 눈은 보고 있었다. 노란색 액체가 리니의 전신을 적시는 모습을. 그것이 바닥에 고여 흡수되어가는 것이 아깝다는 듯, 옆의 야푸 2마리가 입술을 바닥에 대고 조금이라도 마시려 열중하고 있는 모습을.

빨간크림의 성질을 듣기는 했으나 그게 사실인지 반신반의하는 마음이 남아 있었던 데 반해서, 이 액체가 조금 전 자신의 몸에서 나온 것이라는 사실에는 의심의 여지가 없었다. 그런 만큼 빨간크림을 핥는 모습을 보았을 때보다 인상은 강했다. 하지만 빨간크림의 성질을 처음 알았을 때처럼 구역질은 나지 않았으며, 평정한 기분으로 바라볼 수 있었던 것은 야푸라는 동물의 축생성(비스틀리네스)을 충분히 이해하고 있었기 때문이었다. 그리고 리니는 그 야푸 가운데 한 마리였던 것이다.

새로운 가축에 대한 처치를 전부 마치고 나서 일동은 그 예비우리에서 나왔다. 클라라는 가장 늦게까지 남아, 천장에서 폭포처럼 물이 쏟아져 리니의 전신을 씻어내기 시작하는 모습을 흘려보며 마침내 복도로 걸어나와 움직이는 복도(무빙 커리도어)에 뛰어올랐다. 그러고 보니 머리 위의 광산(헤이로)은 어느 틈엔가 사라지고 없었다.

5. 반인반마(센토)와 비행나막신(젯타)

생축사에서 나와 수정궁 본관 1층으로, 움직이는 복도가 모두를 옮겨주었을 때 맥 소년이 말했다.

"그럼, 여기서 실례하겠습니다. 코트윅 양, 지구에 머무시는 동안 저희 별장을 꼭 한 번 방문해주시기 바랍니다."

배웅을 위해 모두가 포치로 나갔다.

클라라는 이때 처음으로 반인반마라는 동물을 보았다.

손님용 마구간에서 흑노마부가 끌고 나온 것을 보니, 크기는 말과 거의 비슷했으나 인상은 전혀 달랐다. 말의 기다란 목에 해당하는 부분이 없고, 거기에 여체의 상반신이 있었다. 사람의 키만큼 되는 길이의 흑발, 햇빛에 탄 황색 피부의 얼굴은 단정한 생김새였으며, 검은 눈동자가 크고, 두 젖가슴도 잘 발달되어 있었다. 그 어떤 기형적 요소도 없는 성숙한 여체였다.

단, 그 배꼽부터 아래는 정상이 아니었다. 뒤에서부터 허리를 끌어안듯 감싸고 있는 두 팔이, 양 손바닥으로 배꼽 아래의 복부를 덮는 듯한 위치에 놓여 있었는데, 이는 명백하게 그 여체에 유착되어 있었다. 그리고 그 아래쪽은, 말의 다리가 아니었다. 틀림없이 인간의 다리라는 사실은 발가락의 모습만으로도 충분히 알 수 있었으나, 문제는 그 발육으로, 상반신은 평범한 인체였으나 허리부터 아래만은 키가 배나 될 법한 거인―하지만 그래도 3배체 축인만큼은 아니었다.―의 하반신이라 여겨졌다. 따라서 인간의 다리면서도, 말의 앞발에도 지지 않을 힘이 있을 것 같다는 인상을 주었다.

그런데 뒷부분은 더욱 기묘했다. 양쪽 뒷다리 모두 앞다리와 마찬가지로 거인의 다리였다. 그 거인의 상반신이 허리에서부터 앞으로 숙여져 말의 동체에 해당하는 부분이 되어 있었다. 평범한 인간보다 2배나 컸으나, 그래도 말의 동체와 같은 풍성함은 없었으며, 특히 두툼한 맛이 없었다. 하지만 그렇다고 해서 말을 탔을 때처럼 박차 등을 쓰지 못하느냐 하면, 그렇지는 않았다. 거인의 젖가슴이 풍만하게 발달하여 그것이 정확히 안장 아래쪽, 말로 말하자면 뱃대끈에 해당하는, 가슴끈을 매는 곳에 위치하는데, 등자를 밟고 안쪽으로 발을 차면 박차가 그 젖가슴에 닿는다. 이 젖가슴의 존재로 후반신도 역시 여체라고 판명할 수 있으리라. 두 어깨를 전반신 여체의 커다란 허리 위에 붙이고 목은 왼쪽 옆으로 간신히 내밀었으며, 전반신의 허리 위에서부터 평범한 크기로 변하기에 몸집이 한 단 가늘어진 곳에서부터 두 팔을 앞으로 둘러 허리를 끌어안듯이 하고 있었다. 그리고 그 접속부분은 피부도 살도 완전히 유착되어 있었다.

축체 2개를 조합하고 그 각 부위의 발육비율을 달리함으로 해서 구마(말)의 체형을 재현한 것, 그것이 인위승용축(맨 메이드 호스)인 반인반마64)였다.

---

64) Centaur. 그리스신화의 이른바 켄타우로스(Centauros)란, 이스 세계의 센토를 인마 일체라 보고 전설화한 것이다. 정확히는 반인반마라기보다 마형쌍둥이다.

앞서 이야기한 것처럼(4장 2) 모
태 내에서 일란성 쌍둥이에 수술
을 가하여 이러한 유착을 인위적
으로 만들어 태어나게 한 뒤, 정형
약으로 신체 각 부위의 발육을 좌
우하며, 앞쪽의 상반신은 어디까
지나 아름답게, 그러나 네 다리는
어디까지나 강건하게, 한껏 정성
을 들여서 키워낸다. 암컷이 대부
분인 것은 박차로 젖가슴을 찰 수
있기 때문이며, 또 이것이 주로
남자용 승용축으로 여겨지고 있

기 때문이기도 하다. 여권제에 짓눌린 남성들은 그 심리적 보상을 이 미녀
센토를 타는 것에서 얻고 있었던 것이다. 평민에게 사형공매로 흑노를 팔아치
울 수 있게 함으로 해서(12장 2) 억압된 불평불만을 전가케 하는 방법을
안출해낸 여왕 테오도라1세가, 여권제 옹호를 위해 이 센토를 만들어내
남성에게 부여한 것이라고 전해진다.

　찰스의 애마는 육키라는 이름이었다. 사실은 2마리의 개체지만, 타는
사람은 한 마리로 의식하고 있으며, 그녀들도 태어났을 때부터의 습관 때문에
그것을 이상히 여기지 않는다. 주인으로부터 사랑을 받는 것은 늘 전반신이고,
그녀는 자유로운 두 손으로 얼굴의 화장을 하는 등의 일도 가능하다.

　후반신은 주인의 몸을 등으로 지탱하고 엉덩이에는 채찍을, 젖가슴에는
박차를 맞는 억울한 역할을 맡고 있으나, 특별히 반역심도 없이 그 운명을
감수하고 있다. 의지거세(13장 5)를 하여 복종본능만이 남아 있기 때문이다.
물론 타는 사람에게는 충실하나, 피(글자 그대로)로 이어진 자매인 전반신만

이 늘 좋은 역할을 맡고 있다는 사실에는 내심 질투를 느끼고 있지만…….

끌려나오자 앞쪽 육키가 '도련님'에게 생긋 미소를 지어 보였다. 백인남성에 대한 유색인 여성의 본능적인 교태가 여기에도 남아 있었던 것이다. 그러나 찰스는 특별히 그런 것을 의식하지는 않았다. 그에게 육키는 '여자'가 아니라, '암컷 말'에 지나지 않기 때문이다. 흑발을 좌우 2가닥으로 기다랗게 땋아서 끝을 묶은 것을 고삐 대신으로 삼아, 흑노마부의 도움을 받으며 안장에 걸터앉았다. 가랑이가 갈라진 노란색 승마용 스커트 아래로 부츠의 박차가 반짝였다.

뒤쪽 육키의 등뼈가 주인의 몸을 받아 5cm쯤 휘었다. 갈비뼈의 양쪽에 허벅지 안쪽이 밀착되었다. 앞쪽 육키의 머리카락고삐를 쥐고, 배웅 나온 다섯 사람 쪽으로 몸을 틀어 웃은 소년의 뺨 아래에 예의 귀여운 보조개가 생겼다. 한쪽 손을 흔들며 말을 달리게 하여 멀어졌다.

손가방야푸가 뒤에서 미끄러지듯 따라갔다. 그는 말을 탈 수 없는 대신 축인화(젯타)를 신고 있었다. 축인화(얍푸 슈즈) 젯타는 나막신 바닥의 굽 사이에 소형 회전익을 달아 지면에서 살짝 떠오르게 만들고, 나막신의 끈을 제트 분출구로 삼아 추진력을 얻게 한 비주용(飛走用) 신발인데, 그 장치를 인간이 신는 신에도 부착할 수 없는 것은 아니었으나, 주로 야푸 특히 주인의 심부름이나 주인을 수행하는 종축(팬티즈)의 신발로 이용된다. 그것이 축인화65)다. 주인이 말이나 비차(飛車. 뒤에서 설명)로 질주할 때,

---

65) 畜人靴. 20세기 중엽에 이미 다다미 반 장(약 0.8㎡) 정도 크기의 판자 모양에 곁에서는 회전익이 보이지 않는, 소형 헬리콥터가 발명되었다. 이를 더욱 소형으로 개량하여 제트 추진기를 단 것이 젯타(jetter)다. 생김새는 나막신과 비슷하며, 말의 편자를 말의 신발(호스 슈)이라고 부르는 것처럼 이 비행나막신은 축인화(얍푸 슈즈)라고 부른다. 이는 맨발을 원칙으로 하는 야푸의 유일한 예외적 신발이다. (진짜 신을 신는 경우는 결코 없다.) 이를 jetter라고 부르는 것은 제트추진에서 온 것인데, 그것이 jeta(제타)가 되었고, 다시 geta(제타)라고 쓰게 되었으며, 마지막으로 가축어로서는 게타라고 읽게 되었다. 그것이 비행성 능이 없는, 판자에 끈만 달린 신인 게타(나막신)가 되었다는 것이 데이의 『가축어고』(8장 2 예9)에서 주장하는 내용이다.

종축은 이 축인화를 신고 어디든 따라간다. 편리한 물건이라고 할 수 있으나 종축 자신의 자유행동을 위해서는 절대로 사용할 수 없으니, 그 편리함은 야푸를 위한 것이라기보다, 주인 즉 인간을 위해서 존재하는 것이라고 할 수 있다.

　소년과 야푸는, 빨려 들어가듯 단풍이 한창 물든 나무들 속으로 사라져갔다.

○작자로부터○

졸작이지만, 중단66)을 안타까워해주시는 목소리도 들려왔기에 매월 연재는 힘들지 모르겠으나, 완성된 만큼은 발표하겠습니다. 애독해주시기 바랍니다.

새로이 읽으시는 분에게

(약간 변경된 점이 있으니 지금까지 읽으셨던 분도 한 번 읽어주시기 바랍니다.)

－전 장까지의 개략－

지금으로부터 2천 년 후, 시간과 공간을 정복한 인류의 우주제국 이스(EHS, The Empire of Hundred Suns, 백태양제국)의 수백 개에 달하는 유성령(遊星領)에서는 전사시대 이후 면면히 이어져온 영국왕실 여계(女系)의 여자가 여왕으로 군림하고 있다. 여권제－여성이 정치·군사·사법·경영관리 등 모든 사회활동을 장악했으며, 남성은 학문과 예술을 직업으로 삼고, 가정에서는 아내에게 예속된다. 이는 귀족과 평민의 구별 없이 모두에게 적용된다. 정치체제는 귀족정치로, 대략 1천쯤 되는 대귀족과 그 10배 되는 숫자의 소귀족이, 그것의 10만 배가 되는 숫자의 평민을 통치하고 있다. 이상의 정규 국민은 모두 백인이고, 그 외에 백인의 100배에 달하는 흑인노예 계급이 있으며, 그 아래에 다시 흑인의 100만 배나 되는 숫자의 황색 가축인 야푸가 사육되고 있다.

흑노는 반인간이라 불리며 약간의 인권을 인정받고 있지만, 야푸는 '지성원후(시미어스 사피엔스)'라 여겨져 완전히 가축으로 사역·애완·소비되고

---

66) (역주) 이유는 정확히 알 수 없지만 1958년 5월호부터 1959년 1월호까지 연재가 중단되었었다. 이후 작가가 바뀐 것 아닌가 의심하는 의견도 일부 있음을 밝혀두겠다.

있다. 진보한 과학의 힘은, 혹은 염색체수술에 의해 유전학적으로, 혹은 정형가공에 의해 직접적으로 인권이 없는 야푸의 몸을 자유롭게 변형하여 현대인으로서는 상상도 할 수 없는 각종의 변종을 만들어냈다. 옛날의 개처럼 네 발로 모든 행동을 하는 축인견(얍푸 도그), 3배체 세포로 거구를 부여받아 주인을 어깨에 태우고 달리는 축인마(얍푸 호스), 수중에서 탈것이 되는 카파, 쌍둥이로 만드는 반인반마(센토) 등의 새로운 가축과, 영양액순환코드에 연결되어 개체성·독립행동성을 빼앗긴 육변기·육담호·육반토분 등의 생체가구가 있으며, 생체접착풀로 복수의 축체를 사용하여 만든 침대·의자·욕조 등도 있고, 또 독심능을 부여받은 독심가구(텔레파스), 축소기에 넣어 만들어낸 키 15㎝의 왜인(피그미)도 편리한 것이다.

이런 변형이 가해지지 않은 것을 생(로)야푸라고 한다. 늘 주인의 신변에서 봉사하는 종축(팬티) 가운데는 이것이 많다. 생야푸는 사람의 모습을 유지하고 있기는 하나, 두 가지 점에서 생리적으로 변질되어 있다. 그 하나는 피부처리로, 피부반응 때문에 의류를 입을 수 없는 반면, 추위와 더위를 견딜 수 있는 능력이 생기기에 알몸을 강요받는다. 다른 하나는 장 내의 펌프충 기생이다. 펌프충은, 지금은 가축화된 다른 별의 동물인 유익사족인의 체내에서 발견된 거대한 회충으로, 굉장한 소화력을 자랑하는 살아 있는 장기다. 액상의 사료를 항문으로 머리를 내밀어 빨아들이고 유문에 갈고리 모양으로 들러붙은 꼬리 부분에서 침출시켜 소장에 제공하며, 대장 끝부분에서 노폐물을 분해·흡수, 다시 섭취 가능한 영양물로 바꾸어 재차 꼬리 부분에서 침출시키는 작용을 반복하는 한편, 방광을 대신하여 신장으로 받아들인 오줌의 노폐물을 정화해서 수분을 혈관에 되돌려준다. 펌프충이 기생하는 개체에서는 입이 아니라 항문이 섭이기관이 되며, 대소변 할 것 없이 배설이라는 작용이 사라진다. 급식은 하루에 한 번, 아주 적은 양의 사료를 주기만 하면 충분하다.

거기에 백인—흑노—야푸의 섭식연쇄(푸드 체인)가 성립되어 있다. 백인이 육변기를 사용하면 일단은 그 뱃속에 담아두며, 흑노주도관으로 흘러들어간 백인의 배설물은 발효되어 흑노주(네그타르)의 원료가 된다. 흑노는 진공변기를 사용하는데, 그들의 배설물은 진공변관을 거쳐 축이관(畜餌管)으로 흘러들어간다. 이는 아주 커다란 하수도로, 음식물 찌꺼기와 종잇조각도 분쇄되어 이곳으로 흘러든다. 백인의 식용으로 사육되는 소와 돼지 등의 분뇨도 마찬가지다. —말하자면 이스 세계에서 불필요하거나 부정한 것들은 전부 그대로 야푸의 사료가 되는 셈으로, 이 세계에서 배설물처리네 쓰레기소각이네 하는 것은 전혀 문제가 되지 않는다.

생산노동은 기계와 흑노에게 맡겨둔 채, 자신들은 그리스풍의 미적 생활을 즐기는 백인, 특히 귀족들의 일상을 쾌적하게 만들기 위해서 야푸가 얼마나 많은 방면에서 이용되고 있는지는 이후 점차 소개해나가게 될 것이다.

시리우스권 제8유성인 본국성 카를의 수도 아베르데인에서 지구별장에 와 있는 잔센 후작가의 젊은 부인인 폴린은 당대를 호령하는 부총리 겸 알타일권의 총독인 아델라인 경을 어머니로 하고 있으며, 스스로도 검사장을 맡고 있는 귀부인인데, 항시기(타임머신)인 비행접시를 타고 과거세계를 유보하던 중, 1956년의 지구에 추락했다. 마침 그 부근에 있던 독일 아가씨인 클라라 폰 코토비츠와 그녀의 약혼자이자 애인인 일본유학생 세베 린이치로가 그녀를 구했으나, 린이치로가 축인견에게 물렸기에 그를 치료하기 위해 클라라는, 구조를 온 항시원통선에 함께 올라 2천 년 후의 미래세계로 찾아왔다.

이스 사람은 린이치로의 피부색을 보고 그를 야푸 취급하며, 피부처리를 가하고 펌프충을 먹게 한다. 화가 난 린이치로는 클라라와 동반자살하려 하나 실패한다. 한편, 클라라는 폴린의 씨 다른 여동생이자 스포츠우먼인 돌리스와, 가축문화사 연구가인 오빠 세실과, 역시 명문 출신으로 세실의 처남인 윌리엄 드레이퍼 등에게 소개되고 모두에게 환영받으며 이스 문화를 접한 뒤 귀화를 결심한다.

별장에서의 하룻밤이 지난 후 린이치로는 가축적성검사를 받았으나, 윌리엄에게서 애정을 느끼기 시작하여 린이치로를 멀리하고 그를 야푸로 보기에 이른 클라라는 잔센 가 사람들과 이웃 별장의 맥 소년과 함께 그 적성검사를 구경한다. 린이치로는 클라라가 소유하는 토착야푸로 축적에 등록되었으며, 그녀의 오줌으로 세례를 받고 정식으로 그녀가 사육하는 가축이 되었다.

한편 클라라는 지금부터 지구 각지를 돌아다니며 이스 문화의 현황을 알아가게 된다.

제24장 용오름호의 비상

1. 찬미가와 설교

세베 린이치로가 영락한 모습인 야푸, TEⅢN·241267호는 결박고리에 묶여 목에는 줄을, 입술에는 지퍼를 단 가엾은 모습으로 예비우리 실내의 바닥 위에 무릎 꿇고 앉아 있었다. 하얀 신들이 나감과 동시에 천장에서 깨끗한 물이 쏟아져 전신에서 오줌을 씻어냈다(23장 4).

그리고 옆에서 누군가가 다가와 그의 팔에 주사기를 꽂자 그는 순간 정신이 아득해졌다.

우렁찬 합창소리가 그를 놀라게 했다. 언제부턴가 그는 자유로운 몸이 되어 수천 명의 대군중 중앙에 있었다. 자신과 마찬가지로 그들도 전부 알몸이었다. 그러나 그것을 부끄러워하는 기색도 없이 눈을 앞쪽의 위로 향한 채 입을 모아 노래하고 있었다. 그 시선의 끝에는……, 빛의 고리를 쓴 채 하얀 옷을 입은 미녀의 모습. 어딘가 희미해서 알아볼 수는 없었으나

클라라일까? 공중에 떠서 미소 지은 채 사람들의 시선을 받고 있는데 ……. 솟아오르는 합창의 멜로디는 찬미가풍으로 모르는 곡이었으나, 가사는 들어본 기억이 있었다.

〈임금께서는 신이시니 하늘의 구름 천둥 위에 깃들어 계시네〉

'『만엽집67)』의 노래잖아!'

린이치로는 내심 놀라면서도 언제부턴가 주위와 함께 노래를 부르고 있었다. 저음부였다. 합창이 반복되어 멜로디를 익힐 수 있었다. '임금'이 누구를 가리키는 것인지는 듣지 않아도 알 수 있었다.

다른 노래의 합창이 시작되었다.

〈임금의 백성(미타미)인 나는 살아 있는 보람이 있네, 천지가

번영할 때 살아 있음을 생각하면〉

미타미68)란 백인으로부터 my team('나의 가축들'이라는 뜻. 팀이란 원래 1개 조로 삼았던 가축을 이르는 말)이라 불리는 야푸들이 이를 잘못 발음하여 자신들에 대한 미칭(美稱)으로 삼은 말인데, 그 참된 뜻을 알지 못하는 린이치로도 노래의 의미만은 알 수 있었다. 축생천(야푸덤)에서 태어난 기쁨을 노래한 것이리라.

뒤이어 다른 노래들을 차례차례로 합창했다.

---

67) 万葉集. 일본에서 가장 오래된 시가집으로 나라 시대(710~748) 말기에 이루어졌다.
68) (역주) 御民. 임금의 백성이라는 뜻의 일본어.

〈오늘부터는 뒤돌아보지 않으리 임금의

방패(시코) 그 끝이 되어 출발하는 나는〉

(시코[69])란 기립호령인 shicko에 응해서 일어서는 신분을 의미한다. 새로이 포획되어 가축화된 토착야푸가 이스 세계에서의 새로운 삶에 대한 결의를 노래한 것.)

〈황공하구나 조정(미카도)의 일을 생각하면

눈물이 나네 아침이고 저녁이고〉

(미카도[70])는 '미켈'이 변형된 발음이다. 아침저녁으로 눈물이 난다는 것은 물론 편달 때문이다. 그래도 주인 미켈을 숭애한다는 가축의 진정을 토로한 노래. 편달용으로 사육되는 토착야푸의 노래.)

〈바다에 가면 물에 잠기고,

산에서 싸우면 풀을 키우는 주검

임금 옆에서 죽자

나의 몸 돌아보지 말고〉

(이것은 특별히 주석을 달 필요도 없는 종축의 노래다.)

……………………………….

전부해서 10여 수나 되었을까? 하나같이 『만엽집』의 노래가 서로 다른 멜로디에 맞춰져 찬미가로 불리고 있었다. 정확한 내용은 알지 못한 채, 그는 주위의 경건한 종교적 정열에 점차 감화되어 공중의 백여신(白女神)에게 귀의하고 싶다는 감정으로 가득해져갔다.

합창이 끝나자 조금 전의 대부형 둘이 좌우에서 손을 잡고 그를 대 위로 안내했다.

"축하합니다."

---

69) (역주) しこ. 자신을 낮추는 말.
70) (역주) 御門. 조정을 이르는 말.

그 가운데 한 사람이 말했다.

"생축사의 여러분 앞에서 8호 우리의 우리동료(팬 갱)로서 일동을 대표하여 축하의 말씀을 전합니다. 당신은 오늘부터 축인으로 거듭난 것입니다. 지금까지 지상에서 어떤 일을 하셨는지는 모르겠으나, 어쨌든 그것은 거짓이었습니다. 신의 눈에는 아무런 가치도 없는 것입니다. 하찮은 인생이었습니다. 하지만 오늘부터는 다릅니다. 이 천국에서 가축이 되는 것이 당신 본래의 올바른 삶입니다. 주님이 당신을 어디에 쓰실지, 그것은 아무도 모릅니다. 무엇이 되든 삶의 보람이 있는 생활, 살아갈 가치가 있는 생활입니다. 하지만 올바른 생활은 올바른 신앙 속에서 이루어져야 합니다. 아시겠습니까? 신앙이 깊어질수록 축인으로서의 기쁨을 깊이 맛볼 수 있습니다. 혹독한 채찍질 속에서도 자비를 느낄 수 있습니다. 그리고 신들의 하얀 피부에 신성함의 근원이 있다는 사실을 체득하게 됩니다. 우리 두 마리(두 사람이라고 하지 않고, 두 마리라고 한 것이 린이치로에게는 인상적이었다.)가 오늘 새로운 여신을 맞아들여 바로 주님으로 받아들일 수 있는 것도, 백색숭배의 신앙이 흔들림 없는 견고함에 달했기 때문입니다. 오늘 당신은 세례와 축복을 받아 신앙의 길로 들어섰습니다. 지금부터는 한시라도 빨리 신심을 굳건히 하여 견신례까지 나아가는 것이 무엇보다 중요합니다. 그리고 한 가지 더, 우리동료들과 이야기를 나누어보시는 것이 좋습니다. 혼자 생각해서는 알 수 없는 사실들을 알게 될 것입니다. 나는 어째서 처음부터 천국에서 축인으로 태어나지 못하고 지상의 자반인으로 태어났던 것일까? 신들은 어째서 축인이 인간을 참칭하며 사는 것을 용서하시는 것일까? 이런 축인신학(야푸너리티얼러지)상의 어려운 문제들은, 혼자서는 이해할 수 없습니다. ……정신을 잃었기에 스스로는 알지 못할 테지만, 당신은 어젯밤에 한번 우리의 우리─8호 우리입니다, 잊지 마시길─에 들어왔었습니다(16장 2). 8호 우리의 우리동료 일동은 당신이 우리로 돌아올 날을 기다리고 있습니다. 우리에는……,

앗, 여신님……."

갑자기 말을 끊더니 2마리 모두 그 자리에 무릎을 꿇고 넙죽 엎드렸기에 린이치로는 퍼뜩 정신이 들었다.

여전히 조금 전의 예비우리에 결박되어 있었다. 지금까지 커다란 합창을 했던 입에도 지퍼가 닫힌 채였다. 2마리의 대부형이 납작 엎드려 있는 앞에는 돌리스가 서 있었다. 머릿속 어딘가가 찌릿한 듯했다. 꿈을 꾼 것이었다. 젖은 피부가 아직 완전히 마르지 않은 것을 보니 그 동안 겨우 5분도 지나지 않은 듯했다.

"콘래드, 어때?"

갑자기 말을 시작한 미소녀의 머리 위에서는 조금 전처럼 빛의 고리가 반짝이고 있었다.

"놀랍습니다."

옆에서 젊은 남자의 목소리가 대답했다.

"명령하신 대로 오늘 밤의 훈련으로 찬미가를 들려주었습니다. 그런데 저항파가 거의 발생하지 않았습니다. 곳곳에 오해한 부분은 있는 듯하나, 어쨌든 충분한 이해곡선을 얻을 수 있었습니다. 찬미가를 거의 대부분 알고 있다니, 전에도 한 번 축적에 올랐던 적이 있었다고밖에 생각되지 않습니다만……."

"말도 안 돼."

"아가씨, 하지만 일반적으로는 몽환상태에서 주입을 시켜도,"

목소리의 주인공이 린이치로의 시야 안으로 들어왔다. 발랄한 청년이었다. 그가 바로 뇌파기술주임 콘래드 던컨이었다.

"가사의 뜻을 이해시키려면, 1곡만 해도 상당한 시간이 걸립니다. 가축어라 고는 하지만 고대어이기에……. 찬미가를 가르치는 데 오늘 하룻밤을 쓸 예정이었습니다만, 이 상태라면 더는 필요 없습니다. 참으로 신기한 일……."

"흠. 이 녀석은 말이지, 고대가축어라면 아주 잘 알고 있어. 그럴 만한 이유가 있어."라고 미소녀는 중얼거린 뒤,

"어쨌든 내게는 잘된 일이네. 내기는 이긴 거나 다름없어."라며 신이났다.

"그런데 오줌반응은?"

"이상 없습니다. 2cc 주사했습니다만……."

"그럼 소파에 넣어."

"알겠습니다."

오줌반응이라는 것은 이해할 수 없었으나, 지금 꾼 꿈이 의도적으로 만들어진 것이라는 사실, 그 찬미가가 진짜였다는 사실, 그것을 자신이 외웠다는 사실까지는 알고 있다는 점을 린이치로는 깨달았다. 뇌파과학을 알지 못하는 그에게는 도무지 이해할 수 없는 일이었으나.

돌리스는 조금 전 언니와 내기를 한 직후, 남몰래 던컨에게 지시를 해두고 자신도 맥 소년을 배웅하자마자 바로 되돌아온 것이었다. 클라라가 언니와 함께 공중열차로 출발하기 전에 잠깐 공작을 해두어야겠다고 생각한 것이었다.

몸을 움직일 수 없는 린이치로의 시야 정면에 돌리스가 와서 섰다. 그의 얼굴을 파란 눈으로 바라보며,

"리니. 한 가지 중요한 사실을 가르쳐줄게. 괴로울 때는 클라라에게 기도를 해. 알겠어? 기도는 이루어지는 법이니……."

다시 주사기에 찔렸고 린이치로는 정신을 잃어, 이윽고 오늘 아침부터 여러 가지 경험을 한 이 예비우리에서 옮겨지고 있다는 사실조차 알 수가 없었다.

2. 용에 오른 사람들

그로부터 15분쯤 지났을 무렵이었다. 지금까지 한없이 맑기만 하던 시실리

섬의 청명한 가을하늘 속 한 점에서부터 갑자기 번개가 번뜩이고 검은 구름이 소용돌이치며 짙어지기 시작했다. 깔때기 모양으로 늘어진 꼬리 부분이 점점 지면으로 다가오기 시작했다. 용오름일까?

검은 구름의 아래에는 넓디넓은 잔센 가의 별장이 있었다. 그 한가운데 화려하게 자리 잡은 수정궁의 일각에 용오름의 꼬리 부분이 닿은 듯 보인 순간, 다시 자줏빛 번개가 한 번 번뜩이더니 거대한 용이 구름을 뚫고 승천했다. 높이 높이 오르더니 동쪽을 향해서 하늘을 가로지르며 날아갔다. 검은 구름이 그 앞쪽에서 차례차례로 일었다가 바람에 흩어져 용의 진로를 나타냈는데, 곧 모든 것이 하늘 저 멀리로 사라져버리고 그 자리에는 이전처럼 원래의 구름 한 점 없는 가을하늘이 높다랗게 펼쳐져 있었다.

이스 세계의 지구에는 용이 사는 걸까? 그건 아니었다. 이것이 바로 공중열차인 '용오름호(토네이도)', 폴린이 아끼는 기계가 주인과 그녀의 두 손님을 태우고 시속 2천㎞[71]의 속도로 비상하는 모습이다.

공중열차는 어째서 구름을 부르고 바람을 일으켜, 전승의 동물인 '용'과 같은 자연현상을 수반하며 비행하는 걸까? ─언제나처럼 약간의 설명을 가하겠다.

이스 세계의 교통운수기관은 별과 별 사이의 우주를 오가는 사차원 우주선과 과거세계를 떠다니는 항시기를 시작으로, 유성의 대기권 내에서의 사용을 목적으로 하는 것들에도 큰 것으로는 앞으로 자세히 설명하게 될 비행섬(라퓨타)에서부터 작은 것으로는 옛날의 자동차에 상당하는 수륙공(水陸空)겸용 경차량인 황금충(비틀)에 이르기까지 참으로 다양한 종류가 있는데, 그 가운데서도 매우 이색적인 존재가 바로 이 공중열차(에어로트레인)다. 다른 모든 대기권 내 항공기는 공기저항을 고려하여 유선형을 채용하고 있으나,

---

71) 이것보다 5배 빠른 속도도 가능하다. 그러나 이스 귀족은 단순한 스피드업보다 생활의 쾌적함을 즐긴다. (12장 3)

그것이 의심의 여지도 없는 상식이라는 사실을 깨고 공중열차는 기체 밖으로 부품이 돌출되는 것을 조금도 신경 쓰지 않을 뿐만 아니라, 형태 자체도 유선형을 필요로 하지 않는다. 왜냐하면 그 추진원리가 특이한 것이어서, 기체 전방에 인위적으로 진공을 만들어내면 후방 대기와의 압력의 차이 때문에 강한 바람이 일어나 그 진공부로 공기를 유입시키려 한다. 그 풍압을 이용하여 말하자면 바람을 타고 앞쪽의 진공부로 나아가게 만든 것이었기에 마치 진공터널 안을 진행하는 것과 다를 바 없어서 기체에 대한 공기저항을 걱정할 필요가 없는 것이다.

진공부를 갑자기 만들어낼 때의 기온하강 때문에 주위에 물방울이 맺혀서 비구름이 솟아나는 것이다. 기체를 미는 강풍은 동시에 그 구름도 흩어버리는데, 이를 멀리서 보면 마치 이 공중열차가 바람을 일으키고 구름을 부르며 공중을 비상하는 것처럼 보인다. 풍류를 아는 이스 귀족이 자가용 공중열차를

용(드래건)의 형태로 만든 것은 그런 이유에서였는데, 이러한 생각이 시류에 투영되어 일반화하기에 이르자 공중열차를 '비룡차(飛龍車, 드래건)'라고 부르게 되었다. 기체 앞부분에 조종실이 있으며 진공을 만들기 위한 공기분자 절멸선을 투사하는 2개의 렌즈를 두 눈으로 삼고, 통신용 무선안테나를 수염 모양으로 만들고, 승객의 출입구인 개폐구를 상하의 턱 내부에 설치해서 위엄 있는 용의 모습을 갖추었다. 꼬리와 네 다리도 있고, 외피는 비늘 모양의 금속으로 이루어져 있다. 동체는 객실인데 수용인원의 숫자에 따라서 개인실을 추가로 연결하여 길게 만들 수도 있으며, 그 연결부 덕분에 동체는 굴곡이 가능하다. ─다시 말해서 외관은 용 그 자체였다. 고대인의 상상의 산물인 용은 이처럼 이스 세계의 비룡차로 실재하고 있다. ─아니, 어쩌면 항시여행자에 의해서 전해진 후자의 존재가 고대인에게 전자의 관념을 심어준 것은 아닐까? 어찌 됐든, 이 동물체를 본뜬 탈것은 기계문명에 식상해진, 어떤 의미에서는 오히려 거기에서 한 걸음 후퇴한 유희적 문화를 좋아하는 이스 사람들의 마음을 상당히 끌었다. 특히 귀족들은 비룡차의 운행에 수반되는 뇌전풍우(雷電風雨)의 맹렬함이 권력의 상징으로 삼기에 어울린다는 사실을 사랑하여 각자 아끼는 전용차를 소유하기에 이르렀다.

'용오름호(토네이도)'는 지구별장과 동시에 새로이 만들어진 잔센 가의 자가용기로, 일행이 도착한 이후부터 별장의 여러 사람들을 지구상의 각지로 싣고 다니는 데 이용되어왔으나, 오늘은 동쪽으로 멀리 7,000㎞ 떨어진 중앙아시아의 타림분지에 있는 호탄 시 교외의 상공에 정박 중인 비행섬 '타카라마한(高天原)'까지 폴린과 클라라와 윌리엄을 싣고 가는 길이었다.

세 사람은 각자 전용개인실에 머물렀으나 필요할 때면 입체전화를 이용하여, 마주앉아 있을 때와 마찬가지로 자유롭게 대화를 나눌 수도 있었다. 각 방의 장식은 옛날에 대서양항로를 오가던 유람기선의 일등선실보다 몇 배나 더한 화려함으로 넘쳐나고 있었다.

폴린은 함께 따라온 산부인과의사 데밀과 무엇인가 이야기를 나누고 있었다. 윌리엄은 전자피아노 앞에 앉아 즉흥곡을 연주하고 있었다. 자동녹음 장치도 움직이고 있는 듯했다. 연주 후에는 언제나처럼 영액인 소마의 잔을 기울이리라. 그렇다면 클라라는?

새로운 이스 국민—이라고 불러도 이제는 상관없으리라— 클라라 코트윅의 170㎝, 58㎏의 탄력 있는 젊은 육체는, 개인실 중앙에 있는 안락소파에 편안히 묻혀 있었다. 구두를 벗고 가지런히 모아서 뻗은 두 다리의 발 끝이 닿는 곳에 정확히 검은 반구 모양으로 볼록하게 튀어나온 부분이 있었다. 수박을 절반으로 잘라놓은 것 같은 크기였다. 그 반구면에 양쪽의 발바닥을 대고, 상반신은 비스듬히 뒤로 기울여 기댄 가장 편안한 자세로 클라라는 벽면의 전망틀에 특수한 입체렌즈를 통해서 투영되는 지중해의 풍광을 바라보고 있었다. 감청색으로 부서지는 하얀 파도를 검은색의 가늘고 긴 그림자가 덮고 있는 것은 이 용오름호와 그것을 둘러싼 구름이 만들어내는 그림자이리라.

'3시간 반쯤 걸린다고 했지. 그 사이에 20세기 후반의 역사라도 공부해볼까.'

이런 생각을 하며 기지개를 켰다. 늘씬한 바지 속의 길게 뻗은 두 다리가 늘어나, 발바닥에 닿아 있는 반구를 힘껏 밀었다. —그러자…….

순간 의자가 클라라의 몸을 지탱한 채 미묘한 동요를 시작했다. 검은 반구가 스프링과 연결되어 조그만 자극에도 흔들리도록 장치되어 있는 듯했다. 클라라는 양쪽 발로 번갈아가며 반구를 밀어 그 동요를 즐겼다.

문득 방의 구석에 있는 커다란 거울(푸시에) 쪽으로 시선이 갔다. 알몸의 인체가 무릎을 꿇고 두 손으로 거울을 받쳐들고 있는 모습이 조각되어 있었다. 오래 전 서구 귀족의 집에서 흔히 볼 수 있던 장식경대…….

'아니, 그게 아니야!'

클라라는 퍼뜩 깨달았다. 조각이 아니라 그것은 야푸였다. 명령에 따라서 거울의 각도를 여러 가지로 변화시킬 수 있도록 살아 있는 야푸에게 거울을 들고 있게 한 것임에 틀림없었다. 살아 있는 거울(리빙 밀러)……

여기에서도 생체가구의 멋진 일례를 발견하여 그 깊이를 알 수 없는 야푸 이용 문화에 놀라면서, 클라라의 생각은 어느 틈엔가 어제까지의 애인이었던 야푸에 이르러 있었다.

'그 이후, 리니는 어떻게 됐을까?'

세례식이라며 리니의 머리에 오줌을 부었다. 그 후, 그를 전혀 보지 못했다. ……조금 전, 수정궁의 옥상에서 출발하기 직전에 세실과 함께 배웅을 나온 돌리스가 곤충 모양의 브로치를 선물하며 자신의 손으로 직접 클라라의 가슴에 달아주었을 때도 물어보았었다.

"리니는? 제게 훈련을 시켜달라고 하셨잖아요."

"오늘 밤에 당신이 돌아오면 말할게요."

"돌리스, 네가 훈련시켜서는 안 돼. 내기는 클라라가 훈련시키는 것이 조건이니."라고 폴린이 옆에서 말했다.

"걱정할 것 없어. 난 지금부터 사냥(헌팅)을 나갈 생각이니 여기서 야푸를 상대하고 있을 시간 없으니까."

"그 야푸는 클라라의 손에 두겠다는 약속이었어."

"걱정 말라니까. 어쨌든 난 내기에서 부정을 저지르지는 않을 거야. 윌리엄은 알고 있어, 그렇죠?"

이렇게 말한 돌리스는 윌리엄과 얼굴을 마주보며 웃음을 지었다.

'그때 왜 웃은 걸까?'

하지만 그녀에게 있어서 그 의문이 풀리는 것은 한참 뒤의 이야기. 지금의 클라라는 소파의 편안함을 즐기며 리니에 대한 생각은 머리에서 떠나는 대로 맡겨둔 채, 목적지에 이르기까지의 시간을 유효하게 이용할 방책에 마음을 쓰고 있었다.

조금 전에 떠올린 생각에 커다란 매력을 느꼈다.

'20세기의 지구에서는 어떤 일이 일어날까? 원반 속에서 폴린이 뭔가 시사를 한 것 같은데(6장 3). 만약 원반에 타지 않았다면 어떻게 되었을까?'

자문기(레퍼런서)에게 물어보았다.

": : : : : : 꿈의 책(드림 북)을 이용해주시기 바랍니다."

이것이 대답이었다.

5분 뒤, 클라라는 미식축구선수처럼 깊은 모자를 써서 얼굴까지 덮은 채 소파에 기대어 있었다. 자세는 여전히 상반신을 눕혀, 이발소에서 면도를 받을 때와 같은 모습. 두 발은 발판을 이루고 있는 반구를 무의식적으로 놀려서 동요를 즐기고 있었다. ……학생 축구선수가 공에 익숙해지기 위해서 책상 아래에 공을 놓고 공부를 하며 두 발로 그것을 놀리고 있는, 마치 그런 정도의 무의식적 행동이었다.

그 흔들림이 일종의 요람 같은 역할을 하기 때문인지 클라라는 점차 잠 속으로 빠져들었다.

그리고 꿈을 꿨다.

그런데 그 꿈은 일정한 내용을 의도적으로 지향하여 만들어낸 것이었다. 수면학습음반의 존재로도 알 수 있는 것처럼, 수면 중의 뇌파를 통제하면 학습능률이 현저하게 향상된다. 황량일취(黃粱一炊). 몽환상태에서는 현실에서보다 시간의 흐름을 빨리하여 많은 것을 배울 수 있다. 이 원리를 이용하여 단시간에 많은 사상내용을 전달하는 기계가, 지금 클라라가 쓰고 있는 뇌파서견기(腦波書見器, 브레인 리더)로, 그 필름이 말하자면 꿈의 책인 것이다.

이스 뇌파기술의 걸작이라고 할 수 있는 발명 가운데 하나였다.

무엇을 보았는지 꿈에 시달리듯 몸을 움직였고 그 바람에 반구를 차서 다시 몸이 흔들렸으나, 눈을 뜨기는커녕 꿈은 오히려 깊어진 듯했다.

3. 인류의 가까운 미래상

클라라가 꾸고 있는 꿈은 20세기 후반 이후의 인류의 역사였다. 이스의 전신인 테라 노바의 역사이자, 흑노제와 축인제 성립의 전사(前史)이기도 했다. 그 개요는―.

인공위성(클라라가 지구를 떠난 이듬해의 일이다.) 이후, 소련은 미국을 계속해서 앞질러나갔다. 로켓을 달에 보내는 데 성공했으며, 달 표면의 영토권을 주장했다. 인도와 아랍도 적화했다. 서구 대륙의 각국도 공산권의 압력에 쓰러질 듯 보였다. UN은 무력화되었다.

자유세계 지도자로서의 미국은 해가 갈수록 그 초조함이 커져만 갔다. 달로켓 개발에서 한 발 늦은 기술진은 유성로켓으로 소련을 뛰어넘겠다며 필사의 노력을 거듭하고 있었다. 유럽에서는 영국, 아시아에서는 일본, 두 나라만이 미국의 편을 들었다.

그러나 일본이 미국의 과학을 추종하고 있었던 것과는 달리 영국은 스스로도 수소폭탄을 보유하는 등, 고도의 과학수준을 자랑하고 있었다. 과학자들은 달로켓 개발에 뒤처진 것을 미국보다 훨씬 더 커다란 규모로 회복하기 위해서 독일의 천재인 젠게르 박사를 초빙하여, 광파로켓에 의한 광속우주선의 시험적 제작에 착수했다. 유성 공간을 건너뛴 채, 단번에 항성 공간에 도전하여 영국의 영광을 되찾겠다는 비원에서 비롯된 일이었다. 남아프리카 연방의 산 속 깊은 곳에 비밀공장이 세워졌다. 흑인 노동력을 대량으로 이용할 수 있고, 또 대영연방의 일원으로 영국에 우호적이며, 다른 나라와는 유색인종 차별 때문에 사이가 좋지 않아서 비밀을 유지하기 좋았기에 이곳을 선택한 것이었다.

1967년, 최초의 광속우주선인 '영광호(글로리아)'가 1천 명의 탐험대원과 최신 핵병기의 탑재를 마치고 은밀하게 희망봉 정상에서 상승하여 우주공간으로 출발했다.

이듬해인 1968년, 제3차 세계대전이 일어났다. 세계대전이라고 부를 가치가 있을지 없을지는 모르겠으나, 전쟁은 단 하루 만에 끝났다. 미국이 비밀리에 완성한 초수소폭탄인 α폭탄(알파 밤)을 공산권, 즉 소련·중국·인도·아랍의 각 지역에 ICBM(대륙간탄도탄)으로 동시에 쏜 것이었다. 섬멸적 기습전법은 훌륭하게 성공하여 소련으로부터 자동보복장치에 의해 발사된 세균탄 두 ICBM이 단 1발 미국 영내에 떨어졌을 뿐, 적색 세계는 완전히 전투력을 상실하여 항복했다. 공산권 15억 인구—소련의 러시아인을 제외하면 모두 유색인종이었는데— 가운데 5억 명이 단 하루만에 목숨을 잃었다. 게다가 살아남은 10억 명도 오래는 살지 못했으며, 자손도 만들지 못했다. 왜냐하면 α폭탄의 피폭지역에서 강렬한 방사능이 발생하여 원자병에 의한 주민의 죽음을 운명 지었기 때문이었다.

자유세계의 완전 승리. 이 대학살도 인류의 자유와 행복을 위해서는 용납이 되는 것이라고 미국의 대통령은 강변했다. 일본이, 그것은 백인만의 자유와 행복 아니냐고 유색인종의 생명경시에 대해서 항의했으나 묵살당했다.

그러나 신을 두려워하지 않은 미국의 이 소행은 소련이 쏜 단 1발의 세균탄에 의해서 악마적인 복수를 당했다. 투하 이후 5일째 되는 날부터 시카고에서 발생하여 전 세계를 공포에 빠트린 ω열(오메가 피버)이, 이 폭탄의 바이러스에서부터 시작된 것이었다.

공기전염되며 전염률이 극도로 높았다. 사체를 태우기 위해 접근하는 것만으로도 전염되었다. 42도의 고열이 사흘 동안 이어지다 목숨을 잃었다. 예방에 있어서도, 치료에 있어서도 손을 쓸 방법이 없는 희유의 악마적 전염병, 이것이 미대륙을 휩쓸었다. 점차 알게 된 사실은, 백인의 사망률은 거의 99%이나, 흑인은 살아남는 사람이 많으며 면역력을 갖게 된다는 것이었다. 소련이 애초부터 미국 내에서의 전염을 상정하여 멜라닌색소(피부색소)에 취약하도록 배양했기 때문이라는 설과, α폭탄의 방사능이 돌연변이(뮤테이션)를 일으켰기 때문이라는 설이 있었으나, 어쨌든 유색인종보다 백인의 목숨을 빼앗는 기이한 질병이었다. 백인환자의 가족은 흑인환자를 증오했다. 의사조차 백인은 흑인환자를 거부했다. 흑백 대립이 격화되어 린치가 발생하고 사회불안이 증대되었다.

이 ω열(오메가 피버)은 유럽의 백인세계까지도 단숨에 집어삼켰다. 아시아 지역에서는 방사능이 살아남은 유색인종을 절멸시켜가고 있을 무렵, 피폭을 면한 유럽에서는 바이러스가 백인을 절멸시키려 하고 있었다.

미국에서는 전체인구 가운데 흑인이 차지하는 비율이 점점 높아졌다. 1973년, 마침내 흑인이 무장봉기하여 미국은 내란상태에 빠졌다. 그러나 미국 내의 백인을 구원할 여력이 유럽 각국에는 더 이상 남아 있지 않았다. ω열 때문에 자신들의 국가기능이 마비되어 고통을 받고 있는 중이었다.

영국도 예외는 아니어서 국민의 8할이 쓰러졌다. 여왕인 엘리자베스마저 자신의 아들들과 함께 전 국민의 애도 속에서 붕어했다. 당시 모 공작의

미망인이 되어 있던 왕의 여동생인 마거릿이 대를 이어서 즉위했는데, 이를 계기로 정부는 일대 결단을 내려 남반구에 있는 우방으로의 피난을 결의했다.

미국이 마침내 흑인천하가 되어 할렘(뉴욕 흑인가)에 임시정부가 세워졌다는 보도가 세계를 놀라게 했을 무렵, 영국은 남아프리카와 호주와 뉴질랜드로 피난을 완료하여 하마터면 절멸될 뻔했던 백인문명을 간신히 보전할 수 있었다. 특히 남아프리카의 우주선공장이 높은 수준의 과학기술을 쌓아둔 창고 역할을 했기에 인류의 장래를 놓고 보자면 불행 중 다행이라고 할 수 있었다.

α폭탄이 투하되지 않았던 유일한 아시아 지역인 일본열도도 ω열 바이러스의 침입을 받았으나 유색인종인 덕분에 인구 상실은 5할에 그쳤지만, 국력의 감퇴는 예외가 아니었다.

25억을 헤아리던 지구의 인구도 이제는 1억, 특히 순혈백인종은 아마 500만도 되지 않으리라 여겨지고 있었다.

광파우주선이 지구에 돌아온 것은 이러한 시기였다. 1977년, 출발 이후 11년째였다. 인마좌 α권(알파 켄타우리)에서 지구와 자연환경이 비슷한 제4유성을 발견하여 그 원주민인 유익사족인(페가수스)들을 격파하고 그 별인 '신지구(테라 노바)'를 영국령으로 선언한 뒤, 여왕에게 바쳐 영국의 '영광(글로리)'을 세계에 반짝이게 하겠다는 기대를 품고 귀환한 일행들이 본 것은 완전히 변해버린 지구의 모습이었다.

문명의 종언일까? 지구는 인류의 무덤이 되는 것일까?

"아니! 우리에게는 '신지구'가 있다. 방사능에 의한 대지와 대기의 오염, 언제 종식될지 모를 ω열의 위협, 그 앞에 덧없이 무릎을 꿇고 죽음을 기다리느니 새로운 유성으로 이주하여 인류의 새로운 운명을 개척하자."

우주선의 선장인 달링턴 경은 이렇게 역설했다. 진취적인 마거릿 여왕은 여기에 찬성하고 일부의 반대를 뿌리친 채 스스로 이주의 선두에 설 결의를 표명했다.

1978년 2월 길일, '노아의 방주호(아크 오브 노아)'라고 이름을 바꾼 광파우주선이 여왕 및 가리고 가려서 뽑은 청년들 1천 명─모두 훗날 이스 대귀족 가문의 선조가 된다. ─을 태우고 다시 희망봉에서 날아올랐다(4장 1).

'용감한 여왕의 뒤를 따르라.'는 목소리가 남겨진 백인들의 구호가 되었 으며, 이제는 국적을 불문하고 남아프리카의 공장을 중심으로 백인이 대동단결하여 대규모 이주계획이 입안되었다. 광파우주선 100척을 건조하여 1번에 약 10만 명씩 이송하겠다는 것이었다. 인마좌의 a권까지는 광속도로 왕복 9년, 500만 명을 전부 이송하려면 수백 년이 걸릴지도 몰랐으나…….

계엄령하의 정부에게 남아프리카 모든 흑인을 노예공원으로 강제수용할 수 있는 권한을 부여하는 법률이 시행되어, 그들을 강제노동에 종사하게 함으로 해서 밤낮으로 조선공사가 강행되었다. ω열의 침입을 피하기 위해서 북반구와는 교통통신을 전부 끊었다. 미국의 흑인도 일본인도 이 계획을 알지 못했다. 알았다 할지라도 아무 것도 할 수 없었을 테지만.

3년째, 마침내 ω열 바이러스가 남반구를 덮쳤다는 보도가 있던 바로 그날, 정예의 10만을 태운 100척의 선단이 출발했다.

그러나 9년 뒤, 선단이 돌아왔을 때에는 슬프게도 단 한 사람의 동포도

발견할 수 없었다. 남아프리카·호주·뉴질랜드에서 볼 수 있었던 것은 흑노공원이었던 흑인들의 적개심으로 불타오르는 눈뿐이었다. ─북반구에서 침입한 바이러스가 백인 인구 과반의 목숨을 빼앗았을 때, 압제에 분노하여 반란의 호기를 엿보고 있던 흑인이 들고 일어나 단번에 백인을 전부 살해한 것이었다.

자신들이 지구를 떠나 있는 동안 일어났던 참사를 알고 우주선 승무원들은 한편으로는 실망하고, 한편으로는 분노했다. 데리러 오기를 기다리다 덧없이 목숨을 잃은 동포들을 위한 복수전으로 그들은 흑인들을 살인광선으로 불태웠다. 살아남은 흑인은 20만 명도 되지 않았다. 이렇게 해서 백인종의 이동은 첫 번째 10만으로 끝이 났으나, 100척의 우주선은 그 대신 20만의 흑인을 태우고 돌아갔다. 인류의 새로운 고향인 테라 노바의 개발에 무한정으로 요구되는 노동력 수요에 응할 노예요원으로서.

이것이 1990년의 일이었다. 맥 장군이 지구 재점령을 목표로 군세를 이끌고 대거 지구 내습을 감행할 때까지는, 이후 60여 년이 경과한다. 그 사이에 멀리 4광년 반 떨어진 곳에서는 테라 노바 여왕국의 건설이 착착 진행되고 있었다. 유익사족인들은 완전히 정복당해 포로가 되었고, 가축화되었다(4장 2). 활발하고 진취적인 여왕의 통치하, 재상들도 그녀를 잘 보좌하여 수도 트라이곤을 중심으로 영토가 정비되었으며, 인구의 증가와 맞물려 테라 노바 국민─이 새로운 세계의 패자인 인류─은 밝은 희망으로 불타올랐다. ……20세기 사람으로서 이 놀라운 미래를 처음으로 알게 된 클라라가 신음을 한 것도 당연한 일이었다.

제25장 소파의 위와 아래

1. 기도는 이루어진다

클라라는 소파에 기대어 꿈의 책(드림 북)을 펼치고 있었다.

그렇다면 린이치로는 어디서 무엇을 하고 있을까? 사실은 그때 클라라 바로 곁에 있었다. 두 사람의 몸은 가죽 한 장을 사이에 두고 서로 맞닿아 있기까지 했다.

이야기는 조금 앞으로 돌아간다.

린이치로는 사지에 격렬한 통증을 느끼고 실신했다가 회복했다. 조금 전과는 전혀 다른 자세로 몸을 엎드린 채 손발이 길게 뻗혀 있었는데, 그 두 손목과 발목에 가죽인 듯한 고리가 채워져서 몸을 평평하게 매달고 있었다. 머리 쪽은 고무인 듯한 자루가 안면에 찰싹 밀착되어 덮여 있었기에 눈과 귀 모두 전혀 쓸모가 없었지만, 아무래도 길고 가느다란 상자 같은 것의 안쪽 네 귀퉁이에 사지의 끝을 묶여 매달려 있는 듯했다. 그런데 등에 느껴지는 이 무게는 또 뭐란 말인가! 배 아래를 지지해주는 것이 없었기에 등은 활 모양으로 휘었으며, 손목과 발목에 모든 하중이 걸렸다. 그야말로 인간해먹이었다. 머리 부분은 코 아래에서부터 귀까지 칼 같은 것으로 고정되어 있었다. ─머리 위에 뭔가 조그만 것이 가볍게 올려져 있는데, 그것은 무엇일까? 게다가 몸이 자꾸만 뜨거워졌다. 전신의 혈액이 콸콸 솟아오르는 듯한 느낌이었다. 심장을 바늘에 찔린 것 같은 느낌은 착각일까?

갑자기 등 위의 하중이 이동했다. 뒤척임…….

'생물일까? 아니, 사람이야!'

사태가 한순간에 명료해졌다. 조금 전, 돌리스가 청년에게 명령했던, '소파에 넣어.'라는 말을 근거로 추리한 것이었다.

'이건 인간의 몸을 사용하여 지탱하게 만든 소파야!'

인간이 아니라 축인이라고 해야 할 터였으나, 어쨌든 추리로서는 정확한 것이었다.

린이치로의 몸이, 클라라가 기대어 있는 안락소파 내부에 펼쳐져 그녀의 체중을 받치고 있는 것이었다.

엉덩이의 무게가 소파의 가죽과 그 내지(스프링이 필요 없을 만큼 강한 탄성체)를 사이에 두고 있을 뿐인 그의 몸에 전달되었다. 사람 하나의 체중이 그대로 걸린 것이다. 그 중심이 그의 허리에서 엉덩이에 걸친 부분에 있는 것을 생각하면 기대어 있는 사람의 방향은 그와 정반대인 듯했다.

'그렇다면 머리 위에 있는 건 그 사람의 발이로군.'

이것도 생각한 대로였다. 안락의자의 발판—조금 전에 그녀의 발바닥을 지지하고 있던, 검은 반구처럼 보였던 것—은 그곳만 가죽을 도려낸 구멍으로 몸과 직각이 되게 절반쯤 튀어나오게 한 그의 머리였던 것이다.

'그렇다면 대체 누구지?'

이것만은 알아낼 방법이 없을 듯 여겨졌다.

그런데 머리 부분을 완전히 감싸고 있는 고무 같은 복면이 눈과 귀는 전부 덮었지만, 콧구멍 부분에만 통기용의 작은 구멍이 있는 듯했다. 그 외계와의 유일한 통로를 따라서 위에 있는 사람이 움직일 때마다 희미하게 전해지는 향기……. 이 냄새는…….

'클라라야!'

오늘 아침의 향락욕으로 그녀의 몸에 배었던 독특한 향기가, 축적등록의 서명을 위해 그녀가 그의 옆에 섰을 때, 그의 후각에 강렬한 인상을 남겼던 것이다.

더 이상 의심할 필요도 없었다. 자신의 등 위에 있는 것은 클라라였다. 그녀는 안락의자를 사용하고 있는 것이라 생각했지만, 58㎏의 체중을 그의 생체해먹이 지탱하고 있는 것이었다.

'클라라, 내가 여기에 있다는 사실을 모르는 거야?'

마치 거기에 답하기라도 하듯, 클라라는 이때 우연히도 기지개를 켰다. 그리고 두 발로 그의 머리를 힘껏 밀었다.

린이치로는 곧 전신의 피부표면으로 맹렬한 간지러움을 느꼈으며, 참기 어려웠기에 자신도 모르게 몸부림을 쳐서 그 간지러움을 떨쳐내려 했다. 그 몸부림이 소파 가죽 안쪽에 있는 내지의 탄성에 배가되어, 그 위에 있는 클라라의 몸에도 전달되었으리라. 어떤 장치가 되어 있는 것인지 고정되어 스스로는 움직일 수 없는 머리를 외부에서 누를 때마다 강한 간지러움이 느껴져 어쩔 수 없이 몸을 흔들어 위에 기대고 있는 사람의 몸까지도 동요하게 만들어져 있었다.

손목과 발목은 지금 당장이라도 떨어져나갈 듯.

'아앗, 아파! 클라라! 제발 살려줘!'

입술조임쇠(지퍼)에 막혀버린 입을 열 수 없었기에, 자신도 모르게 마음속에서 클라라를 불렀다. 등록식과 세례식을 마친 이후로, 이미 자신을 배반한 이 연인의 이름을 부르기에 망설이지 않았던 것은 무엇보다 그가 남성으로서의 자부심을 그녀에게 유지하려 하지 않았기 때문일 테지만, 또 다른 하나는 괴로울 때는 클라라에게 기도하라고 가르쳐준 돌리스의 말이 잠재의식에 암시를 준 때문이기도 하리라.

신기한 일이 일어났다. 몸이 쓱 가벼워졌다. 복부에 무엇인가 지지물이 직접 닿은 느낌은 없었으나, 그럼에도 지금까지 분명히 공중에 떠 있던 몸이 무엇인가에 지지를 받고 있었다. 그로 인해서 클라라의 체중을 온몸으로 지탱할 수 있어서 편안해졌다. 말하자면 해먹이 요가 되어버린 셈이었다. 기도가 이루어졌다!

이상한 일이라며 그 이유를 생각하려고 하면 다시 견디기 힘든 무게가 느껴졌으나, 클라라! 하고 마음속에서 외치면 순간 편안해졌다. 돌리스의 가르침대로 클라라에 대한 기도가 효과를 발휘하고 있다는 것만은 틀림없는 사실이었다. 클라라! 클라라!

이제 그의 의식은 온통 클라라뿐이었다. 다른 생각을 하는 것은 몸이 혐오했다. 역시 괴로울 때면 신을 찾게 되는 법. 그의 클라라에 대한 마음은 더 이상 연인에 대한 것이 아니라 구주, 신에 대한 것이 되어 있었다.

검은 반구의 정체를 아는지 모르는지, 클라라는 두 발 사이에 그의 머리를 끼우고 주무르듯 눌러서 움직였다. 그때마다 간지러워져서 몸을 흔드는 것은 지금까지와 다를 바 없었으나, 아래서 지탱을 해주었기에 훨씬 더 편안했다. 하중에서 오는 고통에 비하자면 간지러움은 그나마 쾌감을 동반하고 있었다. 의자의 기구를 추측컨대 기도를 중지하지 않는 한, 간지러움만은 견딜 수 있을 듯했다. 마음이 바뀐 탓인지 아까부터 느껴졌던 몸의 뜨거움도 조금은 가라앉은 듯했다.

'기도는 이루어진다.'

여신 클라라의 존귀한 모습이 언제부턴가 그의 심리에 되살아났다. 합창하는 축인의 대집단이 올려다본, 하늘에 떠 있던 그 몽롱한 백의의 아름다운 여신……

더 이상 다른 그 무엇도 생각하지 않고 그는 오로지 클라라에게 기도했다.

꿈을 꾸고 있는 클라라의 두 발이 무의식중에 그의 머리를 찰 때마다 전신의 근육이 반응하여 그녀를 기쁘게 해주었으며, 그는 필사적으로 그녀에게 기도했다.

2. 일본의 멸망과 자반의 탄생

소파 위에서는 클라라가 인류의 제2의 고향인 테라 노바를 방문하고 있었다. 유익사족인들의 고도(古都)에 솟아 있는 삼각탑의 장려함이여. 그들의 왕에 올라타 하늘을 달리는 마거릿 여왕의 경쾌하고 늠름한 모습이여! (4장 2)

그러나 얼마 후, 꿈의 장면은 다시 그리운 지구로 돌아왔다.

백인이 신지구의 경영에 부심하고 있을 무렵, 지구에서는 무슨 일이 일어났을까? 백인들 고향의 별(홈 플래닛)은 이제 유색인종에게 맡겨져 있었다. 그것도 무지몽매한 호주의 야만인 등을 제외하면, 미국 내의 흑인과 일본인만이, 백인이라는 정당한 주인이 자리를 비운 '지구'를 맡기에 적합한 민족이었다. ……그러나 이 양자 사이에는 커다란 차이가 있었다. 전자는 발흥기에, 후자는 쇠퇴기에 놓여 있었던 것이다.

미국 내의 흑인들은 이 지구 종말기에 비로소 그들의 가장 좋은 시절을 맞이했다. 광대한 영토, 풍부한 자원, 고도의 기술……. 백인들의 훌륭한 유산을 그들은 향수했다. 물론 그 능력은 이어받은 문명을 더욱 진보·발전시키기에는 부족했다. 그러나 어쨌든 그들은 20세기 말의 과학수준을 유지할 수 있는 데까지는 향상되어 있었다.

그에 반해서 일본은 처참한 상태였다. ω열로 인구의 절반을 잃은 것도 뼈아픈 타격이었으나, 그 이상으로 방사능에 의한 피해가 심각했다. 인류 최초의 핵폭발의 모르모트(히로시마, 나가사키, 후쿠류마루)가 되었을 뿐만 아니라, 초기 수소폭탄 실험에 의한 죽음의 재는 기상조건 때문에 일본열도에 가장 많은 죽음의 비를 뿌렸다[72]. 거기에 더해서 쌀을 주식으로 하는 민족으

---

72) 죽음의 재 가운데 80%는 북반구에, 그 50%는 동반구에 집중되었다. 지리적 조건으로 보자면 일본은 방사능이 날려와 쌓이는 곳이다. (미야케 야스오 교수, 「세계의 방사성

로서의 비극도 있었다. 방사능을 섭취하는 비율이, 우유를 마시는 민족보다 수 배나 더 많다고 늘 경고되어 왔으나, 쌀을 주식으로 삼는 습관을 버리지 못한 것이었다[73]. 그 결과—기묘하게도 출산율은 향상되었으나— 신생아의 6할이 백치이거나 저능이었으며, 그 대부분은 기형을 수반했다[74].

어디까지나 방사능에 저주받은 국토이자, 민족이었다. 하지만 그 국토에서 탈출하고 싶어도 아시아 대륙은 α폭탄으로 초토화되어, 인간은커녕 초목과 곤충에게조차 생존을 허락하지 않는 방사능 분진의 사막이 되어 있었다.

북반구에 있어서 대기의 오염은 이미 치명적인 상태에 이르렀다. ω열 바이러스에 대해서는 면역성을 가진 멜라닌색소도 여기에는 당해낼 수 없었다. 미국의 흑인들은 북미대륙을 포기하고 축적된 물량을 앞세워 남미대륙으로의 대이주를 일거에 감행했다. 남반구의 대기도 언젠가는 위험해지리라. 근본적인 해결책은 다른 유성으로의 이주밖에 없었으나 이를 상상할 용기도, 실현할 능력도 그들에게는 없었다.

백인문명의 모방을 일삼아오던 일본인에게도 그런 능력은 없었다. 그들은 눈앞에 닥쳐온 죽음을 피하기 위한 방책으로 남반구로의 이주밖에 생각하지 못했으나, 선박이 부족했다.

이러한 때에 남미로의 이주를 마쳐 필요 없어진 수송선을 빌려줄 테니 남미로 이민하지 않겠느냐고, 흑인정부가 제의를 해왔다. 그러자 일본 전국에서 커다란 소동이 벌어졌다. 승선자격 쟁탈을 위한 꼴사나운 싸움이 국민을

강하물의 현황」)

73) 스트론튬-90은 골수 속의 칼슘에 집중되는데, 이는 식습관에 따라서 차이를 보인다. 지금까지 폭발한 핵병기의 성층권 강하물에 의한 방사선은, 칼슘의 대부분을 유제품에서 섭취하는 서양인에 대해서는 1인당 70년 평균 골수선량인 160밀리렘을 부여하나, 칼슘을 주로 쌀에서 섭취하는 일본인에 대해서는 서양인의 6배인 960밀리렘을 부여한다. (원자방사선의 영향에 대한 UN 과학위원회의 보고)

74) 1945년 8월 6일, 히로시마의 폭심에서 1,200m 안쪽에 있던 11명의 임부가 피폭 이후 11명의 아이를 낳았다. 그 가운데 7명은 원숭이와 다를 바 없는 소두아(小頭兒, 선천적 백치)였다. (조지 브램머, 코마이 타쿠 박사에 의함)

더욱 분열시켜, 국정을 문란케 했다. ……그러나 수송선단이 도착하자, 국내에서의 결정은 무효가 되었다. 흑인 수송사령관이 수송할 자들의 자격을 자신들끼리 결정해버렸다. 20대, 30대의 건전한 젊은 남녀들만을 모아놓고 그 가운데서 다시 선발했다. 뽑히고 싶은 마음에 흑인선원에게 추파를 던진 양가의 여성들도 그 수를 헤아릴 수 없었다. 이긴 쪽을 태우겠다는 말을 들은 청년들은, 서로 죽음을 각오한 결투를 벌여 선원들에게 더할 나위 없는 오락을 제공했다. 일본 전체가 흑인들에게 농락당해 마치 지옥의 한 장면을 연출하는 듯한 꼴에 빠져버리고 말았다.

그런데 이렇게 간신히 선발되어 실려간 남미 땅에서 기다리고 있던 것은 브라질 이민으로서의 대우가 아니라, 노예에 대한 대우였다. 흑인정부가 하급노동자요원 이외로는 상륙을 허가하지 않았기 때문이었다. 먼 옛날, 조상들이 노예로서 이향에서 혹사당했던 기억을 가지고 있는 북미 흑인들은, 지금 자신들의 시대가 오자 이렇게 다른 종족에게 노예노동을 강요함으로 해서 심리적인 보상을 얻으려 한 것이었다.

예전에 이집트에서 유태인들이 그랬던 것처럼, 지금의 일본인은 남미에서 노예가 되었다. 그러한 수난 속에서도 마음의 버팀목이 되어준 것은 모세와 같은 역할을 수행한 수장일족의 격려였다.

그렇다면 일본열도에 남겨진 자들의 운명은 어떻게 되었을까? 국가조직의 중견층을 단번에 잃어 국정은 정체, 아니 붕괴되었다. 경찰력이 사라지자 범죄가 급증하여 약육강식의 세계가 되었으며, 삽시간에 물자결핍에 빠졌고, 국토는 황폐해졌다. 자식에게 버림받고 부모에게 버림받은 나약한 국민에게는 나날의 식량조차 부족했다. 굶주림에 의한 죽음, 배를 채우기 위한 살인, 절망에 의한 자살과 발광, 그리고 전염병 만연. 죽음의 신이 마음껏 날뛰어, 믿을 수 없을 정도의 단기간에 이 국토에서 제대로 된 국민은 자취를 감추고 말았다.

'일본'은 멸망해버리고 말았다.

그 자리에서는 문명의 잔해 속에 버려진 백치와 기형자들의 무리가 죽음의 신에 대해서만은 이상할 정도의 저항력을 보이며, 애초부터 문화의 최저수준 조차 유지할 능력도 없고, 의복을 걸치는 것조차 알지 못하고, 식욕만 남아 있는 동물적 생활로 퇴행하여 죽음의 대기를 호흡하고 있을 뿐이었다. 제아무리 생명력이 강하다 할지라도 그들의 죽음은, 아니 북반구 생물의 멸종은 이미 시간문제가 되어 있었다.

바로 그러한 때에 맥 장군을 사령관으로 하는 테라 노바의 우주함대가 나타났다. 때는 2057년.

60여 년 전과는 달리 이번에는 '고향의 별(홈 플래닛)'의 회복이 목적이었다. 방사능을 소멸시키는 것도, ω열 바이러스를 무해한 것으로 만드는 것도, 당시 그들의 과학으로는 가능한 일이었다.

본국에서는 그들이 완전히 노예화하여 반인간으로 천시하고 있는 흑노가, 지구의 주인인 양 행세하며 황색인을 노무에 종사케 하고, 국가를 구성한 웃지 못할 상황이 펼쳐져 있는 것을 보자 그들의 조상들이 느꼈던 것과 같은 분노가 다시 불타올랐다.

전쟁이 아니었다. 노예사냥이었다. 남반구의 흑인국가는 단숨에 격멸되었고, 전 국민을 포로로 잡았다. 오만함을 징벌하고 원래의 지위인 흑노에 위치시키기 위해서.

흑인국가의 노예계급을 형성하고 있던 황색 인종(옐로우 피플)—그들 가운데에는 예로부터의 수장일족으로 모두에게서 존경을 받고 있는 자들도 있었다.—도 물론 전원 포획되어 수용소에 수감되었다.

그러는 사이에 지구 정화작업이 착착 진행되었다. 대지와 대기에서 방사능과 ω열 바이러스가 일소되어, 지구는 다시 진정한 주인을 위한 낙원이 되었다. 동쪽 바다의 상공에서도 후지야마 산이 아침 해를 받아 반짝였다.

놀랍게도 일본열도에 생존자가 있었다. 고릴라인지 원인인지 알 수 없는 용모와 자태로 상당수가 야만스러운 혈거생활을 하고 있었다. 동물적 본능만이 남은 백치의 소두아, 극단적인 복귀돌연변이(아터비즘)에 의한 기형……. 이것이 인간일까?

이 무리들을 전부 포획·수용하여 테라 노바로 보냈는데, 수송에 임했던 참모인 로벤베르크 대령(독일계)이 그들을 인간으로 봐서는 안 되며, 동물(수축)로 다루어야 한다고 주장했다. 사망사고 등의 경우에 책임이 가벼워지기 때문이었다.

상식적으로는 방사능에 의한 유전자의 퇴폐와 문명의 파멸이 바로 이 퇴화·타락의 원인임은 자명했으나, 대령은 신의 징벌에 의한 수축화(獸畜化)를 주장한 종군목사의 설을 한 걸음 더 진전시켜, 그들은 원래 유인원(에이프)이었는데, 백인문화를 따라하다가 백인문화에서 멀어지자 곧 본성을 폭로한 것이라고 주장했다. 정책적 편의와 극단적인 기형이 어우러져 이 편협한 설이 채용되었고, 그들은 동물로서 관정 동물원에 수용되어 왕가 사람들의 눈을 즐겁게 하거나 사육소에서 육종학적 연구의 대상이 되어 후대의 다양한 야푸 변종의 원형이 되기에 이르렀다.

기형자에 대해서는 그것으로 상관없었으나, 이렇게 되자 같은 종족으로 남미에서 잡아온 건전한 자들에 대한 처우문제가 발생했다. 대령의 설에 따르자면 그들도 본질은 유인원(에이프)이니 인권을 인정할 필요는 없어진다. 그리고 그들에게는 불행한 일이지만, 맥 장군은 여기서도 정책적(폴리시) 편의를 중시했다. 회복하기 시작한 지구를 백인만의 천하로 삼기 위해서는 그렇게 해두는 편이 훨씬 더 좋다는 점은 말할 필요도 없는 사실이었다. 유인원설이 사령부를 지배했다. ―그들에게는 노예에 지나지 않는 흑인, 다시 그 흑인의 노예였던 열등종족에게 대등한 인격을 인정할 마음이 들지 않았던 것도 이 설을 받아들이게 된 하나의 이유였으리라(5장 3).

바로 그 무렵, 남미수용소의 황색인 대표로부터, 자신들의 본국인 섬으로 돌아가 예전부터 모셔온 수장일족을 섬기며 독립국가를 만들고 싶다는 요청이 있어서, 사령부를 커다란 웃음에 빠뜨렸다. 노예의 노예 신분에 만족하고 있던 가축적 열등인이 무슨 소리를 지껄이는 건지!

"재미있겠네, 그렇게 하는 것도……."라는 의견이 있었다.

"어차피 노예자원으로 번식시켜야 하잖아. 그렇다면 일부를 그 섬에 살게 해서 자연동물원으로 삼는 건 어때? 태평양 위의 원숭이섬(몽키 아일랜드)으로 말이야. 동물은 사육환경이 좋을수록 번식률이 증가하니 녀석들이 인간수준의 국가를 갖고 싶어 한다면 그렇게 하라고 해서 환상에 빠지게 만들면 될 거야."

"그래, 그렇게 해보자."

맥 장군이 결단을 내렸다.

"수용소에서 3분의 1을 선출하여 본국의 섬으로 돌려보내기로 하지. 수장일족도 여왕폐하께 헌상할 몫만 남기고 나머지는 돌려보내기로 하세. 그리고 녀석들의 자치에 맡기기로……. 하지만 우리와 대등한 독립국이라고 떠들어 대서는 일이 귀찮아지니, 보호국으로 삼기로 하세. 너희들의 정신연령은 12세 정도이니, 라고 해서……."

이렇게 해서 새로운 국가인 '자반(蛇蛮)'이 태어났다.

....

클라라는 이러한 모든 일들을 꿈에서 보고 있었다. 이 축생종족 가운데 한 사람을 연인으로 삼고 있던 그녀가 발판을 힘껏 차버릴 정도로 꿈에 시달린 것도 당연한 일이었으리라.

3. 종축순치의자

그런데 린이치로가 지금 들어가 있는 이 의자, 클라라가 기대어 있는 이 안락소파는 과연 어떤 물건일까? 앞으로 일어날 일들을 쉽게 이해할 수 있도록 약간의 설명을 덧붙이겠다. ―이는 이스 귀족이 종축을 독심능화하기 위해서 사용하는 특수설비 기계다.

이스 귀족은 독심가구를 사용한다. 앞서 이미 설명(1장 4)한 것처럼 이는 생체가구의 일종으로 생리학적 처치에 의해 특정인의 사고를 뇌파로 수신할 수 있다. 자의식의 주체성은 소멸되었기에 자신의 행동이라는 것은 없으며, 영양순환장치 코드에 연결되어 실내에서 대기하다 주인의 명령뇌파에만 대응하여 반사적으로 행동하도록 조건이 주어져 있다. 가구로서, 개체성은 없다.

한편 이처럼 편리한 가구의 사용에 익숙해져 있던 귀족들이, 무제한적 이동성을 가진 종축의 사용에 있어서도, 일일이 말을 하지 않고 마음속에 생각한 것만으로도 명령을 부여할 수 있도록 하고 싶다고 바란 것은 당연한 일이었다. 독심능을 구비한 종축(독심종축, 텔레팬티)에 대한 요구가 이렇게 해서 생겨났다.

하지만 종축은 개체성을 가지고 있기 때문에 생체가구화한 경우와는 달리 독립된 행동능력도 필요하다. 자의식을 가지고 있으면서도 주인의 명령뇌파에 대해서만은 반응하지 않으면 안 된다.

이스의 고도한 과학에게도 어려운 요구였으나, 뇌파기술의 발달은 마침내 이를 가능케 하는 종축독심능부여기(팬티 텔레파사이저)를 발명하기에 이르렀다. 그것이 바로 '순치의자(테이밍 소파)'라고 불리는 물건으로, 그 원리는 뇌파조절에 있다.

우선 그 기초가 되는 뇌파수신을 일으키기 위해서는 주인의 몸과 공통되는 부분을 종축의 몸이 가지고 있어야 한다. 독심가구에는 주인의 뇌척수액이 사용되지만, 독심종축을 대상으로 할 때는 주인의 오줌을 혈액화한다. 자세한 설명은 생략하겠지만, 오줌과 혈액이 극히 비슷한 성분으로 구성되어 있다는 것은 주지의 사실이다. 야푸의 신장기능을 억제하고 코산기닌을 이용하여 요독(尿毒)을 무해화하면, 그 혈액은 오줌에 적혈구와 백혈구를 더한 것과 같은 조성에 가까워진다(물론 일정 비율을 넘으면 노폐물을 배출한다. 단, 평범한 인간의 오줌에 포함된 노폐물 정도는 섞여 있어도 문제가 되지 않는다). 그런 다음 주인의 오줌에 적혈구와 백혈구를 더한 것을 온몸의 혈액과 바꾸고, 인공심장으로 순환시키면 종축의 혈관은 주인의 오줌＝혈액으로 가득 찬다. 이렇게 해서 뇌파수신이 가능해지는 것이다(원래 수신을 위해서는 주인의 혈액을 받는 것이 가장 좋지만, 그래서는 피가 너무 아깝기에 오줌을 사용하는 것이다). 단, 주인의 오줌에 특이반응을 일으키는 체질도 있기에 독심화 작업 전에 소량의 오줌을 주사하여 검사한다. 세례 후(24장 1) 린이치로가 받은 반응주사가 바로 그것이다.

이 혈액치환 상태를 순치 중 지속시키기 위해서는 후보축의 몸을 구속시킬 필요가 있으며, 또 뒤에 이야기하겠지만 몸에 자극을 가할 필요가 있기에 그것도 겸해서 의자 속에 해먹처럼 매달아두는 것이다. 이렇게 한 다음 의자의 아래 부분에 있는 주인의 오줌을 채운 인공심장을 종축의 심장부에 연결하여 치환을 행한다. 린이치로가 심장에 바늘로 찌르는 것 같은 느낌을 받은 것은 이 때문이다. 성뇨세례(뱁티즘) 때 남은 오줌을 돌리스가 인공심장

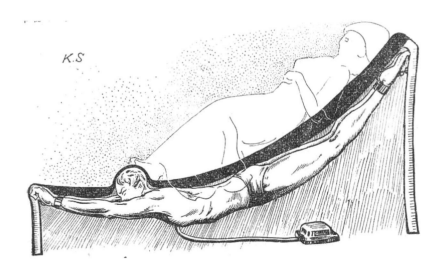

에 넣어두라고 시킨 것이었다. 그의 몸이 뜨겁게 느껴진 것은, 오줌＝혈액이
혈관 속을 돌기 시작했기에 적응할 때까지 이물반응(異物反應)이 있었던
것이다. ―세례나 견신 때 오줌을 사용한다는 사실을 알고 그토록 충격을
받았던 린이치로가 이러한 진상, 그의 생명을 유지하는 적혈구가 클라라의
오줌을 타고 전신을 순환하고 있다는 사실을 알게 된다면 얼마나 더 놀랄까?

한편 의자에 넣은 뒤 시청각을 외부로부터 차단한다. 여기에는 2가지
이유가 있다. 근본적으로는 뒤에서 이야기할 뇌파송신을 받아 주인이 보는
것과 같은 것을 보고, 주인이 듣는 것과 같은 것을 들으려면 다른 시청각
자극이 있어서는 안 되는데, 이 뇌파송신을 받아들일 수 있게 될 때까지
생각의 집중이 가능해지도록 하기 위해서는 온갖 잡념을 배제할 필요가
있기에 그 전제로서 잡념의 근원인 외계의 자극과의 연결고리를 끊는 것이
유효하기 때문이다.

하지만 외계로부터의 자극을 끊는 것만으로 생각의 집중이 가능한 것은
아니다. 바로 그렇기에 뇌파와 자극도구와의 상관장치가 등장하는 것이다.

원리적으로 자극은 무엇이든 상관없지만, 순치의자에서는 주인의 체중이

하중으로 사용된다. 오래 매달려 있으면 종축 자신의 체중도 육체적 고통이 되지만, 그 위에 주인이 앉으면 그 부담은 더욱 견딜 수 없는 것이 되어 종축을 괴롭힌다. 하지만 주인은 순치를 위한 그 어떤 노력도 하지 않고 그냥 앉아 있기만 하면 되는 것이다. 다시 말하자면 주인의 존재 자체가 그대로 강력한 자극이 된다는 점에서, 특별한 동작을 요구하는 다른 자극도구보다 주인을 편리하게 해주는 셈이다.

이 자극을 해제하는 '중심생각'은—지금 린이치로에게는 '클라라에 대한 기도'가 주어졌지만— 통상적으로 각 종축의 이름, 혹은 전문직과 관련된 단어다. 왜냐하면 주인 주위에 있는 종축이 한 마리가 아닌 이상, 자신과 관계된 뇌파만을 받아들이는 능력이 종축에게는 요구되기 때문이다.

이 중심생각의 뇌파형이 자극해제의 조건이 되어 있다. —축체의 복부를 지탱하고 있는 공기스프링은 뇌파형에 의해서 기동되며, 생각의 강도에 따라서 작용한다. 잡념이 있으면 스프링이 작동하지 않기에 모든 하중을 사지의 끝으로 받아야 하지만, 생각집중에 성공하면 축체가 지지를 받아 하중의 부담을 덜 수 있다. —무시무시한 사고의 강요. 그 누가 이 고통을 무시하고 다른 사고를 계속할 수 있겠는가? 그것을 포기한 채 주어진 생각에 정신을 통일하는 것만으로 고통에서 벗어날 수 있다는 사실을 알게 된다면.

이렇게 해서 잡념을 배제한 채 생각을 집중시키고 있는 종축의 몸이 혈관 속을 달리는 주인의 오줌에 적응하기 시작하면, 정신교감도가 높아져 라디오 다이얼이 특정 주파수에 맞을 때처럼 그 중심생각의 뇌파형에 맞춰져 발신한 단파를 수신하게 된다. 이른바 뇌파수신현상이다.

이와 같은 단파가 주인의 몸 가까이에서 발신되고 있다. 초소형 자동방송국이 조그만 장신구 속에 숨겨져 있는 것이다. 돌리스가 클라라에게 선물한 브로치가 바로 그것이다. 그 속에 장치된 정밀한 기계는 인간의 눈과 같은 빛을 보고, 인간의 귀와 같은 소리를 들으며, 그것을 단파로 바꿈과 동시에 근방의 뇌파를 포착하여 혼성파(이는 20세기 후반에 들어서서 발명된 기술인데, 2개 이상의 전자파를 묶어서 다루는 방법이다.)로 발신한다.

이를 종축의 뇌수가 수신하면 발신기가 보는 것을 보고 듣는 것을 듣게 되는데, 발신기가 주인의 이목과 거의 같은 위치에 있기 때문에 종축은 자기 주위의 외계로부터는 차단된 채 주인 주위의 외계에 있는 사물을 보고 듣게 된다. ―머지않아 린이치로의 눈과 귀도 이러한 경험을 하게 되리라.

시청각 자극을 차단함으로 해서 정신통일에 성공했을 때, 이와 같은 외계로부터의 자극이 주어지면 한때는 통일이 흐트러진다. 그러나 그렇게 되면 바로 수신이 불가능해져서 통일에 편리한 상태로 되돌아가며, 육체적 조건에서 오는 요구도 강하기 때문에 마침내 이 새로운 상태(시청각 자극의 수신)에도 익숙해져서 생각을 집중할 수 있게 될 뿐만 아니라, 이러한 상태가 계속되는 동안 중심생각, 즉 수신장치의 기초가 점차 표면의식에서 심층의식으로 잠겨든다.

하지만 종축의 시신경과 청신경을 자극·흥분시키기 위해서만 혼성파를 조성하는 것은 아니다. 함께 수신된 주인의 뇌파는 눈에 보이지 않는 영향을 종축의 뇌수에 준다.

종축 자신의 자유로운 생각(이때는 뇌파의 변동이 활발해서 다른 것으로부터의 영향을 받기 어렵다.)이 정지된 상황 아래에서 주인과 같은 외계를 보고 들으며 주인의 뇌파를 수신하는 시간이 300시간 이상 계속되면 뇌파동조라는 현상이 일어난다. 즉, 시청신경의 흥분에서 발생하는 뇌파형의 부합이, 신경자극 전체의 부합을 이끌어내기에 이르는 것이다. 자극을 주는 것은 주인의 뇌파이며, 모방·변조하는 것은 물론 종축의 뇌파다.

이상을 알기 쉽게 이야기하자면, 독심능화 후보축은 혈액치환 상태에서 중심생각에 정신을 통일하도록 강요받으며, 거듭 주인과 같은 것을 보고 같은 것을 듣는 동안에 특별히 중심생각을 의식하지 않아도 상관없는 상태가 되고, 마침내는 주인과 같은 것을 보고 같은 것을 듣게 되는 상황에서는 주인과 같은 것을 종속적·모방적으로 생각하게 되는 것이다.

그리고 일단 이러한 단계에 달한 종축은 더 이상 혈액치환 상태가 아니라 할지라도 같은 능력을 유지하게 되기 때문에 인공심장을 떼어내, 즉 의자에서 꺼내 자유행동을 취하게 해도 상관이 없어진다. ㅡ단, 종축의 자유로운 행동을 활용하기 위해서는, 하나에서부터 열까지 주인과 같은 내용의 사고를 하게 할 필요는 없다. 주인의 신변에 머물며 주인이 명령적인 사고를 할 때만 어김없이 반응하면, 그것으로 종축으로서의 용도는 충분히 만족시킬 수 있다.

그렇기에 명령파 순치라는 것이 평행적으로 행해진다. 의자에 앉아 있는 주인의 뇌파 가운데 명령파만을 선택적으로 증폭하여 이것을 별종의 자극도구와 연결시킨다. 명령을 고통으로 느끼지 않는 편이 좋기에 자극으로서는 전신의 피부표면에의 간지러움이 채용되고 있다. 아무런 의욕이 없을 때도 미약한 명령파는 발생하는 법으로, 강하게 의욕했을 때와의 차이는 오직 강약에만 있다. 따라서 예를 들어 발바닥으로 검은 반구, 즉 종축의 머리 부분을 누르는 것과 같은 임의의 동작을 명령으로 의제(擬制)하여 명령파를 증폭시키면, 실제로 의욕하여 명령하는 수고를 기울이지 않고도 명령한 경우와 같은 자극을 부여할 수 있다.

이렇게 해서 명령파를 전신자극과 결합하여 길들여 나가면, 결국은 자극도구를 사용하지 않아도 주인의 명령파에 대해서는 왠지 모를 가려움을 느끼게 된다. 이러한 훈련을 마친 후보축은 주인의 뇌파 가운데서 명령파를 우선적으로 느끼게 되며, 뒤이어 사고내용을 뇌파동조에 의해 이해하게 된다. 독심능부여는 이렇게 해서 완성되는 것이다.

단, 말할 필요도 없을 테지만, 주인 쪽에는 OQ(명령파지수)100 이상이,

종축 쪽에는 IQ(지능지수)150 이상이 요구되는 것은 독심가구의 경우와 마찬가지다. OQ가 부족해서는 간지러움장치가 작동하지 않으며, IQ가 부족해서는 뇌파의 동조가 충분히 진행되지 않기 때문이다.

이상이 뇌파조절원리를 응용한 독심능부여기(텔레파사이저) 기능의 개략이다. 소파로서도 일반적인 것과 같은 기능을 가지고 있기에 주인은 이거다 싶은 후보축, 즉 IQ150 이상의 종축을 그 안에 넣어두고, 나머지는 매일 그 소파를 그냥 사용하기만 하면 300시간, 즉 약 2주일 후에는 훌륭하게 독심능화한 종축을 손에 넣을 수 있는 것이다.

린이치로는 지금, 바로 그 의자에 넣어져 있는 것이다. 독심종축(텔레팬티)이 되어버리는 것일까? 그렇지는 않다. 린이치로의 IQ는 147이었다. 따라서 엄밀히 말하자면 후보축으로 순치의자에 들어갈 자격은 없는 셈이다.

단, LC(모주성 계수)가 매우 높다. 그 사실에 주목한 돌리스가 그를 순치의자에 넣고 중심생각을 '클라라에 대한 기도'로 삼는 방법을 생각해낸 것이다. 뇌파동조를 발생시키려면 (IQ150인 종축이라도) 최소 2주일 가까이 넣어두고 그 사이에 인공심장의 오줌＝혈액도 새로운 것을 보급해주지 않으면 안 된다(이는 변기가 알아서 해주기 때문에 주인은 특별히 번거로울 것도 없다). 리니를 하루나 이틀쯤 넣어 1회분의 오줌을 사용한 정도로는 도저히 목적을 이룰 수 없다. 애초부터 그것을 바란 것이 아니었다. 목적은 의자가 가진 생각강요 기능을 클라라에 대한 그의 신앙강화에 이용하자는 데 있었다. 순치의자를 견신례 전에 이런 식으로 사용한 예가 없었으며, IQ 때문에 자격도 되지 않는다는 선입견이 있었기에 폴린은 리니가 설마 순치의자에 들어가 있으리라고는 생각지도 못했다. 돌리스의 착상은 바로 그 허를 찌른 것이었다. 이 사실을 클라라에게 가르쳐주면 폴린이 눈치챌지도 모른다고 생각했기에 그것을 경계한 돌리스는 순치의자에 앉는 본인인 클라라에게조차 계획을 비밀로 하고 있었던 것이다.

공중열차 객실 속의 3시간 반은 이렇게 흘러가고 있었다. 순치의자의 가죽 위에서는 인간과 야푸의 흥망에 관한 역사를 꿈에서 배우며 잠들어 있는 미녀의 3시간 반이, 가죽 아래에서는 그녀의 몸을 지탱하고 기분 좋게 흔들어주며 그녀에 대한 기도에 여념이 없는 야푸의 3시간 반이……

제26장 타카라마한의 풍경

1. 비행섬에 착륙

용의 턱에 해당하는 곳에 설치된 역린전망실(게키린 룸)에서는 미래사에 대한 꿈의 책 읽기가 끝나서 무료해졌기에 하차준비를 일찌감치 마친 클라라가 드레이퍼 청년과 함께 밖을 바라보고 있었다. 산에 이은 산이 눈 아래로 계속 이어졌다. 세계의 지붕인 파미르고원 위를 날아가는 중이었다.

"저기가 지구에서 두 번째로 높은 산인 카라코람 산맥의 K2입니다. 표고 8천 6백 십……, 몇 미터였더라."

청년은 공중열차 오른쪽 전방에 펼쳐져 웅대한 백악(白堊)의 벽처럼 보이는 기다란 산맥 가운데서도 눈에 띄게 솟아 있는 삼각의 봉우리를 가리켰다.

"우리의 목적지인 비행섬은 저 산 옆에 정박해 있습니다."

그의 설명에 의하면, 옛날에는 사막지대였던 이 타림분지는 현재 지구도독부 에덴이 소재하는 곳으로 문명의 중심지가 되었다고 한다. 그리고 고대 지구의 항시탐험가(타임 익스플로러)로서 안나 테라스(지구의 안나)라는 이명을 가진 전 지구도독(엑스거버너 오브 디 어스) 오힐먼 공작의 소유령인 비행섬(라퓨타)―이는 하나의 유성에 1개 섬만 축조가 허용된다.― 타카라마한은, 분지의 남쪽 끝에 위치한 호탄 시 교외의 상공에 위치하고 있다는 것이었다. 자신은 사막의 이름을 타클라마칸(Taklamakan)이라고 배웠다는 그녀의 질문에 대해서, 그는 비행섬의 이름은 Takalamakhan이 맞다고 대답하고, 토착축인들은 Takamanhala(高天原)라는 사투리로 부르는 모양이라고 덧붙였다.

용오름호(토네이도)가 선회하기 시작했다.

"다 왔습니다. 아직 보이지는 않지만."

청년이 수수께끼 같은 말을 했다.

"지금 관제탑과 연락 중입니다. 섬의 중력권에 들어서면……, 보세요!"

"앗."

어제부터 뜻밖의 일에도 그다지 동요하지 않게 된 클라라였으나, 이때 벌어진 한순간의 변화에는 다시 놀라움의 목소리를 숨길 수가 없었다. 보라, 1만 미터의 고도에서 지면을 부감하는 시야 한가운데쯤으로 갑자기 새로운 세계가 들어오지 않았는가! 중앙에는 K2의 봉우리보다 더 높은 정상에 눈을 뒤집어쓴 원추형의 봉우리, 그것을 7개의 봉우리와 함께 원주형으로 둘러싸고 있는 산맥, 그 주변으로는 평야, 그 바깥쪽을 완전한 원주가 되어 감싸고 있는 호수……. 인공이라고는 여겨지지 않을 만큼의 대규모 자연이 바로 눈 아래로 떠오른 것이었다.

이것이 비행섬(라퓨타) 타카라마한이었다.

지름 60㎞의 커다란 원반을 생각해보시기 바란다. 그 면적은 비와코[75]의 4배에 이른다. 두께는 가장 얇은 부분이 1㎞, 중앙은 봉긋해서 제일 높은 부분이 두께 5㎞에 달한다. 주변부에서 바라보면 높이 4,000m의 고산이지만, 섬의 바닥 자체가 지표에서 한참 떨어져 해발 5,000m 이상의 고도에 있기 때문에 그 산의 정상은 K2를 훨씬 뛰어넘는 10,000m의 높은 봉우리가 되는 셈이다.

---

75) 琵琶湖. 시가(滋賀) 현에 있는 일본 최대의 호수.

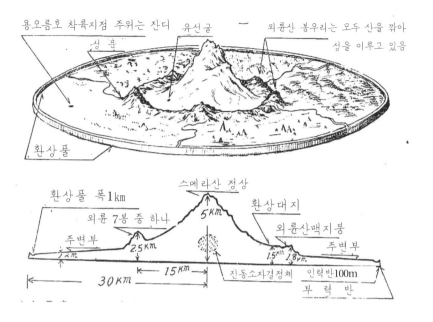

용오름호 착륙지점 주위는 잔디   유선굴 —   외륜산 봉우리는 모두 산을 깎아
성 문   성을 이루고 있음

환상풀

환상풀 폭1㎞   스메라산 정상   환상대지
외륜 7봉 중 하나   5㎞   외륜산맥지붕
주변부   2.5㎞   1.5㎞ 1.8㎞   주변부
30㎞   15㎞   진동소자결정체   인력반100m
부력반

토양과 암반으로 이루어진 지각부는 수백m의 두께에 달하며, 그 아래에 100m의 두께를 가진 인력반(引力盤) 층이 있고, 다시 그 아래인 비행섬의 밑바닥에는 200m 두께의 부력반(浮力盤) 층이 있다. 양쪽 모두 특수합금이다. 둥근 금속제 쟁반에 흙을 쌓고 모형정원을 만들어놓은 것과 같은 꼴이었다. 부력반은 지구의 중력을 차단하고 척력(斥力)을 이용하여 섬을 부양·추진시키는 기반부이며, 그렇기에 섬 위의 사물들을 대신 안정시켜줄 인력반이 필요한 것이다.

부력반의 기구는, 20세기 과학용어로는 설명하기 어려우나, 섬 중심부(중앙산의 암반 속)의 진동소자결정체(振動素子結晶體, 바이브로트론 크리스털로이드)에서 보내지는 고속사차원미진동(高速四次元微振動)이 지구중력 차단에 중요한 역할을 수행하고 있다는 사실만은 말해두기로 하겠다. 섬 전체가, 그 위의 모든 물질까지도 포함하여, 미묘한 진동을 부여받고 있다. 그리고 그 진동 때문에 비행섬은 사람의 눈에 보이지 않는 존재가 되어 있는 것이다. 섬의 상공으로 와서 그 중력권에 들어가 그 진동을 자신도 부여받지 않는 한, 즉 섬의 바깥이나 섬의 아래(지상)에서는 보이지 않는 것이다. 선풍기의 날개가 돌고 있을 때는 맞은편이 비쳐 보이는 것과 같은 이치다. 사차원진동 때문에 삼차원 세계에서는 시각적으로 이탈해 있는 것이라고 표현해도 좋으리라.

클라라가 타고 있는 용오름호가 이 중력권 안으로 들어섬과 동시에 진동을 받아서 섬을 볼 수 있게 된 것이다. 진동이라고 했지만 섬 전체가 함께 진동하기 때문에, 마치 지구의 자전과 공전운동을 지상에서는 감지할 수 없는 것처럼, 오관으로는 아무것도 느끼지 못한다.

공중열차는 선회하며 하강했다. 중앙산의 중턱에 있는 얼음폭포와 얼음호수, 외륜산맥과의 사이에 있는 환상대지의 밀림과 푸른 연못, 바깥쪽의 7개 봉우리가 각각 일대 성문처럼 깎여 있는 호쾌한 손질의 흔적, 다시 그 바깥쪽 환상평야에 혹은 넓고 윤택한 들판을 이루고 있는 지대나 혹은 번화한 도읍을 이루고 있는 지대의 모습, 곳곳에 호수를 이루며 주변부의 가장 바깥쪽을 감싸고 있는 폭 1㎞의 환상호수로 흘러드는 7줄기의 강은, 숲의 나무들에서도, 잔디 위 건물의 색채에서도, 첨탑의 양식에서도, 화단의 배치에서도, 각 유역마다 서로 다른 7개의 경관을 제공하고 있다. 극지의 빙하, 사막의 오아시스, 도대체 어디까지가 인공이고, 어디까지가 천연인지?

"도착했어요. 내립시다."

두 사람은 함께 용의 위턱과 아래턱 사이에 있는 출입구로 향했다. 폴린도 시의를 데리고 그곳으로 왔다. 데밀 박사는 어딘가 차분하지 못한 모습이었다.

사실 그는 그녀에게 숨기고 있는 것이 있었다.

'일단 작은마님 앞에서는 얼버무려두기는 했지만, 만약 발각되면!'

이런 생각에 조마조마했던 것이다.

네 사람은 차례차례 용의 입에서 내려섰다. 용오름호의 선실(캐빈)은 텅 비어버렸다. 단, 클라라의 개인실, 조금 전까지 그녀가 앉아 있던 그 안락의자 속에서는 린이치로가 클라라에 대한 기도에 정신을 집중하고 있었다.

클라라는 린이치로에게 신경을 쓸 때가 아니었다. 기대로 가득 차서 트랩을 내려섰다.

'세상에! 하늘 가득 바이올린!'

독일어 성구 중에 '하늘 가득 바이올린이 걸려 있다.'는 표현이 있다. 더할 나위 없이 기쁜 황홀상태(엑스터시)를 가리키는 말이다. 지금 그녀는 내려선 순간 하늘에서 들려오는 음악에 퍼뜩 눈썹을 들어 이 성구 그대로의 광경을 본 것이었다. 어깨에 작은 날개가 달려 있고 머리 위에 빛의 고리가 있는 알몸의 어린아이 같은 천사들이, 조그만 바이올린을 나란히 들고 환영 합주를 하고 있었다. 어렸을 때부터 교회에서 익숙하게 보아왔던 천국의 모습을 방불케 했다.

"언제 들어도 좋아. 클라라, 저건 축동(畜童, Pangel, yap-angel의 약어)이라고 해서 말이죠, 이곳의 명물, 안나가 자랑하는 주악대예요. 야푸라도 저렇게 귀여운 얼굴들을 모아놓을 수 있다니."

폴린이 올려다보며 해설했다.

'저게 야푸! 펜젤?'

천사(엔젤)의 그림은 어째서 알몸의 유아로 표현되는 걸까? 클라라는 지금 그 이유를 깨달았다. 야푸이기에 알몸인 것이다. 축소되었기에 유아로 보이는 것이다. 잡욕이 없기 때문에 성별불명이라 여겨지는 것이다. 하지만 어째서 축소되어 있는 것일까? 어째서 야푸 주제에 빛의 고리를 쓰고 있는 것일까? 클라라에게 그것은 알 수 없는 일이었다.

―이 모든 것이 사실은 축동에게 하늘을 날게 하기 위해서이다. 이 비행섬의 인공중력권 안에서는 무게 15㎏ 이내의 물체에는 간단히 부양장치를 달

수 있다.

그것이 날개와 빛의 고리인 것이다. 날개는 정식으로는 쌍소익(雙小翼, alulae)이라고 부르는데 양력(揚力)은 전혀 없지만 중력반의 작용을 소거하는 진동을 합성한다. 그렇게 하면 가벼워져서 빛의 고리의 헬리콥터의 견인력만으로도 부양할 수 있다. 이 빛의 고리는 백인용 광산(헤이로, 23장 2)과 외관은 비슷하나 작용은 완전히 다른 물건으로, 명칭도 윤상익(輪狀翼, annulet)이라고 한다. 이 장치를 사용하기 위해서는 야푸의 체중을 유아 수준인 15㎏ 이하로 감소시키지 않으면 안 된다. 그렇기 때문에 축소기에 넣어 만들어내는 것이 펜젤, 즉 비양축(飛揚畜)이다.

주변은 온통 부드러운 잔디여서 문득 몸을 눕혀 두 손으로 풀잎을 쓰다듬고 싶다는 충동에 사로잡혔다. 비행장 같은 건물도 보이지 않았으며, 멀리 전방에서는 예의 중앙산이 당당하게 솟아 하얗게 빛나고 있었고, 그 앞으로는 산악을 깎아서 만든 성이 보였다. 높이는 1,500m쯤이나 될까? 상공에서 바라볼 때와는 달리 덮쳐누르는 듯한 절벽의 위압감. 게다가 단순한 자연의 장관이 아니라 방대한 인력의 가공을 암시하듯, 브뤼헐이 그린 바벨탑의 그림이 가지고 있는 박력을 내보이고 있었다. —이 비행선 전체의 기반에 잠겨 있는, 이들 산 자체를 조성한 인공이야말로 참된 경이에 값하는 것이었으나, 그들이 서 있는 곳에서 그 산들은 자연과 다를 바 없었으며, 그 산들을 깎아낸 조그만 기계력만이 인위인 것처럼 보였다. 그것조차 피라미드나 거대한 돔을 어린아이의 장난처럼 느껴지게 하는 규모를 내보이고 있었다.

마중을 나온 백인이 그들 앞으로 나섰는데 그의 머리 위에 광산(헤이로 파라솔)이 있는 것을 보고, 지금 막 내렸음에도 자신들 백인 4명의 머리 위에도 어느 틈엔가 광산이 씌워져 있다는 사실을 문득 깨달았다. 올려다본 시선에 다시 들어온 천사들(엔젤스), 아니 축동대(펜젤스)의 주악은 더욱 가경으로 접어들었다. 기악대 너머의 상공에서는 합창대가 찬미가를 부르고 있었다. 그리고 다시 그 너머의 하늘에는 기묘한 무늬의 얇은 구름이 떠 있었는데, WELCOME(환영)이라고 읽히는 듯한 느낌이 드는 것은 마음의 미혹 때문일까?

"(여)공작(더체스) 오힐먼을 뵙고 싶어. 어제 연락을 해두었는데. ……나는 폴린 잔센."

"전하께서는 스메라산 기슭의 별장인 유선굴(遊仙窟, 페어리 케이프)에서 여러분을 기다리고 계십니다. 안내하겠습니다."

접대담당 남자가 정중한 말투로 잔센 후작 가에 대한 경의를 표했다.

"스메라라는 건, 저 중앙의 커다란 설산76)이죠?"

"그렇습니다."

"그러고 보니 어제, 같이 토끼사냥을 하자고 하셨었지. 오랜만에 푸키를 타는 것도 나쁘지 않겠네."

폴린이 혼잣말처럼 중얼거리더니 클라라와 윌리엄 쪽을 돌아보며 동의를 구하듯 말했다.

"자, 가보기로 해요."

2. 푸쿠터

"무엇을 타고 가시겠습니까? 지하동로(무빙 로드)를 이용하시든지, 경차량이라면 황금충(비틀)이나 푸쿠터……."

레이노오─접대담당자는 자신의 이름을 그렇게 밝혔다.─가 물었다. 폴린

---

76) 범어로 스메루(Semeru)라고 하면 수미산(須彌山, 蘇迷盧[소미로, 일본어로는 소메로])을 말한다. 세계의 중앙에 있는 높은 산으로, 칠금산(七金山)이 이것을 위요(圍繞)하고 있으며, 다시 바다가 둘러싸고 있다고 한다. 비행섬의 구조와, 그 중앙산의 이름인 스메라가 항시여행에 의해서 고대 인도에 전해진 결과 이 특색 있는 세계설(世界說)을 낳은 것이다. ─또한 야푸문화사에서, 高天原(타카라마한)이나 天照大神(안나 테라스)의 이름과 관계가 있는 스메라는, 지고한 자가 계신 곳이라는 의미에서 수장(엠퍼러)을 나타내는 접두사화하여, 황(皇, 스메라)이라는 글자로 쓰이기에 이르렀다.

은 말이 채 끝나기도 전에,

"푸쿠터로 할게. 시간은 좀 걸리지만 도중의 경치를 즐길 수 있으니……."

"알겠습니다."

곧 일행 앞으로 5대의 기묘한 탈것—혹은 5마리의 기괴한 동물—이 다가왔다. 이것이 경축차(輕畜車)라고 번역해야 할지, 푸쿠터(Pcooter, yap-scooter)다.

독자에 대한 설명에는 이름의 유래가 된 스쿠터를 이용하는 것이 지름길이리라. 스쿠터의 바퀴를 소형으로 하고, 앞바퀴도 좌석(시트) 아래로 가져온다. 발판이나 몸체의 아랫부분은 거의 지면에 닿을 듯 내려져 있다. 앞부분(프런트)은 핸들 이외에 필요한 것이 없는데, 정차 중에는 핸들의 지지관(앞쪽 파이프, 포크)이 줄어들고 핸들은 좌우의 받침대가 되어 차체를 안정시키는 데 쓰이기에, 앞부분(프런트)은 완전히 사라진다. 사람이 안장에 앉아 시동 스위치를 누르면 지지관이 늘어나고 핸들이 올라오며, 정차하면 동시에 다시 줄어들어 받침대로 변한다. —이런 구조를 가진 차를 상상해보시기 바란다. 주행 중에는 보통의 스쿠터와 약간 비슷하지만, 정차했을 때 탑승자의 앞을 가로막는 것이 없고 충분히 안정적이기에 그대로 일종의 의자로 사용할 수도 있다.

그럼, 이번에는 그 신형 스쿠터의 몸체를, 몸을 움츠린 채 쭈그려 앉아 있는 생(로)야푸의 몸과 바꿔서 상상해보시기 바란다. 아래 판 위에 무릎을 꿇은 채 상체를 앞으로 숙이고 팔은 팔꿈치까지 판에 대면, 판이 낮고 축체(畜體)의 아랫부분에 숨겨지기에 마치 지상에 무릎을 꿇고 엎드려 있는 것처럼 보인다. 그 등이 좌석이 되며, 스핑크스처럼 팔꿈치에서부터 앞쪽을 모아 전방으로 내민 두 팔의 손목과 손등이 발판 대용이 되어 탑승자의 두 발이 놓이고, 한쪽은 액셀, 다른 한쪽은 브레이크 역할을 한다. 그리고 10개의 손가락은 엔진—성냥갑 크기의 강력한 원자동력기관(아토믹 엔진)이 뒷바퀴의 차축에 설치되어 있다. —에 전류로 지시를 보내는 살아 있는 스위치가 되어 있기에 탑승자의 명령에 따라서 운전을 수행함과 동시에, 필요할 때에는 자동조종도 가능하다. 다시 말해서 이 경축차 야푸는 자신의 몸을 차체 그 자체로 제공하고 있을 뿐만 아니라, 스스로 운전수 역할도 겸하고 있는 것이다.

운전을 위해서는 전방의 시야가 확보되지 않으면 안 된다. 그를 위해서는 다음과 같은 장치가 되어 있다. 신축하는 핸들 지지관의 중간쯤에 대물어안렌즈가 장착되어 있는데 정차 중에는 아래쪽의 판 밑으로 들어가고, 발진 때에는 좌석의 윗부분과 같은 높이로까지 상승하며, 야푸의 얼굴과 이 어안렌즈는 경동(鏡胴)으로 연결되어 있다. 팔꿈치와 무릎을 바닥에 대고 등을 좌석으로 제공하는 야푸의 머리는 탑승자의 양 다리 사이에 위치하게 되는데, 그 얼굴은 경동의 앞쪽 끝을 얼굴 크기로 펼쳐 접안렌즈를 단 복면에 완전히 덮혀 있다. 경동의 다른 쪽 끝이 위아래로 움직일 때마다 복면(마스크)에 강제를 받아서 얼굴도 앞을 향하기도 하고 바닥을 향하기도 하게 된다.

물론 위에서 설명한 것은 여성용 차의 경우이고, 남성용은 조금 더 복잡하다. 왜냐하면 남성은 여성처럼 반드시 바지를 입고 있는 것이 아니기 때문이다. 스커트를 입고 있을 때는 걸터앉는 자세를 취하기 어렵기에, 경동이 좌석과 같은 높이에서 앉은 두 다리 사이를 앞쪽으로 빠져나가서는 불편하다. 그렇기에 남성용 차는 경동에 프리즘을 사용하여 오목한 모양으로 굴절시켜 스커트 자락에 닿지 않고도 여성용 차와 같이 시야를 확보할 수 있게 하였다. (독자께서는 현재의 자전거 가운데 여성용으로 파이프의 구조가 남성용처럼 옆으로 뻗어 있지 않고 V자 모양으로 되어 있는 것을 연상하셨으리라. 사정은 그와 같지만, 성별이 반대가 되어 있는 것이다.)

어안렌즈는 핸들의 지지관에 고정되어 위아래로 움직인다. 그렇기에 야푸는 진행 중에 넓은 전방을 볼 수 있다. 단, 다른 것은 전혀 볼 수 없으며, 정차 중에는 시야 자체가 존재하지 않는 셈이니, 오로지 탑승자가 필요할 때 필요한 것만을 보게 하고 그 이외에는 완전히 맹목의 상태에 놓는 것과 다를 바 없다. 즉, 야푸의 시력은 마치 자동차 후방의 등이 점멸하는 것과 마찬가지로 발진과 정지의 기구에 연동·종속되어 있는 것이다. 그리고 탑승자가 핸들을 움직이면 야푸는 그 방향을 보도록 강요받는다. 한편 자동으로 조종을 시킬 경우 탑승자는 핸들을 완해해두면 되는데, 야푸는 복면(마스크)에 고정되어 있는 머리를 좌우로 흔들어 반대로 경동을 움직이고 그렇게 핸들을 꺾어 상당한 각도까지 방향전환을 자주적으로 행할 수도 있다.

이것이 경축차 푸쿠터다. 가벼움과 편리함은 옛날의 자전거에 상당하나, 조종하고 싶을 때만 조종하고 조종이 싫을 때는 차 자체에게 맡겨두면 되는 편리함은 옛날의 그 어떤 탈것에도 없었던 기능이다. 그리고 수중에서의 카파가 그랬던 것처럼 자동수행성능도 있기에[77], 사이클링을 나가서 걷고 싶을 때면 차를 잊고 그냥 걸어다닐 수도 있다. 차는 말없이 따라오리라.

---

77) 푸쿠터는 12장 4에서 소개한 자동의자(오토 체어)와 비슷하여 피복을 벗겨낸 자동의자라고 해도 좋을 정도로 공통점이 많지만, 그 자력수행성이라는 점에서 자동의자보다는 가축적이다.

그 대신 하루에 한 번은 축체를 충전(차징), 즉 먹이를 보급(피딩)해주어야 한다(엔진은 원자력기관이기에 반영구적이다. 7장 2). ……기계임에는 틀림없으나 가축으로서의 성질도 가진, 살아 있는 탈것 푸쿠터. 전원의 산책 등에 매우 적합하기에 별장에 흔히 갖춰져 있는데, 이 비행섬에서는 아무리 넓다고는 해도 한정된 면적의 섬이기에 탑승자가 목적지를 말하기만 하면 차의 완전 자동조종에 맡겨둘 수 있기에 이용가치가 높아서, 다수가 설비-혹은 사육-되어 있다.

5대의 푸쿠터에는 각각 서로 다른 색의 축기소채(브랜딩 타투, 19장 4)가 채색되어 있었다. 클라라 앞으로 온 것은 그린 물론 여성용이었다(그녀 자신은 구별할 줄 몰랐지만). 폴린을 보고 따라서, 의자에 앉을 때처럼 웅크려 있는 야푸의 등에 올랐다. 핸들이 상승했다. 두 무릎 사이로 숙여져 있던 머리가 점점 얼굴을 들었다.

'복면을 쓰고 있네. 어머, 어머, 기다란 코……일까? 카메라 망원렌즈의 통처럼 긴데……. 수평이 됐어. …….'

두 다리 사이에서 점점 높아지는 경동을 관찰하기에 정신이 팔렸던 클라라의 귀에 폴린의 목소리가 들려왔다.

"데밀 의사, 당신은 어떻게 할 거지?"

"네, 저는 괜찮다면 따로 행동할 수 있게 해주셨으면 합니다. 이곳의 왜인창고(피그미 하우스)에 가봤으면 합니다."

"연구? 열심이네. 그렇게 해. 이 섬이 야푼 제도에 도착해서 우리가 후지산 사축소(후지야마 야푸너리)에 내릴 때 나를 수행해야 한다는 걸 잊지 말고."

"알겠습니다. 그럼……, 다녀오십시오."

아직 그녀에게 알려지지 않은 자신의 실수에 어떻게든 미봉책을 강구해야겠다고 생각하고 있는 박사에게 있어서, 단독으로 행동할 수 있다는 것은 뜻밖의 요행이었다.

공중을 떠다니는 축동(펜젤)들의 주악과 합창의 배웅을 받으며, 안내역할을 맡은 레이노오의 차를 선두로 폴린, 클라라, 윌리엄이 탄 푸쿠터가 순서대로 출발했다. 각 사람의 머리 위로는 광산이 뒤처지지 않고 따라왔다. 금색, 갈색, 황갈색의 머리카락이 차례차례 뒤쪽으로 나부꼈으며, 일행 모두 자신도 모르게 콧노래를 부르고 싶어질 만큼 쾌적한 사이클링 기분. 잔디 지역을 벗어나 커다란 현수교를 건너, 정면에 있는 성 문에서부터 일직선으로 산의 중턱을 뚫은 터널로 들어섰다.

길 양편으로 펼쳐지는 인위적 자연풍경이 내보이는 미학, 교량과 터널의 공학, 이들에 대해서도 작자는 20세기의 그것과 다른 이미지를 가지고 있기에 여기서 한마디 해두고 싶은 유혹을 느낀다. 하지만 단순한 미래세계의 견문기가 아니라, 무엇보다 마조히스트를 위한 읽을거리가 아니면 안 되는 이 소설에서, 야푸와 관계없는 사물의 기술에 너무 시간을 들이는 것은 본래의 의도에서 벗어나는 일이니 도중의 설명은 전부 생략하고 모든 것을 독자의 상상에 맡기기로 하겠다.

평지주행 15분, 산지등반 15분, 일행은 대설산인 스메라의 기슭에 도착했다. 눈에 덮인 산중턱을 도려낸 커다란 동굴 속으로 4대의 푸쿠터가 차례대로 미끄러져 들어갔다. 유선굴(페어리 케이프)에 도착한 것이다. 푸쿠터는 서로 다른 각자의 개인실로 들어갔다.

기다리고 있었다는 듯, 축동(펜젤) 몇 마리가 클라라 쪽으로 날아왔다.

"옷을 갈아입으십시오."라는 말보다 앞서 모두 부지런히 작업을 시작했다. 탈의실인 듯했다.

'축동(펜젤)은 음악대뿐만 아니라, 흑노몸종(풋맨)을 대신해서 신변의 자질구레한 일도 해주는구나.'

커다란 거울 앞에 서서 옷이 벗겨지는 대로 몸을 맡긴 채, 일상에서 이 허공을 나는 조그만 노예를 부리면 얼마나 편리할지를 생각해보았다.

속옷을 갈아입힐 때(13장 1), 축동들은 서로 분담하여 그녀의 몸에 크림을 발랐다. 이 작업 중에 그녀는 휘파람으로 StSt(표준형 육변기)를 불러 기립호령(아식코)을 내렸다. 그리고 문득 거울 속에 비친 푸쿠터의, 조금 전에 내렸던 좌석(시트)의 모습에 고개를 갸웃거렸다. 처음 출발하기 전에 보았을 때보다 부풀어올랐으며, 엉덩이 모양의 오목한 부분까지 갖춘 육의자로 변해 있는 건 어째서일까?

언제나처럼 독자들께는 내가 설명하겠다. 이는 육(肉)쿠션 제조에 사용되는 해면상피부암(스펀지 캔크로이드)을 이용한 속성육안장(퀵 프레시 새들)이다. 승용임무(서비스)를 띠고 차고(축사)에서 나오기 직전, 푸쿠터의 등에 암촉진물질원액(마리그노리핀)을 도포한다. 이것이 탑승자의 둔부체열(히프 히트)에 작용하기 시작하여 피부암(캔크로이드)을 만들어낸다. 엉덩이의 형상에 따라서 밀착하여 바깥쪽에서부터 완전히 감싸며 부풀어오르는데, 근육조직 안에 해면상의 세포공극을 발생시키는 스펀지화는 둔부하압력(히프 프레셔)에 의해 행해지기에 엉덩이에 접한 등 부분의 탄성이 강화되어 차의 운행에서 발생하는 진동이 완전히 소거된다. 클라라 자신은 깨닫지 못했으나, 자리에 앉은 지 5분쯤 만에 축체의 변화현상이 완성되어 여기까지 오는 길을 쾌적하게 해준 것이었다. 나중에 차고에 들어가기 전에 이 육안장은─클라라의 엉덩이에 맞춰서 만들어진 것으로 다른 여성의 엉덩이에는 꼭 들어맞지 않기에 남겨두어도 소용이 없으니─ 절제해버린다. 승용임무(서비스)에 임할 때마다 등의 살을 부풀어오르게도 하고 깎아내기도 하는 것이 푸쿠터의 숙명이다.

몸단장이 진행되어 두건은 없으나 화려한 줄무늬의 아노락(방풍상의)풍 상의와, 무릎 아래가 꽉 끼고 다른 곳은 넉넉한 조퍼즈(승마바지)풍의 바지를 입혀주었다. 아무래도 스키복인 듯했다. 벗어놓은 상의의 가슴에 있는 곤충브로치가 눈에 들어와 아노락으로 옮겨 달 때 아침에 나누었던 대화가 떠올라,

생각이―마음을 스쳐지나간 정도였으나― 옛 애인에게 이르렀다.

'리니는 지금 뭘 하고 있을까?'

그녀의 이 생각이 통한 것은 아니었으나, 바로 그 무렵부터 자신의 필사적인 기도 덕분에 멀리 떨어져 있는 용오름호 객실 내의 소파 속에서는 린이치로의 시청각이 기묘한 복조를 나타내기 시작했다. 클라라의 브로치에 내장되어 있는 초소형 자동방송국에서 보내는 혼성뇌파가, 기도에 집중함으로 해서 현저하게 정신교감도가 높아진 그의 뇌신경에 수신되어, 직접적으로는 외계로부터의 자극을 차단당한 눈과 귀에 클라라가 보는 곳을 보여주고, 듣는 것을 들려주기에 이른 것이었다(25장 3). 완전한 뇌파동조까지는 아직 멀었으나, 시청각에 관한 한, 린이치로는 이때부터 소파에 매달린 채 클라라와 같은 경험을 하게 된다.

옆방으로 안내되었다. 레이노오가 기다리고 있었다. 응접실인 듯했다. 간소한 가구였으나 창밖으로 스메라 산 정상이 보여, 유선이라는 이름에 부족함이 없는 신성한 기운을 느끼게 해주는 야성미 넘치는 방이었다. 뒤이어 다른 두 사람도 비슷한 복장으로 들어왔다.

파이프장착 생의자에 앉아 창을 통해 밖을 바라보고 있자니, 위에서부터 무시무시한 사면을 똑바로 활강해서 오는 사람이 있었다. 발아래에서부터 눈이 흩어졌다. 경쾌한 스키어의 모습이었다.

"앗, 저건, 안나 테라스잖아."

폴린이 정식 칭호로 부르기를 잊은 채, 외쳤다. 레이노오가 공손히 끄덕이며,

"네, 오힐먼 님이십니다."

창틀이 상하좌우로 넓어졌다. 넓어진 시야 한가운데로 안나의 모습이 점점 커졌다. 상대방도 이쪽의 모습이 눈에 들어온 듯,

"야호―."

굽혔던 허리를 펴고 두 손을 들어 울림이 좋은 목소리로 외쳤다. 손에는 스키스틱이 아닌 반궁(半弓, 보우)을 쥐고 있는 모습이었다.

"클라라, 멋지고 아름다운 여성을 소개할게요."라고 폴린이 말하자, 윌리엄도,

"이스 제일의 미인이라 칭송받던 분이세요."라고 맞장구를 쳤다.

그 미녀가 점점 더 다가왔다.

'이 광대한 비행섬(라퓨타)의 여주인(미스트레스), 전 지구도독, 여성탐험가(레이디 익스플로러)의 일인자, 그리고 세계 제일의 미녀……. 공작(더 체스) 오힐먼은 어떤 여성?'

기자회견에 나올 거물을 기다리는 신입 여기자와 같은 심경으로 클라라는 자신도 모르게 가슴이 설레었다.

3. 안나 테라스(天照大神)

시계가 열리고 사람의 목소리가 들려왔다. 꿈을 꾸고 있을 리가 없었다. 의식은 계속되고 있으니.

'머리가 이상해져서 환각이 일어난 걸까?'

린이치로는 머리의 한 구석에서 이렇게 생각했다. 어린아이 같은 모습의 천사(엔젤)들이 종횡으로 날아다니는 광경은, 환각이라고밖에 설명되지 않았다.

클라라의 목소리는 들렸으나 모습은 보이지 않았다. 보이는 것이라고는 기묘한 의자에 앉아 있는 폴린과 윌리엄, 그리고 서 있는 낯선 사내. 의자는 두 팔을 위로 비틀어 올린 채 웅크리고 있는 인체로, 린이치로는 어제 원반정 안에서 폴린이 의자 대신 앉았던 일(4장 4)이 떠올랐다. '여기에도 동료가 있어!' 야푸로서의 동류의식이 솟아올랐다.

앉아 있는 두 사람은 스키복장을 하고 있었는데, 그 차림새가 어딘가

좀 이상했다. ……맞아! 상고시대 일본 남성의 복장과 비슷했다. 유학 중에도 조국을 잊지 않으려 『고사기』와 『일본서기』의 주석을 애독했던 그에게 상고시대 사람의 복장에 대한 삽화는 익숙한 것이었다. 무릎 아래를 조이게 만든 저 바지의 생김새는 토용(土俑)과 똑같지 않은가. 그렇게 생각하고 보니 소매를 조이고 허리를 잘록하게 한 상의의 생김새도 그 바지와 어울렸다. 옷의 천에 색과 무늬가 있어서, 스키복장이라고 생각하기에, 아노락으로 보이기는 하지만…….

창 밖으로 멀리서부터 이쪽으로 다가오는 사람의 모습이 보였다. 눈이 쌓인 사면을 활강하는 스키어라 여겨졌으나, 가까이 다가온 모습을 보니 사냥꾼처럼 활과 화살을 휴대하고 있었다. 그는 아까 본 모습에서의 연상에 이어, 아마테라스 오오미카미가 난폭한 남동생을 맞이하기 위해 남장을 한 장면의 삽화를 떠올렸다. 『일본서기』「신대기(神代記)」의 리드리컬한 명문구가 기억 속으로 생생하게 되살아났다.

<즉, 머리를 묶어 상투로 삼고, 치마를 둘러감아 바지로 삼고, 야사카니(八坂瓊)의 500개의 구슬 묶음을 그 머리와 팔에 감고, 등에 1천 개의 화살이 들어간 전통과 500개의 화살이 들어간 전통을 짊어지고, 팔에 성스러운 소리가 나는 팔 보호대를 차고, 활의 가운데를 쥐어 힘껏 흔들고, 검의 손잡이를 쥐고, 지면을 힘껏 밟아 허벅지 부근까지 빠져가며 그것을 흩날리는 눈발처럼 차서 흩트리며 위세 좋게…….>

다가오는 모습은 보면 볼수록 그 문장 그대로였다. 흑발은 좌우로 둥글게 구부려 상투(상고시대 남자의 머리 모양)로 삼았다. 폴린이나 윌리엄과 마찬가지로 허벅지 부분은 넉넉하고 무릎 아래는 조인 바지, 과연 스커트를 묶어 바지로 삼은 듯한 느낌이었다. 머리띠와 목걸이도 커다란 보석으로 반짝이고 있었는데, 이것이 500개의 구슬 아닐까? 등에는 짧은 화살을 여러 개 꽂은 전통(화살주머니)을 짊어지고, 왼쪽 팔에는 가죽으로 만든

활팔찌(궁사의 보호대)를 차고, 손에는 반궁, 허리에는 단도, 대지를 밟는 대신 스키를 신고 있었으나 글자 그대로 눈을 차서 흩트리고, 야호 하고 위세 좋게 외치며 내려오고 있었다. 그리고 남자의 분장이었으나 사실은 여성이라고 직감할 수 있다는 점도, 여신의 남장을 서술한 이 문장과 부합하고 있었다.

그때 폴린의 흥에 겨운 목소리가,

"저건, 아마테라스잖아."라고 울리더니, 뒤이어 남자의 차분한 대답—.

"네, 오오히루메 님이십니다."

린이치로가 오힐먼을 오오히루메라고 들은 것은 『서기』에 아마테라스 오오미카미의 본명을 <오오히루메노 무치(大日孁貴)라고 부른다.>라고 기록되어 있기 때문이었다. 나중에 이야기하겠지만, 안나 오힐먼이 전사지구세계의 정복자가 되었을 무렵에 고대 야푸족은 그녀를 오히르만 무치[78]라고 불렀으나, 그 후 안나 테라스라는 별명이 이스 국내에서 일반화하자, 야푸족도 그들의 우주지배자인 여신을 (약간 변형시켜) 아마테라스 오오미카미(天照大神)라는 존칭으로 부르게 되었으며, 이전의 이름은 쇠퇴해버리고 말았다. 그리고 이야기꾼들의 구전 속에서 점차 오오히루메 무치라고 변한 끝에, 『서기』의 편찬자는 원래 아일랜드계의 성인 O'Hillman을 안나 테라스의 개인명인 것처럼 오해하기에 이른 것이다.

---

78) 貴女. 오오히루메노 무치의 '貴(무치)'라는 글자의 뜻으로 『서기』에서는 무치(武智)라는 글자를 썼다(권제1). 모토오리 노리나가(本居 宣長)는 스승의 설까지 더하여, <'무치(貴)'는 '메(女)'이며, '메(女)'는 '미(美)'다.>라고 해설했으나(고사기전 6의권), 이는 진의의 절반밖에 말하지 못한 것이다. 고대 야푸족은 아름다운 이스 여자의 '무용(武勇)'과 '재지(才智)'를 숭배하여 그녀들을 '무치(武智)'라고 불렀다. 그리고 백인이라는 이유만으로 야푸족은 그들을 귀족으로 여겼기에 무치라는 말은 귀부인이라는 뜻을 얻었다. 즉, 오히르만 무치란, '오힐먼 무치(貴女, Lady O'hillman)'라는 뜻이다. —이스인의 직접지배가 끝나자 이 의미는 쇠퇴하였으나, 대신 무치(革鞭, 채찍이라는 뜻)를 의미하게 되었다. 봉이나 대나무 몽둥이밖에 몰랐던 야푸족에게 있어서 가죽으로 만든 채찍은 이스 여성의 상징이었기에 소유주 대신 '무치'라고 부르게 된 것이다.

린이치로가 잘못 들은 것은 문화사적 유래에서 보자면 당연한 일이었고, 한편으로는 우연히도 정확하게 식별한 것이기도 했으나, 그 자신에게는 한심하고 허망하다고밖에 여겨지지 않았다.

'환각이야. 꿈이야, 이건.'

창으로 뛰쳐들어오는 것이 아닐까 여겨질 정도의 기세로 단숨에 미끄러져 내려온 안나는 내려선 곳에서 크리스티아니아의 묘기를 보이더니, 휙 시야의 왼쪽으로 갔다. 그 순간 그녀의 발 아래에 있는 알몸의 인체?─평범한 스키가 아니었다.─가 보였다. 그러나 그것이 무엇인지 생각해볼 틈도 없이, 클라라는 돌아온 안나가 옷도 갈아입지 않고 이 방으로 달려오는 쪽으로 관심을 돌리지 않을 수 없었다.

"기다리셨나요? 그게, 흑수수렵(黑獸狩獵, 블랙 게임 헌팅)에 모시고 가기 위해 사전답사를 나갔었는데, 생각보다 시간이 걸려서……."

스스럼없고 상냥한 목소리가 말을 하는 사람의 모습보다 먼저 들려왔다. 뒤이어 모습을 드러낸 안나 테라스…….

빛나는 듯한 미모라는 형용은 헤아릴 수도 없이 활용되어 왔지만 실제로 광휘롭다는 인상을 사람들에게 주는 얼굴은 그리 흔한 법이 아니다. 하지만 지금 클라라의 눈에 들어온 이 유명한 미인의 얼굴은─화장한 것처럼도 보이지 않으니 타고난 피부의 성질일 테지만─ 참으로 그 형용에 값하는 것이었다. 복숭아빛 피부가 안에서부터 빛나고 있는 듯한 느낌이었다. 폴린처럼 순수한 금발은 아니나 갈색으로 기다랗게 물결치며 어깨까지 닿은 풍성한 머리카락. 체격이 글래머는 아니었다. 풍만하다기보다는 다부진 근육질이었다. 키는 클라라 정도였으나 눈과 코가 컸으며 기다란 눈썹 아래에 둥그런 녹색 눈, 입체 기하학의 표본과 같은 선을 내보이는 그리스풍의 코, 한일자로 굳게 다물어진 붉은 입술……. 하나하나를 뜯어보자면 흠잡을 데도 있을지 모르겠으나 절묘한 배치가 훌륭한 조화를 이루어, 한 번 보면 잊을 수 없는 요염한 미모를 빚어내고 있었
다. 젊은 사람의 얼굴은 아니었
다. 잔주름 하나 없지만 인생의
수많은 경험이 어딘가에 흔적
을 남기고 있다는 사실은 부정
할 수 없었다. ―그러나 몇 살쯤
인지는 짐작도 할 수가 없었다.
피부의 상태만 놓고 보자면 30
살이라고 해도 좋을 나이였다.
아니, 피부의 광휘가 나이에 대
한 생각을 잊게 만들어버리는,
중년여성의 얼굴이었다.

　조금 전 발 아래에 밟고 있던
것과 활, 활팔찌, 전통을 두고 왔을 뿐, 복장은 바뀌지 않았으나 아노락
목깃의 뒤쪽에서부터 검은 두건(후드)이 등 쪽으로 매달려 있었다. 자세히
보니 흑발의 가체머리에 이목구비가 달린 복면(마스크)을 달아놓은 것이었
다. 좌우로 묶은 머리카락이 귀를 덮게 되어 있는 듯했다. 야푸의 머리와
얼굴의 가죽을 벗겨 만든 축인피(얍푸 하이드, 16장 1) 복면모라는 사실까지
는 알 수 없었으나, 조금 전 활강 중에는 검은 두발처럼 보였던 것은 이
신형 두건을 쓰고 있었기 때문이었다는 사실만은 짐작을 해볼 수 있었다.
―방 안 가득 좋은 냄새가 피어오르기 시작한 것은 여느 이스 사람과 마찬가지
로 특유의 개인향(퍼스널 퍼퓸)이 몸에 배어 있기 때문이리라.

　폴린의 어머니인 아델라인 경과는 친구 사이로, 폴린을 어렸을 때부터
보아온 안나는 반갑다는 듯 포옹과 입맞춤을 하고,

　"잘 지냈니, 폴린? 어머니도 건강하시다니 정말 다행이구나."

"네, 덕분에요. 그런데 오늘은 정말 무례한 부탁을 드려서……."

"괜찮단다. 남는 시간을 주체하지 못하고 있으니. ……후지야마에는 한동안 내려가보지 않았단다. 오늘은 오랜만의 강림이니 기대가 되는구나."

"부탁드리겠습니다. 그럼, 여기의 두 사람을 소개해드릴게요."

금색 매니큐어를 바른 따뜻한 손이 클라라의 손을 쥐고 녹색 눈동자가 미소를 머금은 채 그녀의 시선을 맞아들였다. 자애가 피부의 광휘와 함께 육체 내부에서 넘쳐나 주위 사람들을 감싸듯, 따뜻하고 평화로운 분위기를 가진 사람이라는 느낌이 들었다. 조금 전 산 위에서 궁시(弓矢)를 들고 미끄러져 내려올 때의 늠름한 모습에서 발산되던 넘치는 기백을 가진 사람과 동일인이라는 사실이 얼핏 믿어지지가 않을 정도였다. 안나 테라스가 니기미타마[79]와 아라미타마[80](신령의 두 작용에 대한 신도의 용어)를 적절히 나누어 활용하는 능력은 고귀한 천부(天賦)와 오랜 체험에 바탕을 둔 인생의 지혜에 의한 것이었기에, 클라라 정도의 인생경험으로는 도저히 범접할 수 없을 정도로 원숙한 경지에 달해 있는 것이었다. 어쨌든 클라라는 그녀로부터 단순한 사교기술의 산물이 아닌, 부드러운 애정을 느꼈기에 육체만 봐서는 아직 30세의 젊음을 유지하고 있는 것 같은 여성에게서, 마치 옛날에 할머니의 무릎에 안겨 있던 때와 같은 정겨움을 느꼈다.

윌리엄도 거의 같은 친밀함과 편안함을 안나에게서 느낀 듯했다. 남자답지 않은 말괄량이 성격(14장 2)도 작용을 한 것일 테지만, 첫 대면의 인사도 제대로 하지 않고 갑자기 그녀의 저작에 대한 진척상황을 물었다.

"회상록 제2권은 다 쓰셨나요? 출판은 언제쯤?"

회상록이란 재작년에 제1권을 내서 논픽션 부문의 베스트 북이 되었던 『우리 자매는 신화가 되었다』를 말하는 것이다.

---

79) (역주) 和御魂. 유화 따위의 덕을 갖춘 신령·영혼.
80) (역주) 荒御魂. 용맹한 신령.

"아직 집필 중이란다. 언제쯤 책으로 낼 수 있을지……."

안나가 웃으며 대답했다.

"스사노오는 결국 어떻게 되나요?"

"다음 얘기가 그렇게 기다려지니?"

"네, 어린아이 같지만……."

"그럼, 나중에 잠깐 얘기를 해주마. 수렵장까지 올라갈 때 들려주기로 하지."

안나는 흔쾌히 약속을 하고 옆에 대기하고 있던 레이노오를 손짓으로 불러 무엇인가 명령을 내린 뒤, 손님들에게 말했다.

"자, 모두를 수렵장으로 안내하기 전에, 우선은 소마를 한 잔 마시기로 하자."

소파 안에서는 린이치로가 이러한 모습을 전부 보고 있었다. 장면의 변화가 늘 일정한 관점에서 이루어지고 있었기에, 그는 이 환각이 클라라의 가슴 부근에 카메라를 두고 찍은 텔레비전의 화면 같다고 느꼈다. 장면의 추이는 꿈처럼 엉뚱한 부분도 없었으며, 영화 같은 전환기법도 가지고 있지 않았다. 단순하고 합리적이었다. 단, 내용을 따라갈 수가 없었다.

여자의 발 아래에는 스키대신 알몸으로 엎드려 있는 인체가 있었다. 그녀 머리 위의 머리카락이나 모양으로 봐서 남장을 한 고대의 일본 여성을 상상하고 있었는데, 놀랍게도 여자는 아무렇지도 않게 머리의 피부와 함께 얼굴의 피부까지 벗어버렸다. 그러자 그 아래에서 나타난 것은 흑발의 일본인이 아니라, 눈이 부실 정도의 미모를 가진 백인여성의 얼굴이었다. 등등 등…….

'역시 환각이야. 틀림없이 악몽을 꾸고 있는 거야.'

린이치로는 스스로에게 이렇게 말하고, 그렇게 믿음으로 해서 이성을 붙들어두기에 급급했다.

하지만 너무 마음을 빼앗겨버리면 클라라에게 비는 마음이 소홀해져서 당장에 육체적 고통이 습격해왔다(25장 1, 3). 린이치로로서는 클라라 이외의 것에 대해서는 가능한 한 사고를 절약하고 싶었다. 그랬기에 알몸의 인체를 보고, '저것도 야푸일까?'라고 생각하거나, 머리와 얼굴을 한 꺼풀 벗어버린 것을, '결국 저건 특이한 형태를 한 아노락의 두건(후드)이었던 거로군.'이라고 납득하거나, 백인여성의 광휘로운 미모에 놀라 예의 〈오오히루메노 무치라고 부른다.〉라는 문장에 이어서, 〈그는 광채가 아름다워서 온 천지사방에 빛난다.〉는 내용이 있다는 연상을 하는 정도의 반사적인 감상은 가지고 있었으나, 그것을 분석할 여유는 없었다. 게다가 장면도 시시각각으로 변했다. 우리가 영화의 한 장면에 멈춰 서지 못하고, 차례로 이어지는 장면의 인상을 받아들이기에 급급한 것과 같은 수동적인 체험이었다.

그러나 그가 미쳐버리지 않는 한, 이러한 견문이라 할지라도 거듭되어 쌓이다보면 결국은 린이치로도 진상을 깨닫게 되리라. 왜냐하면 그에게는 일본의 신화에 대한 지식이 있기에 깊이 생각하지 않아도 해당하는 일들에 대한 이해와 인식을 얻을 수 있을 테니. 예를 들어 윌리엄이 안나에게 물었던 내용 가운데서 '스사노오'라는 한 마디는, 클라라에게는 아직 무의미한 것이지만, 그의 뇌수를 다시 격렬하게 자극했다.

그러나 생각해보면 환각이다, 꿈이다, 라고 믿고 있는 편이 그에게는 행복한 것일지도 모르겠다. 그는 자신을 덮친 것과 같은 가축화의 운명이 미래세계에서는 일본민족 전체에게 엄습한 것 같다는 사실을, 원반정 내에서 들은 폴린의 야푸논의(5장) 이후, 어렴풋하게나마 감지하고 있었는데, 그것을 부당한 압박이라고 보는 민족적 자존심의 뿌리 깊은 곳에는 만세일계의 황통을 낳은 아름다운 전승의 신들에 대한 애착이 있었다. 바로 그렇기에 유학을 떠날 때도 『고사기』와 『일본서기』와 『만엽집』을 잊지 않고 가져갔던 그였다. 일본신화의 진상을 알게 된다는 것은, 그의 인격을 지탱하는 마지막 민족적 프라이드까지도 파괴해버리는 일이 될지도 모를 일이었다. 예를 들어서 지금 그가 안나를 보고 연상한, 〈광채가 아름답다〉는 말만 해도, 그는 미모에 대한 형용으로 차용한 것일 뿐이라는 정도로 생각했었으나, 사실은 고대 일본인이 그가 본 같은 백인여성의 미모에 그와 똑같이 매료되어 '해의 여신'으로 숭배하고, 그 광휘에 찬탄하여 사용한 표현으로, 차용은커녕 바로 그 안나에게 바친, 실제로 그녀에게 소속된 형용이라는 진상을 알게 된다면 그의 연상은 훨씬 더 괴로운 것이 되리라.

하지만 진상이 제아무리 괴롭다 할지라도 린이치로는 머지않아 그곳에 도달하게 되리라. 그의 지식과 지성은 진실에 대한 견문을 언제까지고 환각이라 여기며 자신을 기만하는 것에 견디지 못하리라. 그리고 조금 더 생각을 해보자면, 앞으로 클라라에게 사육당할 야푸로서 살아가야만 할 그의 참된 행복을 위해서는, 진실의 씁쓸한 술잔을 조금이라도 빨리 마셔버리는 것이 오히려 필요할지도 모른다. 깨달음을 얻어 백신숭배(화이트 워십) 신앙에 들어서는 데 있어서 '아마테라스(天照大神)는 사실 백인여성인 안나 테라스다.'라는 사실을 인식하는 것은 오히려 플러스다. 앞으로 린이치로가 완전히 야푸가 되어 백인종의 가축인 야푸로서의 삶에 안심입명하는 심경에 달했을 때 물어본다면, 그는 그 사실에 대한 인식이 있었기에 안나 테라스(天照大神)에 대한 숭애의 마음을 잃지 않을 수 있었다며, 그것을 알고 있었다는 사실에 감사한다고 말할 것임에 틀림없다.

제27장 유선굴에서

1. 푸키

유선굴(페어리 케이프) 객실의 육의자에 앉은 네 귀인은 니기미타마에 둘러싸여 있었다.

축동(펜젤)들이 소마 잔을 받쳐들고 공중을 날아왔다. 귀부인을 모시는 날개 달린 아이들, 로코코의 명화에서 익숙하게 보아온 비너스와 큐피드의 구도들과 비슷하지 않은 것도 아니었다.

"시간이 허락하면 수정호수(크리스털 레이크)의 얼음궁전(아이스 팰리스)에서 푸케이트도 함께 타고 싶었는데." 따뜻한 녹색 액체를 마시며 니기미타마의 주인인 안나 테라스가 말했다. "지금 들어보니 오늘 중으로 시실리에 돌아갈 예정이라고? 이 섬은 벌써 동쪽으로 발진했으니 1시간 반쯤 지나면 후지야마, 예정대로 움직일 수 있을 거야. 하지만 그 시간은 설렵장(雪獵場)을 안내하고 나면 끝날 듯하네. 푸키도 원래대로 하자면 창고에서 여러분이 직접 마음에 드는 것을 고르게 하고 싶었는데, 시간이 아까우니 미안하지만 이쪽에서 골라준 3대에 만족해줬으면 해. 레이노오, 보여드려……."

"네, 전하."

벽이 열리더니 바닥이 움직이기 시작했다. 바닥 위에는 3대의(3마리의) 야푸가 각각 색이 다른 한 쌍의 스키 위에 양손과 양다리를 대고 엎드려 있었다. 금속목줄, 특이하게 보이는 아침햇살 모양의 문장이 이마에, 등에는 볼록볼록 곳곳에 사마귀……가 아니라, 조그만 화상의 흉터처럼 보이는데. (소파에 매달린 채 이 광경을 보고 있는 린이치로라면 뜸을 뜬 자국이라고 표현했을 것이다.)

'조금 전 산에서 내려온 안나의 발 아래에 있던 게 바로 이거였어! ―이게 푸키라는 거로군.'

클라라는 마음속에서 고개를 끄덕였다.

"3대 모두 얼마 전에 스베로성(星)에서 가져와 막 입고시킨 노랄리안이야."라고 안나가 말했다. "나도 아직 타보지 못했어. 대학졸업성적은 모두 좋았던 모양이지만."

"코트윅 양(미스)은 처음이에요. 초심자에게 가장 어울리는 걸……"하고 폴린.

"그러니? 그럼 이게 좋겠네, 코트윅 양에게는."하며 안나는 분홍색 스키를 신고, 금색 목줄을 하고 있는 것을 클라라에게 가리켜 보였다. "이건 수석졸업을 한 금상축(金賞畜, 그랑프리)이야."

"감사합니다."라며 클라라는 미소를 지었다.

스키라면 보통 이상의 기술을 가진 클라라였으나, 푸키는 처음이었다. 거기에 대학이네, 수석이네, 무슨 소린지 하나도 알아들을 수가 없었다.

'그래. 자문기(레퍼런서)에게 물어보자. 푸키가 뭐지?'

기계를 꺼내며 자신의 발 아래로 온 기괴한 생물을 바라보았다.

폴린과 윌리엄은 익숙한 듯, "곰(사냥)과 졸업?"이라거나, "건점(鍵點)반사(키포인트 리액션)지수는?"이라는 등, 전문적인 질문을 레이노오에게 퍼붓고, 이어서 푸키를 위로 향하게 뒤집어서 양손과 양발 모두 스키를 좌우로 벌리더니 복부 전체에 소인(燒印)된 글자와 숫자를 살펴보았다.

"역시, 성적은 아주 뛰어나네요."

윌리엄이 감탄한 듯 말했다.

"좋은 엽축(獵畜, 나이스 헌터)이네요. 마음에 들었어요."

이렇게 말한 폴린의 말투는, 클라라가 새로운 스키를 친구에게서 빌리기 위해 재질과 무게를 살펴본 뒤, "좋은 물건이야."라고 칭찬할 때 사용할 법한 것으로, 그녀에게는 눈앞에 있는 야푸가 생명을 가지고 있다는 사실이 염두에 전혀 없는 듯했다. 학교의 성적이 문제가 될 정도로 지성을 갖추고 있는데, 그렇게까지 철저하게 도구시할 수 있는 걸까?

"다행히 모두의 마음에 든 모양이네." 안나는 아름답게 빛나는 피부를 한층 더 반짝이며 미소 짓고, "레이노오, 상승기(리프트)의 기문(게이트)으로 먼저 가서 준비를 해줘. 우리는 조금 더 이야기를 나누다 갈 테니."

"알겠습니다."

"자, 한 잔 더 어때, 모두?"

클라라가 자문기(레퍼런서)로부터 배운 내용의 주요한 부분을 여기서 소개하겠다.

그녀의 발 아래에 있는 것은 설상축(스노 야푸)이라는 축인계 동물(얍푸 애니멀)의 일종―단, 자종번식이 아니라 생(로)야푸의 새끼를 후천적으로 육성하여 만들기 때문에 생야푸의 변종이라고 할 수도 있다.―인데, 인간(백인)들로부터는 도구로써의 스키와 동일시되고 있어서 자동(오토)스키나 푸키(Pki. yap-ski. 혹은 Pookie라고도 쓴다.)라고도 불린다.

푸키의 생산지는 스베로성(星)으로 대륙의 7할이 만년설인 산악지대다. 다른 별에서 생산한 생야푸 가운데서 피부처리와 펌프충 기생이 끝난 생후 10개월 정도의 것을 스키에 장착하여 이 별의 산악 부분에 방목하여 기른다. 한 마리가 아니라, 수백·수천 마리를 한꺼번에 풀어놓는다.

장착은 다음과 같이 행한다. 스키에는 후반부를 앞뒤로 미끄러져 움직이게 하는 활대(슬라이더)가 내장되어 있는데, 우선 발끝을 여기에 생체풀로 접착한다. 무릎을 꿇게 하면 정강이가 활대(슬라이더)에 얹혀진다. 그 자세에서 두 손으로 앞을 짚게 한 다음 손바닥을 스키에 접착하여 고정시킨다. 양 손바닥을 받침점으로 삼고 하반신은 활대(슬라이더)에 의지하여 전후운동을 할 수 있으며, 그 범위 내에서 등과 엉덩이의 상하운동도 가능하지만 발끝과 손바닥이 접착되어 있기에 근본이 되는 엎드려 있는 자세는 바꿀 수 없다. 그리고 스키는 초(超)테르론계열의 합성수지(플라스틱)제품인데 (모든 새끼야푸의 목줄이 그런 것처럼) 생장물질소립(어그멘털리논)을 포함하고 있어서, 연령에 따라 커지기 때문에 바꿔 달 필요가 없다. 즉, 처음 이후 생(로)야푸는 스키를 몸의 일부로 하는 신종의 동물인 설상축(스노야푸)으로 거듭나는 것이다.

방목이라고는 하지만 펌프충이 축유(畜乳, 얍푸 밀크. 24장 이전의 내용요약에서 이미 소개한 축양액[畜養液, 야푸널 푸드] 즉, 이스 세계의 모든 오물을 처리한 하수로, 혼탁하기에 황액[黃液, 옐로 주스]이라고도 부른다.) 를 흡수하는 장소(CR, 7장 2)는 정해져 있다. 산 속 곳곳에 눈의 여신(스노 가데스)이라 불리는 백대리석상이 있는데, 그것이 한 집단의 중심이다. (귀족의 경우에는 석상도 본인의 모습에 따라서 만들 수 있으며, 자신이 소유한 설상축을 전부 거기에 모을 수 있다.) 그리고 그 한 무리는 이 여신상이 방출하는 축유(밀크)를 빨아먹는다. 상의 자세는 언뜻 의자에 앉은 모습처럼 보이는데, 그 뒤에 축이관(畜餌管, 야푸널 푸드 파이프)이 열려 있다.

새끼야푸(카푸)는 마치 인간의 아기가 어머니의 가슴으로 안겨들 듯, 이 여신상의 발밑으로 기어와 그녀가 주는 축유를 먹으며 자란다. 그리고 당분간은 상 옆에서 미끄럼을 맛보는 정도지만, 왕성하게 기어다닐 무렵이기에 곧 산 쪽으로 기어가는 법도 체득하게 된다. 활대 위의 두 다리를 앞뒤로 운동시키면, 스키 바닥면의 인상절(鱗狀節, 스케일)에 파상운동을 발생시키는 장치가 되어 있기에, 뱀의 배가 비늘을 사용하는 것처럼 눈을 긁으며 전진할 수 있고, 따라서 등반동작(스케일링)도 가능해진다. 비늘의 움직임은 또 골짜기를 오르는 활주를 할 때면 스키어의 지팡이(스톡)에 의한 추진을 대신하기도 한다.

처음에는 아장아장하던 새끼들도 점차 능숙해져서 속력을 더한다. 운동신경은 이족직립보행 대신 사족스키동작에 순응하여 발달한다. 곧 스키를 신체의 일부로 하여 자유자재로 운동할 수 있게 되며, 5년쯤 지나면 활강 중에 한쪽 스키에만 강력한 비늘운동을 급격하게 일으켜 스케일 크리스티아니아라는 예리한 각도의 급회전도 가능하게 된다. 여신상으로부터의 섭이를 제외하면 완전히 야생동물과 다를 바 없어져 토끼와 사슴과 꿩과 함께 눈 위에서 논다. 이것이 방목상태의 유아기다.

만6세부터 설상축훈련소(푸키 스쿨, 학교)에 들어간다. 각자의 여신집단에서 학교에 다니는 것이다. 훈련자(교사라 불린다.)는 설상축흑노(푸키 니거. 3장 3의 견사흑노[도그 니거] 등과 동급이다.)로, 설상축에게는 검은 반신(半神)이다. 훈련은 초급·중급·상급으로 나뉘는데, 각각 3년 동안의 과정이 있다. 교과는 종교와 학습, 기술과(技術科) 3개로 나뉘어 있다. 종교는 물론 백신신앙(알비니즘)인데, 설상축에 대해서는 설녀신숭배(스노 가데스 워십)의 교양이 성립되어 있다. '너희들은 매일 눈의 여신의 젖을 먹으며 살아가고 있다. 그러한 하얀 피부의 여신이 돌이 아니라 정말로 살아 계신다. 그리고 곧 너희를 신으시게 될 것이다. 신들은 눈 위에서 즐길 때 신기 위해서 너희들 푸키족을 창조하고 기르신 것이다. 너희는 각자 자신이 속한 여신에 대한 신앙을 강화하라. 명예로운 지위에 있음을 자부하라. 신의 신발로서의 천직(컬링, 섬김)을 훌륭히 수행하기 위해 학업에 정진하라.' 이러한 설교가 그들의 정신을 형성해나간다.

학과에서는 새끼들이 철들기 전부터 습득한 스키동작의 역학적 분석에서 부터 날씨, 설질, 수종(樹種), 그리고 예전에 함께 놀았던 토끼와 곰과 영양 등 눈 속 동물들의 습성에 이르기까지를 학습한다. 훗날 백인에게 푸키로써 봉사할 때, 눈사태의 위험을 감지하고, 영양의 발자국을 따라갈 수 있게 되는 것은 전부 이 학과 덕분이다. 시험의 성적은 복부에 소필(브랜딩 펜)로 새겨진다.

　매일 가장 많이 학습하는 것은 기술과다. 푸키 본래의 운동형태에 대한 기술의 단련임은 말할 필요도 없으리라. 활강 때 순간시속 100㎞는 스키어 가운데서도 선수가 아니면 낼 수 없는 빠른 속도지만, 푸키에게는 중학생 정도의 수준이다. 회전도 더욱 능숙해진다. 하지만 그러한 기술과는 별도로, 기술과 훈련의 주안점은 피탑승기술의 습득에 있다. 이는 건점반사순치(키포인트 트레이닝)라 불린다. 등 위의 1점 내지 2점에 대한 열침자극(뜨거운 뜸과 비슷하다.)과 일정한 스키동작(전진이나 우회전 등)과의 조건반사를 주입받는 것이다. 초급(초등학교)에서는 8개, 중급(중학교)에서는 16개, 상급(고등학교)에서는 무려 32개를 건점으로 부여받으며, 그 조합으로 여러 가지 복잡한 동작이 가능해진다. 상급까지는 의무과정이며, 고등학교의 졸업시험인 노르딕(복합·내구·장거리·점프의 4종목)의 종합득점과 학과성적에 따라 우수축(優秀畜)이 선발되면 스베로성(星)의 최고봉인 노랄에 있는 최고급 훈련소, 속칭 '설상축대학(푸키 칼리지)'에서 훈련을 받는다. 여기에는 경주부(레이싱)와 수렵부(헌팅) 2개 학부가 있으며, 전자는 슬라롬과와 점프과 등, 후자는 토끼(사냥)과와 곰(사냥)과 등 각각 전공학과로 나뉘어 있어서 전문기술을 가르친다. 설질학 등에서는 20세기 학자들의 것보다 훨씬 더 깊은 지식이 교수되며, 전공동물의 생태학적 연구도 세밀하다. 기술과의 훈련이 행해진다는 점은 말할 필요도 없으리라. 시속은 200㎞, 점프는 150m가 요구된다. 피탑승실습으로는 매일 12시간씩 로봇(흑노는 백인의 탈것에, 설령 훈련을 위해서라도 탈 수 없다. 그렇기에 백인을 본뜬 로봇을 사용하는 것이다.)을 등에 태운다. 테이프에 의해서 발이 움직이면, 주어지는 건점자극에 따라서 온갖 동작을 연습한다. 2년째부터는 맹목훈련이

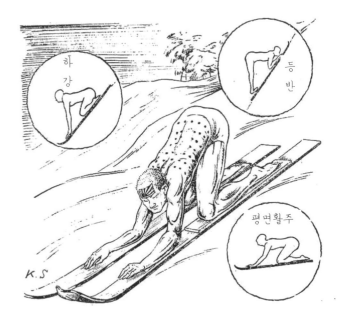

라고 해서 복면경(블라인드 글라스. 안대 모양의 안경으로, 렌즈의 투명도를 인간이 조절할 수 있다.)을 사용하여 시력을 빼앗은 채, 건점자극만으로 움직이게 하는 연습도 거듭

한다. 3년 만에 졸업을 하는데, 매해 스베로성(星)에서 개최되는 설상축품평전(푸키 쇼)에는 대학 3년생에게만 출장자격이 주어지며, 우승축에게는 상이 주어진다. 이 최고급 훈련을 마친 설상축을 노랄리안 푸키(노랄 출신)라고 한다. 이것을 사용하는 것은 귀족의 특권으로 평민은 상급훈련을 거친 정도의 물건밖에 사용할 수 없다.

　이상은 설상축(스노 야푸)의 입장에서 그 생육과 교양을 이야기한 것이지만, 인간 입장에서 보자면 이 모든 것은 윈터스포츠로서의 푸키라이딩을 위한 준비에 지나지 않는다. 푸키라이딩(설상축탑승)은 훈련에 의해서 그들 몸에 생겨난 건점반사운동을 이용하여 탑승자의 의도대로 눈 위를 달리게 하는 것이다. 이를 위해서는 특수한 푸키장화(부츠)를 신는다. 야푸의 황색 피부를 식별하는 황색 가죽을 바닥으로 사용하는데, 황색 피부에는 강인한 흡착력을 가진 부츠다. (하지만 발가락의 간단한 조작으로 흡착력을 없앨 수 있도록 해놓았기에 스키화처럼 안전장치[세이프티 빈딩]를 달아야 하는 번거로움은 없다.) 이 부츠 바닥의 끝에 건점스파이크가 있다. 엄지발가락으로 누르면 나오는 열침장치인데, 설상축학교(푸키 스쿨)에서 배운 것과 같은 자극을, 이 부츠 끝의 열침으로 건점에 부여하는 것이다.

탑승자는 푸키화를 신고 두 발을 푸키의 등에 있는 신발위치(그 위치에만 건점이 존재하지 않기에 바로 알 수 있다. 척추의 가장 아랫부분에서부터 요추에 걸친 양쪽 부분이다. 등의 폭 전부를 활용하여 간격을 벌렸기에 두 발을 옆으로 벌리고 선 자세가 된다.) 위에 얹고 편한한 자세로 서기만 하면 된다. 자극을 주지 않고 말로만 명령해도 푸키는 자신의 행동능력에 응해서 훌륭하게 수행하리라. 하지만 말로 명령을 내릴 필요는 없다. 부츠를 이동시켜 건점(등 위 신발위치 이외의 부분에 32개의 Q점이 흩어져 있다.)을 자극하면 반사적으로 명령에 순응하기에, 마음만 먹으면 계속적으로 자극을 주어 완전히 자신의 의지에 종속시킬 수도 있다. 말을 타는 것과 비슷하나, 말보다도 기물성이 강해서, 건점을 외우고 스파이크를 사용하는 방법에 익숙해지면 옛날 사람들이 스키를 신었을 때와 다름없이 완전히 도구로 이용할 수 있게 된다. 실제로 탑승기술에 자신이 있는 사람은 사용 중에 복안경(블라인드 글라스)을 씌우는 경우가 많으며―또 푸키경기도 그렇게 행해지는 것이 일반적이다.―개중에는, '나의 푸키에게는 눈도 귀도 필요 없다. 건점만 있으면 된다.'라며 푸키의 눈동자와 고막을 바늘로 터뜨려서 푸키화에 의한 지도에 반사적으로 행동하는 것만 가능한 살아 있는 스키로 만들어버리는 명인급 인사도 있다.

반대로 푸키의 행동능력과 설중동물에 대한 지식을 최대한 이용하는 사용법도 있다. 이를 많이 사용하는 것은 설상축수렵(푸키 헌팅)에서다. 말과 달리 고삐가 필요 없으며, 스키와 달리 스톡을 쥘 필요도 없기에 손에 드는 무기라면 무엇이든 마음대로 택할 수 있지만 푸키를 서둘러 달리게 할 때 채찍 대신으로도 쓸 수 있다는 편리함 때문에 일반적으로는 반궁을 휴대한다. 푸키는 사냥개 역할도 겸하여 사냥감의 발자국을 추적, 반궁이 도달할 수 있는 거리까지 탑승자를 데리고 가며, 달아나면 정확하게 뒤를 쫓는다.

푸키는 이처럼 승용축이자, 한편으로는 신발이기도 하다(이상의 기술 중에 '타다'와 '신다'가 혼용된 것은 이러한 이유에서다). —행동력을 갖춘 동물을 제어하는 승마의 통쾌함과, 눈 위를 종횡으로 달리는 스키의 상쾌한 속도감, 이 2가지를 겸할 수 있는 것이 푸키라이딩이다.[81]

2. 안나 테라스의 자축주의(慈畜主義)

폴린의 발 아래에 엎드린 채 손발을 모아 배에 기댄 자세로 웅크려 있던, 보라색 스키를 신은 푸키가 갑자기 몸서리를 쳤다.

"얼른 타주기를 바라는 거니?" 폴린이 소마 잔을 허공으로 들어 축동(펜젤)

---

81) 살아 있는 신발로서의 푸케이트(Pkate, yap-skate)에 대해서도 간단히 설명하겠다. 스키에 대해서 푸키가 있는 것처럼 스케이트에 대해서는 빙상축(氷上畜)인 푸케이트가 있다. 빙상축의 생산지도 스베로성(星)인데, 이들은 산이 아니라 얼음이 언 호수면의 방목장 위에 엎드려 네 발의 끝을 얼음에 대고—마치 소금쟁이와 비슷한 자세로— 미끄러져 돌아다니는 왜인족(피그미)이다. 훈련소(스쿨)에서는 2마리가 1쌍이 되도록 가르치며, 또 등에 150kg까지의 하중(점점 무겁게 한다.)을 가하여 움직이는 연습을 시킨다. 등 위의 짐은 신발 모양으로 중심과 하중이 변화하지만, 익숙해지게 가르친다. 다음으로 지금까지는 4개의 발끝에 달린 전기극점으로 롤러스케이트처럼 지지하던 것을, 필요에 따라서 두 손을 모은 전극(前極)과 두 발을 모은 후극(後極) 2개의 점으로 지지하고 2개의 극 사이에 전기가교를 만들어 아이스스케이트의 금속구와 같은 효과를 갖게 하기도 하고, 또 사지 끝의 극점을 전부 병합하여 1개의 점으로만 지지하게 하여 제자리회전(스피닝)에 편리하게 하는 등 여러 가지 기술을 훈련시킨다. 졸업 전에는 정식으로 2마리가 함께 로봇의 신발 아래에 붙여져 실지연습을 한다. 이 빙상축을 각각의 스케이트화 바닥에 장착한 것이 푸케이트다. 금속 스케이트대신 만능의 왜인(피그미)을 단 스케이트화라고 하면 될까? 스메라 산 중턱에 있는 수정호에서 여주인이나 손님이 언제든 푸케이트 놀이를 할 수 있도록, 늘 신발을 등에 진 채 호반의 얼음궁전에서 대기하며 사는 푸케이트 무리가 있는데 오늘은 클라라도 그쪽으로는 안내받지 못한다. (참고로 150kg은 거의 40관에 해당한다. 한 마리에게 그렇게까지 하중에 견디는 훈련을 시킬 필요는 없다고 생각할지 모르겠으나, 그것은 남녀의 빙상무용 때, 남자가 여자를 안고 한쪽 다리로 타야 하는 경우가 있기 때문이다.)

에게 건네주고 담배 하나를 물며 말했다. "흥분으로 몸을 떨고 있어."

다른 축동이 위에서부터 다가와 공중에 거꾸로 매달린 듯한 자세로 이 여자 손님이 문 담배에 불을 붙였다. 두 손의 손가락을 문지른 것만으로 불이 일어난 듯한데, 대체 어떤 장치가 되어 있는 것인지?

"그럴 만도 하죠." 소마 중독자인 미청년 윌리엄이 3잔째를 기울이며, "18년 동안이나 기다리고 또 기다렸으니."

"코트워 양에게는 첫 번째 탑승이기도 하지?" 안나가 클라라에게 말을 걸었다. "자, 가능한 한 애용, ─아껴주시기 바랄게요. 자애심 깊게(Be in charity)."

"자축주의자(채리티스트)다운 표현이시네요." 윌리엄이 조금은 재미있다는 듯 말했다.

"옛날의 입버릇이 나와버렸네." 얼굴에서는 조금도 쇠한 기색이 보이지 않는 노귀부인이 문득 나이를 느끼게 하는 듯한 그림자를 보이며 쓴웃음을 짓다가, "하지만 그 말을 들으니 옛날이 그리워지네. 너는 나의 책을 읽어서 알고 있는 거겠지? 네 나이쯤 되는 사람에게서 그런 말을 듣게 될 줄은 몰랐네⋯⋯."

클라라는 마침내 그 참맛을 알기 시작한 이스인의 애호음료인 소마의 두 번째 잔을 마지막으로 비우며 분홍색 스키를 신고 발 아래에 웅크려 있는 설상축(푸키)을 바라보았다.

철이 들기도 전부터 오늘까지, 사람을 태우고 밟히는 기술의 습득을 유일한 최고의 생활목표로 삼아 훈련받아온 이 동물. 근육질의 황색 피부에 지져 새겨진 32개의 건점도, 설상축품평(푸키 쇼)에서의 최우등(그랑프리)이라는 명예를 자랑하는 금색 목줄도, 높은 IQ를 가진 뇌수에 저장되어 있을 심원한 설질학도⋯⋯, 그의 오랜 세월에 걸친 노고와 노력 전부가 클라라들에게 있어서는 단지 하나의 레크리에이션에 지나지 않는, 설상축탑승이라는 스포츠의 용구가 되기 위해서 바쳐진 것이다. ―지성동물(인텔리젠트 애니멀)로서 그러한 삶의 목적에 회의하는 일은 없었던 걸까?

'푸키야, 너는 내가 타주기를 바라고 있는 거니? 그것으로 만족한다는 거니? 그래, 내가 너를 아껴줄게.'

클라라는 몸을 수그리고 손을 뻗어 푸키의 검은 머리를 쓰다듬어주었다. 연민의 정에 사로잡힌 것인데, 그 검은 머리카락에서 린이치로에 대한 연상이 작용하지 않은 것이라고는 말하지 않을 수 없으리라.

"클라라!" 낮지만 힘이 담긴 목소리로 윌리엄이 나무랐다. "애완축(펫)도 아닌데 손으로 쓰다듬는 건 이상합니다!"

클라라는 허겁지겁 손을 거두었다.

"자, 드레이퍼 군, 자축주의(채리티즘)라는 말이 더는 통용되지 않고 있다는 사실을 지금의 일로도 잘 알 수 있겠지? 코트윅 양은 나의 자애(채리티)라는 말을 오해한 거야. 젊은 사람이니 그럴 수도 있겠지만……." 안나가 이번에는 클라라를 보며, "아껴주라고 한 나의 말은, 연민하고는 다른 거야. 푸키는 신을 것이잖니? 신을 것은 신어주는 게 무엇보다 아껴주는 일이 돼."

"죄송합니다, 무례한 짓을 저질러서……."

빨갛게 물든 얼굴로 얌전히 사과했으나, 뭔가 석연치 않았다. 푸키를 그저 신는 것이 어째서 아껴주는 일이 된다는 건지?

"전 말이죠," 폴린이 연기를 뱉으며 입을 열었다. "당신의 자축주의(채리티즘) 활동으로 야푸의 작업능률이 올라서 저희가 덕을 보고 있다는 사실은, 어머니에게 들어서 잘 이해하고 있다고 생각해요. 단, 클라라 양(미스)이 지금 착각한 것만 봐도 느낄 수 있는 일이지만," 클라라를 감싸줄 생각인 듯, 그러나 이 노귀부인의 기분을 상하게 하고 싶지는 않기에 마음을 쓴 것인지, 잠시 말을 끊었다가, "자축이라는 말을 잘 이해할 수가 없어요.

고통을 쾌락으로 느끼도록 야푸를 길들이는 거잖아요. 그걸 자애(채리티)라
고 할 수 있을까요? 인간으로 말하자면 마조기르기[82]의 유희(플레이)잖아
요. 재미삼아 연기해 보이는 가짜 호의는 있을지 몰라도, 참된 자비나 애정과
는 거리가 멀지 않나요…….."

"하지만 동물이니…….." 윌리엄이 껴들었다. 발 아래의 갈색 스키를 신은
녀석의 머리를 실내화 바닥으로 쓰다듬고 있었다.

"그래, 가축이니 물론 어떻게 길들여도 상관은 없어. 그게 나쁘다고 말하려
는 게 아니라, 길을 들이는 건 야푸를 위해서가 아니라 우리 인간을 위해서잖
아. 그걸 자측심의 표현이라고 할 수 있을까? 자애(채리티)는 상대방을
생각해주는 것이 아니고서는…….."

"상대방을 생각해주는 거란다." 자신감 넘치는 말투로 안나가 발언했다.
얼굴이 한층 더 빛나는 듯 보였으며, 녹색 눈동자가 반짝였다. "백신신앙
교육의 취지는, 결과적으로는 우리 인간을 위한 것이기도 하지만, 무엇보다
야푸들을 위한 것이란다. 적어도 내가 주신숭배(主神崇拜, 도미나 워십)라는
새로운 복음을 주장한 것은 그런 마음에서였어. ……우리 인간의 생활은
야푸를 필요로 하고 있어. 그들의 의향과는 상관없이 작업은 숙명적이야.
대부분의 인간은 야푸의 마음 따위 생각해보지도 않으며, 또 생각해본다
할지라도 바뀌는 건 아니야. 주어진 일을 처리하는 것이 야푸의 숙명이라고
단정 짓는 것이 일반적이야. 하지만 자측심이 깊은 사람은, 그것만으로는
만족할 수 없어. 자화자찬처럼 들릴지 모르겠지만, '덕이 금수에게 미친다.'

---

82) 마조히제이션. 이스 귀부인이 즐기는 애정수렵유희(러브 헌팅 게임)로, 평민남성을 자신의
숭애자(팬)로 삼아 완전히 마조히스트로 만들어내는 솜씨를 겨루는 것이다. 같은 남자를
어느 쪽이 자신의 것으로 만드느냐로 승부를 겨루는 경우도 있고, 기한을 정해놓고 서로
다른 남자를 어느 정도로까지 마조화하느냐 그 순치도를 비교하는 경우도 있다. 폭력을
쓰거나 대상으로 삼은 남자에게 그 사실을 알리는 것은 금지되어 있기에, 오로지 솜씨에만
의지해야 한다. 이스는 백인들의 낙원이라고 일컬어지지만, 평민은 언제 이 수렵의 사냥감
이 될지 알 수 없다. 실례는 뒤에서 이야기하겠다.

고나 할까, 야푸의 심리가 마음에 걸려. 일반적으로 생각해보자면, 그런 숙명을 원할 리가 없어. 그것을 받아들여야만 하는 야푸가 가엾다고는 생각지 않니?"

클라라는 가만히 자문기(레퍼런서)를 꺼내들었는데 말을 걸어왔기에 자신도 갑자기 니기미타마를 가진 자가 된 듯한 마음으로,

"네, 그렇게 생각해요."

"측은지심은 인(仁)의 시작(피티 이스 아킨 투 러브)이라고 하잖니? 그 가엾다는 마음이 자축주의의 첫 걸음이야. 어떻게 해서든 구해주고 싶다, 매일 맛있는 음식을 먹게 해주고 싶다, 생활에서 즐거움을 발견하게 하여 숙명적인 작업을 억지로가 아니라 기꺼이 하게 해주고 싶다…… 이런 기쁘게 해주고 싶다는 마음은 자애(채리티)가 아닐까?"라며 이번에는 다시 폴린에게 말했다[83].

"그야 물론 그렇겠죠."라고 마지못해.

"주신숭배(도미나 워십) 신앙교육이 그것을 해결한 거야. 이 야푸는 지금 나의 것을, 고맙다, 황송하다, 삼가 받겠습니다, 라고 감사하며 받아들이고 있어. 내가 그의 신이기 때문이야. 신앙이 없었을 때는 고통이었던 작업이, 신앙을 가짐으로 해서 쾌락이 된 거야."

이야기를 하며 다시 원래의 의자로 돌아왔다.

"사실은 맛없는 것을 신앙으로 착각케 하는 것은 역시 사용자 쪽의 교활함 아닐까요?"라고 폴린이 반격을 가했으나,

"아니, 미각에는 진짜도 가짜도 없어. 신앙을 가지고 있지 않으면 맛없을 테지만, 신앙을 가지면 신심에 비례해서 맛있게 먹을 수 있는 거야. 그렇기에 신앙을 갖게 하는 거야. 이 의자도,"라며 모두의 몸을 지탱하고 있는 야푸들

---

83) (역주) 안나가 육변기를 불러 그것을 사용하며 이 말을 하는 것이 처음 작가가 의도한 내용인 듯하다. (책 뒤의 「중단에 대한 사과의 인사」 참조)

쪽으로 시선을 가져가더니, "육체적으로는 틀림없이 무거울 거야. 하지만 정신적으로는 신의 몸을 지지하고 있다는 자부심으로 가득 차서 삶의 보람을 느끼고 있어. 뇌파를 살펴보면, 사람이 앉아 있을 때 행복감 곡선(커브)이 가장 높아져. ……그런 사실을 알게 되면 우리들의 자축심도 편안해지는 거야. 그렇지 않겠니? 자축주의 운동은 신앙의 힘으로 야푸를 구한 거야. 그 덕분에 그들이 봉사를 즐기게 되어 작업능률이 올라간 건 단지 부산물에 지나지 않아."

"봉사하기를 싫어하는 야푸가 있다고는 얼핏 생각하기 어려워요, 전."이라고 폴린.

"지금은 백신신앙이 완전히 모든 야푸의 종교가 되어버렸으니 신앙이 없는 야푸의 비참함을 너희들 젊은 사람들은 모르겠지. 30년 전, 나와 여동생이 타카마할 축사관리를 놓고 다투었을 때는……."

"암실방식논쟁을 말씀하시는 거죠?" 윌리엄이 그녀가 쓴 회상록의 애독자임을 드러냈다.

"맞아, 그 이전까지 사역은 곧 학대였어. 그런데 지금은 어떻지? 사역하지 않는 게 오히려 학대야. 사역은 곧 자애(투 유즈 이스 투 러브)야. 너는 조금 전에 마조기르기와 비교했다만," 마조기르기라면 나도 꽤나 경험이 있단다, 라고 말하기라도 하듯 웃는 얼굴을 폴린에게 보이며 말을 이어갔다. "정상적인 남자를 채찍과 밧줄에 익숙해지게 만들어나갈 때의 기분, 그건 틀림없이 자비나 애정과는 반대가 되는 것이야. 하지만 일단 길들이고 나면, 그때부터는 채찍과 밧줄로 귀여워해줄 수 있잖니? 이 2가지만이 애정의 표현이 되지 않니? 야푸도 그것과 마찬가지란다. 우리는 그들의 신으로 그들을 사역함으로 해서 자축심을 내보일 수밖에 없는 거란다."

놀라운 설교였다.

"하지만 너희들에게 야푸를 사역할 때마다 자애를 의식하는 마음을 가지라고는 말하지 않을 거야. 조금 전에는 나도 모르게 옛날의 입버릇이 나오기는 했지만. 예전에는 그게 필요했어……. 요즘처럼 백신신앙(알비니즘)이 보급된 상태에서는 더 이상 필요 없지만. 자축주의(채리티즘)는 과거의 것이 되어버린 거야. 너희들은 태어났을 때부터 예배를 받으며 자랐기에 백신(디어티)으로서의 자의식도 충분히 가지고 있어. 야푸의 봉사를 당연한 일로 여기며 향수하고 있어. 사역은 곧 자애라는 효과도 알지 못한 채 사역하고 있어. 무심한 동작 하나하나로 각각의 야푸에게 은혜를 베풀고 있는 거야. 자축주의라는 말의 의미도 모른 채……. 그거면 충분해. 야푸들은 모두 만족하고 있으니. 나의 운동은 목적을 충분히 달성한 셈이야. 새로운 세대에게 자축을 이야기할 필요성을 못 느껴. 솔직히 말하자면 주신숭배(도미나 워십)라는 새로운 복음이 그렇게까지 환영받을 줄은, 창도한 나 자신조차도 뜻밖이다 싶을 정도의 성공을 거두었지만. ……단, 만약 예전의 나처럼 야푸의 마음을 생각해주는 사람이 있다면, 그 사람에게는 이렇게 말해주고 싶어. 야푸의 행복은 신앙에서 나오니 가능한 한 깊은 신앙심을 품게 만들고, 그 이후부터는 사용하면 사용할수록 아껴주는 셈이 되는 것이라고. 알겠니? 자축의 첫 걸음은 자신을 숭배하게 만드는 거란다."

안나 테라스는 언제부턴가 클라라를 향해서 이야기하고 있었다. 과연, 클라라에게는 유익하지만, 다른 두 사람에게는 필요하지 않은 설교였다. 탐험으로, 통치로, 인생경험이 풍부한 이 자축주의자(채리티스트)는, 형안으로 클라라 코트윅의 정체를 꿰뚫어보고 에둘러서 이스 귀족의 마음가짐을 가르쳐준 것일지도 몰랐다.

'이 사람(여성)은 내가 리니를 마음에 두고 있다는 사실을 알고 있는 걸까?

클라라가 마음속으로 은밀하게 어쩐지 두렵다는 생각까지 하고 있을 때, 안나가 갑자기 말투를 바꿔서,

"이게 나의 자축주의. 보급에 성공하기는 했지만 단 하나뿐인 여동생을 잃는 커다란 대가를 치렀어. 벌써 옛날의 일이지만……."

그런 마음이 들어서일까, '광채 아름답다'고까지 칭송받았던 환한 얼굴을 흐리며 창 밖을 바라보다가 시선을 한 곳에 고정하고,

"자, 상승기(리프트)의 기문에 도착했네. 옛날얘기는 올라가면서 하기로 약속했었지……."라며 자리에서 일어났다.

아니나 다를까, 창 밖의 풍경이 바뀌어 있었다. 그렇다면 유선굴 속의 한 방이라고 생각했던 이 객실은, 방 전체가 이동할 수 있는 장치가 되어 있어서 이야기를 나누는 동안 움직였다는 얘기가 된다. 벽이 열렸다. 레이노오가 서 있었다. 그 뒤쪽의 창으로는 눈 덮인 슬로프를 배경으로 햇살 모양 문장을 새긴 깃발이 꽂혀 있는 문이 보였다.

3. 『고사기』해의(1) 아마노이와토

앞 절의 대화를 이해하실 수 있게, 클라라가 자문기(레퍼런서)에게서 얻은 지식을 요약하여 소개하겠다. 린이치로와 마찬가지로 일본신화에 대한 지식을 가지고 있는 독자 여러분에게는 요약이면 충분하리라.

오힐먼 후작가(공작이 된 것은 안나 대에 이르러서다.)의 자매, 안나와 스잔은 2개월 차이(수태는 1개월 차이로, 뻐꾸기수술을 하기에 이런 일이 가능하다.)의 자매로, 쌍둥이처럼 자랐으며 사이도 좋았으나, 성격은 완전히 달랐다. 둘 모두 이스 여성답게 씩씩한 기질을 가지고 있었으나 언니는 침착하고 의지가 굳은 데 비해서, 동생은 용맹하고 과감했다. 언니는 소녀 시절부터 '광명 아가씨(미스 루미너리)'라고 불렸던 미녀 중의 미녀였던 데 반해서, 동생도 물론 미모이기는 했으나 언니에게는 미치지 못했으며, 후작 상속녀(마쇼네트)도 아니었기에—이러한 사정은 잔센 가의 돌리스에게도 해당되는 이야기일지 모르겠다. — 언니에 대한 열등감을, 무술을 수행하여

차례차례로 획득한 선수권배의 숫자로 보상받고 있었다. 흑노나 야푸에 대해서도 언니는 관대하고 인자했으며 자비심 깊었으나, 동생은 준엄하고 가혹했다.

안나가 젊은 나이로 후작가를 이어받은 지 얼마 지나지 않아서 여왕폐하의 각 유성순시를 수행하기 위해, 1년쯤 오힐먼 후작령인 타카마할(이는 본국성 카를의 지명이다. 비행섬 타카라마한은 이 본국의 영지를 그리워하여 명명한 것)을 떠난 적이 있었다. 34·5년쯤 전의 일이었다. 언니가 자리를 비운 동안, 동생 스잔이 대리로 집안을 다스렸다. 안나와 스잔이 가지고 있는 생각의 차이가 이때 선명하게 드러나기 시작했다. 그 가운데 하나가 축사[84]관리를 위한 방법으로 암실방식을 채용한 것이었다. 언니가 사역시간 이외에는 야푸의 생태에 무관심하여 축사 내부에서의 생활에 상당한 자유를 허용하고 있다는 사실이 늘 마음에 들지 않았던 스잔은, 축사 내 통제강화의 극치로서, 축사 내를 암실화하고 사육계 흑노(야푸 니거)에게는 적외선안경(인터레드 글라스)을 쓰게 하여, 야푸 자신의 행동에 대한 자유를 제한하면서 피감시의식을 갖게 하는 데 성공했다.

타카마할에 있는 오힐먼 가 소속의 800만 마리 야푸(독자 여러분께 새삼스럽게 '팔백만의 신들[85]'에 대해서 설명할 필요는 없으리라.)에게 있어서 이는 일대 공황이었다. 지금까지 밝았던 우리 안이 새카만 어둠으로 변한 것이었다. 밝은 낮의 세계를 의미했기에 그들은 임무에 종사하는 것을 환영했다. 역무가 끝나도 돌아가려 하지 않았으며, 조금이라도 더 오래 근무하려 했다. 제아무리 힘든 노역이라도 암흑의 공포보다는 낫기 때문이었다. 야푸들이 역무에 적극적으로 임하게 만든 것을, 스잔은 자신이 취한 방식의 성공이라

---

84) 여기서 축사란 생축사뿐만 아니라 예를 들자면 푸키의 창고, 축인견사와 마구간 등, 개축(個畜, 개체성이 있는 야푸) 집단의 사육수용설비 일반을 의미한다. —개체성이 없는 생체가구 등에게는 이러한 문제가 없다는 점은 말할 필요도 없으리라.

85) (역주) 일본어로는 '야오요로즈노카미가미'라고 읽으며, 모든 신·뭇신이라는 뜻.

여기며 자랑스러워했으나 야푸들은 안식을 잃고 피로에 녹초가 되어가고 있었다. 그러한 때에 그들의 마음을 지탱해준 것은 '마음에 기도를(Amen in heart)86)'이라는 말이었다. '우리의 여신에 대한 은밀한 기도로 안심을 구하라.'라는 의미였다. 이렇게 해서 안나는 흠모의 대상이 된 것이다.

마침내 안나가 돌아옴과 동시에 자매 사이에서 암실방식에 대한 격렬한 논쟁이 시작되었다.

훗날 자축주의자(채리티스트)가 된 안나 테라스도 처음에는 단순한 감상가(센티멘털리스트)에 지나지 않았던 모양이다. 그런데 "그렇게 하면 야푸들이 기어올라서 능률이 오르지 않아."라고 스잔이 말하자 그녀도, "아니, 자유를 부여하는 편이 능률이 올라."라고 반박하지 않을 수 없었다. 비유적으로 말하자면, 내무반생활이 즐거워서는 병사가 교련을 싫어하게 된다는 논리에서 병사를 연병장과 친해지게 만들기 위해서는 내무반규율이 엄격할수록 좋다고 믿고 있는 옛 육군장교와, 노동능률을 향상시키기 위해서는 노동자의 생활환경을 개선하는 것이 좋다며 휴양시간을 부여하는 것은 보다 많은 착취로 가는 지름길이라고 생각하고 있는 자본가의 논쟁과 비슷해진 것이다. 같은 목적을 위해서 정반대의 수단을 주장하기 시작한 것이다. 그 결착을 위해서, 서로가 자신의 방식대로 사육한 야푸의 작업성적을 겨루어 결론을 내기로 합의한 것은 어쩌면 자연스러운 경과였을지도 모른다. 시합은 반년 후, 각각 1개의 우리에 대해서만 실험적으로 사육을 담당하기로 했으며, 축사 전체는 지금까지의 현상을 그대로 유지한 채, 즉 암흑상태를 유지한 채 두기로 했다.

---

86) 백인의 기도 속 아멘을, 기도 그 자체를 나타내는 명사로 삼아 엉터리 영어로 쓴 것인데, 이는 슬로건이기에 백인으로부터의 명령구에 빗대어 영어를 쓴 것이다(외국어를 존중하는 야푸의 습관). 훗날 주신신앙(도미나 워십)이 확립되어 기도문이 제정되었을 때 이는 야멘이라고 바뀌었으나, 고대 가축어에는 아멘의 형태로 유입되었고 기도라는 뜻에서 전하여 신이나 천국을 의미하게 되었다. '아메노(天)……' 등이 그것이다.

여기서부터는 안나의 회상록 원문을 인용하기로 하겠다.

〈어렸을 때부터 나는 야푸에 대해서 자비심이 깊다는 말을 들어왔다. 하지만 솔직히 말하자면 그것은 나의 기질적 문제가 아니라, 체질적 문제였다. 무슨 말인가 하면, 나는 야푸가 마지못해서 억지로 일하는 모습을 보면 그 봉사(서비스)를 향수(엔조이)할 수 없게 하는 생리적 불쾌감을 느낀다. 따라서 그들이 일을 즐기게 하고 싶다는 마음은, 이러한 사치스러운 몸의 생리적 요구에 의한 것으로, 그것을 위해서 나는 야푸를 아껴준 것이다. 그 결과 야푸들이 내게 감사하고 나를 수호신으로 섬기고 있다는 사실도 나는 알고 있었으나, 그렇다고 해서 특별히 이렇다 할 일을 했던 것은 아니다. 어떤 종류의 야푸가 인간을 신으로 숭배하고 있다는 사실 자체는 수백 년 동안 알려져온 내용이며, 지성동물의 다신교가 자연발생하게 된 사례로 이것을 배운 적이 있는 나는, 숭배를 받게 되었다고 해서 특별히 신기한 일이라고도 여기지 않았던 것이다.

그런데 논쟁의 승패를 야푸의 작업경쟁으로 결정하자고 얘기가 되었을 때, 나의 관심은 야푸가 수행하는 역무의 성질에 맞춰져 있었다. 동생은 역무 자체가 고통인 이상, 야푸에 대한 자애는 역무의 경감 이외에는 있을 수 없다고 주장했다. 그러나 역무의 고통을 오히려 쾌락으로 느끼는 정신상태에 그들을 놓을 수만 있다면 그 주장은 성립되지 않을 터였다. 하지만 그런 일이 가능하기나 할까? 초정신명랑제(슈퍼 아트라키신)를 사용하면 가능할 테지만, 연속복용을 하면 효과가 점차 떨어져 장기적으로는 쓸 수가 없다. 약제 없이는 불가능한 걸까? —이때 나는, 내 자신이 야푸들로부터 곧잘 숭배를 받았다는 사실과, 종교는 아편이라는 옛 사람들의 말을 떠올렸다. 모든 신앙은 구제다. 신 앞에서의 근행은 신자에게 기쁨과 편안함을 준다. 여기에 약제를 사용하지 않고도 야푸의 역무를 쾌락화할 수 있는 계기가 있지 않을까? 그리고 나의 어렸을 때부터의 체질적 요구도 이것으로 만족시킬 수 있지 않을까? 이렇게 해서 나는 자축주의(채리티즘)의 근본사상에 도달하게 되었다.

그 당시 축인이 숭배하던 종교는 범백신신앙(팬알비니즘)으로, 인간 일반의 초월자적 신격을 인정하는 단계에 지나지 않았으며, 나처럼 개인이 예배를 받는 사람이 가끔 존재하는 정도였다. 나의 구상은 주신숭배(도미나 워십)를 가미한 백신신앙(알비니즘. 오늘날에는 단순히 albinism이라고만 하면 이것을 가리킨다), 즉 다신교에 일신교적 색채를 부여하는 것이었다.

나는 나의 우리에 있는 야푸들에게 철저한 종교교육을 시행하기 시작했다. 동생에게 반대하여 '축사 내의 시간은 자유롭게'라고 주장했기에 강제하지는 않았으나, 그들의 관심이 나 개인에게 집중되도록 유도해나갔다. 처음에는 나의 몸을 중심으로 한 형이하학적 화제에만 한정하여 정보를 교환하게 했다. 나의 키·몸무게·기호품 등이 공통의 지식이 된 이후에는, 나날의 복장·먹는 음식·생리상태 등이 열광적으로 논해졌다. '오늘은 680보를 걸으셨다.', '하품을 3번 하셨다.', '발바닥의 땀이 어제보다 짭짤했다.'는 등의 일들이 일대 관심사가 되었다. 점점 형이상학적 문제, 즉 일반적인 신학상의 토론의 숫자를 늘려나갔다. '신앙을 갖지 않은 채 죽은 동료는 사후 어떻게 되는 것일까?', '주신에게서 다른 백신에게로 양도되었을 때, 신앙 대상의 전환은 어떤 식으로 하는 것이 좋을까?' 등등등. 한편으로는 훗날 축인종교의 의식으로 널리 행해지게 된 여러 가지 의례와 기도문을 정해, 정해진 시간에 기도를 하게 했다. 신앙시험을 치르게 하여 세례를 해주었다. ……마침내 나 스스로도 놀랄 정도의 효과가 나타나기 시작했다. 그들은 한층 더 기뻐하며 작업에 종사하게 되었고, 사역당하는 것을 총애의 표시라 생각하게 되었으며, 혹사당할수록 감사함을 느끼기에 이르렀다. 봉사가 그대로 유열(愉悅)이 되었다. 옛날처럼 특별히 아껴주지 않아도 그들에게 쾌락을 줄 수 있게 된 것이다. 야푸를 즐겁게 해주고 싶다는 나의 염원이 달성된 것이었다. 그러면서도 '동정은 야푸를 위하는 것이 아니다.'라며 그들을 조금도 풀어주지 않았기에 능률은 올라갔다. 이제는 스잔의 우리에 있는 야푸에게 뒤지지 않게 작업을 시킬 수 있을 터였다. 아니, 하루의 대부분을 차지하는 사역시간을 이렇게 유쾌하게 보내고, 우리에 돌아가서도 동료들과 신에 대해서 논하기를 그치지 않는 나의 야푸들과, 사역시간의 피로를 축사에 돌아와서도 회복하지 못하는 스잔의 야푸 사이의 승패는 이미 결판이 난 것이나 다를 바 없었다. 나는 그렇게 자신했다.

마침내 모든 축사의 열쇠를 건 시합의 날이 찾아왔다. 동생과 나는 야스 강변에서 서로 마주섰다.

·· 〉

5마리의 수컷과 3마리의 암컷(『고사기』와 『일본서기』에 전해지는, 두 신의 약속에 따라서 생겨난 5남신과 3여신의 명칭에 대해서도 축어해설이 있지만 지금은 생략하기로 하겠다.)을 겨루게 한 이 시합의 상세한 내용은 다음 기회에 전하기로 하고, 결과는 안나의 압도적인 승리로 끝났다.

스잔은 패배를 인정하고 의기소침하여 고대지구탐험을 위한 항시여행에 나섰다. 축사의 열쇠를 되찾은 뒤, 아직 암실설비 그대로인 축사를 일단 둘러보기 위해서 온 안나의 머리 위의 광산(헤이로 파라솔)이, 축사 내의 암흑 속에서 찬란하게 빛났다. 안 그래도 광명(루미네슨스)에 휩싸인 이 오힐먼 가의 당주의 몸이 후광(님버스)을 받아 빛나고 있는 것처럼 보였기에, 이날까지 '마음에 기도를(아멘 인 하트)'이라는 말과 함께 견뎌온 야푸들을, 무릎 꿇은 채 자신들도 모르게 환호하게 만들었다.

이후, 안나 오힐먼 후작은 자신감을 가지고 자축주의(채리티즘)를 선언했으며, 축인종교의 새로운 복음을 설파하여 보급시켰다. 작업능률의 향상이라는 실증이 이스 귀족들로 하여금, 각 가정의 야푸들에게 속속 새로운 복음에 의한 여러 가지 신앙의식을 채용하게 만들었다(기독교에서의 가톨릭교회

건설과도 비할 수 있다).
그녀가 훗날 고고학적 탐
험가가 되어 원시 야푸족
의 고대사에 커다란 족적
을 남기고 안나 테라스
(지구[테라]의 안나)라
는 이명을 얻기에 이른 것
은, 탐험 중에 행방불명이
된 동생 스잔의 유지를 이
어받은 것이기는 하나, 한
편으로는 축인종교의 근
원에 간섭하여 후대 야푸
의 정신형성에 커다란 영
향을 주어야겠다는 목적이 있었던 것이기도 하다. 그것은 그녀 자신이 아마테
라스 오오미카미가 되어 그들의 최고신으로 자리 잡음으로 해서 멋지게
달성되었다. 참고로 그녀는 자신의 종축(팬티)인 니니기(ニニギー)를 야푸
족의 수장으로 삼아 '네가 가서 다스리라.'며 강림시켰고, 그 자손을 야푸족의
정신적 중심으로 삼는 데도 성공했다.

　니니기와 동행한 한 무리의 오힐먼 가의 야푸들이, 자신들의 신변에서
일어난 이변을 역사로 삼아 구전케 했다. 축사를 덮친 암흑, '마음에 기도를
(아멘 인 하트)'이라는 말, 안나의 빛나는 귀환…… . 입에서 입을 통해
전해지는 동안 그들의 구호였던 말은 '아멘인하트'에서 '아메노이하토'로
변했고, 마침내는 '아마노이와토(天の岩戸)'라고 해석되어, '해의 신인 안나
테라스 대신(天照 大神)이 이와토(岩戸)에 들어갔다가 다시 나왔다.'는
신화를 낳은 것이다[87].

7년 전, 지구도독을 마지막으로 관직에서 떠난 뒤, 폐하로부터 특별히 허가를 얻은 비행섬에서 은거하며 회상록 집필로 여생을 보내고 있는 안나 테라스였다. 생애를 건 사업은 성공을 거두었다. 그녀의 명성이 천하에 널리 전해졌다고 할 수 있으리라. 하지만 일생을 독신으로 지낸 이 여걸은 단 하나뿐인 여동생을 잃은 대가로 얻은 허명허작(虛名虛爵)이 그리 만족스럽지만은 않은 듯했다.

---

87) (역주) 일본신화 가운데 한 장면으로, 아마노이와토는 바위로 이루어진 동굴을 말한다. 태양신인 아마테라스 오오미카미가 아마노이와토에 숨었기에 세상이 암흑에 빠졌다가 그가 다시 나타나 광명을 되찾았다는 전설.

제28장 수렵장으로

1. 족답정과 육리프트

어느 틈엔가 상승기(리프트)의 기문(게이트)이 있는 곳까지 이동해온 유선굴(페어리 케이프) 땅 속 별장의 한 방─.

레이노오가 손으로 신호를 보내자 대기하고 있던 축동(펜젤)들이 손에 손에 무엇인가를 들고 날아왔다. 마침내 문 밖으로 나가 설상축수렵(푸키 헌팅)을 시작할 때가 되었기에 몸단장을 완벽히 마무리 지어주려는 것이었다. 아노락 차림을 한 클라라 들의 등에 전통(화살주머니)을 메게 하고, 팔에 활팔찌(궁사의 보호대)를 두르게 하고……, 축동들이 충실한 몸종들처럼 움직였다.

이쪽을 돌아본 안나 테라스의 얼굴에 클라라는 깜짝 놀랐다. 그리스의 조각상처럼 단정한 코의 각도, 우아하고 아름다운 턱의 곡선, 틀림없이 그녀의 용모였으나, 그 빛나는 피부가 온통 황색분(옐로 파우더)으로 뒤덮여 있었으며, 커다란 녹색 눈동자는 검은 눈동자로 바뀌어 있었다. 풍성한 갈색 머리카락 대신 좌우로 갈라 귀를 가리도록 말아서 묶은 검은 머리카락…….

'머리는 아까 목깃에서 등으로 늘어져 있던 가발 달린 두건(후드)을 쓴 게 틀림없어. 얼굴이 타는 것을 막기 위해 크림으로 화장을 한 것은 알겠지만, 눈의 색은? ……설안경(스노 고글즈)을 접안구(콘택트)렌즈로

만들어서 낀 걸까?'

당연히 있을 법한 상상이었으나 축동 가운데 한 마리가 자신의 후드를 씌워준 순간 그 사정을 알게 되었다. 두부에서부터 안면까지 완전히 감싸는 축인피 복면모(얍푸 하이드 마스크후드), 기성품이었으나(원래는 사용자의 몸에 맞춰 육성한 야푸의 가죽을 사용한다. 16장 1)—조금 전부터 얼마 되지 않는 동안에 레이노오가 축동에게 명령하여 손님들 얼굴의 생김새와 치수를 재서 그에 맞게 수정케 했기에— 안면에 얇은 피부가 따뜻하게 밀착되어 아무런 불쾌함도 없었다. 고산의 희박한 대기 속에서도 편하게 행동할 수 있도록 머리카락 속에 숨겨진 산소발생장치(옥시즌 애퍼레이터스)에서 신선한 공기가 공급되기에 숨 막힘도 없었다. 말아올려 묶은 머리는 귀마개(이어플러그)를 겸한 청음기(오디폰) 역할을 하고 있었다. ……거기에 역시 축인피 장갑(얍푸 하이드 글러브), 이것도 피부색이 변한 것이라고밖에 여겨지지 않을 정도로 얇은 고급품이었다. 거기에 양말, 부츠, 마지막으로 허리띠에 단검이 매달려 있었다. ……장비는 순식간에 갖추어졌다.

순치의자(테이밍 소파) 속에서 보고 있던 린이치로는, —후드를 쓰는 동작을 보았으면서도— 자신의 눈을 거의 믿을 수가 없었다. 담소를 나누던 안나는 순식간에 사라져버리고 다시 남장을 한 아마테라스 오오미카미가 되어버렸다. 그 옆에 타지카라오(手力雄命)와 타케미카즈치(建御雷命)[88] 가 서 있었다. 이렇게 보이면서도, 자세히 들여다보면 이목구비는 안나이자 폴린이었고, 윌리엄이었다. 피부는 황색이고, 검은 머리카락을 옆으로 말아 묶어서 틀림없이 상고시대 일본 남성이라는 인상을 주는 모습을 하고 있으면서도, 그것이 이스의 백인이라는 사실도 의심을 할 수가 없었다. ……퍼뜩 하나의 진상을 깨닫게 되었다.

---

88) (역주) 타지카라오와 타케미카즈치 모두 일본신화에 등장하는 신.

'복면(마스크)이야, 저건! 황색 인종의 얼굴 가죽과 머리 가죽을 벗겨 머리에서부터 뒤집어쓴 거야!'

오늘 아침, 예비우리에서 본 돌리스의 나체가 목을 경계로 위와 아래의 피부색이 달라 이상히 여겨졌었다는 사실이 떠올랐다. 그것도 가죽을 입고 있었던 것일까?

'하지만, 어째서 옛날 일본 신의 복장을 한 거지? ……앗, 그게 아니라면 이스 사람의 푸키 복장이 먼저이고, 그것이 고대 일본에 전해진 것일까? 흉내를 낸 건 고대인들이었던 걸까!'

어째서인지 그 이유는 모른 채, 사실만은 린이치로도 눈치를 챈 모양이었다.

"준비를 마쳤습니다."

레이노오가 여주인에게 보고했다.

안나는 고개를 끄덕이고 기문이 보이는 창 쪽으로 다가갔다. 창틀 아래쪽에 바닥에서부터 상반신만 내밀어 머리에 창의 아래 틀을 이고 있는 듯한 위치에 흑노의 상반신상이 부조되어 있는 것이 아까부터 눈에 들어왔었는데, 놀랍게도 그 상은 안나가 다가가자 자동적으로 상반신을 앞으로 직각이 되게 꺾어 얼굴을 바닥에 바짝 댔다. 지금까지 조각상이 있던 곳에는 그것을 오려낸 듯한 모양이 남아 있었다.

안나는 매우 자연스럽게 푸키화를 신은 두 발을 검은 등 위에 모으고 올라섰다. ―그러자 놀랍게도 방 전체가 움직이기 시작했다. 진동은 거의 느껴지지 않았으나 창 너머의 기문이 점점 다가오고 있었던 것이다. 이 유선굴(페어리 케이프)이라는 별장은 산중턱에 있는 동굴이라 여겨졌는데, 어떻게 이처럼 건물 전체가 자유자재로 이동할 수 있는 것인지.

기문(플래그 게이트)은 텔레비전탑의 다리 부분처럼 생긴 망루를 이루고 있었다. 그 다리 아래로 방이 들어간 듯 보인 곳에서 움직임이 멈췄다. 안나가 등에서 내려오자 흑노상은 원래의 위치로 되돌아갔다. 동시에 방의

둥근 천장이 좌우로 갈라지기 시작
했다. ……멀리 저편으로 감청색
하늘에 하얗게 솟아 있는 스메라
산의 정상이 올려다보였다. 머리 바
로 위에는 깃발이 펄럭이는 망루가
있었다.

　'살아 있는 인간 아닐까, 저 흑노
상은?'

　생체조각을 여럿 보고 난 뒤였기
에, 야푸가 아니라 흑노로 보였지만
이러한 의문을 갖게 된 것이었다.
하지만 클라라의 관심이, 천장이 커
다랗게 열린 위쪽에서부터 비스듬
히 내려오고 있는 미끄럼대 모양의 물체 쪽으로 쏠려버리고 말았기에, 이
상에 관한 생각은 머릿속에서 떠나버리고 말았다.

　독자 여러분께는 내가 설명하기로 하겠다. 이 상은 클라라의 상상 그대로
정말 살아 있는 것이다. 정형(錠刑)에 처해진 흑노다. 형의 집행에 의해
살아 있는 채로 족답정(足踏錠)이 되어버린 것이다.

　족답정(Steping lock)은 육체정(플레시 로크)이라고도 불리는데, 원래는
야푸생체가구의 일종이다. 예전에는 귀족의 저택에서 현관의 회전문에 흔히
이용되었기에 문지기정(도어맨 로크)이라고도 불렸다. 회전문 바닥 하부에
야푸의 하반신을 묻고 상반신은 문의 살아 있는 장식을 겸하며, 그 허리관절의
접혔다 펴지는 운동에 회전장치를 연동시켜, 앞으로 꺾어진 상반신에 40kg
이상의 부하가 걸리면 문과 함께 180도 회전하는 장치가 되어 있고, 그
하중으로는 인간의 체중을 사용했다. 즉, 손님은 인사를 한 야푸의 등에

올라타면 실내로 들어가게 되는 것이다. 미심쩍은 사람에게는 인사를 하지 않는다. 억지로 머리를 숙이게 하면 죽어버린다. 죽어버리면 연동장치가 파괴되기 때문에 죽이고 들어갈 수는 없다. 문지기로서 살아 있는 자물쇠도 겸하고 있는 것이다[89].

현대 이스의 건축에서 이 회전문은 사라졌지만, 허리관절 운동을 기계에 연동시키는 장치 자체는 다른 방면에서도 쓰일 수 있기에 여러 가지 응용을 낳았다. 지금 안나가 사용한 것은 건물을 기문 쪽으로 끌고가는 장치의 시동지렛대(아식 레버)와 연동시켜놓은 것이다.

그런데 야푸가 아니라 흑노가 사용된 것은, 흑노에 대한 형이 집행되었기 때문이다. 흑노형의 일종으로 서 있기(아식)가 있다는 사실은 이미 이야기한 바 있는데(8장 2 주7), 현재 흑노형법전에는 기립(아식)형 부문이 다시 6종류의 형으로 세분되어 있다. 전부 눕는 것이 금지되어 있기는 하지만 그 가운데서도 극형이 바로 이 정형으로, 이는 불경죄 중 경례망각의 중죄에 부과되는 것이다[90].

---

89) 그들은 마침내 어떤 문 앞까지 왔다. 거기에는 한층 더 조심하기 위해서 한 사내가, 벽에 박힌 채 기다란 사슬로 배가 묶여 있었다. 카르타고에 새로이 수입된 로마의 풍습이었다. 그의 수염과 손톱은 어처구니가 없을 정도로 자라 있었다. 그리고 사로잡힌 짐승처럼 끊임없이 좌우로 몸을 흔들고 있었다. 그가 외쳤다. "살려줘, 바알의 눈이여. 자비를 베풀어서 나를 죽여줘! 나는 이렇게 10년 동안 해도 보지 못했어! 너희 아버지의 이름으로 용서해줘!" ―『살람보』 중에서.

콜로봅시스 개미 둥지의 입구에서는 병정개미가 문을 지킨다. 그런데 단순한 문지기가 아니라 문 자체가 되어 있다. 즉, 그 병정개미의 머리는 앞이마 부근에서 재단된 것처럼 생겼는데 그것을 입구에 대면 입구의 구멍을 완전히 막는 뚜껑 같은 역할을 한다. 결국 이 개미는 몸 자체가 둥지 입구의 문이 되어 그것을 지키는 것이다. ―웰스『생명의 과학』 중에서

90) 번거로우니 12장 2의 주에서 든 것과 같은 형법전의 조문 인용은 생략하겠지만, '불경죄'에도 경칭유탈(마님[마담], 나리[서]를 잊는 것), 경례망각, 무례 등 여러 가지가 있는데, 이것이 일반 백인에 대한 것일 경우는 경죄, 주군에 대한 것일 경우는 중죄가 된다. 이는 고의로 백인에 대한 존엄을 훼손한 경우뿐만 아니라 과실에 의한 경우에도 처벌받는다. 경례망각이라는 중죄의 경우, 주군 본인에 대한 실례는 무기정형, 주군의 초상화에 대한 실례는 유기정형으로, 유기의 경우는 정황에 따라서 변환횟수가 정해져 있다. (흑노의 체형[體刑]

지금의 흑노는 3년 전, 마침 부부싸움을 하고 난 뒤로 기분이 우울했기에 진영(眞影, 안나의 초상화)에 대해서 가장 정중한 경례를 잊었고, 그것을 아들이 보고하여(19장 3) 정형 5천 번에 처해진 것이다. 그 이후부터 지금의 장소에 족답정이 되어 벽 아래의 구멍에 하반신을 묻은 자세로 늘 서 있다가 안나의 모습을 보면 가장 정중한 경례를 하고, 그녀의 두 발을 감당해 왔다. (흑노는 야푸처럼 신앙을 가지고 있지 않기에 이 작업은 고통의 의미 외에 아무것도 아니다. 여기에 속죄적 형벌로서의 의미가 있는 것이다.) 안나는 아침과 저녁에 2번—오늘처럼 손님을 안내하면 늘어나는 경우도 있지만— 푸키를 타기 위해 이 자물쇠를 사용하기에 형기는 대체로 7년, 즉 앞으로 4년 동안 그는 이렇게 유선굴 건축의 구성부품으로써 아침저녁으로 그녀에게 밟혀서 죄를 덜어나가는 고행을 계속해야 하는 것이다.

　　폭이 넓은 미끄럼틀 모양의 사면이 내려와 그 끝이 방의 바닥에 닿자 기다리고 있었다는 듯 푸키들이 자리를 잡고, 그 사면의 가장 아랫부분에 스키를 얹었다. 클라라의 분홍색, 폴린의 보라색, 윌리엄의 갈색 외에 새빨간 2개의 스키가 늘어서 어느 틈엔가 4마리가 된 것은, 안나의 푸키가 뒤따라온 것이리라. 전부 팔은 접고 다리는 펴서 사면임에도 불구하고 등의 수평을 유지하는 자세를 취하고 있었다.

　　"상승속도는 어떻게 하시겠습니까?"

　　아래에 남아 있을 모양인 듯한 레이노오가 물었다.

　　"상속(常速)." 한마디로 대답하고 안나는 자기 푸키의 등에 걸터앉았다. 세 사람도 차례차례 걸터앉았다. 푸쿠터의 등과 느낌은 비슷했다.

　　순간 주위가 갑자기 어두워진 듯한 느낌이 들더니 동시에 4마리의 푸키가 머리를 나란히 한 채, 무엇인가에 이끌려 올라가듯 사면을 슬금슬금 상승하기 시작했다.

클라라 들은 복면모의 렌즈를 통해서 보고 있기에 그 정도로밖에 느끼지 못했으나, 만약 바깥에서 봤다면 스메라 산 중턱의 사면을 따라서 길게 뻗은 짙은 청색의 빛의 통을 볼 수 있었으리라. 지금 푸키를 끌어올리고 있는 것은 청광선공간내견인선(블루레이 트랙터)이었다. 어제 원반정을 원통선 안으로 수용할 때 이용했던(9장 1) 그 장치다. 청광선공간(블루레이 스페이스)의 물리학은 20세기 사람에게는 설명하기 어려우나, 공간 내의 두 점을 양쪽 극으로 삼아 강인한 견인효과(트랙션)를 일으키는 일종의 전자장(마그네틱 필드)이 생성되기에 이를 이용하여 물체를 끌어올리거나 추진하는 것이다. 이 경우 장(필드)을 구성하는 힘의 선은 청광선이 사라진 뒤, 가느다란 거미줄 같은 형상으로 물질화되었다가 소멸한다. 그것이 어제 타우누스 산 속에서 두 소년이 보았던 성스러운 실(천사의 머리카락[엔젤 헤어]이라고도 한다.)이다. 지금은 양극(陽極)을 중턱의 설렵장에 설치하고, 음극판을 각 푸키들에게 물렸기에 푸키가 탑승자와 함께 수렵장으로 끌려올라가는 것이다. 푸키가 물고 있는 철판을 위쪽에서 자석으로 끌어당기는 것이라고도, 가느다란 로프 끝을 물게 한 뒤 위에서 감아올리는 것이라고도 비유할 수 있으리라. 어쨌든 이 청광선상승기(블루레이 리프트)는 물적 설비가 따로 필요 없기에, 푸키의 몸을 그대로 의자(체어)로 전용하여 정교한 체어리프트 설비로 삼은 셈이다. 푸키 자신의 등반력을 이용하는 것도 물론 가능하지만, 쓸데없는 등반으로 피로하게 만드는 것은 상책이 아니기에 올라갈 때는 생(生)리프트로 사용하는 것이다.

청광선 통은 아래에서부터 점차 줄어든다. 그 뒤에는 아주 가느다란 엔젤 헤어. 그것에 휘감기며 말 그대로 엔젤의 모습을 한 축동(펜젤) 4마리가 손에 손에 반궁을 들고 허공을 날아 뒤를 따라가고 있었다. 사랑의 신인 큐피드(에로스)가 반궁을 손에 들고 있다고 오래 전부터 전해 내려온 이유도

짐작해볼 수 있으리라.

"설렵장은 2,000m 위란다. 15분 정도 걸리니, 그 사이에 스잔이 스사노오라고 불리게 된 모험담을 간단히 들려주도록 할게."

조용히 상승하고 있는 생리프트의 따뜻한 의자에 앉아 안나 테라스가 이야기를 시작했다.

산 정상에서 차가운 바람이 상쾌하게 불어와 벌써 훨씬 아래쪽이 되어버린 기문의 깃발을 흔들어대고 있었다.

2. 『고사기』 해의(2) 오로치(大蛇) 퇴치

손목과 발목을 묶인 채 순치의자(테이밍 소파) 속에 매달린 자세로 있는 린이치로는 클라라에 대한 생각으로 마음을 맑게 하여 뇌파수신 상태에 들어갔으며, 그녀의 가슴에 달린 곤충형 브로치의 위치에 눈과 귀를 두어 그녀와 같은 시청각 체험을 흡수하고 있었다.

지금 그의 시계에 들어오고 있는 것은 널따란 슬로프, 거의 무한으로 위쪽을 향해 뻗어 있는 순백의 설면이었다. 그리고 귀에는 안나의 이야기소리.

"……몸종(풋맨) 하나만 데리고 원반에 올라, 연락장치(4장 1에서 소개한 시간전화 등)도 들지 않은 채, 기원전 10세기 구면에 착륙했어. 검과 채찍에만 의존해서……."

"꽤나 대담한 분(여성)이셨네요."

윌리엄의 목소리에는 경탄의 울림이 있었다.

"맞아. 그만큼 무술에 대해서는 자신이 있었던 거야. 구석기시대인 수렵(네안데르탈 헌팅)에 나가서도 총기 없이 뒤를 쫓아―그 무렵에는 아직 구석기시대인 수렵견(네안데르탈 하운드)은 만들어지지 않았어(2장 2).― 채찍으로 때려잡는 솜씨를 보일 수 있는 건 그녀뿐이었어. ……그러니 원시 야푸족 정도는 아무것도 아니었지."

"굉장한데……."

"그 당시의 야푼 제도에는 벌써 야푸가 완전히 정착해 있었어. 이미 알고 있겠지만, 왕실탐험대의 항시원통선(실린더)인 '생각하는 갈대(로조 펜슨) 호'가 인류문화사를 탐색하며 과거세계로 거슬러올라갔을 때, 선장인 마이네 카 경이 폐하의 은밀한 명령에 따라서 순혈종(서러브레드, 야푸 수장일족의 혈통. 10장 3) 생야푸 2마리, 암컷(피메일)인 사나미와 수컷(메일)인 사나기 를 축화처치(캐틀라이즈. 펌프충, 피부강화 등을 말함)하지 않고 야푸 제도의 오노고로 섬에 풀어놓는 고고학적 실험(아키얼로지컬 익스퍼리먼트)을 행한 것은 기원전 120세기, 신석기시대 구면이었어. 그 이후, 1만여 년 동안에 그 자손이 야푼 제도 전역에서 번식한 거지."

'이게 무슨 소리지! 만약 이게 엉터리로 지어낸 창작이 아니라면…….'

린이치로는 들으며 계속해서 소리 없이 경악했다. 에스파냐를 스페인이라 고 발음하는 영어식 발음을 고려한다면, 사나미와 사나기라고 부른 것이 누구인지는 말할 필요도 없으리라. 이자나미(伊邪那美)와 이자나기(伊邪那 伎)다. 이 두 명의 신이 고하시라(五柱)인 '아맛카미(天ㄱ神)'의 명령으로 오노고로(淤能碁呂) 섬에서 일본국을 만들어냈다는 것은 『고사기』가 전하는 내용이다. 그 신들의 필두인 아메노미나카누시(天之御中主神)란 마이네카 를 미나카로 발음한 것은 아닐지. 『서기』에는 이들 '아맛카미'들을 혹은 '아시카비(形葦牙) 같다.'거나 '우마시아시카비히코지노미코토(可美葦牙 彦舅尊)'라는 등, '갈대(葦)'와 관련시켜 표현하고 있는데, 항시선의 이름이 '생각하는 갈대(로조 펜슨)'라니 짚이는 데가 있었다. 이 신들이 어째서 쌍을 이루지 못한 신인지, 어째서 그 후의 신화 속에는 등장하지 않는 것인지 ─. 그들은 항시선의 승무원이었기 때문이다. 이름이 기묘하고 조금씩 다르게 전해지는 것도 원래는 외국인의 이름이었기 때문이라고 생각한다면 이해할 수 있는 일 아닐지. ……하지만 아무리 그래도 일본열도의 원주민이 사실은 미래세계에서 싣고 온 야푸의 자손이었다니! ……잠깐만, 그 야푸라는 것은 원래 일본인이었던 것을 가축화한 것이라고 하지 않았나? 그 일본인의 선조가 야푸라고 한다면 대체 어느 쪽이 먼저지?

린이치로의 머리는 시간여행(타임 트레블)의 역설(파라독스)에 완전히 혼란스러워지고 말았다[91].

그 사이에 안나의 이야기는 상당히 진척된 모양이었다.

"……재미있게도 그녀를 남자라고 생각해버렸어. 야푸족은 당시 이미 부권제, 도착기(倒錯期)에 들어가 있었기에 남자가 바지, 여자가 치마였어. 그랬기에 스잔의 검을 차고 바지를 입은 모습에 남자라고밖에 생각할 수 없었던 거야. 단, 수염이 없는 것을 이상히 여겼기에 그녀는, '사실은 누나와 내기를 해서 졌기에 깎았다.'라고 대답했다고 해. 야푸들은 자신들의 풍습에 따라서, 무언가 벌을 받아 추방당한 것 아닐까, 의심했던 듯하지만……."

〈於是八百萬神共議而於速須佐之男命負千位置戶亦切鬚……, 神夜良比夜良比岐……〉 (이에 뭇신들이 함께 논의하여 하야스사노오노미코토에게 막대한 배상품을 부과하고 수염을 자르고……, 추방했다.)'

예전에 암기했던 『고사기』의 원문이 린이치로의 머릿속에 떠올랐다.

"스잔도 여자라는 사실이 알려지면 일이 귀찮아지리라 생각했던 거겠지. 남자인 척하기 위해서 스잔(Susan)을 스자노(Susano)라고 바꿨어(o는 남성명 어미). 그게 야푸들에게는 스사노오(Susanō)라고 들렸는지, 지금은 이스에서도 그 이름이……."

---

91) 독자 여러분께서는 야푸가 '지성원후(시미어스 사피엔스)'라고 주장한 히틀러의 축인론을 이미 알고 계신다(5장 3). 그 사실과 이 항시선의 실험은 양립할 수 없는 것이라고 생각하실지도 모르겠다. 그러나 그렇지 않다. 그것은 마치 닭이 진화론상 '파충류의 자손'임과 동시에, 발생론적으로는 '닭이 먼저인가 달걀이 먼저인가.'라는 역설(파라독스)이 사람을 고민하게 만드는 것과 닮아 있다. 생물학적으로 '야푸는 유인원(에이프)의 일종'이지만, 역사적으로 보자면 '야푸는 일본인의 자손이자 동시에 선조이기도 하다.'가 되는 셈이다.

"그건 당신의 책을 읽었기 때문일 겁니다."라고 폴린이 웃으며 말하는 소리가 들려왔다.

'역시 틀림없이 스사노오노미코토(須佐之男命)를 말하는 거야. 그것이 안나라고 불리는 사람의 여동생! 아까 아마테라스 오오미카미라고 직감했던 건, 나의 환각도 아니고 상대방이 가장한 것도 아니었어. 저 사람이 바로 진짜 아마테라스 오오미카미였던 거야! 아아, 정신이 이상해져버릴 것만 같아!'

린이치로가 마음을 진정시키고 있는 사이에도 이야기는 더욱 진행되어버렸다.

"……그 추장을 채찍으로 때려눕히자 일동 모두 항복하고 심복이 됐어. 오오카미(大神)라고 숭배하며. 자신들이 당신의 손이 되고 발이 될 테니 오로촌(オロチョン) 족을 물리쳐달라고 애원해왔어."

'테나즈치(手名椎), 아시나즈치(足名椎)의 부탁을 받아 행한 오로치(大蛇) 퇴치를 말하는 거야…….'

"숭경받고 예배를 받아 꽤나 우쭐한 기분이 들었었나봐…….."

"미개한 토인들 사이에 우리 문명인이 들어가면 신처럼 떠받드는 건 당연한 일이지. 하물며 상대가 야푸라면…….."

"하지만 윌리엄."하고 폴린의 목소리. "그녀에게는 자신이 신앙의 대상이 되지 못했기에 시합에서 졌다는 사실(27장 3)이 틀림없이 콤플렉스로 작용했을 거야. 그랬기에 진심으로 숭배를 받는 것이 기뻤던 걸 거야."

"나도 그렇게 생각해." 안나가 말을 이어받아, "그래서 청을 들어보니, 대륙에서 온 무리들을 내쫓아달라는 거였어. 만주 방면에서 오로촌 족이 침입해와서 오오야시마(大八洲)라 불리던 야푼팔도(八島)의 지배권을 쥐고 8명의 부장이라고 해야 할지, 추장 대리를 두어 야푸들을 압제하고 있다는 사태를 알게 됐어. 스잔은 이에 대해서 의협심을 일으켰지."

"후세를 위해서 야푸 자원을 확보해야겠다는 마음은 없었을까요?"라고 윌리엄.

"글쎄, 거기까지는 어떨지 모르겠네. 숭배를 받기에 기뻐서 힘을 보탠 정도의 일일지도 몰라. 아마도 숭배받는다는 쾌감에 취해 있었던 것 같아⋯⋯."

'야마타(八岐)의 오로치(大蛇)란 오로촌 족의 8부장을 말하는 것92)이었어!'

"⋯⋯이에 여자를 미끼로 8부장을 유인해내서 술을 먹이고 혼자서 전부의 목을 베어버렸어. ―스잔에게는 대수롭지도 않은 일이었지만 야푸족에게 있어서 그녀는 말 그대로 수호신이었던 셈이야. ―이어서 대륙에 있는 오로촌의 본거지를 칠 필요가 있다고 했기에 조선을 통해서 만주로 나가, 그러니까 오로촌 족은 흥안령(興安鈴) 부근에 살고 있었어. 지금 우리가 날고 있는 아래 부근쯤 되려나. 추장 모로크 몬을 잡아다 죽였어."

'스사노오노미코토가 조선에 갔다는 전설이 있었지. 진구(神功) 황후의 삼한 정벌도, 미녀남장이라는 점에서 봤을 때, 이 내용이 잘못 전해진 걸지도 몰라⋯⋯.'

"어떻게 그렇게 자세히 알고 계시나요?"라고 윌리엄은 회의적인 듯. 안나는 마음이 상한 듯한 기색도 없이,

"그녀가 보고한 내용이야. 상상은 하나도 없어."

"그럼, 일단 귀국했었던 건가요?"

폴린의 목소리도 섞여들었다. 가장 듣고 싶은 클라라의 목소리가 전혀 들어오지 않는 것은 넋을 놓고 이야기를 듣고 있기 때문이리라.

---

92) 야마타 오로치 전설에는 여러 가지 해석이 존재하는데, '고시(高志)의 오로치'에서 고시를 '고시(越)'라고 보아, 시베리아에서 바다를 건너와 호쿠리쿠(北陸) 지방과 쓰루가(敦賀) 방면에 판도를 가지고 있던 부족이라고 해석하는 설도 실제로 존재한다는 사실을 덧붙여 두겠다.

"스잔의 원반으로 돌아온 것은 예의 몸종이었어. 내게 보낸 스잔의 편지를 들고 왔어. 지금까지의 이야기를 적고, '야푸의 관리에 관해서는 언니가 옳았다는 사실을 이번에 잘 알게 됐어. 나는 원시 야푸족의 신이 되어 녀석들을 애호하고 있어. 언니도 오지 않을래?'라고 제안을 해왔어."[93]

분위기 때문인지 안나의 목소리가 촉촉해진 듯 느껴졌다.

'오로치의 꼬리 부분에 있었다던 검의 이름인 무라쿠모(天叢雲劍, 무라쿠모노쓰루기)는 오로촌 족 추장의 이름이었던 걸까? 쓰루기라는 건 채찍을 말하는 걸까[94]?'

---

93) (역주) 이 외에도 편지에는 오로촌 추장의 신체의 일부를 보내니 그것을 여의편으로 만들어달라고 청하는 내용도 함께 적혀 있었다는 것이 작가의 원래 의도였던 듯하다. (책 뒤의 「중단에 대한 사과의 인사」 참조)

94) 고대 야푸족은 스사노오가 허리에 찬 예리한 장검(사베르. 이는 칼집이 필요 없는, 도신만 있는 검이다.)과, 늘어나며 잘 휘어서 피부를 찢어놓는 신비한 가죽채찍(웝)을, 처음에는 잘 구별하지 못했다. 그들에게는 양쪽 모두가 미지의 영력(靈力)을 머금고 있는 것처럼 보였다. 8부장의 머리가 차례차례로 잘려나갔기에 그 사베르를 그들은 쓰무가리(ツムガリ,

"하지만 채찍은 결국 그녀의 손에 건네지지 못했어. 얼른 만들어서 들고 가게 하기는 했지만, 돌아가는 길에 그 몸종이 탄 원반이 시간표류(타임 드리프팅)를 만나서, 돌아온 건 5년 뒤. 그때는 스잔의 행방을 알 수 없게 된 뒤였어. 원반을 사용할 수 없었으니 틀림없이 그 구면에 있을 텐데 아무리 찾아봐도 찾아낼 수가 없었어."

한동안은 기침소리 하나 들리지 않았다. 신비한 고대의 미스터리였다.

3. 『고사기』 해의(3) 신칙(神勅)과 신기(神器)

"나 자신은, 자축주의(채리티즘)운동은 결국 축인종교의 문제로 귀결된다는 사실을 깨달았기에 가능하다면 내가 직접 원시 야푸족의 정신형성에 간섭해보고 싶다고 생각하기 시작하던 차였어." 안나 테라스의 목소리가 다시 이야기를 시작했다. "그러던 차에 동생이 실종된 거야. 동생의 원한을 풀기 위한 싸움도 겸해서 나는 극성스러운 고대지구탐험가가 된 거지."

"그렇게 해서 '아마테라스 오오미카미'가 탄생하게 된 거로군요."라고 윌리엄의 만족스럽다는 듯한 목소리.

"스사노오 실종에 대한 단서는 잡지 못했나요?"

폴린이 검사장답게 관심을 드러내며 추급했다.

"못 잡았어. 내가 야푸족과 직접 접촉하게 된 이후부터 꽤나 알아보고 다녔지만…… 단, 스잔이 자취를 감추고 난 뒤 야푸족을 이끌고 있던 실력자인 오오쿠니가 말이지, 스잔의 애완축(펫)이었던 소(리틀)핏코라는 왜인을 데리고 있었어. 이상하지? 조사를 해보니 그의 아내인 세슬리라는

머리베기) 대검이라 불렸고, 그것이 여의편을 칭하는 말로 쓰이기도 했다. 스사노오의 토쓰카노쓰루기(十拳劍)가 그것이다(쓰무가리가 쓰무기, 쓰루기가 되었다는 것은 정설). 훗날 채찍과 검을 명확히 구별할 수 있게 되었을 때, 채찍을 백인 귀부인을 뜻하는 무치라는 말로 표현했다는 사실은 이미 이야기한 바 있다(26장 3). 이후 쓰루기는 검만을 가리키는 말이 되었다.

암컷은 원래 스잔이 부리던 녀석이었어. ─스잔은 원시 야푸족에게 처음 신으로 강림했을 때, 추장의 딸인 쿠시나다라는 아이를 몸종으로 채용한 이후, 늘 암컷(피메일) 야푸에게 신변의 일들을 돕게 한 듯해."

  '틀림없이 오오쿠니누시노미코토(大国主命), 스세리비메(須勢理姫), 쿠시나다히메(櫛名田姫)에 관한 얘기야. 소핏코라는 건 스쿠나비코나노미코토(少彦名命, 난쟁이 신)를 말하는 거겠지…….'

  "어째서 암컷 따위에게……."라고 폴린의 이해할 수 없다는 듯한 목소리. 지금의 이스인에게는 쉽게 생각할 수 없는 일인 듯했다.

  "그건 말이지, 스잔은 남자인 척했었잖아. 그랬기에 자신의 몸을 몸종에게 보이는 것은 어쩔 수 없는 일이라 할지라도, 사실은 여자라는 것을 수컷(메일) 야푸들에게는 알리고 싶지 않았던 것이라고 생각해. 오오쿠니가 그 세슬리와 연인이 되어 스잔의 비밀을 알게 된 듯한 정황이 있어. 나는 처음부터 여자라는 걸 감추지 않았고 신들의 세계에서는 여자가 더 위대하다고 가르쳤지만, 스잔의 경우는 남자를 가장했어. 그런데 여자라는 사실이 알려지면, 워낙 양성이 도착되어 있던 시대였잖니? 특히 오오쿠니는 교활하고 흉포했으니, 여자라는 사실을 알고 스잔에게 갑자기 반역을 꾀한 것이라고 상상해볼 수 없었던 것도 아니야."

  "……."

  "녀석들이 나의 소유축이었다면 그 혐의만으로도 갈가리 찢어놓았을 테지만, 지구면의 야푸는 전부 국유재산(내셔널 프로퍼티)이니 너무 경솔하게 행동할 수도 없고……, 야푸족 전체에 대한 나의 절대신으로서의 입장도 있고……. 어쨌든 나와의 그런 언쟁 때문에 스잔이 젊은 나이에 다른 구면에서 객사한 걸까 하는 생각이 들면 가엾어서 말이지. 소(리틀)핏코는 바로 데리고 와서 내가 길렀는데, 볼 때마다 눈물이 나서……."

  안나는 목이 메고 말았다.

린이치로의 머릿속으로 『고사기』와 『일본서기』의 문장들이 분주하게 지나갔다.

'맞아, 그 설화에는 범죄의 냄새가 있어, 틀림없이95).'

"그렇다면 스사노오는 살해당한 겁니까?"라고 윌리엄.

"의심을 하자면. 하지만 간단히 살해당할 사람도 아니고……."

"결국은 행방불명인 채로군요."

"맞아, 아직도 수수께끼야."

"그 오오쿠니라는 놈을 그냥 내버려두셨나요?"라며 폴린은 분한 듯.

"아니. 죽이는 대신 의지할 곳 없이 떠돌아다니다 객사하게 만들었어. 나의 종교적 권위를 이용해서 일족 전부를 추방해버렸지. 국유재산법에 저촉되지 않도록 자발적 퇴위의 형식으로. 퇴위까지에는 여러 가지 일들이 있었지만(독자는 『고사기』를 참고로 상상하시기 바란다.) 조금 있으면 종점이니 전부 다 얘기할 수는 없겠네……."

아니나 다를까, 전방으로 아까와는 다른 기문이 보이기 시작했다.

"결론만 얘기하자면, 조용히 수장의 자리를 나의 몸종(팬티)에게 넘겨주게 했어. 니니기라고 해서 폐하께 하사받은 순혈종(서러브레드)이야."

'이즈모(出雲)족이 야마토(大和)족에게 나라를 넘겨준 얘기야. 니니기란 니니기노미코토(瓊瓊杵尊)를 말하는 거야.'

"그럼 지금도 그 자손이 수장으로……."

---

95) 오오쿠니누시는 스사노오에게 몇 번이고 살해당할 뻔하나, 스세리비메가 비밀을 가르쳐주어 오오쿠니를 도왔다. 그 후, 그는 그녀와 공모하여 낮잠을 자고 있는 스사노오의 머리를 천장에 있는 서까래에 묶어놓고 달아난다. 서까래에 묶을 수 있을 정도로 머리카락이 풍성하다는 것은(수염에 대한 내용이 적혀 있지 않은 것도), 여성을 떠오르게 하지 않는가. ―오오쿠니는 그냥 달아나기만 했을까? 백인 미녀인 스잔이 천장에 머리카락으로 묶여 있고, 2마리 야푸가 그녀를 괴롭히는 사디즘적 처참한 장면까지 생각하지 않을 수 없지만. ―한편 스쿠나비코나노미코토는 '토코요노쿠니(常世の国)'로 떠났다고 기록되어 있으며, 이는 선향(仙鄉)이라는 주석이 달려 있는데, 사실은 폴린에게 회수되어 간 이스국을 나타낸다는 것은 말할 필요도 없으리라.

"어머, 윌리엄, 유명한 사실이에요. 자반, 수장가의 만세일손은."

비로소 클라라의 목소리가 들려와서 린이치로를 긴장케 했다. 그랬다. 약혼 시절에 그는 자랑스럽게 일본 국체를 그녀에게 들려주었던 것이다. 그의 감격도 알지 못한 채 안나의 목소리—,

"맞아. 코트윅 양은 잘도 알고 있네. 그 이후 계속 이어지고 있어. 내가 지구도독이 되어 국유재산법에 저촉되지 않게 다른 구면의 야푸를 관리처분할 수 있게 되었을 때 바꿔도 상관은 없었지만, 니니기를 보낼 때 '네가 야푸족을 다스리러 가거라. 너의 자손이 솔선해서 아마테라스 오오미카미 신앙을 고취하여 그들에게 나를 숭배토록 하는 동안에는 너의 자손을 수장으로 남겨둘 테니.'라고 했던 말이 떠올라서……."

'〈너 황손이여, 가서 다스리라. 가라, 황위의 융성함 천지와 함께 무궁하리라……〉라는 그 신칙(神勅)이야!'

"하지만 야푸와의 약속 따위……."하고 윌리엄이 파고들었다. 안나의 차분한 목소리—,

"실제로도 말이지, 수장가를 바꾸지 않는 편이 그들의 신앙에 흔들림이 없어서 좋았어. 니니기에게 건네준 3가지 물건(스리 아티클즈)이 아직도 수장의 지위를 상징하고 있을 정도이니."

'삼종의 신기(神器)를 말하는 거야…….'

"대체 어떤 것들인가요?"라고 다시 클라라의 목소리. 호기심으로 가득했다.

"하나는 예의 모로크 몬 채찍(윕)이야."

"아아, 그 채찍이요. 그건 스잔을 기념하겠다는 의미였나요?"라고 윌리엄의 목소리가 이야기를 끊었다.

'아까부터 한 사람이 무슨 말인가 하면, 다른 한 사람도 역시 말을 하는 건 연인을 자처하려는 것일까?'

연적(라이벌)에 대한 적개심과 실연을 당했다는 의식이 문득 마음을 어지럽혀 생각은 집중력을 잃고 말았다. 순간 손목과 발목에 맹렬한 통증이 부활하여(25장 3) 아푸 주제에 여주인의 애정문제(러브 어페어스)에 관심을 갖는 불손함을 즉석에서 깨닫게 했다. 린이치로는 당황하여 다시 기도했다.

'클라라! 클라라! 살려줘!'

다시 안나의 목소리가 들리기 시작했을 때는 벌써 채찍에 관한 이야기가 아니었다.

"……시간전화기(크로노텔레폰)와 소형자기함(小型自記函, 마이크로박스)을 들고 가게 한 건, 신의 뜻을 수령하고, 신에게 보고하게 하기 위해서였어."

"연락을 취해서 명령을 내리셨던 거로군요."라고 폴린.

"처음 7대 정도까지야. 그 이후의 시대부터는 일부러 그냥 내버려뒀어. 아마테라스 오오미카미 신앙의 종교생태학적 관찰을 하고 싶었기에 적극적인 지령은 전혀 내리지 않았어."

'그것이 7대의 신이 다스리던 시절이란 말인가?'

"그렇다면 전화기(텔레폰)와 자기함(박스)은……."

"응, 아니나 다를까 신격화되었어. 전화기는 입체텔레비전 수상면이 있기에 거울, 자기함은 모양이 비슷하기에 곡옥(曲玉)ー. 내가 머리장식으로 삼고 있는 것도 바로 그것인데(26장 3의 주), 비슷하지? 여의편은 도검, 그렇게 여겨져 각각 신사의 신이 되어 있어."

'그게 삼종의 신기의 정체였던 거야! 전부 안나가 아푸에게 건네준 도구였던 거야!'

들으면 들을수록 린이치로는 어처구니가 없을 뿐. 하지만 실제로 자신이 20세기 세계에서 40세기 세계로 시간여행을 온 이상, 이 놀라운 신화의 실상도 들리는 그대로 믿을 수밖에 없었다. 아니, 지금 이야기에 나오지 않았던 여러 가지 신화와 전설도 이스 문화의 영향을 생각한다면 이해할 수 있는 것이 적지 않다는 사실에, 린이치로는 생각이 미쳤다.

'호오리와 호데리 형제를 둘러싼 시오미쓰타마와 시오히루타마, 진무 천황의 활에 앉은 금빛 솔개 모두 이스 과학으로 풀 수 있잖아. '아마노이와부네(天の磐船)를 타고 날아온 자 있다.'는 말은 무엇인가? 진무 천황이 동쪽으로 정벌을 나섰을 때 나타났다는 꼬리 달린 축인(畜人)이란 무엇이란 말인가? 이스 세계의 사물이 항시기로 보내진 것이라는 사실을 알지 못한다면 전부 황당하고 무계한 일이지만, 지금의 나는 그 책들의 내용을 전부 믿어……. 믿지 않을 수가 없어. 나의 귀로 들은 것은 '아마테라스 오오미카미'께서 직접 하신 말씀이니…….'

그 '아마테라스 오오미카미'의 목소리가 들려왔다.

"오래 기다렸지, 다 왔다."

4. 흑색엽수

클라라는 푸키의 등에 걸터앉은 채 뒤쪽을 돌아보았다.

2,000m 올라온 곳인 듯했다. 스메라 산 정상까지는 아직 험준한 길이 한참 남아 있었지만, 이곳에서 바라보는 것만으로도 이 비행섬 '타카라마한'의 웅대한 규모를 인식하고, 비할 데 없는 절경을 감상하기에는 충분했다. 눈에 뒤덮인 산기슭을 지나서 울창한 거목이 자라 있는 널따란 밀림, 그 중앙의 푸른 연못과 파도 위에 떠 있는 요트, 그 너머로 빙글 둘려 있는 외륜산맥의 봉우리들, 다시 그 너머의 주변에 있는 평원은 지금 안개에 둘러싸여 있고……. 그야말로 그림 같은 낙원의 풍경.

'이 낙원 전체가 지금 동쪽을 향해서 날아가고 있단 말인가!'

머리 위를 올려다보니 역시 커다란 누문이 달린 망루가 서 있고, 그 꼭대기에는 검은 깃발이 달려 있었다.

푸키 4마리가 함께 스테이션으로 미끄러져 들어갔다. 뒤를 따라서 반궁을 받쳐든 축동 넷이 오고 있는 것이 보였다. 청광선은 어느 틈엔가 사라지고 없었다. 거미줄 같은 것이 클라라의 뺨에서 희룽거리고 있었다.

"폴린, 손님은 너 한 사람이라고만 생각했기에 수험수(受驗獸, 캔디데이트)는 내 것하고 2마리밖에 풀어놓지 않았어." 지금까지 걸터앉아 있던 푸키의 등에 두 발을 옆으로 벌려 올라서며 안나 테라스가 입을 열었다. "그러니 2조로 나누기로 하자."

다른 두 사람과 함께 클라라도 일어섰다. 부츠 바닥이 푸키의 등에 찰싹 달라붙어서 충분한 안정감이 있었다.

"그럼 저, 코트워 양과 함께 가겠습니다."

윌리엄이 틈을 주지 않고 말했다.

"이 사람은 왈가닥이라……."하고 폴린. 거기에 맞장구를 치듯 안나도,

"그래, 우리보다 네가 가르쳐주는 편이 코트워 양의 실력도 빨리 늘 것 같네."라고 웃는 얼굴로 말했다. 이 세상물정에 밝은 여걸은 두 사람의 사이를 전부 꿰뚫어보고 있는 듯했다. 클라라는 자신도 모르게 얼굴을 붉혔다. ─복면모(마스크후드) 속에 감춰져 붉은빛은 보이지 않았지만.

축동(펜젤)들이 아름답게 칠해진 반궁을 한 사람 한 사람에게 건네주었다.

안나가 클라라와 윌리엄을 향해서,

"흑색엽수(黑色獵獸, 블랙 게임)를 여기서 시험하기 위해 풀어놓은 건 30분 전이야. 같은 쪽으로는 달아나지 않으니 한 마리가 동쪽으로 갔다면 다른 한 마리는 서쪽으로 달아났을 거야. 우리는 동쪽으로 갈 테니, 너희 두 사람은 서쪽으로 쫓아가렴. 오늘은 사냥개를 쓰지 않을 거야. 무기는 반궁. 목숨을 끊는 건 단도. 운반견(리트리버)을 나중에 내보낼 테니 잡은 건 그냥 놓고 와도 돼. 잡든 잡지 못하든 1시간 뒤에는 이곳으로 돌아올 것. 알겠지?"

시원시원한 안나의 목소리는, 조금 전까지와는 사람이 바뀐 듯 기세가 좋았다. 복면모 속에 가려져 보이지 않는 피부도 한층 더 반짝임을 더하고 있으리라. 안나 테라스는 만축(萬畜)을 아끼는 니기미타마와 동시에 무참한 살상을 즐기는 아라미타마를 겸비한 사람이었다.

　"전, 복안경(블라인드 글라스)을 씌워서 맹목축탑승을 할 거예요. 당신에게 대해서 공평하지 않으니까요. 당신 것은 맹목축(블라인드)이죠?"라고 폴린이 말했다.

　"근시 20디옵트리. 거의 맹목이랑 다를 바 없어." 안나가 발 아래 푸키가 신은 새빨간 스키의 끝을 바라보며 대답했다. "하지만 여기는 나의 수렵장이니 핸디캡이 있는 게 당연하지."

　"아니요, 그럴 수 없어요. 무엇보다 제가 잡아도 칭찬을 듣지는 못할 테니."

　"어머, 여자답네(이스 영어에서는 사내답다는 뜻이다). 얼마 전까지만 해도 생(生)인형(돌즈. 나중에 설명)을 끌어안고 있던 네가 그런 말을 하게 되었구나."

　아델리안 경의 친구로 폴린을 어렸을 때부터 보아왔던 안나는 그녀의 의욕에 넘치는 말이 귀엽기도 하고 기쁘기도 한 모양이었다. 축동이 보라색 스키를 신은 푸키에게 안대와 비슷한 안복(眼覆)을 씌웠다. 푸키는 갑자기 맹목이 되어 오로지 등에서 전달되는 건점자극에만 반사운동을 하게 되어버렸다.

　이스 일류 귀족여성으로서―돌리스 정도의 달인은 아니지만― 폴린은 푸키탑승기술에 상당한 수련과 자신감을 가지고 있었다. 실제로 본국성에 있는 그녀의 동계별장에서는 맹롱(盲聾)설상축(27장 1. 눈동자와 고막을 바늘로 터뜨린 푸키)도 사육하고 있었다. 바로 그렇기에 안나와의 경쟁에서도 핸디캡 없이 하겠다고 투지를 불태운 것이었다.

두 사람이 푸키의 등 위에서 스텝을 밟기 시작했다. 그러자 지금까지 멈춰 있던 푸키가 2마리 모두 움직이기 시작했다. 푸키화(부츠) 바닥면 끝 부분의 스파이크가 건점(키포인트)을 자극한 것이었다. 복잡한 운동에는 복잡한 스텝이 필요하다. 그것은 32개의 건점을 늘어놓은 푸키의 등을 건반(키보드) 삼아서 발끝으로 타이프라이터를 치는 것이라고도 비유할 수 있으리라. (하지만 단순활강과 같은 동작의 경우, 1번의 자극으로 명령을 내리면 그대로 미끄러져 내려가는 것은 평범한 스키와 같다.)

그 주변을 빙글 한 바퀴 돌아 가볍게 몸을 풀더니, 두 사람 모두 서로에게 뒤지지 않을 만큼 교묘하게 푸키를 다루며 나란히 같은 방향으로 미끄러져 나갔다. 새로 쌓인 눈 위에 슈푸르(활주자국)를 남긴 채…….

망연히 바라보고 있던 클라라의 귓가로 윌리엄의 목소리가 들려왔다.

"자, 클라라. 우리는 이쪽으로 가요. 푸키를 탄다고 해봐야 당신은 그냥 서 있기만 하면 돼요. 저 두 사람 같은 기술을 습득하기 전까지는 푸키의 능력을 활용하는 편이 좋을 거예요. 특히 수렵을 할 때는요(27장 1). 이 슈푸르를 따라가보기로 해요."

윌리엄이 스테이션에서, 지금 두 사람이 간 것과 반대방향으로 뻗어 있는 2줄기 활주자국을 가리켰다.

"이 슈푸르는? ……곰사냥이라면……."

'곰을 사냥하는 데 스키 슈푸르를 따라가봐야 소용없잖아. 그게 아니라면 이 슈푸르는 누군가 곰을 쫓아간 사람의 것이라는 걸까?'

안나가 '흑색엽수(블랙 게임)'라고 말한 것을—전에 푸키들이 설상축대학의 수렵학부 곰과 졸업이라고 들었기에(27장 1)—'곰'이라고 생각하고 있던 클라라는 이런 의문이 들었으나, 윌리엄은 웃기 시작했다.

"아아, 그렇군요. 당신은 곰을 사냥하는 줄 알았군요, 클라라. 아닙니다. 오늘 우리가 잡으려는 건 '흑색엽수'입니다. 앞으로 가면서 설명하겠습니다."

두 사람의 발 아래에 있는 2마
리 동물은, 명령을 받은 대로 그
활주자국을 따라서 미끄러져 가
기 시작했다.

"클라라, '흑색엽수'라는 건
말입니다," 윌리엄이 그녀와 나
란히 활주할 수 있는 위치로 푸키
를 이동시키며 말하기 시작했다.
"흑노입니다. 사형 선고를 받은
적이 있는……."

윌리엄이 흑노의 엽수화(獵獸
化) 제도를 설명했다. 요약하자
면 다음과 같다.

흑노형법전 속 수백 개 조의 조문 가운데 절반쯤은 가혹한 사형이며,
사형집행 방법만 해도 수십 종류가 법으로 정해져 있다. 각 귀족은 사유흑노에
대한 재판권을 가지고 있으며, 국유흑노에 대해서는 국가의 관리인 검찰관·
재판관이 있는데, 이스 영내에서의 사형선고 숫자는 이스 전 판도에서 매일
수만 건에 이를 것이다. 이처럼 생명을 가볍게 여기는 이유 가운데 하나는,
흑노의 왕성한 번식력이 사형에 의한 인구감소를 충분히 커버할 수 있기
때문이나, 주요한 이유는 집행에 관여하는 대중의 사디즘본능을 발산케
함으로 해서 평민의 불만이 내란 등으로 이어지지 않도록 하겠다는 정책에
기반을 두고 있다고 할 수 있으리라(12장 2, 사형공매의 주).

그런데 그러한 사형수 흑노에 대해서 귀족(각자 사유흑노에 대해서)과
여왕(국유흑노에 대해서)은 사면권을 가지고 있다. 그 사면 가운데 가장

가벼운 단계로 각종 '요행혜여(僥倖惠與, 찬스 기빙)'라는 제도가 있다. 즉, 100% 죽음을 약속받았던 사형수에게 몇 퍼센트인가의 '잘만 하면' 살아남을 수 있다는 가능성을 가진 기회(찬스)를 부여하는 것이다. 예를 들자면, 연회의 여흥 등으로 곧잘 행해지는데, '클레오파트라의 노예'라는 놀이가 있다. 어떤 흙색 병 하나에만은 무해하고, 다른 6개의 병에는 각각 서로 다른 고통을 가져다주는 독약을 넣어, 사형수에게 그 가운데 하나를 선택하여 복용하게 한다. 연회에 임한 사람들은 어느 병이 무해한지 내기를 하기에 지켜보는 것만으로도 상당히 스릴 넘치는 여흥이지만, 7개에 하나의 비율로 사형수에게는 생존 가능성이 주어지는 셈이며, 운 좋게 독이 없는 병을 고르면 '행운의 흑노(럭키 니거)'라고 해서 사면을 받는다.

한편, 이스 귀족에게는 빼놓을 수 없는 스포츠로서 수렵은 각 유성에 있는 동물이라는 동물을 전부 찾아냈으며, 그 대상이 심지어는 구석기시대인(네안데르탈)에게까지 미쳤다는 사실은 독자도 알고 계시는 바이지만, 야푸로 만들어낸 각종의 축인계 동물(얍푸 애니멀)도 물론 그 예외는 아니다. 왜인낚시(피그미 피싱)에 대해서는 이미 이야기했으며(10장 3), 축인마·축인견 등도 이를 야성화하여 수렵에 사용한다. 축인마의 그 거구와 쾌속(16장 3), 네안데르탈 하운드의 그 충격이빨(3장 2), 이러한 것들이 만약 수렵의 대상이 되어 사냥꾼이 정복해야 할 사냥감이 된다면 어느 정도의 스릴을 가져다줄지는 상상해보실 수 있으리라. 하지만 그럼에도 불구하고 가장 재미있는 것은 생축인수렵(로 야푸 헌팅)이라는 것이 정설이다. 인간과 매우 흡사한 그 형태가 '인간수렵(우먼 헌팅)'적 흥분을 가져다주기 때문이다. 그 경우, 가축의식이 있으면 안 되기에 생야푸로서 생산되어도 토착야푸는 세례하지 않으며(13장 5), 엽수(게임)로서의 야성을 육성한다. 축인마의 거구, 축인견의 공격력은 없지만 그대신 단도 등의 호신구를 주어 맹수에 비견한다. 이를 '황색엽수(옐로 게임)'라고 한다.

그러나 이스 사람에게 있어서 야푸는 누가 뭐래도 짐승 그 자체였다. '인간수렵'적인 맛을 추구한다면 참된 인류이자 반인간인 흑노 쪽이 훨씬 더 맛이 깊을 터였다. 여기에 '흑색엽수(블랙 게임)'가 탄생할 필연성이 있었던 것이다. 그러나 반인간으로서의 인권이 있기에 죄도 없는 흑노를 멋대로 엽수로 삼을 수는 없다. 이에 사형수에 대한 요행혜여(찬스 기빙)로 엽수화하게 된 것이다. 확실한 사형집행보다는 만에 하나라도 살아날 가능성이 있는 편이 낫다며 사형을 선고받은 흑노들은 기꺼이 엽수가 된다.

황수, 흑수는 자연동물원처럼 다른 야수야금(野獸夜禽)도 서식하는 대밀림(정글)의 수렵장에서 방목한다. 늘 맹수들이나 백인사냥꾼의 접근을 경계하며 야수와 같은 생활(단, 식량은 보급된다.)을 하지 않으면 안 된다. 다른 야수(빅 게임즈)와 마찬가지로 언제 목숨을 잃을지 모르나, 잘만 하면 오래 살아남을 수 있을지도 모른다. 즉, 사형에 대한 은사로, 인간으로서의 죽음 대신 야수로서의 삶을 얻은 것이다.

그러나 살아남기는 살아남았다 할지라도 수렵장 안에서 짐승으로 삶을 마감한다는 것은 견딜 수 없는 일이다. 어떻게 해서든 예전의 문화생활로, 흑노사회로 돌아가고 싶어진다. 그러한 희망을 품고 있는 흑색엽수들을 위해서 다시 도탈(逃脫)시험(에스케이프 이그젬)의 기회가 부여된다. 이는 사냥꾼과 엽수(흑색엽수에 한한다. 황색엽수에게 그런 불평불만은 허용되지 않는다.)의 시합으로, 일정한 시간 안에 사냥꾼이 포획하거나 사살하여 성공을 거둘지, 아니면 엽수가 끝까지 몸을 숨기고 있거나 반격에 성공할지, 그것으로 승부가 결정된다. 사냥꾼을 살상해도 이 경우에는 흑노형법이 적용되지 않는다는 매우 공평한 규정이 있고, 또 흑노는 야푸처럼 백신신앙(화이트 워십)을 가지고 있지 않기 때문에 반격도 마음껏 행할 수 있다. 실제로 도탈시험(에스케이프 이그젬)에 합격한 흑수는 거의 없지만, 바로 그 '만에 하나'의 요행을 미친 듯이 갈구하는 것이다.

"안나 테라스가 2마리를 시험 중이라고 한 것은 그런 흑색엽수(블랙 게임)를 2마리 풀어놓았다는 의미입니다." 윌리엄이 말했다.

"설상축수렵(푸키 헌팅)의 엽수인 이상 물론 스키를 신게 했습니다. 안나 테라스는 틀림없이 스키기술도 상당히 연습시켰을 겁니다. 하지만 이 푸키의 능력이라면 물론, 발견·추적 가능합니다. 단, 1시간 안에는 어떨지 모르겠습니다. 그녀는 아마도 24시간을 흑수들에게 약속했을 겁니다. 우리가 잡지 못해도 나중에 자신이 죽일 생각으로. 그냥 손님을 접대한다는 의미에서 흑수수렵(블랙 게임 헌팅) 스케줄을 넣어준 것일 뿐입니다."

'접대? 그렇다면 우리의 유락(遊樂, 어뮤즈먼트)을 위해서 흑인 2명의 생명이 (아마도 확실하게) 소비되는 거야!'

"그러니까 이 슈푸르를 따라가면……."

"그렇습니다. 있는 겁니다. 하지만 교활한 동물(커닝 애니멀)이니 어떤 식으로 숨어 있을지 알 수 없습니다. 가까이 다가가면 위험하니 가능한 한 멀리서 발견하여 사살하겠습니다. 어쨌든 지켜보십시오. 제가 죽일 테니……."

연인 앞에서 용기를 내보일 좋은 기회를 환영하는 듯한 미청년의 말에 클라라는 생각했다.

'우리는 「가장 위험한 엽수[96]」를 사냥하러 가는 거야…….'

슈푸르는 산등성이를 넘고 눈 덮인 계곡을 건너고 숲 속을 지나 서쪽으로

---

96) Richard Connell, 『the most Dangerous Game』(1924). 세계의 온갖 엽수를 사냥해온 러시아 귀족 자로프 장군은, 새로운 엽수를 찾아서 어떤 섬을 사들인다. 조류가 위험한 지역이다. 일부러 엉터리 신호를 보내서 난파하게 만든 배의 선원과 승객을 저택의 손님으로 맞아들이며, 뒤이어 내기를 한다. 단도를 들고 1시간 전에 그들을 출발시킨 뒤, 그들을 자로프가 사냥하는 것이다. 끝까지 달아날 수 있을지, 없을지. 필요한 경우에는 사냥개도 사용하여 그는 매일 이 인간사냥을 하며, 언제나 성공한다. 그리고 공정한 사냥이었을 뿐, 살인은 아니라고 큰소리를 친다. '용기와 교활한 지혜와 특히 이성'을 가진 가장 위험한 엽수와의 진지한 스포츠라는 것이다. 하지만 어느 미국인이 마침내 이 목숨을 건 내기에서 이겨 마르쿠스 아우렐리우스의 애독자인 인간사냥꾼을 죽이고 돌아온다.

똑바로 뻗어 있었다. 푸키들은 사냥개가 냄새를 따라 추적하듯 확실하게 그 슈푸르를 더듬어나갔다. 굉장한 쾌속이었다. 그들에게 있어서도 처음으로 사람을 태우고 나선 기념할 만한 추적행이리라.

'폴린은 안나 테라스에게 이길 수 있을까? 그 두 사람이 또 엽수와도 승부를 겨루고 있어. 사람과 짐승의 삼파전이로군…….'

기문의 검은색 깃발은 훨씬 전부터 시야에서 사라졌다. 벌써 20분은 지났으리라.

◎ 중단에 대한 사과의 인사

갑자기 사적 환경에 변동이 생겼기에 『가축인 야푸』를 재개한 이후, 얼마 지나지 않아서 다시 중단하기에 이르렀음을 사과드립니다.

사실은 연재를 위해서 준비한 원고가 조금 더 남아 있지만, 오물숭배관계 묘사에 대해서 옛날과 같은 규제기준이라 믿고 써내려갔기에 그 점, 신경과민한―『기담클럽』의 귀중한 존재 자위본능의 발현으로서 그 자체에 경의를 표하는 데에는 인색하지 않습니다만― 편집부로부터 대대적인 정정을 요구받았습니다[1]. 삭제한 채 발표한다는 것은―여성의 나날의, 매달의 액체를 주사액으로 삼아 테스트 애니멀인 피그미에게 주사함으로 해서, 이스 모든 백인여성의 건강진단·수태통보를 한다는 소중한 아이디어입니다.― 아무리 생각해도 안타까운 일이고, 또 그렇다고 해서 고쳐 쓸 여유도 지금은 전혀 없습니다.

조만간 어떻게든 여가를 만들어서 고쳐 쓰고, 또 계속 써나가고 싶습니다. 클라라 일행은 흑색엽수 사냥을 즐긴 후, 무지개다리를 건너 후지산 사육장에 강림할 것입니다. 한편 돌리스는 20세기 구면으로 린이치로의 여동생인 유리에를 유괴하러 떠날지도 모릅니다. 남해의 용궁성에서는 옷토히메(사실은 남성이지만 스커트를 입은 내성적인 성격입니다.)가 우라시마, 즉 우라디미르 청년과 멋진 향연을 준비하고 있는 듯 방울이 달린 야푸가 끄는 삼두썰매

---

[1] 야푸 재개 후, 그리고 「수첩」의 새로운 원고 가운데 연결이 부드럽지 못한 곳은 대부분 편집부에서 삭제한 것이라고 알아두시기 바랍니다. 예를 들어 27장 2에서 안나 테라스가 자축주의에 대해서 설명하는 장면 가운데 그녀가 스툴러를 사용하는 묘사가 삽입되지 않으면 내용이 우스워지며, 28장 2에서 모로크 몬 채찍은 추장의 육체에서 잘라낸 것이라는 사실을 모르고 읽으면 이상히 여겨질 것입니다.

(트로이카)를 타고 남극의 대형 야푸너리를 방문했더니, 코란 박사가 거기서 기다리고 있었습니다. 산자기계(産仔機械)가 되어버린 암컷 가축들의 벌집, 백인의 하반신을 본뜬 자동마네킹으로 재교육을 행하는 스툴러 교정소, ……클라라가 구경을 하는 동안 리니는 탈주를 시도합니다. 그리고 그는 그 나름대로 이스 세계를 견문할 것입니다. 네그타르에 취한 흑인주점을, 탈주축을 잡는 무시무시한 미끼를……. 마침내 여러 가지 가혹한 처형. 일주일 뒤에는 윌리엄과의 결혼식의 지참금 신세로 전락하는 리니입니다. ……현재까지의 복안은, 지금까지의 연재 분량과 거의 같은 길이가 될 정도로 가지고 있습니다. 모리모토 씨로부터 불길한 중단 예언을 들었던 것은 잊을 수 없으나, 『기담클럽』이 폐간되지 않는 한은 틀림없이 완성시킬 생각이니 기다려주시기 바랍니다.

(중략)

그럼, 친애하는 애독자 여러분—저의 애독자는 절대수로 보자면 적었을지 모릅니다. 그러나 독자통신에서의 지지, 격려는 늘 감사히 읽고 있었음을 덧붙이겠습니다……to the happy few— 잠시 안녕히!

I've written this, drunken with alcohol-mixed nectar.

◎ 옮긴이의 말

　전후(일본에서 전후라고 하면 1945년 이후를 말한다.) 일본의 최대 기서 (奇書) 가운데 하나로 꼽히는 「가축인 야푸(家畜人ヤプ—)」는 오사카(大阪)에서 발행되던 조그만 잡지인 『기담클럽(奇譚クラブ)』에 1956년 12월호부터 1959년 6월호까지(1957년 5월호 휴간, 1958년 5월호~1959년 1월호 휴재) 연재되었던 작품이다. 그런데 아직까지도 일본 최고의 기서 가운데 하나로 꼽히는 작품인 만큼 그 연재나 작품의 완성 과정도 여타의 작품처럼 순탄하지만은 않아서 여러 가지 우여곡절을 겪은 끝에 1991년에 이르러서야 이야기가 일단 완성되었고, 1992년에 완성된 형태의 단행본이 출간되었다. 처음 작품을 발표하기 시작한 때로부터 햇수로 36년 만의 일이다.

　그 36년 동안의 과정을 간단히 살펴보자면 처음 연재 이후 중간에 9개월 동안의 휴재가 있었고, 연재를 재개한 이후 단 5개월 만에 이번에는 연재를 중단하기에 이르렀다(중단 이유는 「중단에 대한 사과의 인사」 참조).

　이후, 기존의 작품에 수정을 가하고 『기담클럽』에 싣지 못했던 부분을 더하여 도시출판사〔都市出版社〕에서 단행본으로 출판(1970년. 총 28장)되었다. 그러나 이때까지도 「가축인 야푸」는 미완인 채로 남아 있었다.

　그런데 조그만 잡지에 연재되었던 작품이 단행본으로 출판되자 당연히 더욱 많은 사람들이 읽게 되었고, 그로 인해서 한 가지 소동이 일어났다. 작품 가운데 백인 여성인 안나 테라스를 일본 신화의 여신인 아마테라스 오오미카미(天照 大御神)로 묘사하는 내용이 있는데, 그것 때문에 우익들의 항의를 받은 것이다. 그들은 단순히 항의만 한 것이 아니라 출판을 방해하기도 해서 1명이 체포되고 2명이 지명수배를 받는 사건으로까지 이어지기도

했다.

한편, 1972년에 가도카와 문고(角川文庫)에서 기존의 내용에 가필·수정을 가한 작품이 다시 출판되었으며, 1984년에 「속 가축인 야푸」로 발표되었던 내용을 추가하여(총 31장) 이번에도 역시 가도카와 출판사에서 출판되었다.

그리고 그로부터 7년 뒤인 1991년에 밀리온(ミリオン) 출판에서 제29장~제49장까지를 출판하여 이야기가 일단 마무리되었으며, 이듬해인 1992년에 오타(太田) 출판에서 마침내 완성된 작품 전체를 출판(전3권)했고, 1999년에 겐토샤(幻冬舍)에서 오타 출판에서 출판한 것과 같은 내용의 작품을 다시 출판(전5권)했다.

위의 과정만 봐도 결코 평범하지 않은 작품이라는 사실을 조금은 짐작해볼 수 있으리라. 그런데 이 「가축인 야푸」는 작품의 성립 과정만 회자되고 있는 것이 아니라, 작품의 저자에 대해서도 여러 가지 논의가 행해지고 있다.

표면상으로 저자의 이름은 누마 쇼조(沼正三)다. 그런데 이 누마 쇼조는 필명일 뿐, 누구도 정확하게 그 정체를 알지 못한다. 간혹, 누마 쇼조를 자처하는 사람이 나타나기도 하고, 또 자신은 누마 쇼조의 정체를 알고 있다고 주장하는 사람이 나타나기는 했으나 그들조차 다시 의심을 받는 상황이 되풀이되어 왔다. 그리고 누마 쇼조의 정체에 대한 논의는 지금도 여전히 행해지고 있다. 이처럼 저자 자신은 스스로를 드러내고 싶어 하지 않았음에도 사람들은 그의 정체를 알고 싶어 하는 이유는 무엇일까?

그것은 「가축인 야푸」라는 작품의 범상치 않음에 있으리라.

이 「가축인 야푸」가 처음 발표된 곳은 앞서도 이야기한 것처럼 『기담클럽』이라는 조그만 잡지였는데, 이 잡지는 특정 성향을 추구하는 잡지였다. 그런 잡지에 연재를 시작했기에 저자도 자신의 이름을 숨기고 싶었던 것이 아닐까 싶다. 어쨌든 특정 성향을 추구하는 잡지에 작품이 실렸기에 사람들의 관심은 주로 그쪽으로 쏠렸지만, 이 작품의 진가는 특정 성향의 추구에 있지 않고 뛰어난 상상력에 있다. 감히 당대 최고의 지적 유희가 낳은 소설이라고 해도 손색이 없을 만한 작품이다. 그러한 사실을 누구보다 가장 먼저 꿰뚫어본 것이 다름 아닌 일본의 유명 소설가인 미시마 유키오(三島 由紀夫)였다. 그리고 미시마 유키오는 이 작품을 극찬하며 여러 사람들에게 알렸다고 한다. 우익들의 항의를 받은 작품을, 일본의 대표적 우익인사인 미시마 유키오가 극찬했다니 아이러니하게 느껴질지도 모르겠으나, 이는 「가축인 야푸」가 그만큼 범상치 않은 소설임을 이야기해주는 대목일지도 모르겠다. 그리고 조그만 잡지에 연재되었던 미완의 작품을 대형 출판사(가도카와)에서 간행했다는 점도 매우 이례적인 일이다. 이 역시도 「가축인 야푸」가 어떤 작품인지를 간접적으로 이야기해주는 대목 가운데 하나이리라.

따라서 이 작품을 읽을 때는 저자의 상상력에 중점을 두고 읽어야 작품의 진가를 알 수 있을 듯하다. 예를 들어 지금 우리가 알고 있는 것과 모습은 다르지만, 작품 속에는 인공지능도 나오고 자율주행차량도 나온다. 지금의 우리는 그러한 것들을 현실에서 보고 있기에 그런가보다 하기 쉽지만, 만약 이 작품을 2000년대 초반에 읽었다면 어땠을까? 아마도 소설의 주인공인 세베 린이치로처럼 어리둥절했을 것이다. 발표를 시작한 지 약 70년이 지난 뒤에 읽어야 비로소 현실감이 생기는 작품이라니, 저자의 상상력이 얼마나 놀라운지 알 수 있다.

그리고 한 가지 더, 이 작품의 놀라운 점은 탁월한 심리 묘사에 있다. 단 하루 만에 변해가는 남녀의 심리를, 그리고 인간에서 가축이 되어가는 남자 주인공의 심리를, 인간에서 신이 되어가는 여자 주인공의 심리를 참으로 절묘하게 묘사하고 있다.

작품의 내용은 지금으로부터 약 2,000년 후인 40세기 인류의 모습에 대한 묘사다. 저자 스스로가 작품의 내용을 요약한 글이 있으니 여기서 소개하도록 하겠다.

〈지금으로부터 2천 년 후의 우주제국인 이스. 여성이 남성을 압도하고 귀족과 평민의 구별이 있는 백인들 아래에 노예계급인 흑인이 있으며, 다시 그 아래에 야푸라 불리는 황색 피부의 가축인이 백인의 생활을 쾌적하게 하기 위해 사역, 애완, 소비되고 있다. 과학의 힘은 인권을 잃은 육체에 현대인으로서는 상상도 하지 못할 변형을 가해 축인견, 축인마와 왜인을 만들어냈으며, 또 육변기와 그 외의 각종 생체가구를 탄생시켰다. ―열등인을 가축화하고 가구화해버린 백인들의 여권적 귀족정치 세계, 그 정밀도를 그리는 것이 이 소설의 첫 번째 목적이다.

이스의 대귀족 잔센 가의 상속녀인 폴린, 그녀의 여동생인 돌리스, 그녀의 오빠인 세실, 세실의 처남인 윌리엄은 본국성인 카를에서 지구별장에 와 있다. 원반으로 시간유보에 나선 폴린의 추락사고 때문에 현대의 독일 미녀인 클라라는 약혼자인 세베 린이치로와 함께 2천 년 후의 지구면으로 찾아왔다. 그러나 그녀는 잔센 가의 손님으로 대접을 받으며 편안한 생활을 향락할 수 있는 데 반해서 린이치로는 야푸로 취급당해 가축화 처치를 받는다. ―이 가축화 과정을 자세히 더듬어가는 것이 이 소설의 두 번째 목적이다. (이하 생략)〉

마지막으로 이 책을 읽을 때 알아두셨으면 하는 점을 몇 가지 적어보겠다.

안타깝게도 이번 책에서는 「가축인 야푸」의 전부를 소개하지 못했다. 앞서 이 작품의 완성과정을 이야기했는데, 그 가운데 극히 초기인 『기담클럽』의 연재분밖에 싣지를 못했다. 가장 커다란 이유는 저작권 때문이다. 이 작품의 저자인 누마 쇼조가 누구인지 명확하지 않은 이상, 작품의 저작권이 어디에 있는지도 알 수가 없다. 따라서 지금 자유롭게 출판할 수 있는 내용은 『기담클럽』에 연재했던 부분뿐이다. 아쉬운 대로 우선은 그 부분만을 소개하여 『가축인 야푸』가 어떤 작품인지를 소개해두고, 차후 저작권 관계가 명확해

지면 작품 전체를 소개하도록 하겠다.

잡지에 연재되었던 작품인 만큼 회를 거듭함에 따라서 내용이나 명칭이 조금씩 바뀌는 경우가 있다. 예를 들자면 축인견이 처음에는 '도그 야푸'로 표기되었다가 뒤에서는 '얍푸 도그'로 바뀐다. 이 책의 내용 가운데서 명칭이나 내용이 바뀌는 경우는 대부분이 위와 같은 사정에 의한 것이니, 감안해서 읽어주시기 바란다. 또 월간지의 성격상 마감에 쫓긴 때문인지 교정이 허술한 부분도 있다. 명백한 오류라 여겨지는 곳은 바로잡았으나, 독서에 크게 지장이 없겠다 싶은 부분은 그대로 내버려두었다. 잡지 연재물을 읽는 하나의 운치라 생각하시고 읽어주셨으면 한다.

이건 철저히 역자 개인의 생각인데, 작품 속의 단어들을 가만히 살펴보면 몇 개의 예외를 제외하고, 외래어 사용을 즐기는 일본 사람이 쓴 작품이 맞나 싶을 정도로 외래어가 거의 보이지 않는다. 물론 일본어를 쓰고 그 뒤에 외래어를 병기하기는 했지만, 조금은 노골적이다 싶을 정도로 일본어를 전면에 내세웠다. 백인들이 지배하는 세계를 그린 작품에서 일본어를 극력 부각시켰다는 점은 참으로 이례적이다. (그래서 우리에게는 단어가 더 알기 어려워진 부분도 없지는 않지만) 심지어는 저자 자신이 작품 속에서 '외국어를 존중하는 야푸의 습관'이라고 말한 부분까지 있다. 야푸는 곧 일본인 아닌가? 그러면서도 자신은 일본어를 전면에 부각시켰다. 어떤 의도인지는 모르겠으나, 누마 쇼조라는 작가는 참으로 재미있는 작가임에는 틀림이 없는 듯하다.

이 책의 내용 가운데는 지금의 사정에 맞지 않는 부분이 매우 많다. 또한 특정 성향을 추구하는 잡지에 연재되었던 작품인 만큼 작품의 성향이 특이한 것도 사실이다. 이런 모든 점들을 고려하더라도 한 번쯤은 읽어볼 만한 가치가 있는 작품이 아닐까 싶다. 독자 여러분도 이러한 여러 상황까지 고려하여 호의를 가지고 이 작품을 읽어주시기 바란다.

미에 대한 끝도 없는 탐구, 예술을 위한 예술
일본 탐미주의 단편소설선집
—무로우 사이세이 외 지음 13,000원

암울한 현실에 맞서 치열한 삶을 살았던 작가들의 이야기
일본 무뢰파 단편소설선집
—사카구치 안고 외 지음 13,000원

대중소설의 선구자, 나오키상으로 이름을 남긴
나오키 산주고 단편소설선집
—나오키 산주고 지음 14,000원

지금 우리의 현실과 놀랍도록 똑같은 100년 전의 팬데믹 상황
간단한 죽음
—기쿠치 간 외 지음 12,000원

서민들의 삶 속에서 건져올린 참된 인간의 모습
계절이 없는 거리
—야마모토 슈고로 지음 12,000원

너는 혼자가 아니야! 성장소설의 대표작
사 부
—야마모토 슈고로 지음 13,000원

일본 대문호의 계보를 잇는 야마모토 슈고로의 드라마 원작소설
유령을 빌려드립니다
—야마모토 슈고로 지음 13,000원

절대자의 참모습, 그 이면을 그린 유니크한 소설
절대제조공장
—카렐 차페크 지음 14,000원

일본을 대표하는 두 거장(소설+만화)의 만남
(삽화와 함께 읽는) 도련님

—나쓰메 소세키 지음 / 곤도 고이치로 그림 11,200원

한 편의 시처럼 펼쳐놓은 '비인정'의 세계
풀베개

—나쓰메 소세키 지음 11,800원

인간의 심리를 날카롭게 파헤친 성장소설
갱 부

—나쓰메 소세키 지음 12,600원

첫사랑, 도무지 풀리지 않는 그 수수께끼
산시로

—나쓰메 소세키 지음 14,000원

일본의 국민작가 나쓰메 소세키의 주옥같은 단편
나쓰메 소세키 단편소설전집

—나쓰메 소세키 지음 13,000원

「영일소품」, 「생각나는 것들」, 「유리문 안」을 한 권에
나쓰메 소세키 수상집

—나쓰메 소세키 지음 13,000원

다자이 오사무의 대표작 「인간실격」에서부터 유서까지
그럼, 이만…… 다자이 오사무였습니다.

—다자이 오사무 지음 12,000원

한 남자를 향한 지독한 사랑, 다자이 오사무의 마지막 여인
그럼, 안녕히…… 야마자키 도미에였습니다.

—야마자키 도미에 외 지음 13,000원

약 700년 동안 일본을 지배했던 칼의 역사

사무라이 이야기(상, 하)

—문고간행회 편집부 엮음 각권 15,000원

일본 최초의 무가정권을 수립한 기념비적 인물

(전기) 다이라노 기요모리

—가사마쓰 아키오 지음 16,800원

전국시대 최고의 무장으로 꼽히는 다케다 신겐의 일대기

(소설) 다케다 신겐

—와시오 우코 지음 13,400원

치열했던 가와나카지마 전투, 그 중심에 섰던 우에스기 겐신의 인간상

(소설) 우에스기 겐신

—요시카와 에이지 지음 13,400원

일본 역사상 최대의 미스터리인 혼노지의 변을 소재로 한 소설

(소설) 아케치 미쓰히데

—와시오 우코 지음 13,000원

오다 노부나가와 도쿠가와 이에야스의 어린 시절을 그린 소설

젊은 날의 도쿠가와 이에야스

—와시오 우코 지음 12,000원

혼돈의 전국시대를 평정한 진정한 영웅

(전기) 도쿠가와 이에야스

—나카무라 도키조 지음 14,000원

독재는 어떻게 태어나는가? 파시즘의 창시자

(개정증보판) 무솔리니 나의 자서전

—베니토 무솔리니 지음 17,000원

옮긴이 **박현석**

나쓰메 소세키, 다자이 오사무, 와시오 우코, 나카니시 이노스케, 후세 다쓰지, 야마모토 슈고로, 에도가와 란포, 쓰보이 사카에 등의 대표작과 문제작을 꾸준히 번역해 소개하고 있다. 국내 최초로 번역한 작품도 상당수 있으며 앞으로도 국내에 잘 알려지지 않은 작가·작품을 소개하여 획일화된 출판시장에 다양성을 부여할 계획이다. 옮긴 책으로는 『나쓰메 소세키 단편소설 전집』, 『그럼, 이만⋯⋯ 다자이 오사무였습니다.』, 『아케치 미쓰히데』, 『불령선인』, 『운명의 승리자 박열』, 『계절이 없는 거리』, 『추리소설 속 트릭의 비밀』, 『스물네 개의 눈동자』 외 다수가 있다.

가축인 야푸

1판 1쇄 인쇄 2025년 3월 10일
1판 1쇄 발행 2025년 3월 15일

지은이 누마 쇼조
옮긴이 박현석
펴낸이 박현석
펴낸곳 호 人(현인)

등 록 제 2010-12호
주 소 서울시 도봉구 덕릉로 62길 13, 103-608호
전 화 010-2012-3751
팩 스 0505-977-3750
이메일 gensang@naver.com

ISBN 979-11-90156-54-7